Kelvins Geheimnis – eine Kriminalgeschichte am absoluten Nullpunkt

Von Conrad de Buer

AF285067

Conrad de Buer

Kelvins Geheimnis

Eine Kriminalgeschichte am absoluten Nullpunkt

Roman

Bibliografische Information der Deutschen Nationalbibliothek:
Die Deutsche Nationalbibliothek verzeichnet diese Publikation in
der Deutschen Nationalbibliografie; detaillierte bibliografische Daten sind im Internet über http://dnb.dnb.de abrufbar.

Lektorat und Coverbild: Alma Hatram

Herstellung und Verlag: BoD – Books on Demand, Norderstedt

ISBN: 978-3-7534-2321-0

Inhalt

Erster Teil

Die Faszination der Kälte

Alles nur ein Traum?

Als wäre eine eiserne Faust in den Taubenschlag gefahren, flattert es plötzlich heftig auf. Mit schweren nervösen Flügelschlägen schwingen sich die gedrungenen Leiber der aufgescheuchten Vögel in den luftigen Raum. Aufgeregt schwirren sie durcheinander. Einige Tiere beißen sich. Hier und da trudelt eine schmutzig blaue Feder herab. Unter lautem Gurren bewältigt die turbulente Schar ihre alltägliche Stresssituation. Und während allmählich die Tiere zur Ruhe kommen und nach und nach ihre Plätze im Verschlag wieder einnehmen, hat sich ein einzelnes weißes, beinahe schlank wirkendes Exemplar von den Seinen abgesondert, schraubt sich höher und höher in der klaren Luft. Wie es weiter und immer weiter steigt, scheint es in ungeahnte Sphären vorstoßen zu wollen. Doch seltsam ist, es verliert das Tier nichts von seiner Größe. Ein fremder, wachsamer Blick folgt ihm immerzu hintendrein. So wird er Zeuge, der teilnahmslose, wachsame Blick, wie ein Sperber unvermittelt auf der Bildfläche erscheint. Pfeilgeschwind stößt er auf das Täubchen zu, das der Gefahr viel zu spät gewahr wird. Aber was könnte es auch dagegen tun? Und so geschieht es im Nu, dass der Greifvogel seine Beute heftig attackiert und gleich darauf in seinen Klauen hält. Klagend, bevor sie verstummt, erklingt die Sterbemelodie einer Verlierer-Kreatur im blauen Raum verloren. Zu Boden flattern gefiederte Fetzen aus dem Federkleid der lieblichen Beute, während der flinke Jäger mit dem betäubten Korpus dem Erdboden zustrebt zum gemeinsamen Mahle. Doch da hat der Blick, der die Gestalt der Taube angenommen hat, die Stätte des tödlichen Scharmützels schon weit hinter sich gelassen. Durch eine trostlose Landschaft bewegt er sich auf eine Gaststätte zu, wo er schon bald durch eine morsche Flügeltür in einen schäbigen Festsaal gelangt.

Unter diffuser Beleuchtung im Raum zerstreut ist eine Gesellschaft von etwa zwanzig Personen beisammen, die, wie das nach einem ausgelassenen Treiben wohl geschehen kann, in einer Art Erschöpfungsstarre verblieben sind. Speisetische hat man U-förmig so angeordnet, dass sie die freie Fläche in der Saalmitte umschließen und bis an eine Bühne weiter hinten heranreichen.

Im Augenblick halten sich nur wenige Gäste an den unaufgeräumten Tischen auf. Das Essgeschirr, teils vereinzelt zurückgelassen, teils zu kleinen Türmchen hochgestellt, verrät die Unordnung einer unlängst abgehaltenen üppigen Mahlzeit. Vertiefende Eindrücke sind den Schüsseln, Schalen und Tellern zu entnehmen, auf denen Speisereste entweder verblieben sind oder nach Abschluss des Verzehrs unter Formverlust zurückgefunden haben.

Auf einem der Tische haben augenscheinlich zum Scherzen aufgelegte Personen einen Turm von der Höhe zweier übereinander stehender Weinflaschen mit den abgenagten Knochen des bewältigten Menus errichtet. In die Zwischenräume dieses Gebildes sind Luftschlangen verflochten, und von zahlreichen Enden des Knochenkorsetts hängen Papier-Servietten mit den mannigfaltigsten Saucenmustern herab, die sich gelegentlich im Windzug der Lüftung kurzzeitig bewegen. Jemand hat sein Gebiss zum Trocknen aufgehängt.

Auch die Tischtücher haben ihr Fett abbekommen, nebst manchem mehr von dem, was die Getränkekarte zu bieten hat. Wer weiß schon, wie lange die Gesellschaft beisammen ist und wie sehr sie sich seit ihrer ersten Zusammenkunft verändert hat. Dem Blick in Gestalt einer Taube bleibt die zurückliegende Entwicklung verborgen.

Die meisten der noch anwesenden und behäbig ausharrenden Personen halten die geräumige Mitte des Saales in Beschlag. Sie stehen entweder allein mit trüben Augen da, oder sie unterhalten sich zerstreut mit schweren Zungen. Wenige Paare tanzen, eng miteinander verklammert, zu einer unpassend flotten Musik. An den Rändern des Pulks monologisiert ein Dauerredner zu leicht durchschaubaren Themen. Dabei ergeben sich, unbeabsichtigt, immer wieder Querverbindungen zu diesem oder jenem Nachbarthema, und kühne Sprünge her und hin zwischen den eingebrachten Aspekten zieren die angeschlagene Rhetorik, die im Verein mit der Akustik aller wie ein belangloses Raunen im Raum vibriert.

Die in Augenschein genommene Gesellschaft hat soeben mit einer Einbuße von Ausgelassenheit fertig zu werden. Eine vorübergehende Abschlaffung der Feierlaune, die bei Einzelnen schon bleierne Müdigkeit hinterlassen hat, harrt ihrer Überwindung. Jeder der in die Anwesenheit Verstrickten wünscht sich in seinem Herzen eine Stimmungskanone herbei, die sich der Wiederaufheiterung der Zweckgemeinschaft verschrieben hätte, auf die man Anspruch hat, und die endlich einen Böllerschuss abfeuert, der sie alle zu den alten und hoffentlich auch zu neuen Freuden des Abends zurück- und weiterführt.

„He, he, he, ihr alle da, seht nur her, wie ich tanze", lässt es sich auf einmal und dann mehrfach wiederholt vernehmen.

Das zarte, nach Durchdringung ringende Stimmchen ertönt von der roh gezimmerten Bühne an der Stirnseite des Saales, die der Blick in Gestalt einer Taube bislang noch nicht mit Aufmerksamkeit bedacht hat. Dort bewegt sich seit wer weiß wie vielen Augenblicken schon ein blutjunges Kerlchen auf mageren Beinen, die unter einer kurzen, speckigen Lederhose in schenkellangen braunen Strümpfen stecken.

„Ich tanze, seht doch nur her, wie ich jetzt tanze!" schreit es und beginnt, mit drolligen Verrenkungen um die Gunst des abgestorbenen Publikums zu buhlen, das sich zunächst kaum um die neue Darbietung schert. „Bravo", tönt es dann aber doch nach einer Weile aus vereinzelten Kehlen eher lustlos dem kleinen Artisten entgegen.

Noch kaum jemand in dem schäbigen gastronomischen Rund hat seine gelangweilte Haltung aufgegeben und gegen die Zuschauerrolle am Rande der Bühne vertauscht. Die Darbietung nimmt aber daran keinen Anstoß. *Die werden schon noch herschauen*, scheint die Überzeugung des

Knirpses zu sein, dessen Bewegungen immer ausgelassener werden und mit gummiartiger Wendigkeit den merkwürdigsten Körperhaltungen zustreben.

Mal vor tritt der Wicht, mal zurück setzt er seine Füße oder prescht unvermittelt seitwärts, dann dreht er sich auf einmal links herum und gleich darauf, als hätte er schon genug davon, um seine rechte Achse und gebärdet sich bald so wild und zügellos, dass ihm der Schweiß in kleinen Tröpfchen auf die blasse schmale Kinderstirn tritt.

Man klatscht unterdessen schon öfter und lacht gleich darauf, als die dürren Beine einmal durcheinander geraten und der ganze kleine Kerl beinahe zu Fall gekommen wäre. Nur eine bisher verborgene, plötzlich ins Geschehen drängende vierschrötige Gestalt aus der vorderen Reihe der nach und nach dichter zusammenrückenden und sich allmählich wie mit einem gemeinsamen Geist belebenden Menge erhebt sich mit einem Ruck und macht Anstalten, auf die Bühne zu und dem patzenden Kleinen in seinem Missgeschicke beizuspringen. Doch behält der Bengel nach einem kühnen Satz sein Gleichgewicht aufrecht und fährt ohne Unterbrechung mit seinem atemberaubenden Tanzspiel fort, während der Vierschrötige, augenscheinlich befriedigt, wieder dort in der Unauffälligkeit Platz nimmt, von wo er sich zuvor erhoben hat.

Der drohende Fall auf den harten Boden hat indessen den kindlichen Enthusiasmus nicht beeinträchtigt. Eher ungezügelter als zuvor gebärdet sich der junge Tänzer und bereichert in den nächsten zeitlosen Augenblicken seinen wilden Rhythmus mehr als einmal mit einem gewagten Purzelbaum.

Mit lautem Johlen quittiert die inzwischen einhellig vor der Bühne versammelte Menge der Männer und Weiber die Steigerung der Darbietung. Man drängt noch näher heran, schubst hier und knufft dort. Ganz vorne erhebt man die Hände zu einem rhythmischen Klatschen, das den Figuren des Tanzes wohl einerseits gefällig ist, aber unverkennbar auch zu einer weiteren Beschleunigung der Bewegungsabläufe auf der Bühne herausfordert. Wie zum Mitmachen bestellt, fallen weitere Individuen aus weiteren Zuschauerreihen in die stimulierende Akklamation. Und der schmächtige Kleine, dem die eifrigsten Zuschauer sehr aus der Nähe nun geradewegs ins ausdruckslose Gesicht blicken können, gibt sein Bestes.

Wie ein Wirbelwind dreht sich das zarte Persönchen auf der Bühne. Seine Extremitäten peitschen über das roh gezimmerte Holz und entlocken ihm dumpfe Schläge, die in einem rasenden Staccato das Publikum elektrisieren. Einer, von fremden Schultern getragen und die anderen überragend, hat seinen Oberkörper über die Bühne geschoben und versucht, laut prustend, die fliegenden Beine des flinken Bübchens zu erhaschen. Doch diese toben über die viel zu schwerfälligen Bewegungen des allmählich ermattenden Störenfrieds hinweg und entreißen dem Publikum erneute Beifallsstürme. „He, he, he, ihr alle da, seht endlich her, wie ich tanze!"

Jemand hat die Musik lauter gedreht. Sie klingt jetzt nicht flott genug für die stürmischen Abläufe im Festsaal. Da, mit einem Mal, erlahmt das tobende Treiben des rasenden Jungen, seine kolossalen Bewegungen ebben ab und erzeugen nunmehr Bekundungen des Missfallens aus dem vor der Bühne hüftschwingenden Publikum. Der auf den Schultern eines anderen Stehende und die anderen Überragende lässt sich, laut buhend, ein Glas reichen, dessen Inhalt er mit Schwung gegen den augenscheinlich müde gewordenen Tänzer schleudert. Die Lederhose bekommt einige Spritzer ab.

Der Blick in Gestalt einer Taube hat sich zielstrebig vorgetastet und trachtet danach, den ganzen Wicht in Augenschein zu nehmen, der sich vielleicht in seinem Anspruch übernommen hat. Seine Augen, die während der Darbietung starr über das Publikum hinweg geradeaus geblickt hatten, haben sich mit einem schimmernden Film überzogen und schicken flehende Blicke hinab in die Menge, die doch noch gar nicht auf ihre Kosten gekommen ist, die, in

ihrem gerade erst aufgekommenen Enthusiasmus emp-
findlich beeinträchtigt, den Stümper auf den Brettern mit
abweisender Miene oder verzerrter Fratze teils stumm,
teils laut zischend, böse fixiert.

Ihnen allen bleibt verborgen, wie eine Gestalt am hinteren Ende der Bühne unauffällig in Erscheinung tritt und
sich, hinter einer Art Vorhang herschiebend, dem matt
agierenden Tänzer nähert. Es ist der Vierschrötige, von
dem der oberflächliche Blick vor wenigen Minuten annahm, er habe dem Kind zu Hilfe eilen wollen, der da in
seinen Händen eine geflochtene Peitsche trägt, die er alsbald mit geschickter Handhabung gegen den verhaltenen
Schwung der träge tragenden Beine richtet. „Hüh, das war
doch noch nicht alles!"

Die vorgebrachte Kritik erhebt sich mit einem laut tönenden Bass. Da geschieht es, dass die flinke Attacke der
Peitsche die Bemühungen des störrischen Kindes neu belebt. Sobald schon wieder findet sich im darbietenden
Tanze der alte Drall und wird begleitet von einem erstarrten Blick aus den Knabenaugen, die über die Leute hin-
wegsehen, die ihrerseits schnell besänftigt werden nach
der kurzen Phase der Enttäuschung inmitten ihrer verdienten Feierstunde.

Auch sie kommen wieder zueinander, der rasende
Rhythmus des Tänzers auf der Bühne und die dankbare
Akklamation der berauschten Menge. Noch einmal über-
bietet sich auf beiden Seiten der vormalige Schwung. Von
den noch immer gnadenlos niederprasselnden Peitschenhieben befeuert, gerät der Junge in einen unbändigen Tau-
mel, sodass die beiden Beine schon nicht mehr zu unterscheiden sind. Nur die braune Farbe der beinlangen
Strümpfe scheint, von gegenständlichen Konturen befreit,
als Windhose über den Brettern zu wirbeln und nach und
nach mit einem dunklen Rot sich zu sättigen.

Da endlich gelingt es dem auf den Schultern eines anderen Stehenden und die anderen Überragenden tatsächlich, an eines der fliegenden Beinchen heranzugelangen.

Auf brandet aus mehr als einem Dutzend Kehlen der mit böser Erwartung gesättigte schadenfrohe Ruf der Bangigkeit. Ach, wie er nach Erfüllung lechzt, als der Blick in Gestalt einer Taube in das schweißnasse Gesicht des strauchelnden Kerlchens fährt, dessen weit aufgerissenem Mund unter den weit aufgerissenen Augen ein lautloser Schrei entfährt ...

Georg erwacht unter Herzrasen. Er ist schweißgebadet. Seine Glieder zittern, wie sie das jedes Mal tun, wenn er diesen irrsinnigen Traum träumt. Als Auftakt des heutigen Tages hätte er sich einen angenehmeren gewünscht. Er ist noch wie betäubt, als er auf die Uhr sieht. Es ist bald Zeit zum Aufstehen.

Eine weiche Hand von nebenan tastet sich an seinen Körper heran, streichelt zuerst seinen Kopf und krault dann seinen Nacken.

„Du hast wieder geträumt", stellt Rita fest. Ihre Stimme klingt verschlafen.

„Du warst sehr unruhig gegen Morgen", fährt sie fort. „Vielleicht ist das aber nur die Aufregung."

Georg antwortet nicht. Die zärtliche Attacke von nebenan hat ihn alarmiert. Sein Körper ist zuerst auf Abwehr eingestellt. Doch der Traum wirkt noch nach. Er hat an versteckte Ängste gerührt, die nun dem misstrauischen emotionalen Grundstrom entgegenarbeiten. Einem plötzlichen Drang nach Geborgenheit nachkommend, begibt er sich ohne Nebengedanken in eine Umarmung mit seiner Frau. Beide ruhen, aneinandergeschmiegt, noch eine Weile im warmen Bettzeug, da rührt sich auch schon der Wecker.

So beginnt mit einer Verstörung im Spätsommer des Jahres 1995 für Georg Reimers der Tag, der nach seinen Erwartungen bald die Arbeitsbedingungen für ein wissenschaftliches Forschungsprojekt, dem er mit Leib und Seele anhängt, deutlich verbessern soll. Als er in seine Hosen steigt, hat er schon mit einem Ruck des Kopfes die deprimierenden Umstände des Erwachens abgeschüttelt und stellt sich auf die Herausforderungen des Tages ein.

Heute bleibt nicht viel Zeit zum Frühstück, obwohl ein Wochenende bevorsteht. Rita und Georg sind schmale Esser, doch Rita, wenn es das Zeitbudget zulässt, liebt ein gemütliches Arrangement ohne Hektik und Eile. Georg hat über die Arbeitswoche meist nur den einen Anspruch, dass der Kaffee stimmt. Oft genug isst er erst im Institut eine Kleinigkeit. Am Wochenende hingegen, seiner Frau zuliebe, lässt er sich schon mal länger am Frühstückstisch festhalten. Die Feier des heutigen Vormittags hebt diese Freiheit nun auf.

Es klingelt an der Tür, als man den Tisch abräumt. Rita öffnet, und herein tritt ein hochgewachsener Mann mit athletischer Figur, ein Mittfünfziger, in dessen Allerweltsgesicht die akkurat gepflegte Haartracht auffällt. Höflich, beinahe artig, begrüßt der Ankömmling die Frau des Hauses, bevor er auf Georg zutritt, den er mit einem freundlichen *Du* anspricht.

„Gern würde ich dich gleich mitnehmen, aber unterwegs fiel mir ein, dass ihr beide mit dem eigenen Auto fahren wollt."

Georg nickt.

„Umsonst komme ich dennoch nicht. Ich habe Neuigkeiten."

Georg, dessen Gesicht sich belebt, sieht den Gast für einen Augenblick gespannt an, bevor er den Blick wegdreht.

„Die Gelder sind endgültig bewilligt. Das Projekt kann in eine neue Phase treten, wenn wir nur die Auflagen erfüllen."

„Wunderbar!" Mehr sagt Georg nicht dazu, doch die Freude über die Nachricht ist ihm anzusehen. Nach einem Zögern setzt er hinzu:

„Fabelhaft, Klaus, dass du dich so in die Sache reingehängt hast."

Der mit Klaus Angesprochene winkt ab.

„Ohne deine präzise Projektskizze wären alle Bemühungen vergeblich gewesen. Ich denke, dein Vorhaben ist klar und vielversprechend. Das hat unser gemeinsamer Antrag überzeugend rübergebracht."

„Was richtet schon eine Taschenlampe im Verwaltungsdschungel aus", bemerkt Georg ironisch. „Um dort durchzudringen, braucht man besser einen wie dich: Marke Flutlichtstrahler, dazu wendig, hartnäckig, mit den nötigen Kontakten begnadet."

„Wie dem auch sei …"

Klaus Heimbrecht, Georgs Vorgesetzter am Physikalischen Institut, hebt lässig einen Arm.

„… Es war mir wichtig, dass du zuerst und noch vor unserer heutigen Feier die Neuigkeit erfährst. Wir sehen uns später."

Er wendet sich an Rita, die den Gast zur Tür geleitet, wo er sich, wiederum mit dem artigen Tonfall eines Gentlemans der alten Schule verabschiedet.

Rita hat bemerkt, dass zwischen den beiden Männern eine wichtige Neuigkeit ausgetauscht wurde. Doch sie stellt keine Fragen, als sie und Georg sich auf den Weg machen, kaum eine Viertelstunde, nachdem Klaus Heimbrecht das Haus verlassen hat.

Sie kennt ihren Mann als einsilbige, in Gefühlsangelegenheiten ziemlich verschlossene Natur. Daran hat sie sich zwar nicht gewöhnen können, aber doch einigermaßen sich darauf einzustellen gelernt. Er muss aus eigener Initiative mit dem herausrücken, was er mit sich herumträgt. Ein nachhaltiges Bohren ihrerseits hat immer nur eine Gegenreaktion zur Folge. Diese Erfahrung hat sie oft genug gemacht, und sie ist oft genug darüber verstimmt gewesen. Als sie sich jetzt ihrer Enttäuschung über eine von ihr als schmerzlich empfundene Seite der ehelichen Beziehung bewusst wird, bereut sie es für einen Moment, ihre Begleitung für den heutigen Vormittag zugesagt zu haben.

Was hat sie schließlich mit der Angelegenheit zu schaffen? Gut, es soll eine Art Festakt am Physikalischen Institut, dem Arbeitsplatz ihres Mannes, werden. Einige Mitarbeiter können sich, so glaubt sie es herausgehört zu haben, auf eine Belobigung freuen. Der Wunsch nach Begleitung des Lebenspartners ist in der förmlichen Einladung besonders hervorgehoben. So viel bekommt sie immerhin von der Berufstätigkeit ihres Mannes mit, dass er nicht nur häufig wie ein Besessener arbeitet, sondern auch einigen wichtigen Forschungsergebnissen am Institut maßgeblich zum Durchbruch verholfen hat. Insofern kann sie sich an fünf Fingern ausrechnen, dass auch für ihn heute eine offizielle Anerkennung zu erwarten steht, auch wenn er darüber nicht reden will. Das eben ärgert sie, dass sie zwar aus der Kommunikation herausgehalten, dennoch aber ihre Mitwirkung von ihm als selbstverständlich angesehen wird.

Als ob Georg ihre Gedanken erraten hätte, kommt er unvermittelt auf den zurückliegenden Besuch zu sprechen. Die Erklärung scheint ihm aber Überwindung abzuverlangen.

„Es ging um das Projekt, von dem ich dir erzählt habe. Die Gelder sind bewilligt. Ich kann also weitermachen. Darüber bin ich wirklich froh, weil ich einer neuen Eigenschaft auf der Spur bin."

Er verzichtet auf weitere Details. Seine Frau versteht nicht viel von den physikalischen Dingen, und sie hat, das ist ihm bekannt, keine Lust, sich darin zu vertiefen. Das geht ihm, übrigens, mit ihrem Fachgebiet, der Betriebswirtschaft, genauso. Vereinigung trotz Abgrenzung, scheint das Motto ihres Zusammenlebens zu sein. In gelegentlichen Augenblicken des Nachdenkens kommt es jedem von ihnen sonderbar vor, wie ein mit vielerlei krassen Gegensätzen befrachtetes partnerschaftliches Gleichgewicht doch immer noch halten kann.

Georgs unerwartete Mitteilsamkeit hat Rita wieder besänftigt. Im Ergebnis eines abrupten Gefühlsumschlags keimt so etwas wie Stolz auf den Lebenspartner auf.

Sie sieht wieder das Funkeln in seinen Augen, damals, als sie sich kennenlernten und er sich Mühe gab, ihr das Spezialgebiet der Physik näher zu bringen, mit dem er sich zu beschäftigen begonnen hatte. Seine obsessive Beharrung auf dem Thema hatte sie zunächst belustigt, dann jedoch allmählich eine Zuneigung entstehen lassen. Sie war ehrlich bemüht, sich auf das Thema einzulassen, schon allein, um ihn für sich zu interessieren, dessen Befangenheit insbesondere gegenüber Frauen kaum sonst einen erfolgversprechenden Zugang erkennen ließ.

Verrückt, aber aus ihrem Ursprungsvergnügen, eine etwas seltsame Nuss zu knacken, ist inzwischen eine über zwanzigjährige Beziehung geworden. Seine Obsession für die experimentelle Physik hat dabei Bestand gehabt. Doch die Anfangskumpanei um das Fachliche ist zweifellos auf der Strecke geblieben.

Er hatte wohl bemerkt, dass sie ihm in die Tiefen seiner abstrakten Materie nicht folgen konnte und auch kein dauerhaftes Interesse daran hatte. Sie bediente eben ihren Job. Und er bediente den seinen. Während der natürlichen und unvermeidlichen Abgrenzung ihrer beider Reviere, dieses beklemmende Gefühl ist sie nie losgeworden, hat er sich mit einer zunehmenden Tendenz von Misstrauen, vielleicht von Feindseligkeit, auf sein Gebiet zurückgezogen und sie bewusst außen vorgelassen. Vor diesem Hintergrund ist die Art, wie er sie für die heutige Betriebsfeier vereinnahmt und die Abgeschlossenheit seiner Arbeitswelt preisgibt, bemerkenswert, ein wenig irritierend sogar.

Schweigsam, jeder mit seinen Gedanken beschäftigt, verlassen sie das Haus, nachdem Rita, zum Leidwesen von Georg, sich noch ein zweites Mal zurechtgemacht hat. Als sie beim Institut eintreffen, werden sie gleich beim Betreten des Gebäudes von Klaus Heimbrecht abgefangen. Es hat ganz den Anschein, als wolle er sich für seinen knappen Auftritt vorhin revanchieren, denn er bemerkt, mit einem verhaltenen Lächeln und den Kopf zu Rita gewendet:

„Sogar noch die Zeit gefunden, sich umzuziehen? Mein Kompliment zu der getroffenen Auswahl."

Georg macht ein verdutztes Gesicht. Es sieht so aus, als ob ihm gar nicht aufgefallen ist, dass seine Frau sich vor dem Ausgehen auch noch einmal umgekleidet hat. Jetzt wird ihm auf einmal klar, dass er auf die überraschend milden Temperaturen dieses Tages selbst nicht besonders gut eingestellt ist.

Klaus Heimbrecht fügt seiner Wiedergutmachung für Rita dann noch eine zweite Überraschung hinzu. Denn er nimmt, als Georg sich seinen Verpflichtungen widmen muss, die Gattin seines Mitarbeiters beiseite und führt sie persönlich durch die kaum voneinander getrennten Räume, deren Aufgabe und Zweckmäßigkeit er, so ist Ritas Eindruck, für einen Physiker erstaunlich anschaulich zu erklären weiß.

In einem Laborteil verweilt er länger und bemüht sich ganz besonders um anregende Erklärungen. Auch wenn das Stichwort Tieftemperaturphysik dabei nicht gefallen wäre, hätte Rita erkannt, am Arbeitsplatz ihres Mannes angelangt zu sein. Denn die beiden Kaffeetassen aus derselben Serie, die inmitten der Apparaturen und Arbeitsmittel Platz gefunden haben, sind ein Geburtstagsgeschenk von ihr.

Merkwürdig, so geht es ihr durch den Kopf, dass hier so viel Unordnung herrscht. Zu Hause ist Georg doch peinlichst darauf bedacht, seinen Alltagsutensilien eine Kasernenhofordnung aufzuerlegen. Und wehe, daran fummelt jemand herum und bringt die gewählte Ordnung aus dem Lot! Der scheint hier in einer anderen Welt zu leben, an der er sie nicht teilhaben lässt. Eigentlich unglaublich, dass sie nach all den Jahren jetzt das erste Mal hier ist.

Georgs Vorgesetzter, von dem Rita bis dato einen nur flüchtigen Eindruck bekommen konnte, hat eine

gewinnende Art zu erzählen und seine weibliche Begleitung zu fesseln. Dabei sieht er mit einem feinen Lächeln
immer wieder in die Augen seiner Zuhörerin. Mitunter,
wenn er vorhat, einen neuen Weg einzuschlagen, fasst er
Rita vorsichtig um die Taille, um sie mit einem dezenten
Druck in die gewünschte Richtung zu dirigieren. Dabei
wahrt er immerzu den Abstand, durch welchen er die
Geste zwar mit einer verhalten vertraulichen, aber nicht
zu intimen Botschaft ausstattet. Rita trägt ein luftiges hell-
grünes Sommerkleid mit dezentem Ausschnitt. In ihren
bequemen Ledersandalen bewegt sie sich ungezwungen
und in sehr natürlicher Weise geradezu mädchenhaft. Sie
spürt die Berührung von Klaus Heimbrecht sehr deutlich
und hat kein unangenehmes Gefühl dabei. Und dass er sie
häufig ansieht, nein, auch das stört sie nicht.

Sie nähern sich dem kleinen Saal, in dem gleich die Betriebsfeier abgehalten wird; da ist der Eindruck ganz verschwunden, sich in Begleitung eines fremden Mannes zu
bewegen. Als ihr nunmehr Klaus Heimbrecht, bevor er wieder anderweitig in Beschlag genommen wird, noch einmal
fest und standhaft in die Augen sieht, erwidert Rita unwillkürlich sein Lächeln. Als der Augenblick vorbei ist, muss
sie sich einer Verwirrung stellen, durch den Gedanken
hervorgerufen, eine solche Offensive von nichtverbaler
Aufmerksamkeit lange vermisst zu haben. Georgs Institutsleiter ist ein Charmeur einer aussterbenden Gattung.
Muss sie auf sich aufpassen?

Rita quittiert ihre Frage mit einem inneren Lachen und
schilt sich eine dumme Gans. Unerwartet steht sie allein
bei den Sitzreihen, die vielleicht fünfzig Leuten Platz bieten
mögen und ersichtlich provisorisch zusammengestellt
wurden. Dieser Raum scheint im Allgemeinen eher weniger festlichen Gegebenheiten zu dienen.

Rita fühlt sich bald etwas beklemmt. Sie kennt niemanden hier. Georg hat sie zwar vorgewarnt, dass er während
der Feier zeitweise beansprucht sei und nicht fortwährend
an ihrer Seite bleiben könne. Dennoch spürt sie erneut

einen aufkommenden Ärger, der aber sofort zurückgeht, als ihr Mann sich auf einmal einfindet. Sein Gesicht ist leicht gerötet. Er sieht angespannt aus. Etwas verkrampft führt er seine Frau an der Hand zum vorderen Teil des als Auditorium hergerichteten Raumes, wo er zwei Plätze auswählt. Sie haben von hier einen vorteilhaften Blick auf das nicht weit entfernte Rednerpult. Rita, die gern Menschen in ihrer Nähe mit den Blicken mustert, ist zufrieden mit der Position.

Die Räumlichkeiten füllen sich nach und nach. Die Eintretenden nehmen die Sitzplätze ein, deren Zahl sich schließlich als zu üppig kalkuliert erweist. Immer wieder wird Georg von männlichen Personen mit Handschlag begrüßt. Er lächelt dann zwar, bleibt aber reserviert und macht nur lustlos Rita mit dem jeweiligen Arbeitskollegen bekannt. Ist dieser in weiblicher Begleitung, was nur wenige Male vorkommt, führt man eine kurze Unterhaltung. Als furchtbar steif empfindet Rita die Atmosphäre, und sie wundert sich über die geringe Resonanz der Aufforderung in der Einladung, möglichst in Begleitung des Lebenspartners zu erscheinen.

"Habt ihr eigentlich auch Frauen in eurem Universum?", platzt es auf einmal aus ihr heraus.

„Zugegeben, nicht viele", erwidert Georg. „Genau gesagt, sind es drei."

„Drei von wie viel Mitarbeitern?"

„Um die vierzig."

„Und diese vierzig minus drei sind auch noch überwiegend Junggesellen", frotzelt Rita und blickt dabei provozierend in die Runde.

„Das sind alles Individualisten, die hier arbeiten. Die verstehen was von ihrer Arbeit. Vom Abhalten einer Betriebsfeier verstehen sie weniger. Ehrlich gesagt, wir machen das überhaupt zum ersten Mal."

„Und ich darf da gleich mal Versuchskaninchen spielen."

„So solltest du das nicht sehen."

Georg wirkt erleichtert, als sie nun ihr Gespräch unterbrechen müssen. Die Mitarbeiter und die wenigen Gäste haben sich vollzählig eingefunden, und am Rednerpult macht sich Klaus Heimbrecht zu schaffen. Mit seiner laut tönenden Stimme kann er sich selbst ohne Mikrofon ausreichend Gehör verschaffen.

Es wird eine kurze Begrüßungsansprache des Institutsleiters, der Rita entnehmen kann, dass sie eigentlich als Staffage zugegen ist. Während Klaus Heimbrecht in einer lockeren und geübten Rhetorik Sinn und Zweck der heutigen Zusammenkunft erläutert, sammelt sich in Rita einmal mehr ein Gefühl der Verbitterung an. So viel immerhin ist ihr aus eigener Berufserfahrung klar, dass sie hinter den rhetorischen Verschnörkelungen die eigentliche Absicht des um eine Art „Öffentlichkeit" erweiterten kollegialen Spektakels erkennen kann.

Öffentliche Fördermittel für ein konkretes Projekt sind an die Bedingung geknüpft worden, die Projektidee über die internen Kreise hinaus einem breiteren Publikum zu kommunizieren. Da ist den Strategen der Physik nichts Gescheiteres eingefallen, als möglichst schnell eine um die Angehörigen des Institutspersonals erweiterte Mitarbeiterversammlung einzuberufen. Womöglich ist sie die einzige, die sich erfolgreich hat an der Nase herumführen lassen. Von wegen also Belobigung von Mitarbeitern!

Zu Hause, das nimmt Rita sich in einer Stimmungsaufwallung vor, würde sie Georg für seine erfolgreiche Verarsche belobigen – und ihm anschließend eine zärtliche Ohrfeige verpassen, eine kleine Vergeltung der von ihr vergeudeten Lebenszeit. In ihrem Zorn ist Rita drauf und dran, das inszenierte Theater zu verlassen. Da tritt auf einmal Georg ans Rednerpult und sorgt für weitere Turbulenzen in ihrem Gemüt. Was hat denn nun sein Auftritt zu bedeuten?

Das wird bald offensichtlich. Georg ist zum Leiter des Projektes bestimmt worden, um das es bei der Mittelbewilligung geht. In dieser neuen Eigenschaft erläutert er der anwesenden „Öffentlichkeit" nun die Grundzüge der Projektidee. Er immerhin hat also etwas von dem ganzen Brimborium. Rita seufzt und schickt sich nun drein. Hoffentlich haben die für Feierlichkeiten ungeübten Physiker wenigstens an den Sekt gedacht. Den braucht sie hinterher. Ganz bestimmt.

Und schon wieder ist ihre feindselige Gemütsregung abgeklungen. Es gehört zu Ritas Naturell, nicht über längere Zeiträume von negativen Stimmungen oder zerrissenen Gefühlsmustern heimgesucht zu werden. Sie nimmt sich also auch diesmal vor, die Sache von der positiven Seite zu sehen. Ihr Götter-Gatte Georg als Festredner, das ist doch einmal etwas Positives. Das ist vor allem etwas Neues und Ungewohntes für sie. Ihren Lebensgefährten sich inmitten seiner Apparaturen vorzustellen, wie er daran herumwerkelt, wie er die Displays beobachtet und sich unablässig Notizen macht, fällt ihr nicht schwer. Doch dass er öffentlich, vor einem größeren Publikum redet, kann das denn überhaupt gut gehen?

Das Rednerpult steht nahe genug, dass sie sein Gesicht deutlich sehen kann und daher mit hinreichender Genauigkeit und einer gewissen Überraschung wahrnimmt, wie sehr die Nervosität darin arbeitet. Ein wenig belustigt zunächst identifizieren ihre scharfen und in der Beobachtung von Menschen und Dingen geübten Augen die Verkrampfung, die Georgs Gesichtsfleisch auf einmal befallen hat und es entstellt. Und sie realisiert eine hektisch anmutende Röte, die sich in ungleichmäßigen Flecken auf der Gesichtshaut ausgebreitet hat und die tektonischen Verwerfungen in der Physiognomie optisch verstärkt zutage treten lässt.

Ein feines Zittern hat sich um die Mundwinkel ihres Gatten gelegt, das sich zu einem Beben verstärkt, als die ersten Worte, tonlos klingend, mühsam hervorgestoßen werden. Umständlich fügen sich nach und nach die kurzen Sätze zu einigen unbeholfenen Begrüßungsfloskeln zusammen.

Rita hat den Eindruck von einem Stolpern im Redefluss, der auf eine eigentümliche Weise noch keine Richtung gefunden zu haben scheint. Ihre anfängliche Belustigung, die von ihr als kleinere Revanche gedacht war, weicht einem noch unfertigen Mitleidsempfinden. Georg stottert doch im Allgemeinen nicht, geht es ihr durch den Kopf. Das hätte sie doch bemerken müssen. Nun, privat redet er nicht viel. Er ist ein eher in sich gekehrtes Temperament. Und er spricht immer betont langsam, wenn er doch einmal etwas mehr zu sagen hat. Kann es sein, dass ihr in ihrer langjährigen Beziehung tatsächlich etwas Wichtiges entgangen ist, das sich jetzt, in einer Situation, die sie noch niemals erlebt hat, unbeabsichtigt outet?

Sie will sich gerade in ihrem Verdacht bestätigt sehen, als nämlich Georg im Anschluss an die Worte von den *lieben Mitarbeitern*, denen ein freundlicher Tonfall zugedacht war, der genauso misslingt wie die Artikulation der Worte selbst, eine auffällige Pause einlegt, die Rita wie eine Erschöpfungspause vorkommt; da geht, als der Faden wieder aufgegriffen wird, eine auffällige Verwandlung mit dem Redner vor sich.

Er setzt unvermittelt mit einem ganz neuen Gedanken an, der von seinen Vorgängern nichts mehr wissen zu wollen scheint, sondern ungestüm zu den wissenschaftlich tragenden Säulen der Projektidee vordringt. Die bislang auffällig geduckte Körperhaltung des Vortragenden strafft sich. Rita glaubt wahrnehmen zu können, wie die Anfangsverkrampfung aus dem Gesicht ihres Mannes herausspringt. Sie spürt eine zarte akustische Erschütterung in ihrem eigenen Innenohr, als wäre mit einem vorfalltypischen *ping!* dort drüben am Rednerpult die Oberseite einer Gitarre gerissen.

Auf einmal treten sie befreit hervor, als hätten sie eine Last von sich geworfen, die Worte, die der Wissenschaft dienen. Es ist schon so, Rita versteht nicht viel von Physik. Dennoch wird auch sie in den kommenden Augenblicken wunderbar entführt in eine Welt der kleinen und kleinsten

Teilchen der Materie. Ein Gefühl teilt sich ihr mit, als hätte sie selbst es darauf angelegt, diese sonderbaren Teilchen zu zähmen, ihnen auch die allerletzte Bewegungsenergie zu rauben, indem sie sie festschraubt zwischen den unsichtbaren Zwingen gewaltiger magnetischer Kräfte, neuen Rekorden im Reich der kältesten Kälten zu, einem Zustand entgegen, über den es nicht mehr hinausgehen kann, wo aber sie, die gefangen gehaltenen Teilchen, energie- und willenlos gemacht, endlich die letzten Geheimnisse eines geheimnisvollen Daseins preisgeben müssen, eines Daseins, das sie, die Physiker, das Bose-Einstein-Kondensat getauft haben. Theoretisch bereits vor einem halben Jahrhundert von Albert Einstein vorhergesagt, ist in diesem Sommer, das hatte der Gatte vor etlichen Wochen ziemlich enttäuscht ganz nebenbei erwähnt, der Wettlauf um die praktische Erzeugung des geheimnisvollen Stoffs wohl entschieden worden.

Zum zweiten Mal an diesem Vormittag nimmt Rita in schemenhafter Erinnerung jenen zugleich gehemmten wie leidenschaftlichen Jüngling wahr, in den sie sich vor vielen Jahren verliebte, nicht ahnend, dass sie ihn niemals so besitzen würde, wie sie das für sich erhofft und erwartet hat, weil er bereits vergeben war an eine Nebenbuhlerin, der sie an Attraktivität nicht gewachsen war, auf die eifersüchtig zu sein wiederum lächerlich wäre; dass sie ihn vielleicht überhaupt niemals besessen hat, weil er in seiner Lebensbestimmung und in seiner Leidenschaft nur ihr ergeben war – der Physik.

Von diesem Gefühl inspiriert, glaubt Rita mit einem Male, dass sich ihr die Bestimmung dieses Vormittags enthüllt habe, die sie hergeführt hat, weil er es so wollte, um ihr für wenige Minuten auf seine ihr aus früherer Zeit vertraute Weise von glühender Überzeugungsleidenschaft zu zeigen, wofür er wirklich lebt. Sie bekommt sogleich Gelegenheit, sich in diesen Gedanken zu vertiefen, denn Georg, der sich endgültig freigeredet hat, kommt auf die fachlichen Seiten des Projektes zu sprechen, von denen sie nun wirklich nichts mehr versteht und dem zuzuhören ihr nunmehr auch keinen hinreichenden Lebensgewinn mehr verspricht.

Die von Georg vorgetragene Botschaft wird nun dermaßen institutsintern, dass für Rita der letzte Zweifel über die Richtigkeit ihrer Vermutung verschwindet. Georg wollte ihre Anwesenheit; er wollte sie sogar um den Preis, dass sie Zeugin seiner peinlich verheimlichten sprachlichen Schwäche wird. Aber warum? Sie hatten ihre Gebiete doch abgegrenzt. Sie weiß um seine Obsession. Sie hat sie akzeptiert und ihm den nötigen Spielraum gelassen. Oder etwa nicht? Oder nicht genug für seine Bedürfnisse? Oder will er heute aus ihr noch verborgenen Motiven heraus neue Pflöcke einrammen für eine weitere Stufe der emotionalen Entfremdung in ihrer Beziehung, die nicht mehr als bloße Einbildung wegzuwischen ist?

Rita sehnt bald das Ende der Veranstaltung herbei. Als hätte Georg ihren Wunsch erraten und beschlossen, ihm entgegenzukommen, bringt er seine Rede zum Abschluss, die er zum Ende hin, geradezu im Kontrast zu den anschaulichen rhetorischen Finessen am Anfang, mit Fachvokabular förmlich spickt. Rita fühlt sich nun vollends fehl am Platz. Der Beifall für den Redner ist lebhaft, doch nicht überschwänglich. Brandneue Eindrücke, weder über die Person des Vortragenden noch über die Sache selbst, scheinen den Anwesenden nicht entstanden zu sein.

Georg steht noch sinnend am Rednerpult und spielt mit seinem vorbereiteten Manuskript. Aus seinem vordem geröteten Gesicht ist die Farbe gewichen. Die wächserne Haut bringt die Wangenknochen zur Geltung in dem auffällig mageren Gesicht. Für einen Augenblick treffen die Blicke von Rita und Georg aufeinander. Er wendet sich als erster ab. *Meine Güte*, denkt Rita: Er hat etwas Asketisches an sich, das ich bisher nicht wahrnehmen wollte. Fasziniert, befremdet, ernüchtert bleibt ihr Blick auf den Mann gerichtet, der doch ihr Lebenspartner ist und der ihr in diesem Augenblick vorkommt, als hätte sie ihn noch niemals gesehen.

Nun endlich löst sich seine drahtige Gestalt vom Pult. Langsam und ein wenig schwankend, als sei er einer Fieberattacke erlegen, steuert Georg auf die vordere Sitzreihe zu, aus der sich die Zuhörer herauszulösen beginnen. Nicht sonderlich erhöht ist die Position des provisorisch errichteten Podiums. Nur drei Stufen heben es von der subalternen Ebene des Auditoriums ab.

Es sind breite, ausgetretene Stufen, über die sich der Teppichboden stellenweise etwas wölbt. Physiker geben nicht sehr viel um die Äußerlichkeiten in ihren wissenschaftlichen Hallen. Gelder, die ihnen schon mal von da und dort zufließen, stecken sie lieber in die Apparatur. Der alte Teppichboden, durchlöchert, verschlissen und an einigen Stellen eben aufgewölbt, sollte noch etwas warten können, ist man seinerzeit der Meinung gewesen, als man sich stattdessen für ein neues Spektrometer entschied. Sie hält sich doch noch in Grenzen, so befand man, die Menge der Falten, von denen nunmehr eine sich gerade vor Georgs Fuß schiebt, als dieser, schwungvoll, die mittlere der drei Stufen passieren will.

Die kleine Verwerfung jedoch entzieht ihm die Bodenhaftung, dessen sich die Zuhörer aus der ersten Reihe am ehesten gewiss werden. Ein Raunen erfüllt die Luft, verstärkt sich für einen Moment und gibt vereinzelt laute Rufe preis, die zwar hilfreich mahnen, doch die Gesetze der Schwerkraft in ihrer Rigidität nicht einmal in einem physikalischen Labor unterbinden können.

Georg gerät unerwartet ins Taumeln, das die unterste Stufe des Aufstiegs zum provisorischen Podium kühn ignoriert. Zwar weiß er sich in der tückischen Schwerkraftfalle zu wehren und zum Erstaunen des Publikums, als sei er ein zehnjähriger Bub aus dem Artistenmilieu, den unerwünschten und gefährlichen Schwung gekonnt zu konterkarieren, indes währt auf kurzen Wegstrecken eines freien Falles die Unbeschwertheit der Bewegung auch nur kurz. Bevor der Sturz in den Armen eines Mitarbeiters für Georg ein glimpfliches Ende findet, hat die Gefahr seinen Blick durch panische Angst geweitet. Für einen Augenblick, während Ritas Schrei in der Brust ungeboren erstickt, starrt sie in das plötzlich schweißnasse Gesicht ihres strauchelnden Gatten, dessen weit aufgerissenem Mund unter den weit aufgerissenen Augen ein lautloser Schrei entfährt.

Nichts Ernstliches ist jedoch passiert. Klaus Heimbrecht, der sofort herbeigeeilt ist, interpretiert das Geschehen humorvoll, indem er bemerkt, es sei nur natürlich, wenn den wissenschaftlichen Höhenflug des Instituts der praktische Höhenflug eines seiner Mitarbeiter auch einmal sinnbildlich machen würde. Bei seinen Worten blickt er Rita an, als erwarte er gerade von ihr eine Anerkennung für seinen Scherz. Doch Rita hat ihren Schrecken noch nicht überwunden. Sie blickt beiseite. Und auch Georg, der sofort versucht hat, wieder eine lockere Haltung einzunehmen, scheint sein Missgeschick nur schwer zu verarbeiten.

Nein, Sekt haben die Physiker nicht vorgesehen. Das Beisammensein muss seinen Zweck dennoch erfüllt haben. Die Herren mit den ganz wenigen Damen geben sich aufgeräumt. Der Drang, nun bald aufzubrechen, wird dennoch nicht lange hintangestellt. Unvermittelt sieht sich Rita, eben noch umstellt von Personen, wieder allein. Bevor sie ungeduldig wird, kommt Georg, der schnell noch einige Worte mit Klaus Heimbrecht gewechselt hat, auf sie zu, nimmt ihren Arm und geleitet sie aus dem Institutsgebäude.

Schweigend gehen sie nebeneinander zum Parkplatz hinüber, wo ihr Auto steht. Da plötzlich wendet Rita ihren Kopf und starrt Georg ins Gesicht, als sei ihr erst jetzt etwas überaus Wichtiges aufgefallen. „Was ist mit deinen Lippen?", fragt sie erschrocken.

„Na, was ist denn mit meinen Lippen!", erwidert Georg mit einer ungewohnt harten Stimme. Und der Blick, den er seinerseits auf seine Frau richtet, ist so kalt und abweisend, dass sie es vorzieht zu schweigen und die blutig zerbissenen Lippen, die sie tatsächlich gerade erst bewusst wahrgenommen hat, lieber schnell vergessen will.

Ein Gespräch zwischen den beiden kommt nicht mehr auf. Zuhause angekommen, zieht Georg sich rasch auf sein Zimmer zurück, quält sich vorher aber immerhin noch die Bemerkung ab: „Danke, dass du mich heute begleitet hast."

Nostalgie-Trip

Es ist November geworden. Ritas Verstimmung wegen der Betriebsfeier wurde schon bald vom Alltag verschluckt. Sie hat es nicht fertiggebracht, das Thema gegen seinen offenkundigen Widerwillen noch einmal anzuschneiden. Ihre Kopfarbeit ist zudem von noch anderweitigen Problemen in Anspruch genommen worden. Denn auch in ihrer Firma wird schließlich hart gearbeitet. Die Auftragslage ist gut, sehr gut sogar. Interessante Wirtschaftsprüfungsfälle kommen auf ihren Tisch und stellen sich als Herausforderung für ihr berufliches Selbstverständnis dar. Da kann es geschehen, dass sie auch bei sich Merkmale einer Obsession wahrzunehmen meint. Zwar fällt es ihr leichter als Georg, einfach mal abzuschalten, und sein rigides, zerstörerisch auf jeden Gemeinschaftssinn wirkendes Verhalten, private Pflichten und Interessen hartnäckig zu ignorieren, würde ihr immer fremd bleiben.

Beunruhigt beobachtet sie gelegentlich, wie Georg, in seinem Bestreben, eine Arbeit zu Ende zu bringen, in einen Zustand der Selbstverwahrlosung hineingerät, in dem es ihn emotional aus der Welt, aus dem Leben, so hat es den Anschein, gleichsam hinauskatapultiert; und erst wenn der Vorgang, die Versuchsreihe, die Erprobung oder welche Arbeit auch immer abgeschlossen worden ist, taucht ihr Gatte allmählich wieder ein in eine zuträgliche

Atmosphäre des Miteinanders, die für Rita nach ihrem Selbstverständnis einen begehrenswerten und auch unverzichtbaren Teil des persönlichen Lebens darstellt.

So wie er in seiner will sie in ihrer Arbeit, gleichgültig wie die Auftragslage ist, niemals aufgehen. Dieser Gedanke geht ihr des Öfteren durch den Kopf und hilft ihr beim ständigen Austarieren eines tragfähigen Gleichgewichts zwischen beruflichem Anspruch und persönlich ganzheitlicher Lebensfreude. In diesem Sinne nimmt sie, wenn sie in ihrem Verhalten schon einmal Muster bei sich entdeckt, die sie für Merkmale einer grenzgängigen Besessenheit hält, bewusst eine kleine Auszeit im Rahmen ihrer Möglichkeiten. Dank eines in der Personalführung verständnisvollen und taktisch geschickt agierenden Chefs erfreut sie sich eines zufriedenstellenden Gestaltungsrahmens.

Verschmitzterweise stellen sich in solchen gelegentlich genutzten Momenten einer nachlassenden Anspannung regelmäßig Gedanken ein, die ihr emotionales Gleichgewicht aber von einer anderen Seite her attackieren, an vorderster Stelle steht immer wieder die Frage im Raum, wie lange ihre Beziehung zu Georg einen solchen Rhythmus wird aushalten können.

Rhythmus – das scheint Rita das passende Wort zu sein, um, über einen längeren Zeitraum betrachtet, Georgs Gemütszustand zu charakterisieren: Höhepunkte und Tiefpunkte seiner Ansprechbarkeit; eine augenfällige Bewegung in die eine oder in die andere Richtung; Augenblicke des Verweilens am Extrem der Unzugänglichkeit, um früher oder später ein blasses Signal wie ein halbherziges Versprechen auszusenden, es werde bald alles gut sein. Wie anders als in den beruflichen Zusammenhang ihres Mannes, in den Zusammenhang mit seiner wissenschaftlichen Zielstrebigkeit, mit Erfolg und Misserfolg, soll sie die Ursache für diesen Rhythmus einordnen. Ihre Beobachtungen sprechen dafür. Doch sicher, ganz sicher ist Rita sich nicht. Zu einseitig kommt ihr der Erklärungsversuch bisweilen vor.

Die Tage sind also kürzer geworden. Davon profitiert der Arbeitstag des Einzelnen in modernen Erwerbsgesellschaften schon lange nicht mehr. Er bleibt der Taktung einverleibt und wird pausenlos mitgerissen im Strom der produktiven Prozesse und mitunter auch vom Sog der unersättlichen eigenen Leistungsansprüche. Ungeachtet ihrer Besorgnis, die lästige Kummerfalten auf ihre vom Naturell her eher ausgeglichene Seele gelegt hat, ist Rita nicht einmal unzufrieden. Ihre Befürchtung, Georg könnte die Absicht gehabt haben, auf der Betriebsfeier Pflöcke für eine neue Stufe der Entfremdung in ihrer Beziehung zu setzen, ist nicht eingetreten. Jedenfalls hat sie noch keine Anhaltspunkte für diese Vermutung finden können.

Doch sollte sie wachsam bleiben, gibt ihr ein zwiespältiges Gefühl den Auftrag. Erst zwei Monate liegt die sonderbare Feier zurück. Jetzt hat der November begonnen, seine Bedingungen zu diktieren. Da würde sie es naturgemäß schwer haben mit dem Sammeln zuverlässiger Eindrücke. Denn ein besonders merkwürdiges Phänomen ist ihr in den zurückliegenden Jahren des Zusammenlebens mit ihrem Mann nun nicht entgangen, dass das Duo der letzten beiden Monate eines Kalenderjahres regelmäßig etwas mit seinem Gemütszustand anstellt.

Nicht dass Rita anfällig gewesen wäre für übersinnliche Erklärungen, wenn sie die seelische Eintrübung, die sie als einen rhythmisch auftretenden Gemütsbefall bei ihrem Gatten auszumachen glaubt, besonders zuverlässig mit den Monaten November und Dezember in Verbindung bringt. Sie ist davon überzeugt, dass jedwede Bemühung um eine Klärung des Zusammenhangs zwischen einem negativen Kindheitserleben und dem Stimmungswandel am Jahresende, so denn Georg sich jemals auf eine Öffnung seines Innenlebens, auf die Enthüllung seiner Lebensgeheimnisse eingelassen hätte, wichtige Erkenntnisse zutage bringen müsste. Doch einem solchen aufschlussreichen authentischen Material enthoben, das Georg ihrem Eheleben als Gesprächsstoff immer vorenthalten hat, nimmt Rita zu einer Erklärung Zuflucht, mit der sie eine gemütsprägende Kraft von saisonalen Geburtsumständen abhängig macht.

Sie hält es ganz und gar nicht für übersinnlich, wenn sie annimmt, dass einem Gemüt, das die allererste Zeit seines Daseins nach der Geburt in der traulichen Atmosphäre langer heller Tage mit üppiger Vegetation ringsumher und in betörendem Design verbringen darf, lichtere Kammern entstehen als einem solchen, dem gleich im Anfang die Dunkelheit herrisch entgegentritt und doch nichts weiter zu bieten hat als graues, anregungsloses Einerlei. Georg ist ein Novemberkind. Sie ist im Mai geboren worden. Ach, wie gern würde sie ihm ein wenig abgeben von dem allerersten Empfinden, das aus jenen zurückliegenden Tagen vor bald siebenundvierzig Jahren sicher noch heute in ihrer Brust üppige Zinsen trägt.

Bis er sein kleines Spektakel, das sie gern als einen Ersatz für die Feier seines Geburtstags ansieht, den er immer gnadenlos ignoriert, hinter sich gebracht hat, ist der Jahresumschwung gewöhnlich noch nicht für sie zu spüren. Jene demonstrative Verrücktheit ist in der Zeit ihrer Ehejahre immer in der ersten Novemberwoche aufgelegt worden, also noch in einem deutlichen zeitlichen Abstand zu seinem Geburtstag am Zwanzigsten.

Insofern beginnt sie sich zu wundern, dass diesjährig von irgendeiner Geneigtheit bei Georg, in sichtbare Vorbereitungen einzutreten oder ihr seine Terminvorstellungen preiszugeben, noch nichts zu bemerken ist. Der nächste Samstag fällt auf den Vierten. Wenn der Mann also diesmal nicht von der alten Gewohnheit abweichen will oder die langjährige Gepflogenheit überhaupt ausklingen lässt, dann muss zügig etwas passieren.

Ganz ohne ihre Mitwirkung ist er niemals ausgekommen, wollte es wohl auch nicht. Zwar einen eigenen emotionalen Bezug zu diesen jährlichen Treffen hat sie nicht, doch die Personen, die Georg, so kann man das sagen, in die Ehe eingebracht hat, sind ihr ein wenig vertraut geworden. Sie hat sich meistens sogar amüsiert, hat den Stimmungsgewinn gern auch für sich als Erlös eigener repräsentativer und logistischer Bemühungen aufgefasst.

Im Grunde ist alles harmlos, ungeachtet der skurrilen Ouvertüre, mit der der Abend jedes Mal in Szene gesetzt wird. Einem Verdacht, das Ereignis könnte etwas mit der spätherbstlichen Verfinsterung von Georgs Innenleben zu tun haben, ist keine überzeugende Logik abzugewinnen. Ganz unstrittig ist das innere Band, das sich um die vier Akteure seit den Tagen ihrer gemeinsamen Jugendzeit schlingt, noch nicht ausgeleiert. Für sie bleibt es auch heute noch ein weitgehend verborgenes Freundschaftsband zwischen Männern, das ihr als außenstehender Frau kaum einen Hinweis zukommen lässt, inwieweit die äußerliche Harmonie tatsächlich innerlich getrübt ist durch verborgene Rivalitäten und ob die Bissigkeit im Umgang miteinander, die ihr gelegentlich aufgefallen ist, den Akteuren auf längere Sicht möglicherweise die Seelen wundscheuert. Ganz und gar bar also jeden konkreten Verdachtes, der makabre Frohsinn einer Runde von alternden Herren könnte die beklagten emotionalen Verwerfungen im Gemütsleben ihres Mannes hervorrufen, arrangiert sich Rita mit der unspektakulären Vorstellung von einer bloß zufälligen Korrelation des einen und anderen ohne tiefere Bedeutung.

Einige Tage später, als sie sich schon mit dem Gedanken anzufreunden begonnen hat, in diesem Jahr werde tatsächlich von ihm die Tradition gekippt, rückt Georg mit seinen Absichten heraus. Für den 11. November will er diesmal die alten Kumpels einladen. Er wirkt eher lustlos bei seiner Ankündigung.

„Ich weiß, wir sind spät dran dieses Jahr. Fast hätte ich das Theater vergessen. Wir kommen wohl in das Alter, Rita, in dem alte Gewohnheiten auf den Prüfstand kommen und das eine und andere dabei neu bewertet wird."

Er lächelt etwas zweideutig, sieht Rita aber in einer Art und Weise an, wie sie das überhaupt nicht mag, weil hinter diesem sonderbar nichtssagenden Blick seine Gefühle für sie undurchschaubar bleiben. Er versteht es meisterhaft, unbeteiligt und undurchdringlich zu wirken. Oh ja, gewöhnlich erreicht er das, indem er seinen Blick abwendet. Selten schon mal, wie eben jetzt, hält er einem fremden Blick indes stand. Was heißt dann aber schon Blick? Seine Augen sind belegt wie Milchglasscheiben. Ist das denn überhaupt ein Blick, der aus ihnen heraustritt? Und wohin ist er gerichtet? Sie, die doch mit ihm vertraut ist wie niemand sonst, jedenfalls glaubt, mit ihm vertraut zu sein wie niemand sonst, kann in derartigen Situationen nichts Vertrauenerweckendes mehr erkennen. Befremdend ist das, da gibt es nichts zu beschönigen. Befremdend, so wie auch jetzt wieder. Ja, würde er über Physik reden, dann würden in seinem Gesicht zwei Leuchtfeuer aufgehen. Ein Glanz würde sich ausbreiten und bis in das Gesicht des Gesprächspartners hineinstrahlen. War sie seinerzeit, als sie sich kennenlernten, einem solchen unwiederholbaren Augenblick erlegen? Ach, was soll die Frage!

„Dann mach doch einen Schnitt, wenn du keinen Spaß mehr an der Sache hast", sagt sie leichthin. Sie versucht unbeteiligt zu klingen. Georg schüttelt den Kopf.

„Das kann ich den Kumpels nicht antun. Zu Gottfried hätte ich dann fast gar keinen Kontakt. Vielleicht wäre es aber Zeit, demnächst die Sache nüchterner zu arrangieren."

„Nüchterner, das wär ja schon mal was", sagt Rita. Diesmal ist sie es, die zweideutig lächelt.

So rückt der Samstag heran, den Georg in Absprache mit den Freunden für ihr Meeting, wie er die jährliche Zusammenkunft gern nennt, bestimmt hat. Die Vorbereitungen dafür halten sich in Grenzen. Einzig Ritas Kochkünste sind immer wieder gern gefragt. Bisher machte es ihr nichts aus, sich für ein paar Stunden der Küche zu widmen.

Die Witterung an diesem 11. November ist nasskalt. Es klart den ganzen Tag nicht auf. Über dem Grundstück des Ehepaars Reimers hängt ein novembertypischer Nebel. Man kann von der Terrassentür nur schemenhaft den Baumbestand ausmachen, der die Immobilie von Rita und Georg vom Nachbarareal trennt. Das weniger auffällige Buschwerk zwischen und hinter den Bäumen ist bereits vor Eintreten der frühen Dämmerung vom Dunst verschluckt worden.

Der Garten macht nicht gerade den Eindruck, irgendjemandes Steckenpferd zu sein. Wiewohl Rita gelegentlich die allernötigsten Prozeduren vornimmt, die einer übermäßigen Verwilderung vorbeugen, hat der spontane Pflanzenwuchs viele Freiheiten bewahrt, die auch jetzt noch, wo die austreibenden Naturkräfte zum Erliegen gekommen sind, augenfällig zutage treten.

Rita ist der reichlich naturwüchsige Zustand ihres Grundstücks inmitten der akkuraten Gartenzwergidylle manchmal peinlich. Doch was hilft das, wenn beide Partner berufstätig sind und der eine, nämlich ihr allzeit beschäftigter Gatte, so tut, als ginge ihn das, was sich draußen vor der Terrassentür abspielt, überhaupt nichts an. Er ist doch Naturwissenschaftler, wundert sich Rita immer wieder. Doch mit der botanischen Natur um sich herum, zu der nun einmal auch ihr Garten zu rechnen ist, hat er nichts im Sinn. Normal findet sie das eigentlich nicht.

Georg hat den frühen Nachmittag damit verbracht, einige Schriftstücke durchzusehen, während Rita sich ganz den kulinarischen Vorbereitungen in der Küche widmet. Für die Getränke ist Georg zuständig. Er hat das Bier und den Klaren ohne weitere Umstände auf die Terrasse verfrachtet. Dort bekommen sie nach seinen Vorstellungen genau die richtige Temperatur. Als die Dämmerung bereits fortgeschritten ist, blickt er auf die Uhr. Gleich würden sie kommen. Er löscht das Licht, das er zum Lesen benötigt hat und verfällt ins Grübeln, aus dem er nach vielleicht einer Viertelstunde der Erstarrung durch einen lauten

Knall aufgeschreckt wird. Draußen blitzt es für einen Moment auf.

Mit einem Ruck erhebt sich Georg aus dem Sessel und eilt hinaus, ohne die Terrassenbeleuchtung einzuschalten. Da geschieht es, dass ihn eine knatternde Salve wie von Gewehrschüssen empfängt. Er hat wohl noch die Geistesgegenwart, die Taschenlampe, die auf dem Arbeitstisch liegt, zu ergreifen. Jetzt richtet er ihren starken Strahl hinaus in den Garten und ruft: „Wer da!"

Doch schon wieder ist das Grundstück in Stille getaucht. Auch das Licht der Taschenlampe trägt nichts zur Aufklärung irgendwelcher Vorkommnisse bei. Denn der Nebel hat sich im Schutz der Dunkelheit weiter verdichtet. Wie eine Mauer stehen die feinstverteilten Wassertröpfchen zur Abwehr einer Lichtattacke bereit.

Beunruhigt tastet sich Georg ein kleines Stück über den gefliesten Teil der Terrasse hinaus zum Garten vor, wo er rechtsseitig einen von seiner Frau gepflanzten Johannisbeerstrauch hochwachsen weiß. Ansonsten liegt zwischen den hinteren Baumreihen und der Terrasse nur ein Rasenstück. Sollte jemand das Grundstück betreten haben und die Absicht verfolgen, zum Wohnbereich vorzudringen, dann wäre es für den Eindringling naheliegend, den Schutz jenes Johannisbeerstrauchs zu beanspruchen. „Wer da!" Noch einmal ruft Georg mit unsicherer Stimme in den wie verwunschen daliegenden Garten hinaus.

Es herrscht eine angespannte Stille. Georg will sich gerade wieder abwenden und zur Veranda zurückkehren, da glaubt er ein Geräusch gehört zu haben. Er lauscht in die Dunkelheit hinein. Die Taschenlampe hat er ausgeknipst. Tatsächlich. Da war was. Ein Stöhnen? Nein, es klang eher wie ein Summen. So viel botanisches Wissen hat er, um sich im Klaren zu sein, dass irgendwelche Insekten als Urheber dafür um diese Jahreszeit aber nicht in Frage kommen.

Die Dunkelheit schärft sein Gehör. Auch seine Augen haben sich mittlerweile ganz gut an die finstere Umgebung gewöhnt. Besser als zuvor mit dem Licht der Taschen-lampe ist es ihm nun mit bloßem Auge möglich, das Areal wahrzunehmen und Einzelheiten zu unterscheiden. He, da ist der Busch, der sich aus der windstillen Dunkelheit her-aushebt. Hatten sich nicht gerade einige Zweige bewegt? Georg scheint unschlüssig, wie er sich verhalten soll. Das Summen ist stärker geworden. Eine Melodie? Bald ist er sich sicher. Er kann Worte eines zusammenhängenden Textes in der allmählich einprägsamer werdenden Melodie unterscheiden.

Wir sind die Pioniere.

Wir gehen vor nach Plan.

An jede offene Türe

Robben wir heran.

Wir sind die Pioniere.

Wir filzen dieses Haus

Und tragen, was des Volkes

Eigentum ist, raus.

Die Verse werden mehrfach wiederholt, und jeder vor-getragene Reim fällt ein wenig lauter aus als sein Vorgän-ger. Es sind zudem mehrere Stimmen, die sich um einen Zusammenklang bemühen und mit unterschiedlicher Tonhöhe und Lauteinfärbung zu einem seltsamen Klang-muster von angespannter Kakophonie verschmelzen.

Da zischt eine Leuchtrakete in die Luft. Durch die py-rotechnische Attacke unterstützt, ist es Georg möglich, ei-nige Gestalten wahrzunehmen, die sich gerade aus dem Schutz der Dunkelheit lösen und seitwärts weghuschen wollen. Im plötzlichen Lichtkegel ihrer Erscheinung offen-bar geworden, scheinen sie sich ertappt zu fühlen.

Sie verharren für einen Moment, als wären sie in Stein gegossen worden. Dann, abrupt, brechen sie nach vorne aus und eilen auf die Veranda zu. Bevor es Georg gelingt, sich in das Innere des Hauses zu flüchten, haben die Ge-stalten – es sind ihrer drei – den Hausherrn von hinten ergriffen und zu Boden gedrückt. Georg will schreien.

Doch zwei Hände, die sich um seinen Hals geklammert halten, können den Versuch wirkungsvoll unterbinden.

„Lass gut sein, wir brauchen ihn lebend", befiehlt eine dröhnende Stimme. Die Hände lösen sich von Georgs Hals, greifen ihm blitzschnell unter die Achseln und richten ihn mit einem Ruck auf.

Da steht der Hausherr nun verdutzt den drei Eindringlingen gegenüber, die sich mit dunklen Tüchern nachlässig getarnt haben. Der Sprecher lässt sich erneut vernehmen und tritt dabei hart an Georg heran:

„So, du verkommener Bourgeois! Übergibst du dem Volk dein Eigentum mit allem beweglichen und unbeweglichen Inventar?"

Georg stockt, dann stößt er heiser hervor: „Ich übergebe!"

Eine Sekunde lang ist es totenstill auf dem Anwesen. Schließlich ist es um Georgs Beherrschung geschehen. Ein Zittern durchläuft seinen Körper. Erst glucksend, dann prustend, fällt er in ein schallendes Gelächter, dem sich die drei anderen auf der Veranda sofort anschließen.

Von jedem der Eindringlinge wird Georg umarmt. Man klopft sich auf die Schultern, stößt sich die Ellbogen in die Rippen und ist für eine Weile furchtbar ausgelassen.

„Kommt herein, Jungs", sagt Georg. „Ihr habt ja schon rote Nasen. Wer Lust hat, kann sich eine Flasche Bier angeln. Dort drüben neben der Tür stehen die Kästen. Der Korn ist auch nicht zu übersehen."

Doch ist er schnell wieder ernst geworden. Auch bei den anderen ist die Heiterkeit bald verflogen. Sie treten ins Haus, nicht ohne sich zuvor brav die Schuhe abgetreten zu haben. Die Tücher, die als Maskerade vors Gesicht gebunden waren, steckt man in die Jackentaschen.

Drinnen scheint erst einmal eine Atmosphäre der Befangenheit die Oberhand zu gewinnen. Die Neuankömmlinge gehen in dem geräumigen Wohnzimmer auf und ab und schauen sich um, als wären sie das erste Mal hier.

Der schmächtigste von den drei Freunden Georgs findet als erster die Worte wieder.

„Ich bekenne offen, dass mir unsere kleine Wiedersehensszene immer noch, nach den vielen Jahren, eine große Genugtuung verschafft. Seien wir ehrlich, Freunde. Das war doch unsere Vision, dass man die Expropriateure zur Rechenschaft zieht. Unsere Schuld ist es nicht, dass die Zeiten dann so ganz anders als erwartet verliefen."

Der blonde Mann mit dem spärlich wachsenden Haupthaar, ein Endvierziger wie die anderen auch, seufzt hörbar, bevor er mit energischem Schwung seine rechte Hand an das Kinn führt. Dort nimmt sie Kontakt auf zu einem Bärtchen, ebenfalls blond in der von mannigfaltigen Kompositionen attackierten Grundfarbe, befühlt es mit allen Fingern, als wollte sie sich versichern, dass es auch wirklich noch vorhanden ist, um hernach den drei privilegierten Fingern der Schwurhand die Gunst zu gewähren, dem Kinnbewuchs bis in die fein ausgearbeitete Spitze hinein zu folgen, da wird sie fünf Sekunden lang ausgiebig gezwirbelt, bevor die Hand mitsamt dem Arm, der sie geführt hat, erschlafft herabsinkt, um gleich im nächsten Augenblick erneut zum Kinn vorzustoßen, wo die ganze Prozedur von vorn beginnt.

Dieser Bewegung der feingliedrigen Extremitäten, deren origineller Verlauf von oben nach unten gerichtet ist, arbeiten die tragenden Extremitäten demonstrativ entgegen, indem sie dem Oberkörper eine wippende, von den Füßen ausgehende Hubbewegung verordnen. Der regelmäßige Höhengewinn wird dann aber immer alsbald auf dem Zenit wieder an die Schwerkraft abgetreten.

„Da stimme ich uneingeschränkt zu, Franz." Mit diesen Worten knüpft der Größte in der Runde, die ein wenig zusammengerückt ist, an den Monolog seines Vorredners an. „Wie edel waren die Motive für unser damaliges Tun. Wir würden heute eine bessere Welt vorfinden, wahrhaftig, wenn die gute Sache gesiegt hätte. Ich fühle mich durch den Verlauf der Geschichte in der Tat blamiert. Fair war das nicht, wie das Schicksal mit uns umgesprungen ist."

Etwas schleppend kommt ein Gespräch über die „alten Zeiten" in Gang, gelegentlich unterbrochen von einem synchronen Schluck aus der Bierflasche, wovon sich jeder der vier nach und nach eine öffnet, wobei es bald auffällt, dass weder Georg noch der mittelgroße der Gäste merklich an der Unterhaltung teilnehmen. Während Franz und der von ihm mit Gottfried Angesprochene noch eine Weile die Vergangenheit, so wie sie sich in ihrer verarbeitenden Erinnerung niedergeschlagen hat, auf wehmütigen Spuren zurückverfolgen, stehen die beiden anderen eher teilnahmslos dabei.

Sie begegnen sich gelegentlich mit einem flüchtigen Blick, der jedes Mal auf ihren Lippen die Spur eines Lächelns hinterlässt. Während aber bei Georg das Lächeln immer wieder schnell versteinert und sich der Alltagsmimik geschlagen gibt, häufen sich bei dem anderen die Lächel-Einheiten und wachsen zu einem Grienen an, das schließlich in einem breiten Grinsen, welches Mundwinkel und Ohr in beiden Gesichtshälften näher zueinander bringt, seine Visitenkarte hinterlässt.

Bis auf einmal die Frage aus ihm hervorbricht: „Wohnst du denn noch immer Souterrain, Gottfried?"

Der Angesprochene hat gerade etwas sagen wollen, jetzt ist er überrumpelt. Er lässt seinen vorbereiteten Gedanken fallen, blickt den Fragesteller an und sagt:

„Na klar doch lebe ich noch Souterrain. Seit einem Monat habe ich sogar noch einen Raum weniger zur Verfügung. Aber sie wird mich nicht zur Aufgabe zwingen. Sie wird mich nicht brechen. Ich bleibe. Komme, was da wolle, Spaltensturz."

Gottfried ist in eine hektische Nervosität verfallen, während sich auf den Gesichtern der drei anderen so etwas wie ein spöttisches Mitleid bemerkbar macht. Auch Franz reagiert in dieser Weise und macht ganz den Eindruck, als habe er schnell das Lager gewechselt und halte nunmehr

Abstand zu demjenigen, der eben noch sein bevorzugter Gesprächspartner war.

Gottfried scheint Schwierigkeiten zu haben, seine Mitteilungssucht zu zügeln. Der Tonfall, in dem er spricht, offenbart einen Rechtfertigungszwang.

„Das war schofel, wie sie sich benommen hat. Wir haben den gleichen Anteil an dem Haus, abgesehen von der einen einzigen Hypothekenzahlung, die sie mir voraushat."

„Das ist wohl ein dicker Batzen, hm?", stichelt Spaltensturz.

„Ja, schon, aber das rechtfertigt doch nicht ihr Vorgehen. Schofel Ist das. Schofel und dreimal schofel."

„Sag mal, kann das sein, dass du finanziell wesentlich komfortabler dastehen würdest, wenn du damals nicht den nagelneuen Porsche zu Schrott gefahren hättest. Kostspielige Sache, vermute ich."

Gottfried, der gerade einen Schluck nehmen wollte, fängt an zu husten. Er blickt Spaltensturz grimmig an.

„Als wenn nicht jeder mal einen Fehler in seinem Leben macht. Dann muss man auch bei Gütertrennung füreinander einstehen, ist das etwa nicht der Eheauftrag, wenn du Mönch davon überhaupt etwas verstehst?"

„Armer Gottfried", sagt Spaltensturz, „ich hab doch gar nichts gegen kostspielige Leidenschaften. Aber Porsche und Saufen, das passt nicht zusammen. Schau mich an, wenn ich mir einen verlöte, gehe ich immer zu Fuß, ganz bestimmt."

Und noch bevor Gottfried etwas erwidern kann, wiederholt Spaltensturz laut die Klage: „Armer Gottfried!" Und das Grinsen in seinem Gesicht strebt der höchsten Stufe seiner Entfaltung zu. Er legt einen Arm um Nacken und Schultern von Gottfried, der links neben ihm steht, den anderen um Nacken und Schultern von Georg, der neben ihm rechts steht. Die anderen unter Einschluss von Gottfried folgen seinem Beispiel, sodass sich der Freundeskreis im wahrsten Sinne des Wortes schließt und fest umklammert hält. Georg, Spaltensturz und Franz stimmen in einen Gesang ein, der zwar ähnlich dissonant klingt wie vorhin im Garten, aber mit fröhlicherem Impetus vorgetragen wird.

Er macht sich auf nach Souterrain,
Ins Reich der dunklen Gänge.
Er mag nicht länger oben stehn,
Im Konkurrenzgedränge.
Das Leben drückt,
Reich bestückt
Mit kruden Eskapaden.

Das Ende der musikalischen Einlage wird wiederum von einem allgemeinen Gelächter begleitet, an dem nur Gottfried nicht so recht teilnehmen will. Er macht ein süßsaures Gesicht, in dem eine ungesunde Lebensweise deutliche Markierungen hinterlassen hat. Auffällig heben sich die kurzen dunklen Bartstoppeln aus der gelblichen, von Pusteln übersäten Haut. Einige Äderchen an beiden Schläfen treten bläulich zu Tage. Nur er und Spaltensturz haben zusätzlich zum Bier auch zur Zigarette gegriffen, wobei Gottfried sich die zweite anzündet, nachdem er die erste gerade im Aschenbecher ausgedrückt hat.

Er wird diese Gewohnheit im Laufe des Abends beibehalten. Spaltensturz greift nur gelegentlich zum Glimmstängel, behält aber die Flasche mit dem Doppelkorn eifersüchtig im Auge, was ihm nicht wirklich hilft, sie gegen den ständigen Zugriff von Gottfried zu verteidigen. Franz und Georg sind Nichtraucher. Auch beim Trinken halten sie viel mehr auf Mäßigkeit als die beiden anderen.

Franz ist nicht gerade ein Puritaner, denn immerhin weiß er ein gutes Gläschen Rotwein sehr zu schätzen, doch er gab sich schon früh, mit der Zeit eifriger dabei werdend und aus der Not seiner etwas schmächtigen körperlichen Konstitution eine Tugend machend, mehr und mehr als ein Gesundheitsapostel aus, der nicht bloß als Sachwalter des Wohlergehens seiner Mitmenschen in Erscheinung treten will, sondern unbedingt höchste Kompetenz beweisen zu müssen meint, was die Anwendung der einzig gesundheitlich richtigen kulinarischen Grundsätze angeht. Dafür zu werben, ist er seit einigen Jahren mit einem erneuerten Lebenseifer, der vom Grunde seiner Seele sich emporschwingt, bei der Sache, nachdem sein Eifer in der alten Sache, durch die gehässigen Zeitumstände bedingt, spürbar zum Erliegen gekommen ist.

Hat ihm aber nun einmal der Zeitgeist im Hinblick auf die Grundsätze seiner Jugend ein Schnippchen geschlagen, so ist es ihm gerade recht, wenn er ohne überzogene geistige Wendemanöver neue und zeitgemäße Glaubensgrundsätze an die Stelle der alten rücken kann, die nun einmal, unberechtigterweise, für die meisten seiner Zeitgenossen einen als schal empfundenen Beigeschmack bekommen haben.

Es konnte auf die Dauer nicht ausbleiben, dass für Franz die Eigentumsfrage mehr und mehr in den Hintergrund seiner Lebensgewissheit rückte und er stattdessen der Ernährungsfrage einen gebührenden Platz einräumte. Nicht dass er mit den alten Überzeugungen brach – für so einen inneren Verrat und einer damit unvermeidlichen Selbstbeschmutzung war der Pädagoge Franz Weinreich sich zweifellos zu schade. Es ist eher so zu sehen, er schaffte etwas Platz in seinem ideologischen Kämmerlein; er räumte auf, er änderte die Prioritäten, mottete, für wie lange auch immer, jene Dogmen ein, die vorläufig nicht zu verwirklichen waren, was aber keinesfalls ausschloss, dass andere Zeitumstände irgendwann einmal auch wieder günstigere Bedingungen für den Gebrauch der alten Losungen schaffen würden. Er will abwarten und beobachten.

Bis es so weit ist, kann es nicht schaden, gelegentlich sich seiner früheren Ideale zu erinnern und, wie am heutigen Tag mit den alten Freunden, des Eifers zu gedenken, der dem Ziel gegolten hat, die neue, bessere Welt als Realität entstehen zu lassen. Wie gut es doch tut, jedes Mal bei solchen Anlässen zu spüren, dass die Wahrheit nicht tot ist, nicht überwunden oder vernichtet wurde, sondern im Herzen weiterlebt und über alle gegenwärtigen Enttäuschungen hinweg einmal triumphieren wird, ganz gewiss doch triumphieren muss. Sich dafür so gut wie möglich aufzusparen - in dieser Richtung ist Franzens Überzeugung bombenfest - dafür lohnt es, sich gesund und vollwertig, doch nach der unbedingt richtigen Methode zu ernähren, um sich das wertvolle Zeitbudget zu sichern.

Von diesem Denkansatz her versteht Franz Gottfried, der ihm im Grundsätzlichen vorhin zugestimmt hatte, nicht, oder besser gesagt: Er missbilligt seine Haltung. So darf man sich nicht gehen lassen, bloß weil man im Clinch mit der Frau liegt und deren Durchtriebenheit mit seiner eigenen Natur als Weichei nicht gewachsen ist. Klar ist da nicht leicht mit umzugehen, wenn man im eigenen Heim immer weniger zu sagen hat und nach und nach als Untermieter in den Keller des gemeinsam erworbenen Hauses verdrängt wird. Das kommt davon, wenn man sich mit einer Frau auf alle Ewigkeit einlässt. Durch Saufen wird die Situation aber doch nicht besser. Damit untergräbt man nur seine persönliche Widerstandsfähigkeit. Und für die Sache, die doch bestimmt irgendwann noch einmal eine neue Chance bekommt, wirft man sich mit der ruinösen Lebensweise wirkungsvoll aus dem Rennen, allen markigen und großen Sprüchen zum Trotz.

Echte Schadenfreude ist es aber nicht, wenn Franz in die Verulkung Gottfrieds eingestimmt hat. Lieber hätte er ihm die Leviten gelesen und ihn für die Vorzüge seiner eigenen Lebensart zu überzeugen versucht. Doch das geht nicht. Denn zum einen besteht unter ihnen die ungeschriebene Abmachung, sich nicht gegenseitig zu agitieren. Zum anderen fürchtet sich Franz vor dem Spott der Freunde, wenn sie ihn genauso in die Zange nehmen sollten wie soeben Gottfried. Insbesondere Spaltensturz kann beißend werden. Und dem entgeht keine Schwäche bei einem anderen. Dabei hat der Kerl nicht einmal eine Überzeugung. Hat sie nie gehabt. Wie Georg auch, ganz klar, der allerdings zurückhaltender auftritt. Die beiden sind und bleiben Bourgeois. Spaltensturz lebt zwar nicht wie ein solcher. Doch er hat keine Prinzipien. Und auf die Gesinnung kommt es schließlich an.

Spaltensturz hat inzwischen sein Triumphgefühl ausgekostet, das vielleicht nur ein harmloses Wohlgefühl war, unterlegt mit einer kleinen Portion Schadenfreude. Er entspannt sich, wird ernst und fragt in einem Tonfall, in dem jetzt eine gewisse Anteilnahme mitschwingt, wie denn der Stand der Dinge zwischen Gottfried und seiner Frau sei. Die Frage nimmt Gottfried zum Anlass für einen lebhaften Monolog, durch den das Bild einer anmaßenden, herrschsüchtigen Weibsperson gezeichnet wird, die unaufhörlich darauf abziele, ihn zu demütigen und seine Lebensrechte zu beschneiden. Dennoch liebe er sie und könne ohne sie nicht leben.

Man hört Gottfried jetzt geduldig an, vielleicht um mit einer ersten Welle von Schläfrigkeit fertig zu werden, scheint aber enttäuscht zu sein, weil gegenüber der Situation im letzten Jahr eigentlich nichts Neues berichtet wird, abgesehen von dem Umstand, dass Gottfried, der die Etage Souterrain als Wohnbereich für sich nutzen darf, von seiner Frau genötigt worden ist, eine kleine Kammer, die als Lagerraum für allerlei Hausgerätschaften schon lange ihre Nützlichkeit bewiesen hat, auch noch abzutreten.

Was soll man dazu auch sagen? Eine Ehe eben, die gescheitert ist. Das ist doch inzwischen normal. Nur machen Gottfried und seine Elke keinen Schnitt und vollziehen eine räumliche Trennung. Das ist nie so richtig klar geworden, ob die beiden nicht voneinander lassen können oder ob Gottfried sich selbstmitleidig in seiner Leidensrolle eingerichtet hat. Jedenfalls zieht er in allen Streitfragen mit seiner Frau immer wieder den Kürzeren. Und während Elke keine Veranlassung sieht, eine für sie komfortable Lage mit erheblichen finanziellen Vorteilen, bloß mit einem lästigen Untermieter im Haus, aufzugeben, geht Gottfried dabei nach und nach seelisch zugrunde. Würde er seinen

Alkoholkonsum, den er im Laufe des Ehestreits gesteigert hat, nicht unter Kontrolle bringen, dann droht vielleicht demnächst noch der Arbeitsplatzverlust.

Die Lage ist fatal, unbestritten, doch für jeden Außenstehenden schwer zu beeinflussen. Wäre Gottfried nur nicht so ein jämmerlicher Schlappschwanz, dann hätte es nicht so weit kommen müssen.

Durch die Reihe der Freunde, die Gottfrieds Klagen ergeben lauschen, geht ein einhelliger Seufzer, der mit der Beteuerung gesättigt scheint, nunmehr hinreichenden Anteil an den Abgründen dieser Biografie genommen zu haben. Als nämlich Gottfried seinen Redestrom unterbrechen muss, um einen wohlverdienten Schluck aus seiner Bierflasche zu nehmen, wendet Georg sich mit einem Räuspern an Franz:

„Nun erzähl aber mal was von dem Mord in der Siedlung. Nach dem, was in der Zeitung stand, war der Junge Schüler deiner Schule. Hast du ihn gekannt?"

Das angesprochene Thema scheint zu interessieren. Selbst Gottfried, dem so plötzlich die Aufmerksamkeit entzogen wurde, vergisst im Augenblick sein schlimmes Los.

Franz allerdings scheint nicht sehr angetan von dem Thema. Aber er schickt sich in das Unvermeidliche, die Wissbegierde seiner Freunde befriedigen zu müssen, soweit ihm das möglich ist. Der vor zwei Wochen entdeckte Mord an einem zwölfjährigen Jungen hat die Kleinstadt aufgeschreckt. Verängstigte Eltern lassen ihre Kinder nicht mehr aus den Augen. Die Kleinen selbst gehen in gedrückter Stimmung umher. Und kaum ein Gespräch gibt es, in dem nicht bereits nach wenigen Minuten der furchtbare Gegenstand angeschnitten wird, von dem leider, so ist die verbreitete Meinung, immer noch zu wenig bekannt gegeben wird. Die Polizei hält sich zurück, weil die Spurenlage bislang nicht sehr ergiebig ist. Die Presse, eine die Auflage steigernde Sensation witternd, ersetzt Nichtwissen durch mancherlei Spekulationen und trägt dazu bei, die Verunsicherung der Öffentlichkeit noch weiter zu erhöhen. Gestern dann hat eine Mitteilung des Pressesprechers wenigstens für Klarheit in einer Sache gesorgt, die besonderen Anlass für ausufernde Mutmaßungen gegeben hat: Demnach wird ein Sexualdelikt definitiv ausgeschlossen. Der Junge ist erwürgt und hernach an die Stelle gebracht worden, wo ein Spaziergänger, der mit seinem Hund unterwegs war, ihn gefunden hat. Für weitere Gewalteinwirkung haben sich keine Hinweise gefunden.

Über diesen Stand der Ermittlungen gehen nun aber auch die Kenntnisse von Franz nicht hinaus. Das sagt er den Freunden auch, als er die Faktenlage anschaulich zusammenfasst. Er weiß natürlich, dass man jetzt von ihm dennoch eine authentische Botschaft erwartet. Deshalb gibt er noch ein paar Erläuterungen.

„Ich habe den Jungen gekannt. Ich unterrichte in seiner Klasse. Alle Kollegen, die in irgendeiner Weise mit ihm zu tun hatten, sind bereits von der Polizei befragt worden."

„Und du hast wirklich keine Ahnung, in welcher Richtung der Täter zu suchen ist? Als Pädagoge hat man doch einen gewissen Einblick in die Lebensumstände seiner Schutzbefohlenen, oder etwa nicht?"

Die provozierend vorgetragene Frage kommt ausgerechnet von Gottfried, der unterdessen alle Energie aufwenden muss, sie in sprachlich einigermaßen fließender Form vorzubringen. Jetzt hat er doch noch eine Gelegenheit bekommen, sich bei Franz für dessen Beteiligung an den Sticheleien von vorhin zu revanchieren.

„Was weißt denn du von der pädagogischen Arbeit?", schnauzt Franz zurück. „Es gibt überhaupt keine Anhaltspunkte für Tathintergründe und Täterkreis. Der Junge kann Zufallsopfer gewesen sein. Der Täter kann Einheimischer sein oder auch Ortsfremder. Alles ist nach dem bisherigen Stand der Ermittlungen möglich. Zu vergessen ist ebenso wenig, dass der Junge in einem sozialen Brennpunkt wohnte und unter schwierigen familiären Bedingungen aufwuchs. Auch hier könnten Täter und Motiv angesiedelt sein. Ich habe aber absolut keine Lust, in der allgemeinen Hysterie mit eigenen Spekulationen aufzuwarten. Die zurückliegenden Tage waren mit ihren nervlichen Anspannungen auch für mich nicht einfach. Ihr könnt euch gar nicht vorstellen, was bei uns an der Schule los ist. Und jetzt kommst ausgerechnet du versoffener Besserwisser daher und willst mir irgendwelche Hilfssheriffqualitäten einreden."

Das saß. Gottfried knickt in seiner Haltung ein. Spaltensturz grient in der für ihn typischen breiten Art. Georg verzieht keine Miene. Doch man trägt sich nichts nach. Als jeder versonnen einen ergiebigen Schluck aus seiner Bierflasche genommen hat, ist die Atmosphäre wieder bereinigt. Man äußert noch dieses und jenes eher Belanglose zu dem Fall, drückt wohl auch noch einmal seine Betroffenheit aus, um dann das Thema mit der abschließenden Einschätzung zu beerdigen, nunmehr, wie alle anderen Bewohner der Gemeinde auch, abwarten zu wollen und auf eine erfolgreiche Arbeit der zuständigen Ermittlungsbehörden zu vertrauen.

Was aber weder Franz noch seine Freunde noch bis dato die Pressevertreter wissen können, ist, dass die Polizei ein winziges Stückchen weitergekommen ist in ihrer Beurteilung der Tatumstände, dass sie aber beschlossen hat, um die Ermittlungsbemühungen nicht zu gefährden, keine weiteren Informationen an die Öffentlichkeit zu bringen.

Die Ermittler sind zu der Überzeugung gelangt, dass in der Art und Weise, wie der Täter – man ist sich inzwischen sicher, es mit einem Einzeltäter zu tun zu haben – den Leichnam des Jungen quasi *hinterlassen* hat, eine Botschaft versteckt wurde, die im Hinblick auf die Möglichkeit, dass ein Serientäter sein Werk gerade begonnen hat, unbedingt ernst zu nehmen ist. Die Vermutung, immerhin, ist kühn genug, wo doch weder ein Sexualdelikt vorliegt noch überhaupt ein Motiv sich zu erkennen gibt, wo zudem keine vorsätzlichen Spuren oder auffälligen

Zeichen am Körper des toten Jungen hinterlassen wurden, die einer rituellen Interpretation zugänglich sein könnten. Die Spezialisten stützen sich einzig und allein auf die Tatsache, dass das Ablegen der Leiche mit einer auffälligen Umsicht vorgenommen wurde, die vor dem Hintergrund des mutmaßlichen Verbrechens, zu dem sich die Polizei mit Details ebenfalls noch zurückhalten wird, atypisch wirkt. Hat der Täter auch nicht auf den Körper des Opfers eingewirkt, so hat er doch dem toten Kind durch die Art und Weise, wie er es von dem schmuddeligen Tatort entfernte und abseits davon einfühlsam aufbahrte, zweifellos eine gewisse Ehrfurcht entgegenbringen wollen, die möglicherweise wie eine Botschaft zu interpretieren ist und von den Fachleuten vorläufig in die Formel gebracht wird, die man als verborgenen Wunsch dem Täter nunmehr zuschreibt: *Ruhe in Frieden!* oder auch: *Finde endlich deine Ruhe!* Viel an Erkenntnis ist das sicherlich nicht. Doch es ist, zusammen mit ein paar weißen Lilienblüten, die auf dem Leichnam gelegen haben und vermutlich vom Täter stammen, immerhin ein Ansatzpunkt für das Ermittlungsteam der Polizei.

Georg betrachtet in den letzten Minuten zunehmend misstrauisch die Flasche Korn, die immer mehr von ihrer ursprünglichen Füllmenge eingebüßt hat. Es erleichtert ihn zwar ein wenig, dass der Flüssigkeitsschwund vor allem auf das Konto von Gottfried geht. Dennoch bleibt für ihn Anlass zur Sorge. Er muss unbedingt an diesem Abend noch ein ernstes Wort mit Spaltensturz reden, bevor der in die Seligkeit verschwindet. Spaltensturz ist bei Besäufnissen immer lange ansprechbar. Hat er jedoch ein bestimmtes Pensum intus, dessen kritische Größe sich vorher nur schwer abschätzen lässt, dann ist die gesprächsfähige Vernunft sicherlich futsch. Normalerweise passiert das aber nicht, bevor Rita für eine Weile sich der Runde zugesellt. Danach könnte es jedoch schnell gehen.

Von den Vieren, die sich heute Abend zusammengefunden haben, ist Spaltensturz zweifellos die sonderbarste

Gestalt. Als einziger der Gäste hat er seine Jacke nicht abgelegt, sondern bloß aufgeknöpft. Aber wie sieht dieses Kleidungsstück auch aus! Die Farbe mochte einmal blau gewesen sein. Mit Sicherheit kann das niemand behaupten. Durch und durch verschlissen und an mehreren Stellen gerissen oder durchlöchert, ist sie unter dem Gesichtspunkt der Kleidsamkeit eine textile Fehlanhaftung am Körper eines jeden Mannes, der auch nur ein bisschen auf sich hält. Abgesehen davon ist sie, unter dem Gesichtspunkt der Zweckmäßigkeit, leicht dem Verdacht auszusetzen, im Hinblick auf die Gegebenheiten der Jahreszeit, die unmittelbar bevorsteht, keinen hinreichenden Schutz zu gewähren.

Und doch – ob sommers oder winters – von dieser Jacke trennt Spaltensturz sich nie. Und nie, oder, um der Genauigkeit willen, nur in äußerst seltenen Fällen, zieht Spaltensturz ihr noch etwas anderes unter als jenes jetzt gut sichtbare dunkle Hemd, von dem der Kragen im allgemeinen weit offen steht und nur bei Schneesturm geschlossen wird, weil, wie der Hemdträger beteuert, die schmelzenden Flöckchen auf der Haut kitzeln würden.

Seine Freunde haben schon lange zu der Überzeugung gefunden, dass Spaltensturz gegen Kälte resistent sein muss. Denn auch die dünnen Turnschuhe an den meist bloßen Füßen unterstützen eine solche Schlussfolgerung. Zumindest ist Spaltensturz vor zwei Jahren dazu übergegangen, bei Frost lange Strümpfe überzuziehen, die ansonsten bei Nichtgebrauch in der Jackentasche stecken; wobei er nicht müde wird darauf hinzuweisen, sie dienten bei extrem ungünstigen Temperaturen vor allem dazu, seinen Rotwein im Verschlag zu temperieren. Niemand will das rundheraus von der Hand weisen. Denn da, wo Spaltensturz lebt, bedarf es unbedingt einfallsreicher Provisorien statt kostspieliger Komplettlösungen, um ein Mindestmaß an Komfort genießen, mehr noch, um überhaupt überleben zu können.

Die Körperpflege ist unter nicht besonders sesshaften Lebensumständen verständlicherweise alles andere als einfach zu bewältigen. Da fällt an diesem Abend auf, dass es um Spaltensturz herum eigentlich nicht auffällig riecht in dem Wohnzimmer. Viele von denen, die auf der Straße leben, vernachlässigen Prozeduren der Hygiene von sich aus, weil ihre Lebenskraft untergraben, angegriffen oder bereits nachhaltig zerstört ist. Zu diesen zählt Spaltensturz sicher nicht. Er lebt ja auch nicht im wortwörtlichen Sinn auf der Straße; zumindest nicht im überwiegenden Teil seiner Zeit. Auch in dem Milieu, dem er angehört, ohne dazuzugehören, gibt es Abstufungen. Sesshaft im landläufigen Sinn ist er ohne Zweifel nicht. Doch das, was er sich an vier Wänden errichtet hat, ist wiederum mehr als ein Provisorium für wenige Nächte. Doch dazu später mehr.

Wie immer sein Mobilitätsstatus nun auch zu definieren ist, Spaltensturz wirkt, auch wenn eine fremde Nase darüber im Unklaren bleibt, vom körperlichen Erscheinungsbild her ungepflegt. Sein Gesicht hat das Wetter vieler Jahre durchwalkt, die Haut ist davon spröde geworden und rissig aufgedunsen. Während Franz auf einen gepflegten Bart Wert legt, den er unablässig mit der Hand umschmeichelt und tagtäglich unter Einbeziehung technischer Hilfsmittel in eine schöne Form zu zwingen bestrebt ist, wuchert der atavistische männliche Bewuchs von Spaltensturz in voller Freiheit und Beliebigkeit aus, so dass von den vollen und immer noch sinnlichen Lippen des überhaupt nicht in das Ambiente dieses Hauses passenden Mannsbildes nicht sehr viel zu sehen ist.

Einen Schönheitswettbewerb der Bärte hätte Franz also nicht fürchten müssen. Wohl aber einen Wettbewerb um die körperliche Stärke. Denn es ist, näher betrachtet, nicht anzunehmen, dass seine schmächtige Gestalt gegen die überhaupt nicht massige, doch in einer besonderen unaufdringlichen Weise harte und kräftige Muskulatur von Spaltensturz im Falle eines gewaltsamen Konfliktes eine Chance gehabt hätte. Doch wie bereits angedeutet, man muss sehr genau hinsehen, um in dem vollen Ausmaß der zu Tage tretenden Verwahrlosung diese nützliche Körpereigenschaft zu entdecken.

Alles in allem ein Penner eben, wie er und seine Standesgenossen landläufig genannt werden – wären da nur nicht die Augen gewesen: Die kleinen, klaren, kugelrunden Augen, aus denen ein scharfer, wacher Blick so forsch in die Welt tritt, als würden sie viel, viel mehr wahrnehmen und von ihr verstehen, als man das einem Typen wie Spaltensturz zutrauen möchte; Augen, die es jedem Gesprächspartner schwer machen, ihren Blick länger als einen Moment auszuhalten. Der Abend wird noch lange andauern und manchen Tropfen zur Verfügung stellen müssen, bevor die Augen von Spaltensturz ihren magischen Glanz abgeben müssen. Ein trüber feuchter Schimmer wird an seine Stelle treten und den überlegenen verstehenden Blick, vor dem sich mancher Kumpel draußen fürchtet, matt setzen.

Dann wird zudem die speckige Mütze, die ihre Jugendfarbe genauso zu verheimlichen weiß wie die Jacke und auch so selten wie diese ihren angestammten Platz am Körper räumen muss, schiefer als zuvor auf dem Kopf sitzen, und mit ihrem kleinen eingerissenen Schirm reicht sie dann tief ins Gesicht hinein, wo sie im Extremfall, vielleicht schon in horizontaler Position ihres Trägers, auf der breiten roten Nase aufsitzt.

Spätestens dann wäre Spaltensturz als Informant für Georg unbrauchbar geworden. So weit, das liegt also auf der Hand, darf er es nicht kommen lassen, besser gesagt, so lange darf er nicht abwarten, denn zu verhindern, das weiß Georg aus langer Erfahrung, ist die hier durch den Erzähler schon einmal vorweggenommene Entwicklung nicht.

Als Rita das Wohnzimmer betritt, erblickt sie vier große kleine Jungen, die ausgelassen miteinander umgehen und dabei von einem in den anderen Schabernack verfallen. Der Alkohol hat ihre Zungen gelöst und bereits jenes Maß an Enthemmung bewirkt, welches zu rhetorischer Deftigkeit gleichermaßen verführt wie zu emotionaler Überspanntheit, aber noch weit genug davon entfernt ist, emotionale Dämme, wenn das Erinnerungsvermögen zur Strecke gebracht wurde, unter Kontrollverlust brechen zu lassen.

Der Anblick der Hausherrin, die unvermittelt mit einem riesigen Tablett auf die Bühne des männerbündischen Treibens tritt, bewirkt bei den großen kleinen Jungs sofort einen Umschwung in der Gemütslage und ein stabileres Gleichgewicht auf den Beinen, was nur bei einem, nämlich Gottfried, nicht so recht zu klappen scheint. Seine Statik hat bereits begonnen, trotz allerlei Bemühungen immer wieder ins Trudeln zu geraten. Seine vorlaut vorpreschende Anrede: „Hi, Rita, gegrüßet seist du Süße des Hauses!", mit der er die Eintretende empfängt, möchte einem unbeteiligten Beobachter signalisieren, dass im System der Selbstkontrolle bei Gottfried schon der eine oder andere Defekt vorliegt.

Rita, gewieft durch eine Vielzahl dieser Jahrestreffen, pariert den Patzer locker:

„Wie schön, Gottfried, dass du mal wieder ans Tageslicht gekommen bist. Hier, meine Frikadellen, sind eine gesunde Ergänzung zum Doppelkorn meines Mannes."

Georg wirft seiner Frau einen strafenden Blick zu, schweigt aber. Die anderen, selbst Gottfried, reagieren dagegen heiter.

Rita, mit einem charmanten Lächeln auf den Lippen, weiß ihrer Bemerkung schnell die Spitze zu nehmen. Sie begrüßt jeden Gast, als sie das Tablett abgestellt hat, mit einem freundlichen Handschlag. Doch der Händedruck, den sie Spaltensturz zukommen lässt, fällt, so scheint es, ein wenig länger und herzlicher aus als bei den anderen.

Rita nimmt in einer nonchalanten Weise den Gesprächskontakt zu den drei Freunden ihres Mannes auf. Sie folgt dabei den Gepflogenheiten eines Smalltalks ohne Tendenz zur inhaltlichen Verflachung, wobei in loser Folge und mit unvermeidlicher stenografischer Verkürzung sowohl Aspekte der individuellen Befindlichkeit als auch solche aus den zuvor schon von den Männern besprochenen Themen ihren Auftritt haben. Dabei wird keiner der drei zum Favoriten ihrer verbalen Aufmerksamkeit. Aber jeder der drei meistert in einer anderen Art und Weise die Herausforderung, herausgerissen aus der vertrauten Mikrostruktur der ausgelassenen Männergruppe, auf einmal, beschwipst, mit einer Frau in den verbalen Gedankenaustausch treten zu dürfen oder, wie das bei Franz beinahe den Anschein hat, treten zu müssen.

Vom ersten Augenblick an, da Rita den Raum betrat, hat Franz damit begonnen, die für ihn typische Massierung seines Bartes nervös zu intensivieren und zugleich der Hand noch andere Freiheiten zu gönnen, sei es, dass er sie die Stirn befühlen, den Kopf kratzen oder sich einfach zwischendurch ausschütteln lässt. Richtet Rita ihre Aufmerksamkeit auf ihn, was sie ihm wie auch den anderen gegenüber in einer ungezwungenen Weise tut, dann suchen die Augen von Franz, wie von einer Grundstimmung des Desinteresses gesteuert, die Zimmerdecke ab, um sich sogleich, wenn Rita sich einem anderen Gesprächsteilnehmer zugewandt hat, geradezu in ihre Gestalt zu verbohren. Die Gesichtsmuskeln, die er soeben noch gestrafft gehalten hat, erschlaffen und geben der Mimik einen wehmütigen, beinahe gequälten Ausdruck; für einen Moment nur, um sie augenblicklich wieder einer mehr oder, durch die Begleitumstände des Abends bedingt, auch schon mal weniger wirksamen Selbstkontrolle zu unterziehen.

Gottfried ist sichtlich bemüht, seine Selbstdisziplin wiederherzustellen. Das bleibt nicht ohne Erfolg. Dabei verfällt er in eine hündische Anhänglichkeit, die zwar die räumliche Distanz im Rahmen einer allgemein anerkannten Schicklichkeit zu wahren weiß, jedoch buhlt er unablässig mit seinen Worten, die er für eine gewisse Zeit wieder unter Kontrolle bekommt, um Ritas Aufmerksamkeit.

Mehrfach tadelt er seine Bemerkung von eben und erbittet in gedrechselten Formulierungen um Vergebung bei der Frau des Hauses.

„Das war nicht schön von mir, Rita. Aber wenn du wüsstest, wie ich euch beneide, dich und deinen Georg. Wie ihr das hinkriegt, so eine glückliche Beziehung zu unterhalten. Wenn Elke nur eine halb so verständnisvolle Frau wäre, dann …". Er stockt, besinnt sich für einen Moment, um schließlich den angefangenen Satz zu vollenden: „… dann würde das auch bei uns besser hinhauen."

Rita versucht, mit einer diplomatischen Redewendung die Aufmerksamkeit wieder von Gottfrieds Beziehungsdrama abzulenken. Sie kennt Gottfrieds Frau nur flüchtig und keinesfalls gut genug, um sich eine Meinung zu bilden zu der von Gottfried landauf und landab verbreiteten Version eines *Rosenkrieges*. Einer Parteinahme hat sie beschlossen sich zu verweigern. Jedoch, rein gefühlsmäßig, stößt ihr Gottfrieds Umgang mit seinem eigenen Leben etwas unangenehm auf. Von den drei Freunden Georgs ist er auf ihrer Sympathieskala am weitesten unten angesiedelt. Daher prallen seine Schmeicheleien auch von ihr ab. Sie lächelt zwar freundlich zu Gottfrieds Komplimenten, achtet aber genau darauf, nicht zu sehr auf ihn einzugehen und ihr Zeitbudget für den Abend gleichmäßig auf die Herren zu verteilen.

Am unkompliziertesten gestaltet sich für sie die Konversation mit Spaltensturz. Dieser hat beim Eintritt von Rita nur grüßend den Arm gehoben, ansonsten aber keine Reaktion gezeigt, die als Botschaft aus seinem Innenleben zu deuten gewesen wäre. Er plaudert in Gegenwart der Frau locker über alles, was gerade ansteht. Keinerlei Ironie, keine Koketterie oder irgendeine provokative Attitüde, wo er doch all diese Stilmittel meisterlich beherrscht, fließt in seine Worte oder in den Tonfall ein. Bisweilen leutselig, überwiegend ernst und meist bis in die Details hinein kenntnisreich, ist Spaltensturz tatsächlich für jedes Thema gut. Im Unterschied zu Gottfried, der die Abstinenz nur eine Weile durchhält, trinkt Spaltensturz während Ritas Anwesenheit keinen Tropfen Alkohol. Und er raucht auch keine Zigarette.

Rita kann nicht verhindern, dass eine Art Bewunderung für diesen heruntergekommenen Typen entstanden ist, dass sie auf eine schwer zu bestimmende Weise in seinen Bann gerät und einer Persönlichkeitsausstrahlung erliegt, die keine erotische Komponente aufweist, jedenfalls keine, die für sie ersichtlich wäre. Sie weiß von Georg um die ganz besonderen Lebensumstände dieser sonderbaren Person, die in völligem Gegensatz zu den Vorzügen des Charakters stehen. Sie weiß, dass ihr Gatte noch von anderen Vorzügen profitiert, auch wenn sie in die Dimensionen der Kooperation der beiden nicht eingeweiht ist. Doch wüsste sie all das nicht, dessen ist sie sich sicher, würde sie trotzdem die überlegene Aura spüren, die von Spaltensturz, so er denn in einen ernsten Diskurs eintritt, ausgeht.

„Los Jungs, jetzt holt aber mal die übrigen Kalorien aus der Küche! Oder wollt ihr das einer Frau überlassen?"

Ihre Aufforderung muss sie nicht wiederholen. Und die leckeren Häppchen kommen wahrlich gut an. Frikadellen, Salate, ein Dessert. Sie hauen rein, als hätten sie tagelang nichts gegessen und sind eine ganze Weile, während der die Unterhaltung nur spärlich fließt, eifrig beschäftigt.

Als auffälliger Trinker ist Georg nicht in Erscheinung getreten. Und die Gelegenheiten, bei denen er in die Unterhaltung eingriff oder ihr gar eine Richtung vorgab, erscheinen seltsam rar. Es ist schon so, dass Georg, der Gastgeber dieses Herrenabends, selbst eher das Bild einer grauen Maus abgibt. Wortkarg, steif und, wenn man einmal das Auftreten seiner Gattin zum Vergleich heranzieht, mit äußerst sprödem Charme wohnt er dem Ereignis bei, das in seinem Hause stattfindet. Seit der Umarmung im Garten ist er darauf bedacht, niemals mehr einem der Freunde körperlich zu nahe zu kommen. Selten blickt er jemandem ins Gesicht. Erst ganz allmählich und zu bereits vorgerückter Stunde, als der von ihm mäßig bean-spruchte Bierkonsum seine Wirkung zeigt, verliert sich die Steifheit in seiner Körpersprache. Er lacht dann auch schon mal. Und sein Redeanteil erhöht sich etwas. Bis Rita eintritt und wohl etwas in ihm auslöst, was ihn zurück in die alte Rolle zwingt.

Georg und seine Frau nehmen im weiteren Verlauf des Abends keinen erkennbaren Kontakt zueinander auf. Si-cher, die beiden haben in der Vorplanung ihre Aufgaben genau abgestimmt und bedürfen keiner weiteren Abspra-che. Doch ist aus dieser gastgeberischen Perfektion kei-neswegs zwingend ein Aspekt herzuleiten, der die Atmo-sphäre der Fremdheit, die Georg in die Geselligkeit des Abends hinein abstrahlt, erklären könnte.

Nach dem Essen plätschert das Geschehen, nunmehr von einer gewissen Müdigkeit der Akteure beeinflusst, sanft dahin. Belanglosigkeiten werden rhetorisch trans-portiert. Scherzhaftes wird hin und wieder vorgetragen, das aber niemanden auffällig provoziert. Irgendwann hat Rita unauffällig mit dem Aufräumen begonnen, wobei ihre Handgriffe von den versteckten Blicken von Franz aufs heftigste begleitet werden. Gottfried ist in einem Sessel in sich zusammengesunken und gibt Laute von sich, die ge-meinhin als Begleiterscheinung eines Schläfchens gedeu-tet werden.

Es ist spät geworden. Mitternacht ist vorbei. Als Rita sich verabschiedet hat und zu ihrer Rechtfertigung auf eine fortgeschrittene Müdigkeit verweist, macht auch Franz sich wenig später zum Aufbruch bereit. Er ist in der letzten Stunde sehr schweigsam geworden. Der Job, der Mord, die Ermittlungen – all das habe ihn reichlich mitge-nommen, meint er. Er nickt zu den beiden in aufrechter Körperhaltung Verbliebenen herüber, sagt noch zu Georg: „Man sieht sich demnächst", und macht sich durch den Vordereingang davon.

Nach einigen Minuten des Schweigens sagt Georg: „Nun zu uns. Ich muss mit dir reden!"

„Ich weiß", entgegnet Spaltensturz und grinst. „Aber lass dich doch erst einmal beglückwünschen. Das Kondensat habt ihr. Die Jahres-Glanzleistung eures Instituts. Darauf könntest du schon mal einen nehmen."

Georg lächelt etwas süßsauer.

„In Amerika waren sie schneller. Erst Juni. Dann September. Ihrem Erfolg von September hätten wir vielleicht zuvorkommen können. Aber so läuft halt Wissenschaft."

„Die Jungs am MIT sind wirklich gut, das darfst du nicht übersehen. Und sie schöpfen aus dem Vollen, deutsche Brillanz inklusive. Mit dem Wolfgang Ketterle ist sogar ein Stück Heidelberg dabei, musst du auch mal zu schätzen wissen. Vielleicht hat Heimbrecht ihm über den Teich hinweg gratuliert. Die kennen sich von früher."

„Ich weiß. Lassen wir das. Wenn es nach dir geht, werden wir sogar das BEK hinter uns lassen. Und auch das MIT. Aber ich sag dir was rundheraus: Deine Berechnungen sind entweder Mist oder sie sind genial." Georg stößt die letzten Worte heftig hervor.

„Da wirst du dich wohl entscheiden müssen", nimmt Spaltensturz den Ball auf. „Ich kann den Prozess aber abkürzen helfen: Sie sind genial."

Diesmal dauert das Schweigen, das sich an den kurzen Dialog anschließt, noch wesentlich länger.

„Dir ist aber klar, damit an einigen Grundfesten unseres physikalischen Modells zu rütteln?" Georg hat die Erregung in seiner Stimme noch nicht unter Kontrolle. Spaltensturz, weiterhin sichtlich gut gelaunt, grient:

„Bisweilen sehe ich wohl blöde aus. Bin es aber nicht."

„So habe ich das nicht gemeint", beschwichtigt Georg. „Ich hatte derartige Konsequenzen nach dem bisherigen Verlauf der Versuchsreihe nicht erwartet."

„Klar." Spaltensturz nimmt von einem auf den anderen Augenblick eine ernste Haltung ein, die er im weiteren Verlauf des Gesprächs beibehält.

„Erwartet hatte ich das Ergebnis auch nicht. Doch als ich die Messdaten deiner Versuchsreihe studierte, war mir sofort klar, dass ich noch einmal alles von vorn berechnen musste. Von den bisherigen heiligen Grundannahmen ausgehend."

Georg zieht eine Grimasse und saugt die Luft durch die Zähne ein.

„Wir sind übrigens noch einmal eine Dezimalstelle näher herangekommen. Da wird jetzt bereits experimentelles Neuland betreten. Es ist aber noch zu früh, um Auffälligkeiten zu identifizieren. Spaltensturz, ganz ehrlich, es könnte doch von dir ein Rechenfehler vorliegen. Obwohl ich keinen entdeckt habe. Das wiederum könnte an meiner relativen Schwäche im mathematischen Bereich liegen."

„Es liegt kein Rechenfehler vor", beharrt Spaltensturz mit viel Überzeugung in der Stimme. „Du bist für den experimentellen Teil zuständig, ich für den mathematischen. Glückwunsch zu deinem erreichten Stand der Kühlung. Das reicht aber immer noch nicht."

Der Wortwechsel geht noch eine Weile hin und her. Schließlich bemerkt Georg:

„Ich hole die Unterlagen. Wir gehen das Wesentliche noch einmal durch."

Spaltensturz zuckt die Achseln und deutet mit dem Kopf zu Gottfried hin, der noch tiefer in den Sessel gerutscht ist.

„Ach, der ist hinüber", meint Georg geringschätzig. „Wir können aber meinetwegen weiter hinten Platz nehmen."

Er verlässt das Wohnzimmer und kommt nach einer Weile mit einem Papierstapel zurück. Zusammen mit Spaltensturz lässt er sich in einer Sitzgruppe nieder, wo die beiden Männer sofort in einen konzentrierten Gedankenaustausch eintreten. Nach einer Stunde scheinen sie einen vorläufigen Abschluss gefunden zu haben. Beide sehen abgespannt aus. Spaltensturz greift zu der Flasche Korn und gießt sich ein. Er will die Flasche an Georg weiterreichen. Der winkt ab.

„Ich erreiche dich wie gewöhnlich?", fragt er. Spaltensturz, der wieder zu seinem entspannten Grinsen zurückgefunden hat, entgegnet:

„Ich bin täglich online." Dabei klopft er auf seine schäbige Umhängetasche im Militärstil der 70er Jahre, die von seiner linken Schulter herabhängt und von der er sich ebenfalls niemals trennt. „Die Zeit, in der ich online bin, variiert. Du musst halt ein bisschen probieren."

„Ich weiß, du musst dich bei deinem Timing mit Korn und Rotwein arrangieren. Die beiden haben ihre Vorrechte." Zum ersten Mal seit der Begrüßung im Garten gibt Georg ein herzhaftes, entspanntes Lachen von sich.

„Sei mir nicht böse, Spaltensturz, ich bin hundemüde und gehe schlafen. Bei dem, was jetzt kommt", und dabei weist er mit der Hand auf die Schnapsflasche, „kann ich dir ohnehin nicht mehr folgen. Fühle dich wie in deinem Verschlag, aber nutze den Komfort. Wenn du morgen gehst, nimm Gottfried mit. Ich muss zeitig noch einmal ins Institut, auch wenn Rita mir dafür die Augen auskratzen wird. Gute Nacht."

„Gute Nacht, Gorgi", sagt auch Spaltensturz. Er hat auf einmal einen weichen Tonfall in der Stimme. Die angebrochene Flasche Korn, es möchte in der Runde die zweite oder dritte ihresgleichen an diesem Abend sein, - und sie hat gerade in den letzten Minuten mehrfach von ihrem Inhalt an Spaltensturz abgeben müssen - landet in seinen Armen, wo ihr ein zärtlicher Empfang bereitet wird.

„Komm, meine Schlanke", neckt Spaltensturz. Seine Augen sind in diesen Augenblicken matt geworden und scheinen alle Energie verloren zu haben.

„Komm nur her, meine Süße. Auch wir beiden gehen jetzt zu Bett."

Eine aufregende Busfahrt

Georg fühlt sich in der Gemeinde, in der er mit Rita lebt, gut aufgehoben. Hier ist er zur Schule gegangen. Hierher ist er zurückgekommen, gleich nach seinem Studium in Heidelberg, wo er auch Rita kennenlernte. Dass sie, die für sich die besseren beruflichen Perspektiven eher im Stuttgarter Raum gesehen hat, ihm dennoch willig gefolgt ist, hat neben der sprichwörtlichen Treue einer verliebten Frau noch einen weiteren Grund. Rita ist nämlich von der Wohnlage und dem Umland gleichsam verzaubert worden und hat gemeint, es mit einer Miniaturausgabe von Heidelberg zu tun zu haben, wenn sie nur dem Miniaturformat eines lieblichen kleinen Neben-Flüsschens des Neckars dieselbe Sympathie entgegenbrachte wie dem Stadtbild. Denn freilich, um an den Neckar-Strand zu kommen, bedarf es schon mehr als einer Viertelstunde Fahrzeit mit dem Auto. Dann hat sich alles auch noch so gefügt, als hätten die jung Vermählten ein Los auf das Glück gezogen. Das Institut, an dem Georg seinen Arbeitsplatz als junger Physiker fand, war im ersten Abschnitt fertig geworden. Er konnte, gerade den Abschluss in der Tasche, sofort mit seiner Arbeit loslegen. Und für Unternehmensberatung, das Metier von Rita, herrschte eine erstaunlich gute Nachfrage. Es war einfach so: Die ganze Region Rhein-Neckar prosperierte und war ein Aushängeschild des sprichwörtlichen schwäbischen Gewerbefleißes. Als in der Veranlagung von bodenständiger Natur, hat Georg, obwohl Ende nächsten Jahres schon sein fünfzigster Geburtstag ansteht, die große weite Welt noch nicht vermisst. Während seines Studiums ist er häufiger schon mal unterwegs gewesen, doch niemals weit weg. Die Alpen waren gut genug erreichbar, um ein paar Jahre hintereinander mit einem bergbegeisterten Kommilitonen zum Auftakt der wärmeren Saison mal geschwind dem Nebelhorn einen schweißtreibenden Besuch abzustatten. Noch in der Anfangszeit ihrer Ehe war die Gewohnheit beibehalten worden. Rita fand ihrerseits Gefallen an den Allgäuer

Alpen, an der ganz besonderen Region mit den atemberaubend steilen Grasbergen, und ist nach der *Eroberung* von Hochvogel, Mädelegabel und Co. immer ganz stolz auf sich gewesen. Später dann war ihnen der Schwarzwald oder auch die Schwäbische Alb näher gewesen. Wenn sie hier unterwegs waren, konnten sie sich nicht minder körperlich verausgaben. Darauf aber ist es ihnen damals angekommen.

Doch wie dem Politischen, so war auch der Liebe zum Bergvagabundentum nur eine oberflächliche Haftung beschieden, die umso mehr nachließ, als Georgs Obsession für die Forschung immer schrankenloser wurde. Kaum, dass er sich noch den Sommerurlaub gönnen wollte. Immer erst wenn Rita ihm ein Programm für den sofortigen Aufbruch unter die Nase hielt, gab er sich geschlagen. Aber bloß nicht zu weit weg sollte es sein. Dass zudem einige alte Freunde in räumlicher Nähe verblieben sind, sieht Georg als einen zusätzlichen Glücksfall in seinem geradlinigen Lebenslauf an. Hier alt zu werden, kann er sich ohne eine Spur von Widerwillen gut vorstellen. Da, wo er lebt, fühlt er sich in der Heimat, die er ungern verlassen würde. Dass auch Rita dies als neue Heimat annehmen würde, war einmal sein Wunsch gewesen. Heute denkt er nicht mehr darüber nach.

Sein positives Lebensgefühl einer Heimatverbundenheit ist nach der Grundschule in ihm entstanden. Damals hat ihn seine Mutter bei der Hand genommen und Hals über Kopf mit ihrem Kleinen die alte Heimat verlassen, an die Georg sich nur verschwommen, dabei stets in eine nervöse Gemütsverfassung geratend, zu erinnern vermag. Niemals seither ist er an seinem Geburtsort gewesen, obgleich ihm klar ist, dass der zeitliche Aufwand für einen Besuch nicht groß sein würde. Stolz, sehr stolz ist er aber gewesen, in dem neuen Zuhause das Gymnasium besuchen zu dürfen. Erst viel später hat er eine Vorstellung davon bekommen, was dieser Entschluss seiner Mutter abverlangte.

Schon nach kurzer Zeit auf der Schule kam er gut klar mit Walter Krahl, der eine Klasse unter ihm lernte und für einen Sextaner ziemlich groß gewachsen war. Eine Hasenscharte, die man medizinisch erst später ordentlich behandelte, machte dem kleinen Walter das Sprechen und das Schülerleben am Anfang etwas schwer. Beides bekam Walter aber bald schon gut in den Griff. Das eine mit Hilfe der Ärzte, die hervorragende Arbeit leisteten. Das andere, indem er sich von seiner Klassengemeinschaft loslöste und seinen Mitschülern auf der Schul-Laufbahn davoneilte. Georg staunte nicht schlecht, als nach ganz wenigen Jahren Walter auf einmal seiner Parallelklasse angehörte. Am Ende dann machte er seinen Schulabschluss sogar noch ein Jahr früher als Georg.

Nicht dass Georg ein schlechter Schüler gewesen wäre und womöglich eine Ehrenrunde auf der Schule hätte drehen müssen. Er bekam solide Noten in allen wichtigen Fächern. Doch nur in dem einen Fach, an das sich früh seine Leidenschaft klammerte, war er eine offensichtliche Begabung. Walter hingegen glänzte in allen Disziplinen. Jeder seiner Fachlehrer bemühte sich eifrig darum, das Interesse des außergewöhnlichen Jungen im Hinblick auf ein künftiges Studium zu seiner Fakultät hinzulenken.

Nur in der Mathematik, wo der Tausendsassa seinen Lehrer unaufhörlich zur Weißglut brachte, weil er erst bei den wirklich interessanten Problemen warmlief, wenn die anderen mit gequälten Gesichtern schon alle Bemühungen aufgegeben hatten und Walter dann garantiert einen völlig anderen, meist viel geschickteren Lösungsweg einschlug, als der Lehrer das einforderte und erwartete; nur in der Mathematik also, ausgerechnet in der Mathematik, die fast alles berechnen kann, nur nicht das Maß der verletzten Eitelkeit eines Pädagogen, musste Walter ein Minuszeichen hinter seiner Eins im Abiturzeugnis hinnehmen.

Der hochbegabte Junge, der in den letzten Jahren seines Pennäler-Lebens zum Vorteil seines

Erscheinungsbildes sein körperliches Wachstum endlich mäßigen konnte, hatte indes schon anderes gemeistert als einen kleinen Notenmakel; nicht zuletzt sein Sprechproblem wegen der Hasenscharte. Als er in die mündliche Abiturprüfung kam, war davon kaum noch etwas zu bemerken. Doch seinen Spitznamen, Spaltensturz, den ihm seine frühere Kalamität eingetragen hat, den hatte er nun einmal weg, nur dass aus einer Titulierung mit hämischen Absichten schon längst eine Ehrenbezeichnung geworden war, die jeder, der den Träger kannte, mit Anerkennung aussprach. Dieser nun ist Georgs ältester Freund.

Franz und Gottfried sind erst später, in der Unterprima, die damals nur noch aus Gewohnheit so genannt wurde, dazugekommen und haben die Gemeinschaft zu dem Kleeblatt der besonderen Art erweitert.

Gemeinsam haben sie die Gärung gespürt, in welche das Lebensgefühl einer jungen Generation geraten war; es drängte sie dahin, an den Veränderungen teilzuhaben, die kommen mussten, die gewiss kommen würden. Vor allem wollten sie mit der Engstirnigkeit und Spießigkeit der Elterngeneration nichts mehr zu tun haben und neue Wege zu größerer Freiheit und mehr persönlicher Autonomie einschlagen.

Franz hat sich am stärksten und ziemlich eindeutig politisch positioniert, obwohl er, im Hinblick auf seine berufliche Perspektive, die größten Risiken einging. Gottfried eiferte ihm, ohne die Reinheit seines Glaubens zu erreichen, nach. Alle vier aber strebten sie dahin, durch persönliche Teilnahme an den großen und für groß erachteten Bewegungen ihrer Zeit einer kollektiven Verantwortung gerecht zu werden.

Doch unmittelbar für Politik hat sich Georg eigentlich auch damals nicht interessiert. Sie lenkte ihn nach seiner Überzeugung nur von der Physik ab und von dem, was er für die Wissenschaft zu leisten hoffte. Dazu kam eine instinktive, in seiner Persönlichkeit verwurzelte Abneigung gegen das Modell des politischen Agierens überhaupt. Er nahm daher fleißig am allgemeinen Klappern, wie er später die ganze Aufgeregtheit der zurückliegenden Jahre zu bezeichnen pflegte, teil, machte aber keinerlei Abstriche an seinem Studienprogramm. Dass auch Spaltensturz nur geringschätzig auf das politische Hick-Hack ringsherum blickte, erleichterte ihm seinen Rückzug aus der *öffentlichen Sache*, für den insbesondere Franz wenig Verständnis zeigte.

Zeitweise drohte die Vierergemeinschaft wegen solcher Differenzen auseinanderzubrechen. Doch immer wieder fanden die Jungs nach einer Weile des vorübergehenden Zerwürfnisses erneut zusammen und meinten später, als die Verbissenheit in der Überzeugungshaltung nachgelassen hatte, dass wenigstens die wertvolle reale Freundschaftsbeziehung Bestand haben sollte, wenn schon die hehren Träume vom großen politischen und kulturellen Umbruch geplatzt waren.

Mit der Enttäuschung darüber musste nun einmal jeder auf seine Weise fertig werden; im Einklang mit seinen charakterlichen Eigentümlichkeiten und in Abhängigkeit vom Grad seiner Glaubensfestigkeit, mit der er den Erwartungen angehangen hatte. Der Erzähler erwähnte, dass Georg weder eine drängende Notwendigkeit verspürte, einen politischen Bruch in seinem Bewusstsein verarbeiten zu müssen noch auffällige Schwierigkeiten hatte, sein gewohntes Leben weiterzuführen, das er, Politik hin, Politik her, nun einmal der Naturwissenschaft gewidmet hatte.

Ähnlich wird man das auch für Spaltensturz anzunehmen haben, der ein viel zu unabhängiger und sperriger Geist war, als dass er sich nachhaltig von einer ideologisch geprägten Überzeugungsausrichtung zu engstirnigem Denken und selbstbeschränktem Handeln verleiten ließe. Doch im Unterschied zu Georg, dessen transparenter Lebenslauf dem Beobachter keinerlei Schwierigkeiten bereitet, naheliegende Schlussfolgerungen zu ziehen, sieht man sich im Falle von Spaltensturz zwangsläufig durch jenen ungeheuerlichen Einschnitt geblendet, bei dem ein vielversprechender, außerordentlich begabter junger Mann aus geordneten häuslichen Verhältnissen von einem auf den anderen Tag sein bürgerliches Leben hinter sich lässt, um freiwillig in den Zustand einer zurückgezogenen und bedeutungslosen Dekadenz abzutauchen.

Dass rein zeitlich dieser Entschluss mit dem Scheitern der Illusionen einer jungen Generation zusammenfiel, mochte alles oder nichts bedeuten. Irgendein Indiz, womit die Paulus-Läuterung im Leben von Walter Krahl in Verbindung zu bringen war, hat kein Zeitzeuge jemals empfangen, Georg eingeschlossen. So muss daher jede Überlegung, ob und inwieweit die freiwillige Marginalisierung einer außergewöhnlichen Persönlichkeit mit jenem Veränderungsstreben zusammenhängen könnte, das über eine Reihe von Jahren eine Generation in Atemlosigkeit gehalten hat, reine Spekulation bleiben. Nichts kann sie wirklich dazu beitragen, Licht in das Dunkel einer unverständlich krassen Lebensentscheidung zu bringen. Jedenfalls an dieser Stelle der Berichterstattung kann sie das noch nicht.

Auch ist es oft nicht angemessen, in den Zusammenhängen des privaten und öffentlichen Lebens das bloß Vordergründige aufspüren zu wollen. Stärker und vor allem subtiler als auf einen ersten oberflächlichen Blick erkennbar sind oft die Auswirkungen, die eine impulsive, der Neuerung verpflichtete kulturelle Bewegung im Gebaren und in der Lebenseinstellung gerade der weniger beteiligten und nur vorübergehend mitgerissenen Individuen hervorruft. Doch sorgt erst die Breite der Anpassung an das Neue in einem von heftigen Erschütterungen begleiteten Generationswechsel dafür, dass mentale Verknöcherungen, über Jahrzehnte von Generation zu Generation mitgeschleppt, auf einmal binnen weniger Jahre zermahlen werden.

Nähmen wir den Physiker Georg Reimers, dem die parteipolitische Ausrichtung seines Gemeinwesens die Zeiten hindurch ziemlich gleichgültig blieb, ins Visier, dann verstünden wir nur schwer jenes Auseinanderdriften zwischen dem Grad des erworbenen materiellen Status und der Gleichgültigkeit, wie die regelmäßig eingehenden Ressourcen eines arrivierten Wissenschaftlers zu häuslicher Repräsentation und persönlicher Bedürfnisbefriedigung genutzt werden, wenn wir nicht eben jenen umtriebigen, nur allmählich zur Ruhe kommenden und wohl auch in manchen Facetten letztendlich blamierten Zeitgeist befragen würden, der Georg, Spaltensturz, Franz und Gottfried und viele andere deutlich geprägt hat.

Was Georg zweifellos genießt, das ist die räumliche Weite seines Heims, das er sich mit Rita geschaffen hat. Hin- und herlaufen zu können, ohne immerzu von einer Wand bedrängt zu werden; an verschiedenen, in ihrem Mikroambiente miteinander konkurrierenden Wohnnischen sich niederlassen zu dürfen und Abwechslung dabei zu empfinden; zum Essen, Arbeiten, Sinnieren und Entspannen nicht an einem und demselben Ort verharren zu müssen; und – vor allem dies! - sich jederzeit ungehemmt zurückziehen zu können. Diese angenehmen, für die Seele befreiend wirkenden Gegebenheiten, die seiner Kindheits- und Jugenderfahrung so sehr widersprechen, sind ihm unbedingt wertvoll geworden.

Die Auswahl der Einrichtung ist überwiegend von Rita getroffen worden. Georg hat bei der Anschaffung von alledem, bis auf das, was in seinem ganz privaten Zimmer steht, meist zerstreut im Laden dabeigestanden und ohne lange Diskussion abgesegnet, was Rita vorschlug. Auf die Idee, in den verflossenen beiden Jahrzehnten, die ihr Hausstand mittlerweile existierte, etwas auszutauschen oder zu erneuern, ist er von allein noch niemals gekommen.

Nicht anders als mit dem Mobiliar aber ergeht es ihm mit seiner Garderobe. Es ist ihm lästig, in ein Geschäft zu gehen, ein Kleidungsstück anzuprobieren, sich wiederholt im Spiegel zu betrachten und angesichts der erdrückenden Fülle von Möglichkeiten überhaupt eine Entscheidung zu treffen, für die er, über ein zweifelhaftes Gefühl hinaus, kaum definierbare Kriterien ausweisen könnte.

Tausend Ausreden erfindet Georg, um eine Kaufentscheidung abzublocken, auf die lange Bank zu schieben oder stillschweigend zu ignorieren. Rita hat schon bald alle Versuche aufgegeben, ihren Mann zu Einkaufstouren zu überreden oder, wie man heutzutage den Vorgang zu titulieren pflegt, Shoppen zu gehen, und sie verabredet sich für solche Gelegenheiten, bei denen sie ihrerseits Entspannung findet und mit Vergnügen eine weibliche Neugierde bedient, lieber mit einer Freundin.

Es leuchtet ein, dass vor diesem Hintergrund von kalter Missachtung gegenüber bestehenden Konsumchancen, auch wenn beizufügen wäre, dass Rita eine ihrem Gatten vielfach entgegengesetzte, wesentlich offenere Lebenshaltung an den Tag legt, die sich der natürlichen und der zu erwerbenden Dinge aufrichtig zu erfreuen weiß, ohne den persönlichen Lebenssinn darin zu verlieren, auch der Vermögensstand der Reimers, nachdem die Belastungen aus Haus- und Grundstückserwerb erst einmal getilgt waren, von erfreulicher Solidität ist. Darauf angesprochen, würde Georg die vorzügliche Solvenz seines Hausstandes ganz bestimmt einräumen, ohne genaue Aufschlüsse darüber zu erteilen. Stattdessen würde er auf Rita, seine Frau, verweisen und betonen, dass sie es sei, die sich den finanziellen und kaufmännischen Aspekten des Haushaltes widme und weitaus zuverlässiger als er die angelegten und die flüssigen Mittel zu verwalten und zu wahren wisse.

Es ist nun nicht eine völlige Gleichgültigkeit, die Georg seinen Vermögensangelegenheiten zukommen lässt, zweifellos aber ein sonderbares Desinteresse, das die intensive Bindung seiner Aufmerksamkeit an ein finanzielles Streben erst gar nicht zustande kommen lässt. Im Sinne der Ausgangsüberlegungen möchte man ohne Hemmung eine plausible Konkordanz zwischen dieser Lebenseinstellung von Selbstbescheidung und jenem 68er Zeitgeist vermuten, der nicht zuletzt dadurch aufgefallen ist, dass er die allgemeinen Vorteile und Segnungen der individuellen Konsumation und des materiellen Strebens lautstark an den Pranger stellte und gelegentlich sogar gewaltsam attackierte.

Zeitzeugen haben darüber berichtet, dass eine nachwirkende Gelassenheit gegenüber den Segnungen mit materiellen Gütern in den 70er Jahren eine Zeitlang noch verbreitet zu beobachten war, und in der Wohnsiedlung der Reimers, wo viele Gleichaltrige gebaut hatten, und auch im Kollegenkreis von Rita und Georg wäre es damals nicht schwer gewesen, materiell minder aufwändige Konsumansprüche zu identifizieren. Während sie dort jedoch im Laufe der 80er Jahre sich verschämt zurückzogen und, modernerem Lebensgefühl sich verpflichtend, oftmals geradezu gegenteilig in kultisch überhöhte Konsumgewohnheiten umschlugen, blieb Georg seiner stoisch dem Luxus entsagenden Haltung dermaßen treu, dass sogar Rita bisweilen unverständlich den Kopf schüttelte.

Noch als Georgs einstiger Mitstreiter Franz, über jeden Verdacht von Verrat an den alten Idealen erhaben, die stofflichen Eigenarten seiner Vielzahl von Westen, Hemden und Hosen sehr wohl sachkundig zu beschreiben wusste und allein für Bart und spärlich wucherndes Haupthaar eine Armada von Wässerchen und Tinkturen aufreihte, hatte sich Georg immer noch nicht dazu aufraffen können, ein geeignetes Schuhpflegemittel zu kaufen, um dem weiteren Verschleiß an seinen drei Paar Schuhen Einhalt zu gebieten. Und die Etikettenaufschriften bei den erwähnten Wässerchen und Tinkturen, zu denen sich Cremes und Pomaden selbstbewusst noch dazu gesellten, die allesamt Franz auch in einer künftigen echten Revolution nicht gerne mehr würde missen wollen, sind für Georg nicht mehr als die Namen von fremd anmutenden Gestalten aus dem Bereich der fernöstlichen Mythologie.

Es spricht somit einiges dafür, dass für die merklich zum Asketischen neigende Persönlichkeit von Georg Reimers dem 68er Zeitgeist nicht allein die Verantwortung zu übertragen ist. Dass fundamentale Züge des nicht Alltäglichen, gar des Absonderlichen, unabhängig von allen Zeitumständen, sich in der Persönlichkeit des arbeitsbesessenen Physikers festgeschrieben haben könnten, sollte auch in einer anderen Spur nachzugehen sein. Man könnte sich einmal der Mitwirkung der Nachbarschaft versichern, um auf dem Wege der Ermittlung von Fremdwahrnehmung das von Georg gewonnene Profil zu schärfen. *Georg Reimers? Wer soll das sein? Meinen Sie vielleicht den Physiker, den man so gut wie gar nicht sieht? Ist das nicht der mürrische Mann, der mit der netten dunkelhaarigen Frau zusammenlebt, die immer so freundlich grüßt und so charmant lächeln kann?*

Antworten dieser oder ähnlicher Art ließen den Zweifel wachsen, ob die angemerkten Charakterzüge des Protagonisten in unserer Geschichte bequem von den Zeitumständen seines Heranwachsens herzuleiten sind. Denn das nun war auch damals bestimmt nicht der Ausfluss eines rebellischen Zeitgeistes, seiner mitmenschlichen Umgebung mit derselben an den Tag gelegten Gleichgültigkeit zu begegnen wie der Farbe seiner Unterwäsche oder der Maserung des Oberleders seines Schuhwerks.

An einem Tag, als Georg mit dem Bus unterwegs ist, weil das Auto in der Werkstatt steht, wird ihm bewusst, wie sehr sich die Gemeinde im Laufe der letzten Jahre verändert hat. Er muss sich verwundert eingestehen, doch nur sein Wohngebiet, seine Arbeitsstätte und das Stadtzentrum genau zu kennen. Verblüfft stellt er fest, wie viel Neues hervorgewachsen ist und wie die einstmals kleine, verschlafene Gemeinde inzwischen bis zu den dörflichen Siedlungen des Umlandes hat vordringen können. Auch er selbst, sein Institut, dieser Gedanke befriedigt ihn, hat daran zweifellos einen Anteil.

Denn das Institut, seinerseits gut vernetzt mit den Hochschulen Baden-Württembergs und stets bereit, erstklassige Absolventen aufzunehmen, genießt einen respektablen Ruf bei den führenden Unternehmen der

Hochtechnologie, die mit ihrem Geschäftsmodell nicht auf das schnelle Geld aus sind, sondern im Interesse einer nachhaltigen Zukunftsorientierung auf der Höhe des Forschungsstandes bleiben wollen, den die Grundlagenforschung zu bieten hat oder irgendwann vielleicht wird bieten können. Ein großer Technologiepark hat sich längst angesiedelt. Arbeitsplätze sind entstanden, weil renommierte Firmen investiert haben. Der Standort, so sprach es sich herum, habe allerlei Charme für innovative Unternehmen.

Weniger Charme hingegen hat manche Siedlung, die schneller gewachsen ist, als die Planer sich das haben vorstellen können. Überstürzt hat man die Häuserblocks hochgezogen und die Anbindung an das städtische Verkehrs- und Versorgungsnetz mit Nachlässigkeit betrieben. Überwiegend sind dabei isolierte Wohnviertel entstanden, die sich rasch zu dem entwickelten, was man gern als sozialen Brennpunkt bezeichnet.

An einigen Stellen im entfernteren Stadtbild kommt eine derartige Wucherung als Resultat städtebaulichen Planungsversagens auch schon mal einer alteingesessenen Wohnkultur sehr nahe, was dann Konflikte auslöst, wenn die Bewohner der besseren Gegend heftig um die Verhinderung jedweder Gemengelage bemüht sind, möglichst überhaupt keine Nachbarschaft ihrer Wohnidylle mit den als bedrohlich empfundenen prekären Lebenswelten pflegen wollen.

Prinzipiell hat Georg gegen das Busfahren nichts einzuwenden. Doch es wäre eine zeitraubende Angelegenheit, findet er, sich täglich darauf einzulassen. Da sein Arbeitstag im Allgemeinen lang ist und nicht selten eine gewisse zusätzliche Mobilität von ihm verlangt wird, wenn er Verpflichtungen außerhalb des Instituts wahrzunehmen hat, bleibt das Auto die einzige sinnvolle Option. Ein defektes Vehikel kann ihn da schon mal in Schwierigkeiten bringen. Steht hingegen die regelmäßige, absehbare und daher zeitlich planbare Jahresinspektion an, dann stellt er sich, wie eben an diesem Tag, Mitte März, darauf ein.

Der Bus fährt zwar, in der Sichtweise der Ungeduld, endlos lange Umwege, nun ja, doch sind einer Fahrt interessante Eindrücke abzugewinnen, gesteht sich Georg ein, wenn man sich nur unvoreingenommen genug dieser entschleunigten Art des Personentransports anvertraut. Während der Hinfahrt zum Institut am frühen Morgen weiß er den stressfreien Zustand, entspannt chauffiert zu werden, zum eigenen Vorteil zu nutzen, indem er sich gedanklich auf die Probleme des angebrochenen Tages konzentriert und nebenher sich dabei noch über die städtebauliche Entwicklung seines Gemeinwesens wundern darf. Ein wenig gelöster als sonst taucht er in seine Arbeitswelt ein.

Gewohnheitsgemäß arbeitet Georg auch an diesem Tag über die normale Arbeitszeit hinaus und auch dann noch, als der letzte Mitarbeiter bereits gegangen ist. Die interne Logik einer Zwiespältigkeit, die seinem Arbeitsrhythmus innewohnt, beschert ihm gewöhnlich die bedeutsameren Ergebnisse in jener Zeit, die er allein und unbeobachtet an seinen Apparaturen verbringen kann. Diese Zwiespältigkeit, so wenig neu sie auch als Charaktermerkmal aufgefasst werden darf, hat jedoch seit seiner Ernennung zum Projektleiter eine auffällige Pointierung erfahren, die wie eine Zweiteilung des Arbeitstages in Erscheinung tritt.

Kein abrupter Wechsel in den Abläufen lässt sich ausmachen; nur hier und da eine Neueinstellung an der Apparatur; eine veränderte Schwerpunktsetzung in der Beobachtung und Auswertung der Daten; vor allem aber Abwandlungen in der Körpersprache, die auf Veränderung der inneren Anteilnahme am Arbeitsprozess schließen lassen. Und von jenen Aufzeichnungen und Berechnungen aus der Hand von Spaltensturz, die dem nächtlichen Gespräch der beiden Freunde zu Grunde gelegen hatten, ist am Arbeitsplatz von Georg niemals etwas aufzufinden, solange sich noch sonst jemand außer ihm im Institut aufhält.

Die augenblickliche Versuchsreihe ist von höchster Bedeutung. Georg kann, als die Messungen durchgelaufen sind, sich lange nicht von dem Papierstapel mit der Aufzeichnung der Ergebnisse trennen. Schließlich gibt er sich einen Ruck und fährt die Apparatur herunter. Beinahe fluchtartig verlässt er das Institut. In seiner Aufregung, welche der gedanklichen Nacharbeit, die er nicht so einfach herunterfahren kann, geschuldet ist, steigt er in die falsche Buslinie, die nicht gerade eine völlig verkehrte, aber doch viel weiträumigere Wegführung verfolgt als die für ihn günstigere Variante. Als Georg sich seines Irrtums gewahr wird, ist er sogar erleichtert und bemüht sich um eine entspannte Haltung. Er kann in seinem Zustand unmöglich gleich nach Hause fahren. Da sind zum einen die erstaunlichen Ergebnisse der beiden letzten Wochen. Da ist zum andern die seltsame Beobachtung von heute. Da steht seit geraumer Zeit vor allem und über allem gewichtig die Frage und lässt und lässt sich nicht vertreiben: Ist Spaltensturz ein Genie?

Seit ihrer Zusammenkunft im November des vergangenen Jahres haben sie sich nicht mehr gesehen. Doch das Rechenmaterial, das Spaltensturz ihm überlassen hat, wiegt gewaltig. Experimentell kam Georg in den zurückliegenden Wochen den mathematischen Ideen des Freundes kaum hinterher. Noch weiter an null Kelvin heran, das hat Spaltensturz gefordert. Das ist keine Schnaps-Idee von ihm gewesen, wie der Zustand der Flasche damals leicht suggerieren konnte. Das ist aber, jedenfalls noch auf absehbare Zeit, unmöglich. Das hat er bisher jedenfalls geglaubt.

Alles in allem, er ist so weit gekommen, wie er das vor einem Jahr nicht für möglich gehalten hätte. Seit rund einem halben Jahr haben sie das Kondensat und untersuchen seither offiziell seine Eigenschaften. Durch diesen Erfolg hat er mit seinem Team den Anschluss an die Weltspitze gefunden. Nach den Vorgaben von Spaltensturz ist damit aber noch nicht genug getan. Er will den Zustand noch kälter haben. Auch die Verwendung von Rubidium, mit dem sie arbeiten weltweit, ist von Spaltensturz in Zweifel gezogen worden. Es sei nicht wirklich günstig wegen der Quanteneigenschaften. Spaltensturz hat ihm von Anfang an nichts vormachen wollen: Er hält das Kondensat nicht für den letztmöglichen Zustand. Georg sucht die Gedanken, die ihn unaufhörlich quälen, einzudämmen.

Als Student, daran erinnert er sich in diesem Augenblick, hat er die Gewohnheit gehabt, sich gelegentlich bei ausgedehnten Spaziergängen innerlich zu sammeln und das körperliche Unterwegssein an frischer Luft unter deutlicher Steigerung seines Wohlbefindens zu genießen. Diese gesunde Gewohnheit ist später einer verbissenen Arbeitswut zum Opfer gefallen, die sich keine Unterbrechung mehr gönnen will. Eigentlich schade, denkt Georg für einen Moment. Heute würde er gern einmal an die alte Gepflogenheit anknüpfen. Irgendwo, einem spontanen Impuls folgend, steigt er an der nächsten Haltestelle kurzentschlossen aus dem Bus, als dieser die große Neubausiedlung, die zugleich die jüngste ist, hinter sich gelassen hat und die Richtung zum Stadtgebiet einschlägt. Georg empfindet es als ein Labsal, als ihn frischer Lufthauch umweht und die heiße Stirn eine angenehme Kühlung abbekommt. Er schaut sich flüchtig um. Hier ist er noch niemals gewesen, zumindest nicht, seit die Bebauung der großen Freiflächen begonnen hat. Das war jetzt doch auch schon Jahre her! Er würde einen Spaziergang in Richtung der Siedlung machen, sich ein wenig umsehen und mit dem nächsten Bus, der in einer Stunde fährt, von dieser oder von einer der zurückliegenden Haltestellen die unterbrochene Heimfahrt fortsetzen.

Wie ein Senkblei schwebt die Dämmerung herab, als Georg sich, noch unschlüssig wohin, auf den Weg macht. Ein befreiendes Empfinden wie von einem bevorstehenden Frühlingsanfang überrascht ihn und macht ihn darauf aufmerksam, wie sehr er fast alle Aspekte des Lebens, von seiner Arbeit abgesehen, seit langer Zeit ausgeblendet hat.

Rita kommt ihm in den Sinn, und sofort hat er ein schlechtes Gewissen. Zum ersten Mal in diesem Jahr ist ihm seine Kleidung, die er zum Verdruss seiner Frau fast immer reflexartig und recht oberflächlich auswählt, wobei er sommers wie winters so ziemlich dieselben Favoriten erwischt, unbedingt gut genug gegen die herrschenden Außentemperaturen. Es ist spürbar wärmer geworden.

Auch die Rezeptoren in seinen Augen vermerken Auffälliges. Nicht mehr so zaghaft ist der wahrnehmbare Terraingewinn, den der Tag über die Nacht davonträgt. Eine spürbare Erleichterung durchflutet Georg, als er sich in den Gedanken vertieft, dass der Winter vorbei ist. Die gestrenge Jahreszeit trägt immer schon im Vorfeld ihrer Herrschaft Sorge, dass die Dunkelheit viele Tage lang aufs Neue und stets erfolgreich über das Licht herfällt und es Stück für Stück seiner Lebenskraft beraubt, weiß dann über eine quälend lange Strecke geschickt zu verheimlichen, dass die Gewichte von Licht und Finsternis sich bereits während ihres Regiments unaufhaltsam zur Helligkeit hin verschieben. Halleluja! Nun ist die Tendenz in eine lichtere Zukunft des Kalenderjahres für den letzten trägen Zeitgenossen offenbart. Georg, der doch links und rechts seiner Physik so wenig vom Leben wahrnimmt, spürt in einem Moment der Erhebung seines Gemüts, wie überdrüssig er der dunklen Monate ist.

In der Luftkühle des hereinfallenden Abends vermutet er eine Chance, die Wut der Gedanken zu besänftigen, denn sie halten sich auch nach Feierabend verbissen in den physikalischen Problemen des nunmehr verlassen daliegenden Instituts.

Während häufig von der bloßen Erwerbsarbeit das Interesse mit Lust abfällt, wenn sie aus der Pflicht entlassen ist und allenfalls ein quälendes Gefühl des empfundenen Misslingens klebrige Schwermut in demjenigen verbreitet, der seinen wohlverdienten Feierabend genießen will, ist die motivierende, die selbstinteressierte Tätigkeit schrankenlos ausufernd in der Mobilisierung von Lebenskräften. Sie fordert herrschsüchtig eine eigene, auf sie zugeschnittene Schmeicheltechnik ein, bevor sie, für einen eifersüchtig bewachten Moment, den beschlagnahmten Geist für anderweitige, als fremd empfundene Bemühungen und Zerstreuungen freizugeben bereit ist. Problemlösende Gedankenverlorenheit lässt sich zum Beispiel nicht gern für eine fremde Aufmerksamkeit gegenüber dem eingeschlagenen Weg einspannen. Das Ziel eines körperlichen Auslaufs ist ihr ebenso gleichgültig wie die Umgebung, die ihm gerade Spalier bietet.

Innerlich zerrissen und halb zerstreut durchquert Georg zunächst ein feines Wohnviertel mit ruhigen Straßen und gepflegten Vorgärten, die von roten Wichtelmännchen auf mild-martialische Weise bestens bewacht werden. Aus kleinen und großen Fenstern fällt Licht nach draußen und gibt, den Geschmack des innewohnenden Publikums vorlaut preisend, manch günstig platziertes Gemälde für die Betrachtung von draußen frei.

Während Georg also an verschiedenen Stilrichtungen gepflegter Wohnzimmerkultur vorbeischlendert und im Wechsel von animierenden, possierlichen und protzigen Innenansichten halb schon von seiner Physik abgekommen ist, dünnt jäh die Häuserzeile aus. Gerade macht er sich Gedanken über den Heimweg, obwohl er doch die Neubausiedlung noch gar nicht erreicht hat, als heiser knarrende und gespenstisch widerhallende Geräuschportionen von wenigen Sekunden Dauer, dicht aufeinander folgend wie Maschinengewehrgarben, ihn aufschrecken. Da ist es auf einmal aus mit dem Licht, mit den Bildern und den angestrahlten Gartenzwergen. In abschreckende Dunkelheit tauchen die herabgelassenen Rollläden die laternenarme Siedlung von einer auf die andere Minute.

Mehr noch als der plötzliche Lichtmangel irritiert Georg die gleichsam kommandierte Verdunklung. Im Gleichklang kann häuslicher Bürgersinn schon mal zur Waffe werden. Als Physiker weiß er wohl, dass es für den Naturwissenschaftler ganz andersartige und keineswegs weniger erfolgreiche Möglichkeiten der Wahrnehmung gibt als die über das sichtbare Licht vermittelte. Als Georg Reimers bleibt er nach Feierabend jedoch bedingungslos auf die geläufige Art der menschlichen Wahrnehmung angewiesen. Im lichtarmen Alltagszustand hatten sich schon die größten Physiker die Knochen gebrochen.

Vorsichtig setzt er, aus der Überraschung entlassen, seine Schritte, um die Augen an den finsteren Zustand zu gewöhnen. Da wundert er sich allerdings gehörig, als vor ihm ein riesiger rechteckiger Betonklotz aufwächst, der, nach den eben gemachten Wohnstilerfahrungen, das Siedlungsbild in provozierender Weise verschandelt.

Das wuchtige Ding wirkt bedrohlich. Von weitem hat Georg das wehrhafte Ungetüm nicht wahrgenommen, selbst als seine Spazierwelt noch erleuchtet war. Zerstreutheit? Verrückt. Die Blendung! Der unterliegt eben, wer aus dem Hellen ins Dunkle starrt. An der Kaaba vor seinen Augen, so hat es jedenfalls den Anschein, wenn das Objekt nicht überhaupt unbewohnt ist, wurde die gemütlichkeitsstiftende Selbstisolierung beflissener Bürger früher vorgenommen als bei den benachbarten Häusern, an denen er eben vorbeikam. Nun hebt sich das massige Gebäude wie ein schwarzes Loch von seiner dunkelgrauen Umgebung ab und wirft seine Silhouette bedrohlich in den Raum. Georg fühlt sich wie in eine andere Welt versetzt. Und doch ist er nur in die Siedlung der ärmeren Leute gelangt.

Das irritierende Ding ist dennoch unverkennbar ein Haus. Massig und hochgeschossen, rechteckig, der Würfelform nur knapp entronnen, mehrstöckig. Schäbiges, unterwürfiges Plattdach sperrt rabiat und anmaßend den architektonischen Kontinuitätsfluss in enger Nachbarschaft zu einer exklusiven bürgerlichen Wohn-Welt mit protzig aufragenden Giebeln. Soziales Gefälle hat er bislang noch nicht so greifbar erlebt. In einem schlichten Haus mögen jenseits der Türschwellen die Schamschwellen tiefer liegen. Wer will das wissen oder Aufmerksamkeit dafür empfinden. Ein Physiker wie Georg Reimers wohl kaum.

Minutenlang bleibt Georg stattdessen mit der Bestimmung der Stockwerkmenge beschäftigt. Fünf sind es. Es bedarf eines scharfen Blicks dafür, denn die Rollläden vor den Fenstern verschmelzen mit den Fassaden, in die sie eingelassen sind, zu einer einzigen düsteren, lichtschluckenden Masse. So ein Wohnobjekt hat er noch nicht gesehen. Jedenfalls nicht in einer ähnlichen Umgebung von konkurrenzloser bürgerlicher Gediegenheit. Das mochte ein Geniestreich gewesen sein, kommunalem Baugenehmigungsgeist von Gartenzwergformat ein Schnippchen zu schlagen.

Die Neugierde des versierten Experimentators veranlasst Georg, der Frage nachzugehen, was wohl jenseits des monströsen Bauobjekts läge. Er schleicht sich in der schmalen, unbelebten Straße vorsichtig die öde Fassade entlang an die rechte Seite des Gebildes aus Putz und Mauerstein und wird belohnt, zugleich aber auch erschreckt von dem Anblick eines Wohnmonstrums von genau derselben Bauart, das zwillingsgleich hinter dem Geschwister hervortritt. Genauso dunkel. Genauso verlassen liegt es da und schlägt auf das Gemüt des sensiblen Spaziergängers. Doch weiter weg ist Licht zu erkennen.

Nun ist Georg nicht mehr abzuwimmeln, bevor in der ganzen Sachlage Klarheit herrscht. Er wagt sich noch weiter vor und steht schließlich vor einem dritten Haus, wesentlich kleiner als die beiden anderen, an denen er vorbei musste, jedoch von völlig anderer Bauart. Die Fenster außerdem sind hier hell erleuchtet. Keine Rollläden täuschen eine menschliche Verlassenheit vor. Lediglich vor einigen Fenstern besorgen farbige Jalousien eine dezente Abschirmung dessen, was sich drinnen zutragen mag.

Diese Immobilie passt denn nun ganz und gar nicht mehr in die Wohnlandschaft der neueren Zeit. Das muss um Neunzehnhundert entstanden sein, was so verwitternd und windschief mit relativ kleinen Fenstern vor ihm mühsam aufragt; ein paar Ziegel, die man durch Plastik-folie ersetzt hat, fehlen dem Dach. Der ganze schäbige Backsteinbau würde als Werbeträger für die Abrissbirne dienen, hätte er sich jetzt nicht durch die Lichtflut auf allen Etagen künstlich aufgepäppelt und die Aufmerksamkeit auf sich gelenkt. In der oberen Etage ausnahmsweise ist das Licht gedämpft und hat einen rötlichen Farbton. Der Beleuchtungszauber dieses Häusle-Unikats verfehlt seine Wirkung jedenfalls nicht, wie Georg sogleich bemerkt.

Denn inzwischen haben sich seine Augen der Farbtemperatur seiner Umgebung vollständig angepasst und übersehen nicht mehr, wenn vereinzelt ominöse Gestalten von hinten herankommen, vielleicht sogar in der Gartenzwergkolonie ihr Zuhause haben, mit abgewandtem Kopf und hochgezogenem Kragen grußlos an ihm vorbeihuschen, um sodann mit beschleunigtem Schritt jenem illustren Haus zuzustreben, aus dem auch noch die Leuchtreklame einer kleinen Gaststätte im Parterre einer passenden Art von Publikum einen angenehmen Aufenthalt anzubieten weiß.

Aber auch aus den Türen der beiden unbeleuchteten Wohnklötze kommen sie heraus und haben dasselbe Ziel wie die anderen, ohne sich mit ihnen zu vermengen. Nicht viele sind es insgesamt, doch für Georgs Phantasie fügen sie sich, zusammen mit denjenigen, die womöglich schon hinter den Außenmauern des mysteriösen Anwesens bei der lauten Musik angekommen sind, zu einem Bild von bizarrer Geselligkeit, vor dem er erschreckt, weil ihn nahezu jede Form von Geselligkeit erschreckt, weshalb er sie, soweit ihm das in seiner häuslichen und beruflichen Stellung möglich ist, meidet.

Der spontane Fluchtmechanismus gegenüber unerwarteten oder unwillkommenen Gemeinschaftsattacken wird auch diesmal wieder ausgelöst, und er hätte Georg sicher veranlasst, unverzüglich den Rückweg einzuschlagen und die unterbrochene Heimfahrt fortzusetzen, wäre nicht, arrangiert von einem Moment des Zufalls, eine besondere Stimmung entstanden, welche ihn zunächst verharren lässt und gleich darauf den Befehl des übergeordneten Dranges an die Beine, gefälligst den Rückweg einzuschlagen, verweigert. Jetzt will er wissen, was es mit dem wunderlichen Milieu auf sich hat.

Er fühlt sich heute nämlich ungewöhnlich stark, um zum würdigen Abschluss eines zwar ungeplanten, doch unbedingt interessanten heimatkundlichen Ausflugs auch einmal die Nähe unbekannter Mitmenschen vorübergehend in Kauf zu nehmen. Hat er nicht einen erfolgreichen Arbeitstag hinter sich gebracht? Hat er nicht Grund, sich für ein weiteres Gelingen seiner Experimente anzuspornen und sich mit Standfestigkeit zu wappnen? Er würde es sich schwer nachtragen, würde er nunmehr vor der unüberschaubaren Situation zurückweichen.

Die Neugierde des Naturwissenschaftlers ist in diesem Augenblick eines intensiven inneren Ringens um Handlungssouveränität in einer Alltagssituation dem Physiker Georg Reimers nur bedingt von Vorteil. Die Neugierde, diese besondere Eigenschaft der Seele, erschöpft sich im Gemüt dieses beruflich arrivierten Mannes nämlich in dem rührigen Bestreben nach Entschlüsselung der Zusammenhänge und Regelmäßigkeiten in der dinglichen Welt.

Für die Verfolgung dieses Zweckes wird sie unaufhörlich aus dem Wesensinneren befeuert und schier schrankenlos auf die jeweils laufenden Arbeitsprojekte hin verausgabt. Niemals hat Georg ein Motivationsproblem, wenn es darum geht, seinen persönlichen Beitrag zur Aufdeckung der Geheimnisse der Materie zu bestreiten. Mit wachem Geist und scharfen Augen unterzieht er noch im Alltag, weit weg von den Laboren, die Dinge einer prüfenden Verstandestätigkeit. Von solchen Gewohnheiten her liegt es noch nahe, einem Siedlungsbild von auffallend heterogener Struktur, so er das einmal entdeckt hat, eine neugierige Aufmerksamkeit zuzuwenden, um die Zeit, in der er einen Spaziergang unternimmt, zudem sinnvoll auszufüllen.

Keinen Augenblick lang ist es Georg in den Sinn gekommen, sich auf ein Gespräch mit fremden Menschen einzulassen oder gar an einer banalen Belustigung teilzunehmen. Seine Neugierde, diese besondere Eigenschaft der Seele, gerät ihm nämlich gewohnheitsgemäß in den Zustand des Verdorrens, wenn sie von der Welt des Dinglichen ablassen soll und veranlasst wird, auf die Welt des Lebendigen überzuspringen.

Und dennoch kann er es nicht verhindern, dass er, obwohl das Äußere des Hauses ihn eben noch zur Vorsicht mahnte, in sein dubioses Innere gelockt wird, weil ein psychischer Mechanismus eine sonderbare Courage wie einen Vorhang, dem zu nähern wir uns dennoch aus geheimnisvollen Gründen genötigt sehen, vor das sich aufbäumende Misstrauen zieht. Wohl kaum hätte Georg später beschreiben können, wie ihm geschah, als es geschah, dass er auf einmal den Eingangsbereich der heruntergekommenen Immobilie überschritt und, tief durchatmend, in den Flur des verruchten Anwesens trat.

Kaum eingetreten, sperrt ein klobiger Holztisch, an dem ein bärbeißiger Mann in einem halbärmligen rotkarierten Hemd sitzt, Georgs Weiterweg. Das Arrangement sieht für ihn wie eine provisorische Kasse aus. Ein Wimpel mit den Initialen DARUSCHA ist auf einem kleinen Ständer montiert und kommt gleichermaßen einer dekorativen wie informativen Aufgabe nach. Daneben liegt eine Rolle mit blauen Papiermarken.

„Nur hereinspaziert", dröhnt der Bass des Türhüters und Kassierers. „Wir beißen nicht. Kosten tut´s auch nichts. Für das leibliche Wohl garantieren die Verzehrmarken. Verzehrzwang besteht aber nicht, junger Mann."

Mit diesen Worten lässt er seine breite Pranke auf die Markenrolle niederfallen und grinst Georg unverschämt an. „Aber deine Patscherchen musst du herzeigen. Wegen des Stempels, weißt du."

Ehe Georg es sich versieht, hat der Typ seinen rechten Arm zu sich herangezogen und drückt ihm einen blauen Stempel auf die Außenhandfläche. Dann weist er jovial mit ausgestrecktem Arm auf den engen Durchgang zwischen Tisch und Wand und wendet sich bereits dem nächsten Besucher zu, der hinter Georg das Gebäude betreten hat.

Georg ist sich noch keineswegs darüber im Klaren, was an diesem Ort eigentlich abläuft. Wenn er in seiner Erinnerung kramt, dann kommt ihm das Spektakel so vor wie manche jener zwanglosen Veranstaltungen, die er mit Rita im Laufe der Jahre gelegentlich besucht hat; mit denen verschiedene Institutionen sich und ihre Arbeit einem breiten Publikum bekannt machen wollen. Doch was um Gottes willen soll hier präsentiert werden?

In den offenstehenden Räumen, die sich in einem breiten Korridor sogleich an den Eingang zur Gaststätte anschließen, haben sich bislang nur wenige Besucher männlichen und weiblichen Geschlechts verloren, wobei die Männer deutlich in der Überzahl sind. Georg tritt in das nächstbeste Zimmer ein und entdeckt an zwei großen runden Tischen jeweils mehrere Personen in dem gleichen Hemd wie das des Bärbeißigen. Sie sind mit einem Karten- oder Würfelspiel beschäftigt. Im Hintergrund rattern einige Automaten, die immer wieder von wechselnder Kundschaft mit Münzen gefüttert werden. Mehrere Plakate, die von den Wänden herabhängen, beschäftigen sich in knappen Texten in schlechtem Deutsch mit verschiedenen Zweigen des Glücksspiels und scheinen wohl Aufschluss zu geben, wie es organisiert ist, was es einbringt und noch manches mehr. Georg hat keinerlei Interesse, sich in diesen Gegenstand, der meilenweit von den Problemen seines Lebens entfernt ist, weiter zu vertiefen.

In dem nächsten Raum, den er betritt, haben sich Männer und Frauen in etwa gleicher Anzahl niedergelassen. Nur wenige von ihnen sind so wie der Bärbeißige gekleidet. Sie ruhen entweder entspannt bis verträumt in Sesseln, oder sie machen sich gerade daran, mittels enger

Röhrchen ein weißes Pulver zu inhalieren. Einige wenige Individuen ganz im Hintergrund operieren mit einem Spritzbesteck. Georg erfasst verwirrt die Situation, doch wohl in so etwas wie eine Rauschgifthöhle eingedrungen zu sein. Wiederum geben Plakate, die sich diesmal mit dem Anbau von Hanf, Mohn und anderen rein pflanzlichen Produkten beschäftigen, Einblick ins passende Metier und differenzieren mit Hilfe ergänzender Schaubilder über Reinigungsverfahren, Vertriebswege etc. das Thema zu einer abgerundeten Präsentation.

Georg schüttelt sich und nimmt sich vor, in einem Schnelldurchgang die ganze dubiose Schau hinter sich zu bringen. Eher oberflächlich und angewidert wirft er seinen Blick in zwei weitere Zimmer. In beiden werden sportlich anmutende Wettbewerbe, die er für Box- und Ringkampf hält, imitiert und mit trägem Schwung ausgetragen.

Als er dann noch das letzte Zimmer auf dem Korridor betritt, wird er rüde von einem Hemdträger der karierten Art angerempelt. Der ziemlich junge Mann, der aus dem Raum stürmt und für die körperliche Kollision verantwortlich ist, entschuldigt sich höflich und trägt auf diese Weise dazu bei, dass Georg sich schnell besänftigen lässt. Nichts deutet hier darauf hin, dass überhaupt etwas ausgestellt ist. Dennoch folgt er den orangefarbenen Pfeilen in den Raum hinein, wo in einer Ecke hinter einem schmuddeligen Vorhang, den man etwa zwanzig Zentimeter breit aufgelassen hat, ein Tisch abgestellt ist.

Das gibt's doch nicht, denkt Georg, als er dort eine Geldbörse liegen sieht, die ihn sehr an die eigene erinnert. Reflexartig fasst er an seine Gesäßtasche und erbleicht. Da steckt nichts mehr drin. Das Portemonnaie ist weg. Mit einem Satz ist er beim Tisch und ergreift das dort abgelegte Leder. Es gibt keinen Zweifel: das hier ist sein Eigentum. Hastig durchsucht er die Fächer und stellt erleichtert fest, dass nichts fehlt. Da, auf einmal, wird ein Laufband, an eine Leuchtreklame erinnernd, über seinem Kopf in Bewegung gesetzt und präsentiert Informationen zum Ausmaß des Taschendiebstahls im Lande. Verblüfft schaut Georg zu, wie am Ende in grellem Schriftzug die Belehrung erscheint: *Seien Sie auf der Hut! Nicht immer wird ein Besitzerwechsel brav storniert. Besser noch für Sie, Sie prüfen Ihre eigene Geschicklichkeit! Seien sie aufgeschlossen für außergewöhnliche berufliche Perspektiven. Überdurchschnittliche Erträge werden Ihre Entscheidung belohnen.*

Wenn Georg, dem es für einen Moment schwindelt, während er sich auf dem Rückweg zur Kasse befindet, sich die Menge des interessierten Publikums, die er im Laufe der letzten halben Stunde wahrgenommen hat, in Erinnerung ruft, dann kommt er zu dem Ergebnis, dass die meisten Personen sich doch wohl in die Kneipe begeben haben müssen, in der es mit Musik, lautem Lachen und überschwänglicher Unterhaltung hoch herzugehen scheint. Diese Gaststube lässt Georg, der in seinem Weiterweg auf einmal zögert, erst einmal aus. Mit Absicht hat er keine Verzehrmarken gekauft.

Die Neugierde des Physikers, der sich doch nur einen Spaziergang hat gönnen wollen, um einmal ein wenig abzuschalten, ist längst befriedigt. Das Interesse an der Szenerie, so befremdlich, irritierend und abstoßend er sie zwischendurch empfunden hat, ist von ihm abgefallen und ruft die Ernüchterung im Gemütszustand auf den Plan. Soll er sich wirklich noch nach oben begeben, wo die ganze lächerliche Vorstellung augenscheinlich ihre Fortsetzung findet?

Eher nicht, ist die Antwort aus seinem Inneren, wenn er seine Restmotivation befragt. Vielleicht doch, lautet sie, wenn sein ausgeprägter Charakterzug von Pflichtbewusstsein und eingefleischter Exaktheit mitzubestimmen hat. Eine Haltung nämlich widerstrebt ihm ganz und gar, gleichgültig in welchen Angelegenheiten seines Lebens sie ihre Ansprüche erhebt: Etwas Angefangenes liegen zu lassen, ein gutes Werk ohne äußerste Anstrengung um seine Krönung zu vollenden oder ein schlechtes noch vor

Erreichen des Bodens der tiefsten Enttäuschung feige abzubrechen.

Um der Abrundung seines heutigen Erlebnisses und um der Selbstbestätigung willen, gewissenhaft in alle Kammern geleuchtet zu haben, begibt sich Georg dann doch hinauf in das erste der oberen Stockwerke, wo er erleichtert feststellt, dass es zwar noch ein weiteres, darüber befindliches Stockwerk gibt, dass dieses aber dem Publikumsverkehr nicht mehr zugänglich gemacht worden ist.

Aus dem Treppenhaus tritt er in den wie verwaist daliegenden Korridor, wo er rasch die Perspektive überblickt, mit dem Inspizieren von vier oder fünf restlichen Wohneinheiten sein Pensum endgültig abgeschlossen zu haben. Hier oben haben die Veranstalter eine deutlich schwächere Beleuchtung installiert als im Untergeschoss. Und die Farbe des Lichtes springt ins Rötliche hinein. Hingegen ist die Luft spürbar wärmer als unten, und sie hat ein penetrantes süßliches Aroma.

Als er einen Blick in das erste Zimmer wirft, ist Georg allerdings peinlich überrascht, eine junge Frau in Unterwäsche zu erblicken, die ihn jedoch nicht weiter beachtet. Mit einem ähnlichen Bild hat er es auch in den anderen Räumen zu tun, wo jeweils ein bis zwei Frauen in Unterwäsche oder in spärlicher Bekleidung sich in gelöster Haltung präsentieren und den Mann, der an ihnen vorbeigeht, entweder nicht beachten oder ihm flüchtig zulächeln. Ein Mädchen, jüngeren Alters als die anderen, sitzt vor einem Computer und arbeitet. Georg ist nunmehr gereizt. Hier würde er, um den Eindruck der Peinlichkeit für sich nicht weiter zu erhöhen, schnell durch sein. Er schaut auf die Uhr, um sich mit dem Busfahrplan, den er noch im Kopf hat, abzustimmen.

Endlich die letzte Tür auf der Etage; sie ist gar nicht geöffnet. Georg nimmt, als er vor der Schlusswand am Ende des Ganges auf gleicher Höhe damit steht, flüchtig wahr, dass sie nur angelehnt ist und aus dem Inneren des Raumes durch den entstandenen Spalt ein fahler

Lichtschein in den dämmrigen Flur tritt. Befriedigt macht er kehrt, um sein Besichtigungsprogramm zu beenden. Vielleicht würde er unten doch noch ein kleines Bier trinken, denn der nächste Bus fährt erst in fünfundvierzig Minuten.

Da wird die Tür mit einem raschen Griff nach innen aufgezogen und Georg steht plötzlich vor einer Frau, die in selbstbewusster Haltung etwas aufdringlich an ihn herantritt. Ihre unvollkommen und nachlässig unter sparsamer Bedeckung gehaltenen Liebreize lösen in dem scheuen Naturwissenschaftler, der ihnen unerwartet zum Greifen nahe ist, zuerst und unmittelbar ein Empfinden aus, in dem eine tiefe Verletzlichkeit sich hilfesuchend an eine verborgene Neigung nach Geborgenheit wendet. Und dann, von einem auf den anderen Augenblick, lodert eine sexuelle Gier in ihm auf, die ihm sonst doch eher fremd ist. In ihr scheinen alle verdrängten Unzumutbarkeiten in seinem Leben, die wie schwere Bleigewichte auf der Seele liegen, aufgewogen zu werden. Eine tiefe Sehnsucht scheint darin eingelagert zu sein, sie entfaltet sich an diesem verruchten Ort, stimuliert von einem auffälligen Aroma, das dem makellosen, vorsichtig und ebenmäßig ins Bräunliche fließenden Teint der wohlgebauten Frau entströmt – das ist es, was Georg widerfährt, als das lasziv lockende weibliche Erscheinungsbild unkalkulierbares Verlangen erzeugt, das eine Signatur in seinen Gefühlen hinterlässt.

Georg, einem tief verwurzelten Reflex folgend, hat sofort seine Augenlider niedergeschlagen; ein winziges Zeitquantum zu spät für die Absicht, einen Blickkontakt mit der attraktiven Frau zu vermeiden. Deren ebenso anmaßender, wie vereinnahmender Blick, mit einer Fülle von moralischer Verderbtheit belebt, hält Georg auf einmal in Erstarrung gefangen wie das Wild der Lichtkegel eines nächtlichen Autoscheinwerfers. Seine Seele schreit stumm auf und will sich krümmen. In diesem Moment der Blendung jedoch flutet ein ungezügelter Anspruch, wie er ihm bislang fremd geblieben ist, sein Inneres. Und ein ungemein verlockendes Angebot dringt in ihn hinein wie ein Fanal in die fanatisch gestimmte Menschenmenge.

Ihre Stimme klingt angenehm weich und von jedweden unlauteren Absichten entbunden. Doch sie zieht, als sie ihre Zigarette in dem Aschenbecher ausgedrückt hat, der seitlich der Tür angebracht ist, mit der geschminkten Unterlippe zugleich die Frequenz der hervorgebrachten Laute herab unter das für eine weibliche Stimme charakteristische Niveau, als sie dem Mann vor ihrer Tür in dessen heftigem Zustande einer überwältigenden Epiphanie eine geläufige Frage stellt, die von ihm aber wie eine Verheißung aus Tausendundeiner Nacht aufgenommen und verarbeitet wird:

„Willst du reinkommen, Süßer? Ich heiße Veronika."

Ein Gespräch unter Freunden

Eine gute Woche später, der April kündigt sich mit seiner launischen Seite an, hastet ein nicht mehr junger Mann durch eine Gartenkolonie am Rande des Innenstadtbezirks. Seine Kleidung ist vom anhaltenden Regen durchnässt. Die Haare kleben, da er ohne Kopfbedeckung unterwegs ist, auf der nassen Stirn. Doch er scheint so stark mit seinen Gedanken beschäftigt, dass ihn die Nässe nicht stört.

Die kleine Kolonie für Hobbygärtner, die er durchqueren will, ist an einem seichten Hang gelegen, und sie wird durch insgesamt drei schmale Wege zugänglich gemacht. Die verpachteten Parzellen liegen beidseitig eines jeden dieser Pfade, und sie sind durch hohe Hecken vor neugierigen Blicken geschützt. Nur an den jeweiligen Eingangspforten ist die Sicht frei und darf sich dort an den mehr oder weniger gepflegten, mehr oder weniger liebevoll hergerichteten und mit ganz unterschiedlichem Inventar ausgestatteten Gartenstreifen je nach Interesse und Geschmack erbauen.

Der Mann hat es eilig. Seine schnellen Schritte durchmessen das Gelände in Richtung der Steigung. Von ganz unten ist er gekommen, wo hinter den letzten Häusern des Innenstadtbezirks der Eingang zu dieser Gartenkolonie liegt. Und er hat, in Blickrichtung, den rechten der drei zu Anfang parallel verlaufenden Wege eingeschlagen, der zunächst an den besonders großzügig bewirtschafteten und akkurat gehaltenen Grundstücken noch in Stadtnähe vorbeiführt, bis später, zur Hangmitte hin, der Eindruck eher von schlichter Ausstrahlung bestimmt wird, um endlich, nun schon beinahe oben, durch die zunehmende Nachlässigkeit in Bewirtschaftung und Repräsentation kaum noch einen Blickfang zu bieten. Hier kann ein Gartenfreund immerhin froh sein, mit einer hübschen Aussicht auf das Gemeinwesen für den Verlust an botanischer Schönheit im Gartenbau entschädigt zu werden.

Das alles ist für unseren rasch an Höhe gewinnenden Fußgänger ohne Bedeutung. Er hat aus freien Stücken gerade die Wegführung gewählt, die am raschesten an Attraktivität einbüßt und auf kürzester Distanz in die Randlage des kultivierten Landschaftsraumes einmündet, dorthin, wo die Hecke schon längst keine kundige Pflege mehr erfährt und der Hobbygärtner bestenfalls seinen anfallenden Gartenmüll entsorgt.

Sobald hier die letzte Gartenlaube hinter einem Spaziergänger liegt, ist dieser mit den ungestümen und schwer zu bändigenden Kräften des natürlichen pflanzlichen Bewuchses konfrontiert. Zwar führt der Weg dann noch eine Weile auf dem Scheitelpunkt des Hanges weiter, doch in dem abwechselnd von Buschwerk, Gras oder Niedrigbaumbestand beherrschten Gelände sucht von den Erholungsuchenden hier niemand mehr nach den Resultaten einer gartenbaulichen Zähmung der wild wuchernden Flur.

Schon gar nicht jener Mann, der nun doch ein wenig außer Atem geraten ist, als er den Kamm der Anhöhe erreicht hat und unschlüssig wirkt, welche der drei schmalen Pfadspuren, die von der Hauptstrecke an diesem Geländepunkt abzweigen, weiterzuverfolgen wäre. Nach einigem Zögern entscheidet er sich für die mittlere Spur und ist bald allem Anschein nach zufrieden, richtig gewählt zu haben.

Endlich steht er vor einer mächtigen Trauerweide, deren Gezweig und Geranke wie ein Vorhang den Weiterweg auf dem plötzlich verschwundenen Pfad sperrt. Mit Schwung schiebt der Ankömmling das von Nässe tropfende Grünzeug beiseite und sich selbst, Kopf und Oberkörper voran, durch die geschickt angelegte Tarnung hindurch auf eine kleine Lichtung vor, wo ein aus Ästen, Dachpappe, rohen Brettern und Balken gezimmerter Verschlag einen unerwarteten Anblick bietet.

Eine Grundstücksbebauung ist nicht erkennbar. Lediglich ein Bienenstock neben dem rechten Grundpfosten der verkommenen Bretterbude lässt auf menschlichen Gestaltungswillen schließen. An diesem nassen Tag ist nur ganz vereinzelt mal eines der nützlichen Tierchen außerhalb des Stocks anzutreffen.

Georg, denn um diesen handelt es sich bei dem rastlosen Wanderer, hat sein Ausflugsziel erreicht. Mit schwerer Faust schlägt er auf einen Querbalken, der sogleich mit einem summenden Ton in leichte Schwingung gerät, und unmittelbar darauf tönt aus dem Inneren des sonderbaren Baus eine tiefe Männerstimme: „Komm rein, ich habe dich erwartet!"

Der Raum, den Georg durch eine Art Stalltür betreten hat, die sich nur schwer unter lautem Knarren öffnen lässt, ist kaum 10 m² groß. Eine Bettvorrichtung aus Spanplatten, die eine Matratze trägt, zwei kleine Korbstühle, ein Zwitterding aus Tisch und Kommode, auf der neben einem Computer und einem kleinen Lötkolben allerlei elektronisches Zubehör abgelegt ist, mehr Mobiliar enthält der unvollkommen durch das Tageslicht erhellte Raum nicht. Eine fensterähnliche Öffnung ist mit einer Schicht von grauem Fettpapier verklebt. Ein Eimer, eine Schüssel, in denen sich Regenwasser gesammelt hat, könnten wohl Pflegezwecken dienen, aber auch nur zum Abfangen des an wenigen Stellen hereintropfenden Wassers bestimmt sein.

Spaltensturz, der genügsame Bewohner dieses Domizils, sitzt vor der Kommode und schraubt an einem Bauteil herum. Meisterhaft versteht er sich im Tuning seiner Geräte. Was er sich an Computern und Speichermedien verschafft, stammt zwar meist aus der Müllverwertung oder spottbillig aus dritter Hand; doch binnen kurzer Zeit hat er sowohl eine Hardware als auch die aufgespielte Software seiner jeweils günstig erstandenen Maschine auf Höchstleistung getrimmt. Die meisten der von ihm genutzten Programme hat er ohnehin selbst geschrieben. Ein uraltes Notstromaggregat, versteckt in der Kommode, von ihm wieder voll funktionsfähig gemacht, sichert ihm den nötigen Strombedarf.

Beim Eintritt von Georg dreht er sich mitsamt dem kippeligen Stuhl um, auf dem er in derselben Kleidung wie bei dem Zusammentreffen im Dezember hockt. Man lächelt sich zu. Weder der eine noch der andere der beiden Männer ist ein Begrüßungsfetischist.

„Du bist gut durch den Winter gekommen?", fragt Georg.

„Kein Grund zur Klage", erwidert Spaltensturz. „Es sind Kleinigkeiten, die gelegentlich piesacken. Du wirst nicht glauben, wie schwierig das sein kann, mitten im Winter für einen defekten Duschkopf Ersatz zu finden."

„Verstehe, das Provisorische schmälert schon mal den Komfort." Über Georgs Gesicht huscht auf einmal ein entspanntes Lächeln. Es ist jedes Mal dasselbe, wenn er mit Spaltensturz´ Lebensumständen unmittelbar konfrontiert wird: Ein Gefühl irgendwo zwischen Bewunderung und Ratlosigkeit geht ihn an. Für sein Temperament ist das genau die richtige Mischung, um ein kurzes Signal von Heiterkeit auszusenden.

„Ich sag dir mal was, Gorgi. Es ist bald Zeit für eine großzügige Lösung". Spaltensturz deutet mit einer Kopfbewegung zu der Bretterwand, die dem Eingang gegenüberliegt. Da scheint sich für einen hellhörig gewordenen Besucher so etwas wie eine Tür anzudeuten, die demnach den Zugang zu einem weiteren Raum inmitten des Buschwerks auf der Rückseite von Spaltensturz Villa gewährleisten würde. „Im Frühsommer wird der ganze Sanitärbereich großzügig saniert. Du kannst da Gift drauf nehmen, noch bevor es auf die Walz geht, bin ich damit durch. Du bist schon lange nicht mehr in meiner Datscha gewesen, Gorgi, stimmt´s?"

Georg zuckt die Achseln.

„Wie hast du deine Bude eigentlich so dicht bekommen? Ich meine, das regnet doch jetzt schon drei Tage, und du scheinst mit zwei Behältern", damit deutet Georg auf Eimer und Schüssel hin, „ganz gut klar zu kommen."

Spaltensturz grinst.

„Mein Großvater war ein stadtbekannter Dachdecker. Der hat noch solides Handwerk betrieben, bevor mein Alter daraus ein seelenloses Unternehmen machte, um die große Kohle zu verdienen. Gorgi, ich habe die gestaltungsfähigen Hände meines Großvaters." Er macht eine Pause.

„Ist doch alles Eigenbau hier, wie du weißt", fügt er dann noch hinzu.

In das eintretende Schweigen hinein öffnet Spaltensturz eine kleine Tür, die in dem Raum leicht zu übersehen ist. Ein Feuerschein tritt aus der Öffnung und lässt für einen Besucher durchblicken, dass Spaltensturz´ Datscha sogar beheizbar ist. Er ergreift ein Holzscheit, das in einer Kiste unter dem Bett lag, und wirft es in die Öffnung der Feuerungsanlage, die er danach sorgsam wieder verschließt.

„Es ist also klar", nimmt Georg das Gespräch wieder auf. „Wie haben definitiv den Durchbruch geschafft. Ich habe mit Natrium gearbeitet und den Laser so eingestellt, wie du es vorgeschlagen hast. Die Teilchen haben ihren energielosen Zustand weitergegeben und sich mit den anderen eine Mikrosekunde lang in dem neuartigen Gleichgewicht gehalten."

Spaltensturz wiegt anerkennend den Kopf. „Die Zeit reicht aus, um als Nachweis meiner Vermutung zu gelten. Und die Kühlung war definitiv abgeschaltet?"

„Ja", erwidert Georg. „Das Problem bleibt die Apparatur. Solange wir so wenige Teilchen in den Zustand bekommen, bleibt ihre Übertragungswirksamkeit beschränkt, und bei dem zwangsläufigen Kontakt mit der Apparatur verliert sich der Effekt. Deshalb komme ich über den Mikrosekundenbereich nicht hinaus. Doch prinzipiell ist das Phänomen erst einmal nachgewiesen. Das ist das Wichtigste."

Spaltensturz stützt für eine Weile seinen Kopf mit den Armen, bevor er das Thema wieder aufnimmt.

„Ich habe das Problem vermutet und darüber nachgedacht. Man müsste die Teilchen in ihrem Trans-BEK-Zustand einschließen in einer Art neutraler Molekularstruktur, die sie so gefangen hält wie das Magnetfeld in der Apparatur. In dieser Struktur würden neu eingebrachte Teilchen mit höherem Energieniveau gleichgeschaltet, wenn ich das mal so formuliere. Die Menge des erzeugten Materials könnte nach und nach erhöht werden bis zu der kritischen Grenze. Wo die liegt, werde ich noch berechnen."

„Was sollte das für eine Molekularstruktur sein?", fragt Georg, erstaunt über die neuerliche Idee des Freundes.

„Ich habe die Parameter einer ganzen Reihe von Molekülklassen verglichen und glaube, einen idealen Kandidaten gefunden zu haben."

„Nun?", Georg kann seine Spannung kaum zügeln.

„Fullerene! Wenn wir ein synthetisches Produkt haben, das ein guter Chemiker sicher so gezielt designen kann, dass eine für unsere Zwecke ideale molekulare Raumstruktur vorliegt, dann kannst du unser Trans-BEK dort unterbringen, ohne dass es zerfällt. In gewissem Sinne verhält sich doch unser gefundenes Material im energielosen Zustand zu den angeregten Teilchen seiner Umgebung wie Materie zu Antimaterie. Für sich ist der jeweilige Zustand stabil. Nur aufeinandertreffen dürfen sie nicht. Dann hat die kleinere Masse das Nachsehen. In unserem Fall könnte es die wie ein Käfig beschaffene molekulare Struktur des Fulleren-Moleküls besorgen, dass das innere Material im energielosen Quantenzustand isoliert wird und stabil bleibt. Damit könnte dann, das ist meine Vermutung, komfortabel gearbeitet werden."

„Ja, ja", sagt Georg und kratzt sich den Kopf. „Chemiker bin ich nicht. Und in unserer Situation können wir wohl kaum um interdisziplinäre Hilfe bitten. Ich habe ohnehin schon Schwierigkeiten, meine Alleingänge im Institut geheim zu halten. Alles im Dienste der Wissenschaft, versteht sich."

„Es gibt durchaus einen Weg", sagt Spaltensturz gedehnt.

„Ich weiß wohl, an wen du denkst", meint Georg. „Das haben wir aus guten Gründen immer vermeiden wollen, Gottfried einzubeziehen." Sein Gesichtsausdruck wirkt unfroh, als er diese Bemerkung macht.

Spaltensturz zuckt die Achseln.

„Dinge und Gegebenheiten sind, wie sie sind. Du sagst es: Wir beiden sind keine Chemiker. Und bedenke, Gottfried ist Spezialist für diese relativ neue Kohlenstoffchemie. Entscheidend ist doch, was und wie viel wir ihm mitteilen."

„Ich weiß nicht, ich habe so meine Bedenken. Willst du nicht besser nach einer anderen Lösung suchen?"

Spaltensturz kennt den Freund gut genug, um zu wissen, dass für Georg ein wunder Punkt getroffen ist. Er blinzelt mit den Augen und wägt seine Worte vorsichtig.

„Gäbe es auch eine andere Lösung, so ist fraglich, ob ich sie finde. Viel Zeit, viel zu viel Zeit würden wir auf jeden Fall verlieren."

Spaltensturz macht eine Pause, um die Wirkung seines Einwands zu prüfen. Als Georg schweigt, fährt er fort:

„Du musst über deinen Tellerrand blicken, Gorgi. Gottfried ist in seinem Fach mehr als eine Schnapsflasche mit Doktortitel. Der hat aus seiner Heidelberger Zeit alles drauf in der Kohlenstoff-Chemie. In seiner kurzen Zusammenarbeit mit Wolfgang Krätschmer hat er sich das Lichtbogen-Verfahren genauso wie die Extraktion aus Ruß perfekt angeeignet."

„Was du alles weißt", bemerkt Georg giftig.

„Das ist nicht einmal alles. Ohne meine Fakultät kommt weder die Physik noch die Chemie aus. Ich lass mir daher auch keine Scheuklappen wachsen. Und noch ein Angebot, sieh die Sache mal vom ästhetischen Standpunkt! So ein C 60 – Molekül ist schön, es ist wie eine Kreuzung aus dem Lächeln der Mona Lisa und dem von Sepp Herberger. Du wirst deine helle Freude an der Struktur dieser sonderbaren Winzlinge unter den Fußbällen haben. Übrigens wird für unsere Zwecke C 60 nicht reichen. Wir brauchen mindestens C 70. Begreife! An Gottfried führt kein Weg vorbei."

Georg macht einen hilflosen Blick in die Runde. Er denkt noch: *Der Kumpel lebt auf einer Müllhalde und spricht von Ästhetik. Das fass ich nicht.* Doch gibt er sich einen Ruck und entscheidet frostig: „Dann muss es eben sein!"

Sie reden noch eine Weile über das Problem, wie sie Gottfried als Zulieferer des Materials in ihr Projekt einbinden können, ohne allzu viel davon preiszugeben. Georg gibt sich konziliant, als er versichert: „Nun denn, ich werde ihn nachher aufsuchen." Er will sich nämlich seinen Kredit für das nächste Thema, weswegen er hergekommen ist, nicht verscherzen.

Spaltensturz hat das Ergebnis der Unterhaltung in eine gute Laune versetzt. Er steht auf, klopft Georg auf die Schulter und meint: „Darauf sollten wir anstoßen, Gorgi."

Rasch bückt er sich noch einmal zum Bett hinunter und öffnet in dem schmalen Rahmen eine Art Geheimfach, aus dem eine Flasche Korn zum Vorschein kommt.

„Ich bin den ganzen Vormittag am Rechner gewesen und habe an den schrägsten Problemen gerechnet. Jetzt darf ich. Du doch auch? Oder lieber Rotwein?"

Georg winkt ab.

„Einen klitzekleinen meinetwegen. Spaltensturz, ich muss noch in einer anderen Sache mit dir reden. Mit deiner milieuübergreifenden Lebensart und der unbegreiflichen Verwurzelung in der Gemeinde kannst du mir bestimmt weiterhelfen."

Spaltensturz ist sofort hellhörig geworden. Mit einem tiefen Zug aus der Flasche verbirgt er seine Neugierde. Georg druckst erst einmal herum, bevor er, seine Worte genau prüfend, auf seine zurückliegende Busfahrt zu sprechen kommt. Spaltensturz hört sich den keineswegs erschöpfenden Bericht von Georg geduldig an.

„Na und? Was ist denn jetzt dein Problem? Ich kenne den Stadtteil und auch das Haus, das du mir beschrieben hast. Es ist seinerzeit von der DARUSCHA gekauft worden. Kurioserweise steht es unter Denkmalschutz. Ein Abriss ist ausgeschlossen, was aber den Absichten der Organisation entgegenkommt. Sie hat dort eine ihrer Briefkastenfirmen und bezieht das Haus auch in ihre Logistik ein."

Als Spaltensturz Georgs dämliches Gesicht sieht, der überhaupt nichts von dem versteht, was er berichtet, lacht dieser und gibt dem Freund einen Einblick in ihre Stadtgeschichte, dass nämlich die Buchstaben DARUSCHA für eine Vereinigung stehen, der es leider zu verdanken ist, dass es auch in der liebenswerten Gemeinde, in der sie leben, eine organisierte Kriminalität gibt, deren einzelne Zweige lose kooperieren. Ursprünglich im Stuttgarter Raum beheimatet, wo sie schwer unter Ermittlungsdruck gekommen war, hatte vor etlichen Jahren eine kleine Gruppe die Arbeit hier im Umkreis unauffällig neu organisiert.

„Klingt irgendwie russisch, der Name", bemerkt Georg, um überhaupt mal etwas zu dem Thema zu sagen.

„Man weiß, dass ein paar Exil-Russen den Anfang machten. Sie nannten ihr Unternehmen zuerst DRUSCHBA, was so viel wie Freundschaft bedeutet. Welche Nationalität heute das Sagen hat, ist umstritten. Die Machtverschiebung war aber wohl geräuschlos erfolgt, was im neuen Taufnamen ablesbar ist. Den vorletzten Buchstaben weg, vorne einer dazu. Und aus DRUSCHBA wurde DARUSCHA, keine weltbewegende Veränderung."

„Und welche Sorte krimineller Geschäfte betreiben die?"

„Zuerst mal ganz das Traditionelle: Diebstahl, Raub, Erpressung. Glücksspiel sicher. Ein Zweig kümmert sich um das Drogengeschäft. Prostitution ist zwar auch dabei, aber wohl nur für die gehobenen Ansprüche. Mehr weiß ich nun wirklich nicht."

Spaltensturz wird sich zur Verblüffung von Georg dann noch zu dem bemerkenswerten Führungspersonal der Organisation äußern, von dem er annimmt, dass ein ausgesprochen raffinierter Zirkel am Ball sei, der es verstünde, die Rivalitäten sehr unter Kontrolle zu halten. Dann kommt die strenge Frage, die Georg befürchtet hat.

„Aber was um alles in der Welt treibt dich dazu, Gorgi, das Angesicht des Verbrechens zu suchen?"

Nun muss Georg, der im Zusammenhang mit seiner Busfahrt alles andere als eine solche Räuberpistole erwartet hat und geradezu platt ist, worin sein Kumpan so alles einen Einblick hat, weiter Farbe bekennen. Er berichtet Spaltensturz davon, ohne seine Motive dafür zu erwähnen, dass er eine Woche nach der Busfahrt mit dem eigenen Auto noch einmal zu dem Haus gefahren sei. Da habe er es aber verriegelt und verrammelt vorgefunden.

„Ich dachte beinahe, ich wäre meschugge oder hätte alles nur geträumt."

„Du hast aber auf einmal seltsame Allüren", stellt Spaltensturz nachdenklich fest. „Ich denke mal, du hast mir noch nicht alles erzählt. Sei es drum. Die Kneipe, das kann ich dir mit Sicherheit sagen, ist sowieso nur an Wochenenden geöffnet. Und das andere ... nun, ich vermute, die DARUSCHA hat gerade an jenem Tag, als du aus dem Bus gestiegen bist, einen, sagen wir mal, Tag der offenen Tür abgehalten, eine Art Familientreffen für ihre einzelnen Untergliederungen und für jeden Interessierten in ihrem Dunstkreis. Sie macht das zwei- bis dreimal im Jahr an wechselnden Standorten, um den Zusammenhalt zu fördern. Eine so freche und geniale Provokation von Ganoven ist mir nur für unser Nest bekannt."

„Was denn, die feiern da einen ganzen Tag ihre Erfolge bei den krummen Geschäften und die Polizei schaut zu?", fragt Georg verblüfft.

„Teils, teils. Das geht meist, nach guter Vorbereitung, erst am späten Nachmittag los. Nur der innere Führungskreis kennt beizeiten den gewählten Standort. Natürlich haben die inzwischen ihre Beziehungen auch bis in die Behörden hinein ausgebaut. Wie weit, ist schwer zu sagen. Im Allgemeinen erfährt die Polizei erst nach Beginn der Veranstaltung davon, dass was läuft. Dann zahlen sich die Kontakte der Organisation aus. Bis die Beamten irgendwann an Ort und Stelle sind, ist alles vorbei und geräumt. Ich selber lese keine Zeitung. Doch ich gebe dir Brief und Siegel, dass ein oder zwei Tage nach deiner Busfahrt in der örtlichen Presse von einer Razzia in dem Viertel berichtet wurde. Prüf das mal nach!"

Georg kommt aus dem Staunen nicht mehr heraus. Aber klar, so etwas ist zwischen ihm und Spaltensturz noch nie ein Thema gewesen. Für ihn ist das nie ein Thema gewesen! Jetzt wagt er sich weiter vor.

„Da ist noch etwas ..."

Die Pause, die Georg macht, ist lang. Während er nach möglichst unverfänglichen Worten sucht, stellt sich Spaltensturz geduldig darauf ein, dass der Freund gleich einen Knaller loslassen wird.

„Also, mal so gefragt, ist dir eine Veronika bekannt? Nach dem, was du erzählt hast und was mich einigermaßen umhaut, hätte die wohl auch mit denen zu tun. Aber ich muss ihre Adresse haben, hörst du!"

Den letzten Satz hat Georg heftig hervorgestoßen. Als der Name Veronika fiel, hat Spaltensturz kurz durch die Zähne gepfiffen.

„He, beschreib mir die Frau doch mal!"

Georg, reichlich verwirrt gemacht durch diese Aufforderung, beschränkt sich auf das ganz Grobe. Spaltensturz scheint das dennoch auszureichen. Seine Miene ist bitterernst geworden, als er auf Georg einredet.

„Lass um Gottes willen die Finger von der Frau, Gorgi. Alle elf. Hast du was mit ihr angefangen?"

Georg schweigt, weicht dem Blick des Freundes aus und schaut finster drein.

„Danke für deine Ratschläge. Ich will nur ihre Adresse haben. Willst du mir nun dabei behilflich sein oder nicht?"

Spaltensturz nimmt einen weiteren kräftigen Schluck. Als er die Flasche absetzt, hat er sich mit der Sachlage abgefunden.

„Soweit ich gehört habe, tritt die Dame als freischaffende Künstlerin in Erscheinung. Doch ihr Kunstbegriff ist, wie du womöglich selbst erfahren hast, weit, sehr weit gefasst. Ich werde dir frühestens in drei Tagen mehr sagen können."

Als Spaltensturz Georg zum Ausgang begleitet, legt er dem Freund noch einmal den Arm auf die Schulter.

„Ich weiß, du magst keine Ratschläge. Aber du zwingst einen Freund auch nicht zum Schweigen. Wenn du selber wüsstest, was für eine fabelhafte Frau deine Rita ist! Du wirst beneidet. Keiner von unserer alten Truppe außer dir hat auch nur annähernd dein persönliches Beziehungsglück. Das setzt man nicht aufs Spiel für ein Spiel mit dem Feuer. Lass dir alles noch einmal in Ruhe durch den Kopf gehen."

Georg drückt den Arm von Spaltensturz weg.

„Zu spät. In drei Tagen. Versprochen!"

Dann zieht er den Kragen seiner Jacke hoch und verschwindet auf demselben Weg, den er gekommen war.

Gottfried wohnt am entgegengesetzten Ende des Innenstadtbezirks. Auch hier eine ruhige, gepflegt wirkende Wohngegend mit kleinen Häuschen und Eigentumswohnungen. Viele Angehörige eines großen Chemiebetriebes draußen vor der Stadt haben sich hier niedergelassen, das heißt, besser bezahlte Arbeitskräfte aus der Forschungsabteilung, dem höheren kaufmännischen Bereich, und auch einige Vertreter aus dem mittleren Management sind darunter. Man weiß die angenehme Wohnlage wie auch die günstige Verkehrsanbindung zu schätzen. Die Siedlung ist noch einigermaßen jung, und parallel zu dem Gewerbegebiet, in dem der erwähnte Chemiebetrieb steht, ist auch sie gewachsen.

Gottfried und Elke, deren Vater, inzwischen längst pensioniert, zu den Pionieren dieser Betriebsansiedlung gehörte, zählten zu den ersten, die hier bauten. Elke verfügt über eine haushälterische Ader, und sie hat viel Umsicht bei der Planung und Einrichtung ihres Domizils bewiesen, was man von ihrem Mann nun nicht behaupten kann. Wenn Gottfried später glaubt sagen zu müssen, er hätte Elke in der Anfangszeit nicht so schalten und walten lassen sollen, hängt das auch mit der Einsatzbereitschaft und mit der gewissen Fortune zusammen, wie sie beide Lebenspartner in recht unterschiedlichem Maße in den Aufbau ihrer gemeinsamen Existenz anfangs eingebracht haben.

Gottfried als Chemiker mit einem akademischen Grad hat zwar den besseren Status und erzielt ein höheres Einkommen, doch Elke mit ihrer soliden Stellung als kaufmännische Angestellte in demselben Betrieb wie ihr Gatte ließ sich nach der Eheschließung nicht lange blenden. Ein Jahr ihrer Gemeinschaft reichte ihr aus für den Entschluss, möglichst schnell eine Gütertrennung zu vereinbaren und ihrem Angetrauten einen Ehevertrag aufzunötigen. Der Mann war ihr ja durchaus ans Herz gewachsen, ohne dass sie daraus die Verpflichtung für sich herleiten wollte, auf einen gesunden Erwerbsinstinkt und materielle Sicherheit zu verzichten. Der Ehevertrag enthielt dann nicht einmal unbillige Klauseln. Doch dem solider wirtschaftenden Vertragspartner ermöglicht er zweifellos einen Gestaltungsspielraum.

Als Gottfried schließlich wahrnimmt, dass in seinem Leben der Wurm steckt, dass er im privaten Bereich nichts ordentlich zusammenhalten kann und eher orientierungslos an der Seite einer Frau lebt, die ihm in den wesentlichen praktischen Fragen überlegen ist, da ist es zu spät, um den Terrainverlust auf der abschüssigen Bahn wieder auszugleichen. Da ist er, Betriebsstatus hin, Betriebsstatus her, auf der häuslichen Statusskala schon um zwei Stufen herabgesunken. In seinem Bestreben, nach Feierabend bei einem guten Gläschen oder deren auch zwei allerlei zündende Ideen zu bekommen, wie die Richtung der Entwicklung doch noch zu drehen sei, da macht er die Erfahrung, dass zwar die Ideen ausbleiben können, was sie auch taten, deswegen die Gläschen aber nicht leer bleiben müssen, wofür er sorgte. Zu irgendeiner Lösung seiner Probleme gelangt er dabei natürlich nicht.

Wer weiß, wie es um seine Anstellung bei der Firma inzwischen stünde, wenn der alte Schwiegervater nicht immer noch über gute Kontakte in das Zentrum seines ehemaligen Wirkungsbereichs hinein verfügte. Doch, um der Wahrheit willen, das ist es nicht allein. Es wäre nicht fair zu verschweigen, dass Gottfried – trotz seiner Alkoholprobleme, trotz seiner Eheprobleme, trotz der chaotischen Züge in seiner Lebensgestaltung – immer noch ein ausgezeichneter Chemiker ist, der auf seinem Arbeitsgebiet gerade über die Fortune verfügt, an der es ihm auf anderem Gebiet so sehr mangelt. Weil das aber so ist, deshalb sieht sich Georg zu seinem heutigen Besuch bei dem Schulfreund veranlasst.

Auf sein Klingeln hin öffnet ihm eine Frau mit hellblonden Haaren. Mitte 40 vielleicht, mit üppigen, doch nicht unausgewogenen körperlichen Proportionen. Sie ist adrett gekleidet, wie man das für den häuslichen Bereich nicht unbedingt erwartet.

Von einem verbreiteten männlichen Geschmack her betrachtet, der die natürlich blonde Haarfarbe zu schätzen weiß und gern bereit ist, für diesen Vorzug das Empfinden einer gewissen Langeweile in den Gesichtszügen, die sich im Falle eines längeren Beisammenseins leicht einstellen könnte, in Kauf zu nehmen, ist Elke eine recht hübsche Frau, die ganz den Eindruck macht, als habe sie den damit verbundenen Lebensvorteil als Mädchen vielfach kennen gelernt.

Sie lächelt Georg aus einem freundlichen Gesicht mit weichen Zügen, von denen man in der Einschätzung sich nicht fehlleiten lassen sollte, zu und reicht ihm die Hand. Sowohl ihre Mimik als auch ihre Körpersprache lassen auf eine unbedingt resolute Frau schließen, die bei aller Freundlichkeit sich ein notwendiges Quantum an Misstrauen und Vorsicht gegenüber ihren Zeitgenossen nicht entsagen will.

„Komm herein, Georg. Du bist lange nicht mehr bei uns gewesen. Wie geht es dir und Rita?"

Georg fällt es sichtlich schwer, auf den ungezwungenen Kommunikationsstil von Gottfrieds Frau einzugehen. Er kommt schnell auf sein Anliegen zu sprechen. Der Blick von Elke ist ein wenig spöttisch geworden, als sie Georg mit einem ausgestreckten Arm die Richtung weist.

„Du kennst den Weg. Da wirst du schon finden, was du suchst. Entschuldige mich. Ich habe noch in der Küche zu tun."

Nach ihrer Kleidung zu schließen, war das Argument bestimmt vorgeschoben. Doch Georg ist erleichtert, nicht weiter für eine belanglose Schwafelei gefordert zu sein. Er hat keine Apathie gegen die Frau. Eher im Gegenteil, kann er sich eines gewissen Eindrucks ihrer dominanten Persönlichkeit nicht entziehen. Er hat immer seine Zweifel gehabt, ob Gottfrieds Schilderung einer herzlosen, eigensüchtigen Gattin, die ihn daheim ständig drangsaliere, so tatsächlich stimmt. Mehr Sinn macht wohl die Annahme, dass der schwache Charaktermensch Gottfried eine derart starke Führung in seiner Ehe braucht und damit vielleicht sogar bessere Chancen hat, sein Leben zu bewältigen als allein oder gar mit jemandem, der noch labiler ist als er selbst. Nein, es ist einfach so, dass Georg gegenüber Elke besonders schnell dem tief in ihm sitzenden Widerwillen gegenüber jeder zweckungebundenen Unterhaltung erliegt. Als er hinabsteigt, kommt ihm Gottfried schon auf der Kellertreppe entgegen.

„Komm, Gorgi, komm nur schnell herunter zu mir. Was hat sie angezogen? Hat sie sich zum Ausgehen fertig gemacht? Weißt du, ich bin heute noch nicht oben gewesen. Wenn es Samstag ist, frühstücke ich am liebsten hier unten."

Georg sieht sich Gottfried genau an und legt sich seine Strategie zurecht. Der Freund hat bestimmt etwas getrunken, wirkt aber nicht betrunken. Das kann für sein Anliegen hilfreich sein. Jemand, der in solcher Abhängigkeit zum Alkohol steht wie Gottfried, ist vollkommen trocken oft gar nicht zu genießen. Ein gewisser Grundpegel muss vorhanden sein, dann ist Gottfried interessiert, leistungsstark und hellwach. In einem solchen Zustand hätte er ihn jetzt liebend gern. Doch erst einmal muss er ihn kommen lassen, bis der Überdruck raus ist.

Das, was Georg mit „Überdruck" und mit „rauslassen" meint, wird schnell klar. Inzwischen haben sie eine kleine, schlicht möblierte, doch keineswegs ungemütlich wirkende Wohneinheit im Kellergeschoss betreten, in der lediglich die ein wenig muffig riechende Luft aufgrund der schlechten Lüftungsmöglichkeiten etwas stört. Gottfried beklagt mit einem Wortschwall erst einmal sein Los als jemand, der von der eigenen Frau nach Souterrain verfrachtet worden ist und schwört Stein und Bein, dass er Elke ihre Schofelei irgendwann einmal heimzahlen werde.

„Weißt du, Gorgi, wenn ich sie nicht so schrecklich lieben würde, dann hätte ich schon längst meine Koffer gepackt."

Georg schweigt und lässt seinen Gesprächspartner weiterreden.

„Gorgi, ich komme aus bescheidenen Verhältnissen. Jetzt bin ich Chemiker und habe den Doktortitel. Die brauchen mich im Betrieb. Aber nach dem Krieg die Wohnungsnot ..."

Gottfried macht eine Pause, als müsste er überlegen, was er eigentlich sagen will.

„Mein Lebensweg ist geradlinig. Mir habe ich nichts vorzuwerfen. Aber dass es einmal so kommen würde, habe ich mir nicht vorgestellt. Weißt du, wie man meinen Lebensweg grammatikalisch steigern müsste?"

Er blickt Georg fragend an. Der grunzt verständnislos.

„Damals die Wohnungsnot. Heute besitze ich ein Haus. Das heißt, ich bin Miteigentümer. Was nützt mir das? Nichts! Mein Lebensweg steigert sich ganz einfach: Kellerkind – Kellermann – Kellerassel! Und auf welcher Stufe bin ich jetzt angelangt, willst du das mal raten? Sag mal!"

Gottfried besinnt sich.

„In Ordnung. Schwamm drüber. Nichts mehr davon. Aber sag, Gorgi, weshalb bist du eigentlich zu mir gekommen?"

Georg atmet durch. Nun muss er Farbe bekennen, jedenfalls so viel, dass für Gottfried eine plausible Geschichte entsteht. Er berichtet von dem Projekt, an dem er zur Zeit im Institut arbeitet und stellt dabei vor allem jene wenigen Aspekte als besonders anregend in den Vordergrund, die Gottfried ohnehin schon kennt, dafür sucht er andere, bei denen Nachfragen von Gottfrieds Seite ihm bestimmt unangenehm wären, in einem für seine Verhältnisse ungewohnten Wortreichtum zu verstecken.

Gottfried hört sich Georgs Ausführungen erstaunlich geduldig an. Dieser ist so konzentriert bei der Sache und in gewohnter Manier so wenig neugierig mit den Augen unterwegs, dass er den lauernden Blick des Gesprächspartners gar nicht bemerkt.

Georg hält Gottfried nicht gerade für ein wissenschaftliches Leichtgewicht, in diesem Fall wäre er nicht hier; doch ihm ist in einem solchen Maße die Vorstellung, dass die Physik die Krone der naturwissenschaftlichen Disziplinen sei, tief zu eigen geworden, dass er gar nicht auf die Idee käme, der Chemiker Gottfried, der noch dazu sich in der Privatindustrie verdingt hat, nichts als ein bloßer Stein im großen Getriebe des Forschens und Strebens, könnte für sein eigenes Projekt zum Eckstein werden. Auch eine gewisse Rivalität aus alten Tagen, als sie in den naturwissenschaftlichen Leistungskursen notgedrungen miteinander rivalisierten, weil der Abstand zu den anderen für einen Wettbewerb zu groß war, mag noch eine Rolle spielen. Weil so die Dinge liegen, deshalb muss er viel Willenskraft aufbringen, den von Spaltensturz für notwendig angesehenen Weg zu gehen.

Georg ist heute mit dem Gefühl zu Gottfried aufgebrochen, ein leichtes Spiel dabei zu haben, an die Chemikalien, die Spaltensturz ins Gespräch gebracht hat, zu gelangen, ohne mit ihm in nennenswertem Umfang den physikalischen Hintergrund besprechen zu müssen, von dem er annimmt, dass Gottfried davon ohnehin wenig versteht. Er glaubt zudem den Überraschungseffekt auf seiner Seite, und ja, auch davon steckt ein wenig verborgen etwas in seinem Sinn, müsste Gottfried sich doch eigentlich geehrt fühlen, wenn er einmal bei einer wirklich großen Sache der Wissenschaft aushelfen darf.

Wie sehr sich Georg jedoch in diesem Augenblick, da er bei dem Schulkameraden aus alten Zeiten Souterrain weilt, in allen seinen klandestinen Annahmen täuscht. Wir erinnern uns noch des Zusammentreffens der Freunde im November des vergangenen Jahres, als Franz die Runde bereits verlassen hatte, Gottfried berauscht auf dem Sofa lag und Georg und Spaltensturz Aufzeichnungen durchgingen, die den Einstieg in eine bahnbrechende

Entdeckung weisen mochten. In ihr konzentriertes und erregtes Gespräch vertieft, hatten die beiden von Gottfried, den sie sturzbesoffen im Reich der Seligen wähnten, derweil er mit seiner physischen Existenz nur wenige Meter von ihnen entfernt ruhte, keine Notiz mehr genommen.

Nun hat aber der Organismus eines Alkoholikers im Laufe der Zeit, gestresst durch die ständige Zufuhr an Körpergift, oft erstaunliche Anpassungsprozesse vollzogen, die nicht nur die Verträglichkeit des Stoffes betreffen, sondern auf manche geistige Fähigkeiten sich erstrecken können. Schnelle Schlussfolgerungen über so einen Säufer, was er kann und wie er drauf ist, sind nicht selten fehl am Platz und können, wenn sie ernsthaft hinterfragt werden, bisweilen eine Überraschung bei einem oberflächlich Urteilenden befördern.

Georgs Annahme, dass Gottfried schlief und von ihrer speziellen Fachsimpelei nichts mitbekam, hatte seinerzeit zweifellos die optische Wahrnehmung des Beobachters auf ihrer Seite. Indes, der Schein trog. Gottfried war nur erst in jenen Halbzustand des Bewusstseins eingetreten, in dem die eine Hälfte ihrem Ruheanspruch bereits nachkommt, wohingegen die andere Hälfte solange noch mit einem Restbestand an Wachsamkeit würde ausharren wollen, bis die Wahrnehmung zweifelsfrei über jedes noch so kleine Misstrauen würden erhaben sein können.

Ein derartiger Zustand aber war für die stets misstrauische Seele von Gottfried noch keineswegs eingetreten. Solange Georg und Spaltensturz noch miteinander kakelten, ausgerechnet Georg und Spaltensturz, solange konnte eine völlige Entwarnung nicht an die Sinne weitergegeben werden. Da war was. Da tat sich was. Des Sprechens enthoben, das nur noch schwer zu sichern gewesen wäre, konnten sich die vom Alkoholgenuss bizarr verformten geistigen Fähigkeiten auf das Hören konzentrieren, und in der Entlastung dieser Ausschließlichkeit wuchsen ihnen an jenem Abend noch einmal Flügel.

Immer mehr hörte Gottfried von jenem Gespräch, und immer mehr verstand er davon. Nicht allzu viel zwar begriff er von den mathematischen und physikalischen Details; doch so viel von dem Gesamtzusammenhang, dass das Gespann von Georg und Spaltensturz einer bahnbrechenden Sache im Bereich der Tieftemperaturphysik auf die Schliche gekommen war. Das wiederum interessierte ihn mehr, als die beiden auch nur ahnten.

Befriedigt war in jener Nacht Gottfried eingeschlafen, nachdem er sich den Befehl gegeben hatte, nichts von dem Gespräch zu vergessen und schon gar nichts davon verlautbaren zu lassen. Morgens auf dem Nachhauseweg, als er noch einmal über das Gehörte nachdachte und dabei leider zu dem Ergebnis kommen musste, dass er davon ja keinerlei Vorteil habe, da war ein Gefühl zurückgeblieben, nicht mehr als ein zaghaft prickelndes Gefühl, so winzig klein wie hartnäckig, dass die beiden aus irgendeinem noch nicht einmal zu erahnenden Grund irgendwann einmal auf ihn zukommen würden. Nun ist es tatsächlich dahin gekommen. Das besagt Gottfrieds Blick. Doch das kann Georg nun wirklich nicht vermuten.

Erstaunt ist er nur darüber, dass Gottfried überhaupt nicht nachfragt und ihn durch seine fehlende Neugierde vor allen Argumentationsschwierigkeiten und Rechtfertigungszwängen bewahrt. Er werde das Material liefern, wie es gewünscht werde. Das ist zunächst seine lapidare Botschaft. Die präparativen Möglichkeiten für diese Stoffklasse seien inzwischen weit fortgeschritten. Und ihm stehe die Laborkapazität voll zur Verfügung. „Noch", kann verbissen hervorzupressen Gottfried sich nicht verkneifen.

Georg ist erleichtert und will sich bald verabschieden. Da tritt Gottfried an seinen Schreibtisch und entnimmt der Schublade ein bedrucktes Blatt Papier.

„Nur eine Kleinigkeit, Gorgi; mehr eine Formalität. Wir sollten das, was wir besprochen haben, besser vertraglich untermauern."

Georg wirkt elektrisiert. Er nimmt das Schriftstück, liest es und verfärbt sich.

„Das ist nicht dein Ernst! Unter Freunden?"

„Lass das, Gorgi. Natürlich sind wir Freunde. Was aber selbst in einer Ehe vertraglich passieren kann, das siehst du doch an diesem Ort."

Georg schüttelt den Kopf.

„Es hat den Anschein, dass du mir furchtbar misstraust."

„Natürlich nicht", sagt Gottfried und bemüht sich um einen besonders treuherzigen Tonfall.

„Sieh mal, Gorgi. Wenn ich das mache, dann überschreite ich klar meine arbeitsrechtlich gezogenen Kompetenzen. Wo mein Job ohnehin auf wackeligen Fundamenten steht. Und dein Institut, was weiß es wirklich, woran du nebenher forschst? Und dass ein Walter Krahl zu euren Mitarbeitern gehört, ist mir nicht bekannt. Weil das aber alles so ist, wie es ist, deshalb sollte eine vertragliche Abmachung doch nicht das verkehrteste sein."

Ein langes Schweigen folgt diesem Monolog. Georg kann nicht verstehen, wie Gottfried so plötzlich an einen recht gut auf die Situation passenden Vertragsentwurf kommen konnte. Er beißt sich auf die Lippen. Er hat Gottfried unterschätzt. Und er hat unterschätzt, welche Außenwirkung seine Arbeitsgemeinschaft mit Spaltensturz hat. Sie sind zu sorglos gewesen. Daran ist jetzt nichts mehr zu ändern. Jetzt zählt die Schadensbegrenzung.

„Das kommt nun ziemlich plötzlich, Gottfried. Du wirst verstehen, dass ich etwas Bedenkzeit brauche, bevor ich unterschreibe."

„Na klar", erwidert Gottfried. „Ich will auch nur dich als Vertragspartner. Von Spaltensturz verlange ich keine Unterschrift."

Sie geben sich die Hand. Der Abschied fällt deutlich kühler aus als die Begrüßung. Den Rest des Wochenendes verbringt Georg überwiegend mit Nachdenken.

Der Wuschel

Das Ding gibt seine längliche Form preis und verharrt danach regungslos. Es will wohl kein Würstchen mehr sein und spreizt sich. In seinem verwandelten Zustand hat es äußere Eleganz mit Wehrhaftigkeit vertauschen können und erreicht einen Zustand der Unantastbarkeit. Gerundet ist jede Gefahr kraftsparend zu überwinden. Die ganze Welt ist eine Kugel, aus lauter Anpassung. Geschützter ist wer deshalb in eingeigelter Stellung, das weiß jeder. Dafür braucht das nicht einmal Stacheln.

Das faucht stattdessen ganz leise. Ein deutlicher Warnton; überlegen, unterkühlt. Da soll wer glauben, dass gleich was passiert. Womöglich wird das ins Rollen kommen und sich bald preisgeben müssen. Na, was? fragt die Neugierde. Wird's jetzt! fordert die Ungeduld. Angeschmiert! Alle beide. Das ist mit Geduld gewappnet. Das kann ausharren, denn bloß warten tut so etwas nicht. Verdammt gut geschützt ist es in seiner Stellung. An den braunen Pelzstreifen bäumen sich die Härchen auf. Ihr mikroskopisch feines Zittern läuft über die Fellmasse wie ein Hitzesturm über den Wüstensand. Das wirkt bedrohlich, wenn wer das wahrnahm.

Der Wuschel steht unter elektrostatischer Aufladung. Darunter ist es still, weil das Fauchen wieder ausgesetzt hat, und immer noch hält es sich von jeder größeren Bewegung frei. Niemand hat gewusst, dass es Ruhe ertragen kann. Ein Dompteur würde es spätestens jetzt mit Locken versuchen. Obschon das nicht aussieht, als würde es sich locken lassen oder könnte anderswie aus der Reserve herauszuholen sein. Solange was so hockt, ist es jedenfalls geschützt. Das kann sogar noch viel stärker vibrieren und bleibt immer noch geschützt, solange die Form standhält.

Es ist wohl besiegt, könnte wer vielleicht meinen, der es noch nie in freier Wildbahn beobachtet hat. Trottel gibt es überall. Nirgendwo kann man sich vor ihnen schützen. Außerdem bestimmen sie die Meinung. Man wüsste nur zu gerne, wie das sich fortbewegt, wenn es nicht eingekapselt ist. Dreimal vermaledeites Ding! Man sieht ja nichts. Von allen Seiten kann wer es versuchen. Man sieht auch dann noch nichts! Wie soll das in seinem langweiligen Zustand zur Metamorphose gelangen? Das ist kein Schmetterling, sondern alles Gegenteil von Zartheit. Das ist wild, ist ungezähmt, roh und jederzeit bedrohlich; formlos wie formvollendet.

Das tut jetzt zwar, als strotzt es vor Friedensbereitschaft. Dem Ahnungslosen sucht es durch seine Verstellung weiszumachen, es sei zur Strecke gebracht. Ein einfältiges Täuschungsmanöver. Ein durchsichtiger Plan. Das muss unbedingt eingefangen werden. Das kann unmöglich in seinem Zustand belassen werden. Wenn wer nur wüsste, wo der Anfang ist. Davor hütet es sich, den preiszugeben.

Das weiß, was es tut und tut nur so, als wüsste es das nicht. In seinem rohen Zustand arbeiten die Instinkte ausgezeichnet. Die lassen nichts heran, was ihre Souveränität bedroht. Auch das Fauchen haben sie wieder in Gang gesetzt, weil sie sich davon was versprechen.

Der Kopf! Man müsste den Kopf finden. Der steckt irgendwo. Wäre man nur nicht auf Vermutungen angewiesen. Weil nichts im Kopf steckt, versteckt es den Kopf. Eine plausible Theorie, aber kein Beweis. Auf dem muss wer auch in turbulenten Zeiten bestehen, wenn kopflos ansteckend ist.

Jetzt gerade hat es gezuckt! Jetzt hat es endlich Bewegung preisgegeben! Hat sich verraten. Der Kopf steckt da, wo das Rascheln herkommt. Wo kommt das Rascheln her? Egal, das frisst was. Mit dem Kopf? Ach was, nur weil am Kopf der Mund steckt, den braucht es natürlich zum Fressen. Geschmacklose Einrichtung das, den Mund so nah beim Verstand zu legen. Trieb und Geist verträgt sich nicht. Bei dem schon gar nicht. Das ist unberechenbar. Das frisst sogar Papier, wenn es nicht bedruckt ist, denn vor Druckerzeugnissen schreckt es zurück. Oder es verwandelte sie schamlos in ein Geschmiere.

Endlich ist also Bewegung in das Ungetüm gekommen. Der angespannte Zustand wird gleich vorbei sein. Auf bäumt sich das Fell, breitet sich aus, rollt sich ab zu einem Teppich. Hoppla! Hingefallen. Weil es ja nichts sieht. Wie soll es denn auch was sehen, wenn der Kopf in der Tasche steckt. Den hat es aber jetzt mit einem Ruck herausgezogen und landet in seiner verkommenen Fellweste deshalb strampelnd auf dem fleckigen Teppichboden des Klassenzimmers und sieht was.

Es blickt sich um in eine Richtung, wo ganz besonders was ist. Dort nimmt es zwei Hosenbeine wahr. Die schweben über zwei lackierten Schuhen und zittern in ihren Bügelknifffalten wie die Fellhaare von dem Wuschel seiner Weste auf ihrer Oberfläche. Es liegt heute unglaublich viel Elektrizität in der Luft!

"Warum gibst du keine Antwort? Hast du es endlich gefunden?"

Die Stimme ist augenscheinlich an den Wuschel gerichtet. Selber schuld, dass sie sich so viel Zeit lässt. Sie fällt umständlich durch den Hemdkragen, zwängt sich am Gürtel vorbei und sickert durch die Hosenbeine beinahe in die Schuhe hinein. Beim Austritt verheddert sie sich zudem noch in den Schuhbändern. Das kostet sie Kraft. Und was das dauert! Bis sie den Wuschel erreicht, vergeht eine Unmenge Zeit. Da ist der schon gar nicht mehr auf die Stimme eingestellt.

"Kannst du keine Antwort geben?"

"Da ist es auch nicht."

"So, da ist es also auch nicht. Wo ist es denn dann?"

"Weiß nicht, vielleicht woanders. War aber eben noch da."

"Da bist du ganz sicher?"

"Wenn es hier nicht ist und zu Hause nicht ist, dann muss es ja woanders sein. Hier ist es jedenfalls nicht."

"Und nun?"

"Egal."

"Ach was. Egal. Warum ist das egal?"

"Hätte ich auch das Heft, dann hätte ich doch nichts zum Schreiben. Mit den Fingern kann ich doch nicht schreiben, oder?"

"Du hast nicht nur dein Heft nicht dabei. Du hast auch deine Stifte vergessen. Und um das herauszubekommen, kramst du fünf Minuten lang in deiner Schultasche."

"Habe schon. Aber jetzt ist er nicht da. Eben war er noch da. Das Heft war ja auch noch da."

Die Argumente des Wuschel überstrahlen die Gesprächspause und liefern Futter für die Elektrizität. Die Hosenbeine spüren sie am ersten, sie zittern wie Espenlaub. Sie schweben hoch und ziehen die Absätze der Schuhe nach. Der gesamte Hosenbeinschuhkomplex gerät in Aufruhr und wippt in Intervallen auf und nieder, hoch und runter. Da traut sich jetzt keine Stimme mehr durch die impulsiven Stoffröhren. Ein Stimmverlust. Ein Gefühlsüberdruck. Die schuldlose Tasche bekommt das zu spüren. Auf einmal steht sie Kopf und spuckt alle die Sachen aus, durch die sich eben der Wuschel mit Kopf und Armen voran hindurchgewühlt hat und lässt sie vor die Schuhe des Lehrers kullern. Sogar die Hefte in ihrem Zustand verstehen sich aufs Kullern. Doch davon hat der Wuschel nur zwei. Und genau das, was er jetzt braucht, ist nicht dabei.

Sonst hätten aber doch die anderen Dinge, die ihm wichtig sind, keinen Platz gehabt. Der Walkman scheint jedenfalls noch heile zu sein. Die übrigen Gerätschaften dienen wohl eher als Ersatzteillager. Weil ein Butterbrot in ein Metallgehäuse gerutscht ist, hat es sich tagelang vor dem Wuschel versteckt halten können. Der impulsiven Tat des Lehrers vermag es nun nicht zu widerstehen. Es springt befreit aus dem Gehäuse, wickelt sich aus dem fettigen Pergament und kommt erschöpft zum Liegen. Und zum Stinken.

"Da ist ja auch mein Leberwurstbrot!", ruft der Wuschel erfreut. "Das schmeckt jetzt bestimmt nicht mehr, oder?"

"Wann hast du überhaupt zum letzten Mal in deiner Tasche nach dem Rechten gesehen?", will der Lehrer wissen. Der starrt noch immer mit einer Mischung aus Ekel und Verblüffung auf das angeschimmelte Brot.

"Eben noch. Du hast es doch selber gesehen."

Nun ist es mit der Geduld des Pädagogen endgültig vorbei. Er läuft rot an, versetzt dem Müllhaufen am Boden einen Fußtritt und schreit den Wuschel an:

"In zwei Minuten hast du hier aufgeräumt, sonst vergess ich mich!"

Die Hosenbeine flattern auf und davon, der Wuschel sieht ihnen nach und bemerkt noch, dass eines länger ist als das andere. Darauf hätte er gern aufmerksam gemacht. Die Beobachtung ist erstaunlich. Sie regt ihn zum Nachdenken an. Sein Eindruck ist ihm wichtig, bis die Hosenbeine verschwunden sind. Da vergisst er sie, weil sich die Erinnerung erbricht.

In einen Blitz verwandelt sie den Wuschel, der über den Teppich surrt, um wo einzuschlagen, wo er eigentlich gar nicht hingehört, ziemlich am äußersten Ende von dem Teppichboden, auf dem sich gleich darauf ein zuckendes Bündel wälzt, verknäult, verfilzt und dirigiert von acht peitschenden Extremitäten, von denen wiederum vier dem Wuschel gehören würden, wären sie nur auseinanderzuhalten.

Kein öffentliches Geschehen scheint ohne Parteibildung möglich. Polarisierung macht die kompliziertesten Dinge sofort übersichtlich. Die Wuschelpartei ist klein, aber von begnadeter Lautstärke. Die Atmosphäre in dem Klassenzimmer ähnelt jetzt auffällig der bei einem sportlichen Großereignis.

Die Rangelei auf dem Fußboden ruft noch einmal die Hosenbeine auf den Plan, die herbeifliegen und in klaren, spritzigen Sturzbächen die Stimme ausschütten, die es diesmal nicht für nötig hält, den Umweg durch den Hemdkragen zu nehmen.

"Auseinander! Ihr...ihr...verdam... Kampfhähne! Wer hat angefangen?"

Die Frage ist offensichtlich gut gemeint. Doch bei Licht besehen sind Fragen in einer öffentlichen Schule niemals echt. *Sie suchen*, so schrieb der gerade etwas atemlos amtierende Pädagoge in den längst zurückliegenden Jahren seiner Sturm- und Drangzeit selbst einmal in einer Flugschrift, *keine Antworten, sondern Selbstbestätigung, sie befriedigen keine Neugierde, sondern Vorurteile. In ihrer einzelnen Wertlosigkeit summieren sie sich zu Katalogen eines hämischen Despotismus. Sie türmen sich zu Gebirgen von Pseudoverstandestätigkeit. Die Anatomie jener Institution ist begründet in intellektuellem Spitzeldienst, statt in Erkenntnisredlichkeit.*

Er hat das selbstverständlich anders gewollt. Heute erinnert er sich nicht mehr gern an seine alten Irrtümer. Herrjeh, es waren nicht alles Irrtümer, nur weil die Zeit ihre eigene Bestimmung ignorierte. Franz sieht müde und zum Zerreißen angespannt aus, als er mühsam den Konflikt in der Klasse unter Kontrolle gebracht hat und die jungen Gemüter sich nach und nach beruhigen.

Eine ungleichmäßige Gesichtsrötung hat sich, durch die Vorkommnisse hervorgerufen, einseitig von seiner linken Schläfe her ausgebreitet und die linke Wange sowie die ganze Nase erfasst; in Streifen kriecht sie weiter den langen Hals hinunter, bevor sie sich, sicher noch nicht an ihre Ausmündung angelangt, unter dem Hemdkragen der weiteren Beobachtung entzieht. Innerlich zittert der Mann noch immer und ist unschlüssig, wie er weiter agieren soll. Er will gerade auf die Uhr schauen, da klingelt es zur Pause.

Erleichtert atmet Franz durch; eine nochmalige Kontrolle des Geschehens für diese Unterrichtsstunde traut er sich nicht mehr zu. Die Kinder indes stürzen, ohne auf weitere Signale zu warten, von ihren Plätzen und drängen, erneut zu einer johlenden und schubsenden Horde mutiert, durch die Klassenzimmertür.

Am meisten Zeit lässt sich der Wuschel, dem das zurückliegende Tohuwabohu über einen Großteil der Zeit zu verdanken war. Er scheint die Ereignisse bereits vergessen zu haben und kaut zufrieden an dem Leberwurstbrot, das er mit Hilfe seines Lehrers, den er wirklich mag, wiedergefunden hat. Ohne die Entdeckung, die ihm leider nicht mehr gut schmeckt und ein wenig riecht, würde er bis zum frühen Nachmittag hungrig geblieben sein.

„Auf Wiedersehen, Herr Weinreich. Was nehmen wir denn in der nächsten Stunde durch? Hoffentlich ist das spannender." Franz bleibt in einer inneren Gemütsverfassung, die sich nur langsam glättet, allein im Klassenzimmer zurück. Er ist froh darüber, dass der Klassenraum nicht sogleich wieder belegt wird. So kann er sich noch einige Minuten sammeln.

Eine 6. Unterrichtsstunde am Mittag ist eigentlich sinnlos, denkt er. Wenn dann noch der Umstand hinzukommt, dass der Wuschel und der Kasimir Willich in einer Lerngruppe aufeinandertreffen, dann ist das, was sich großspurig Unterricht nennt, eher eine Angelegenheit für die Fremdenlegion. Er hat in dieser zurückliegenden Stunde so gut wie nichts von seinem stofflichen Pensum erledigen können. Warum hat er sich überhaupt vorbereitet?

Nach Erlebnissen dieser Art fühlt er sich erschöpft. Es kostet ihn Kraft, die ständigen Konflikte zu managen. Es kostet ihn Kraft, sich von dem zu lösen, was er eigentlich geplant hat. Es kostete ihn Kraft, den Drang niederzukämpfen, mittels einer befreienden Handgreiflichkeit rabiat die Auflösung der inneren und äußeren Spannung zu erzwingen. Manchmal, so auch jetzt, fühlt er kaum noch etwas von jenem Energiepool, mit dem ausgestattet er vor vielen Jahren seinen Beruf antrat und geglaubt hat, er werde in seinem Aufgabenbereich Berge versetzen.

Streng bis gnadenlos muss er inzwischen immer aufs Neue den Gedanken in die Erinnerung zwingen: Das ist dein verdammter Job, den du gefälligst zu bedienen hast! Vorkommnisse der gerade durchgestandenen Art gehören zum Alltag. Sie müssen sich professionell managen lassen. Davon ist Franz überzeugt; jedenfalls gilt sein Dogma immer bis zur nächsten schulmeisterlichen Heldentat, - so pflegt er seine gelegentlichen Missgriffe, auch seine Hilflosigkeit in der pädagogisch-didaktischen Interaktion, selbstkritisch zu titulieren - mit der er regelmäßig an der zivilisationsbefeuerten Wildheit von 30 eingesperrten Kindern zerschellt.

Doch so ganz stimmt, bei unvoreingenommener Überlegung, diese Sicht nun auch wieder nicht. Wirklich abgegeben hat er sich beispielsweise in der ganzen zurückliegenden Unterrichtsstunde nur mit zwei, drei, höchstens vier von denen. Der Rest verursachte bloß so etwas wie ein Hintergrundrauschen; nicht gefährlich für sich genommen, doch ständig latent bedrohlich. Alles zusammen bildet das Ganze seines pädagogischen Praxisfeldes einen steinigen Bildungsacker von mentaler und emotionaler Verwahrlosung.

Franz lässt sich auf einen Stuhl am Lehrerpult niedersinken. Er streicht seinen Bart. Dann, auf einmal, zupft er mehrmals heftig daran und verzerrt sein Gesicht, als habe er sich eben einen Schmerz zugefügt, zur Grimasse. Mit rollenden Augen schaut er sodann rasch um sich, ob ihn auch niemand beobachtet hat. Nun ist die Anspannung für diesmal von ihm abgefallen. Er greift zu einem Stift und macht, routiniert und schnell formuliert, seinen Eintrag ins Klassenbuch. Später holt er aus seiner Hemdtasche ein kleines privates Notizbuch hervor und nimmt auch darin eine Eintragung vor. Dann bleibt er eine Zeitlang in sich gekehrt.

Der Wuschel und der Kasimir Willich also. Mitten im Unterricht. Gegen alle Regeln. Er darf die Angelegenheit so nicht durchgehen lassen. Er macht sich ja lächerlich. Er gibt die ganze Institution Schule der Lächerlichkeit preis. Vor allem lässt er ungestraft seine Bildungs- und Erziehungsideale beschmutzen, wenn er nicht handelt.

Was kann getan werden? Elterngespräch? Franz gibt seinem Gesicht einen verbitterten Ausdruck. Klassenbucheintrag? Lächerlich! Klassenkonferenz? Franz seufzt. Er käme aus dem Schulbau überhaupt nicht mehr heraus, wenn er und seine Kollegen für alle vergleichbaren Störungen immer gleich eine Klassenkonferenz einberufen würden. Zudem führt dergleichen zu nichts. Die Kinder stünden am Pranger. Doch sie würden sich nicht ändern. Sie können sich nicht ändern in einer Welt, die sie erst zu dem gemacht hat, was ihm, einem zufällig Leidtragenden, als Ausdruck außergewöhnlicher Verwahrlosung derart respektlos gegenübertrat wie die beiden Raufbolde vor einigen Minuten. Man soll die Gewichte nicht vertauschen. Die Kinder können nichts dafür. Deshalb auch hat er ihresgleichen nie gehasst. Vielleicht aber stellt sich in dieser Angelegenheit wieder einmal die Frage einer Spezialbehandlung. Er wird das noch einmal genau prüfen.

Ein paar Minuten braucht er noch, um sich masochistisch zu sortieren und sein berufliches Schicksal auf eine höhere geistige Stufe zu stellen. Dann erst kann es ihm wirklich bessergehen. Franz entfaltet ein Blatt Papier, das er immer bei sich trägt. Von den vier Freunden ist er der einzige, der einen ausgeprägten Sinn für die Poesie hat. Die Verse des Wiedersehens-Spektakels im Garten von Georg und Rita stammen von ihm. Auch in manchen Unterrichtsstunden, in denen überhaupt nichts läuft, der Trubel aber ein im Gleichgewicht befindlicher Selbstläufer ist, der des pädagogischen Eingriffs entbehren kann, übt er sich in der Dichtkunst. Die folgenden Zeilen - sie sind schon über ein Jahr alt und veredeln einen Höhepunkt eigener Lebenserfahrung - nutzt er, indem er sie mindestens einmal liest, von Mal zu Mal als ein Geschenk der Muse zur inneren Wiederaufrichtung:

Steht da schon seit zehn Minuten
Wie vor einem Hefebräu,
Darin es brodelt, zischt und sprudelt,
Auf dass er sich ganz herzlich freu.

Wie Geschrei aus dreißig Kehlen
Seinen Arbeitsplatz erfüllt
Und ein ganz verwegenes Kerlchen
Heiser durch die Klasse brüllt.

Heißa! Wie es tobt und knallt,
Erfrischend durch die Stube hallt;
Wie bei diesem klaren Fall
Es zugeht wie im Affenstall.

Die eine rennt, der andere johlt.
Der Spaß tobt durch das Zimmer.
Der Typ da vorn am Lehrerpult
Stöhnt auf im Herzgeflimmer.

Hey Alter, hab´ doch auch mal Spaß
In deinem Scheißgewerbe!
Wir spritzen jetzt die Bude nass.
Das finden wir echt herbe.

Schau her, wie geil die Wasser schwappen.
Das kühlt uns wieder runter.
Hey Alter, gib´ mal schnell den Lappen
Und werd´ doch auch mal munter.

Der Pädagoge ziert sich noch,
Ein kühnes Wort zu sagen.
Er weiß genau, da rührt sich doch
Keines von den Blagen.

Dann schreibt er in das Büchlein: Ei!
Geschichte unterrichtet:
In drei drei drei die Issus-Keilerei.
Doch jetzt bin ich vernichtet.

Franz seufzt noch einmal. Geschichte hat er nur als Zweitfach und muss es nicht sehr oft unterrichten. Aber ehrlich, in der Biologie läuft es doch auch nicht viel besser. Er erhebt sich, nunmehr innerlich gefasst. Er sieht auf die Uhr. In einer halben Stunde ist er mit der Mutter eines

Schülers verabredet. Sie hat um ein Gespräch gebeten. Allerdings ist nicht klar, ob sie den Termin einhalten kann. Er muss also noch einmal ins Sekretariat und nachfragen, ob eine Mitteilung für ihn vorliegt.

Der Physiker hat es gut. Sitzt in seinem Elfenbeinturm, dem Institut, und forschte munter drauflos. Die Burschen müssen sich keinen Stress machen. Und wenn was bei rauskommt, werden sie gefeiert. Wenn sie es überhaupt mit Publikum zu tun haben, dann nur mit pflegeleichtem. Er dagegen hat sich mit allem rumzuschlagen; wörtlich genommen: Mit allem! Und jedem!

Der Mathematiker kann sich sein ganzes Leben beispielsweise mit dem Kreis beschäftigen. Der ist ihm dann der geometrische Ort für alle Punkte, die von einem festen Punkt denselben Abstand haben und der voller Geheimnisse steckt. Der Ort mag sich dann zieren, alle diese Geheimnisse preiszugeben. Aber echte Molesten macht er doch nicht.

Der Physiker wählt sich ein Teilchen aus, von denen es genug gibt, damit und daran arbeitet er sich ab und kennt es, ohne dass es ihm nur einmal auf die Füße tritt, am Ende tausendmal besser als die eigene Frau. Für einen winzigen Moment denkt Franz an Rita und seufzt.

Aber Schule! Schule ist Schule. Schule ist der pädagogische Ort für alle Individuen, denen im bisherigen Leben nichts erspart blieb. Man kann hüben sein, auf der Schülerseite, das macht heutzutage fast jeder durch; man kann drüben sein als Lehrer, der die Knochenarbeit in der kulturellen Domestikation zu leisten hat. An diesem pädagogischen Ort steht er. Da steht er standhaft. Aber, so kommt es Franz sofort in den Sinn, da harrt er im Moment nicht mehr besonders standfest aus.

Als einziger von ihrem Kleeblatt ist er an diesem Ort gelandet. Selbst Gottfried steckt – noch! muss man hinzufügen – in der Forschung. Der ist aber selber schuld, wenn er die Chance verbockt hat. Na, schauen wir mal, ob die besorgte Mutti die Zeit gefunden hat. Dass es das noch gibt, dass sich so eine um ihren Sprössling kümmert!

Nein, die Mutter hat die Zeit wohl doch nicht gefunden. Sie hat telefonisch abgesagt. Immerhin. Franz ist nicht böse darüber. Ganz spontan entschließt er sich, den Wuschel abzupassen und ihn noch einmal zur Rede zu stellen. Doch ein Blick auf die große Plantafel belehrt ihn, dass der Wuschel jetzt keine Unterrichtsverpflichtung mehr hat und wohl schon auf dem Heimweg ist. Ist dann auch recht, denkt Franz. Auch er ist für heute fertig. Jedenfalls an diesem Ort. Zu Hause warten die Klassenarbeiten.

Im Unterricht hat der Wuschel die Lacher oft auf seiner Seite. Das täuscht, denn zu Hause hat er keine Freunde. Daran hat er sich aber gewöhnt. Alleinsein ist dem Wuschel nicht schlimm, solange der Bach nicht versiegt oder, unvorstellbarer noch, auf einmal ganz woanders herfließt. Alleinsein ist jedenfalls nicht so schlimm wie Spinatessen. Ein bisschen unangenehm ist es schon, nur nicht so nah an der Ekelschwelle dran. Den Spinat, den er bestimmt nicht aufgegessen hat, wenn er zu Hause gegen seinen Willen auf den Tisch kam, nimmt der Wuschel manchmal mit zum Bach und wirft ihn hinein. Mitsamt den Kartoffeln. Nur das Spiegelei hat er vorher schon verschlungen. Der Spinat mit den Kartoffeln und ohne das Spiegelei verschwinden einfach im Wasser und tauchen dann niemals wieder auf.

Eine verdiente Strafe ist das für die Sachen, die der Wuschel verabscheut. Da er nicht nur Spinat und Kartoffeln, wenn sie keine Pommes sind, verabscheut, ist im Laufe der Zeit schon so allerhand im Bach verschwunden. Es ist weggeschwemmt worden oder hat sich im Wasser aufgelöst. Aber die Kette der Mama, die ihr der böse Egon, der ihn immer verdrischt, obwohl er gar nicht sein Papi ist, geschenkt hat, sie liegt immer noch auf dem Grund des Wassers. Cool ist sie versteckt unter einem großen Stein.

Der Bach, ach was, die Bäche, sie gehören dem Wuschel. Jedenfalls der Teil, an dem er gerne spielt. Was einem gehört, damit kann man machen, was man will. Der Wuschel macht allerhand mit seinem Stück Bach. Mit Dämmen, Deichen und Kanälen hat er in dem sumpfigen Gelände weit außerhalb der Siedlung, wo sonst niemand sich hin verliert, eine winzig kleine Flusslandschaft entstehen lassen. Selbstverständlich gehören ihm auch die Schiffe, die dort verkehren. Und die Häuser auf den Sandbänken. Und all die Geschäfte, Läden, Straßen.

Dieser ganze Reichtum ist Eigentum des Wuschel. Vielleicht liegt es ja an diesem Riesenreichtum, dass der Wuschel niemanden vermisst, so wie er selbst von niemandem vermisst wird. Denn würde er jemanden mitnehmen an seinen Bach, dann müsste er mit dem Jemand alles teilen. Dieser Gedanke ist für den Wuschel so unausstehlich wie Spinatessen. Leider kann er unausstehliche Gedanken nicht genauso wie den verhassten Spinat einfach im Bach ertränken.

An dem Tag, an dem der Wuschel sein altes Leberwurstbrot wiedergefunden hat, an dem er anschließend dem Kasimir Willich es endlich heimgezahlt hat und ganz stolz danach heimgegangen ist; an dem Tag also, als er seine Mutter wieder einmal betrunken auf dem Bett findet und ihr leider nicht erzählen kann, was er erlebt hat an dem letzten Schultag der Woche, da macht sich der Wuschel, als er den Rest von dem längst erkalteten Mittagessen des Vortags heruntergewürgt hat, schnell wieder auf den Weg, um bei seiner Flusslandschaft nach dem Rechten zu sehen. Viel besser fühlt er sich danach und ist auch am Abend noch stolz darauf, es dem Kasimir Willich heimgezahlt zu haben. Da macht ihm selbst der Hunger nicht mehr so viel zu schaffen.

Auch am nächsten Tag ist er bei seinem Bach. Vorher hat er aber noch etwas eingekauft von dem Geld, das die Mutter unter ihrem Kopfkissen versteckt hält. Und auch am übernächsten Tag, der ein Sonntag ist, da ist er zur Stelle und hat sogar Pläne, wie er sein Reich noch vergrößern kann. Deshalb ist er besonders gut gelaunt, und deshalb singt und pfeift er an dem Tag, der aber der letzte Tag in seinem Leben sein wird, sein Lied, von dem er gar nicht mehr weiß, wo er es eigentlich aufgeschnappt hat.

Meine Mama im Bett mit 'nem andern Typ.
Das findet sie geil, denn sie hat ihn lieb.
Doch der hat sie satt,
Der will sie nicht mehr,
Der läuft hinter anderen Weibern her.

Der Alte, der kommt nicht mehr oft nach Haus.
Auch der treibt sich rum mit 'ner andern Maus.
Die saufen sich tot.
Die huren herum.
Und schlagen sich öfters mal grün und krumm.

Der Weg, den der Wuschel beschritten hat, wird zusehends schmaler, bevor er sich, als die Siedlung längst aus dem Blickfeld verschwunden ist, in einem Gebüsch verliert. Der Junge hat aber keine Schwierigkeiten, in dem unübersichtlichen Gelände auch pfadlos sich zurechtzufinden.

Plötzlich schwenkt er scharf nach rechts ein, überwindet einen dicken, umgestürzten Baumstamm, der an einer Seite dicht mit Moos, Flechten und Pilzen überzogen ist und betritt halbwegs offenes Gelände. Genauer gesagt, ist der pflanzliche Bewuchs in Bodennähe auffällig ausgedünnt. Hier und da lugen Grasflecken aus dem sandigen Untergrund. Vereinzelt hebt sich eng begrenzt ein kleiner Busch ab.

Doch handelt es sich bei dem weiträumigen Platz mitnichten um eine Lichtung. Denn ein halbes Dutzend Schwarzerlen hat sich in weitem Abstand voneinander beherrschend über das weite Areal verbreitet und hoch droben die Kronen zu einem überdimensionierten Blätterdach vereint, das nur spärlich das Licht der Sonne hindurchlässt.

Die eigentliche Attraktion dieses Gebietes sind jedoch die zahlreichen Wasseradern, die hindurchfließen, teilweise schmal und vereinzelt bleiben, teilweise aber auch sich zu größeren Armen zusammenfinden. Zwischen ihnen ist der Boden morastig. Bei näherem Hinsehen erkennt man hier und da ein weites Betonrohr, aus dem ebenfalls Wasser austritt, das aber, im Unterschied zu den nicht verrohrten Wasserläufen, schmutzig-trübe aussieht und einen fauligen Geruch verbreitet, was den Wuschel, der soeben froh gestimmt sein Reich betreten hat, jedoch nicht weiter stört.

Dass Schuhe und Strümpfe schnell durchnässt sind, stört ihn auch nicht. Im Allgemeinen doch zieht er beides aus und widmet barfuß sich seinen Arbeiten. Heute vergisst er diese Vorsichtsmaßnahme, weil der Anblick einer unerhörten Schandtat ihn verschreckt hat. Heftig ballt er seine kleinen Fäuste zusammen, und in den Rändern seiner Augen sammeln sich einige heiße Tränen der Wut.

Die schöne Burg ist zerstört. Zwei Nachmittage hat er daran gebaut, hat den kühnen Bau aus Zweigen, Sand und Blätterwerk so hergerichtet, dass zwei Wasseradern von besonderer Lieblichkeit und Lebendigkeit unter ihm hindurchfließen. Türme, Zinnen, der Bergfried, alles ist zusammengefallen.

Ein dicker Knüppel, mit dessen Hilfe, so stellt sich das Bild für den Wuschel dar, das Zerstörungswerk vorgenommen wurde, liegt wie zur Machtdemonstration über den Ruinen seines Bauwerks. Ein paar Schuhabdrücke sind auf dem feuchten Sand zurückgeblieben. Der Wuschel stampft zornig mit seinen Füßen auf.

Als er einige Minuten lang auf die Miniaturlandschaft von Trostlosigkeit vor seinen Füßen gestarrt hat, findet er sich mit den Gegebenheiten ab. Dann würde er eben eine neue Burg bauen. Noch größer und schöner würde sie sein als ihre Vorgängerin. Sogleich macht er sich an die Arbeit, ordnet das heile gebliebene Baumaterial, schafft neues zum Ersatz für verdorbenes heran. Dann lässt er sich auf seine Knie nieder und beginnt sein Werk zu formen.

Während dieser Arbeit bemächtigt sich zusehends eine Frage seines kindlichen Gehirns, wer ihm die Bosheit wohl angetan hat. Doch so sehr er auch darüber grübelt, er kommt dabei auf keine gescheite Idee.

Der Wuschel mochte zwei Stunden in sich versonnen und in die Handhabungen vertieft gearbeitet haben, nur selten, dass er sich währenddessen einmal erhob, sei es, um noch ein fehlendes Zweiglein vom Buschrand herzuholen, sei es, um die Beine von der Mühsal des langen Kniens für eine kleine Weile zu erlösen und die aufgebaute Spannung aus den Gliedern abzuleiten, da bewölkt sich der Himmel, der bis dahin der Sonne den Vortritt gelassen hat. Das Areal der glitzernden Rinnsale, das, wenngleich stark abgefiltert, dem einfallenden Licht allerlei Gelegenheit für liebliche Leucht- und Farbspielchen geboten hat, wirkt nunmehr düster und befremdlich.

Still liegt es da, denn auch die Vögel, die ohnehin nicht in großer Zahl hier ihren Aufenthaltsort gefunden haben, schweigen um diese Zeit gewohnheitsmäßig. Lediglich ein kurzes Rascheln vom Buschrand her, der vielleicht zehn Meter hinter dem Rücken des emsig arbeitenden Knaben verläuft, hätte diesen vielleicht aufschrecken können, wäre er nicht furchtbar vertieft bei seiner Arbeit gewesen.

So bemerkt er nicht, dass er in seinem Reich nicht mehr allein ist, und deshalb kann er den Eindringling auch nicht aus seinem Reich, das er mit niemandem auf der Welt zu teilen gewillt ist, vertreiben, weil es nicht geht, etwas zu vertreiben, was man noch gar nicht wahrgenommen hat.

Hätte er den Eindringling aber auch wahrgenommen, so wäre zu bezweifeln, dass er ihn ohne weiteres aus seinem Reich würde hinauswerfen können. Denn er ist größer als der Wuschel. Auch wenn man sein Gesicht nicht sehen kann, weil es mit einer Kapuze überzogen ist, so scheint doch die in einem langen schwarzen Umhang steckende Gestalt den Verdacht zu bestätigen, dass sie dem Wuschel im Ernstfall an Kräften würde überlegen sein.

Weglaufen und damit sein Reich kampflos aufgeben können, das hätte der Wuschel wohl. Gerade das aber muss die Gestalt zu verhindern sich vorgenommen haben, weil sie sich doch langsam, lautlos und bis auf das Anfangsrascheln mit äußerster Vorsicht, von hinten dem Wuschel genähert hat und so dicht an ihn herangetreten ist, dass die Bedingung in dem beliebten Fangspiel der Kinder erfüllt wäre, die einen erfolgreichen Teilnehmer zu dem freudigen Ausruf verleitet: gefangen!

Dies ist nun aber kein Spiel, jedenfalls keines, für das der Wuschel sich mit irgendjemandem verabredet hätte. Er hält auf einmal in seiner Arbeit inne, weil er auf etwas aufmerksam geworden ist. Misstrauisch blickt er auf, kann aber nichts Beunruhigendes erkennen. Einsam wie vor zwei Stunden liegt sein Reich vor seinen Füßen.

Bevor er sich beruhigt wieder seiner Arbeit zuwendet, stellt er sich aber auf seine Füße und hebt ein wenig seinen Oberkörper, bis er mit leicht angewinkelten Knien eine gebeugte Haltung eingenommen hat, in der er, wie Kinder das manchmal gern zu tun pflegen, zwischen den Beinen hindurch nach hinten schauen kann. Da aber gewahrt er zwei derbe Schuhe, die parallel aufgestellt sind, und über ihnen erhebt sich ein schwarzer Mantel, den der Wuschel jedoch in der Stellung, für die er sich nun einmal entschieden hat, mit seinem Blick nur noch ein ganz kurzes Stück weiter verfolgen kann.

Dieser Anblick nun erstaunt ihn sehr und nicht nur deshalb, weil ihn die Schuhe an den bösen Egon erinnern, dessen billige Kette, die er der Mutter geschenkt hat, er, der Wuschel, in einem seiner vielen Bäche verdienterweise ertränkt hat. Als der Wuschel die ganze Sachlage besser erfassen will und zu diesem Zweck sich vollends aufzurichten bestrebt ist, geht das auf einmal nicht mehr.

Zwei Hände halten seinen schmalen Hals umklammert und drücken ihn zusammen. Als der Wuschel anfangen will zu schreien, erhöhen sie ihren Druck gewaltig. Anstatt eines Schreis dringt nur ein leises Röcheln aus dem weit geöffneten Kindermund. Die gewohnten, von dem Jungen sonst niemals beachteten Atemzüge stauen sich in der

Lunge und schlagen Alarm, der als pure Panik das Gehirn erreicht.

Obwohl der Wuschel in diesem langgezogenen Augenblick in seinem körperlichen Innenraum und in seiner ganzen Seele durch und durch von Angst ausgefüllt ist, die alles sonst, was er zu denken, zu fühlen und zu empfinden jemals imstande war, weggeschwemmt hat, kann eine einzige kleine Frage, die sich geschickt ihrer Vernichtung entzogen hat, noch einmal ins Bewusstsein vordringen und sich dort einnisten, wo sie das stumme Sterben des Kleinen traurig begleitet, ob nämlich der, der ihm das jetzt antut, derselbe wäre, der seine schöne Burg zerstört hat.

Eine Weile noch quält jene Frage sich und das von der fehlenden Sauerstoffzufuhr bereits geschädigte Gehirn, bevor sie abschwillt und umhüllt wird von einem süßlich schmeckenden Nebel, in dem allerlei Gestalten den Wuschel noch einmal auf sich aufmerksam machen wollen, der aber zu sehr noch mit dem Strampeln seiner zarten Gliedmaßen beschäftigt ist, ohne doch dem eisernen Klammergriff an seinem empfindlichen Hals entkommen zu können.

Ach, sie sind befremdend gesichtslos, die Gestalten, für das unausgereifte Gemüt, bis auf eine, ach, das müsste doch die Mutter sein. Wie sich im Todeskampf endlich dann der Nebel lichtet, bringt er als seinen unsterblichen Gefährten nicht nur eine vollkommene Dunkelheit mit, sondern für einen winzigen Augenblick, der nicht aufhören will, einen hellen Schein von Frieden und Ruhe, wie in seinem ganzen kurzen Leben der Wuschel derartiges niemals empfunden hat.

So gewaltig ist der Eindruck für das vergehende Gemüt, dass es eine Spur davon in dem Gesicht des leblosen Körpers zurücklässt, an dem die düstere Gestalt, die es auf den Wuschel abgesehen hat, sich noch eine ganze Weile stumm und zielstrebig zu schaffen macht.

Ein Mord und ein eheliches Zerwürfnis

Der zweite Mord an einem Kind binnen eines Jahres versetzt die Bewohner der Stadt in heftige Gemütsbewegung. Dabei wird ihnen noch beinahe eine halbe Woche, die zwischen dem scheußlichen Gewaltverbrechen und dem Auffinden des Leichnams liegt, Aufschub für die Trauerarbeit gewährt. Während dieser Zeit - sie geht den Ermittlungen nun aber leider verloren - passiert tatsächlich nichts, was die Gemüter gutsituierter Bürger beunruhigen könnte. Weder geht eine Vermisstenanzeige bei der örtlichen Polizeidienststelle ein noch wird von irgendwelchen Auffälligkeiten oder Vorkommnissen, die mit einem Verbrechen in Verbindung zu bringen wären, in der Lokalzeitung berichtet.

Die Gemeinde erfreut sich einer Reihe frühlingshaft schöner, von den Temperaturen her bereits die Sommermonate den Menschen schmackhaft machender Tage und ahnt nichts Böses, bis ein Spaziergänger, wiederum von seinem Hund geleitet, den nur oberflächlich verborgenen Kindskörper entdeckt. Die Identifizierung des Opfers macht wenig Mühe, weil ein Schülerausweis in der Hosentasche schnell zu der notwendigen Klarheit führt. So kommt es aber dazu, dass die allererste Schockwelle gerade durch jene Schule läuft, an der der Wuschel eine sechste Klasse besucht hat.

Aber die Mutter! - wird von den Pädagogen, die plötzlich darüber erschrecken, dass sie den Wuschel in den zurückliegenden Tagen, wenn nicht gerade vergessen, so doch auch nicht bei ihrem pädagogischen Geschäft vermisst haben, sogleich gefragt, *hat denn nach drei Tagen die Mutter immer noch nicht ...?*

Nunmehr Schlimmeres befürchtend, machen die Beamten sich nach Erhalt der Adresse auf den Weg zu der Wohnung des Jungen, um sodann, im ersten Augenblick zu ihrer Erleichterung, im zweiten jedoch zu ihrem Befremden, die Mutter körperlich wohlauf, wenngleich in stark alkoholisiertem Zustand vorzufinden. Sie sei seit mindestens fünf Tagen, seitdem ihr Lebensgefährte sie verlassen habe, wohl nicht mehr aus dem Bett gekommen, meinen die Nachbarn achselzuckend. Im Übrigen sei der Jens ein sehr selbständiges Kerlchen, also, ein sehr selbständiges Kerlchen gewesen. Darüber hinaus bleiben die Befragten ungewöhnlich einsilbig, machen aus ihrem Misstrauen gegenüber den Uniformträgern kein Hehl und sagen dann nur noch, dass ihnen die Sache mit dem Jungen bestimmt leidtäte. Immerhin sei das der zweite Fall, und alle beiden Fälle beträfen ausgerechnet ihre Wohnsiedlung. Das sei doch wohl nicht normal, oder? Das finden auch die Presse und die Fernsehanstalten, und sie sorgen mit ihren Mitteln für eine überregionale Aufmerksamkeit in dem Fall.

Routinemäßig beschäftigen sich die Ermittlungen erst einmal mit dem sozialen Umfeld der Familie. Doch stellt die Sonderkommission, von der wir an anderer Stelle bereits sprachen, sofort eine Verbindung zwischen beiden Morden her und räumt in ihren Mutmaßungen einer Fremdtäterschaft den Vorzug ein. Beunruhigend auch: Es spricht nun mehr für das Werk eines Serientäters.

Erwartungsgemäß verlaufen die Ermittlungen im familiären Umfeld im Sand. Es stimmen die Alibis aller Verdächtigen. Irgendein überzeugendes Tatmotiv lässt sich auch nicht herleiten. Und in das vorläufige Täterprofil, das durch den zweiten Mord ein wenig geschärft wird, passt niemand von denen hinein.

Noch einmal hellhörig werden die Beamten, als Franz von dem Streit berichtet, den der Wuschel, dessen eigentlicher Name Jens Pasternak ist, mit Kasimir Willich im Unterricht ausgetragen hat. Franz wird, wie alle seine Kollegen, die mit dem Jungen beruflich zu tun gehabt haben, mehrmals vernommen. Der befragte Kasimir verstrickt sich, nervös geworden, in Widersprüche, bis er, unter dem Druck der ungewöhnlichen Situation, seine Anfangsaussage widerruft, er habe nach dem Streit nichts mehr mit dem ermordeten Klassenkameraden zu tun gehabt.

Nach dem Verlassen des Schulgebäudes, das räumt der Junge nunmehr ein, habe er dem Jens auf dem Nachhauseweg nachgestellt, sei dann jedoch, während, wie wir wissen, der Wuschel eine kurze Mittagszeit am Bett der alkoholkranken Mutter verbrachte, zum kleinen Waldstück aufgebrochen, das er als Rückzugsgebiet des verhassten Rivalen kennt. Und dort will er, aber erst am Abend des folgenden Tages, in einem heftigen Wutanfall des Wuschels liebevoll angelegte Burganlage zerstört haben. Mehr sei wirklich nicht passiert. Er habe das Gelände nach seinem Zerstörungswerk sofort verlassen, beteuert der in Verdacht geratene Junge.

Das müssen die Beamten schließlich einsehen. Kasimir hat sich nach seiner Rache am Rivalen erleichtert gefühlt und ist nach Hause gegangen; zu einer Begegnung der beiden Jungen ist es außerhalb der Schule nicht gekommen. Die Sicherung der Fußspuren in dem Gelände, zu dem Kasimir die Polizisten hinführt, bestätigt seine vorgebrachte Version. Und man entdeckt auch noch weitere Fußspuren, die weder von Kasimir noch von dem Wuschel stammen. Der große Unbekannte etwa? Hat er diese Spuren hinterlassen? Sie machen nicht den Eindruck, als habe jemand sie verwischen wollen. Das Gesamtbild ergibt schließlich, dass an diesem Ort der Junge getötet worden ist. Gefunden jedoch hat man seine Leiche woanders, nämlich nicht weit von der Stelle entfernt, wo im Herbst des letzten Jahres auch der erste ermordete Knabe, gleichfalls abseits des Tatortes, entdeckt worden ist. Und wiederum sind einige Lilienblüten ausgestreut worden. Bald wird die gentechnische Analyse ergeben, dass sie aus derselben Züchtung stammen wie die beim ersten Opfer gefundenen Exemplare.

Während von der Kommission, nach vorläufiger Sichtung des Materials, alle erdenklichen Parallelen zwischen den beiden Mordfällen gezogen werden, verarbeitet die Gemeinde die schrecklichen Ereignisse. An allen Schulen wird über das Thema im Unterricht gesprochen. An der

Schule, die der Wuschel besucht hat, hält man eine große Trauerfeier unter breiter öffentlicher Anteilnahme ab. Aber auch mit dubiosen Kommentaren und anonymen Selbstbezichtigungen bekommen es die Ermittler zu tun. Eine verwertbare Spur für die Polizei ergibt sich nicht. Was sich aber als das Schlimmste für das allgemeine Klima herausstellt, das sind die Gerüchte. Nach und nach verdichten sie sich zu einem Geflecht von Mutmaßungen, Verdächtigungen und Anschuldigungen und vergiften das Zusammenleben in der Wohnsiedlung des einem Gewaltverbrechen zum Opfer gefallenen Knaben.

Einerseits wird auch hier, wie andernorts in der Stadt, ein starkes Bedürfnis nach einem nachbarschaftlichen Zusammenrücken spürbar. Doch viele Menschen in den abschreckenden Wohnsilos sind es nicht gewohnt, mit so extremen Gefühlen umzugehen. Oftmals auch befinden sie sich in ähnlich armseligen Lebensumständen und prekären Befindlichkeiten wie die Mutter des getöteten Jungen. Das ruft, wenn ihnen in einer Sekunde des Nachdenkens eine ähnlich schwerwiegende Aufsichtspflichtverletzung als möglich erscheint, uneingestandene Schuldgefühle hervor.

In diesem Klima, das von vielen gedrückten, verstörten, selbstgefälligen oder auch einfach überforderten Gemütern erzeugt wird, reicht dann oftmals ein Wort, eine Geste, ein Blick, um einen solidarischen Grundstrom, der sich vielleicht soeben zaghaft hat bilden können, sogleich zu vernichten oder in eine Atmosphäre von Gehässigkeit und denunziatorischer Boshaftigkeit umzuwandeln. Vieles und mit zu vielen im Milieu gibt es im Laufe der Zeit etwas abzurechnen. Neben mancherlei Bereitschaft zu aufrichtiger Mitarbeit findet sich die Polizei immer wieder vor die schwierige Situation gestellt, einer Spur nachgehen zu müssen, die am Ende womöglich nicht verleugnen kann, dass sie zu offenbar eigennützigen Zwecken fahrlässig oder vorsätzlich gelegt worden ist.

Der Umstand, dass man es in beiden Mordfällen nicht mit einem Sexualdelikt zu tun hat, erleichtert nicht unbedingt die Ermittlungen. Einmal natürlich von der Spurenlage her, die in Fällen von sexuell motivierter Gewaltanwendung meist ergiebiger wegen des besonderen Körperkontaktes zwischen Täter und Opfer ist. Aber eben auch im Hinblick auf die Mentalität im Wohngebiet der betroffenen Familien.

Bisher haben die Bewohner es in ihrer Wahrnehmung mit zwei Verbrechen zu tun. Schlimm, wenn es unschuldige Kinder getroffen hat; diese Grundüberzeugung teilt man. Um die wegen der verbreiteten Klein-Kriminalität in der Siedlung aufgerichtete Mauer des Schweigens zu durchbrechen, reicht das noch nicht aus. Nach den Erfahrungen der Ermittler könnte man mit größerer Bereitwilligkeit für jedwede Mitarbeit rechnen, wenn klare Indizien für eine sexuelle Perversität des Täters vorlägen.

Rita sitzt seit bald einer Stunde am unaufgeräumten Küchentisch. Vor ihr aufgeblättert liegt die Tageszeitung. Rechterhand in Reichweite ist eine Kaffeetasse abgestellt. Die kleine goldbraune Pfütze, die als Getränkerest in dem feinen Porzellan stehen blieb, ist längst erkaltet und zeichnete einen trüben, unappetitlichen Rand. Seitdem sie von der Arbeit nach Hause kam, sitzt Rita in derselben Haltung da. Nein, Kaffee hat sie sich schnell noch gekocht und auch ein Brot geschmiert, das sie verzehrte, bevor sie die Zeitung aufschlug und sich erregt in die Bilder und in die schwarzen Lettern vergrub.

Natürlich hat man in ihrer Firma schon während der Arbeitszeit über den heimtückischen Mord an dem Jungen gesprochen. Beim Pausenbrot, in der Mittagszeit, auch zwischendurch mal, hat sie sich mit dem einen und anderen über das Thema betroffen ausgetauscht. Doch zwischen den dringenden beruflichen Angelegenheiten des Tages ist tatsächlich der Kopf nicht so frei geworden, um sich in die unfassbare Tat hineindenken zu können. Sie hat, in ihrer Art, Anteil genommen und zugleich

emotionalen Abstand gehalten, um in diesem provisorischen Gleichgewicht ihr Tagespensum an Verpflichtungen
nicht vernachlässigen zu müssen. Später, zu Hause,
würde sie sich unbelastet dem Thema widmen können.

Wenn Ritas Arbeitstag, wie das heute wieder der Fall
war, bis nach fünf geht, dann kann sie daheim, wenn
Georg noch unterwegs ist, erst über ein bewährtes Ritual,
zu dem eine Tasse Kaffee und ein Butterbrot dazu gehören,
abschalten oder, wie es für sie sprachlich besser ins Bild
passt, den noch hochtourig im Leerlauf tätigen Organismus herunterfahren. Meistens sorgt sie noch für eine leise,
ruhige Hintergrundmusik aus dem Radio, von der sie annimmt, dass sie ihre Entspannung als Kontrastmittel zum
Kaffee zusätzlich befördert.

Ja, sie hat eben heftig geweint. Sie würde diese Schwäche, darauf angesprochen, auch nicht leugnen. Ihre rot
umrandeten Augen würden die heftige Gefühlsaufwallung
einem Beobachter ohnehin verraten.

Als sie nämlich die Zeitung aufgeschlagen hat, ist sie
froh, ihr Brot bereits gegessen zu haben. Wie ist das möglich – das Leben eines Kindes, das niemandem etwas getan
hat, wird sinnlos ausgelöscht? Als sie den süßen Locken-
kopf abgebildet in der Zeitung sah und aus dem Radio, der
Himmel mag wissen, welcher Zufall das gefügt hat, Klänge
aus den *Kindertotenliedern* in ihr Gehör drangen, wusste
sie auf einmal nicht an sich zu halten. Diese sensible Ver-
tonung durch Gustav Mahler von Gedichten Friedrich
Rückerts, mit denen der Dichter seine eigene Trauer um
den persönlichen Verlust seiner verstorbenen Kinder verarbeitet hatte, das war jetzt schwer zu ertragen.

Und mit einem Erinnerungsblitz ist das ganze große
Thema, um das sie mit Georg im Laufe der Jahre regelmäßig gerungen hat, wieder ins Bewusstsein gedrängt worden. Sie hat nicht anders gekonnt als sich vorzustellen,
wie es wäre, wenn jener Junge, ihr Kind … . Eine schlim-
mere Lebenserfahrung kann sie sich für eine Mutter nicht
vorstellen: Es ist Mai. Das Wetter ist schön. Du kommst

nach Hause. Polizisten bitten um Einlass; sie hätten eine wichtige Mitteilung zu machen. In einem einzigen Augenblick mit einem einzigen Satz wäre alles Glück zerstört.

Beinahe so unfassbar wie die Tat des Täters aber scheint Rita in ihrer traurigen Nachdenklichkeit das Verhalten der Mutter, die offenbar auch nach mehr als drei Tagen ihren zwölfjährigen Buben noch nicht vermisste. Ist das sinnvoll, solche traurigen Einzelheiten in der Presse genüsslich breitzutreten?

Sie weiß aus ihrem beruflichen Umfeld nur zu gut, in welche Schieflage Menschen auf ihrem Lebensweg geraten können. Ihr Wissen darüber ist aber doch eher abstrakt. Unternehmen stehen im Fokus ihres Handelns. Mit den Beschäftigten selbst hat sie kaum zu tun. Mit denen, die gar nicht mehr beschäftigt sind, schon gar nicht. Und dennoch, eine Rechtfertigung für ein so großes Maß an Verantwortungslosigkeit und Gefühlskälte kann und will sie nicht akzeptieren, auch nicht bei jemand, der sich in einer prekären Lage befindet.

Und wieder ist sie bei sich. Sie hat ein Kind gewollt. Sie will es immer noch. Aber natürlich, der Zug ist ja längst abgefahren. Sie ist heraus aus dem Alter. Und an Georgs ablehnender Haltung hat sich nichts geändert. Kein Kind! Das war und ist sein Motto. Er hat ihr keinen Spielraum für eine andere Entscheidung gelassen. Zu einem Familienprojekt sollten beide stehen. Wille, Motivation, Verantwortungsgefühl und gegenseitige Unterstützung; es fehlt bei ihm an allem. Weil sie das nach und nach einsah, hat sie sich mit der Situation resigniert abgefunden.

Wirklich abgefunden, das ist ihr in dieser einsamen Stunde am Küchentisch nun wieder bewusst geworden, hat sie sich wohl nicht. Der von bloßer Alltagsvernunft gesteuerte Verzicht auf die Mutterschaft hat einen Riss durch ihr Gemüt gezogen.

Wäre ihre Beziehung zu Georg anders verlaufen mit einem gemeinsamen Kind? Das heißt, wäre diese Beziehung vielleicht inniger geworden? Hätte sie als Frau daraus dann mehr von dem schöpfen können, was sie in der Anfangszeit von ihrem Beisammensein mit Georg erwartet hat?

Vielleicht. Wahrscheinlich aber doch nicht. Die Frau ist mehr gefordert als der Mann, sie trägt im Allgemeinen auch das ungleich größere Risiko in der Elternschaft. Ist es nicht sogar erstaunlich, dass ihre Ehe noch Bestand hat? In dem Kreis ihrer Bekannten und Freundinnen hat eine solche Dauerhaftigkeit mittlerweile Seltenheitswert. Die Frauen, die sie seit ihrer Mädchenzeit kennt, waren alle einmal hoffnungsvoll in ihre jungen Beziehungen gestartet. Mittlerweile sind drei von ihnen, mit denen sie seit langem freundschaftlichen Kontakt pflegt, allein. Allein mit Kind. Was soll daran erstrebenswert sein?

Sie haben zwar mit Mühe ihre berufliche Bindung halten können. Aber sie wollte doch mit keiner von ihnen die Rolle tauschen. Die Frauen sind nach der Trennung nicht glücklicher geworden, sie hat das miterlebt. Die Scheidung ist von ihnen ausgegangen, möglicherweise zu schnell, bevor noch die Möglichkeiten eines erfolgreicheren Miteinanders ausgeschöpft waren. Klar, dass man von außen keinen objektiven Einblick in eine Beziehung bekommt und vor allem nicht die Gefühle der Beteiligten nachvollziehen kann. Doch soweit sie die männlichen Partner dieser Frauen damals kannte, sind es nicht die Monster gewesen, als die sie in den späteren Geschichten nach der Trennung rüberkamen. Von ihrer Meinung würde sie sich nicht so ohne weiteres abbringen lassen. Mag sein, aus späterer Sicht einmal stellen sich die Schwierigkeiten im Umgang der Geschlechter vorrangig als das Problem ihrer Generation dar. Und später, in zehn, zwanzig, dreißig Jahren?

So ist die Zeit nun mal geworden, vielleicht nur eine Übergangszeit, die den Männern Gelegenheit gibt, von ihrem hohen Ross herabzusteigen und Verhaltensänderungen bei sich zuzulassen. Das ist auch wieder gut: Die Duldsamkeit der Müttergeneration wollen die heutigen Mädchen nicht mehr teilen. Das hat sicher seine

Berechtigung. Rita spürt wieder einmal, wie wenig sie eine eindeutige Meinung in der Geschlechterfrage vertreten kann. Sie fühlt sich eingeklemmt zwischen Ansprüchen von Verlockung und Anmaßung einerseits und ihren tiefsitzenden Gewohnheiten. Sie ist doch keine zwanzig mehr! Im Kreis der heranwachsenden Frauen ist jetzt so viel Selbstbewusstsein, das ist unbedingt bemerkenswert. Da kann nicht ausbleiben, dass manches übersehen wird. Wann sind die Dinge des Lebens schon mal nur schwarz oder nur weiß? Sie bestreitet ganz und gar nicht die befreiende Wirkung der neuen Frauenrolle. Aber sie wird, wenn sie sich das Leben und die – doch unerfüllt gebliebenen! – Ansprüche ihrer Bekanntschaften ansieht, daran gemahnt, dass der Zeitgeist nicht nur an Duldsamkeit verloren hat, sondern auch die Fähigkeit und Bereitschaft vermissen lässt, Beziehung als zeitweilige Konfliktsituation zu leben und zu managen. Es geht aber nicht anders, als dass mit der Zeit, in der die Anfangsleidenschaft sich naturgemäß verbraucht, Erwartungen gedämpft und angepasst werden müssen. Kompromissbereitschaft und mehr gegenseitiges Verständnis sind in der reifen Beziehung gefordert. Viele Lebenspartner können die notwendige Umorientierung wohl nicht vollziehen. Das ist sicher umso schwerer, je überhöhter von vornherein die Ansprüche sind.

Ist Georg eigentlich noch an ihr interessiert? Oder bleibt er aus bloßer Gewohnheit und emotionaler Trägheit bei ihr? Ihr Mann, das hat sie schmerzlich und beständig erfahren müssen, hat in Gefühlsangelegenheiten etwas derart Apathisches an sich, was sie überhaupt nicht begreifen und nur schwer akzeptieren kann. Wenn es nicht zwischendurch immer mal jene Stunden eines erfüllten Beisammenseins und tiefen Erlebens gäbe, dann wüsste sie nicht, welchen Zweck ihre Beziehung eigentlich erfüllen soll. Nur, zu schnell auch in den intimen Stunden ist er, wenn die sexuelle Komponente gewissermaßen abgehakt ist, wieder in seiner Emotionsfalle gefangen. Und dass der

Abstand zwischen den schönen innigen Momenten immer größer wurde in der letzten Zeit, ist doch nicht bloße Einbildung von ihr.

Rita überkommt auf einmal das Verlangen, vor den Spiegel zu treten. Wie den meisten Frauen ist es ihr ein Bedürfnis, ihr körperliches Erscheinungsbild gelegentlich zu inspizieren. In dem geschickt beleuchteten Glas ihrer Garderobe sieht sie sich in der Gemütsverfassung dieser besonderen Stunde, vom Anblick her vertraut und fremd zugleich, einer Frau gegenüber, die weit in der Menopause steckt. Ihre schlanke Figur hat sie durch eine disziplinierte Lebensweise erhalten können, sicher spielt auch die Veranlagung eine Rolle. Sie trägt, so auch jetzt, gern lange Hosen, wovon Georg im Allgemeinen nicht begeistert ist.

Unwillkürlich streichen ihre Hände entlang von Hüfte und Taille und betasten den Po. Er ist noch fest und von den Proportionen her in zufriedenstellender Verfassung. Rita ist nicht besonders eitel; doch der Eindruck, den sie als Frau auf ihre Mitmenschen macht, ist ihr durchaus nicht gleichgültig. Sie beabsichtigt nun wirklich nicht, einem Mann nachdrücklich zu gefallen; doch ihre natürlichen Reize, über die sie zu verfügen glaubt, will sie auch nicht schamhaft verstecken. Eine Frau sollte, das ist ihre Auffassung in der ganzen aufgeregten Geschlechterdiskussion, mit den körperlichen Vorteilen, so sie vorhanden sind, nicht verkrampft hinter dem Berg halten, sondern sie selbstbewusst und vorteilsbetont ausrichten, ohne die Anstandsregeln über Gebühr zu strapazieren. Aber nur Kokettieren – nein, sie ist nicht der Typ dafür.

Rita tritt noch näher an den Spiegel heran, um auch ihr Gesicht genauer und mit kritischer Absicht zu studieren. Es ist, so findet sie, deutlich von den Strapazen des anstrengenden Arbeitstages und von den Spuren ihrer zurückliegenden Gemütsbewegung gezeichnet. Sie erschrickt im ersten Moment und nimmt sich vor, gleich ein wenig Make-up aufzutragen, damit Georg sie so nicht zu Gesicht bekommt. Als der kleine Schreck verarbeitet ist, lächelt sie sich im Spiegel zu. Es ist die erste Gesichtsentspannung, die ihr widerfährt, seitdem die Haustür hinter ihr ins Schloss fiel.

Rita mag, mit kleinen Abstrichen, ihren Körper. Zu den kleinen Abstrichen zählt sie ihren zarten Busen. In den Anfängen ihres Zusammenseins mit Georg hat sie sich manchmal still gegrämt, oben herum nicht etwas üppiger von der Natur abgefunden worden zu sein. Insbesondere wenn Georg von *seiner* süßen Putenbrust sprach, hat sie schlucken müssen, auch wenn ihr Mann sich in den gewissen Stunden immer ganz liebevoll um *seine Zwillinge* gekümmert hat und niemals eine Reaktion der Enttäuschung zeigte.

Inzwischen glaubt sie sich über diese Unsicherheit erhaben. Zum eigenen Körper und zu dem des Partners sollten Mann und Frau als Ganzes stehen. Das eine zu mögen und das andere nicht und immer und immer wieder dem wechselnden Geschmack der Zeit durch fruchtlose Bemühungen hinterherzuhecheln und dabei die Zufriedenheit aufs Spiel zu setzen, das kann es nicht sein.

Rita mag auch ihr Gesicht, das von dunkelbraunem, linksseitig gescheiteltem Haar umrahmt ist, schulterlang glatt herabfällt und von ihr auch schon mal schnell zu einem Knoten zusammengeflochten wird, wenn häusliche Arbeit die Prozedur zweckmäßig erscheinen lässt - oder wenn Georg, wie das früher häufig der Fall war, es einfach so wünscht, um hernach, in einem vorgebahnten Moment der Gattenbeziehung, das instabile Konstrukt langsam und gewissenhaft auflösen zu dürfen.

Ein wenig geht ihre Nase ins Spitze hinein, was Ritas Gesichtsausdruck, wenn zudem ein ganz besonderes dazu passendes Lächeln mit im Spiel ist, etwas Spitzbübisches verleihen kann. Betont schmal ist ihr Gesicht, gewiss nicht zu schmal; doch beanspruchen die pointiert zur Geltung kommenden Wangenknochen, in ihrer optischen Wirkung vielleicht vergleichbar mit den Flügelverstrebungen eines Perlmuttfalters, als ein entscheidendes Moment in der

Gesamtarchitektur ihres weiblichen Charakterkopfes wahrgenommen zu werden.

In der augenblicklichen Gediegenheit ihrer körperlichen Proportionen, die mild überpolstert sind von den Weichteilen an Hüften und Busen, geben sie Rita etwas wie ein, man möchte es so sagen, rassiges Moment in ihrer Physiognomie. Freilich, ihr Gesicht kann auch anders wirken. Sie erinnert sich gelegentlich mit Schaudern einer schweren Lungenentzündung in jüngeren Jahren, während der sie deutlich abmagerte. Damals hat ihr Gesicht, nicht zuletzt wegen der pointierten Wangenknochen, etwas Gespenstisches bekommen, und sie hat, als sie nach der langwierigen Genesung zum ersten Mal wieder vor den Spiegel getreten ist, beinahe aufgeschrien.

Sie ist, so sagt sich Rita auch jetzt, alles in allem sicher keine außergewöhnlich schöne Frau, nach der sich die Männer auf der Straße umdrehen würden. Doch sie empfindet sich als befriedigend attraktiv. Immer noch. Schwierigkeiten, einen netten Freund zu finden, hat sie jedenfalls in jungen Jahren niemals gehabt. Insbesondere ist sie sich darüber bewusst, über eine offene, gewinnende Wesensart zu verfügen, mit der sie, meist in Verbindung mit einem ganz anderen als dem spitzbübischen Lächeln, das herausfordernde, sympathische Grübchen um ihre Mundwinkel zieht, Menschen für sich vereinnahmen kann, natürlich, vor allem Männer. Aber nicht nur sie.

Wie mag es eigentlich sein mit einem anderen Mann? Dieser Gedanke, der vielleicht deshalb nahe liegt, weil sie die Traurigkeit der zurückliegenden Stunde überwinden und zu ihrem gewohnten Lebensfrohsinn zurückfinden will, ist ihr in ihrer Ehe mit Georg immer nur kurz und vor allem selten gekommen. Seit sie mit Georg zusammen ist, hat sie nur mit ihm Sex gehabt und nur mit ihm intime Zärtlichkeiten ausgetauscht. Sie hat bislang nichts zu missen geglaubt und keineswegs gemeint, etwas in ihrem Leben versäumt zu haben. Mit irgendeinem anderen, sei es einer von Georgs Freunden oder mit wem auch immer nur zu kokettieren, hat sie sich streng versagt, ohne sich durch diesen Verzicht eine spröde Ausstrahlung eingehandelt zu haben.

Die Mehrheit der Beschäftigten in ihrer Firma sind Männer. Es ist ihr nicht schwergefallen, über die Jahre der Berufstätigkeit einen korrekten und freundlichen Umgang mit ihnen zu pflegen und ihre Vorlieben und Abneigungen diesem oder jenem gegenüber, wie sie in allen Sozialbeziehungen unvermeidlich sind, souverän in Schach zu halten.

Intime Beziehung hat etwas mit Vertrauen zu tun. Sie hat sich für Georg entschieden. Und er sich doch auch für sie. Nein, sie vermisst nichts. Jedenfalls nichts, was in die Richtung eines anderen Mannes im Bett geht. Doch, sie vermisst etwas. Bei ihrer Begegnung mit Georgs Chef, Klaus Heimbrecht, im letzten Jahr, anlässlich der Feier im Institut, da hat sie das Fehlende gespürt, jenes Maß an neugieriger Aufmerksamkeit des Mannes, in der sich eine Frau als begehrenswert empfinden kann, sich zärtlich umworben weiß und sich darin so gut aufgehoben fühlt, dass sie keine Veranlassung findet, jemals an einen anderen auch nur zu denken.

Eine so betörende Gewissheit, diese unverzichtbare seelisch inspirierte Ummantelung ihrer Beziehung, die gibt Georg ihr nicht mehr. Sie sieht das plötzlich sehr klar. Und der Gedanke gibt ihr einen Stich. Doch hat sie so eine Zuwendung jemals von ihm bekommen? Kann der Typus Mann, den Georg verkörpert und der in seiner Person mit den großartigsten Arbeitsmitteln der modernen Naturwissenschaft umzugehen weiß, nur nicht mit der eigenen Emotionalität, weil sie ihn belästigt, vielleicht quält und an der er offensichtlich leidet, Derartiges überhaupt geben? Ist nicht vielmehr in ihrer Beziehung alles beim Alten geblieben und nur ihre Wahrnehmung als Frau, mehr noch, ihre Erwartungen als gereifte Frau, haben sich verändert? Sie will es sich nicht zu leicht machen, die Urheberschaft für dieses Problem zu benennen. Vielleicht ist nämlich von beiden Seiten etwas in den beklagenswerten Zustand ihrer ehelichen Verödung eingeflossen. Es wäre nicht fair, bei einer fälligen Bestandsaufnahme mögliche Veränderungen, die mit ihr selbst geschehen sind, selbstgefällig auszublenden. Nur, ob fair oder nicht: Hat sie nicht einen Anspruch darauf, in ihrer Beziehung elementare emotionale Bedürfnisse befriedigt zu sehen, zumindest dadurch, dass der Partner ihre Gefühle erwidert?

Sie liebt Georg. Die Beziehung zu diesem Mann ist ihr immer noch ein kostbares Gut. Sie strebt nicht nach alternativen Verhältnissen. Dennoch, der Märchenprinz in ihrer Phantasie ist seit einer Reihe von Jahren tot. Hat sie, möglicherweise unbewusst, zu viel von ihrer gewonnenen Distanz, die doch für ihre eigene Entwicklung notwendig gewesen ist, zu erkennen gegeben und damit, ungewollt, eine Gegenreaktion bei ihm heraufbeschworen?

Es ist jedenfalls nicht mehr zu übersehen: Ihre Beziehung stimmt nicht mehr. Sie ist mit einer Unwucht ausgestattet. Was sie dabei seit einiger Zeit am meisten bedrückt: Sie haben sich inzwischen so wenig noch zu sagen, was als eine Mitteilung von Herzen und damit als ein Ausdruck von gegenseitiger Zuneigung verstanden werden kann. Sie haben auch nicht dazu gefunden, sich über ihre Beziehung, über die Veränderungen, die sich zugetragen haben oder auch nur als solche empfunden werden, auszusprechen. Das Unausgesprochene aber verteilt sich wie ein diffuser Nebel im Raum und beeinträchtigt mehr und mehr das Klima ihrer Gemeinschaft.

Und er, hat er wohl eine andere? Rita wundert sich, dass sie diese Frage stellen kann, ohne dass sie dabei in ihrem Inneren gequält wird. Vielleicht ist das nur so, weil sie nicht daran glauben will, dass es so ist. Jedenfalls hat sie eine Frauengeschichte bei Georg bisher immer ausgeschlossen. Erst in allerjüngster Zeit ist sie in der Fragestellung ein wenig verwirrt und würde mit der früheren Gewissheit nicht mehr ganz so forsch auftrumpfen.

Das hängt, so weiß sie, zum einen mit einer Unterhaltung zusammen, die sie vor wenigen Tagen mit Georgs Chef, Klaus Heimbrecht, geführt hat, seine Andeutungen sind nicht misszuverstehen gewesen. Doch hat er eingeräumt, mehr als vage Gerüchte seien ihm nicht bekannt. Das Gespräch ist unangenehm gewesen, besser gesagt, das Thema war es. Sie tut besser daran, sich nicht weiter damit zu beschäftigen. Also, es gibt nichts Handfestes, sie will dabei bleiben. Es gibt keine verwertbaren Indizien. Georgs exzessive berufliche Arbeitswut spricht immer noch gegen die Annahme. Doch, es gibt noch etwas. Rita presst ihre Lippen zusammen. Es gibt das feine Gefühl einer Frau, die nach so vielen gemeinsam verbrachten Jahren wegen geringfügiger Veränderungen in Gestik, Mimik, verbaler Gepflogenheit ihres Lebenspartners eine Witterung aufgenommen hat. Wenn Rita aber in die Feinheiten ihrer Überlegungen zu dem Thema eintritt und das Gespräch mit Klaus Heimbrecht nicht mehr erfolgreich wegdrücken kann, dann verliert sich allerdings die anfängliche Gelassenheit, die sie bei der Frage, ob Georg eine andere habe, soeben noch empfinden durfte.

Sie hört ein Geräusch. Der Hausschlüssel drehte sich in der Tür. Mit einer raschen Handbewegung wischt Rita sich über die Augen. Georg muss soeben nach Hause gekommen sein. Vollständig ist ihre Gemütsbewegung noch nicht abgeklungen, als sie ihm entgegengehen will, doch sie hat sich weitgehend gefangen. Gern würde sie nach den zurückliegenden Momenten der Traurigkeit jetzt seine Nähe spüren. Allerdings hat sie in den letzten Jahren ihre Erfahrung damit machen müssen, wie schwierig sich Versuche einer Spontanannäherung von ihrer Seite oftmals bei Georg entwickelten und wie unberechenbar die Resultate sein konnten.

Als er abgelegt hat, tritt sie an ihn heran, lächelt und ergreift vorsichtig seinen Arm.

„Es ist schön, dich zu sehen, Georg", sagt sie, darum bemüht, den liebenswürdigen Tonfall nicht zu überspannen.

„Was soll das?" Seine Frage klingt abweisend. Augenblicklich spürt Rita jene Fremdheit zwischen ihnen, die im Laufe der Zeit gewachsen ist und ihren Umgang mit ihm so enttäuschend erschwert.

„Es ist nichts", erwidert sie. „Ich bin nur sehr betroffen über den Mord an dem Jungen in unserer Stadt. Du wirst das vielleicht nicht verstehen, aber ich habe Sehnsucht nach dir bekommen."

„Mord? Ach das, ich bin noch gar nicht dazu gekommen, mich mit der Angelegenheit zu beschäftigen. Ja, schlimm. Der arme Franz."

Rita presst ihre Lippen zusammen.

„Der arme Junge! Die geprüften Eltern!" Sie vergisst für den Augenblick, was sie dazu in der Zeitung gelesen hat.

Sie schweigen. Warum muss das mit ihm bloß so schwierig sein, denkt Rita. Soll sie ihre Bemühungen aufgeben? Doch stattdessen versucht sie Georg näher an sich heranzuziehen. Sofort entwindet sich dieser ihrem Griff und stellt auf Angriff um.

„Und da hast du die Gelegenheit gewittert, mir jetzt wieder einmal die Kinderfrage aufzutischen."

„Aber nein!" Rita ist überrascht von dieser Attacke. Was ist mit ihm los, dass er sie so aggressiv angeht? Sie will noch einmal etwas Versöhnliches erwidern. Doch Georg scheint in eine Rage hineingeraten zu sein. Er redet sofort weiter und blickt durch sie hindurch.

„Schmink dir das doch endlich ab. Außerdem ist das für dich doch längst zu spät. Schau doch einfach mal in den Spiegel!"

Rita ist bei diesen Worten um eine Nuance blasser geworden. Um ihre Mundwinkel herum hat ein leichtes Zucken eingesetzt und ihre Lippen beben. Durch äußerste Anspannung ihrer Willenskraft sucht sie dennoch Haltung zu bewahren und ihrer Stimme Festigkeit zu verleihen.

„Ich habe in unserer langen Ehezeit nicht gewusst, dass du einen derart miesen Charakterzug annehmen kannst. Ich hatte heute Abend nichts weiter als das Bedürfnis nach deiner Nähe. Glaube aber nicht, dass ich mich von dir verletzen lasse. Georg, ich erwarte deine Entschuldigung!"

Sie lässt ihren Mann stehen. Gemessenen Schrittes und mit erhobenem Kopf geht sie, ohne sich noch einmal umzublicken, auf ihre Zimmertür zu. Erst als diese hinter ihr ins Schloss gefallen ist, weint sie zum zweiten Mal an diesem anstrengenden Tag. Und sie verfällt in tiefe Grübelei, die ihr nur einen einzigen tröstlichen Gedanken entstehen lässt, dass ihr diesjähriger Geburtstag und die kleine Feier doch schon hinter ihr liegen.

In der beruflichen Erfolgsspur

Georg hat sich an dem Tag, an dem der zweite Mord in der Stadt zum breiten Tagesgespräch geworden ist, schon sehr früh ins Institut begeben, wo die Physiker, hoch motiviert wie immer, von dem Thema allerdings kaum Notiz nehmen. Das heißt, früh ist er eigentlich jeden Tag an Ort und Stelle. Seit er die Projektleitung für die Untersuchung des BEK hat, sind allerdings für ihn die Grenzen des Beruflichen noch weiter auf Kosten des Privaten verschoben worden.

Über das Maß hinaus, das die anderen Mitarbeiter an Zeit für ihre beruflichen Belange aufbringen, hat Georg die Gewohnheit, sogar ein wenig den Anspruch, als Erster im Institut anwesend zu sein und als Letzter das Institut zu verlassen. Das gelingt ihm nicht immer, weil sein Vorgesetzter, Klaus Heimbrecht, ihn bisweilen auszustechen bemüht ist, doch meistens ist es tatsächlich so, dass Georg vor Beginn und nach Ende eines regulären Arbeitstages noch allein arbeiten kann, woran ihm viel gelegen ist.

Worum aber geht es in der Arbeit des Physikers Georg Reimers? Die bisher bereits dazu gemachten Erläuterungen möchten an dieser Stelle noch ein wenig ergänzt werden. Oberflächlich und vordergründig betrachtet, geht es um die Aufstellung von Kälterekorden. Neugierig nämlich ist die physikalische Fachwelt schon lange darauf, was passiert, wenn man ganz nahe dran ist am denkbar kältesten Punkt des Universums, an null Kelvin, wie sie das sagen. Selbstverständlich bemühen sich diese Experten nicht darum, mit den Gegenständen der Alltagswelt oder gar höchstpersönlich, in Faserpelz und Fellstiefeln steckend, diese erstaunliche Reise zu den kältesten Kälten anzutreten.

Obwohl Rita, als sie von Georg zum ersten Mal von dessen Arbeit vernahm, ihren damaligen neuen Freund sich vorstellte, wie er in einer Art überdimensionaler Kühltruhe sitzt und fröstelnd ohne Unterlass seine Messungen vornimmt. Als sie später eine realistischere Vorstellung von dem Ganzen bekam, lachte sie herzlich über ihre eigene Naivität, und über all die Jahre ihres Zusammenseins blieb Georg für sie der Mann, der aus der Kälte kam.

Georg hatte noch fleißig mitgelacht seinerzeit, wenn auch in seiner etwas vertrockneten Art, und alle beide hatten sie mit als wunderschön empfundenen Streicheleinheiten dafür gesorgt, dass ihnen bald trotz des kalten Themas überhaupt nicht mehr kalt war. Seither hat sich jedoch manches verändert, von dem Georg, unaufhörlich in sich und seine Welt versunken, nicht so viel mitbekommt und, frei heraus gesagt, auch nicht mitbekommen will. Er spürt inzwischen nicht mehr oder will nicht spüren, dass er einen Teil der Kälte, die er naturgemäß aus seinem beruflichen Labor mit nach Hause nimmt, auf seine Frau abstrahlt, ohne sie jedoch, wie es damals, in der Anfangszeit der Beziehung, doch geschah, für die unvermeidliche Kälte seines Arbeitsgegenstandes mit einer gewissen menschlichen und partnerschaftlichen Wärme zu entschädigen.

Die Physiker sind also nicht in ihrer Person, sondern bloß mit Elementarteilchen unterwegs, denen sie auch nur mit ihren Messinstrumenten in ihre furchtbar kalte Umwelt folgen. Mit Atomen einer Klasse, die sie Bosonen nennen, experimentieren sie, aber das allein ist schon schwierig genug, Objekte solchen extremen Zuständen überhaupt entgegenführen zu können, wo sie doch am Ort ihrer zugedachten Bestimmung nahezu auf die gesamte Energie, über die sie verfügen, widerspruchslos verzichten sollen.

Der Hintergrund von all dem Bemühen ist aber der, dass, laut Annahme und Berechnung von zwei berühmten Physikern, die elementaren Teilchen ganz absonderliche Eigenschaften annehmen sollen, die völlig verschieden wären von den Eigenschaften, mit denen sie gewöhnlich in einem mehr oder weniger energiereichen Zustand aufwarten, sei es zum Beispiel, dass sie, vor lauter Kälte ganz initiativlos geworden, so uneingeschränkt alle dasselbe tun und völlig identisch aussehen oder, um ein einfaches Bild zu gebrauchen, im Gleichschritt marschieren, so dass jeder Rekrutenausbilder, würde er auf dem Kasernenhof einem derartigen Phänomen begegnen, seine helle Freude daran haben müsste.

Absonderliches interessiert einen Physiker, interessiert somit auch Georg, nun mal ganz besonders. Und weil auf der ganzen Welt die Experten, Kollegen von Georg, darum bemüht sind, möglichst nahe und möglichst als Erste an den ungeheuer kalten Zustand heranzukommen, an dem alles – oder doch zumindest sehr viel – ganz anders wäre als gewöhnlich, in dem zum Beispiel die Teilchen, die sonst unbeschwert herumschwirren, gleichermaßen gemeinsam zu einem Tröpfchen kondensieren, in dem sie gar nicht mehr zu unterscheiden sind, weshalb man, den beiden Physikern Bose und Einstein zu Ehren, denen die theoretischen Grundlagen zu verdanken sind, dann von einem Bose-Einstein-Kondensat, kurz BEK genannt, spricht, geht es auf diesem Spezialfeld der experimentellen Physik alles in allem recht lebhaft und gelegentlich auch eifersüchtig zu.

In eine Chronologie gebracht: Die Physiker waren, verstärkt seit Beginn der 90er Jahre, miteinander und gegeneinander in einen Wettbewerb getreten, um mit Hilfe von Laserstrahlen und magnetischen Fallen Bausteine der Materie, Atome des Rubidium-Gases zum Beispiel, gnadenlos kalt zu machen. Sie taten das in ihrem Einfallsreichtum mit den erstaunlichsten Tricks, indem sie nach jeder Kühlsequenz beispielsweise immer ganz besonders erfolgreiche Teilchen, also diejenigen, die ganz überdurchschnittlich kalt geworden waren, einfingen und von den anderen, noch viel zu quirligen ihrer Artgenossen, isolierten.

Es war aber eine Konsequenz dieses Tricks, dass man von jenem BEK-*Tröpfchen*, welches sich schließlich erfolgreich herstellen ließ, nur so unglaublich geringe Mengen mit wenigen Teilchen bekam, dass damit in hundert Jahren nicht die kleinste Flasche der Welt zu füllen wäre. Damit, mit dem BEK also und damit, was man physikalisch mit ihm würde anfangen können, gibt sich Georg ab. Und er hat mit seiner Arbeitsgruppe eine Zeitlang ganz gut im weltweiten Rennen gelegen.

Es sind dann aber doch andere gewesen, die am MIT, dem „Massachusetts Institute of Technology" in den USA, vor ihm das Kondensat experimentell herstellten und dabei nicht nur unvorstellbar nahe an den absoluten Nullpunkt herankamen, sondern auch, zum Entzücken der Experten, die theoretisch vermuteten Quanteneffekte experimentell bestätigen konnten. Denn es ist nun einmal so, dass eine für das Wohlbefinden des Alltagsmenschen so wichtige Größe wie die Umgebungstemperatur, die ja doch wohl schon mal über Wohl und Wehe des Daseins entscheidet, in der vom Physiker beobachteten Quantenwelt für etwas dem Alltagsmenschen eher Langweiliges und für die betroffenen Teilchen Gleichgültiges steht wie das unterschiedliche Maß an Bewegungsenergie dieser Teilchen.

Die erfolgreicheren Kollegen Georgs in Übersee werden im Übrigen später, im Jahre 2001 nämlich, für gut befunden, für ihre Leistung den Nobelpreis für Physik zu erhalten. Doch diese Ehrung, zweifellos der vorzustellende Höhepunkt im Schaffen eines jeden Naturwissenschaftlers, hat mit unserer Geschichte nun rein gar nichts mehr zu tun. Eine weitläufige Verbindung mag ein eifriger Leser gleichwohl für sich ziehen, wenn wir hinzufügen, dass auch ein Deutscher unter den Preisträgern war. Und mit der Wissenschaftsschmiede Heidelberg ist dessen Biografie sehr verbunden, darauf hatte Spaltensturz seinen Freund Georg hingewiesen. Ein wenig um die Ecke geschaut, haben Georg und sein Institut und die ganze Region also doch einen ideellen Anteil an den Meriten der vom Nobel-Komitee später Geehrten.

Doch das Hauptsächliche für unsere Geschichte ist nun das Folgende: Auch Georg hat mit seiner Gruppe das BEK herstellen können. Das ist nur wenige Wochen vor jenem Geburtstags-Spektakel mit den Freunden gewesen, bei dem er so lange auf die Gelegenheit warten musste, mit Spaltensturz über dessen Berechnungen zu sprechen. Die Freude über den Durchbruch ist im Institut groß gewesen, auch wenn der Erfolg nicht mehr mit der Aura einer Pioniertat behaftet war. Diesen kleinen Makel hat auch Georg empfunden, vielleicht sogar zu stark empfunden. Weshalb des ungeachtet soll dann seine Lebensleistung als ein bahnbrechendes, ja, ungeheuerliches Schaffen hier ausgebreitet werden? Nun, an dieser Stelle kommt Georgs Freund Walter Krahl, genannt Spaltensturz, ins Spiel.

Spaltensturz, das Faktotum in der Gemeinde, ist für den regulären Wissenschaftsprozess, dem sich Georg verschrieben hat und dem er als reputierliches Mitglied genauso angehört wie Klaus Heimbrecht, wie die Mitglieder seiner Arbeitsgruppe und wie die vielen anderen Physiker, die weltweit an den zahlreichen Problemen und ungelösten

Fragen ihres Faches arbeiten, so etwas wie die Darmflora für den Verdauungsvorgang; fremdartig, leicht zu übersehen, aber ungemein effektiv.

Am Anfang dieser unerhörten Biografie stand einmal der vielversprechende Student Walter Krahl. Der aber kappte nur wenige Monate nach seiner Immatrikulation zur vollkommenen Fassungslosigkeit seiner Umgebung von einem auf den anderen Tag alle Bindungen, Verpflichtungen und Chancen. Freiwillig fiel er aus dem Status des umworbenen Hoffnungsträgers heraus und verwandelte sich in einen Landstreicher, an den über den Kreis seiner Freunde hinaus kaum jemand mehr einen Gedanken verschwendete. Bald zeigte sich: Die Gleichgültigkeit war verfrüht. Zuerst vereinzelt, dann häufiger, schließlich regelmäßig, machte *der Penner* von sich reden, ohne jemals persönlich in Erscheinung zu treten. Am Ende, was so etwa mit dem Beginn unserer Geschichte zusammenfällt, hat er sich vom Bodensatz der städtischen Gemeinschaft hervorgearbeitet und in eine neue, nur schwer zu definierende Rolle hineingefunden, die bei den Offiziellen der forschenden Zünfte umso mehr Peinlichkeit hervorruft, je weniger sie sie ignorieren können.

Hauptsächlich gelten die Ausführungen natürlich für die mathematische Disziplin, in der Walter, seit er von den Korsettstangen der gymnasialen Mathematikstunden befreit war, nach Strich und Faden aufräumte. Seine vorlaute und zum Leidwesen mancher Fachfreunde höchst wirksame Präsenz ließ dann aber keineswegs nach, als er seine Datscha draußen hinter den Hecken der Schrebergärten bezogen hatte oder auch schon mal eine Zeitlang etappenweise in der Umgebung umherzog, als wäre bei ihm nicht alles richtig im Kopf.

Es bedurfte ja nicht viel an materiellen Ressourcen, um auf der Höhe der Diskussion als genialer Zeitgenosse seine Duftmarke zu setzen. Aus dem wissenschaftlichen Diskurs war er jedenfalls nicht herauszuhalten. Er, der in einer Umhängetasche im Armeestil der 70er Jahre des 20.

Jahrhunderts einen Computer ständig bei sich trug, war in den Netzwerken der Wissenschaft so präsent wie ein Silberfischchen im gepflegten Badezimmer. An spezielle Literatur zu gelangen, wohl auch in den Server dieses oder jenes Institutes einzudringen, nicht um Schaden anzurichten, sondern um an notwendige Informationen heranzukommen oder eine Auseinandersetzung mit einer seiner zumeist als verquer angesehenen Thesen zu erzwingen, das war dem begnadeten Programmierer Spaltensturz überhaupt kein Problem.

Man hätte meinen können, befreit von allen gesellschaftlichen Zwängen, robust gehalten von frischer Luft und sparsamer Ernährung, würde er erst jetzt seine Leidenschaft, Zahlen, Formeln und Algorithmen in sein Gehirn hineinzufressen und auf völlig neue Aspekte zu durchleuchten, zu ihrem Gipfelpunkt führen. Die Vermutung mancher Neider, der würde sich sicher bald totgesoffen haben, erwies sich als irrig. Eine Flasche Korn, die bei gewöhnlichen Menschen sicher allerlei Konfusionen anrichtet, scheint für Spaltensturz ein neurologisches Elixier abzugeben, mittels dessen die Verdrahtung zwischen den Synapsen in seinem Gehirn erst so richtig zu der Struktur findet, die für die Bewältigung mathematischer Höchstleistungen ein Optimum bildet.

Wie dem auch sei, Spaltensturz rechnete nicht nur alle Probleme der Mathematikgeschichte, sondern auch alle Probleme, gelöste wie ungelöste, der modernen theoretischen Physik neu durch. Es wird zudem die Feststellung nicht mehr verwundern, dass dieses aus der Gemeinschaft herausgefallene Genie auch in dem Bemühen, die berühmte *Weltformel* für – eigentlich - alles zu finden, seinen ganz speziellen Weg geht. Im Unterschied zu seinem Auftreten auf dem mathematischen Parkett, das er gern auch schon mal polternd betritt, hält sich Spaltensturz in der Physik bemerkenswert zurück. Vielleicht ist er sich der Grenzen, die ihm als reinem Theoretiker hier gezogen sind, bewusst. Vielleicht sind aber auch Rücksichten ganz anderer Art im Spiel. Jedenfalls ist es so, dass Spaltensturz, wenn ihm etwas in den bisher als tadellos betrachteten mathematischen Ableitungen in einer physikalischen Fragestellung aufgefallen ist, das Wissen darüber für sich behält oder – meistens - das Problem mit Georg bespricht.

So aber hat die Freundschaft der beiden Bestand haben können über die Zäsur in Spaltensturz´ Biografie hinaus, die Georg genauso überrascht hat wie alle anderen und über die er bis in die Gegenwart hinein, auch wie alle anderen, bestenfalls mutmaßen kann. Gemeinsam hatten sie sich doch, wie es damals in der Oberprima abgesprochen worden war, auf das Feld der Tieftemperaturphysik stürzen wollen. Dann der unerhörte Absprung von Spaltensturz. Der bedeutete, so gesehen, auch für Georg zunächst eine kleine persönliche Tragödie.

Die wankenden Freundschaftsbrücken hielten dann doch, als Georg bemerkte, dass sich Spaltensturz nicht so weit von allem Naturwissenschaftlichen abgekoppelt hatte, wie es zu Anfang den Anschein hatte. Allmählich arbeitete er ihm wieder mathematisch zu auf dem Feld, das mit dem Bose-Einstein-Kondensat zusammenhing. Georg, selbst nur ein mäßiger Mathematiker, konnte sich voll auf die experimentelle Seite ihrer *Geschäftsbeziehung*, von der niemand etwas ahnte, konzentrieren.

Als Spaltensturz zum ersten Mal davon sprach, das Kondensat sei nicht der Weisheit letzter Schluss und nicht unbedingt der letzte aller Energiezustände, da hat Georg noch an eine Verrücktheit des Freundes geglaubt und diese der Wirkung einer überzähligen Flasche Korn zugeschrieben. Beunruhigend wurde es erst, als Spaltensturz nicht von seiner fixen Idee lassen wollte und anfing, auf eigene exotische Berechnungen zu verweisen; bis er eines Tages forsch mit der These herausrückte, das BEK könnte noch einen Energielevel tiefer gebracht werden und dort zu einem stabilen und völlig neuen Materiezustand mutieren. Alle Akteure hätten bislang eine mathematische

Konsequenz der Arbeiten von Bose und Einstein übersehen und seien deshalb auf diese Möglichkeit nicht aufmerksam geworden.

„Gorgi", hat Spaltensturz gesagt, als er davon erfuhr, dass nun auch an Georgs Institut das BEK erzeugt worden war, „ein Zustand noch darüber hinaus, ein Trans-BEK-Zustand, so will ich das mal sehen, das ist experimentell möglich. Wenn wir den erreichen, gehst du in die Annalen der Physik ein." Wegen Georgs abweisender Mimik hat er dann noch hinzugefügt: „Nicht nur meine Berechnungen sprechen dafür, auch das herrliche Prinzip des Daseins; wo immer etwas ist, versteckt sich etwas, was noch nicht gesehen wurde." Eine Woche später legte er dem verblüfften Mitstreiter alle Berechnungen vor, die er dazu gemacht hatte. Das geschah, wie wir wissen, wenige Tage vor dem Treffen der Freunde im November.

Seither kam Georg aus dem Staunen nicht mehr heraus. Und nicht aus dem Arbeiten. Stets war ihm Spaltensturz mit seinen Hypothesen einen Schritt voraus, und stets musste er bekennen, dass die guten Fortschritte, die er in der Arbeit mit dem BEK experimentell machte, doch immer nur eine Bestätigung dessen darstellten, was Spaltensturz bereits berechnet hatte.

Eine Veranlassung, deshalb mit sich und seiner Arbeit unzufrieden zu sein, hat Georg im Grunde genommen nicht. So geschickt und findig ist er dabei, die praktischen Probleme der Kühlung und der Herbeiführung der erstrebten Quantenzustände zu lösen, dass seine Ernennung zum Projektleiter, im Nachhinein betrachtet, eine logische und für ihn sicher verdiente Konsequenz seines wissenschaftlichen Engagements bedeutet.

Doch unmöglich kann er, vor wem auch immer, die Hintergründe seiner erfolgreichen Arbeit offenbaren, insbesondere nicht die Rolle, die Spaltensturz dabei spielt, offenlegen. Sicher, er ist gut. Ja, er ist erfolgreich. Doch vor dieser Wahrheit verblasst deshalb nicht jene andere, dass im Wirbelkanal mit Spaltensturz´ Rechenexzessen und mit seinem eigenen experimentellen Wüten er, Georg, dem genialen Theoretiker hinterherläuft wie der Hund der Wurst, die vor ihm auf einem fahrenden Wagen angebunden ist. Wann würde endlich eine Mäßigung in diesem Wahnsinnslauf eintreten? Mit dieser Frage kommen wir auf die Ausgangslage zu Anfang des Kapitels zurück.

An diesem Tag im Institut, als alle bereits gegangen sind und Rita, seine Frau, gleich zu Hause am Küchentisch Platz nehmen und über den Mord an dem kleinen Wuschel zu einer unkontrollierbaren Kette von Gedanken über ihr Leben an der Seite ihres Mannes verdammt sein wird, versucht sich Georg dieser Frage zu stellen.

Die Apparaturen sind abgeschaltet. Die Aufzeichnungen von den Messungen liegen ungeordnet auf einem Tisch. Es ist still im Gebäude. Klaus Heimbrecht ist schon den ganzen Tag außer Haus. Georg hat die günstige Situation für ein riskantes Experiment genutzt und wiederum eine von Spaltensturz´ Hypothesen bestätigen können.

Durch Beschuss hat er energiearme Teilchen in das Innere von Fulleren-Molekülen einbringen können und damit, aus der Sicht des Chemikers, mit einzelnen Molekülen dieser eigentümlichen Stoffgruppe, deren räumliche Molekularstruktur einem Fußball ähnlich ist, einen *endohedralen Komplex* erzeugt. Dieses Fulleren herzustellen, dafür hat sich Gottfried in den letzten Wochen unermüdlich ins Zeug gelegt. Jetzt zweifelt Georg nicht mehr daran, dass ihm der Einschluss demnächst auch mit Teilchen im Trans-BEK-Zustand gelingen wird.

Wann würde eine Mäßigung in diesem Wahnsinnslauf eintreten? Es ist unter den obwaltenden Bedingungen nicht immer leicht, ein experimentelles Doppelleben zu führen. Ein Leben mit der Arbeitsgruppe, die er leitet, und die sich laut Projektskizze der Erforschung des BEK zu widmen hat. Das andere an der Arbeitsgruppe und der Institutsleitung vorbei, um an der Stelle im Dienst der Wissenschaft weiterzumachen, wo man das BEK hinter sich gelassen hat und bei quasi null Kelvin angekommen ist, in absolutem Neuland der möglichen Materiezustände.

Manchmal glaubt er ein feines Misstrauen um sich herum zu spüren. Auch ist er anfällig für Fehler geworden. Vor einigen Wochen hat er eine der von Spaltensturz hingeschmierten Rechnungen auf seinem Tisch vergessen. Als er den Lapsus bemerkt hat, ist es zu spät geworden, ins Institut zurückzufahren. Es wäre auch zu auffällig gewesen.

Vielleicht bildet er es sich nur ein, dass Klaus Heimbrecht ihn seither gelegentlich in einer besonderen, sinnenden Weise ansieht. Klaus kennt seine Handschrift und die aller engen Mitarbeiter. Das Papier hat noch genauso wie zuvor dagelegen, als er es anderntags an sich nahm. Vielleicht bildet er sich wirklich nur etwas ein. Trotzdem, er sollte vorsichtiger sein.

Wann würde eine Mäßigung in dem Wahnsinnslauf eintreten? Das ist doch eine dumme Frage! Wenn er das Trans-BEK in einem stabilen Einschluss *am Leben* halten kann, dann ist der Wahnsinnslauf beendet. Dann sind die Algorithmen von Spaltensturz an das Ende ihrer aggressiven Metamorphose gelangt. Dann zählt die Beobachtung, dann zählt der akribische empirische Umgang mit dem neuen Stoff. Das kann nun nicht mehr weit sein bis dahin. Warum also quält er sich mit dieser dummen Frage? Ist er überarbeitet? Ist er enttäuscht? Georg weiß es nicht zu sagen.

Es ist aber so, dass er in der letzten Zeit nicht immer uneingeschränkt und mit gleichbleibender Konzentration, wie er das gewohnt ist, bei seiner wissenschaftlichen Arbeit verweilen kann. Der Eindruck für ihn ist noch ungewohnt, wenn er gelegentlich in dem Bestreben, die Aufmerksamkeit am Thema festzuhalten, wie gegen einen unsichtbaren Widerstand anarbeiten muss. Die Energie, die er dazu aufwendet, scheint ihm bisweilen am Ende eines Arbeitstages zu fehlen.

Er kann nicht einmal sagen, wann er zum ersten Mal auf diese Art der Beeinträchtigung aufmerksam geworden ist. Im Grunde genommen ist er sich nicht einmal sicher, überhaupt eine Veränderung zweifelsfrei identifizieren zu können. Seine Arbeitsergebnisse sind doch bemerkenswert. Schnell stellt er sich auf die neuen Erfordernisse eines nächsten Arbeitsschrittes ein. Zielstrebig geht er an die Umsetzung der Planung. Sorgfältig betreibt er die Auswertung. Sein bewährter Arbeitsrhythmus. Oder etwa nicht?

Vielleicht, so sagt sich Georg, haben seine Zweifel damit zu tun, dass seine experimentelle Routine ihm auffällig geworden ist. Derartiges gibt es wohl im Leben, dass eine geläufige Handlung, ein eingefleischtes Gebaren, plötzlich fremd wirkt und deshalb so etwas wie eine Verblüffung in der Selbstwahrnehmung hervorruft. Jedenfalls hört man davon, dass in einem bestimmten Alter solche kognitiven Fehlimpulse sich einstellen können. Er hat diesem Gerede bisher nur noch keine Aufmerksamkeit geschenkt.

Das klingt von dieser Warte aus vielleicht alles plausibel, so geht er mit sich selber ins Gericht, doch für seine Evidenzansprüche nicht unbedingt befriedigend. Er ist kein Graswurzelintellektueller, dem es hinreichend ein Gewinn und erbaulich noch dazu ist, aus seinem tiefinnerlichen Weltempfinden zu schöpfen. Er ist Physiker, der ohne klare Antworten auf klare Fragen nicht auskommt. Im Allgemeinen, das sagt ihm seine rationale Einstellung auch im vorliegenden Fall, kommt eine neue Empfindung nicht ohne eine Ursache von sich aus von irgendwo daher. Die Frage bleibt also: Was ist wirklich mit ihm los?

Es mag vielleicht, auch diesem Gedanken ist er nachgegangen, ein mechanisches Element in sein Handeln hineingeraten sein, das vorher entweder nicht vorhanden oder nicht aktiviert war. Es arbeitet hoch effektiv, zweifellos, sonst wäre sein Einsatz nicht immer noch erfolgreich. Aber dieses mechanische Element übernimmt in seinem geistigen Instrumentarium eine Rolle stellvertretend für etwas,

was sich eingeschlichen hat, es gleicht eine Schwäche aus, die neu ist. Diese Schwäche steckt in seinem Kopf.

Wenn er genau hinsieht, hat er es in seiner Gedankenarbeit neuerdings mit zwei Etagen zu tun. *Etagen* ist vielleicht ein zu krasses Bild. Es ist vielmehr so, dass im Hintergrund etwas abläuft, was auf einer ganz anderen als der offiziellen Schiene denkt; ein geistiger Prozess mit einer eigenwilligen Richtung und willensunabhängigen Dynamik.

Dieses Hintergrundrauschen in seinem Bewusstsein ist vielleicht schon immer vorhanden gewesen. Doch zum ersten Mal stellt es sich, wenn auch noch verschämt, gegen den Haupttrend, über den vollkommen die Kontrolle zu haben Georg selbstverständlich beansprucht. Die Reibung, die zwei konkurrierende und nicht mehr absolut synchron arbeitende Programmabläufe im Denkprozess auslösen, muss irgendwann einmal auffallen. So etwas in der Art könnte neuerdings eingetreten sein.

Das würde er in den Griff bekommen. Erst erkannt, ist halb gebannt. Er würde an sich arbeiten. Oder, besser noch, er würde die Angelegenheit bis auf weiteres genau beobachten. Solange sein Syndrom, dem er auf die Spur gekommen ist, wenn es sich am Ende nicht doch noch als Einbildung erweisen sollte, keinen erkennbaren Schaden anrichtet, indem es die Wirksamkeit seiner geistigen Anstrengungen nachweislich schwächt, sollte nichts überstürzt werden.

So weit ist Georg an diesem Tag mit seiner Nachdenklichkeit über eine noch diffuse Selbstwahrnehmung gekommen, als eine E-Mail bei ihm eingeht: *Hi, Süßer, ich habe nichts dagegen, wenn du bei mir in der neuen Wohnung vorbeischaust. Veronika.* Eine Adresse ist beigefügt. Von dieser Nachricht wird Georg förmlich elektrisiert.

Ihn überkommt ein gieriges Verlangen, noch heute der kaum versteckten Einladung zu folgen. Der letzte Satz in der Mail enttäuscht ihn aber schwer: *Bin ab Donnerstag erreichbar.* Heute ist erst Dienstag. Mit seinem Arbeitseifer an diesem Tag ist es vorbei. Warum soll er sich nicht schon heute die Gegend einmal ansehen und sich damit einen Informationsvorteil verschaffen? Im Institut ist er für heute doch fertig. Seine Grübelei bringt ihn vorläufig nicht weiter. Und zu Hause wartet stupider Ehealltag. Seine Phantasie jedoch – warum sie nicht jetzt sofort, wenn auch erst noch an der kurzen Leine, spazieren führen?

So macht sich Georg auf den Weg zu Veronika, der er vor nicht einmal einem Vierteljahr während eines ungeplanten Zerstreuungsspaziergangs zufällig begegnet war. Spaltensturz hatte sich etwas Zeit gelassen, ihm die Adresse zu besorgen, und seinen Freundschaftsdienst auch noch mit dem bissigen Kommentar versehen: *Du bist ein verdammter Idiot, wenn du davon Gebrauch machst.* Heute zwar würde er Veronika nicht antreffen. Doch sein Verlangen, die Dame demnächst wieder einmal aufzusuchen, würde nicht zu bezwingen sein.

Es ist eine ruhige Straße mit unauffälligen Mietwohnungen, in die ihn die Adresse führt. Vor dem Eingang hält er inne, sieht auf die insgesamt sechs Klingelknöpfe mit akkurater Beschilderung. Veronikas Name ist darunter. Noch auf drei weiteren Namensschildchen sind Vornamen von Frauen aufgedruckt. Georg, der sich nicht sehr viel dabei denkt, zieht seine Schultern hoch; dann lässt er sie nach einem tiefen Atemzug schlaff herabsinken. Schließlich fasst er sich ein Herz, das auf einmal kräftig schlägt, und klingelt bei Veronika. Vergeblich. Niemand öffnet ihm. Bei diesem Vorstoß lässt er es denn auch bewenden und macht sich, innerlich zerrissen und angespannt, wie er das schon lange nicht mehr empfunden hat, auf den Heimweg. Er wünscht sich, Rita heute nicht mehr sehen zu müssen.

Vier Freunde und ein durchwachsener Sommer

Der Sommer hat sich eingeschlichen, ohne dass es groß bemerkt wurde. Zu kalt, zu nass; einfach schauderhaft, befindet man. Vor allem auch enttäuschend nach den schönen Tagen im Mai. Später wird sich die Jahreszeit zwar versöhnlicher geben, dennoch, der Eindruck bleibt gemischt. Immerhin weicht nach und nach die Kälte aus den Tagen. Ohne Regenschirm ist des ungeachtet über längere Zeit besser nicht zu planen. Alles in allem bleibt die erste Hälfte der beliebten Jahreszeit eine zähe, verbreitet als freudlos empfundene Gemütsangelegenheit. Motivation stiftet sie am ehesten dem Grünzeug, das in der feuchten Atmosphäre verbissen wächst. Der Garten des Ehepaars Reimers, dem das häusliche Klima unter den aufeinander missgestimmten Bewohnern höchste Freiheit lässt, schießt übel ins Kraut.

Georg kommt in seiner wissenschaftlichen Arbeit nicht recht weiter, und der erhoffte, scheinbar in greifbare Nähe gerückte Durchbruch bleibt aus. Wohl kann er inzwischen mit einzelnen Materieteilchen den Trans-BEK-Zustand, wie Spaltensturz ihn in seinen Berechnungen postuliert hat, herstellen. Aber er kann ihn nicht stabil halten. Das Problem, das er schon vor zwei Monaten mit dem Freund draußen jenseits der Schrebergärten erörtert hat, scheint unüberwindlich. Was er benötigt, wenn Spaltensturz mit seinen Berechnungen Recht behalten soll, ist ein erfolgreicher Einschluss in die Fulleren-Moleküle. Der misslingt noch immer bei jedem Versuch.

Gottfried liefert ständig neues Material. Georg kann eine gewisse Anerkennung nicht unterdrücken und ist drauf und dran, seine negative Bewertung der wissenschaftlichen Leistungen des Schulfreundes abzumildern, als dieser, auf der Grundlage der von Spaltensturz berechneten Parameter, Modifikation um Modifikation von dem wunderbaren Material erzeugt und bereitstellt, ohne aufdringliche Fragen zu stellen. Er scheint volles Vertrauen in die zwischen ihnen getroffene vertragliche Vereinbarung zu haben.

Verdammt! Hat Spaltensturz doch einen Fehler gemacht? Es wäre immerhin das erste Mal. Der Gedanke löst in Georg gemischte Gefühle aus. Sicher nicht neidet er dem Freund seine mathematische Genialität, und sich selbst gönnt er selbstverständlich die zu erwartende Anerkennung im Falle des Gelingens. Doch einmal einen kleinen offenkundigen Fehler des erstaunlichen Zeitgenossen erleben; das möchte seinem Selbstbewusstsein womöglich guttun und auf ganz natürliche Weise jenen vor einiger Zeit beklagten Wahnsinnslauf erst einmal unterbrechen. Quälend vergehen einige Wochen, in denen Georg sich an seinen Apparaturen die Zähne ausbeißt und eine zunehmende Erschöpfung in seinen Gliedern nur noch schwer zu ignorieren ist.

Der gefühlte Widerstand, gegen den anzuarbeiten er neulich als ein erschwerendes Moment in seinem beruflichen Schaffen ausgemacht hat, ist größer geworden. Die zwei Etagen seines Denkens, die sich ihm als Bild aufgedrängt haben, lassen sich leider auch nicht ad absurdum führen. Bloß verändert sich der Eindruck davon auf der Bewusstseinsoberfläche. Bisweilen nämlich kommt es Georg vor, als lösen die getrennten Ebenen sich allmählich auf und werden zum integralen Bestandteil eines differenzierter als zuvor in Erscheinung tretenden Lebensgefühls. Zweifellos, darin gibt es ungeahnte neue Empfindungen, vor allem, wenn er an die erotisch inspirierte Raserei denkt, in die ihn Veronika versetzen kann. Jedoch, dies ist nur die eine Seite.

Auf der anderen sammeln sich verdächtige emotionale Schwebstoffe in finsterem Design. Sie verdichten sich zu einer Wolkenschicht der Besorgnis, die bislang in seinem Leben noch nicht aufgezogen war. Wie in den Tiefen eines durchleuchteten archäologischen Feldes lagern in seiner Persönlichkeit mehrere Schichten übereinander. Nur in einer hat er sich mit seinem Alltagsdenken, das eine unkomplizierte, überschaubare Lebenswelt überspannt, bislang aufgehalten.

Nun mag es sein, dass er die Schicht des geläufigen Existierens gelegentlich durchbricht und sich von seiner Lebensgewissheit her in benachbartes, noch unbekanntes Gelände vortastet. Unabsehbar ist jedoch, was in dem tieferen Grund seiner Seele aufgewirbelt werden könnte, wenn sich ein Stückchen seines Bewusstseins darin verliert.

Wenn er nachts für Stunden wach bleibt, was nicht oft, aber in der letzten Zeit in Abständen doch immer wieder mal passiert, dann festigt sich in seiner unkontrollierbaren Phantasiearbeit über die quälende Zeit hinweg das Bild von der geschichteten Persönlichkeit und fügt sich zu einer plastischen Gestalt. Die geläufige Bewusstseinsschicht widert ihn an. Eine unbekannte lockt ihn mit wunderbaren Anreizen. Wenn er dem Streben aber nachgibt und in seinen zwischen Traum und Wirklichkeit oszillierenden Gedanken Einlass in die magisch schillernde Welt begehrt, dann prallt er schmerzhaft gegen eine unsichtbare Schranke, und von drüben wabert eine eiskalte Atmosphäre herüber, in der er nur ein einziges Gefühl für sich ausmachen kann, nämlich eine diffuse, vibrierende, alles übrige Empfinden überlagernde Angst.

In einer solchen Nacht der schlaflosen Zerrissenheit stellt zudem er sich regelmäßig ein, der Traum von dem tanzenden Knirps und seinem brachialen Sturz. Und tiefer als gewöhnlich setzt nach einer solchen Nacht in seinen Gliedern eine bleierne Müdigkeit sich ab, für deren Überwindung er täglich nach dem Erwachen längere Zeit benötigt. Doch das Bett ist nun leer neben ihm. Keine Hand streichelt seinen Kopf, und keine sanfte, verständnisvolle Stimme spricht ihm Tröstung zu.

Zweifellos, auch das physische Leben des Physikers Georg Reimers ist, ohne dass wir mit dieser Aussage eine umfassende Erklärung für die mannigfaltigen kleinen Instabilitäten in seinem Gemütszustand zu geben beanspruchen, komplexer geworden. Anstatt ein einziges Doppelleben als Wissenschaftler, schwierig genug schon für sich allein zu managen, führt er nunmehr auch eines als Ehemann, in das er Veronika mühevoll integriert hat, zumindest glaubt, das geleistet zu haben.

Sie hat so etwas wie eine Leerstelle besetzen können, denn nach dem Zerwürfnis mit seiner Frau, ausgelöst durch seine verbale Entgleisung um die Kinderfrage, ist der Ehefrieden nicht wieder hergestellt worden. Einen derart tiefen Riss in seiner Beziehung zu Rita, das hat selbst Georg bemerkt, hat es während der Zeit ihrer Partnerschaft bis dato nicht gegeben. Noch lässt ihn Veronika diesen Mangel vergessen.

Dieser Sommer ist also nicht unbedingt jedermanns Sache. Ganz unterschiedlich stellen sich die Menschen darauf ein. Bei Georg sind wir nicht sicher, ob er überhaupt wahrnimmt, dass draußen ein Wetter, irgendein Wetter, herrscht. Spaltensturz hat seine Habseligkeiten in einer kleinen Plastiktüte und in der unentbehrlichen Tasche im Armeestil der 70er-Jahre verstaut und ist auf die Walz gegangen, getreu seinem Motto: Es gibt kein schlechtes Wetter. Es gibt nur verpasste Zeiten. *Im September, Gorgi,* so hat er ihm gemailt, *triffst du mich wieder auf der Datscha an.* Niemand weiß, wohin er verschwunden ist. Georg ist darüber nicht unbedingt traurig. Spaltensturz hat seine Arbeit getan. Nun muss der Experimentator allein alle Schwierigkeiten überwinden. Die beiden haben keinen zwingenden Bedarf, von Angesicht zu Angesicht miteinander zu reden.

Doch da ist noch etwas, weshalb Georg nicht nur nicht traurig, sondern ein wenig erleichtert ist, mit Spaltensturz für eine Weile keinen direkten Umgang pflegen zu müssen. Ihm ist noch in Erinnerung geblieben, wie sehr es der Freund missbilligt hat, dass er die Kontaktadresse genutzt hat. Und er weiß, als wie unpassend Spaltensturz die Beziehung ansieht, die Georg mit Veronika eingegangen ist.

Moralische Gründe dafür hat er nicht. Spaltensturz ist in jeder Hinsicht etwas völlig anderes als ein Moralmensch. Es ist, so vermutet Georg, eine grundsätzliche und grundsolide Parteinahme für Rita. Spaltensturz schätzt sie hoch. Und er ist sich sicher, das Gefühl beruht auf Gegenseitigkeit. *Sie ist eine fabelhafte Frau, Gorgi.* Wie oft hat er so zu ihm gesprochen und meist noch eine Bemerkung hinzugefügt, die immer wie eine kleine Warnung klang: *Eine solche Frau findet ein Mann meist nur einmal im Leben, wenn überhaupt. Das sollte einer wie du bei seinem Tun stets bedenken.*

Ach was, hat sich Georg seit dem Streit wiederholt eingeredet: Die Beziehung besteht doch noch; sie hat sich etwas abgekühlt. Das ist doch normal nach so vielen Jahren. Ein wenig Abstand voneinander zu gewinnen kann nicht schaden. Das wird auf ihrer Seite bestimmt genauso gesehen. Es geht die Welt doch nicht unter, wenn ein hausbackenes Ehepaar in getrennten Betten schläft.

Ihm scheint sein Einwand eine aufrichtige und wohl auch hinreichende Rechtfertigung. Nur kann sie nicht verhindern, dass er Spaltensturz gegenüber ein Gefühl der Peinlichkeit verspürte, was sich, so glaubt er, besser erst einmal abbauen sollte, bevor sie ihren Kontakt wieder in der altbekannten Weise pflegen. Die Zeit bis September hält er für ausreichend, damit auf allen Seiten die verletzten Gemüter sich wieder erholen können. Bis dahin, das müsste doch sonst mit dem Teufel zugehen, steht auch der Durchbruch bei seiner Arbeit unbedingt zu erwarten.

Spaltensturz hat sich also wieder einmal auf Wanderschaft begeben. Das ist beileibe nichts Ungewöhnliches. Auch dass er keine feste Planung dabei verwirklicht und nicht selten drei Tage vor seinem Aufbruch noch nicht sagen kann, an welchem Tag genau und wohin er denn gedenke loszuziehen, hält sich im Rahmen der für ihn gültigen Normalität. Ursprünglich hat er den Dienstag festgelegt, dann aber den Abschied auf den Freitag verschoben. Deswegen kommt er noch am Mittwoch in den Genuss eines überraschenden Besuchs von Franz, der ihm ein Gespräch aufnötigt, dessen Ergebnis ihn veranlasst, nunmehr überstürzt bereits am Donnerstag die Wohnung zu verlassen und mit unbekanntem Ziel zu verschwinden.

Im Hinblick auf die kommende Entwicklung könnte aus der Rückschau leicht der Verdacht entstehen, nach der Unterredung mit Franz sei Spaltensturz einfach verduftet. Doch dieser Eindruck trügt. Es ist nach seinem Selbstverständnis nur so, dass er nach dem erwähnten Gespräch eine Verlaufslogik für kommende Ereignisse vermutet, die weder mit einem mathematischen Algorithmus zu berechnen noch überhaupt mit dem gesunden Menschenverstand zu kalkulieren wäre.

Solche Situationen sind nach seinem Dafürhalten zwar selten im Leben, doch mitunter treten solche Strukturen auf, bei denen eben für eine Weile nicht bestimmbar ist, ob etwas zu tun besser wäre als etwas zu unterlassen. Für derartige Pattsituationen im Lebensmanagement geht Spaltensturz konsequent den mathematischen Weg, der besagt: *Wenn die Wahrscheinlichkeit für einen messbaren Vorteil einer Tat genau fünfzig Prozent beträgt, genauso viel wie der mögliche Vorteil einer Unterlassung in derselben Sache, dann tut man besser nichts, um wenigstens den Vorteil einer Energieersparnis zu haben; denn der Energieaufwand im Falle eines Tuns ist unbedingt höher zu veranschlagen als derjenige für eine Unterlassungshandlung.*

Er hat Georg Veronikas Adresse besorgt, ein Freundschaftsdienst war das, den er mittlerweile sogar bereut, den er aber, da ihm diese Eselei nun einmal passiert ist, nicht mehr rückgängig machen kann. Auf Georg würde nun etwas zukommen, was er, Walter Krahl, nicht will, nicht verhindern und nicht aufhalten kann. Soll er den Freund vorwarnen? Das genau ist das Problem. Er kann nicht wissen, ob eine Warnung die Sachlage für Georg verbessert oder noch verschlimmert. Weil er aber nicht noch einmal in seinem Verantwortungsgefühl für eine Handlung geradestehen will, die gut gemeint ist, doch dumme Folgen hat, besinnt er sich eben auf sein mathematisches Prinzip und schnürt unbeschwert sein Bündel, um das zu tun, was er ohnehin vorhat, nur dass er nunmehr keinen weiteren Tag mehr mit der Ausführung zögert.

Für Franz ist, Wetter hin, Wetter her, der Sommer in jedem Fall eine kleine Erlösung. Die letzten Wochen vor der langen Pause, die in diesem Jahr früher liegt als gewöhnlich, empfindet er immer als besonders anstrengend. Zwar hat ihm der tragische Tod des Wuschel in einer seiner Lerngruppen eine spürbare Entspannung bescheren können, doch davon profitiert sein pädagogisches Geschäft in anderen Klassen nicht. Der Stoff zum Nachdenken über die modernen Tücken im Bildungsgeschehen im Allgemeinen, im Speziellen sein eigenes beklagenswertes Los inmitten darin, geht ihm also keinesfalls aus und lässt den Nachschub an Notizen für sein kleines privates Büchlein, wenn er denn seinen täglichen Eintrag in das offizielle großformatige Klassen-Buch gewissenhaft besorgt hat, nicht versiegen.

Doch ist in alledem, im Nachdenken wie im Notieren, von ihm eine unbedingte Zeitökonomie zu gewährleisten, was wegen des fortgeschrittenen Abnutzungszustandes in den beanspruchten Geistes- und Nervenkräften nicht eben leicht fällt; denn mit der Masse der Konferenzen, die ein Schuljahresende immer wieder lustvoll auf sich zu versammeln weiß und mit den aufgetürmten Blättern und Heften, die auf eine stille Weise, doch konsequent hartnäckig, ihren Anspruch auf fachliche Korrektur durchzusetzen verstehen, sind die Nachmittags- und die Abendstunden für Franz trefflich verplant. Bis er demnach für eine Reihe erlösender Wochen seinen verdienten Schulfrieden haben wird, ist im Endspurt erst noch einmal draufzusatteln beim Verschleißen von pädagogischen Kräften zu Gunsten des mit bemerkenswerter Kakophonie vielseitig, vielerorts und vielstimmig angemahnten optimierten Bildungsresultats.

Bisweilen bedauert Franz die für seinen Job typischen Disproportionen in der Belastungsstruktur, jene Clusterbildung bei der Beanspruchung, die seine Aufmerksamkeit für schulische Angelegenheiten gerade dann besonders in Beschlag nimmt, wenn sie seiner Meinung nach für anderweitige Zwecke sicher sinnvoller zu verwenden wäre, wie zum Beispiel in diesem Jahr, wo ihm nicht einmal in den letzten schweren Wochen des zur Neige gehenden Schuljahres entgeht, dass sich etwas Bedeutsames tut.

Tatsächlich, so diffus ist anfänglich seine Wahrnehmung, dass er in der auftretenden Verwirrung darüber eine gewisse Zeit verstreichen lassen muss, bis sich für seinen arbeitenden Verstand zweifelsfrei aufgeklärt hat, dass sich unter den Freunden etwas Ungewöhnliches ereignet; dass da ein eifriges Hin und Her im Gange ist, bei dem er draußen vor steht. Das verletzt seinen Stolz. Das entfacht seine Neugierde. Wie gut trifft es sich unter solchen Umständen, dass demnächst, nach dem Arbeitscluster, gewissermaßen ein Freizeitcluster ansteht, das von der Zeitschiene her sein Bemühen sinnvoll unterstützen kann, etwas Licht in das Dunkel jenes verdächtigen Hin und Her einfließen zu lassen.

Vielleicht hätte Franz seinen Groll über die mangelhafte Beachtung, die ihm die untereinander im regen Austausch stehenden Gefährten zukommen lassen, still mit sich herumgetragen, hätte sich dreingefunden und darauf vertraut, dass irgendwann einmal auch ihm eine Rolle zuwachsen würde, die ihn wieder mehr in das Zentrum einer komplexen Freundschaftsbeziehung zurückholt, wäre da nicht bloß eine Beobachtung gewesen, die nur indirekt mit den Freunden zu tun hat, die jedoch bei ihm eine ungleich größere Gemütsbewegung auslöst, als das ein Besuch von Georg, Gottfried oder Spaltensturz auch nur jemals tun kann. Diese Beobachtung hätten ihm auch Berge von quälenden Korrekturarbeiten und Myriaden von unerquicklichen Konferenzen nicht vorenthalten können, weil der findende Blick gewissermaßen von einem Naturinstinkt des im alleinstehenden Stande lebenden Franz Weinreich geleitet wird.

Es ist ja ihre Stadt, obschon in den letzten Jahren deutlich gewachsen, immer noch ein vergleichbar kleines Gemeinwesen geblieben, und insbesondere der Innenstadtbezirk mit einigen hübschen Randsiedlungen, wo sie alle, mit Ausnahme von Spaltensturz, verstreut wohnen, ist nicht wesentlich unüberschaubarer geworden. Deshalb sieht man sich gelegentlich auch dann schon mal, wenn keine Verabredung im Spiel ist. Um beispielsweise in die Straße zu gelangen, wo Gottfried mit Elke wohnt, sind gerade mal zwanzig Minuten zu gehen. Zu Georg und Rita Reimers, um ein weiteres Beispiel zu nennen, ist sein Fußweg nur zehn Minuten länger. Sicher, das Physikalische Institut, an dem Georg arbeitet, liegt außerhalb der Zone, die noch mit einem deutlichen Freizeitgenuss abzugehen ist. Hingegen die kleine Wirtschaftsprüfungsgesellschaft, bei der Georgs Frau arbeitet, ist, zum Ausgleich dafür, nur wenige Gehminuten von der Schule entfernt gelegen, an der Franz sein Stundendeputat und manches mehr versieht.

Gelegentlich, wenn zwischen zwei Unterrichtsverpflichtungen eine besonders lange Pause liegt, hält er sich schon mal in dem kleinen netten Café auf, das zwischen der Schule und der Wirtschaftsprüfungsfirma liegt und von wo aus letztere mit ihrem auffälligen, stuckverzierten Eingangsbereich gut einzusehen ist. Daher hätte sich die ahnungslose Rita ganz bestimmt gehörig gewundert, wenn sie gewusst hätte, wie oft sie doch beim Hineingehen ins Haus, beim Hinausgehen aus dem Haus, ja, auch bei bestimmten Handgriffen, die sie in einem der straßennahen Büroräume im 1. Stockwerk zwischendurch immer wieder mal vornehmen muss, von Franz, dem alten Schulfreund ihres Mannes, beobachtet wird.

Beobachtet ist vom Begriff her vielleicht auch nicht ganz zutreffend. Denn wenn Franz der Gattin seines Freundes Georg ansichtig wird, dann weitet sich sein Blick so sehr, dass ein entspanntes Beobachten kaum mehr möglich ist. Sein Herz pocht ungestüm in der schmalen Brust. Und insgesamt tragen sich in seinem Kopf merkwürdige Veränderungen zu, die den gewöhnlichen Alltags-Franz von dem besonderen Franz, in dessen Blickfeld auf einmal die schöne Rita Reimers geraten ist und darin verschlungen wird, heftig unterscheiden.

Ach, seit wie vielen Jahren nun schon ist sein Inneres von einem brennenden Begehren nach jener attraktiven Frau erfüllt! Er weiß es nicht einmal selbst zu sagen, wann seine anfängliche bloße Sympathie, später in eine Zuneigung überführt zu der Gattin des Freundes, mit der er im Leben bestimmt nicht einmal hundert Worte gewechselt hat, umschlug in ein heftiges Gefühl des erotischen Verlangens, das Macht über seinen Willen beansprucht und von ihm nur unter Aufbietung aller Kräfte der Persönlichkeit abgehalten werden kann sich zu offenbaren, weil die Aussichtslosigkeit einer Veränderung des Status quo dem vom Verstande her zuverlässig arbeitenden Pädagogen immer außer Frage stand.

Eine Offenbarung des zerrissenen Gemüts, ein verräterisches Signal aus dem liebenden Herzen, eine vorlaute und womöglich zurückgewiesene Attitüde in der spontanen Phase eines sinnlich-neckisch auftreibenden emotionalen Impulses, was hätte es ihm gebracht?

Weil aber die Antwort auf die allen seinen inneren Instanzen wiederholt vorgelegte Frage immer wieder dieselbe war: nichts! - deshalb schnürte er seine Gefühle für Rita in ein Korsett, das er immer nur dann lockert, wenn er mit sich allein ist und nicht gerade selten das Bedürfnis dabei aufkommt, mittels einer ungebundenen Phantasiearbeit in ganz anderen als den bestehenden Zuständen und festgezurrten Bindungen zu schwelgen.

Viel Disziplin hat Franz aufwenden müssen, damit in all den zurückliegenden Jahren niemandem auch nur der Hauch einer Ahnung vergönnt war, wie es in seinem

Herzen zugeht, wenn er der still und heimlich Angebeteten zufällig ansichtig wird.

Vor dem Hintergrund seiner inneren Verfassung hätte kein noch so anstrengendes Schuljahresende verhindern können, dass Franz sich sicher ist, bei der unerreichbaren Geliebten geht eine Veränderung vor sich. Etwas schwer zu Beschreibendes könnte das sein und etwas nur für seinen stets wachen inneren Instinkt überhaupt zu Fassendes - vielleicht eine vorübergehende Enttäuschung, eine zerplatzte Hoffnung, eine aufgekommene Schwermut, die, vom Gemüt her aufsteigend, einen Schatten von Traurigkeit über das in diesen Sommermonaten ein wenig schmaler und blasser und vor allem mit ernster, versonnener Miene in den Tag gewendete Gesicht wirft. Dieses Gesicht kennt Franz, der Fernstehende, mittlerweile besser und weiß es zuverlässiger zu deuten als sein Freund Georg, der doch so nah dran und tatsächlich davon so fern entrückt ist.

Ein Eindruck also, der ihn stutzig macht, stellte sich bei Franz ein. Weil aber für ihn in all den zurückliegenden Jahren an Rita denken zugleich heißt, Georg mit zu denken, deshalb sieht er vorsichtshalber auch in dieser Richtung etwas genauer hin. Und was er da nun erblickt und sofort mit Ritas vermuteter seelischer Beschwernis kombiniert, das ist nun etwas, was ihn im Hinblick auf den ewigen Status quo, die zementierten Verhältnisse und die noch vor kurzem aussichtslosen Perspektiven seiner persönlichen Glücksbestimmung förmlich elektrisiert.

Noch einmal schärfer sieht er hin, um sich auch wirklich ganz sicher zu sein, nicht doch noch einer Einbildung aufzusitzen. Dann aber gibt es für ihn keinen Zweifel mehr: Der Gorgi hat nebenher was am Laufen! Und seine Frau weiß davon. Oder sie ahnt zumindest etwas. Diese neue Sachlage, von der Franz dann nicht mehr abzubringen ist, stimuliert ihn, möglichst viel von seiner kostbaren freien Zeit in dem netten Café zuzubringen und dort, inspiriert immer wieder durch ein inzwischen vertraut gewordenes und niemals wieder zu missendes weibliches Erscheinungsbild, sich vollständig in die neuen Gegebenheiten hineinzudenken.

Weil er nun die Unvollkommenheit seines unprofessionellen Spähertums erkennt und von daher die Grenzen für seine private Aufklärungsarbeit realistisch einschätzt, erinnert sich sein fieberhaft arbeitendes Gedächtnis des Umstandes, dass der Vater eines seiner Schüler Inhaber eines Detektivbüros ist, mit dem er sich wirtschaftlich mühsam über Wasser hält. Und flugs, noch rechtzeitig vor der Zeugnisausgabe und bevor die Schüler sich in alle Winde zerstreuen, stellt er den Kontakt her, der ihm die Beschaffung von Informationen und die Auswertung derselben, soweit sie denn personenbezogen sind, sehr erleichtert.

Es dauert nicht lange, da treffen skurrile Daten bei Franz ein, wie die von einer kunstschaffenden Lebedame namens Veronika und von Connections, die man ihr zum kriminellen Milieu glaubwürdig nachsagt. Franz schüttelt den Kopf über all die sonderbaren Hinweise, die nun keineswegs zu dem Gorgi passen, wie er ihn kennt. Da ist sicher das eine und andere mit Vorsicht zu genießen. Zu widerlegen freilich ist seine Liaison mit Veronika nicht. Wenn er also bedenkt, dass sich von Gorgi aus unmöglich eine direkte Verbindung zum organisierten Verbrechen ziehen lässt, dass man eine Veronika andererseits auch nicht so ohne weiteres auf der Straße kennenlernt, einer wie Gorgi schon gar nicht, dann muss irgendein Zufall im Spiel gewesen sein, der diese unwahrscheinliche Liaison bewerkstelligt hat. Doch bei aller Naivität, die Georg in derartigen Angelegenheiten zu unterstellen ist, hier tun sich erstaunliche Aspekte in einem bisher als knochenbieder angenommenen Wissenschaftlerleben auf.

Franz versucht den Zeitraum einzugrenzen, innerhalb dessen die Bekanntschaft der beiden sich zugetragen haben könnte. Er weiß aus seiner beruflichen Arbeit, dass die organisierte Kriminalität gerade in der Wohnsiedlung, in der ein Teil der auffälligsten Schüler lebt und aus der die getöteten Jungen stammten, gut im Milieu verankert ist und immer wieder mal demonstrativ an die Öffentlichkeit tritt, was wiederum der Polizei nicht entgangen ist, die parallel zu den sonstigen Verbrechensgeschichten in der Stadt fieberhaft an den Mordfällen arbeitet.

Doch gerade im Zusammenhang mit diesen spektakulären Gewaltverbrechen an den beiden Jungen ist die Polizei tatsächlich noch keinen Schritt mit ihren Ermittlungen weitergekommen. Zumindest ist das der Eindruck in der Öffentlichkeit. Man bleibt hochgradig nervös, wenngleich sich an der Oberfläche des bürgerlichen Miteinanders die Erregung der Gemüter etwas gelegt zu haben scheint.

Auf die Strafvollzugsbehörden ist man des ungeachtet nicht gut zu sprechen. Die Erfolglosigkeit in einer so sensiblen und von intensiven Gefühlen begleiteten Angelegenheit wird mit äußerstem Missbehagen verfolgt. Man spekuliert inzwischen offen über eine bevorstehende Ablösung des Leiters der Sondergruppe, der sich mit seiner These von Ritualmorden eines Serientäters augenscheinlich verrannt hat und sich hartnäckig dagegen sträubt, jene nicht zu übersehenden Spuren, die ins Milieu des organisierten Verbrechens führen, mit der gleichen Aufmerksamkeit zu verfolgen wie alle anderen.

Bei der Sympathie, die die DARUSCHA gerade bei manchem Bewohner der Siedlung findet, in der die beiden Jungen zu Hause gewesen sind, ist es doch, so wird mittlerweile vielfach befunden, keineswegs realitätsfern, einen Zusammenhang zu vermuten. Jungen durch Mord zu beseitigen, die vielleicht wegen einer Zeugenschaft bei Einbruch oder Diebstahl gefährlich werden können – was soll daran unglaubwürdig klingen?

Freilich, handfeste Indizien gibt es nicht für die Mutmaßungen. Sowohl in der einen Richtung, die zu dem großen Unbekannten weisen, als auch in der anderen Richtung zu der DARUSCHA hin, deren wachsender Einfluss von der Polizei mit zunehmender Beunruhigung gesehen wird, tut sich jene große Leerstelle auf, mit der jede Verfolgung eines Verbrechens, wenn der Täter selbst keine verwertbaren Spuren hinterlassen hat, immer einigermaßen aussichtslos bleiben muss: Ein erkennbares und nachzuvollziehendes Tatmotiv.

Franz, über das Häuflein delikater Observierungsinformationen gebeugt, tritt der ganze Fall, der ihn, seine Kollegen und die Schule durchgeschüttelt hat, wiederum vor Augen. Ihm ist zudem bekannt, dass Georg gelegentlich, wenn es die Abstimmung mit Ritas Verpflichtungen notwendig macht, ein öffentliches Verkehrsmittel zur Erreichung seines Arbeitsplatzes benutzt. Er begibt sich, einer vagen Ahnung folgend, an seinen Computer und wühlt sich durch das Artikelarchiv der Lokalpresse. Er tut also das, was der hellsichtige Spaltensturz seinerzeit dem Freund Gorgi geraten hat, was dieser jedoch schnell vergaß, weil der Stoff jenseits seines Lebenshorizontes lag. Und Franz wird fündig.

Er stößt auf eine Meldung vom 22. März, in der von einer Polizeirazzia geschrieben steht, die sich in jener ins Gerede gekommenen Siedlung in einem Haus an der Friedrichstraße gegen die DARUSCHA gerichtet hat. Man hatte zwar niemanden verhaftet, doch beweiskräftige Hinweise auf Hehlerei, Diebstahl, Rauschgiftdelikte und Prostitution gefunden, die die Handschrift der DARUSCHA trugen. Franz recherchiert daraufhin alle Buslinien, die durch jenes Wohngebiet fahren und findet genau eine, welche die räumliche Nähe jenes Hauses sowohl mit dem Physikalischen Institut als auch mit Georgs Adresse verbindet.

„Na, so was!", ruft Franz aus und lehnt sich befriedigt zurück. Was er herausgefunden hat und was er sich zusammenreimt, ist nun nichts Beweiskräftiges. Doch darum geht es ihm nicht. Er hat jetzt Nachrichten im Gepäck, mit denen sich in seinem Bestreben, die Lebenschancen im Hinblick auf die schöne Rita Reimers neu zu mischen, etwas anfangen lässt.

Einmal während der letzten Monate, in denen Franz die Angebetete mit seinen Blicken heimlich umschmeichelt, wird er durch ein kleines Ereignis, eine Belanglosigkeit im Grunde genommen, in helle Aufregung versetzt. Das trägt sich zwar noch ganz am Anfang der Entwicklung zu, als die schönen Sommerferien noch gar nicht begonnen haben und der Streit zwischen Rita und Georg gerade bevorsteht, verdient aber noch an dieser Stelle erwähnt zu werden, um den Eindruck von der Gemütslage des heimlich verliebten Pädagogen, soweit sie im Zusammenhang mit Georgs Gattin steht, noch ein wenig zu vertiefen.

Er hat sich an einem Nachmittag innerlich gesammelt, um die Erregung zu bändigen, die gleich, da die Stunde naht, in der Rita gewöhnlich ihr Tagwerk in der Firma beendet und in sein Blickfeld treten muss, unweigerlich sich seiner bemächtigen wird. In unregelmäßigen Abständen macht er schon lange von der Möglichkeit Gebrauch, von der günstigen Warte aus bei Kaffee und einem Plätzchen zum Eintunken sich dem Anblick von Georgs Frau hingeben zu dürfen. In diesem Frühjahr hat er Gelegenheiten dazu besonders häufig wahrgenommen. Man hätte meinen wollen, dass Franz mit seinem Instinkt bereits zu ahnen begonnen hat, zwischen Georg und Rita würde ein Zerwürfnis unmittelbar bevorstehen. Da nimmt er eine Gestalt wahr, die sich dem Eingang der Firma nähert, zunächst dort zögernd verharrt, auf die Armbanduhr sieht und dann entschlossen die Pforte aufstößt, hinter der sie verschwindet.

Franz ist es so, als kennt er die Person. Während des Blicks auf die Uhr kann er gut das Gesicht erkennen und sich verblüfft der Tatsache vergewissern: Das ist Klaus Heimbrecht, der Leiter des Physikalischen Instituts, Georgs Chef, der gerade die Räumlichkeit, in der die Frau seines Mitarbeiters beschäftigt ist, betreten hat.

Die Erregung, in die Franz unverzüglich verfällt, ist nunmehr eine ganz andere als die, auf die er sich hatte vorbereiten wollen. Dem Impuls einer bösen Ahnung

.

folgend, begleicht er schnell seine Rechnung. Da treten sie auch schon unter den Stuckverzierungen hervor ins Freie, Rita Reimers an der Seite von Klaus Heimbrecht. Letzterer weist mit dem Arm zum Café hinüber, und sogleich machen die beiden sich auf den Weg in die günstig gelegene Gastronomie. Franz, blass geworden, verlässt beinahe fluchtartig das Café durch einen Seiteneingang, um sich einer Begegnung mit den beiden, vor allem mit Rita, zu entziehen. Er unternimmt gar nicht den Versuch, das Paar zu beobachten. Zu groß scheint ihm die Gefahr, von Rita erkannt zu werden und damit die Vorteile seiner Beobachtungswarte für immer zu verlieren.

Zu Hause angekommen, fasst er sich allmählich wieder. Seine Phantasie, durch die Gefühle angeregt, brütet noch eine längere Zeit durcheinander wirbelnde und als schmerzlich empfundene Erklärungen für diese ungewöhnliche Zusammenkunft aus. Doch geraten diese allmählich unter die Kontrolle des nach und nach wieder zuverlässiger arbeitenden analytischen Verstandes.

Nichts besagt dieses Treffen, redet Franz sich zu. Es gibt ein halbes Dutzend unverfänglicher Gründe, warum der Chef eines Unternehmens mit der Frau eines seiner Angestellten eine Unterredung haben kann. Das delikate Motiv, dass Georgs Frau etwas mit dem Chef ihres Mannes angefangen haben könnte oder auch umgekehrt, so sagt sich Franz weiterhin, ist doch wohl unwahrscheinlich. Derart offen sich zu treffen und auf dem Präsentierteller ein Techtelmechtel zu beginnen, das passt weder zum Lebensstil der einen noch zu dem des anderen.

In diesem Sinne sich unaufhörlich zuredend, beruhigt sich Franz bis zum Ende des Tages, beschließt aber, auf alle Fälle wachsam zu sein. An dem Abend, an dem er noch gar nicht weiß, dass schon bald die Konflikte zwischen den Ehepartnern Reimers ihm weitaus üppigere Vorstellungen seiner Phantasie bescheren werden, gönnt er sich jedenfalls ein gutes Fläschchen Wein, um die letztendlich doch noch gefundene Erleichterung mit sich zu feiern.

Und auch noch eine heilsame Lehre zieht er aus der aufschreckenden Beobachtung. Sie wird ihn wenig später mahnen, dass es nicht sinnvoll sein kann, in einer Lebenslage, in der für die gedanklich heftig Umworbene vieles um sie herum und alles in ihrem Herzen in Fluss geraten ist, noch lange mit einer eindeutigen Initiative zu zögern, weil sich möglicherweise rasch und unverhofft neue Konstellationen mit oder ohne Klaus Heimbrecht ergeben können, die ganz und gar nicht in seine Vorstellung passen. So gesehen hat das aufrüttelnde Erlebnis im Frühjahr dazu beigetragen, dass Franz im begonnenen Sommer sich schnell in die Pflicht nahm, als er jenes blinden Flecks gewahr wurde, der ihn nötigte, nach möglichen Erklärungen für den regen Informationsaustausch der drei Freunde untereinander zu fahnden.

Wir haben Franzens Herzensangelegenheit nicht nur deshalb einer gründlicheren Durchleuchtung für würdig befunden, weil ihr zweifellos als Triebkraft für die kommende Entwicklung eine besondere Bedeutung zukommt, sondern auch deshalb, um die möglicherweise aufkommende vereinfachende Sichtweise, wonach der von den anderen Freunden sich zurückgesetzt fühlende Franz sich habe rächen wollen, zu relativieren. Wir glauben vielmehr, Franz hätte sich weiterhin vornehm zurückgehalten, wenn die unerwartete neue Sachlage um Rita nicht zwangsläufig aus seiner Perspektive das eine Problem mit dem anderen Problem verbunden hätte und von dieser Seite her Entschlussfreudigkeit von ihm sowohl in der einen als auch in der anderen Richtung verlangt wurde.

Am Anfang stand für Franz der bloß gefühlsmäßig begründeten Verdacht im Raum, das eine hänge mit dem anderen zusammen. Bei weiterem Nachdenken sind ihm jedoch Zweifel gekommen. Wieso sollten Beziehungsprobleme mit seiner Frau für Georg ein Gesprächsgegenstand unter Freunden sein, unter einigen ausgesuchten Freunden, versteht sich? Sich ausgerechnet Rat zu holen bei Gottfried mit seiner verkrachten häuslichen Existenz? Das ergibt keinen Sinn. Mit Gottfried tauschte Georg zudem reelle Güter in kleinen Päckchen aus. Das hat er in Erfahrung gebracht. Möglicherweise geht es um eine Kooperation im wissenschaftlichen Bereich. Gottfried als Chemiker, Georg als Physiker – diese Arbeitsgemeinschaft ist seines Wissens bisher noch niemals aktiv gewesen. Wenn sie jetzt auf einmal aktiviert wurde, dann geht es bestimmt um eine wichtige Entdeckung, bei der Gottfried, der als eigenständiger Urheber oder Initiator kaum in Frage kommt, gebraucht wird.

Wenn wiederum Georg im Bunde mit Spaltensturz, seinem mathematischen Über-Ich, den um sich herum gezogenen magischen Zirkel erweitert hat, dann geht es aber auch nicht gerade um Peanuts. Da ist dann schon Größeres im Spiel. Georgs Beziehung zu Rita, die vielleicht gerade jetzt den Bach heruntergeht - das alles ist doch ganz bestimmt ein zufälliges Zusammentreffen. Um in der zweiten Sache mit Rita jedoch einen größeren Handlungsspielraum zu bekommen, ist eine größere Transparenz in der ersten Sache um das Getuschel mit Gottfried gewiss von Vorteil. Also frisch ans Werk, muntert Franz sich auf, als das große Schultor für viele Wochen zum letzten Mal hinter ihm ins Schloss gefallen ist. Oh, er hat jetzt genügend Zeit und auch großen Bedarf, um in Ruhe und Gelassenheit eine Reihe von Gesprächen zu führen.

Franz

Als Elke auf das Klingeln hin die Haustür öffnet, ist sie freudig angetan. „Franz! Na, wenn das mal keine Überraschung ist. Ach ja, du hast Ferien. Wie gut du es nur hast. Gottfried ist leider nicht daheim. Doch komm erst einmal ins Haus!"

Franz, der bei der Erwähnung des Umstandes, dass Gottfried nicht daheim sei, versucht hat, eine enttäuschte Miene aufzusetzen, tritt ein. Er streicht in gewohnter Weise sein Bärtchen und macht Elke ein paar Komplimente.

Elke fühlt sich geschmeichelt. Sie mag den Franz, der schon in den wilden Jahren oft bei ihnen zu Gast war, damals, als sie noch in bescheideneren Verhältnissen lebten, und der jedenfalls nicht zu denen gehört, die heute mal so und morgen ganz anders daherreden und so tun, als mache ihnen das keine Schwierigkeiten, eine frühere Gesinnung zu leugnen.

Sie selbst hat die politischen Leidenschaften nicht für besonders wichtig genommen, dafür ist sie eine zu sehr im Leben stehende Frau, doch ihrem Gottfried, den sie in jener Zeit kennen lernte, hat sie damals wegen seines couragierten Auftretens tatsächlich ein wenig Bewunderung zukommen lassen.

Ach, Schwamm drüber! Das ist Gott sei Dank alles vorbei. Der Franz ist ein Idealist, wenn er auf alten Standpunkten beharrt. Dennoch ist er besser mit dem ganzen Umschwung klargekommen als Gottfried, ihr großer süßer Jammerlappen. Franz kann Haltung bewahren, das schätzt sie an ihm; das schätzt sie auch jetzt noch, als er in seiner schmächtigen Statur, tipptopp ausstaffiert, mit selbstbewusstem Lächeln vor ihr steht. Die körperlichen Abmessungen, das ist das Einzige, was Elke an dem Franz für etwas gewöhnungsbedürftig hält. Der wiegt ja nichts. Ein Mann wie ein Plunderteilchen. Na, wenn er in ihrer Obhut wäre, wüsste sie dem Mangel Abhilfe zu verschaffen.

„Jetzt trinken wir aber erst mal zusammen einen Kaffee, Fränzchen. Der ist noch frisch aufgebrüht in der Warmhaltekanne. Und mit einem Stück Heidelbeerkuchen kann ich dich auch wohl verwöhnen. Den hast du immer gerne gemocht."

Die verlockende Einladung anzunehmen, dazu lässt sich Franz nicht zweimal auffordern. Er seinerseits ist mit Elke immer ganz gut klargekommen und hat eigentlich nie vollkommen verstanden, warum die Beziehung der beiden so verrückte Züge annahm. Doch das geht ihn nicht wirklich etwas an. Darüber nachzusinnen, deshalb ist er nicht hergekommen.

Man redet über dieses und jenes. Franz gibt einige Geschichten aus dem Schulalltag zum Besten, über die sich Elke herzlich amüsiert, dann kommt er vorsichtig auf Gottfried und die Freunde zu sprechen. Elke, die über die unverhoffte Abwechslung dieses Nachmittags ganz glücklich ist, greift bereitwillig den Ball auf und lässt sich wortreich über die verbesserte Beziehung aus, die Georg und Gottfried seit einigen Wochen zueinander hätten.

„Der Gottfried ist ganz glücklich darüber, dass er dem Georg mal einen Gefallen tun kann. Dazu noch in einer wissenschaftlichen Angelegenheit. Du, Franz, ich glaube, der trinkt sogar seitdem deutlich weniger und hängt sich eifrig in die Sache rein. Gerade ist er wieder unterwegs, um dem Gorgi was vorbeizubringen."

Franz, der jedes Wort in sich einsaugt, erkundigt sich beiläufig, ob Elke denn wüsste, worum sich die Zusammenarbeit der beiden drehen würde.

„Ach, weißt du, Fränzchen, ich arbeite zwar in dem chemischen Betrieb. Aber ich hocke doch in der Verwaltung. Von Chemie verstehe ich nicht sehr viel. Es geht aber wohl um die Stoffgruppe, mit der Gottfried nun schon wer weiß wie viele Jahre arbeitet; wie heißen diese Kohlenstoffdinger denn noch mal? Mit F fing das Wort an. F wie … ."

„Fullerene", steht Franz ihr bei. „Synthetische Riesen-
kohlenstoffmoleküle. Die Industrie verspricht sich eine
ganze Menge von dem Material."

„Richtig!", sagt Elke. „Ich erinnere mich, wo du das
sagst. Bei uns ist das eine kleine Spezialabteilung. Gottfried muss sich ziemlich gut damit auskennen. Herrjeh, so
viel reden wir nicht über unsere Arbeit, Franz."

„Ist ja auch nicht so wichtig, Elke. Ich bin auch nicht
ganz vom Fach. Was mich allerdings wundert, ist, dass der
Gorgi auf einmal damit zu tun hat. Der ist doch Physiker
und beschäftigt sich mit der Quantenwelt und nicht mit
molekularen Strukturen in der Chemie. Schade, dass du
nichts darüber weißt."

„Nun ja ..." Elke zögert und blickt Franz forschend an.
Der schaut demonstrativ auf seine Armbanduhr und
macht Anstalten aufzubrechen. Elke drückt jedoch seinen
Arm auf den Tisch.

„Ach, bleib doch noch ein wenig, Fränzchen. Man sieht
sich übers Jahr viel zu selten. Ich meinte eben, dass ich
von dem chemischen Drumherum wenig verstehe. Doch
was die beiden miteinander besprochen haben, als Gorgi
uns vor einigen Wochen besuchte, das kann ich dir wohl
sagen."

„Ach was! Warst du denn bei der Unterredung zugegen?"

„Eigentlich nicht." Elke macht ein pfiffiges Gesicht. Sie
erhebt sich und geht auf eine Seitenwand zu, an der ein
kleines rechteckiges Areal sich ein wenig von seiner Umgebung abhebt. Sie schlägt einige Male mit ihrer Handfläche dagegen, was einen metallisch klingenden Ton hervorbringt.

„Dass du mir aber nichts meinem Göttergatten davon
erzählst! Hier verläuft ein alter unbenutzter Kamin-
schacht, der von unten hochzieht. Wenn ich diese Tür
öffne", noch einmal pocht sie auf das mit Tapete getarnte
Gusseisen, „dann versteht man hier oben ziemlich viel von

dem, was unten gesprochen wird, wenn man nicht gerade flüstert."

„Donnerwetter!", wundert sich Franz. „Du hast den Gottfried ganz schön im Griff, Elke."

„Ach was, Fränzchen. Ich weiß bloß mit den Möglichkeiten umzugehen, wenn sie gegeben sind. Du hast ja nie geheiratet. Hast dich immer zu drücken gewusst. Einer von beiden muss in einer Beziehung sagen, wo es lang geht. Sonst funktioniert gar nichts. Meinem Gottfried ist das Entscheidungsfreudige nun einmal nicht gegeben. Frauchen, so pflegt er oft zu sagen; du richtest das schon. Genau das tu ich. Ich bin überzeugt, dass es in unserem beiderseitigen Interesse ist, wenn das Frauchen allzeit weiß, was das Männchen tut."

Franz zieht es vor, dieses Thema nicht zu vertiefen. Er versucht vorsichtig, Elke wieder auf das Gespräch zwischen Georg und Gottfried zu lenken, was ihm schnell gelingt. So erfährt er von einem Vertrag, der zwischen den beiden geschlossen wurde. Sie habe ihn zwar nicht lesen können, und Georg habe ihn auch erst drei Tage später akzeptiert, doch den Gesprächen habe sie entnehmen können, dass Gottfried den Gorgi mit diesen Dingern, den Fulleren, versorgt und am Ende, wenn Gorgi mit seiner Arbeit Erfolg haben sollte, Gottfried an diesen Erfolgen beteiligen wird. So ungefähr jedenfalls."

Franz hat gar nicht erwartet, mit so vielen wertvollen Details versorgt zu werden. Als er merkt, dass Elke ihm nicht mehr erzählen kann, wechselt er das Thema, gibt sich aufgeräumt und bleibt noch fast eine Stunde bei der redseligen Frau seines Jugendfreundes. Dann macht er sich zufrieden auf den Heimweg. Oh ja, wenn sein Gespräch mit Rita auch mal so gut verlaufen würde!

Franz hat die Unterredung mit Elke in einen Zustand von hoffnungsfroher Zuversicht versetzt, nun erlebt er in seinen Ferien eine augenfällige Gemütswandlung. Er gehört zu den gefestigten Charaktertypen, die von sich selbst die bis ins Lustvolle gesteigerte Überzeugung gewonnen haben, im Hinblick auf die grundlegenden Strukturen des menschlichen Zusammenlebens im Besitz einer kostbaren und nachhaltig gültigen Wahrheit zu sein. Für die Durchdringung dieser Wahrheit hat er in seinem Leben viel intellektuelle Mühen und emotionale Leidenschaft aufgebracht. Im Zusammenwirken dieser Kräfte waren in seinem Persönlichkeitskern Gefühle gereift, die ihm bis in die Gegenwart hinein so edelmütig erscheinen wie die Sache selbst, in deren Dienst sie sich stellen. Freilich darf nicht unerwähnt bleiben, dass die Strecke am Anfang eine holprige Rumpelstrecke war. Das war sie für viele, als die 60er Jahre ausliefen und noch das junge neue Jahrzehnt mit politischer Leidenschaft anreicherten. Die Bundesrepublik Deutschland und der arrivierte Teil ihres Staatsvolkes, so viel Biedermeier allüberall herrschte; wenn es um das Grundsätzliche ging, verstand man wenig Spaß. Das Wort *Revolution* flößte Schrecken ein und war beileibe noch nicht bis ins Arsenal guter Marketing-Strategen vorgedrungen. Wahrlich nicht leicht, von den Gefahren abgesehen, blieb die Orientierung für den Einzelnen, dessen Herz leidenschaftlich links schlug. *Sozialismus* wurde überall in der Szene angeboten, aber welcher war der richtige? Der *Kommunismus* im Parteinamen, auch das machte sich gut. Aber selbst von dieser Version gab es gleich mehrere mit einem viel versprechenden Angebot und mit päpstlichem Unfehlbarkeitsanspruch. Franz las sich durch die Klassiker des linken Radikalismus. Er probierte es mit Mao, mit Lenin und Stalin, Marx und Engels waren bei allen hoch im Kurs, an ihnen führte überhaupt kein Weg vorbei. Die Wahrheit ist allmächtig, weil sie wahr ist. Aber musste sie sich unbedingt so gut verstecken? Schließlich fand er den einen Satz, aus dem heraus er alle weiteren Sätze für sich ableitete: *Radikal sein heißt, eine Sache bei der Wurzel fassen.* Das war nicht nur goldrichtig. Dafür brauchte er nicht einmal eine Partei. Der eigene Entwurf zählt, wenn nur die Erleuchtung tief genug war, die ihn hervorbrachte. In diesem einen Punkt, das räumt der im Historischen gut belesene Franz gelegentlich ein, sind er und Luther nicht weit voneinander entfernt. Bei der parteipolitischen Unabhängigkeit ist es geblieben, vielleicht zum Glück für Franz, denn mit seinen vorzüglichen Examens-Noten in den Schuldienst aufgenommen zu werden - er bekam da keine Schwierigkeiten.

In sich und seinem politischen Entwurf ruhend, hat Franz über die wilden Jugendjahre hinaus seine politische Wahrheit stets mit einem tiefen Gefühl der moralisch erhöhten Selbstüberzeugung unterlegen können. Er, der eine gute Sache vertritt, ist in seinen Augen selbst ein Guter; ein wegen seiner Ergebenheit in die hohe Zielsetzung der Menschheitsbefreiung zutiefst guter Mensch, dessen individuelle moralische Qualität das gleiche Maß an Bewunderung aus seinem tiefen Ego heraus beanspruchen darf wie der politische Entwurf im Hinblick auf die moralische Qualität der anzustrebenden Weltordnung.

Ein starker moralischer Impetus verbindet sich eigentümlich in der Persönlichkeit von Franz mit differenzierten Charaktereigenschaften. So ist er beispielsweise zugunsten der Verwirklichung seiner Ideale ein unbedingt aufopferungsfähiger und anpassungsbereiter Mitstreiter unter den Gleichgesinnten. Oh ja, er konnte früher unduldsam sein, wenn die Zustände Unduldsamkeit erforderlich machten. Doch er konnte ebenso gut warten, ausharren; darauf war es schließlich hinausgelaufen, als die Wahrheit beschlossen hatte, eine historische Atempause einzulegen. Er vermag sein Ungestüm zu zügeln und bis zur Selbstverleugnung zu verstecken, weil dies angeraten erscheint. Sogar aufzusparen versteht er seine Leidenschaft für spätere Gelegenheiten, wenn sie, vielleicht nach einem Abgleiten in die zeitlich befristete Diaspora, eher wieder Anerkennung finden wird.

Es ist davon auszugehen, dass Franz eine mit seiner politischen Zielstrebigkeit vergleichbare aufsparende Lebenskunst in seinen erotischen Wunschvorstellungen hervorgebracht hat. Sein Glück mit den Mädchen, später mit den Frauen, ist ähnlich wechselhaft und auf eine längere Sicht gleichermaßen prekär belastet gewesen wie die praktischen Lebenschancen seiner Gesellschaftsentwürfe. Turnusmäßig erklang in seinen gelegentlichen Liebesbeziehungen zu Anfang stets eine kurze vielversprechende Ouvertüre, die er, leidenschaftlich angeschoben, so deutete, dass ihm der Himmel der Liebe nunmehr offen stünde; und erwartungsvoll wähnte er sich unmittelbar vor der Verwirklichung eigentlich recht einfach gestrickter Bindungssehnsüchte - bis auf einmal unerwartet der Fortschritt in der frischen Beziehung stagnierte und sich letztendlich als Illusion demaskierte.

Er hat, so kommt er nicht umhin, im Laufe der Zeit ernüchtert festzustellen, zweifellos eine starke Anfangswirkung auf das weibliche Geschlecht, die sich genauso zuverlässig einstellt wie ihr geschwindes Abflauen nach ein, zwei oder drei Wochen. Nach Ablauf dieser Zeit, die wohl auch schon mal über einen Monat hinausgeht, perlen die attraktiven Impulse, die von ihm ausgehen, sofern sie dann überhaupt noch von ihm ausgehen, von dem Mädchen, von der Frau ab wie Wassertropfen von einer Fettglasur. Die elementare Sache, die jedes Mal so furchtbar viel Aufregung hervorruft, ist entstanden, ist aufgequollen, um dann doch zu bald in sich zusammenzufallen wie ein missglückter Hefeteig.

Die Konsequenz, die Franz schließlich daraus zog, dass er wieder und wieder in einen derart frustrierenden Rhythmus hineinläuft, ist aber die, dass er sich irgendwann überhaupt zurückzog auf ein Leben des überzeugten Junggesellentums und dass er sich in diesem bedrängungsarmen Status eifrig daran machte, für seine Vorteile und für seine prinzipielle Überlegenheit gegenüber den gängigen Partnerschaftsentwürfen verlässliche Grundlagen und einen guten Entwurf auszuarbeiten. Seine neue, von allerlei Bindungsstress befreite Lebensweise erspart ihm viel Ärger, Enttäuschung, Unwohlsein, hat zweifellos aber auch den Nachteil von immer wieder auftretenden inneren Spannungen, die mit dem Verzicht auf erotische Erfüllung und sexuelle Betätigung mit Vorliebe sich einstellen.

Als Georg seinerzeit Rita kennen lernte und die beiden dann ziemlich schnell heirateten, waren die vier Freunde bereits aus der ganz intensiven Phase ihrer Freundschaft herausgetreten. Räumlich war nach einer kurzen Zeit, in der sie als turbulente Wohngemeinschaft unter einem Dach gelebt hatten, eine sichtbare und beabsichtigte Distanz eingetreten. Spaltensturz war nach dem Scheitern ihrer Kommune erstmalig im Status seiner neu gewonnenen Freiheit unterwegs gewesen.

Rita hat also niemals zum Kreis dazugehört. Man hat sich dennoch ganz ordentlich, von der inneren Einstellung her, mit Gorgis Mädchen arrangiert, ohne doch nennenswerten Umgang mit ihr zu haben. Als Franz sich später darüber im Klaren wird, dass er sich in Rita schlichtweg verliebt hat, da hat er sein Gefühl sofort tief in sich eingeschlossen.

Niemals hat er daran gedacht, Georg das Eheglück zu neiden, das tatsächlich die drei Freunde, vielleicht aus einem Gefühl emotionaler männlicher Trägheit heraus, vielleicht auch, weil sie ihre eigenen unerfüllt gebliebenen Partnerschaftswünsche hineinprojizierten, als ein reines, dauerhaftes Glück glaubten beschreiben zu müssen; dem Gorgi die Frau auszuspannen, das hätte er sich überhaupt nicht zugetraut. Die Dinge lagen nun einmal so, wie sie lagen über all die Jahre hinweg, und irgendwie künstlich darin herumzufummeln, ohne sich eine reelle Chance auszurechnen, das ist die Gewohnheit von Franz nicht gewesen.

Dass es jetzt bei den beiden Urgesteinen im geschlechterübergreifenden Beziehungswesen kriselt, ändert die Sachlage für ihn von Grund auf. Rita hat begonnen frei zu werden. Frei zu werden für ihn; warum denn eigentlich nicht? Er versteht die außergewöhnliche Lage, so würde er sagen, wenn er religiöse Überzeugungen für sich reklamieren könnte, als eine Art Gottesurteil: Eine alte Beziehung ist an ihr Ende gekommen, eine neue, höhere Beziehung, könnte, würde, ja, müsste an ihre Stelle treten. Alles in allem deutet Franz den tiefen Sinn der Ereignisse in diesen Tagen so, dass es sich gelohnt hat, sich über eine quälend lange Zeit hinweg für die Geliebte aufzusparen. Das Bewusstsein von dieser außergewöhnlichen Chance setzte die lange unter Verschluss gehaltenen Gefühle mit einem Male frei.

Von Franzens Arbeitskollegen ist jetzt kaum jemand noch daheim. Ferien aktivieren bei nahezu allen von ihnen eine Art Zugvogelinstinkt, der sie möglichst schon am ersten Tag der beruflichen Ungebundenheit in die Fremde zieht, wo sie sich berechtigterweise für eine Reihe langer, anstrengender und nervenzehrender Arbeitstage belohnen wollen.

Mit zwei von ihnen, die die Freiheit auf Zeit gelassener angehen und vergleichsweise bodenständig agieren, verabredet Franz sich gelegentlich in der Plansch-Oase, wo mit Sauna, Whirlpool, Wellenbad und manchem mehr an Attraktionen ein kurzweiliger Wellnesstag zu verbringen ist, dessen gesundheitlicher Gebrauchswert mit leichten Rohkosthäppchen und einer kernigen Müsliportion zudem günstig aufzurüsten ist. Franz versteht es, sich bei derartigem Relaxen nicht nur gut zu entspannen, sondern auch vorteilhaft zu planen oder Manöverkritik zu üben, wenn denn ein Punkt seiner Projektplanung mal wieder abgearbeitet ist. In diesen Sommerferien verfolgt er, wie wir wissen, nur ein einziges Projekt.

Nach seiner kurzweiligen Unterhaltung mit Elke bei Heidelbeerkuchen haben allerdings die Herausforderungen für ihn gerade erst begonnen. Darüber denkt er, nach einem erschöpfenden 1000-Meter-Freistil-Schwimmen, an einem Vormittag in der Plansch-Oase wieder einmal nach und lässt verträumt ein Bild der Geliebten vor seinem inneren Auge auferstehen. Nach und nach entstehen weitere Bilder. Sie ordnen sich zu verlockenden Szenen, in die

Franzens eigene Person sogleich freudig aufgenommen wird. Und schon bald sieht er sich, auf der Ruhebank ausgestreckt, mit Rita allein und ausgelassen in der Plansch-Oase vergnügen.

Verdammt noch mal! Wann denn hat er den Gorgi mit seiner vorzeigefähigen Gattin einmal etwas Nettes unternehmen sehen? Was stellt er überhaupt mit ihr an, wenn er sich einmal nicht in seinem Institut vergraben hat? Franz erregt sich und wirft einen Blick in den nächstgelegenen Spiegel.

Es ist schon irgendwie verrückt: An keinem der zahlreichen Spiegel kann er in diesem Sommer vorbeigehen, ohne einen Blick hineinzuwerfen und seine unauffällige Statur, an der er zumindest diejenige Eigenschaft gerne mag, dass überflüssige Fettpolster bislang keine Chance gehabt hatten, tückisch daran zu wachsen, ausgiebig zu betrachten, weshalb er, damit das nicht zu auffällig geschieht, mehrmals einen bestimmten Weg in die eine und hernach in die andere Richtung abschreitet, damit ihm nur ja keine Seite seiner Leibsgestalt entgeht.

Ende Juli würde Georg sich zu einem mehrtägigen physikalischen Kongress aufmachen. Eine solche Gelegenheit, Rita allein anzutreffen, findet sich nicht alle Tage. Bis dahin ist besser, sich zu gedulden, ist vorsichtig abzuwarten. Und so gut es geht, werden weitere Informationen eingeholt. Nach der zurückliegenden Unterredung mit Spaltensturz hat er seiner Meinung nach außerdem eine erholsame Pause unbedingt verdient. Diese Unterredung hat ihn wirklich gefordert.

Spaltensturz ist als Gesprächspartner von vornherein von ganz anderem Kaliber als Elke. Schlau, hellwach und vor allen Dingen stets misstrauisch, kann man dem nicht ohne weiteres eine wichtige Informationen entlocken. Franz hat sich bestimmt keine Illusionen gemacht. Langjährige Erfahrung im Umgang mit Walter Krahl haben ihn ernüchtert. Auf zahlreichen Gebieten beschlagen zeigt sich der Herumtreiber, und das lässt er jeden spüren. Den kann man so leicht nicht aufs Glatteis führen, das weiß er. Ein seichtes Gefühl der Beklemmung, das hat Franz denn auch noch niemals vollständig unterdrücken können, wenn er mit dem, der doch zu seinen ältesten Freunden zählt, etwas Ernstes zu bereden hat. Doch auch, wenn belangloses Zeug bekalauert wird oder Spaßhaftes in eine Unterhaltung einfließt, bleibt die Furcht, Opfer seines beißenden und geistreichen Spotts zu werden, stets lebendig. Die Strategie von Franz zielt deshalb von vornherein auf etwas anderes ab. Er will den möglichen Störenfried als lästigen Akteur neutralisieren, will erreichen, dass er sich heraushält aus der ganzen Angelegenheit und ihm keine Knüppel in den Weg legt, wenn er später um Rita wirbt.

Im Sommer ist Spaltensturz also viel unterwegs. Die Erfahrung spricht dafür, dass es auch in diesem Jahr so sein wird. Doch wann macht er sich auf die Socken? Je früher, desto besser, na klar. Nur, wie soll er das beeinflussen? Das Sinnvollste wäre, - zu diesem Ergebnis ist er bei der Vorbereitung des Gesprächs nach reiflicher Überlegung gekommen - dem Kollegen zu zeigen, dass er eine Menge weiß. Und er hat seinen Wissensstand so zu präsentieren, dass Spaltensturz in der eigenen Abwesenheit letztendlich einen größeren Vorteil erblicken wird als in seinem Verbleiben.

So hat er also nicht lange drumherum geredet und aus seinen Informationen eine runde Geschichte konstruiert, in der Veronika, die DARUSCHA und ein naiver, wie zur Übertölpelung geschaffener Gorgi die Hauptrolle spielen.

Mit keiner Wimper hat Spaltensturz gezuckt. Hat nur dagesessen und aus seinen hellen runden Augen ihn mit Blicken durchbohrt, bis das Unterhemd des ungebetenen Gastes durchgeschwitzt war. Minutenlang hat er hartnäckig nichts gesagt und schließlich nur teilnahmslos gefragt, ob Franz denn schon Ferien habe.

Das hat ihn vorübergehend aus dem Konzept gebracht. Ob Spaltensturz denn nichts weiter dazu zu sagen habe, hat er wissen wollen.

„Ach Franz", hat Spaltensturz erwidert, „unsereins hört im Milieu so viele unglaubliche Geschichten. Wenn ich zu denen immer etwas sagen wollte, käme ich gar nicht mehr zum Rechnen. Doch sag mal, warum erzählst du mir das alles? Tippe ich recht, wenn ich annehme, dass du Rita deine Geschichte auch vortragen willst?"

Damit war ihre Unterredung zweifellos an einem heiklen Punkt angelangt. Er ist zurückgerudert und hat davon gesprochen, dass eine Freundschaft doch dazu da sei, einem Freund bei Bedarf zu helfen. Wenn Georg sich jetzt durch unbesonnene Liebesabenteuer ins Unglück stürze, dann wäre es doch nur angemessen, wenn seine einzigen Freunde eine Schadensbegrenzung versuchten.

„Wenn ich richtig informiert bin", so hat Franz wörtlich gesagt, „weiß Rita doch bereits von Veronikas Existenz. Sie kennt aber nicht die Hintergründe von Georgs unglückseliger Verstrickung. Wir hätten die Chance, ihr klarzumachen, dass Georg Unterstützung braucht anstatt den Laufpass von seiner Frau."

Daraufhin hat Spaltensturz nur kurz und trocken aufgelacht, um nach einem weiteren minutenlangen Schweigen messerscharf zu urteilen:

„Versuch doch nicht mich zu verarschen, Fränzchen. Denkst du, ich weiß nicht, dass du Morgenluft witterst, bei Rita Land zu gewinnen? Denkst du, mir wäre in all der Zeit entgangen, dass du auf Georgs Frau scharf bist? Dem Gorgi kannst du leicht etwas vormachen. Aber mir doch nicht. Fränzchen!"

Diese Wendung hat er nicht erwartet. Er fühlte sich in jenem Moment durchschaut, hat sich aber so sehr im Griff gehabt, dass er seine Strategie tatsächlich nicht aus den Augen verlor.

„Ich weiß nicht, Spaltensturz, ob du nicht verstehen willst oder nicht verstehen kannst. Mir geht es um den Freund. Wenn du für dich keinen Bedarf siehst, Hilfe zu leisten, dann sehe ich mich eben in alleiniger

Verantwortung. Ich bin dir durchaus nicht böse, wenn du dich zurückhältst."

Spaltensturz hat ihn mit einem giftigen Blick gemustert.

„Du glaubst auf hohem Ross zu sitzen, Freundchen. Doch sieh dich vor. Du bist keineswegs unverwundbar."

„Was soll denn das nun schon wieder, Spaltensturz?", hat er auf diese Drohung entgegnet. „Ich kann dich heute wirklich nicht begreifen. Vielleicht hast du ein schlechtes Gewissen. Weißt du, bisweilen frage ich mich, ob du bei Veronika deine Hand nicht mit im Spiel hattest. Wie sollte ausgerechnet unser naiver Gorgi Kontakt zu ausgerechnet einer solchen vielschillernden Dame bekommen? Die ist mit allen Wassern gewaschen. Und der Gorgi hatte in seiner Ehe noch nie eine Frauengeschichte."

Am Ende des Gesprächs freut sich Franz, wenigstens diesen Treffer gelandet zu haben. Denn dass die Bemerkung saß, das hat er dem Spaltensturz angesehen, so sehr sich der auch bemüht hat, sein versteinertes Gesicht zu bewahren.

Schließlich sucht Franz während seiner ersten Ferienwochen auch noch Gottfried auf und kann dafür eine Zeit abpassen, als Elke nicht daheim ist. Diese Vorsichtsmaßnahme scheint ihm nun, da er in einen interessanten Bereich von Elkes Herrschaftswissen eingeweiht ist, unbedingt vonnöten.

Die aufmerksame Gattin hat recht beobachtet; Gottfried wirkt gefestigter als gewöhnlich und greift nicht ein einziges Mal während ihres Gesprächs zur Flasche. In diesem Zustand ist er nicht schnell und einfach zu überrumpeln. Franz macht sich auch jetzt die Taktik zunutze, als bestens informierter Insider aufzutreten, wobei er zwar sein Wissen um die vertragliche Vereinbarung zwischen Gottfried und Georg wohlweislich verschweigt, jedoch derart locker und zwanglos, wenngleich vage über einen wissenschaftlichen Durchbruch plaudert, dass es Gottfried, der von Georg keineswegs in besondere Details eingeweiht worden ist, erst einmal die Sprache verschlägt.

Völlig perplex ist er, weil er nach der Darstellung des Freundes die Angelegenheit so auffassen muss, als wüsste Franz von Georg persönlich um das ganze Projekt und auch darum, dass er in die Sache eingestiegen ist.

Franz fühlt sich in diesen Tagen für das Stricken von Intrigen in Höchstform. Es ist, als ob seine Gefühle für Rita, die nunmehr aufgeschnürt sind und wie Weihrauch in ihm aufsteigen, auch seinem Verstande Flügel verleihen. Er beglückwünscht Gottfried zu seiner Idee, mit Georgs Arbeitsergebnis, wenn er als Preis für seinen Einsatz ein wenig davon abbekomme, chemisch etwas Beeindruckendes auf die Beine zu stellen.

An dieser Stelle unterbricht er sich überrascht, um Gottfried zu erklären, dass er jetzt wegen einer dringenden Angelegenheit sofort aufbrechen müsse; das hätte er beinahe vergessen. Demnächst sollte man unbedingt zusammenkommen, um wieder einmal über die alten und die neuen Zeiten zu schwätzen.

„Ach ja", sagt Franz noch, als er bereits in der Tür steht. „Mach dir nicht zu viele unnötige Sorgen, dass du Chemikalien und Apparaturen deiner Firma für private Zwecke entfremdest. Manchmal muss der Mensch einfach etwas wagen, um auch mal zu gewinnen. Und woher sollen die auch spitzbekommen, dass du deine reguläre Arbeitszeit zu eigenem Vorteil nutzt. Uns beiden sind die wahren Ausbeutungsverhältnisse bekannt, die man *unser Beschäftigungssystem* nennt. Der für die Firma von dir geschaffene Mehrwert als Angestellter macht dein Vorhaben legitim. Vergiss das nicht! Vergiss aber auch nicht, Gottfried, alter Freund, dass wir alle vier doch für die Naturwissenschaften leben, jeder in einer anderen Disziplin. Wenn für dich etwas bahnbrechend Neues Vorteile bringen kann, dann tut es das womöglich auch für mich. Wir kämen uns dabei nicht einmal ins Gehege. Mach´s gut."

Als Gottfried allein ist, hat er das Gefühl, ohne eine Verpflichtung eingegangen zu sein, von dem neuen, ihm zugesagten Stoff, von dessen genauer Beschaffenheit er – wie übrigens auch Franz, der so sachkundig vor ihm geblendet hat – nicht einmal die blasseste Vorstellung hat, zu seinem eigenen Vorteil etwas an Franz abgeben zu müssen. Wenn es denn so weit käme und die Bestimmungen des mit Georg ausgehandelten Vertrages aktiv würden. Diese Einschränkung hat Gottfried auch jetzt im Hinterkopf. Denn dass jener offensichtlich Schwierigkeiten hat, sein gestecktes Ziel zu erreichen, ist ihm nun nicht entgangen. Doch so oder so hat er selber nichts zu verlieren, wenn Franz ihn nicht über die Klinge springen lässt, wovon er aber nicht ausgeht. Er glaubt eher an einen Blöff. Es ist nicht vorstellbar, dass der alte Kumpel ihn in der Firma anschwärzt, oder etwa doch?

Es ist eine Art Instinkt in ihm gewesen, eine Ahnung, seit jener Nacht bei Georg, dass dem in die experimentelle Physik verbissenen Freund ein großer Wurf gelingen könnte, für dessen Verwirklichung er seine Mithilfe benötigt. Dann aber sitzt er mit im Boot und will, wenn es um neue stoffliche Eigenschaften geht, seine Chance in der Chemie bekommen. Im Falle einer Verwertbarkeit bekäme er mit ein bisschen Glück auch in seiner Firma eine neue, unerwartete Chance.

In einem größeren Rahmen hat Gottfried nicht gedacht. Nur dass er noch seine Elke mit in die Vorstellungen einbezieht und ganz davon angetan ist, dass sie ihn, wenn die Erfolge sich tatsächlich einstellen, gewiss mit neuen Augen betrachten wird.

Über das alles sinniert Gottfried noch einmal, als Franz gegangen ist. Er ist nicht sonderlich aufgeregt über das Gespräch, auch wenn ihn die versteckte Erpressung ärgert. Darüber will er sich aber nun nicht auf ewig graue Haare wachsen lassen. Wenn Franz für ein unter Freunden selbstverständliches Schweigen ebenfalls ein Stück von dem Kuchen abbekommt, um vielleicht irgendwelche eigenständige Untersuchungen von der biologischen Seite anzustellen, kann ihm das doch egal sein.

Damit ist für Gottfried das Thema vorerst erledigt. Einen Kleinen gönnt er sich zum Tagesabschluss, um sich für seine letzte Lieferung an Georg, bei deren Erzeugung er seine ganze präparative Kunstfertigkeit als Chemiker aufgebracht hat, ein bisschen zu belohnen. Das sind aber auch merkwürdige Vorgaben, die ihm für die räumliche Struktur seiner Fulleren-Modifikationen gemacht werden!

Rita in der Defensive

Das hat sie in ihrer Beziehung zum ersten Mal gespürt, ein Gefühl der Erleichterung, als Georg seinen kleinen Koffer packt und für vier Tage das Haus verlässt, um an einem physikalischen Kongress teilzunehmen. Die ungewohnte Empfindung aber ist Ausdruck davon, dass die Ehe durch den von Georg provozierten Streit Ende Mai einen Knacks bekommen hat. Seither leben sie im selben Haus miteinander wie Fremde und übernachten in getrennten Zimmern und Betten. Dass so ein Zustand zwei Monate zu ertragen wäre, das hätte sie vorher niemals für möglich gehalten. Zum Glück sieht man sich nicht häufig. Georg ist, so scheint es, nunmehr mit seinem Arbeitsplatz verheiratet. Ein Besessener. Wohin er sonst noch unterwegs ist? Sie weiß es nicht. Sie selbst hat sich ebenfalls in die Arbeit gestürzt. Und Kontakte gepflegt. Und sich mit der Hoffnung getröstet, dass der Zustand nicht ewig so anhalten kann und nach einer Bereinigung verlangt, wie auch immer. Wenn er sich entschuldigen würde! Das ist ihre Mindest-Erwartung. Vielleicht würde er während seiner Abwesenheit mit sich zu Rate gehen. Eine vage Hoffnung. Jedenfalls, als die Tür hinter ihm ins Schloss fällt, empfindet sie erst einmal maßlose Erleichterung. Sie hat jetzt selbst ein paar Urlaubstage genommen, um sich gründlich wieder einzufangen. Sie will doppelgleisig fahren, zum einen in Ruhe die neue Sachlage durchdenken, zum anderen im Beisammensein mit einigen Freundinnen Ablenkung finden.

Um es vorwegzunehmen: Es hat sich nach Georgs Rückkehr die Atmosphäre nicht bereinigt, jedenfalls nicht sogleich. Georg hat zwar einen etwas zerknirschten Eindruck zu vermitteln gewusst und mit einigen dürren Worten beteuert, dass seinerzeit doch alles nicht so schlimm gemeint war. Einmal hat er auch kurz ihren Arm gestreichelt. Doch ist er zu weit davon entfernt gewesen, sie durch glaubhafte Worte und Gesten einer aufrichtigen Reue zu versöhnen. Sie nimmt sich vor, noch ein paar Tage in einem Korridor des Abwartens zu verharren, auf der einen Seite mit ihrem Zögern, die Brücken abzubrechen, auf der anderen Seite mit dem unverzichtbaren Anspruch, dass der Gatte aufrichtige Reue zeigen müsse und sich zu entschuldigen habe, bevor daran zu denken ist, eine Rückkehr zur Normalität einzuleiten. Doch nein, das reicht noch nicht. Sie erwartet eine Aussprache. Sie will ein grundsätzliches Gespräch. Eine neue Perspektive muss in ihrer beider Horizont rücken.

Während Georgs Abwesenheit kann Rita ihren Gemütszustand in der Tat stabilisieren. Sie entscheidet sich, eine Initiative, die auf Trennung abzielt, nicht vorschnell zu ergreifen. Dafür, so glaubt sie, ist der Konflikt nicht weit genug entwickelt. Vor allem jedoch spürt sie, dass ihre Liebe zu Georg noch nicht kapituliert hat. Die Chance, eine aufgerissene Wunde wieder zu heilen, erscheint ihr nicht aussichtslos. Durch sehr persönliche Gespräche mit den wenigen Frauen, denen sie sich freundschaftlich verbunden fühlt, weiß sie sich bestärkt.

„Siehst du, ich habe dir das immer schon gesagt. Die Männer sind sich doch alle gleich." Insbesondere ihre beste Freundin stößt, seit Rita sich mit ihr darüber ausgesprochen hat, immer wieder mit einer maliziösen Rhetorik in dasselbe Horn. Was sie darüber hinaus von den Frauen ihres Bekanntenkreises noch alles an Ratschlägen

bekommen hat, ist auf den ersten Augenblick zwar tröst-
lich, doch nach ihren Überlegungen, aus einem etwas größeren Abstand vom Ursprung des Kummers, keineswegs
hilfreich. Sie sagt es Melanie, deren unverhohlene Häme
sie ein wenig verletzt hat, zwar nicht auf den Kopf zu, doch
sie empfindet so, dass sie nicht die Rolle auszufüllen gedenke, die Vorurteile der von Männern enttäuschten
Frauen zu bestätigen und Balsam auf deren verkrachte Le-
bensträume zu schmieren.

Es ist sicher nicht verkehrt, sich mit den wesentlichen
Konsequenzen einer möglichen Trennung von Georg auseinanderzusetzen. Sie ist nicht die Frau, vor wichtigen
Entscheidungen, so sie denn unvermeidlich werden, die
Augen zu verschließen und in der selbst verschuldeten Le-
bensblindheit dann rechtzeitige und sinnvolle Vorsorge-
maßnahmen zu versäumen. In diesem Sinne geht sie sogar
die finanzielle Situation durch und kann sich Entwarnung
geben: Von dieser Seite ist auch im schlimmsten Fall kein
Ungemach zu erwarten.

Eine Trennung ist jedoch eine ernste Angelegenheit für
eine eher bodenständige und auf verlässliche Partnerschaft ausgerichtete Frau in ihrem Alter. Zwar ist sie kin-
derlos und durchaus noch attraktiv, so dass sie von dieser
Seite her nicht die ganz große Gefahr sieht, als verein-
samte Frau versauern zu müssen. Sie ist zudem berufstätig und finanziell unabhängig, weiß eigenständig zu handeln, steht mitten im Leben und kann allein unter den un-
verheirateten männlichen Arbeitskollegen mindestens drei
benennen, die sie sexy finden, die ihr aber auch eine Wertschätzung als Frau entgegenbringen und zu denen sie sich
in Gedankenspielen vorstellen kann, eine Beziehung zu
haben. Rein hypothetisch – das ist der Punkt. Denn wäre
sie, wenn der schlimmste Fall eintreten sollte, überhaupt
noch einmal an einer verbindlichen Beziehung zu einem
Mann interessiert? Sie gesteht sich ein, in dieser Frage innerlich einigermaßen zerrissen zu sein.

In ihr ist der Wunsch nach Partnerschaft, nach körperlicher und emotionaler Nähe, nach Spende von Fürsorglichkeit für jemand, dem sie sich tief verbunden fühlt, gleichermaßen lebendig wie die Angst vor Einsamkeit und Isolation. Ein virtueller Chatroom, um ihre sozialen Bedürfnisse verwirklicht zu sehen, kann ihr niemals ausreichen. Selbst einen regen Austausch mit den Freundinnen hinzugerechnet: Es wäre ihr nicht genug.

Aber sie ist auch ein Erfahrungswesen, das von zurückliegenden Lebensumständen stark geprägt wurde und überhaupt nicht süchtig danach ist, ständig Neues auszuprobieren und dabei die Emotionen wie ihren Slip zu wechseln. Sie ist bedingt eine moderne Frau. Sie ist aber bedingt auch eine konservative Frau, die vor manchem, was von den Mädchen und Frauen der jüngeren Generation als Lebensgefühl zum Ausdruck gebracht und für die Selbstverwirklichung ganz selbstverständlich beansprucht wird, zurückschreckt.

Mehr als zwanzig Jahre lebt sie mit Georg zusammen! Niemals könnte sie die Bedeutung dieser Zeit einfach wegwischen. Zu vergessen, wie wunderbar es gewesen ist, morgens neben ihm aufzuwachen, von dem sie sich begehrt fühlte ungeachtet seiner Schwierigkeiten, dieses Gefühl zu äußern und zu vermitteln? Unmöglich! Auch neue Horizonte hat er ihr erschlossen, in den ersten Jahren, als sie noch viel gemeinsam unternahmen. Nein, auf keinen Fall sind ihre Gefühle für diesen Mann durch die jüngsten Ärgernisse erloschen. Und ist da nicht auch noch etwas anderes, etwas, was sich nicht gern in den Vordergrund ihrer Selbst-Wahrnehmung drängt? – ein Gefühl, das sie schon seit jeher hat, das Gefühl, dass Georg sie braucht.

Selbstverständlich ist nicht auszuschließen, dass die Umstände einer Trennung, wenn die Akteure die Kontrolle über die materiellen wie über die seelischen Zustände verlören, was, so ist es ihre Beobachtung, bei ihren Bekannten überwiegend so geschah, derart viel an Gehässigkeit an die Oberfläche spülen könnten, dass darin auch noch die letzten schönen Erinnerungen und verbindenden Gefühle ertrinken müssten.

Nur, was würde danach zurückbleiben in ihrem beschädigten Gemüt? Eine Leerstelle? Eine Wunde? Etwas, was überbrückt werden will durch die schnelle Suche nach einem neuen Mann? Diese Haltung ist in ihrer Persönlichkeit nicht angelegt, ganz abgesehen von dem Fehlen jeder Garantie, dass es mit einem anderen Mann dann besser liefe. Dann eben doch der Rückzug, die Resignation, die Verbitterung über die Erbärmlichkeit des männlichen Geschlechts? Vielleicht ein Single-Dasein mit lockeren Beziehungen und Ausleben eigener Bedürfnisse. Aber sie sieht doch, dass selbst bei weniger konservativen Frauen das nicht gut läuft, jedenfalls in ihrem Bekanntenkreis nicht gut läuft.

Rita, die durch ihre Natur wie durch ihre berufliche Erfahrung nicht minder als ihr Gatte gewohnt ist, komplexe Situationen durch rationale Überlegung zu durchdringen, jedoch besser als jener und vor allem aufgeschlossener als jener auch emotionale Befindlichkeiten in diese Gewohnheit einbezieht, sieht sich daher am Ende jeder Runde des Nachdenkens vor ein gewisses Dilemma gestellt.

Eine überstürzte Trennung will sie unbedingt vermeiden. Sie wird im Rahmen ihrer Möglichkeiten und ihrer berechtigten persönlichen Ansprüche keine Chance ungenutzt lassen, mit Georg wieder ins Gespräch zu kommen. Doch gelänge solches auch für dieses Mal, so wären doch die Grundstrukturen ihrer Beziehungsschieflage nicht beseitigt und das Krisenpotenzial bliebe weiterhin virulent. Denn nicht nur ihre jeweiligen Arbeitsgebiete sind grundverschieden und entziehen sich durch die Macht der Gewohnheit immer mehr dem Diskurs, auch die gemeinsame Freizeitgestaltung mit ihren Möglichkeiten einer bindungsfördernden Zerstreuung ist auf der Strecke geblieben, seitdem Georg fanatisch sich in das nun schon wer weiß wie lange laufende Projekt verbissen hat.

Wo soll unter diesen Umständen die gemeinsame emotionale Schnittmenge erzeugt werden, ohne die keine Beziehung Bestand haben kann? Ein so schwerwiegendes Defizit würde auf die Dauer auch ihre tiefe Zuneigung zu Georg nicht überleben. Und dann nur noch aus bloßer Gewohnheit bei einem Mann bleiben und Beziehungsleere bis zum Ableben des einen oder des anderen überbrücken, das würde auch sie als eine im Emanzipationsspektrum vergleichsweise konservativ verortete Frau sich nicht zumuten wollen. Jede Besprechung eines Neuanfangs, daran führt kein Weg vorbei, muss die Bereitschaft zur Veränderung der eingefahrenen Lebensumstände beinhalten. Bei beiden!

An diesem Tag von Georgs Abreise, wo sie etwas Abstand gewonnen hat und die augenblickliche physische Trennung ihr Luft zum Atmen verschafft, darf sie nicht daran vorbeisehen: Entfremdung ist eine Entwicklung zwischen zwei Akteuren. Nein, sie will ihn nicht in Schutz nehmen, will seine Verfehlung nicht mindern. Aber eine gemeinsame Anstrengung, die Perspektiven neu zu loten, würde auch sie in die Pflicht nehmen. *Getrennte Arbeitsgebiete*, so hat sie den Zustand gern beschrieben; *sie würde ihm in seine Welt der Physik nicht folgen*, das hat sie für gut befunden und sich eingeredet, damit sei beiden geholfen. Und damit sei ihrer Beziehung gedient. Der Standpunkt hatte in der Vergangenheit sicher seine Berechtigung, hatte er, doch das Desinteresse war dann wohl auf beiden Seiten zur Gewohnheit geworden, es ließ sich ja auch so bequem im beschwerlichen Alltag ertragen. Hat sie aber nicht die Situationen aus ihrer Erinnerung verdrängt, – zugegeben, es ist nicht häufig vorgekommen - wenn er doch mal an sie herantrat und um Anteilnahme nachsuchte, weil er über eine Entdeckung berichten wollte, die ihr so fremd und so weit weg erschien wie die Verkehrsregeln auf den Malediven, wenn er scheu das Thema begann, wie es seine Art war, und verstummte und so tat, als habe er es niemals angefangen, wenn sie sich reserviert gab oder auch schon mal gedankenlos abblockte. Wie groß ist eigentlich ihr eigener Anteil an dem schleichenden Zerstörungswerk, das ihre Beziehung zu der Ruine gemacht hat, vor der sie fassungslos steht? Bestimmt nicht sehr groß. Aber ganz bestimmt messbar.

Schon von dieser Warte aus, auf die sie sich begeben hat, um nicht womöglich von der Entwicklung ohne den Versuch einer Vorausschau überrollt zu werden, liegen die Gegebenheiten vertrackt und hätten wohl verdient, nicht von anderer Seite her noch zusätzlich verkompliziert zu werden. Genau das tun sie aber. Anders kann sie die Unterhaltung nicht deuten, die sie noch kurz vor dem Ehestreit mit Klaus Heimbrecht, dem Chef von Georg, führte, nachdem dieser, zu ihrer Überraschung, um eine solche vertrauliche Aussprache gebeten hatte. Sie hat das Gespräch vergessen wollen. Hat es auch noch an dem Tag des großen Krachs verdrängt, als es noch in frischer Erinnerung war. Nach der jüngsten Entwicklung lässt es sich nicht mehr verdrängen. Darüber wird sie sich während Georgs Abwesenheit nun voll im Klaren.

Georg als jemand, der seine Arbeitspflichten verletzt und sich auf dem Gebiet der Physik Unterlassungen oder Verfehlungen zuschulden kommen lässt? Eigentlich ein Ding der Unmöglichkeit. Und dennoch sind Anschuldigen, nun gut, Verdachtsmomente vorgetragen worden, die angeblich dafürsprechen. Klaus Heimbrecht ist kein zu Schnellschlüssen und übereilten Urteilen neigender Mensch. Im Übrigen wurde Rita der positive Eindruck in der ernsten Unterredung in einem Café unweit ihrer Firmenzentrale bestätigt, den Georgs Vorgesetzter seinerzeit auf der Betriebsfeier hinterlassen hatte.

Erst einmal habe er sie, die Lebenspartnerin seines geschätzten Mitarbeiters, kontaktieren wollen, bevor er irgendetwas in der Angelegenheit offiziell auf den Weg brächte. Er habe, wenn überhaupt etwas zu unternehmen sei, zunächst an eine Wirtschaftsprüfung seines Instituts gedacht und an eine externe Evaluation der

Arbeitsabläufe. Das sei zurzeit ohnehin im Trend und von der Intention her unauffällig. Die Firma, bei der sie arbeite, genieße für derartige Aufgaben einen guten Ruf, und er wäre ihr verbunden, wenn sie eine Geschäftsbeziehung anbahnen könnte.

„Ich hätte nichts dagegen, auch wenn ich einen gewissen Interessenkonflikt sehe, wenn du ..., wenn Sie ...", er hat ein wenig gestockt an der Stelle und ist bereitwillig auf ihren Vorschlag eingegangen, dass man sich doch duzen könne nach so vielen Jahren einer zumindest indirekten Bekanntschaft. Er hat dann noch einmal betont, dass im Hinblick auf Georgs sonderbares Verhalten gewiss bloß Missverständnisse vorlägen; er selbst glaube jedenfalls, so war sein Credo, dass es sich in der Angelegenheit um Missverständnisse handele.

Ganz hat sie immer noch nicht verstanden, warum ein Papier mit mathematischen Berechnungen, die nicht von Georg und auch von keinem anderen Angehörigen des Instituts stammen, zu schwerwiegenden Verdächtigungen Anlass geben kann. Doch für Insider mag der Fall klarer liegen, wenn noch andere Beobachtungen, von denen in dem Gespräch die Rede war, hinzukämen. Klaus hat sich nach eigenen Aussagen mit der ungewöhnlichen Avance auch vergewissern wollen, ob Georg nicht einfach nur ein bisschen, wie er sich ausdrückte, durch den Wind und deshalb fehleranfällig geworden sei. Schließlich sei in der Abteilung nicht verborgen geblieben, dass er reizbarer geworden ist und an Kooperation zu wünschen übrig lässt. Von einem Mitarbeiter wurde der Verdacht geäußert, Georgs Privatleben könnte in Unordnung geraten sein. An diesem Punkt des Gesprächs hat sie nachgebohrt und zu hören bekommen, der Mitarbeiter habe eine andere Frau ins Spiel gebracht. Klaus Heimbrecht persönlich hielt nichts von derart unbewiesenen Verdächtigungen, schon gar nicht, wenn Rivalitäten zu unterstellen waren, wie er behauptete. Missgunst und Konkurrenzneid im Institut wegen der Meriten für die gemeinsame Arbeit an dem

Kondensat, für das Georg sich regelrecht aufopferte? Es spricht für Heimbrecht, denkt Rita, dass er ihr nichts hat vormachen wollen und seinem Unwillen über atmosphärische Turbulenzen im Betriebsklima seines Instituts Luft machte. Wie merkwürdig, denkt sie jetzt, da ihr das Gespräch wieder in den Sinn kommt: Eine Frauengeschichte bei Georg hat sie auch nach dem Gespräch mit Klaus nicht ernsthaft in Erwägung gezogen, sie war vielmehr ohne Widerstreben seiner Spur gefolgt und hatte ihr kurz aufgeflammtes Misstrauen mit der Rivalität zwischen Georg und dem Mitarbeiter besänftigt und erfolgreich beiseitegeschoben.

Wie dem auch sei, mit diesen Gesichtspunkten beginnt für sie eine im Grunde genommen gewöhnliche Beziehungskiste dubios zu werden. Ein zufälliges Zusammentreffen mit anderweitigen mutmaßlichen Unregelmäßigkeiten ihres Mannes? Auch Widersprüche, die keinen Sinn ergeben. Von einer fremden Frau in Georgs Leben ist die Rede gewesen; das klingt jetzt auf einmal glaubhaft, aber vielleicht nur deshalb, weil sie mit Georg einen schweren Konflikt austrägt. Eine andere Frau? Sie könnte ihrem Mann die Brocken hinwerfen, jede Frau würde das verstehen, auch wenn gar nichts Handfestes vorzubringen wäre. Doch Georg in anderweitigen ernsten Schwierigkeiten - wer würde dann Verständnis haben, wenn sie ihn einfach im Regen stehen ließe? Ach, die anderen! Sie sind ihr doch egal. Mit ihrer Verantwortung muss sie ganz persönlich fertig werden.

Mit hundert Gedanken also ist Rita beschäftigt, die ihr wie ein Mühlrad im Kopf herumgehen, weil sie Zeit zum Nachdenken hat am Nachmittag des Tages, da Georg schon zeitig zu seinem Kongress aufgebrochen ist und sie die Möglichkeit wahrgenommen hat, einige ihrer aufgelaufenen Überstunden durch einen Kurzurlaub abzufeiern.

Doch nun ist es erst einmal vorbei mit dem Nachdenken. Es klingelt an der Tür. Melanie hatte sich doch erst für den Abend angekündigt. Als Rita öffnet, ist ihre

Überraschung komplett, sich Franz, einem der alten Freunde Georgs gegenüberzusehen.

„Darf ich eintreten, Rita?", fragt der Besucher höflich.

„Selbstverständlich." Rita zögert einen Augenblick, bevor sie Franz die Schwelle freigibt. Sie kann ihre Überraschung nicht ganz verbergen. Einerseits kommt ihr der Besuch ungelegen. Andererseits steckt sie sofort mittendrin in einer Unruhe, das Erscheinen von Franz könnte mit Georg zu tun haben. Und in diesem Zusammenhang, so sagt ihr ein Instinkt, sind positive Nachrichten wohl eher nicht zu erwarten.

Sie fragt, ob sie Franz etwas anbieten könne. Der lehnt höflich ab und betont, keine Umstände machen zu wollen, lässt sich dann aber doch noch auf eine Tasse Kaffee ein.

„Mein Besuch ist sicher ungewöhnlich", sagt er. „Ich habe auch lange mit meinem Entschluss gerungen. Es geht um Georg."

Also doch, denkt Rita, versucht aber alle Anzeichen einer Unruhe zu unterdrücken. Sie mustert Franz aufmerksam und neugierig, weil sie glaubt, vielleicht in seiner Miene einen Voreindruck von der möglichen Richtung des Gesprächs erhaschen zu können. Doch sein Gesichtsausdruck bleibt freundlich und unverbindlich.

Überhaupt hat es der Mann vor ihr vom gesamten Erscheinungsbild her darauf angelegt, einen angenehmen, aber doch auch nicht aufdringlichen Eindruck zu hinterlassen. Dunkle Hose, helles Hemd, eine wegen der sommerlichen Temperaturen vielleicht als etwas lästig empfundene Weste mit dezentem, mattglänzendem Streifenmuster. Wäre nicht das Halstuch, von dessen mit Rot und Gelb durchsetzter Farbkomposition Rita für ihren Geschmack einen zu schrillen Eindruck empfängt, könnte Franz sich der von ihm beabsichtigten Wirkung seines äußerlichen Auftretens vollkommen sicher sein. Lange schon nicht mehr hat er mit so großer Sorgfalt an seinem Outfit gearbeitet wie heute.

Ein wenig hat Rita den Verdacht, die Farbe seines sorgfältig frisierten Bartes etwas unauffälliger in Erinnerung zu haben. Doch sicher ist sie sich dessen nicht. Als sie ihn das letzte Mal sah, war ein Novemberabend, dem mit Kunstlicht ordentlich auf die Beine geholfen werden musste. Heute ist heller Sommertag, der schon von sich aus eine freundliche Note in die Welt zaubert. Ach, im Grunde ist es unwichtig, wie Georgs Freund aussieht. Was er zu sagen hat, darauf zielt in diesem Augenblick ihr ganzes Interesse.

Als hätte Franz ihren Gedanken erraten, kommt er sofort zur Sache.

„Ich denke, Rita, du wirst darüber informiert sein, dass Georg eine Freundin hat, zu der er außerehelichen Kontakt pflegt."

Rita glaubt ihren Ohren nicht zu trauen. Was bildet denn der sich ein! Zunächst einmal ist sie sprachlos und unter Aufbietung aller Anstrengung darum bemüht, sich nicht anmerken zu lassen, dass sie böse überrumpelt wurde. Franz tut so, als wäre er zum Vortrag geladen und redet betont langsam und deutlich weiter:

„Die Dame gilt als freischaffende Künstlerin. Bemerkenswerte Arbeiten wirst du von ihr nicht finden. Stattdessen steht sie in dem Ruf, dubiose Verbindungen zur Halbwelt zu haben. Georg ist bedauernswerterweise unter den erotischen Einfluss dieser Person geraten und führt mit dir und mit ihr eine Art Doppelleben."

An dieser Stelle macht Franz eine Pause.

Rita hat jedes Wort ihres aufdringlichen Gastes in sich eingesaugt, dabei zugleich aber ihre Fassung wiedergewonnen. Ihre Stimme hat etwas Schneidendes bekommen, als sie ihrem Besucher entgegenhält:

„Franz, ich halte dein Auftreten für eine Unverschämtheit. Selbst wenn ich mal von dem absehe, was du mir als Georgs Frau antust, bleibt mein Eindruck, dass ich unter Freunden ein derart schäbiges Verhalten noch nicht erlebt habe."

Franz bleibt ungerührt, lässt aber seine Stimme jetzt freundlicher und weicher klingen, als er weiterspricht:

„Es war klar, dass du meine Informationen erst einmal missverstehen würdest. Mein provokatives Verhalten dürfte aber seinen Zweck erfüllt und dir den Ernst der Lage verdeutlicht haben. Denn auch uns, den Freunden Georgs, für die ich hier spreche, ist der Ernst der Lage bewusst. Wir glauben, unseren langjährigen Freund schützen zu müssen. Wir wollen ihn vor unangenehmen Konsequenzen bewahren, die sein unüberlegtes Verhalten für ihn haben kann. Es geht uns nicht um Denunziation. Es geht uns um Hilfe. Wir sind tatsächlich davon ausgegangen, dass du zumindest um die Existenz von Veronika weißt. Wenn nicht, dann sehe ich die Peinlichkeit der Situation für dich ein und stehe für meine unbeabsichtigte Unhöflichkeit grade. Dennoch hilft es nichts: Wenn wir die Verstrickung, in die sich dein Mann leichtfertig begeben hat, auflösen wollen, dann müssen die Fakten auf den Tisch. Wir möchten dich gewinnen mitzuhelfen, anstatt Georg vielleicht vorschnell zu verdammen."

Was soll das denn nun schon wieder? Rita versteht eigentlich gar nichts mehr. Deshalb nimmt sie sich zusammen und fragt betont sachlich:

„In Ordnung, Franz. Ich könnte etwas missverstanden haben. Tatsächlich habe ich aber nicht mehr begriffen, als dass Georg eine Liebschaft haben soll. Wenn mir lediglich diese Botschaft von dir – oder meinetwegen auch von euch - unterbreitet werden sollte, dann hätte ich das soeben erschöpfend kommentiert und unser Gespräch sollte besser ein Ende finden. Sollte es noch um etwas ganz anderes gehen, was, so höre ich heraus, Georg sogar in Gefahr bringen könnte, dann wäre es überaus hilfreich, wenn du mir präziser darlegen könntest, was eigentlich hier gespielt wird."

Das ist nun genau die Aufforderung, auf die Franz gewartet hat.

Unter den Umständen, unter denen sie bis vor einigen Tagen gelebt und gearbeitet hat, hätte Rita die Geschichte, die ihr in diesen Minuten unterbreitet wird, entweder als einen schlechten Scherz oder als eine böswillige Verleumdung aufgefasst und auf eine schnelle Beendigung der Peinlichkeit gedrängt, die ihr jemand, der ausgerechnet zu den ältesten Freunden ihres Mannes zählt, in welcher Absicht auch immer, zumutet. Nicht einmal für ihre Entspannungslektüre möchte sie solchen Stoff bevorzugen. Ein bisschen Sex. Ein bisschen Crime. Viel Naivität auf der einen, viel Berechnung auf der anderen Seite. Der dumme, tragische, irregeleitete Held, der eigene Gatte.

Franz, es ist genug. Ich begleite dich noch schnell zur Tür. Mehrfach steht sie davor, mit diesen Worten den Erzählfluss ihres Gastes zu unterbrechen, unterlässt es jedoch jedes Mal aus einem Gefühl der Unschlüssigkeit heraus. Eine bahnbrechende Entdeckung soll Georg gemacht haben, weshalb er in den Fokus einer Verbrecherbande geraten sei, die sich ihrerseits jener Veronika zu bedienen weiß, um an die begehrten Informationen heranzukommen. Das ist doch alles absurd, ungeheuerlich; das mag zu einer Phantasiegestalt passen, aber doch nicht zu Georg, den sie kennt.

Leider aber fügt sich diese absonderliche Geschichte auffällig in die Logik einer anderen ein, die sie von Klaus Heimbrecht gehört hat. Das heißt, dessen etwas verschwommene und hinsichtlich aller Schlussfolgerungen äußerst vorsichtige Konstruktion, von der sie im Mai mehr verwirrt als informiert gewesen ist, gewinnt durch die Auslassungen von Franz auf einmal etwas unheimlich Plausibles und lässt die Dinge in einem neuen, nunmehr bedrohlicheren Licht erscheinen.

Die beiden können sich aber unmöglich abgesprochen haben. Sie hat es mit zwei unabhängigen, zeitlich fast drei Monate auseinanderliegenden Gesprächen zu tun, die sich in ihrem Sinngehalt, von denen jeder einzelne für sich genommen das Absurde in sich trägt, frappierend ergänzen.

Weil sich ihr also während des Gesprächs dieser niederschmetternde Eindruck aufdrängt, deshalb lässt Rita Franz ausreden.

Nervös spielt sie mit ihren Fingern. Und sie ist wohl auch ein wenig blasser im Gesicht geworden. Wohler würde sie sich fühlen, Spaltensturz, dem sie von den drei Freunden Georgs ungekünstelt ein besonderes Vertrauen entgegenbringen kann, als Gesprächspartner vor sich zu haben. Doch der ist nicht erreichbar, wie einer beiläufigen Erwähnung ihres Gastes zu entnehmen ist. Rita erinnert sich, dass Spaltensturz im Sommer gern für längere Zeit unterwegs ist. Da hat er sich wohl wieder aufgemacht, nachdem man Franz mit vorläufigen Klärungen beauftragt hatte. Es klingt so, dass er von den Freunden das Mandat dafür bekommen hat, das Notwendige mit ihr abzuklären, bevor man zum Sommerende hin eine gemeinsame Vorgehensweise überlegen will. Na, dann doch lieber Franz als Gottfried.

Sie hat eigentlich keine Veranlassung, ihm zu misstrauen. Ein wenig sonderbar ist es zwar, wenn er sie bei Georgs jährlichen Meetings immer recht kühl hat abblitzen lassen. Aber warum soll sie ihm daraus einen Strick drehen? Als Frau, so ist das doch, kann man nicht auf alle Männer gleichermaßen sympathisch wirken. Vielleicht ist eine gewisse emotionale Distanz sogar von Vorteil, wenn sie es tatsächlich mit einem sehr ernsten Problem zu tun hat.

Wenn Franz gegangen ist, muss sie sich ganz bestimmt erst einmal neu sortieren. Eine derart festgefahrene Stimmung von Entschlusslosigkeit, die sie in diesem Augenblick mit sich erlebt, würde sie sich beruflich nicht durchgehen lassen. Doch hat sie es an ihrem Arbeitsplatz gewöhnlich auch nicht mit einer derart dubiosen Faktenlage zu tun. Noch dazu sind die Umstände delikat geworden, wenn sie einmal die bisherigen Ehejahre zum Vergleich heranzieht, die überwiegend von vertrauensvollem Umgang miteinander geprägt waren. Nun führt sie binnen kurzer Zeit das zweite Gespräch mit einer Georg nahestehenden männlichen Person, das sich hinter seinem Rücken um ihn selbst dreht. Was würde sie davon halten, wenn es andersherum wäre? Um ihrer eigenen Integrität willen muss sie wünschen, dass zumindest ein Teil von dem stimmt, was man ihr vorgetragen hat, weil ohne eine solche Rechtfertigung durch eine Notlage sie sich ihres Verhaltens zu schämen hätte.

Sie sagt daher, als Franz seinen Erzählstoff erschöpft zu haben scheint:

„Ich weiß nicht, was ich von all dem, was du erzählt hast, nun glauben soll und was nicht. Vieles von dem passt einfach nicht zu dem Mann, den ich kenne. Ich will aber auch nicht behaupten, dass ihr euch alles aus den Fingern saugt oder bloß einer hysterischen Illusion erliegt. Was aber könnte ich, wenn zu handeln tatsächlich geboten wäre, tun, um Georg, wie du es formuliert hast, zu helfen?"

Franz streicht sich in der ihm eigentümlichen Weise den Bart, wobei er, im Sessel sitzend, von der unterstützenden Bewegung seiner Beine diesmal nicht profitieren kann. Er macht dabei ein für Ritas Verständnis reichlich zufriedenes Gesicht, was augenblicklich in ihr das Misstrauen ihm gegenüber wiederbelebt. Franz hat vielleicht etwas davon bemerkt. Er betont sofort, wie erleichtert er sei, mit Ritas Unterstützung rechnen zu können. Das Kernproblem sei für die Freunde der Vertrag, den Georg mit der DARUSCHA abgeschlossen habe.

„Ein Vertrag?", wundert sich Rita. „Was für ein Vertrag?"

Franz, der inzwischen wieder zu einem besorgten Gesichtsausdruck zurückgefunden hat, erläutert bereitwillig:

„Wir wissen, dass Georg unter dem Einfluss von Veronika mit der DARUSCHA Abmachungen getroffen hat, die sich um die Nutznießung seiner Entdeckung drehen. Jedenfalls ist etwas Schriftliches vereinbart worden. Zu wissen was, wäre für uns von unschätzbarem Vorteil. Dann könnten wir nämlich unsere Gegenmaßnahmen darauf einstellen, mit oder ohne Polizei, mit oder ohne Georgs Einverständnis. Ich kann dir nicht einmal versprechen, dass Georg ganz ohne Blessuren aus der Sache herauskommt. Doch seinen Absturz verhindern, das werden wir."

„Was könnte ich dabei tun?" Rita ist immer noch skeptisch.

„Na, eben herausfinden, was in dem Vertrag steht. Wer außer dir sollte im Stande sein, das zu tun?"

Rita ist verblüfft, als Franz ihr erläutert, dass Georg seine wichtigsten Schriftstücke in einem dunklen Koffer aufbewahrt, der in einem Schrank in seinem Zimmer abgestellt ist. Sie kann ihr Gefühl nur schwer verbergen. Wer ist denn nun eigentlich mit Georg verheiratet, sie oder die Freunde? Natürlich hat sie den Koffer hin und wieder gesehen und auch vermutet, dass Georg Wichtiges darin verwahrt. Darin liegt nichts Verdächtiges. Sie ihrerseits hat auch eine abgeschirmte Krämerecke. Doch sie respektierten untereinander diese kleine Intimsphäre; deshalb ist der Koffer auch niemals zum Gesprächsgegenstand oder gar zum Gegenstand ihrer Neugierde geworden.

Franz hat natürlich ihre Verwunderung bemerkt. Sofort ist er mit einer Erklärung zur Stelle. „Wir drei haben vor deiner Zeit mit Georg eine Zeitlang in einer Wohngemeinschaft gelebt. Damals waren solche Kommunen ja nichts Ungewöhnliches. Von daher kennen wir seine Gepflogenheiten. So, wie Georg auch unsere Gepflogenheiten kennt."

Dennoch, Rita bleibt der Gesprächsgegenstand peinlich. Sie fühlt sich ein wenig marginalisiert. Als Franz dann auch noch die Zahlenkombination für das Schloss zu nennen weiß, erschöpft sich ihre Geduld. „Ich werde gründlich über die ganze Sache nachdenken und dann meinen persönlichen Beitrag bestimmen, mit dem ich Georg und unserer Beziehung nützlich sein kann."

Franz entgeht nicht, dass für Rita die Unterredung nunmehr beendet ist. Er erhebt sich artig und betont eilfertig, wie sehr es im Interesse aller Beteiligten liege, heile aus der Sache herauszukommen. Doch ohne Kenntnis des

Vertrages habe man nun mal keinen Handlungsspielraum. Ganz am Schluss, als er wieder auf der Türschwelle steht, legt er Rita, die in ihrer aufgewühlten Stimmung kaum etwas davon bemerkt, sachte seine Hand auf ihren unbedeckten Unterarm. Von der bisherigen Reserviertheit des Mannes findet sich in diesem Augenblick keine Spur. Franz begleitet zwar seine spontane Geste mit treuherzigen Worten von der wertvollen Freundschaft, doch Rita hätte ein eigentümliches Blitzen in den Augen ihres Gastes sicher nicht übersehen, wenn sie nicht schon ihren Kopf zur Seite gewendet hätte, um mit den niederschmetternden Nachrichten dieses Tages endlich wieder allein sein zu können.

Wenn nach diesem unerquicklichen Gespräch Ritas Gefühle sich nun nicht gerade dahin verirren, den Überbringer der schlechten Botschaft für all das Entsetzliche verantwortlich zu machen, das in der Botschaft nun einmal drinsteckt, so ist sie doch keineswegs gut auf Franz zu sprechen. Er ist zu glatt gewesen. Er wirkte zeitweise ein wenig verschlagen. Ein uneingeschränktes Vertrauen kann sie ihm nicht entgegenbringen, auch wenn es ihr nicht in den Sinn kommt und sie für einen solchen Verdacht keine Motive ausmachen kann, dass er persönlich eigennützige Ziele verfolgt.

Denn immerhin ist seine Detailkenntnis erstaunlich. Der Grundgedanke seiner Aussagen deckt sich zudem mit Klaus Heimbrechts Andeutungen. Es wäre von ihr keine kluge Haltung, darüber hinwegzusehen, dass Georg tatsächlich wohl in irgendwelchen Schwierigkeiten steckt. Auch seine Gereiztheit und Streitbarkeit erscheinen ihr plötzlich in einem anderen Licht. Beinahe verspürt Rita den Wunsch, von dieser Seite einer überraschenden und bösen Entwicklung her eine gewisse Nachsicht für sein gehässiges Verhalten walten lassen zu dürfen. Aber dass all diese krummen Geschichten so völlig an ihr vorbeigelaufen sein konnten, ohne dass sie aus sich heraus auf etwas aufmerksam geworden wäre, das schmerzt sie. Ja, das macht sie ein wenig fassungslos.

Stattdessen haben die Freunde die Initiative ergriffen. Die Freundschaft aus alten Tagen erweist sich als stabilisierende soziale Instanz, während sie, die Ehefrau, ahnungslos im Abseits steht. Vielleicht ist das ja auch ein Grund für ihre momentanen Ressentiments gegenüber Franz, dass sie ein wenig neidisch oder eifersüchtig ist auf die Rolle, die er spielen darf in dieser sonderbaren Hilfsaktion Georg.

Sie hat man mit Diensten einer Zuträgerin abgespeist. Einen Vertragstext soll sie ausspionieren. Einen groben Eingriff in die Intimsphäre ihres Mannes mutet man ihr zu. Getreu dem Motto: Der Zweck heiligt hier die Mittel. Noch ist sie dazu nicht entschlossen. Sie muss aus ihrem Kontakt mit ihm nach seiner Rückkehr vom Kongress den unzweideutigen Eindruck vermittelt bekommen, dass dieser Weg, den Franz ihr angeraten hat, auch wirklich der richtige ist.

Mit diesem Vorsatz zwingt Rita sich zu einem Ende ihrer Grübelei und versieht mit äußerster Gründlichkeit ihre Abendtoilette, damit Melanie ihr bloß nicht anmerkt, wie sehr sie neben der Spur steht. Am Ende dann tut er ihr gut, der Abend als Angebot der Zerstreuung mit gutem Essen und etwas Wein, von dem sie mit ihrer besten Freundin Gebrauch macht und zwischendurch sogar ein- oder zweimal herzlich lachen kann.

Versuch einer Wiederannäherung

Nach Beendigung des Kongresses kommt Georg erst spät in der Nacht heim. Er ist noch bei Veronika gewesen, hat den Besuch aber nicht als sonderlich anregend empfunden. Am liebsten wäre er danach sofort ins Institut gefahren, um die Arbeit fortzusetzen, die ganz zuletzt, bevor er losmusste, die Hoffnung zu bestätigen schien, dass der entscheidende Durchbruch gelungen ist. Doch er sieht ein, dass er ein fahrlässig hohes Risiko einginge, seine Tarnung zu verlieren, wenn er so verführe. Deshalb entschließt er sich, die Nacht zu Hause zu verbringen und am anderen Tag zur gewohnten Zeit am Arbeitsplatz zu erscheinen.

Ihre Wohnung liegt dunkel. Rita schien wohl daheim zu sein. Sie würde aber in ihrem Zimmer schlafen. Als er sich in dem seinigen auf die Couch legt, spürt er eine bleierne Müdigkeit in den Knochen. Er betet beinahe um einen erquickenden Schlaf, der ihm inzwischen immer seltener gelingt. Immer häufiger stattdessen stellt sich jener Albtraum vom tanzenden Knirps ein; früher hatte der ihn doch nur gelegentlich heimgesucht, mittlerweile fürchtet er sich schon in jeder Nacht davor, wenn er noch wach ist. Diesmal, von der belastenden Kongressatmosphäre befreit und in die häusliche Vertrautheit zurückgekehrt, was zumindest für Räumlichkeit und Mobiliar gilt, wird sein Wunsch erhört und er ruht wie ein Stein, bevor am frühen Morgen der Wecker der entspannten Unbeschwertheit ein Ende bereitet.

Er ist schon dabei, das Haus zu verlassen, als es in der Küche zu einer Begegnung mit seiner Frau kommt. Die Begrüßung der beiden ist unterkühlt, jedenfalls ist Georg außer Stande, mit einem netten Wort oder einer versöhnlichen Geste emotional auf Rita zuzugehen. Sie schaut ihn fest an mit ihren dunklen Augen, in denen sich ein leichter Schimmer gebildet hat, den er übersieht, weil er wieder einmal schnell seinen Blick gesenkt hat. Auch Rita wendet bald ihr Gesicht ab von ihrem Mann und hantiert ungeschickt mit dem Geschirr, das sie für die Zubereitung ihres Frühstücks benötigt.

„Du, ich muss dann mal los", sagt er, weil er unter Gefühlsdruck geraten ist, überhaupt etwas zu sagen, bevor er, gewissermaßen eben erst angekommen, sich schon wieder auf den Weg macht. „Ich erzähl dir heute Abend mal, wie es gelaufen ist." Und weg ist Georg. Rita hat unterdessen geschwiegen und ihre fahrigen Handgriffe nicht unterbrochen.

Selbstverständlich muss er Klaus Heimbrecht, der sich heute schon vor ihm im Institut eingefunden hat, Bericht erstatten, was er mit äußerster Gründlichkeit tut. Die Botschaft kommt gut an beim Chef, dass sie mit ihren Forschungsergebnissen ordentlich im Rennen liegen und ihnen dafür viel Anerkennung entgegengebracht wird. Doch habe er seinerseits eine Reihe von Anregungen und praktischen Hinweisen mitbekommen, die er sofort mit seinem Team auf ihre Tauglichkeit hin testen wolle.

Klaus verfällt nach einer auffälligen anfänglichen Reserviertheit in eine aufgeräumte Stimmung und hält Georg noch eine Weile fest, in der sie beide über eher belanglose Themen sprechen. Georg hat den Eindruck, dass Klaus ihm etwas sagen will, aber nicht den richtigen Einstieg in eine Aussprache findet. Als sie sich trennen, vergisst er seinen Gedanken sofort.

Man geht an die Arbeit. Georg hat das Bedürfnis, den Kollegen seines Teams heute besondere Aufmerksamkeit zukommen zu lassen, um die Missstimmung der letzten Zeit zu zerstreuen. Man bezichtigt ihn eines unkooperativen Verhaltens, das hat er wohl mitbekommen. Ihren heutigen Routinemessungen mit relativ komplizierter Auswertung, alles im Zusammenhang mit der großen Sache, ihrer gemeinsamen Arbeit an dem BEK, versucht er eine betont kollegiale Note zu geben, bevor er viel später, in fiebriger Aufregung und nunmehr allein, da ansetzt, wo er in der letzten Woche den Durchbruch vermutete bei seiner

Zähmung der Elementarteilchen in einem der Wissenschaft noch unbekannten Trans-BEK-Zustand.

Georg ist peinlich darum bemüht, nur ja den Aufbau und die Einstellungen genau zu rekonstruieren. Alles muss so sein wie bei dem zurückliegenden Versuch. Doch das wirklich Entscheidende, das sagt ihm sein in physikalischen Angelegenheiten untrügliches Gespür, das wirklich Entscheidende ist das Material von Gottfrieds letzter Lieferung. In Spaltensturz' komplett durchrationalisiertem Ansatz sind nur Zahlen maßgebend. Die von dem Freund errechneten Kennziffern müssen erreicht werden. Das tun sie bei dem vorliegenden Fulleren-Molekül zweifellos in besonderem Maße.

Doch ihn, Georg, hat sofort etwas anderes ungleich stärker elektrisiert, nämlich die vollendete räumliche Struktur dieses molekularen Bausteins. Gottfried hat ihm in den zurückliegenden Wochen die Arbeit dankenswerterweise dadurch erleichtert, dass er ihm mit Hilfe eines bildgebenden Verfahrens jedes Mal eine dreidimensionale Abbildung des gelieferten Grundkörpers beigegeben hat. Sie sind in dem Betrieb, das muss Georg einräumen, ganz vorzüglich mit modernster Apparatur ausgestattet. Die hochauflösende Fotomontage von dem Molekül der letzten Fulleren-Lieferung hat ihn in Verzückung versetzt und ihn überzeugt, dass es, wenn das ganze Vorhaben überhaupt möglich ist, mit diesem Material gelingen muss.

Es sind an diesem Abend für Georg dramatische Augenblicke von höchster Anspannung, Minuten, die zu Viertelstunden anwachsen, Viertelstunden, die sich vervielfachen, Zeitintervalle, in denen riesige Kohlenstoffmoleküle mit großen inneren Hohlräumen mit stofflichen Winzlingen ohne Bewegungsenergie, Pioniere am absoluten Nullpunkt, beschossen werden und sich damit, man möchte so sagen, vollsaugen. Der Bauchraum des Fullerens weitet sich wie der einer Frau in der Schwangerschaft. Der neue Materiezustand dringt ein, fällt aber nicht mehr heraus. In der Terminologie derjenigen, die wie Gottfried an derartigem Stoff arbeiten, ist ein endohedraler Komplex entstanden. Aber was für einer! Georg hat sich bisher erfolgreich davor drücken können, Gottfried mehr als bloß vage darüber aufzuklären, was er eigentlich macht.

Innerlich bebend verfolgt Georg die Messergebnisse. Jeder neue gelungene Einschluss von Trans-BEK-Materie verändert entscheidende Parameter und bewirkt ihre Speicherung als neue Einstellung; so wie ein Gaukler, der Glaskugeln verschluckt und mit jeder Zufuhr der sonderbaren Nahrung sein Gewicht verändert, ohne doch an Persönlichkeit zu verlieren. Es wäre, wenn demnächst eine Langzeitmessung über Stunden und Tage die heutigen Messdaten bestätigte, nur eine sinnvolle Interpretation des Befundes möglich: In dem Hohlraum eines Fulleren-Moleküls konnte ein exotischer Teilchenbrei mit der eigenen Temperatur von null Kelvin eingebracht und selbst bei menschlicher Normaltemperatur stabil gehalten werden.

In der Tat sind es für Georg außergewöhnliche Augenblicke an diesem Abend, die, vereinnahmt von der emotionalen Kraft einer gewonnenen Gewissheit, zu einem grenzenlosen Moment tiefer innerlicher Feierlichkeit zerfließen. Der Durchbruch ist da! Georg besinnt sich inmitten all der Turbulenzen in seinem Kopf als erstes auf die Frage, die er vor einigen Monaten im Zustand nervöser Erregtheit schon einmal gestellt hat und bestätigt sich jetzt ohne alle Umschweife die Antwort: Ja, Spaltensturz ist ein Genie. Doch er, dieses Markenzeichen glaubt er sich jetzt ausstellen zu dürfen, er ist immerhin ein außerordentlicher Experimentator.

Es gehört zu den sonderbaren Charaktereigenschaften Georgs, seine Gefühle aus dem Inneren heraus nicht nach außen mitteilen zu können. So jedenfalls stellt sich das Phänomen für Rita, die mit diesem sperrigen Mann schon lange Jahre auf engem Raum zusammenlebt, vereinfacht dar. Sie hat, nach einer Zeit schlimmer Verwirrung, zu der Überzeugung gefunden, dass ihr Mann keineswegs gefühlskalt ist. Doch mit der Art, wie er mit seinen Gefühlen umgeht, stimmt etwas nicht. Nach außen kommt nichts von dem an, was augenscheinlich doch im Inneren erlebt wird. Der Transport an die Oberfläche mag unterbrochen sein, die Übersetzung von der Gefühls- auf die Handlungsebene ist nicht normal synchronisiert; irgendetwas in der Art muss es sein, was einem Beobachter leicht den Eindruck entlocken kann: Bei dem in seinem Inneren spielt sich überhaupt nichts ab.

Seine Frau fasst das beobachtete Missverhältnis von Gefühl und Gefühlsäußerung bei ihrem Mann als so etwas wie ein Kommunikationsproblem auf, wobei es ihr unverdientes Schicksal ist, nicht bloß Beobachterin eines fremden Verhaltensphänomens zu sein, sondern eine Mitakteurin in einer zu oft leblosen Interaktion, ohnmächtiges Opfer eines stillen Erlebnishorrors, in dessen verfänglichem Geflecht die positive Erwartungshaltung einer dem Leben zugewandten Frau regelmäßig stranguliert wird. Und dennoch, obwohl sie viel über dieses wichtige defizitäre Moment in ihrer Ehebeziehung nachgedacht hat, kann sie es in ihrem Wesenskern nicht wirklich entschlüsseln.

Auch jetzt, wo Georg sich der größten wissenschaftlichen Entdeckung seines Lebens *von Angesicht zu Angesicht* gegenübergestellt sieht und wo in seinem Inneren ein höllischer Aufruhr tobt, sitzt er bloß da und kaut an einer Bleistiftspitze. Nichts von seinem Triumphgefühl spiegelt sich in dem blassen mürrischen Gesicht. Würde ein Mitarbeiter seines Teams jetzt hereinkommen und ihn erstaunt anblicken, weil er den Arbeitsplatz immer noch nicht verlassen hat, dann würde Georg vielleicht teilnahmslos sagen: Du, ich geh jetzt mal. Ich glaube, ich bin etwas müde. Dann würde er aufstehen und weggehen, als wäre nichts geschehen.

Die Wahrheit ist aber die, dass Georg nicht selbst voll zu begreifen vermag, was mit ihm geschieht, wenn sein Persönlichkeitsverhalten unter den Einfluss einer starken Emotion gerät. Er hat sich unter Aufbietung seiner

Willenskräfte bislang erfolgreich verweigert, in diese intimen und wissenschaftsfernen Seelenzustände die neugierige Nase zu stecken.

Instinktiv ist er froh, dass er einen gradlinigen Weg hat einschlagen können, der ihn von der Schulbank über die Universität direkt in das Physikalische Institut geführt hat und dass ihm auf diesem Weg nicht aufgenötigt wurde, groß nach rechts oder nach links zu schauen, um dann gewiss verunsichert zu werden von dem, was es im Leben rechts und links von ihm und seiner Arbeit sonst noch alles gibt.

Insbesondere ist er immer froh gewesen, nicht mit noch mehr Menschen Umgang haben zu müssen als mit den wenigen, die ihm etwas bedeuteten: Seine Mutter, selbstverständlich; der Physiklehrer, der früh seine Begabung erkannte und nach Kräften förderte; die Freunde, die ihn auf dem persönlichen wie auf dem akademischen Weg begleiteten; Klaus Heimbrecht, der verständnisvolle Chef; und ... Rita? Selbstverständlich auch Rita, würde er zögernd einräumen, obwohl, so müsste er gestehen, bei Rita noch etwas anderes im Spiel ist, was er nur schwer, sehr schwer bestimmen und würdigen kann.

Zu den anderen Personen jedoch, soweit sie noch leben, dieser Gedanke geht ihm leicht ein, hat sich im Laufe der Bekanntschaft eine wertvolle Vertrautheit bei ihm einstellen können, die er im Prinzip, seit er zurückdenken kann, im Umgang mit fremden Menschen unbedingt vermisst. Im Gegenteil nimmt er in der Nähe eines anderen Individuums an diesem als allererstes etwas unerträglich Fremdes wahr, vor dem er auch physisch zurückprallt und mit dem sein in gewisser Weise verzerrtes Identitätsempfinden nichts zu tun haben will.

Jede einzelne Begegnung ruft immer wieder eine negativ gerichtete Emotion in ihm hervor, die ihn abzuschirmen versucht vor dem bedrohlichen Anderen, was im Laufe der Kindheit bereits zu einer atmosphärischen Wahrnehmung auf der Gemütsebene führte, als sei seine Persönlichkeit von einer magischen unsichtbaren Hülle umgeben, innerhalb der sie sich, von einer unüberwindbaren Kraft befördert, süchtig auf sich selbst zurückzieht.

Freilich, in dieser inwendigen Mikrowelt seiner selbst geht es durchaus kurzweilig zu. In ihr vermisst er nichts. Als dann erst die physikalische Leidenschaft von ihm Besitz ergriff und eine kolossale Faszination um die Zusammenhänge in der Tiefenstruktur der unbelebten Natur ihn durchströmte, da war er unaufhörlich beschäftigt und kostete herrliche Gefühle aus, die mit anderen Menschen zu kommunizieren oder zu teilen ihm jedoch kaum jemals ohne Not in den Sinn kam.

Ein Gefühl mitzuteilen, das würde ihm bedeuten, sich dem bedrohlich Fremden, das ein anderes Individuum verkörpert, auszuliefern, würde Gefahr heraufbeschwören, die unsichtbare Hülle zu sprengen, mit der zum eigenen Schutz seine Selbstwahrnehmung ummantelt ist. Im tiefen Inneren seines Persönlichkeitskerns, so hat es den Anschein, ruht so etwas wie ein schwarzes Loch, wie es Astronomen im Inneren von Galaxien ausmachen. Um sich herum hat es einen unsichtbaren Radius gezogen, innerhalb dessen die Gefühle angesiedelt sind; er gibt den Ereignishorizont des schwarzen Lochs in der Persönlichkeit ab, über den eine Emotion nicht hinaustreten kann, weil sie in einer eigentümlichen Schwerkraftfalle eingefangen ist.

Auf der Handlungsebene stellt sich, wenn wir nun das eben verwendete Bild verlassen, schon für Klein-Georg, hernach für Groß-Georg die Situation so dar, dass er außerstande bleibt, eine Emotion überhaupt von innen nach außen zu tragen, sie in einer sozialen Beziehung oder Interaktion zu kommunizieren, ihr selbstbewusst aufzutragen, sich mitzuteilen. Jene zurückliegenden ganz gelegentlichen Versuche bewirkten zuverlässig einen Erlebnisschock, der aus der Empfindung hervorging, als würde er mit seiner ganzen Person in einem Energiefeld regelrecht verglühen.

Wir lassen uns die scheinbar abschweifenden Bemerkungen nicht deshalb zuschulden kommen, um sie womöglich an anderer Stelle, wo sie dem einen oder anderen Beobachter etwas besser aufgehoben erscheinen könnten, einzusparen, was doch auf das Ganze des zu erzählenden Stoffes gesehen keinen wirklichen Gewinn darstellte, sondern um eine günstige Einfühlungsvoraussetzung in jene merkwürdigen Missverständnisse, die sich zwischen Georg und Rita im Gefolge ihrer zunehmend entfremdeten Beziehung auftun, zu bewirken. Missverständnisse von solcher Art wie zum Beispiel am Ende des Tages, der, vom greifbaren Erfolg her betrachtet, zweifellos Georgs größten Triumpf in seinem Forscherleben verbuchen kann.

Allerdings sei uns gestattet, bevor wir unsere Beobachtung in diesen Erzählfaden hinein verfolgen, das Notwendige zum Fortgang des Wissenschaftsprozesses, in welchen Georg eigenmächtig involviert ist, hier nachzutragen.

Der Durchbruch ist erfolgt. Experimentelle Wiederholung müsste demnächst das Ergebnis als zweifelsfreies wissenschaftliches Resultat bestätigen. Sodann wäre, auf eine längere Sicht, das Verfahren derart zu verbessern, dass hinsichtlich der Menge der subatomaren, atomaren und molekularen Akteure nicht nur dank der Empfindlichkeit der Detektoren etwas aufzufinden ist, sondern substanziell tatsächlich die Dimension wägbarer Quantitäten erreicht wird.

In dieser Angelegenheit, so sei hier vorgegriffen, gelingt Georg schon bald die Entwicklung eines Verfahrens, mit dem die von ihm zuerst nur in kleinen Spuren erzeugten endohedralen Komplexe aus Fulleren-Molekülen und atomarem Kondensat im Trans-BEK-Zustand sich mit atemberaubender Geschwindigkeit erzeugen lassen, so dass kleine Behältnisse von vielleicht einem Kubikzentimeter Volumen damit zu füllen sind. Dadurch erst wird es Georg ermöglicht, seiner vertraglichen Verpflichtung gegenüber Gottfried, die für diesen eine anteilige Belieferung mit dem entdeckten Stoff vorsieht, nachzukommen.

In einer anderen, kaum weniger wichtigen Angelegenheit will er allerdings erst noch abwarten; die Frage nämlich, wann und wie die Ergebnisse seiner Arbeit im wissenschaftlichen Kreis zu kommunizieren sind, würde er niemals von sich aus ohne Spaltensturz entscheiden. Der aber ist noch unterwegs und scheint keine Eile zu haben, irgendetwas zu forcieren.

Unter Druck stehen sie nicht, das jedenfalls glaubt Georg. Kein Physikerteam weltweit hat ihr Projekt auf der Agenda. Zum Ende des Sommers, das wäre eine realistische zeitliche Vorstellung, würde man die Schritte vorbereiten. Bis dahin aber kann er sich den neuentdeckten Zustand in aller Ruhe vorknöpfen und akribisch auf seine Eigenschaften hin untersuchen, so, wie er und sein Team das mit dem Bose-Einstein-Kondensat schon eine ganze Weile tun.

Nun, nach diesen vorläufigen Ausblicken auf die etwas esoterisch anmutende Trans-BEK-Forschung von Georg und Spaltensturz, wollen wir zurückkehren zum Abend jenes Tages, an dem der experimentelle Durchbruch in einem außergewöhnlichen wissenschaftlichen Projekt gelang.

Georg hat Rita ja am frühen Morgen versprochen, später über seine Reise und über seine Tagung zu berichten. Um den Augenblick hinauszuzögern, da dies geschehen muss, verbleibt Georg noch so lange im Institut, wie das überhaupt möglich ist, ohne weiteres Misstrauen zu schüren. Mit etwas von dem belastet, was man landläufig ein schlechtes Gewissen nennt, kehrt er heim.

Rita sitzt, über ein Buch gebeugt, scheinbar entspannt im Wohnzimmer und begrüßt ihren Gatten zurückhaltend freundlich. Sie erhebt sich, lächelt verhalten, macht zwei Schritte auf ihn zu, tritt jedoch nicht, wie es über die Jahre Gewohnheit geworden ist, nahe an den Lebensgefährten heran, um ihm eine zärtliche Berührung zukommen zu lassen, sondern bleibt in einem deutlichen Abstand vor ihm stehen.

In einer kurzen Aufwallung, einem Konglomerat aus Anerkennung und Missgunst, registriert Georg die überlegene Befähigung seiner Frau, ihre Körpersprache jeder Situation geschickt anzupassen. Während er, so ist sein deprimierender Eindruck, den er gelegentlich auch mal vor seine inneren Kontrollinstanzen treten lässt, mit dem ewig gleichbleibenden blöden Gesichtsausdruck herumläuft, als wäre ihm eine Maske übergezogen, scheint sie allein für den Umgang mit ihm ein halbes Dutzend Varianten ihres Lächelns zur Auswahl zu haben, über die sie souverän zu gebieten weiß. In diesem Moment läuft sich seine negative Emotion jedoch gleich im Ansatz wieder tot.

Auch Georg macht einen Schritt auf seine Gattin zu. Sein Unterbewusstsein wird nämlich noch auf etwas anderes eingestimmt, was in seiner Wahrnehmung so übersetzt wird, dass Rita immer noch eine attraktive Frau ist. Ihm fällt auf, dass sie entgegen ihrer sonstigen Gewohnheit einen hellen Rock trägt, dessen Saum über den Knien abschließt und der vorteilhaft zu einer in rötlichem Ton gehaltenen Bluse mit dezentem Ausschnitt passt, die ihren schönen Hals mitsamt der oberen Brustpartie voll zur Geltung bringt.

Ein Erinnerungsfetzen entsteht und steigt auf. Diese Bluse ... ja, natürlich, sie trug sie an dem Tag, da sie sich kennenlernten. Auch der Rock ist schon sehr viel älteren Datums. Herrjeh, sie kann nach über zwanzig Jahren diese Stücke noch tragen und macht eine außerordentlich gute Figur darin! Unwillkürlich beißt er sich auf die Lippen, als ihm einfällt, mit welcher Gemeinheit er sie attackiert hat. Aber auch der Gedanke, dass Rita in all den Jahren immer eine verlässliche Partnerin gewesen ist, geht ihm durch den Kopf. Georg macht noch einen weiteren Schritt auf seine Frau zu und erwähnt beiläufig, sie würden mit ihrer Arbeit im Institut ganz gut vorankommen.

Tatsächlich fürchtet er sich in diesem Moment panisch vor dem drohenden Zustand einer Handlungslähmung, die nach manchen bösen Erfahrungen einhergeht mit einem emotionalen Konflikt, in dem sich konkurrierende innere Kräfte gegenseitig paralysieren. Es ist, des ungeachtet, ein tiefes, heißes Begehren in ihm entstanden, der Frau nahe zu sein, die vor ihm steht, sich in der wunderbaren Landschaft ihres warmen Körpers zu verlieren und alle Unruhe einfach abzustreifen.

Er würde sie spüren. Sie würde ihn spüren. Sie würden gemeinsam sich mitreißen lassen von einer Woge der verständnisvollen Zuneigung, in der sie sich unbeschwert mitteilen können. Von seiner wahren Aufgabe, seinem Alleingang im Institut möchte er ihr sodann erzählen, von dem ausgekosteten Triumph am heutigen Tag und von den Hoffnungen, die er damit verbindet. Er würde lachen und sofort hinzufügen, dass all das doch nichtig sei gegenüber dem herrlichsten Geschenk seines Schicksals, dass er sie gefunden habe.

Wie es aber herausspringen will, das heiße Begehren und vergeblich um unterstützende Worte oder Gesten bittet, um sich mitzuteilen, da ward es festgehalten und umschlungen. Die eiligen Gedanken, die heißen Gefühle, das triebhafte Verlangen, sie raufen heftig miteinander und verknoten sich unauflösbar. Ein Zauber müsste jetzt her und den Knoten zur Auflösung bringen. Früher ist es öfter mal so geschehen, dass der ersehnte Zauberer in Gestalt der eigenen Frau seine magische Arbeit unaufdringlich und mit Erfolg verrichtete. Das sind aber andere Zeiten gewesen.

Rita ihrerseits ist auch noch einen kleinen Schritt auf Georg zugegangen und hat gerade dort Halt macht, wo sich nach einem allgemeinen menschlichen Empfinden die Intimzonen zweier Individuen berühren. Hier zögert sie. Sie sieht ihren Mann fragend an und versucht in seiner versteinerten Mimik etwas zu erforschen, was ihr weiterhelfen könnte, in dieser für sie nicht kalkulierbaren Situation, das Richtige für sie beide zu tun. Schließlich lächelt sie noch einmal und lädt ihn ein:

„Du wolltest mir von deiner Tagung erzählen, Georg? Ich bin interessiert. Setzen wir uns doch."

Da ist der emotionale Knoten festgezurrt. Georg, der an diesem Tag erfolgreich seine Materiebausteine zähmen konnte und die kleinen davon gezwungen hat, sich in die großen einschließen zu lassen, muss machtlos erleben, wie seine eben noch als wunderbar in ihm in Erscheinung getretene Sehnsucht hässlich verkümmert und von Kräften, die nicht minder gewaltig sind als jene, mit denen er seine Teilchen unter die Botmäßigkeit seiner Versuchsanordnung zwingt, wieder einmal erfolgreich in seiner unfassbaren Seele eingeschlossen wird.

Noch ist der innere Kampf in Georg keineswegs entschieden, von dem Rita, im Umgang mit Menschen erfahren und in der Entschlüsselung von Botschaften der Körpersprache geübt, gleichwohl nichts mitbekommt. Doch die Weichen sind immerhin so voreingestellt worden, dass eine Wende hinein in eine Situation, wie Georg sie eben einen Augenblick lang zutiefst ersehnt hat, unwahrscheinlich geworden ist. Er hat bereits den gewohnten Habitus einer interessierten Geschäftigkeit angenommen und berichtet routiniert von einer eher unbedeutenden und wenig aufregenden Zusammenkunft unter Physikern.

So sitzen sie denn auf dem Sofa nebeneinander, ohne dass sich die Körper berühren oder eine Berührung sich auch nur anbahnt. Rita, die noch immer mit gewinnendem Lächeln, in dem eine wachsende Enttäuschung bald Spuren hinterlassen wird, ihrem Mann Aufmerksamkeit zukommen lässt, hört zerstreut hin. Georg, dessen innerer Schrei nach körperlicher Nähe in seiner Seele noch nicht vollkommen verstummt ist, kann längst bei sich kein Instrumentarium mehr ausmachen, wie eine solche Nähe zu seiner Frau denn überhaupt herzustellen ist.

Doch noch reden sie miteinander; hernach, als der Kongress als Thema abgehakt ist, über dieses und jenes, was sich in der Gemeinde und darüber hinaus zugetragen hat. Georg scheint sich sogar ein wenig zu entspannen, seine

Mimik entkrampft sich. Rita ist sich ungleich mehr als ihr Mann darüber im Klaren, dass dieses heute das erste Gespräch seit dem Eklat Ende Mai ist. Seine distanzierte, recht förmliche Entschuldigung hat er noch um keinen weiteren Wiederannäherungsversuch ergänzt. Doch sie reden miteinander. Und solange sie miteinander reden können, das hat sich Rita als Maßstab gesetzt, ist der Beziehung eine Chance zu geben, auch wenn zusätzlich eine Reihe von belastenden Momenten und dubiosen Aussichten hinzugetreten ist. Wenn er doch nicht nur irgendetwas reden, sondern einmal aus sich herausgehen, einmal etwas von sich und seinem Innenleben preisgeben würde! Sie muss doch noch eine wichtige Entscheidung treffen.

Sosehr sie auch sucht, in seinen Worten, im nervösen Spiel seiner Hände, im Zucken seiner Gesichtsmuskeln oder in der undefinierbaren Signatur seiner Augen, sie bekommt noch keine Entscheidungshilfe. Da raunt auf einmal etwas, etwas, was aus seinem Inneren heraufzukommen scheint: Wie müde er doch sei; und wie sehr er sich wünsche, dass in sein Leben demnächst mehr Ruhe und Normalität eintreten könnte. Sie horcht auf. Was steckt dahinter? Ist es ein flapsiges Gerede von ihm? Oder spricht ein tiefes Bedürfnis aus ihm? Äußert er verschlüsselt seine Sorgen oder versteckt er irgendwelche Absichten?

Da fasst sie, die an das Ende ihrer Möglichkeiten angelangt zu sein scheint, mit den Mitteln einer Frau auf den Mann einzuwirken, den sie noch nicht verloren geben will, die gleichermaßen zu dem Risiko bereit ist, für ihre Sache Ungewöhnliches zu tun wie von dem festen Willen beseelt, nicht ein weiteres Mal sich in ihrer Würde beschädigen zu lassen, ihren Mut zusammen und ergreift seine beiden Hände.

Wohl ist sie sich bewusst, wie sehr ihn ein unerwarteter Körperkontakt aus dem inneren Lot werfen kann. Es ist ungemein schwer, bei ihm zu kalkulieren, in welche Richtung das innere Pendel seiner geheimnisvollen Scheu ausschlägt. Zwar hat sie in manchen zurückliegenden

Stunden, während der vergleichsweise unbeschwerten Jahre, die Lage für sich instinktiv geschickt ausbeuten können, wenn sie gestimmt war, mit ihm Sex zu haben, während er vielleicht über einem wichtigen Diagramm brütete. Nicht immer waren derartige Versuche einer überstürzten zärtlichen Annäherung gut ausgegangen. Insbesondere die Hände, die mit von auf Abwehr geeichten Sensoren übersät sein müssen, durften keinesfalls als erste Opfer einer Berührung werden. Händchenhalten, noch dazu in der Öffentlichkeit; Rita kann sich zu ihrem Leidwesen kaum eine solche Szene in Erinnerung rufen.

Doch jetzt will sie keinen Sex. Sie hat vielmehr das Empfinden von einer außergewöhnlichen emotionalen Bedeutung dieses Augenblicks für die längerfristige Perspektive ihrer Beziehung, einer Bedeutung, die mehr davon abhängt, ob sie beide sich während dieser Minuten eines lange vermissten Beisammenseins als liebenswerte Partner erkennen und anerkennen können als davon, ob sie in diesem Augenblick miteinander schlafen. Selbstverständlich würde sie sich, sollte es in der Offenheit der Situation spontan dazu kommen, dem nicht verweigern. Doch um die Hürde dafür hochzulegen und um sich bei ihm eines Gefühlsausdrucks in der zuvor genannten Richtung sicherer sein zu können, deshalb bemächtigt sie sich seiner Hände und zieht sie vorsichtig an sich heran.

Sie redet ihm zu, sparsam mit den Worten; und sie hütet sich, aufdringlich oder vorwurfsvoll zu wirken. Sie sagt ihm, dass sie beide sich unbedingt aussprechen müssen, um die schwere Belastung, unter die ihr Miteinander geraten sei, umsichtig abzubauen und das an positiven Kräften freizulegen, was für eine erneuerte Beziehung wertvoll sein könnte. Sie habe ihn unaussprechlich gern und sei bestrebt, auch weitere schöne Jahre an seiner Seite zu verbringen.

„Doch jedes Miteinander von Mann und Frau", so sagt sie am Schluss, „hat ohne die nötige Wartung irgendwann seine Strapazierfähigkeit erschöpft. Du solltest wissen,

dass ich mich augenblicklich in meiner Lage nicht wohl-
fühle. Ich habe andere emotionale Bedürfnisse als du, und
ich fände es toll, wenn du das berücksichtigen könntest.
Doch demnächst, ich meine das ernst, demnächst müssen
wir uns aussprechen. Und wir dürfen nicht lange damit
warten."

Mit keiner einzigen Andeutung geht sie auf das ein, was
sie von Franz und von Klaus Heimbrecht erfahren hat. Sie
verschweigt auch ihre Begegnung mit dem einen wie mit
dem anderen.

Georg, in seiner im Übrigen immer noch reglosen Haltung, hat seine Hände der Gattin nicht entwunden, was
diese als ein positives Zeichen zu deuten geneigt ist. Ringt
er mit sich? fragt sich Rita, die ihren Mann zwar freundlich, doch auch forschend ansieht. Ein wenig transparenter, während sie redet, wird die Mattscheibe hinter seinen
Augen, in die so etwas wie ein emotionales Leben einzudringen versucht. Ihre Worte, dass sie sich aussprechen
müssten, verursachen ihm augenscheinlich Pein. Oder ist
es gar etwas anderes, was sein negatives Berührtsein hervorruft? Es zuckt in seinen Händen. Doch noch immer
lässt er sie in den Ihrigen ruhen.

Als ihr schließlich doch noch die vage Bemerkung her-
ausrutscht, „Georg, du kannst mir alles erzählen, wenn
dich etwas bedrückt", da sind es auf einmal seine geweite-
ten und völlig transparent gewordenen Augen, die sie zu
der Entscheidung finden lassen, es müsse getan werden.
Denn in diesen Augen, die ihr so selten etwas mitzuteilen
erlauben, glaubt sie fest den Ausdruck einer zerstöreri-
schen Angst, einer belastenden Verstrickung zu entdecken. Als er seinerseits murmelt: „Ach, Rita, wenn du
wüsstest", da ist sie sich völlig sicher, dass er sich in
Dummheiten verrannt hat, aus denen er, so sehr er es
auch will, allein nicht mehr herausfindet. Dass sie derartige „Dummheiten" unbedingt mit dem in Verbindung
bringt, was Franz ihr erzählt hat und was Klaus Heimbrecht ihr indirekt zu bestätigen schien, wer wollte es der

von den Ereignissen und von den Nachrichten hinundher-gerissenen Frau verdenken?

Sie haben dann tatsächlich keinen Sex mehr miteinander, wie es Rita als Entwicklungsvariante für den Abend favorisiert hat. Georg, der in seinem ganzen Verhalten so etwas wie ein Einlenken zum Ausdruck bringt, ohne sich indes ganz klar zu der Situation zu äußern, scheint mehrfach unschlüssig, wie er denn mit der erotischen Ausstrahlung seiner Frau umgehen soll. Doch schließlich, da der Abend überhaupt schon fortgeschritten und für die von Rita ins Gespräch gebrachte Aussprache sinnvollerweise gar nicht erst einzubeziehen ist, kann er glaubhaft versichern, einer großen Müdigkeit nach den Anstrengungen der letzten Tage nachgeben zu müssen.

Er akzeptiert einen von Rita vorgeschlagenen Zeitrahmen für ein demnächst mit echter zweisamer Auszeit verbundenes Gespräch und verabschiedet sich mit einem vergleichsweise innigen Wangenkuss für die Gattin auf sein Zimmer. Denn dass sie nach dieser erst doch vorläufigen Versöhnung gleich sofort ihre getrennte Schlafstatt wieder vereinen, das haben sie nicht ins Auge gefasst. So verbringt Rita, die sich mehr denn je zu ihrem eben gefassten Entschluss bekennt, den Rest des Abends allein im Wohnzimmer mit einem gewissen Maß an seelischer Erleichterung und stimmungsmäßiger Zuversicht.

Sie lässt noch das Wochenende verstreichen, das Georg für sich reklamiert hat, um einen dringend notwendigen Bericht über den Kongress auszuarbeiten. Am Dienstag darauf aber, als Georg im Institut weilt, während sie den Vormittag frei hat, betritt sie das häusliche Arbeitszimmer ihres Mannes. Möglicherweise hat Georg längst vergessen, dass sie am Anfang ihrer Ehezeit einmal vereinbarten, wie im Falle einer Notlage Räumlichkeit und persönliches Mobiliar des anderen auch im Falle seiner Abwesenheit zugänglich zu machen sind. Niemals bisher hat Rita davon Gebrauch gemacht. Sie für ihre Person schließt ohnehin bei sich nichts ab.

Ihr ungewohntes Verhalten ruft ein ungewohntes Gefühl in ihr hervor. Keineswegs wohl fühlt sie sich bei ihrem Vorgehen, das sie wieder und wieder aus der Not der Situation rechtfertigen zu müssen glaubt, um überhaupt die nötige Kraft für ihre untypische Zudringlichkeit aufzubringen.

Das Zimmer kennt sie natürlich gut. In dem Schrank schaut sie sich nicht um. Sie ergreift den Koffer, um nur diese eine einzige von den Freunden als notwendig erachtete Information zu besorgen und zweifelt auch sofort daran, dass Georg über mehr als zwei Jahrzehnte die Ziffernkombination beibehalten hat.

Ihr ist über die Zeit selbstredend etwas seltsam Unflexibles aufgefallen, was er, bei der Körperpflege angefangen, über Kleidung und Nahrungsaufnahme bis hin zu sonstigen Gewohnheiten im Lebensrhythmus an den Tag legt, und was in krassem Gegensatz zu seiner wissenschaftlichen Neugierde und Experimentierfreudigkeit steht. Dass seine Kaffeetasse niemals links neben ihm stehen darf und es ihn zornig macht, wenn erst der Kaffee eingegossen und danach die Milch zugegeben wird, anstatt die Reihenfolge der Handlungen genau umgekehrt vorzunehmen, dass man ihn am besten überhaupt nicht mit der Zuvorkommenheit belästigt, sich um seinen Kaffee zu kümmern, diese von ihr als Marotten begriffenen Eigenarten sind ihr also bekannt. Dennoch erstaunt es sie an diesem Vormittag, dass das Kofferschloss nach der Eingabe der von Franz preisgegebenen Ziffernkombination tatsächlich aufschnappt.

Rita ist krampfhaft darum bemüht, nur nach dem Vertrag Ausschau zu halten und alles andere zu ignorieren. Sie kann aber nichts dergleichen auffinden. Da, ein Schriftstück mit Vertragsmerkmalen. Doch ist das eine Vereinbarung mit Gottfried, in der sich Georg zur Gewährung einer Teilhabe an einem neuen Stoff verpflichtet, wenn Gottfried ihn mit irgendwelchen Chemikalien beliefert.

Herrjeh, das Schriftstück stützt den Verdacht von Klaus Heimbrecht. Aber ein weiterer Vertrag mit einer Verbrecherorganisation oder einer von ihr gesteuerten Briefkastenfirma liegt nicht vor. Entweder sind die Freunde falsch informiert oder Georg hat für dieses Dokument noch einen besonderen Platz gefunden. Das würde sie aber jetzt nicht tun, alle möglichen Ecken und Sachen durchstöbern, um doch noch etwas zu finden.

Sie legt alles wieder an seinen Platz zurück, verschließt den Koffer, verstaut ihn in den Schrank und ist neben ihrer Enttäuschung über den Ausgang der Aktion auch von dem Dreck negativ berührt, der an verschiedenen Stellen herumliegt, was ihr aber erst jetzt nach ihrer Suche auffällt: sonderbare kleine Knäuel, die sie an die Hinterlassenschaften von Spinnentieren erinnern. Igitt! Georg müsste doch mal reinemachen.

Rita ist erleichtert, ihre Aufgabe abgeschlossen zu haben, obgleich sie den Gedanken nicht verdrängen kann, dass die Ergebnislosigkeit ihrer Suche zum Problem für die weitere Klärung in der ganzen dummen Geschichte werden kann.

Zweiter Teil

Der Fluch der Hitze

Georg in der Klemme

Ritas Verhältnis zu ihrer Freundin Melanie ist seit dem Bruch der Beziehung mit Georg noch enger geworden. Es mag so sein, dass zwei in ihren Ehen enttäuschte Frauen einen gemeinsamen Nenner gefunden haben, der ihrem Bedürfnis nach Nähe und sozialem Kontakt entspricht. In der Tat haben sie viel Stoff für intime Aussprachen. Des ungeachtet hat sich an der Haltung von Rita, sich ihre Zeit und ihre Erfahrung an der Seite von Georg nicht feminin zerreden zu lassen, auch nach der jüngsten Katastrophe nichts geändert. Melanie scheint das aber begriffen und sich rücksichtsvoll darauf eingestellt zu haben.

Die Freundin war, nachdem sie von Rita offen und detailliert über alles Nötige informiert worden war, spürbar nachdenklicher geworden, und sie hielt sich mit Bemerkungen, in denen Häme, Spott oder auch eine der Selbsterleichterung dienende Besserwisserei herauszuhören gewesen wäre, auffallend zurück. Es gelang den beiden Frauen, - und Rita nahm die Wende in der atmosphärischen Ausstattung der Freundschaftsbeziehung dankbar an - in eine gereifte Phase der gemeinsamen Verarbeitung von Lebenserfahrungen einzutreten. Auf dieser Stufe gibt es seither manches zu erzählen, was die Gefühle der anderen nicht verletzt und noch zusätzlich eine persönliche Erleichterung verschafft. Das ist der Grund, warum Rita in der letzten Zeit häufig mit Melanie zusammen ist, wenn sie es nicht vorzieht, allein in ihrer kleinen neuen Wohnung zu bleiben oder auch mal mit Klaus Heimbrecht zu einer Unterhaltung zusammenzukommen.

Sie ist zudem ungemein froh über ihre Berufstätigkeit, in der sie, im Unterschied zur Freundin, voll aufgeht. Es ist von unschätzbarem Wert, dass sie sich in ihrer Arbeit, die im Laufe der Zeit eher spannender und abwechslungsreicher geworden ist, konzentriert aufhalten kann und sich damit auf eine natürliche Weise von emotionaler Beschwernis, die nicht einfach aus der Welt zu schaffen ist, ablenkt. Insbesondere die Frage nämlich setzt ihr zu, ob sie nicht einen groben Fehler oder eine schlimme Unterlassung beim Heraufziehen der Katastrophe begangen habe, aus der das Schicksal dann eine überraschende Eskalationsdynamik speiste.

Nicht um Georg von Schuld zu entlasten oder ihn der Verantwortung zu entheben, stellt sie sich diese Frage, sondern um besser zu verstehen, was im Laufe vieler Jahre in ihrer Beziehung geschah - was insbesondere in jenem Augenblick geschah, als völlig unerwartet ein Sturmwind über sie hereinbrach.

Es ist ihr, wenngleich ziemlich spät, wie sie bedauert, durch die letzten Ereignisse in einer unheimlichen Weise klar geworden, dass Georg im Hinblick auf elementare menschliche Wahrnehmungs- und Verhaltenseigenschaften *anders* ticken muss. Mit ihrer Einschätzung geht der Konflikt in ihrer Ehe sicherlich über das hinaus, was schon im *Standardmodell* jede Geschlechterbeziehung belastet.

Seit sie einen freundschaftlichen Umgang mit Klaus Heimbrecht pflegt, mit einem ganz anders als Georg gearteten Männertyp, kann sie ihre gereifte Sichtweise zusätzlich bestätigen. Kurz und gut: Liegt sie mit ihrer Vermutung richtig, dass sie es bei Georg mit einer abnormen Veranlagung im moralisch wertfreien Sinn zu tun hat, dann ist zumindest ein Teil des schweren Zerwürfnisses darauf zurückzuführen, dass Georg, sofern er sich selbst über seine Natur im Klaren ist, dieses Anderssein beständig abzuschirmen bestrebt ist, wofür er sicher einen hohen Energieaufwand leistet. Fatal, denn entstünde aus einer bestimmten Konstellation heraus in Georg das Gefühl, berechtigt oder nicht, er sei in seinem Wesenskern durchschaut worden, was dem Eindruck gleichkäme, seine Persönlichkeit hätte eine Verletzung erlitten und ein verborgen gehaltenes inneres Band der Stabilität würde durch eine außenstehende Person zerschnitten, dann müsste eine solche emotionale Situation hochexplosiv sein. Sie kann sich nicht helfen, aber die Katastrophe, die ihre

Trennung auslöste und deren erkennbare Bedeutung in überhaupt keinem vernünftigen Verhältnis zu dem martialischen Getöse und den schwerwiegenden Konsequenzen steht, hat etwas von einer solchen Situation.

Sie sieht ihn wieder vor sich, zunächst in der Pose einer stummen Fassungslosigkeit, in der die weit aufgerissenen Augen zu Zeugen eines schrecklichen Vergehens geworden zu sein scheinen, hernach in der unkontrollierten Wucht eines Tobsuchtsanfalls, der in einer Weise die Dämme seiner verbalen Gesellschaftsfähigkeit bersten ließ, wie sie das niemals mit ihm erlebt hat, eigentlich überhaupt noch niemals mit einem Menschen erlebt hat.

Eine schrille, eine fremd klingende Stimme hat sie in sein Zimmer gerufen, der sie augenblicklich Folge zu leisten sich verpflichtet fühlte, weil sie an etwas Schlimmes dachte. Da fand sie ihn dann in einer zwar aufrechten, doch leicht vornüber gebeugten Haltung, wie zur Salzsäule erstarrt und mit Gesichtszügen, die von einer plötzlichen beidseitigen Lähmung modelliert schienen, bevor sie aufbrachen und eine furchtbare, unerträglich weite Öffnung der Augen zuließen. Das waren aber Augen, die sie anstarrten, als ob sie sie verschlingen würden.

In dem Augenblick hatte sie noch die Befürchtung von einem körperlichen Ungemach. Eine Attacke vermutete sie, sei es von Herz oder Hirn oder, das ist sogar der allererste Eindruck gewesen, ein Allergieschock, wie er durch unverträgliche Lebensmittel hervorgerufen werden kann und was sie schon einmal bei einem Besuch in der Verwandtschaft miterleben konnte. Als höchst gefährlich sind ihr solche Körperreaktionen bekannt. Deshalb ist sie im Begriff gewesen, sofort die notwendigen Schritte einzuleiten, als die schrille Stimme zum zweiten Mal erklang und dieses Mal wie ein Bannfluch über sie herfiel:

„Hast du? ... du hast! ... in meinen Sachen herumgewühlt?!"

Da erst, durch die Worte alarmiert und ohnehin schon ein Stück von ihrer Idee einer körperlichen Bedrohung abgebracht, gewahrte sie den geöffneten Schrank in seinem Zimmer. Davor, unachtsam verteilt, lagen einige Schriftstücke neben dem Koffer.

„Georg, ich will dir erklären ...“, hat sie eine Rechtfertigung begonnen, ist von ihm jedoch sofort unterbrochen worden.

„Da gibt es nichts zu erklären. Du hast heimlich in meinen Sachen herumgeschnüffelt!“

Als hätten diese Worte verborgene Schleusen geöffnet, hinter denen eine Flut von Verbalinjurien hervorbrach, steigerte sich ihr verwirrt wirkender Gatte in einen Auftritt hinein, den sie gerne für immer vergessen würde. Sie ist überhaupt nicht mehr zu Wort gekommen. Bis dann die Gehässigkeiten derart persönliche Züge annahmen, dass sie ihrer weiteren Erniedrigung durch Verlassen des Kampfplatzes vorbeugte.

Da war aber der Höhepunkt schon überschritten oder, besser gesagt, es erfolgte, bevor er erreicht werden konnte, ein abrupter Absturz der verbal transportierten Leidenschaft, indem Georg von einem auf den anderen Augenblick in ein beklemmendes Stottern und kaum verständliches Stammeln verfiel. Sie war noch überrascht und musste mit einem plötzlichen Mitleidsempfinden fertig werden, bevor sie ihren Vorsatz zu Ende brachte, weil alles Mitleidsempfinden denn doch nicht stark genug war, jenen Eindruck in ihr abzutöten, dass mit dem soeben erlebten Maß an Demütigung eine Grenze überschritten war, die ihre Selbstachtung nicht mehr ignorieren durfte.

Sie hat ihn, der durch seine plötzliche Maläse auf einmal düpiert und abgekühlt wirkte, einfach stehen lassen, hastig wenige persönliche Gegenstände und etwas Wäsche zusammengerafft und das Haus verlassen, um bei Melanie zu übernachten. Es ist eine Erleichterung gewesen, sich bei der Freundin nach Herzensqual ausheulen zu dürfen.

Was sie immer noch nicht begreift, das ist die Selbstsicherheit, mit der Georg seinen Verdacht vorbrachte. Dabei hatte sie alles getan, um keine Spuren zu hinterlassen. Sie hatte, bis auf die Mappe, in der sie den Vertrag, so es ihn gab, vermutete, nichts angerührt. Sie hatte dann alles so gerichtet, wie sie es vorgefunden hatte. Und dennoch konnte er mit traumwandlerischer Sicherheit behaupten: *Du warst an meinen Sachen!*

Rita lässt die Ereignisse also noch einmal Revue passieren, um mehr Klarheit zu gewinnen. Im Hinblick auf die Gründe für seine Entdeckung ihres kleinen Eingriffs gelingt ihr das nicht. Doch dass etwas Besonderes in seinem Wesen schlummert, was dafür verantwortlich ist, dass der kleine Vorfall einer Verletzung der Intimsphäre ihn so sehr in einen emotionalen Ausnahmenzustand versetzen konnte, darüber ist sie sich unterdessen sicherer denn je, auch wenn die Bruchstücke ihrer Beziehung damit nicht wieder zusammengefügt sind.

Mit diesen Gedanken würde sie aber besser allein bleiben. Sie betreffen immerhin in sehr intimer Weise ihren Mann, zu dem sie nach der eindeutigen räumlichen Trennung eine emotionale Trennung in einer ähnlichen Schärfe noch keineswegs vollzogen hat. Mit Melanie darüber zu reden verbietet sie sich, weil sie im Hinblick auf Georg immer so verfahren ist, die Art und die Detailliertheit ihrer Informationen auch dann, wenn sie sich in einer desolaten Stimmung befand, so zu begrenzen, dass Georgs Persönlichkeit im Fokus eines gewissen weiblichen Voyeurismus, der bei Melanie ziemlich ausgeprägt ist, keinen irreparablen Schaden nahm. Diese sich selbst auferlegte Zensur würde sie auch dann beibehalten, wenn die augenblickliche Trennung sich als unwiderruflich erweisen sollte, wovon sie tatsächlich immer noch nicht vollständig überzeugt ist.

Als weitere Person, mit der über Georg zu reden aus ihrer Sicht das Ergebnis einer folgerichtigen Überlegung sein kann, ist Klaus Heimbrecht, dem sie freundschaftliche Gefühle für Georg unterstellt und zudem begrenzte Möglichkeiten einräumt, diesem bei Schwierigkeiten Unterstützung zukommen zu lassen. Doch auch Klaus gegenüber sind Grenzen zu ziehen. Und sie darf nicht außer Acht lassen, dass das berufliche Miteinander der beiden inzwischen getrübt ist. Ganz genau hat sie das nicht verstanden, was mit Georg passiert ist. Hat er Urlaub genommen? Wurde er beurlaubt? Jedenfalls bleibt er seit einigen Tagen seinem Arbeitsplatz eher unfreiwillig fern. Sie kann sich vorstellen, was das für ihn bedeutet. Rita muss sich zwingen, dass bei diesem Gedanken kein erneutes Mitleidsempfinden aufkommt.

Auf der anderen Seite hat sie Klaus Heimbrecht jetzt schon einiges zu verdanken, zuvorderst dass sie die emotionalen Anstrengungen und die ganz praktischen Schwierigkeiten der überstürzten Trennung von Georg einigermaßen verkraftet hat. Dass sie Melanie nur kurze Zeit, allenfalls für wenige Nächte zur Last fallen würde, galt ihr von Anfang an als ausgemacht. Deshalb hat sie anderntags sich unmittelbar darum bemüht, eine passende Wohnung für sich zu finden. Nicht ganz aussichtslos war das, allerdings im günstigsten Fall wäre immer noch ein halber Monat zu überbrücken gewesen.

Vorsichtig hoffnungsvoll und weil sie sich gerade in der Nähe aufhielt, ist ihr wenige Tage nach dem Bruch mit Georg dann spontan der Gedanke gekommen, Klaus Heimbrecht aufzusuchen und von ihm etwas über Georgs Gemütszustand in Erfahrung zu bringen. Schließlich war es noch nicht sehr lange her, dass Georgs Chef seinerseits sie um ein Gespräch gebeten hatte, um hintenrum etwas über seinen Mitarbeiter zu erfahren. Jenes Gespräch war doch eine Voraussetzung dafür gewesen, dass sie sich nach dem Besuch von Franz darauf einließ, in Georgs Zimmer nach dem ominösen Vertrag zu suchen. War Klaus es ihr nicht schuldig, dass er sie darüber aufklärte, was er sonst noch alles wüsste? Sie hat ihn tatsächlich angetroffen und sogleich beim Vorbringen ihres Anliegens miterleben müssen, wie wenig sie die Kraft hatte, ihm die neue Lage zu verheimlichen und ihren wahren Gemütszustand zu verschleiern. Da erst hat sie gespürt und ist von dem Gefühl zunächst erschreckt worden, wie wenig es ihr bis dato ausgereicht hatte, mit Melanie, ihrer wichtigsten weiblichen Bezugsperson, seelische Entlastungsarbeit zu leisten. Der Moment, da sie in der Wohnung von Klaus die delikate Lage, in die sie sich gebracht hatte, realisierte, würde wohl so schnell nicht in ihrer Erinnerung verblassen.

Gehen, um eine Situation, deren Tragweite in diesem Augenblick nicht mehr abzuschätzen ist, aufzulösen? Bleiben, um eine Gelegenheit mit vielversprechenden Möglichkeiten, ihre verknotete Gemütslage zu entwirren, nicht zu verpassen? Sie ist geblieben, und sie hat zugelassen, dass es passierte. Obwohl *zugelassen* in diesem Fall nicht ganz als passender Ausdruck stehen bleiben kann.

Sie ist nicht bedrängt worden. Er hat sie nicht genötigt oder weichgeredet, hat weder Druck ausgeübt noch Schwäche ausgenutzt. Klaus ist ein feiner Kerl, und er hat sich korrekt verhalten. Es ist aber auch nicht so gewesen, dass sie ihn verführt hat. In der Situation, als sie bemerkte, einen einfühlsamen Zuhörer vor sich zu haben, der eine ungewöhnliche Aufmerksamkeit und natürliche männliche Ausstrahlung zur Geltung bringt, wie sie das seinerzeit bei einem gemeinsamen Rundgang im Physikalischen Institut schon einmal an ihm wahrgenommen hatte, da hat sie geglaubt, sich ein Schluchzen leisten zu können, ohne in seinen Armen zu landen.

Dieser erste Schritt zog mit einer unerbittlichen Logik, mit einer unkontrollierbaren betörenden Eskalation des gegenseitigen Verlangens aufeinander alle anderen Schritte nach sich. Warum soll sie leugnen, sich, ohne über eine hinreichende Klarheit darüber zu verfügen, in einem Ausnahmezustand ihrer Gefühle befunden zu haben, in die sie der Ausnahmezustand ihres außer Rand und Band geratenen Gatten erst hineingebracht hatte?

Freilich hat sie in den Tagen danach, aus dem Abstand heraus, ihre Schwäche auf den Prüfstand ihrer grundsätzlichen Lebenseinstellung gebracht und einer Bewertung unterzogen, um mit einer entgegen ihren Erwartungen erstaunlichen Kürze und Gradlinigkeit zu dem Urteil zu gelangen, dass sie sich nichts vorzuwerfen hat.

Ob das moderne Verhalten und die lockeren Moralvorstellungen der jüngeren Mädchengeneration auf sie abgefärbt haben, weiß sie nicht. Es ist ihr auch gleichgültig, weil sie noch niemals ihren Lebenssinn darin gesehen hat, einem leichtfüßigen Zeitgeist hinterherzuhecheln. Als sie sich entschied, mit Klaus zu schlafen, war sie angefüllt von einem Verlangen nach körperlicher Nähe, nach Zärtlichkeit, vom Wunsch nach Geborgenheit und von einer plötzlichen verspielten Neugierde nach einer unbekannten Körperlichkeit, um sich und ihre Schwermut für einen zeitlosen Moment in der wunderbaren Ekstase der geschlechtlichen Wollust aufzulösen.

Klaus Heimbrecht ist dafür der richtige Mann im richtigen Augenblick gewesen. Er hat sogar gezögert, hat sie gefragt, ob sie das wirklich wolle und erst nach ihrer eindeutigen und ungestümen Antwort bekannt, wie sehr er sie begehre. Keiner von ihnen beiden hat von Liebe geredet oder dergleichen übliche Floskeln der verbalen Paarungsbegleitung vorgebracht. Doch sie haben danach von einer Zuneigung füreinander gesprochen und in die körperliche Entspannung hinein eine auf die Seele wie Balsam wirkende Aussprache gehabt.

Ein angenehmer Nebeneffekt hat sich eingestellt, weil nämlich bei Klaus die kleine Einliegerwohnung jüngst frei geworden war. Sie sofort zu beziehen, das hat er ihr angeboten. Da ist sie erleichtert gewesen, in seiner vertraut gewordenen Nähe bleiben zu können, ohne ihre Eigenständigkeit zu verlieren und überhaupt des lästigen Geschäftes der Wohnungssuche enthoben zu sein. Wer weiß, wie viele Spitzkehren das Leben für sie noch auf Vorrat hält. Denn dass im Hinblick auf ihre Beziehung zu Georg der gegenwärtige Status quo der letzte Stand der Dinge bleiben wird, davon ist sie, obwohl sie über die weitere Richtung der Entwicklung sich kein Urteil zutraut, nicht felsenfest überzeugt.

Er kann nicht an Veronika denken und seinen Verstand behalten. Auf die Dauer ist das sicher unmöglich. Nicht oft sagt man als Physiker oder als Mathematiker: Unmöglich! Gelegentlich passiert das aber schon in der Zunft, dass man ein solches Etikett einem Problem aufkleben muss - mit einer Rechenoperation die Quadratur des Kreises vorzunehmen zum Beispiel; oder beim Versuch, einen Körper mit Lichtgeschwindigkeit zu bewegen; schließlich bei der Jagd nach Kälterekorden und im Bestreben, den absoluten Nullpunkt zu erreichen, den kein Physiker je so wie er attackiert hat. Und nun er in seiner aussichtslosen Schlacht um die Aufrechterhaltung der Verstandestätigkeit in einem Gehirnskasten, in den Veronika wie ein Virus eingedrungen ist und wie eine Entzündung darin wütet.

In jedem ihrer Körperteile, auch in den unverfänglichsten, hat er bereits ein Stück seiner jämmerlichen Vernunft zurückgelassen. Die Hure ist dadurch veredelt worden. Doch er selbst rutscht von Verlust zu Verlust immer näher an die Schwelle eines erotisch inspirierten Kretinismus heran. Wenn durch jeden Orgasmus, den sie bei ihm verschuldet, die Widerstandsfähigkeit derjenigen Gehirnzellen optimiert wird, die von ihrem Programmauftrag her mit dem Paarungsgedönse beschäftigt sind und ihretwegen die Helden rationaler Gedächtnisakrobatik massenhaft verrecken müssen, dann ist es auch bei Billionen Einzelexemplaren nur eine Frage der Zeit, bis er den letztendlichen Niedergang seiner geistigen Autonomie bemerken muss; vergleichbar der Wirkung des Alkoholrausches - der zerstört doch auch in der ständigen Wiederholung ebenso unweigerlich das Bewusstsein des Säufers.

Wieder ist es soweit. Wieder kommt sie in derselben dezenten Art herein, die ihm erbärmlich vertraut ist. Sie lächelt, doch keine der über ein Dutzend Arten zu lächeln, welche die vergleichende Lächologie bisher klassifizieren kann, ist ihr wirklich zugehörig. Ihr Lächeln lässt alles Kommende als möglich erscheinen und macht sie doch zur Herrin des Augenblicks. Tänzelnde Schritte, in einer unbegreiflichen Beziehung zum werbenden Spiel ihrer wohlgeformten Gesichtsmuskulatur, sie verstärken jedes Mal die animierende Provokation, ihr Zusammenklang bricht jeden Widerstand gegen die unwiderstehliche Perfektion ihrer Verführung.

Den Lichtschalter ignoriert sie wie gewöhnlich, wenn noch ein Rest von Dämmerlicht im Zimmer schwimmt. Für ihn selbst ist die Lichtfrage müßig, denn die fatale Geliebte kommt, wenn sie kommt, wie eine Erscheinung aus transzendentalen Sphären und entfesselt ihre ganz eigene und eigentümliche Leuchtkraft, mit der sie ihn verstrahlt.

Am Fußende verharrt sie und löst mit einem raschen, geübten Griff das zartblaue Band, das ihren natürlichen Kopfschmuck zusammenhält. Entbändigt fallen die Haare herab, in Kaskaden werfen sie sich nieder, eine wallende Gischt in einem opulenten Wasserspiel mit haselnussbraunen Fluten beherrscht die Szene. Jetzt geht sie gerade da auf die Knie, wo seine Lenden bereits in glühende Bande geschlagen sind. Mit einem unmerklichen Schwingen erst nur, mehr ein Rühren mit außerordentlich schwachem Drehmoment, weiß sein hart gewordenes männliches Organ Veronikas Bemühungen ganz unmittelbar und zügellos auf sich abzustimmen.

Veronika! Ihre Haare, von der Zartheit eines erlesenen Flaums; oder ist das schon ihre Zunge? Denn er hält die Augen geschlossen. Ihr restringiertes Reiben. Veronika! Sein vermehrtes Schwingen. Schon über der Buckelpiste, mit eingelagerten Schüben, die Einzelportionen seiner Unterleibsrotation auf Zuckungen zurückgeführt, als ob diese nun die glühenden Bande zu sprengen vermögen, in welche sein berstendes Fleisch gelegt ist.

Ihr vollkommener Mund trachtet endlich die bloße Zungenfertigkeit zu übertreffen. Warme Wandungen von elastisch pulsierendem Fleisch umschließen seine pralle, bläulich angelaufene Eichel. Dabei ist zuerst die lähmende Angst zu überwinden, gleich würde die herrliche Fee ihre blitzenden Zähne hineinschlagen. Erst wenn diese kurze, fahle Angst überstanden ist, wird sein Empfinden zeitlos in der Mundhöhle, die mal mit, mal gegen seinen Rhythmus die Regie bestimmen will, bis seine Raserei unkontrolliert ausbricht in einem warmen Strom von Wollust und Ambra.

Als er wieder eintaucht in die Zeit, würde er sie küssen wollen, vollmundig, wie er sie hinterlassen hat, schon um seinen Anspruch auf jenen wahnwitzigen Vorgang im Nachhinein zu mildern. Wäre sie noch da. Wäre sie überhaupt da! Wäre sie fleischliche Wirklichkeit und nicht ein Traumgebilde zu später Stunde, hier bei ihm zu Hause, hier in seinem Zimmer, hier auf seinem schäbigen Sofa.

Alles ist wie immer in den letzten Wochen, also auch das Ende der Illusion, wenn die heiße Phantasiearbeit ihr Werk geleistet hat und er zurückgeschleudert worden ist in eine Wirklichkeit, die zu verstehen er beinahe aufgegeben hat.

Wieder einmal liegt eine Unart hinter ihm, die ihn dazu verdammen würde, in der nächsten Zeit nicht befriedigend mit Rita in Verkehr treten zu können - wenn sie beide noch zusammen wären. Doch ist das eine ebenso müßige Vorstellung wie die von Veronikas Ankunft zu dieser Stunde. Denn wann und wie oft in der letzten Zeit vor ihrem großen Zerwürfnis, vor dem vorläufigen, sicher endgültigen Drama ihrer Beziehung, hatte er mit seiner Frau verkehrt, hatte er mit Rita geschlafen, als noch die Gelegenheit dazu war? Wie in einem Geisterhaus hatten sie zusammengelebt. Das heißt, sie hat als ein Mensch von Fleisch und Blut das Haus bewohnt und belebt und er sie bloß wie ein kalter Hauch umweht. Ist es nicht so, Gorgi, wenn du ehrlich zu dir bist? Verdammter Narr! Er atmet tief durch.

Doch ist die Situation noch schlimmer. Das endgültige Aus mit Rita ist nur eine Teilmenge in einer viel umfassenderen feinmaschigen Verstrickung. Jetzt weiß er das. Es musste erst eine erzwungene berufliche Auszeit hinzukommen, um ihn derart krass auf sich selbst zurückzuwerfen, dass er auf die Sackgasse aufmerksam wurde, in die er sich hineinmanövriert hatte. Liegt ein Fluch auf seinen Forschungsergebnissen, dass sie ihm weder einen persönlichen Nutzen noch eine über bloße Obsession hinausgehende innere Befriedigung stiften?

In der obsessiven Arbeit zur Verifizierung von Spaltensturz´ umwälzendem mathematisch-physikalischen Weltbild hat er sich dem Team entfremdet, den Chef düpiert, hat das Arbeitsethos des Physikers mit Füßen getreten und jetzt auch noch die Frau verloren. Hat er aber schon vollkommen begriffen, was dieser Verlust ihm wirklich bedeutet? Wird er das überhaupt begreifen können in der Abhängigkeit von seiner fatalen süßen Liebschaft? Eine ganz neue Dimension seines triebhaften Verlangens hat sich ihm erschlossen, seit er Veronika traf. Und seither peitscht ihn dieses Verlangen vorwärts von Wollust zu Angst, von Angst zu Wollust, immer tiefer in einen mentalen Erschöpfungszustand hinein, an dessen Ende er nichts weiter als ein schwarzes Loch vermuten kann, das ihn verschlingen wird.

Er ist einer Illusion aufgesessen. Rita hat keineswegs eine langweilige Bodenständigkeit verkörpert, sondern eine anregende Verlässlichkeit, die sich weiter zu erschließen lohnenswert gewesen wäre. Hätte er sich doch nur auf dieses häusliche Abenteuer eingelassen, anstatt seine Grundlagen mutwillig zu zerstören.

Jener verheißungsvolle Augenblick, als sie am Abend seines wissenschaftlichen Triumphes eine Chance bekamen, ihren Streit beizulegen. Eine Aussprache in den nächsten Tagen hatten sie vereinbart. Doch die als Befreiung gedachte Aussprache war ihnen dann doch entglitten. Was heißt aber entglitten, Gorgi? Sie konnte nicht mehr stattfinden, weil du alles noch einmal verschlimmert hast. Nun hat sie das Feld geräumt. Nicht kapituliert. Nur ihre Würde verteidigt. Nicht einmal wegen Veronika, sondern wegen ihm; wegen eines Kontrollverlustes, den er selten zuvor derart intensiv bei sich erlebte und sich eigentlich in seinem reifen Alter auch nicht mehr zugetraut hatte. Er schämt sich.

Veronika hätte nicht das Ende ihrer Beziehung bedeuten müssen. Veronika, das ist nicht zu bestreiten, hat an Tabus gerührt und ein bis dahin unbekanntes Verlangen in ihm erweckt. Als er sie damals, in dem Haus der Ganoven, in einem Moment der eigenen Überrumpelung und der willenlosen Selbstvergessenheit berührte, hatte er unbeabsichtigt die Büchse der Pandora geöffnet und alles Unheil herausgelassen, welches sein Beisammensein mit Rita zu zerstören befähigt war.

Doch mittlerweile hätte es genug sein können. Er weiß doch jetzt, wie eine Frau, die nicht Rita ist, darunter beschaffen ist. Das Ergebnis seines Liebesabenteuers ist in dieser Hinsicht keine Überraschung gewesen, auch wenn es ein höllisches Verlangen freisetzte. Ohnehin steht er inzwischen unter dem Eindruck, weniger eine Neugierde befriedigt als einen inneren Befehl ausgeführt zu haben. Auftrag ausgeführt! Was denn nun noch, verfluchter Trieb?

Dass es mit Veronika anders ist als mit Rita, müsste seinen Rückzug nicht unmöglich machen. Mit Rita, als sie es noch taten, ist es auch jedes Mal *anders* gewesen. Mit Veronika zwar war es anders *anders*; das macht zeitweise den unglaublichen Reiz einer Begegnung mit ihr aus. Mit Rita hingegen ist es vertrauter *anders* gewesen; das entspricht ungleich mehr seinem ehrlichen Lebensgefühl. Und seiner charakterlichen Natur.

Die geplante Aussprache in der Woche nach dem Physiker-Kongress hätte der atmosphärische Ort sein können, an dem sie noch einmal gemeinsam vom Baume der Erkenntnis aßen und den verschütteten Zugang freilegten, der in die Anerkennung des Gegenübers geführt hätte. Man musste nur noch den Schutt beiseiteräumen: Die Arbeitswut, die davor stand; aber auch die Routine des Umgangs miteinander, die das schmächtiger werdende Interesse aneinander verdrängte; die gedankenlose Gewohnheit, die am Ende so mächtig wurde wie der Irrglaube, das

Eheband werde auch ohne verknüpfende und zu pflegende Leidenschaft zusammenhalten. Rita muss das lange vor ihm erkannt haben.

Sie haben vielversprechend davorgestanden, vor einem solchen kostbaren Augenblick der angebahnten Erneuerung. Er hat versagt, bevor es noch dazu kam. Es gibt für ihn ein Dutzend Gründe, sich dafür zu rechtfertigen; genauso viele wie sich zu belügen.

Eine Lüge tut weniger weh. Sie ist auch viel leichter dem Verstand plausibel zu machen. Aber schon eine einzige ist ansteckend. Er sollte nicht mit der bisherigen Selbsttäuschung fortfahren. Georg empfindet bei diesem letzten Gedanken eine spürbare Erleichterung, zumindest schon mal bis an diesen Punkt herangekommen zu sein.

Er richtet seine Kleidung, erhebt sich und geht zum Schreibtisch hinüber. Der Vertrag mit Gottfried liegt da auf anderen Papieren. Ihn zumindest hat er erfüllt. Daneben stehen zwei kleine braune Glasfläschchen, die Georg versonnen betrachtet. Im Übrigen mag eine allgemeine Unordnung verblüffen, die zu hinterlassen man bislang als wesensfremden Zug bei dem Bewohner dieses Zimmers kennt. Selbst der Schrank steht offen. Und auf dem Boden liegen schon seit etlichen Wochen immer noch verstreut und unschön jene kleinen Knäuel und Klümpchen, die Rita nach ihrem Gespräch mit Franz bei ihrem heimlichen Zutritt in das Arbeitszimmer des Gatten für Hinterlassenschaften der Hausspinne gehalten hat.

Tatsächlich finden wir in diesem Augenblick Georgs private Räumlichkeit im Wesentlichen noch so vor wie vor fast einem Monat bei dem heftigen Streit der Eheleute. In der dabei entstandenen Unordnung ist augenscheinlich nichts zu Bruch gegangen. Von dem Gefühlsleben der Konfliktparteien kann man das nun nicht behaupten. Selbst das Stottern, ein gefürchteter Makel in Kindertagen, ist für Georg mit einem Schlag wieder in die Welt getreten. Und diese verhasste Schwäche scheint nach dem Stand der Dinge ihr zurückgewonnenes Terrain nicht wieder so schnell preisgeben zu wollen.

Seither steht bei dem Physiker Georg Reimers, der im auffälligen Kontrast zu seiner außerordentlich erfolgreichen Verbissenheit in rationalen Denk- und Arbeitsprozessen der Physik im Umgang mit persönlichen Gefühlen und Beziehungsangelegenheiten unbedingt unbeholfen agiert, Grübeln auf dem Programm. Er hat seit einigen Tagen viel Zeit dafür, seit sein Chef ihm eine Zwangspause von den Dienstpflichten auferlegte. Nun ist er erst richtig *durch den Wind,* wie Klaus Heimbrecht gegenüber Rita den Gemütszustand seines wichtigsten Mitarbeiters einmal charakterisiert hat. Es ist aber auch nicht wenig gewesen, was Georg in der kurzen Zeit nach dem großen Trennungskonflikt so alles widerfuhr. Die wichtigsten Ereignisse sind schnell erzählt.

Es konnte ihm nach seiner Rückkehr vom Kongress nicht verborgen bleiben, zunehmend gegen ein wachsendes Misstrauen sowohl der eigenen Mitarbeiter als auch von seinem Chef Klaus Heimbrecht die Forschungsarbeit verrichten zu müssen. Immer öfter fühlte er sich beobachtet. Schließlich betrachtete er seine Situation als unhaltbar. Per E-Mail sandte er einen Hilferuf an Spaltensturz, der noch immer wie vom Erdboden verschluckt blieb: *Ich muss einen Teil unserer Arbeit kommunizieren, sonst ist es hier aus mit mir. Verdammt nochmal, wo steckst du bloß?*

Das erfuhr er zwar nicht, doch die Antwort kam prompt: *Be cool, Baby. Plaudere nur, wie du denkst. Vergiss dabei aber nicht unsere Abmachung: Kein Wort über mich.*

Nachdem er von dieser Seite grünes Licht bekommen hatte, bereitete er sich auf ein Gespräch mit Klaus Heimbrecht vor. Noch zögerte er es so lange wie möglich hinaus, nicht nur, weil es für ihn bestimmt nicht leichter durchzustehen wäre, seit Rita bei Klaus eingezogen war, sondern auch, weil er durch Zufall ein Verfahren entdeckte, wie der Einschluss des Trans-BEK in das Fulleren mit unglaublicher Geschwindigkeit und mit erstaunlicher Ausbeute zu bewerkstelligen war und er im kleinen Maßstab eine Massenproduktion zustande bringen konnte. Als endlich vier kleine Fläschchen befüllt waren, trat er die Flucht nach vorn an und bat um eine schnelle Aussprache.

Er stellte die Sache so dar, dass er zufällig auf den exotischen Energiezustand gestoßen sei, aber lange an der Echtheit seiner Ergebnisse gezweifelt habe, weil er einen solchen Umsturz im physikalischen Bild nicht für möglich gehalten habe. Als die Ergebnissicherheit dann doch gegeben war, seien Befürchtungen um sein Ansehen aufgekommen, weil er doch schon so lange geschwiegen habe. Auch die Hoffnung, eine gewisse Forschungsarbeit an dem neuen Zustand noch eine Weile allein betreiben zu können, um mit bahnbrechenden Ergebnissen am Ende gut dazustehen, habe eine Rolle gespielt. Für dieses törichte Verhalten entschuldige er sich.

Es ist Klaus Heimbrecht sofort klar gewesen, ohne dabei die Schwere der arbeitsrechtlichen Verfehlungen ignorieren zu wollen, mit welcher wissenschaftlichen Sensation sein Teamleiter hier aufwartete. Georg gab sich zerknirscht und kooperationsbereit.

Man wiederholte gemeinsam die Experimente. Klaus Heimbrecht äußerte sein Erstaunen, wie lange das Trans-BEK stabil bleibe. Georg hat unter Ausnutzung seines Herrschaftswissens dafür gesorgt, dass der Maßstab im Mikrosekundenbereich nicht überschritten wurde. Von der Existenz eines stabilen Materials und den Fulleren-Einschlüssen erwähnte er nichts. Nicht gleich alle Trümpfe wollte er in der Zwickmühle, in der er saß, aus der Hand geben.

Es war ihm außerdem nicht klar, wie sein Chef, zu dem er lange Zeit wie ein Freund gestanden hat, mit Ungereimtheiten, die bei seiner Darstellung der Sachlage nicht zu vermeiden waren, umging. Anmerken ließ er sich nichts. Und dass er mit der Betonung der arbeitsrechtlichen Verfehlungen schnell bei der Hand war, verhieß Georg auch nichts Gutes.

Schließlich rückte er mit der, wie er sich ausdrückte, dienstlich doch eleganten Lösung heraus, dass es für alle Beteiligten besser wäre, wenn Georg für eine Weile von den praktischen Arbeiten freigestellt würde. Vielleicht sei ihm die Zeit sogar recht, um seine wissenschaftliche Publikation, die ja nun zwingend anstehe, vorzubereiten. Ein Rausschmiss war das nicht. Aber auch keine Art von Beförderung. Vielleicht der Versuch, ohne großes Aufhebens die Wogen zu glätten. Schließlich einigte man sich auf einen Zeitrahmen für die Freistellung. Der Abschied von den Teamkollegen war kühl. Der Alleingang, wenngleich noch nicht in allen Einzelheiten, hatte sich herumgesprochen.

Georg musste sich nach seinem Abschied vom Institut also erst einmal damit abfinden, dass er die Eigenschaften seines Materials vorläufig nicht weiter untersuchen konnte. Beinahe empfand er Erleichterung. Er hatte zu akzeptieren begonnen, dass er in einem Zustand tiefer Erschöpfung steckte, den er immer noch auf Überarbeitung zurückführte und durch eine Auszeit mit anschließender Normalisierung seines Arbeitsverhaltens schnell zu überwinden glaubte.

Er gestand sich darüber hinaus eine Zeit des Nachdenkens zu, um die Trümmer seiner Ehe zu sortieren und eine Perspektive für seine Beziehung mit Veronika auszuloten. Die Fläschchen mit dem Material liefen ihm nicht davon. Niemand sonst hatte das Know-how, um die bahnbrechende Stofflichkeit zu produzieren. Dass Gottfried etwas damit anfangen konnte, nahm er nicht an. Doch selbst wenn Gottfried mit möglichen neuen chemischen Eigenschaften punkten könnte, sollte ihm, der an den physikalischen Zuständen interessiert war, das egal sein. Deshalb begab er sich noch an seinem letzten Arbeitstag auf einen Sprung zu Gottfried und löste mit der Aushändigung von zwei seiner vier Fläschchen seinen Teil der Vertragspflichten ein.

Gottfried fieberte dem neuen Material förmlich entgegen und machte sich, mit der Routine eines geübten

Chemikers, sogleich darüber her. Nur wenige Tage dauerte es, bis seine Anfangseuphorie in Enttäuschung umgeschlagen war. Nicht eine Spur davon fand er, dass sich mit dem Material irgendein praktischer Erkenntniswert verknüpfen ließ, der über das hinausging, was man bereits kannte.

Gottfried gab in der Folgezeit seine Bemühungen zwar nicht auf, reduzierte sie jedoch immer mehr, um zugleich im reziproken Verhältnis zu seinen stillen Freuden an einem gefüllten Gläschen zurückzufinden. Um auch noch von vornherein jeden Ärger mit Franz zu vermeiden, dessen versteckte Drohung ihn immer noch verfolgte, gab er dem berechnenden Freund eilfertig die Hälfte seines nutzlosen Vertragsgewinns ab.

Franz hat, im Gegensatz zu Gottfried, keine besonderen Erwartungen gegenüber dem Stoff vom Gorgi gehegt. Dass er davon abhaben wollte, war mehr ein Anspruch aus dem Prinzip heraus. So verhielt man sich nicht unter Freunden, dass man einen von ihnen ausschloss. Er beanspruchte Teilhabe als Gleicher unter Gleichen.

Er konnte sich sogar gut vorstellen, dass Georg, vom Olymp der Physiker aus betrachtet, etwas Bahnbrechendes vorzeigen konnte. Sein Arbeitsfeld indes lag weit weg vom prallen Leben. Was unter jenen Esoterikern als spannend aufgefasst wurde, erzeugte bei dem normalen Zeitgenossen allenfalls ein großes Gähnen.

Franz amüsierte sich köstlich, als ihn Gottfried in einem Schwall von erster Enttäuschung zu berichten wusste, dass für den Bedarf des Chemikers offensichtlich ein Flop geboren wurde. Für einen solchen habe er wochenlang geschuftet und auf seine schöne Ration an Hochprozentigem verzichtet.

„Nimms leicht, Gottfried", hat Franz ihn aufzumuntern versucht. „Jetzt hast du bestimmt ein Jahr länger was von deiner Leber." Franz ist keineswegs guter Laune gewesen. Zwischen Georg und Rita sind die Dinge zwar so gelaufen, wie er sich das vorgestellt hat. Sein Vorstoß dann bei der

Umworbenen, bei dem sie ihn fies hat abblitzen lassen, ist ihm noch in unangenehmer Erinnerung. Zu früh! Das ist sein erster Eindruck gewesen, und er hat sich für seine Ungeduld getadelt. Genau drei Tage hat diese Sichtweise, die im Hinblick auf den späteren Erfolg noch alles offen lässt, Bestand gehabt. Da, er wagte es nicht zu glauben, zog sein resolutes Mädchen in das Haus von diesem Klaus Heimbrecht ein.

Da saß er dann mit seiner abgestorbenen Zufriedenheit bei den gedanklichen Bruchstücken seiner verfahrenen Situation. In dieser Lage war ihm ein Fläschchen mit irgendeinem nutzlosen Zeug denn doch keine verlockende Attraktion. Also erst einmal ab damit ins *Studio*. Jetzt war Manöverkritik das Gebot der Stunde. Mit dem bevorstehenden Ende der Sommerferien wären ohnehin wieder andere Schwerpunkte zu setzen.

Kristallmord und ratlose Akteure

Der Sommer während seiner im Kalender eingegrenzten Regierungszeit hat nicht mehr lange Gelegenheit, um beim Publikum noch zu punkten. Er scheint diesmal, zum Ende hin in seinem Ansehen ramponiert, mit seinem jahreszeitlichen Nachfolger einen Kompromiss eingegangen zu sein: Mit versöhnlichen Temperaturen über den Tag darf er noch einmal um einen positiven Eindruck bemüht sein, während der designierte neue Hausherr vor der offiziellen Amtseinführung versuchsweise schon mal die Nachtstunden unter seinen rigiden Griff zwingt; mit jahreszeittypischem Schnickschnack zudem ist ihm anheimgestellt, einen farbenfrohen Stempelabdruck in die Landschaft mit den darin erlahmenden Naturkräften zu setzen. Behagliche Stunden draußen, bei ausgeglichener und freundlicher Witterung, freilich inzwischen deutlich verknappt, laden noch einmal ein zu einem unbeschwerten Genießen, dessen sich jene am ehesten erfreuen dürfen, die dafür das nötige Zeitbudget mitbringen.

Georg, wenn er denn dafür ein offenes Gemüt gehabt hätte, könnte zu den Nutznießern gezählt werden, denn immer noch ist er von seiner Arbeit freigestellt. Franz wiederum ist nach der ausgedehnten Pause schon wieder voll ergriffen von den Wirkungsbedingungen seines pädagogischen Auftrags, und er muss gerade in der Anfangszeit des neuen Turnus sich das Äußerste an nervlicher Energie abverlangen, um in den noch ungewohnten atemberaubenden Turbulenzen des sich mitunter überschlagenden Schulbetriebs seinen seelischen und weltanschaulichen Standort wiederzufinden. Spaltensturz ist, zur wachsenden Beunruhigung seiner Freunde, überhaupt noch nicht wieder aufgelaufen und bewahrt absolute Funkstille. Mancher Freizeitmensch hat in der Gemeinde seine Herberge noch nicht geräumt, um bloß nicht auch nur einen jener Tage zu verpassen, die, wenn sie der Natur gelingen, sicherlich zu den schönsten eines Jahres zu zählen sind. Auf Gottfried einzugehen, um bloß keinen der Freunde zu übergehen, versagen wir uns pietätvollerweise, da er, durch fremde Schuld auf Souterrain verwiesen und dem Tageslicht entzogen, inzwischen am ehesten wieder das Klima zu würdigen weiß, was in einem mehr oder weniger gefüllten Gläschen bei ihm traditionsgemäß immer schon für gute Stimmung sorgte.

Unter diesen Umständen ahnt niemand gern Böses, auch wenn zurückliegende schreckliche Erfahrungen aus dem kollektiven Gedächtnis der Bürger keineswegs getilgt sind, sondern allenfalls an die Seitenlinie des Bewusstseins gedrängt wurden. Die polizeilichen Ermittler ohnehin haben nicht nachgelassen, an der Aufklärung der Fälle zu arbeiten. Sie als erste werden in diesen Septembertagen mit der Nachricht aufgeschreckt, ein 13-jähriger Junge werde seit zwei Tagen vermisst.

Von der Schule erreichen die Beamten die beunruhigende Information, was den Vorteil der sinnvollen

Abmachung zwischen Polizeidienststelle und den örtlichen Bildungseinrichtungen unterstreicht, relevante Beobachtungen aus dem Umfeld der Schule umgehend zu melden. Wieder einmal hat sich das Elternhaus als nicht hilfreich erwiesen, weil es, gewissermaßen in zwei Hälften über das Stadtgebiet verteilt, den getrennt lebenden Eltern gegenseitig das Sicherheitsempfinden stiftete, dass der Junge bei dem jeweils anderen Elternteil gerade gut aufgehoben und versorgt sei. Weil der Schüler selbst als nicht unzuverlässig galt und weil über seinen Verbleib von der Mutter nichts Beruhigendes zu erfahren war, deshalb wurde umgehend die Hotline zwischen Schule und Polizeidienststelle beansprucht.

Man geht sofort zur Sache und durchkämmt ein großes Gelände, in dem nach den bisherigen Erfahrungen eine Leiche, so man es tatsächlich wieder mit einem Mord zu tun haben sollte, aufzuspüren sein müsste. Und man behält Recht.

Den ersten Beamten vor Ort bietet sich ein Bild des Grauens, als sie den Jungen, an einen Baum gelehnt, sitzend vorfinden. Mit Hilfe eines Fotos können sie ihn gut identifizieren, die Übereinstimmung der Gesichter ist unverkennbar. Der Körper ist unversehrt, sie müssen diesen Gedanken einfach zulassen, aber sie merken auch mit Entsetzen, dass damit überhaupt nichts gesagt ist. Es war kein Blut geflossen, wenngleich schon der allererste Blick enthüllt, dass der Junge keines natürlichen Todes gestorben war. Nicht einmal von einem Leichnam im herkömmlichen Sinn kann die Rede sein. Einer von den Beamten wird später zu Protokoll geben, er habe den Eindruck gehabt, in das Kristallkabinett der Madame Tussaud eingedrungen zu sein. *Kristallkabinett* wird er mit voller Absicht sagen, wohl wissend, dass an eben jenem berühmten Ort bekannte Persönlichkeiten, die im Allgemeinen gut wiedererkannt werden, in Wachs nachgebildet sind.

Im Falle des bedauernswerten Jungen kann von einer Nachbildung nicht die Rede sein, und mit einem wachsähnlichen Material hat man es zweifellos nicht zu tun. Das Kind war vielmehr auskristallisiert, dieser absurde Eindruck scheint sich aufzudrängen. Der Körper erscheint, in hartem durchsichtigem Stoff, wie in Kristall gegossen und dabei um etwa zwei Drittel seiner Körpergröße geschrumpft. Blut und innere Organe, gleichermaßen deutlich tritt auch dieses Phänomen zutage, sind nicht mehr vorhanden. Auch nicht Fleisch, nicht Haut und Haar sind auszumachen, sondern bloß jenes sonderbare kristallartige Material, in dem sich die körperliche Grobstruktur, aber auch Feinstrukturen, wie zum Beispiel die Physiognomie, so filigran abbilden, wie das nicht einmal Madame Tussaud mit ihrer Wachstechnik so perfekt hätte zustande bringen können. Im gewöhnliche Leben wäre auch zu sagen gewesen, der Junge sei fast nackt gewesen. Im Falle einer Kristallfigur macht so eine Feststellung nicht viel Sinn. Von der Leibwäsche des Jungen ist tatsächlich nichts erkennbar. Von Hemd und Hose, mehr noch von der Jacke, haben sich hingegen einige Fetzen abgelöst und liegen neben dem Körper, der größte Teil scheint als ascheähnliches Pulver um die Fundstelle verstreut zu liegen. Die Beamten des ersten Augenblicks müssen noch längere Zeit psychologisch betreut werden, um den Schock einer solchen noch niemals zuvor gemachten Erfahrung zu verarbeiten. Einzig der Chef der Gerichtsmedizin - ein alter erfahrener Mann mit breiter Bildung, den nur schwer etwas aus der Fassung bringt – bewahrt die Ruhe. Etwas blass wird er um die Nase, ist aber um seinen obligatorischen Spruch nicht verlegen: *„Was man an der Natur Geheimnisvolles pries, / Das wagen wir beständig zu probieren, / Und was sie sonst organisieren ließ, / Das lassen wir kristallisieren."* Als er merkt, dass sein Kommentar nicht gut ankommt, sagt er noch: „Ihr solltet nicht immer nur Dienstliches lesen, sondern auch mal über den Tellerrand schauen, vielleicht bei Goethe nachschlagen oder so was in der Art. Das ist schon klar: Hier war etwas ganz

Spezielles am Werk, eine ungeheuerliche Kraft. Aber, das kriegen wir raus, Herr Kommissär!"

Mit professionellem Geschick gelingt es der Polizei, Reporter fernzuhalten; es entsteht für die Öffentlichkeit kein einziges Foto. Eilig herbeigerufene Spezialisten der Spurensicherung bemächtigen sich des beinharten Gebildes, das einmal ein lebendiger Junge gewesen war, und schaffen es eilig zur Untersuchung fort.

Später wird kontrovers darüber diskutiert werden, wie sinnvoll die Nachrichtensperre überhaupt gewesen sei. Es ist einerseits durch niemanden von der Hand zu weisen, dass veröffentlichte Fotos von dem, was zumindest im ethischen Sinne als Leichnam aufzufassen ist, eine allgemeine Panik heraufbeschworen hätten. Andererseits brodelt nun die Gerüchteküche. Als dann schließlich einige mehr oder weniger konkrete Informationen die Gemeinde erreichen, teilweise auch von den Behörden selbst dosiert preisgegeben werden, um Druck aus dem Kessel zu nehmen, da kennt die Erregung keine Grenzen mehr. Und – Nachrichtensperre hin, Nachrichtensperre her - man kann nicht verhindern, dass nach und nach noch mehr Details der Öffentlichkeit bekannt werden und sich den vielen schillernden Gerüchten, die im Umlauf sind, hinzugesellen, bis dann auf einmal der Begriff *Kristallmord* geboren ist und das bizarre Geschehen unter diesem Namen traurige Berühmtheit erlangt.

Wir wollen die Weiterentwicklung in dieser Richtung zunächst erst einmal nicht verfolgen, sondern stattdessen den merkwürdigen Weg beschreiben, den der Leichenfund nimmt. Soll man den Spezialisten, die noch niemals mit einem solchen Fall konfrontiert waren, verübeln, dass sie das tun, was sie mit organischen Leichenteilen regelmäßig tun, nämlich sie unter Kühlung aufbewahren? Niemand hat zunächst eine Vorstellung davon, was, von der stofflichen Natur her, genau denn vor ihm liegt.

Es ist spät geworden an dem Tag, da man das vermisste Kind findet. Sofort am anderen Morgen sollen die chemischen und noch anderweitige Untersuchungen beginnen. Bis dahin also ist die Aufbewahrung im Kühlfach sicherzustellen. Man hat sich später keine Beanstandung des Verfahrens zugetraut und keinen Anlass für disziplinarische Konsequenzen erblickt. Ein praktischer Nutzen wäre auch nicht daraus entstanden, dass man, im Hinblick auf den weiteren Verlauf der Ermittlungen, die besten Leute bestraft.

Sie, die, wie sich noch zeigen wird, hochmotiviert an der Lösung des unglaublichen Falls arbeiten, sind gestraft genug, als sie anderntags an das Kühlfach treten und nichts mehr darin vorfinden. Man denkt in der hellen Aufregung zunächst an Diebstahl. Dann fördert eine gründliche Untersuchung des Kühlfachs ein schwarzes amorphes Pulver zu Tage, bei dem es sich nach Lage der Dinge nur um ein Zerfallsprodukt des kristallinen Corpus vom Vortag handeln kann. Die chemische Analyse erfolgt nun rasch. Man findet tatsächlich nichts anderes als Kohlenstoff; reinen Kohlenstoff, völlig identisch mit der bekannten Modifikation, die als Grafit bekannt ist.

So weit, so schlecht, wird man sagen. Ein Mord, doch keine Leiche mehr. Bis dann ein Praktikant zum Helden des Tages wird, weil er ganz unbeabsichtigt für eine Schadensbegrenzung gesorgt hat. Dem Unglücksraben war im Umgang mit der „Leiche" ein Missgeschick widerfahren; er hatte sie an einer Stelle beschädigt. Ein Stück des kleinen Fingers der rechten Hand war abgebrochen und deshalb nicht ins Kühlfach gelangt. Als der junge Mann nun mitbekommt, dass der Leichnam sich aufgelöst hat, hat er die Courage, sein Missgeschick offen zu bekennen. Er sucht nach dem Fingerglied und findet es unter dem Präparationstisch. Es war erstaunlicherweise bei der vorherrschenden Zimmertemperatur in der Halle nicht zu Kohlenstoff zerfallen.

So kommt man zur allgemeinen Erleichterung denn doch noch zu einer chemischen Analyse am Originalfundstück und entdeckt zur allgemeinen Fassungslosigkeit, dass auch bei der kristallinen Substanz es sich um nichts anderes als um reinen Kohlenstoff handelt, allerdings um die Modifikation, die unter dem Namen Diamant berühmt ist.

Es braucht noch etwas längere Zeit, um in weiteren Untersuchungen einen außerordentlich geringfügigen Unterschied zum Kristallgefüge des herkömmlichen Diamanten zu entdecken. Der liegt in einer signifikanten Verschiebung in der Symmetrieachse des Kristallgitters. Diese Struktur kommt in keinem herkömmlichen Diamanten vor. Und sie ist möglicherweise verantwortlich oder mitverantwortlich zu machen für den Zerfall bei den tiefen Temperaturen.

Für die mit den Jungenmorden befasste Sonderkommission kommen die Ergebnisse einer Katastrophe gleich. Das Einzige, was bei diesem Fall noch ins Bild der Mordserie passt, ist der Junge, also Alter und Geschlecht. Sonst keine Parallelen. Doch kommt nun noch hinzu, dass man im Hinblick auf die Todesart völlig im Dunkeln tappt. Auch das soziale Umfeld stimmt nicht mehr genau überein. Der Junge stammt aus einer anderen Siedlung; er besucht eine andere Schule als die beiden ersten Opfer. Spuren? Keine. Es gibt, da nichts als reiner Kohlenstoff von einem lebendigen Organismus zurückgeblieben ist, kein Genmaterial.

Die Datenbank, die man nach dem zweiten Mord angelegt hat mit den Ergebnissen einer Speichelprobe von Personen beiderlei Geschlechts in einem eingegrenzten Einzugsbereich, kann man getrost geschlossen halten. Da mag der Leiter der Sonderkommission, der später noch einmal einen halben Tag allein beim Fundort der Kristall-Leiche zugebracht hat, noch so steif und fest behaupten, man habe es mit demselben Täter und mit demselben Tatmotiv zu tun, er erntet erst einmal nicht mehr als ein Achselzucken.

Was die Todesart betrifft, so ist die Gerichtsmedizin zweifellos überfordert. In dem Fall ist sie mit etwas bislang völlig Unbekanntem konfrontiert. Möglicherweise hat man es mit den schrecklichen Folgen eines Experiments mit unbekannten Stoffen zu tun, deren Entwicklung geheim gehalten wird oder noch nicht publiziert worden ist. Es wird schnell klar, dass alle wissenschaftliche Kapazität, an der die Region gottlob nicht arm ist, in die Aufklärung einbezogen werden muss.

Mit Chemikern und Biologen geht man als erstes zu Rate, bekommt aber nicht mehr als erstauntes Kopfschütteln entgegengebracht. Dass von Physikern in dieser Angelegenheit mehr Hilfe zu erwarten ist, nimmt man eher nicht an. Dennoch tritt, um keine Möglichkeit außer Acht zu lassen, die Ermittlungsbehörde an den Leiter des renommierten Physikalischen Instituts, Klaus Heimbrecht, heran und stellt ihr Anliegen vor, mit den fähigsten Mitarbeitern seiner Einrichtung eine Aussprache um den aktuellen, höchst sonderbaren Mordfall in der Stadt anzuberaumen. Klaus Heimbrecht, nachdem er vorab mit den Implikationen des Falles vertraut gemacht worden ist, hat sofort die unbestimmte Ahnung, dass Georg auf keinen Fall fehlen darf, weshalb er dessen Beurlaubung für einen Tag aussetzt und ihn dringend um Teilnahme an dem Gespräch ersucht. In dieser Zusammenkunft hält die Polizei, wie zuvor auch bei den Biologen und Chemikern, nicht mit Informationen zurück und präsentiert als Anschauungsmaterial bizarre Fotos von dem aufgefundenen Corpus des unglücklichen Opfers.

Wie man das zuvor bei den Chemikern und Biologen erlebt hat, ist auch den Physikern eine gewisse emotionale Betroffenheit anzumerken, die vor der ausgeprägten Rationalität dieser Menschen im Umgang mit Problemen für einen Moment aufscheint. Dennoch hat der leitende Beamte der polizeilichen Delegation das unheimliche Gespür, mit einer feinen Unruhe konfrontiert zu sein, die bei den anderen Naturwissenschaftlern nicht auszumachen gewesen ist. Er findet aus einem ihm nicht ersichtlichen Grunde die Atmosphäre sonderbar, sieht aber keine Möglichkeit, jene filigrane emotionale Schwingung in einer nutzbaren Weise dingfest zu machen. Am Ende verläuft auch diese Besprechung ergebnislos.

Georg hat während der gesamten Zeit der Zusammenkunft kein einziges Wort gesprochen. Wie in einer Erstarrung sitzt er stumm und blass auf seinem Platz. Klaus Heimbrecht, der sich darüber wundert, nimmt ihn, als Georg das Haus verlassen will, beiseite und sucht eine Stellungnahme zu der polizeilichen Präsentation zu provozieren. Vergeblich. Georg bleibt einsilbig und rechtfertigt seine Zurückhaltung mit einer Unpässlichkeit.

Klaus Heimbrecht bleibt noch lange an diesem Tag in Gedanken mit dem Fall beschäftigt. Eine ganze Armada hochkarätiger Naturwissenschaftler ist in eine außergewöhnliche Problemlösungssuche der Polizei einbezogen worden und hat keine brauchbare Expertise zustande gebracht?! Er für seine Person ist ebenfalls ratlos. Aber er spürt, in der Angelegenheit stimmt etwas nicht. Und vor allen Dingen: Mit Georg stimmt etwas nicht.

Er hat, als er nach Hause kommt, das Bedürfnis, sich mit jemandem darüber auszutauschen, was ihn in der Sache bewegt. Wer besser als Rita sollte dafür in Frage kommen. Also klingelt er kurzentschlossen bei seiner neuen Mieterin, muss aber sein Vorhaben erst einmal enttäuscht zurückstellen. Rita ist nicht daheim. Sie hat den Nachmittag bei ihrer Freundin Melanie verbracht.

Als Rita an diesem Tag heimkommt, findet sie einen Zettel an ihrer Tür: *Wenn es nicht zu spät wird, komm noch mal auf einen Sprung rüber. Es ist sehr wichtig.*

Rita ahnt nichts Gutes, als sie bei Klaus eintritt. Sie begrüßen sich in einer Art und Weise, die bei einem Beobachter Unsicherheit über den Grad der Intimität der Beziehung erzeugen könnte. Klaus kommt dann sofort zur Sache und berichtet von der Konferenz mit den Polizeibeamten und ihren Spezialisten und spricht über den sonderbaren Eindruck, den Georg bei ihm hinterlassen hat.

Rita, noch bestürzt von der Schilderung des grausigen Mordphänomens, weiß nicht recht, worauf Klaus hinaus will.

„Ich verstehe dich doch sicher falsch, dass Georg der geheimnisvolle Mörder sein soll", sagt sie vorsichtig.

„Klar doch." Für den Bruchteil einer Sekunde wirkt der Gesichtsausdruck von Klaus Heimbrecht amüsiert. „In diese Richtung habe ich überhaupt nicht gedacht."

„Was dann?", fragt Rita ratlos.

„Ich habe nichts Konkretes. Das ist doch mein Problem. Du musst aber Folgendes einmal auf dich wirken lassen: In unserer Gemeinde kommt es zu einem Mord, dem eine Tötungsart zugrunde liegt, die es noch niemals gegeben hat, für deren praktische Möglichkeit noch niemals eine theoretische Vorstellung entwickelt wurde. Das passiert genau in der Zeit, als Georg eine bahnbrechende und beispiellose Entdeckung auf dem Feld der Tieftemperaturphysik macht, über deren Implikationen wir ..." Klaus Heimbrecht zögert einen Moment, bevor er hinzufügt: „... jedenfalls gilt das für mich als den Leiter des Instituts, in dem die Entdeckung gemacht wurde, ... über deren Wirkungsweise wir noch wenig wissen."

Es tritt ein Schweigen ein, in dem Rita versucht, ihre Gedanken zu sammeln.

„Was soll denn Georg damit zu tun haben?"

Klaus wird jetzt so ernst, wie Rita das an ihm nicht kennt, und formuliert betont langsam seine Worte:

„Ich bezweifle vollkommen, dass Georg mit der schrecklichen Tat etwas zu tun hat. Doch mein Instinkt und auch meine Berufserfahrung als Physiker sagen mir, dass er, was seine Entdeckung angeht, nicht alles gesagt, dass er bewusst etwas Wichtiges verschwiegen hat. Begreife doch: Der Mord und die wissenschaftliche Entdeckung sind zwei Paar Schuhe, die aber irgendwie an einem Schnürsenkel hängen. Wären wir Biologen, wäre die Sache für jedermann sofort klar. Ein Virologe beispielsweise, der als motivierter Wissenschaftler an einem völlig neuen künstlichen Bakterium bastelt; dann bricht um dieselbe Zeit eine Epidemie aus, von einem unbekannten Erreger verursacht. Glaubst du, dass selbst der dümmste Laie Schwierigkeiten hätte, eine Verbindung zwischen beiden Beobachtungen herzustellen, ohne den Wissenschaftler gleich Mörder zu nennen? Nur haben wir es in unserem Fall nicht mit belebter Natur zu tun, sondern mit etwas so furchtbar Unauffälligem wie Quantenzuständen. Nach dem Wenigen, was ich von Georgs Arbeitsergebnissen weiß, habe ich nicht den blassesten Schimmer von einem realistischen Zusammenhang zwischen den Aspekten. Dennoch werde ich mein Gefühl, mein verdammt unangenehmes Gefühl nicht los."

Nach diesem Monolog von Klaus, in dem er Wort für Wort wie Meißelschläge gesetzt hat, glimmt in Rita so etwas wie eine zarte Ahnung von dem auf, was ihr Gesprächspartner meinen könnte. In ihrer Vorstellung entsteht wieder jenes Bild von ihrem jungen Freund, der bibbernd in der Kältekammer sitzt und immer neue Temperaturrekorde aufstellt. Und sie erinnert sich auf einmal einer Szene im eigenen Physikunterricht, den sie nie gemocht hat, als der Lehrer eine wunderschöne Rose in eine Thermoskanne mit flüssigem Stickstoff hielt, sie nach einiger Zeit vorsichtig daraus hervorzog; wie dann ein Raunen durch die Schar der Mädchen ging, als er die Pflanze heftig gegen den Labortisch schlug, wo sie, als sei sie ein Nippes aus Kristall, in hundert Scherben zersprang.

Sofort verwirft sie diese Bilder wieder, die ihr zu naiv erscheinen, um zur Aufklärung eines schrecklichen Verbrechens beizutragen. Doch jenes winzige Gespür von einem Zusammenhang, wie ihn Klaus gemeint haben könnte, der hat sich sogleich in ihr gefestigt.

Sie beenden das Thema, weil sie seine weitere Erörterung ohne neuerliche Informationen für nutzlos erachten. Klaus findet seinen entspannten Gesichtsausdruck zurück. Er lächelt, und in seinen Augen zeigt sich, bevor er es unterdrückt, ein Leuchten, das Rita augenblicklich wahrnimmt und auf sich bezieht. Er bewegt sich, sein Lächeln verstärkend, auf sie zu und macht Anstalten, seine Arme um ihre Taille zu legen; da weicht sie ihm aus und dreht sich geschmeidig um ihre eigene Achse.

Er zeigt sich überrascht. Rita geht auf ihn zu und ergreift seine Hände.

„Ich hatte ein wunderbares Erlebnis mit dir, das ich mir in meiner Erinnerung als ein besonderes Geschenk des Lebens bewahren will. Wir sollten jetzt nicht miteinander schlafen."

„Ein One-Night-Stand also."

„Das ist jetzt nicht fair von dir. Ich bin nach allem, was vorgefallen ist, allerdings in einer furchtbar zerrissenen Gefühlslage, wie ich das eigentlich von mir nicht kenne. Ich weiß zum Beispiel nicht, welche Art von Beziehung zu dir ich mir eigentlich wünsche. Doch solche Klarheiten brauche ich. Ich weiß nur, wenn wir jetzt miteinander schliefen, würde ich das wunderbare Erlebnis, das wir miteinander hatten, womöglich in mir zerstören."

„Warum sollten wir denn etwas zerstören, wenn wir unsere Beziehung festigen?"

Rita legt ihm vorsichtig ihren Zeigefinger auf den Mund.

„Georg! Ich bin nicht darüber hinweg. Du musst mir Zeit lassen. Ich weiß nicht, ob wir noch einmal miteinander schlafen werden. Ich sage doch nicht nein. Ich sage nur: Du musst mir etwas Zeit lassen, meine innere Selbstbestimmung zurückzugewinnen. Ich verdanke dir emotional schon sehr viel. Ich habe nicht einen Augenblick lang bereut, dass wir uns an jenem Tag liebten. Denk das bitte nicht."

Er nickt einige Male und geht im Zimmer auf und ab. Sie bemerkt natürlich, dass er enttäuscht ist. Doch er bewahrt eine tadellose Haltung, findet sie.

Endlich gibt er sich einen Ruck. Er lächelt wieder in seiner sympathischen, gewinnenden Art, ergreift eine Hand von ihr und drückt in schicklicher Zurückhaltung einen Kuss darauf.

„Ich will nicht weiter in dich dringen, Rita. Vielleicht hast du sogar recht. Georg ist immer noch mein Mitarbeiter. Auch mir würde es schwerfallen, mit allerlei Verwirrung in den Verhältnissen leben zu müssen und gleichzeitig zuverlässig arbeiten zu können. Es sei aber allen Beteiligten gegönnt, dass sich demnächst eine Klarheit einstellt. Und denke nicht, dass ich darauf verzichten werde, deine Nähe, die mir inzwischen sehr viel bedeutet, weiterhin zu suchen. Setzen wir uns doch und plaudern noch ein wenig."

Das tun sie dann auch und genießen noch eine entspannte Stunde, in der sie so etwas wie einen Status quo ihrer Beziehung akzeptieren. Rita will die hilfreiche Nähe zu Klaus nicht preisgeben, so wie jener die Chance nicht aus der Hand geben will, seinem seit längerer Zeit partnerlosen Leben eine neue, vielversprechende Richtung zu geben.

Einmal noch in den folgenden Tagen hat sie eine Begegnung, auf die sie lieber verzichtet hätte. Da steht Franz Weinreich, als sie das Gebäude ihrer Firma verlässt, plötzlich vor ihr und fragt, ob er sie ein Stück ihres Weges begleiten dürfe; es dränge ihn, sich nach ihrem Wohlbefinden zu erkundigen. In der unerwarteten Situation ist ihr schlichtweg der Kragen geplatzt, als sie denjenigen, dem sie zwar nichts Böses nachweisen kann, den sie aber instinktiv mit ihrer Beziehungskrise in Verbindung bringt, frech, keck und wie ein geschniegelter Affe ausstaffiert, vor sich sieht.

„Franz, ich glaube, du machst dich jetzt besser davon. Das wird uns beiden helfen." Mit diesen Worten macht sie auf dem Absatz kehrt und eilt, ohne den zudringlichen Kerl noch einmal eines Blickes zu würdigen, davon.

Veronika – Begegnung mit der Vergangenheit

Es ist aber nicht so, dass Georg während der Beratung mit der Polizei auf einmal einen konkreten Verdacht geschöpft hätte. Wie sollte das von der unheimlichen Tatsache her, dass jemand einen Menschen in Tötungsabsicht in einen Diamanten verwandelt, für ihn als Physiker, der sich mit der Erforschung von Quantenzuständen im Tieftemperaturbereich befasst, auch anzunehmen sein.

Er ist betroffen gewesen wie die anderen Mitarbeiter am Institut, ohne doch schon einen rationalen Zugang zu dem bizarren Hergang finden zu können. Jedoch im Unterschied zu seinen Kollegen ist Georg durch das, was in seinem Leben vorgefallen war, in einer nervösen, gereizten, hochsensiblen Grundstimmung gewesen, in einem Anregungszustand also, der für ganz spontane und widersinnige Assoziationen empfänglich ist. So etwas kann einen plötzlichen Schrecken auslösen, der überhaupt nicht auf soliden Fundamenten steht.

Nicht einmal überaus konzentriert hat Georg der Zusammenkunft beigewohnt, weil er es von vornherein für unwahrscheinlich hielt, von seinem Fachgebiet her zur Aufklärungsarbeit in einem Kriminalfall beitragen zu können. Bis auf einmal die wiederkehrenden Begriffe Kohlenstoff und Diamant ihn in die bedeutungsschwere Atmosphäre der Beratung hineinzogen. Eine plötzliche, nervlich verstärkte Aufnahmebereitschaft dafür, dass die diamantene Modifikation des Kohlenstoffs das Ergebnis einer kreativen erdgeschichtlichen Tat der Natur war, für die sie außerordentliche physikalische Kräfte in die Waagschale geworfen hatte, löste einen plötzlichen, ihm selbst unbegreiflichen Schrecken aus. Für einen kurzen Moment zeichnete er in seinem Gesicht ab, ließ dann jedoch so schnell wieder von ihm ab, wie er gekommen war.

Tatsächlich vergisst Georg alsbald den ganzen Fall, als er nach seinem kurzen Abstecher zurück in die Arbeitswelt wieder inmitten der häuslichen Abgeschiedenheit und bedrückenden Trostlosigkeit steht. Er schämt sich, als er sich eingestehen muss, außer Stande zu sein, mit der wissenschaftlichen Publikation seiner bahnbrechenden Arbeit zu beginnen. Er hat Verlangen nach Veronika und ist im Rahmen seines zurückhaltenden Temperaments außer sich vor Freude nach dem Erhalt einer E-Mail von ihr: *Hast du Lust auf einen Ausflug? Dann komm morgen früh um acht bei mir vorbei.*

Und wie Georg Lust hat! Seine Stimmung schlägt augenblicklich um. Die Nacht ist dennoch schwer und mit unruhigem Schlaf belastet, in dem nichts so beständig ist wie die wiederkehrenden Szenen seines bedrückenden Traums, der durch sein Unterbewusstsein geistert.

Als Georg bei Veronika eintrifft, erkennt er sie kaum wieder. Sie ist, bis auf die dunkelgrauen leichten Schuhe mit den flachen Absätzen, von oben bis unten in dunklem Farbton gekleidet. Bis zu den Knöcheln herab reicht die lange, nicht anliegende Hose mit den feinen Nadelstreifen. Ein langärmliger Rollkragenpulli umschließt dagegen eng den Oberkörper bis weit über das Schlüsselbein hinaus. Darüber trägt sie einen eleganten Blazer mit silbernen Knöpfen, der ihre schlanke, nicht überaus große Gestalt selbstbewusst betont.

„Steig ein!", sagt Veronika knapp und zeigt auf einen schicken roten Sportwagen, der am Straßenrand unweit ihres Hauses parkt. Ihn sieht Georg zum ersten Mal. Kopfschüttelnd steigt er ein und lässt sich auf den Beifahrersitz nieder.

Sie muss ihren üppigen Busen fest eingeschnürt haben, um eine flache, fast jungenhaft wirkende Brust vortäuschen zu können, denkt Georg, als sie die Jacke auf dem Rücksitz verstaut hat. Ihr langes Haar hat Veronika am Hinterkopf zusammengebunden. Statt ihres gewohnten Make-ups hat sie Licht schluckendes Puder auf ihr Gesicht aufgetragen, das die Physiognomie in befremdender Weise entindividualisiert. Was soll das werden, fragt sich Georg enttäuscht, weil er sich unter einem gemeinsamen

Ausflug nun doch etwas anderes vorgestellt hat als das, was jetzt zu drohen scheint.

Sie fahren ein kurzes Stück über die Autobahn, dann weiter auf der Landstraße, die sie durch zahlreiche Dörfer und Kleinstädte leitet. Sie kommen, da der Verkehr nur mäßig ist, gut voran. Dann, nach über einstündiger Reise, fahren sie in eine Ortschaft ein, wo Veronika die Geschwindigkeit auf 30 km/h abbremst, obwohl 50 km/h erlaubt sind.

Während der ganzen Fahrt wurde bisher kaum ein Wort gesprochen. Georg ist in merkwürdiger Weise verklemmt. Und Veronika scheint für keinerlei Plauderei aufgelegt zu sein. Als sie sich mit dem Auto langsam durch den Ort bewegen, zeichnet sich zunehmend Unruhe auf Georgs Gesicht ab. Endlich biegt Veronika in eine Straße ein, die links und rechts von alten, teilweise schäbigen und schlecht instand gehaltenen Häusern eingesäumt ist. Als sie, die auffällig ortskundig erscheint, auf einen zur Straße hin gelegenen weiträumigen Hof fährt und vor einem ziemlich heruntergekommenen Backsteinbau Halt macht, ist Georg leichenblass geworden. Schweiß hat sich in kleinen Perlen auf seiner Stirn eingefunden.

„Voilà", sagt Veronika. „Lass uns eintreten!" Sie bemüht sich um einen gelangweilten Tonfall in ihrer Stimme. Aus ihrer Handtasche zieht sie einen Schlüsselbund hervor, mit dem sie vor den Augen Georgs, der seine Aufregung kaum noch zügeln kann, die Haustür aufschließt.

Sie betreten einen Flur, von dem aus eine Treppe zu einem höher gelegenen Stockwerk führt. In dem Eingangskorridor zieht eine breite Flügeltür - sie mochte vor langer Zeit einmal einen stattlichen Anblick geboten haben - die Aufmerksamkeit auf sich. Veronika stößt kraftvoll den rechten Flügel auf. Georg ist darüber verwirrt, dass er sich so leicht in den Angeln dreht. Er sträubt sich, als Veronika ihn in eine Gaststube hineinzieht. Ihm zittern die Hände, und er hat sogar einige Schwierigkeit, sich auf den Beinen zu halten. Als sie den Raum betreten haben, bekommt er sich etwas besser in den Griff.

„Du erkennst dein Elternhaus also wieder, Gorgi?"

Georg ist sprachlos, wenngleich nicht mehr völlig überrascht. Und Gorgi hat sie ihn genannt. Veronika, so erscheint es ihm, sieht ihn schon die ganze Zeit, seit sie sich im Haus aufhalten, spöttisch von der Seite an.

„Mein...?"

„Ja, dein Elternhaus mit der Gaststätte deines Vaters. Sieh nur her, dort drüben in dem Gesellschaftszimmer, die verfallene Bühne; dort hast du als kleiner Bub den einzigen frenetischen Beifall in deinem Leben bekommen – oder eine Tracht Prügel; manchmal beides."

Georg, in dem die verschütteten Erinnerungen wie eine dunkle drohende Wolke langsam aufsteigen, schaut sie entgeistert an. Ein starkes Gefühl der Angst lähmt und hindert ihn, in der gewohnten Weise folgerichtig zu denken. Es ist eine zweifache Angst: Die Angst vor dem, was die Erinnerungsarbeit, die sich verselbständigt hat und sich wohl erst einmal nicht eindämmen lassen wird, zu Tage fördert; aber auch eine Angst vor dem, was das furchtbare Weib neben ihm noch alles preisgeben würde.

„Was soll das alles, Veronika?"

„Nicht so kleinlaut, Bruderherz. Endlich daheim und dann gleich so verzagt."

Georg glaubt sich verhört zu haben.

„Hast du Bruderherz gesagt?"

„Pardon, Großer, Halbbruder natürlich. Nur den Vater haben wir gemeinsam."

Georg schweigt. Was soll er auch sagen. Es ist unfassbar, was er zu hören bekam. Er fühlt sich überfordert, diese Lage auszuhalten und wünscht sich zurück an seinen Arbeitsplatz im Institut.

„Mach dir keine Gedanken um deinen Verstand, Großer. Wir sind uns als Kinder niemals begegnet. Ich bin ein Seitensprung deines Vaters. Einer von vielen. Aber der einzige, der Leibesfrüchte trug."

Georg, wie apathisch, schweigt weiter. Es ist aber so, dass er immer noch keine Worte findet.

Veronika scheint das nicht zu stören. Sie weiß alle Vorteile der Überrumpelung auf ihrer Seite und fährt fort:

„Du warst ein sonderbares Kind. Hast kaum gesprochen. Hast mit niemandem gespielt. Hast später nie ein Mädchen gehabt. Warst an nichts interessiert, was jenseits deiner Phantasiewelt passierte. Ich denke, die Kinder haben dich nur deshalb in Ruhe gelassen, weil du jedem irgendwann einmal bei irgendeiner Kniffligkeit geholfen hast. Der Vater hat dich gnadenlos eingespannt in der Wirtschaft. Es hat sich für ihn ausgezahlt. Das kam gut an bei den Gästen, dass sein Knirps so aufdrehen konnte, der sonst nie aus sich herausging."

„Woher weißt du das alles? Du bist doch mindestens zehn Jahre jünger als ich", fragt Georg, bloß um überhaupt seine Stimme zu hören und damit vielleicht die ganze Szene als einen Traum zu enttarnen.

„Siebzehn", korrigiert Veronika. „Ich habe mich, im Unterschied zu dir, für meine Herkunft interessiert. Der Vater war zuletzt ein Pflegefall, doch klar im Kopf. Ich habe ihn ausgequetscht, bis nichts mehr zu erfahren war und auch anderweitige Erkundigungen eingeholt."

„Was ist mit ihm passiert?"

„Irgendwann verlor ich die Lust und bin gegangen, nachdem ich zwei lebenswichtige Medikamente vertauscht hatte. Er war ein Dreckskerl. Doch glaube mir, er hat nicht gelitten." Sie fährt unbeirrt fort:

„Ich bin wie er mit einer amoralischen Einstellung in der Welt. Du bist wie deine Mutter, die dich noch rechtzeitig hier herausgerissen hat. Du hast alles Wesentliche von ihr: Das, was du bist; und das, was du niemals sein kannst. Meine Mutter, wenn es dich interessiert, ist bei meiner Geburt gestorben."

„Du bist ein verdammtes Aas", sagt Georg, der sich anstrengt, aus dem Zustand seiner Lähmung herauszufinden.

„Nicht so heftig, Gorgi. Die einzigen Momente einer echten männlichen Freiheit in deinem Leben hast du nur bei mir erlebt."

„Wir haben miteinander geschlafen, als Bruder und Schwester!"

„Übertreibe nicht; Halbgeschwister. Na, wenn schon. Es hat dir doch ziemlichen Spaß gemacht."

„Dir natürlich nicht", murmelt Georg in sich hinein.

„Gorgi, wir wollen doch nicht sentimental werden. Als Mann interessierst du mich wie alle Männer, nämlich gar nicht. Hier ins Haus holte ich den Bruder, pardon, den Halbbruder, wenn du diese Formulierung besser verarbeiten kannst. Ein Anflug von Familiensinn bei mir, als ich bemerkte, wie geschichtslos du vor dich hinlebst und wie viel Kraft du verbrauchst, um alles Erinnerungsträchtige in dir abzutöten. Doch sieh dich vor, solche Stimmungen halten niemals lange bei mir an. Also ernsthaft, ich will dir nicht schaden. Im Gegenteil. Allerdings weiß ich nicht, ob dir das überhaupt gut tut, wenn du plötzlich und unvorbereitet diese Dinge über dich erfährst, die niemals wissen zu wollen dir dein zartes und zurückgezogenes Gemüt einstmals befohlen hat. Normalerweise interessiert sich ein Mensch dafür. Du bist aber wohl nicht normal."

„Warum gerade heute die ganze Vorstellung?"

„Ich habe so lange wie möglich gewartet, weil ich doch bemerkte, welchen Gefallen du an meinen körperlichen Reizen gefunden hattest. Nun werde ich aber demnächst meine Zelte hier abbrechen und ins Ausland verschwinden."

Georg wirkt auf diese Nachricht hin betroffen. Als Veronika ihn ermuntert, sich im Hause umzusehen, wo er nun doch schon einmal hier sei, kommt er dem schweigend nach. Er hat, nunmehr von einer ersten Erinnerungsstaffel gut versorgt, keine Schwierigkeiten, sich in dem Gebäude zurechtzufinden. Veronika verschwindet hinter einer schmalen Tür, die in der Wand, in der sie eigelassen ist, kaum auffiel.

Erst jetzt, wo er von Veronikas Anwesenheit befreit und auf sich selbst gestellt ist, wird Georg die ganze Bedeutung, mehr noch, die ganze Schwere des Augenblicks bewusst. Er ist in seinem Elternhaus. Er ist zum ersten Mal seit ... Er stockt in seinem Gedankenfluss, weil er auf Anhieb gar nicht sagen könnte, wie alt genau er war, als seine Mutter sich mit ihm davonmachte. Seither jedenfalls hat er dieses Haus, das jetzt fremd und vertraut zugleich auf ihn wirkt, nicht mehr betreten.

Zögernden Schrittes betritt er die Bühne. Und gleichermaßen als würde ihm aus dem tiefen Inneren heraus ein Befehl erteilt, macht er ein paar Hopser auf dem an einigen Stellen schon morschen Holz; gleich darauf umklammert ein düsterer Eindruck seine Seele, und er steht für eine Weile reglos auf dem furchtbaren Podium seiner frühen Kindheit. Der Traum! An dieser Stelle muss er geboren worden sein.

Früh hat der Vater entdeckt, dass sein Junge mit der schmächtigen und biegsamen Körperform der Mutter für allerlei Kunststücke zu gebrauchen war, die bei umsatzfördernden Festgesellschaften gut ankamen. Als er feststellte, wie schnell sich das Interesse der Gäste in bare Münze verwandelte, hat er seinen talentierten Sprössling gnadenlos drangekriegt.

Mit wenigen Schritten geht Georg den Umfang jener Fläche ab, die für einen kleinen Jungen einmal eine Weltbühne ausmachte, auf die zu treten er gezwungen wurde, um fremder Lustbarkeit zu dienen. Das Holz knarrt in seinen Fugen. An einer Stelle senkt sich unter dem Druck seiner Füße der Boden. Georg steigt auf einmal ein Geruch in die Nase, der wiederum neue Eindrücke mit sich bringt. Geräusche. Stimmen. Gelächter. Worte, die sich unerkannt im Raum verlieren.

Das Tanzen war nicht das eigentlich Schlimme. Trotz seiner in sich gekehrten Natur bewegte er sich gern und bekam auch immer gute Noten im Sportunterricht. Angestarrt zu werden, in der Aufmerksamkeit von anderen zu stehen, das war die Qual bei den ihm abgezwungenen Darbietungen. Jeder Blick, der ihn traf, durchbohrte ihn schmerzhaft, oder er saugte sich an seiner Haut fest, wo er, wie ein abgezogener Saugnapf, einen hässlichen roten Flecken hinterließ.

Georg erspäht einige dunkle Flecken auf dem Holz. Instinktiv bückt er sich und befühlt sie mit seinen Fingern wie der Arzt den Puls seines Patienten. Das Holz ist trocken. Und dennoch bleibt ihm der Eindruck eines klebrigen Empfindens an den Fingerspitzen. Als er sich wieder aufrichtet, ist ihm die Hitze ins Gesicht gestiegen. Mit einem Ruck wendet er sich ab und geht langsam zur Stiege hinüber, über die er das obere Stockwerk betritt.

Es gibt nur diese beiden Etagen in seinem Elternhaus. Unten befinden sich die Gaststube nebst der Küche und ein weiterer Raum, in den hinein Veronika soeben von dem angrenzenden Gesellschaftszimmer aus verschwunden ist, wo seinerzeit Vorräte gelagert waren. Auch diente er dem Vater gern zur Ruhe, wenn er einen Rausch auszuschlafen hatte. Oben ist der Privatbereich.

Ein Korridor verbindet drei Räume. Als erstes betritt Georg die Wohnstube. Sie ist vollkommen leer und in ihrem Zustand der Erinnerung wenig hilfreich. Es hat den Anschein, als seien Sanierungsarbeiten irgendwann einmal begonnen, später aber abgebrochen worden.

Üppig war der zur Verfügung stehende Wohnraum wahrlich nicht. Georg wundert sich darüber, als er das Schlafzimmer seiner Eltern betritt. Er hat, seit seine Erinnerungen begonnen haben, wie aus einer Nährlösung auszukristallisieren, die Räume viel größer in seiner Vorstellung stehen.

Georg spürt, wie die bedrückende Atmosphäre seiner Kindheit mehr und mehr von ihm Besitz ergreift und seine Seele duckt. Das Aroma, das in diesen Gemäuern immer noch gefangen gehalten wird, legt sich schwer auf sein Gemüt. Jetzt erscheint auch das einstige Mobiliar, das zum größten Teil irgendwann einmal herausgeschafft wurde, vor seinem inneren Auge.

Das durchgelegene Bett, in dem seine Eltern schliefen, hatte zu verschiedenen Zeiten heftig geknarrt. Er ist sich seiner Pietätlosigkeit, so zu denken, bewusst, - doch der Vater ist ein großes breites Vieh gewesen. Zart und schmächtig hingegen seine Mutter mit ihrem wunderschönen strengen Gesicht, aus dem sie ihn mit dunklen Augen, nur ihn allein, gern verträumt und mit einem feinen, verspielten Lächeln in den Mundwinkeln, angesehen hat. Das einzige Gesicht, in das er frei und unbekümmert hat hineinblicken können. Georgs Augen füllen sich mit Tränen.

In jenen Augenblicken, und einem davon verdankt er immerhin sein Dasein, wenn der Vater über der Mutter lag, dann ist von seiner Mutter bestimmt nichts mehr zu sehen gewesen.

Nur in seinem eigenen kleinen Zimmer ist das Bettchen noch vorhanden. Georg ist zunächst befremdet, erkennt dann aber, dass es offenbar an einer anderen Stelle steht als damals. Und plötzlich durchzuckt ihn eine Erinnerung.

Die Wand liegt frei, an der einstmals das Bettchen stand. Heftig pocht sein Herz, als er sich niederbückt bis auf die Höhe des Bettrandes und die Tapete betastet, die an dieser Seite sauber, geradezu fachmännisch geklebt wurde, während ansonsten die Wandverkleidung heruntergekommen und schlecht verarbeitet wirkt. Diese Wand, sieht Georg, wurde später noch einmal tapeziert. Immer noch suchen seine Hände fieberhaft nach etwas. Da! Er klopft. Er reibt. Er reißt die Tapete weg, die sich erstaunlich leicht lösen lässt und sieht, dass die neue über die alte geklebt wurde.

Mit einem Ruck zieht Georg an einer unverputzten Stelle einen halben Ziegelstein hervor, der einen Hohlraum verborgen hat. Vorsichtig greift er mit einer Hand in die Höhlung und fördert ein Metallkästchen zutage.

Unbeschadet, von der Bildung eines rostähnlichen Überzuges abgesehen, hat es die Zeiten überdauert. Es ist nicht gesichert. Der Deckel sträubt sich zwar zunächst, doch nach längerem Ziehen gelingt es Georg, ihn abzuheben. In seinem Innern aufgewühlt, tritt er an sein altes Kinderbett heran, setzt sich auf die verstaubte Matratze und leert den Inhalt des Kästchens darauf aus.

Manches darin war schon zu Staub zerfallen. Georg erinnert sich schemenhaft, eine Zeitlang sich mit kleinen Lebewesen abgegeben zu haben, bevor ihn das Interesse an den Dingen und Zusammenhängen überwältigte, die man gar nicht sehen kann und die dennoch dafür zuständig sind, dass es überhaupt Etwas gibt und dieses Etwas zusammengehalten wird.

Die Tränen in seinen Augen sind schon wieder getrocknet. Für einen kurzen Augenblick findet sich der Ausdruck eines Lächelns auf seinem Gesicht, als er daran denkt, dass wohl der eine oder andere niedere Zeitgenosse in seinem Kästchen sein Grab gefunden hat, aus dem er nun nach vielen Jahren aufgestört wird, aber nichts Ansehnliches mehr zu bieten hat als kaum zu unterscheidendes Verwitterungsmaterial, das sich um den sonderbaren Gegenstand herum, der zweifellos der wichtigste Bestandteil der kleinen Sammlung ausmacht, angehäuft hat.

Helle und dunkle Flecken haben sich im Laufe der Zeit gebildet und überziehen unregelmäßig den harten Schmelz oder das Imitat, wer will das wissen. An den Ecken klebt hässlich ein ausgehärteter gelber Schaum. Abgesehen von dem unappetitlichen Zustand, mag die Prothese noch in funktionstüchtigem Zustand sein. Die innere Stabilität ist ihr jedoch nicht zuverlässig anzusehen. Und gewiss würde sich heute niemand mehr finden, das Gebiss, das Ende der fünfziger Jahre ein kleiner schüchterner Junge in seinem Wandversteck eingelagert hat, in seinen Mund zu stecken.

Damals allerdings, bevor Klein-Georg es an sich nahm, war es für einen Gast seines Vaters einmal ein geschätztes Gut gewesen, der ein gehöriges Aufsehen darum machte, dass er es nicht wiederfand und aus Groll darüber, zu des

Vaters Leidwesen, die Gaststätte mit seinen Freunden eine Zeitlang mied.

Warum hatte er das Ding eigentlich entwendet? Georg kann sich daran beim besten Willen nicht erinnern. Die Tat, die niemand ihm unterstellte und die ihm wohl auch keiner zugetraut hatte, musste damals eine große Bedeutung für ihn gehabt haben. Der Träger des Gebisses hatte ihm vielleicht etwas Böses zugefügt, für das er sich rächen wollte. Georg kommt es vage so vor, als hinge die Gebiss-Affäre mit einem bösen Sturz auf der Bühne, bei dem er sich schmerzhaft verletzte, zusammen. Und dieser Sturz, dessen ist er sich sicher, hatte zur Folge, dass seine Mutter mit ihm zusammen das Zuhause verließ und ein neues, bescheidenes Leben begann, das aber ihn, den begabten Jungen, von der häuslichen Tyrannei befreite und ihm die gymnasiale Laufbahn sicherte. Sie musste sich förmlich aufgerieben haben, ohne jemals zu klagen oder ihre folgenschwere Entscheidung infrage zu stellen.

Er ist noch nicht sehr lange auf der Universität gewesen, als sie, wenig über die Sechzig hinausgekommen, bereits starb; vielleicht gerade dann starb, als sie ihren Sohn, der sich mehr von ihr zurückgezogen hatte, als ihr das guttat, auf dem besten Weg wusste, auf dem er ihrer über Gebühr beanspruchten Lebenskräfte nun nicht mehr bedurfte.

Georg spürt leichte Zuckungen in seinen Gliedern, als ihm das Gesicht der toten Mutter wie auf einer inneren Leinwand erscheint. Ein unbegreiflicher Zustand von Glück und tiefem Frieden, der sich in der wachsbleichen, damals immer noch rein wirkenden Haut eingraviert hatte, um ihm die Botschaft zu hinterlassen, wie bereit und bereitwillig sie, nach Erfüllung von Mutterpflicht und Erleben von Mutterglück, das Leben loslasse, um sich die verdiente unbeschwerte Ewigkeit zu erwerben.

Noch einmal beginnen Georgs Augen feucht zu schimmern. Diesmal sind es Tränen der Scham, die gleich aus seinem Gesicht stürzen werden, weil er sich wie ein

Verräter fühlt. Warum hat er den Augenblick am Totenbett seiner Mutter, als er, nach *unglaublich wichtigen Experimenten*, zu spät gekommen war, um noch ein letztes Mal ein Wort mit ihr zu wechseln, nicht mutig und würdevoll in seiner Erinnerung behalten? Aber nein: Erlebt, verdrängt, vergessen. Um dann doch einmal in dieser verspäteten Stunde einer Überwältigung des Gemüts so übermächtig sich in Erinnerung zu rufen, dass er in den Tiefen seiner Seele erschüttert wird.

Sein fanatisches Bemühen, die Vergangenheit aus der Erinnerung zu tilgen, hat, unverdient, in schäbiger Weise auch die Mutter ein Stück weit einbezogen. Nein, das hat sie nicht verdient! Der Gedanke löst mit einem Reueschub einen heftigen Weinkrampf in ihm aus, den er minutenlang nicht unter Kontrolle bekommen kann.

Als er sich endlich gefangen hat, verstaut er, so gut es geht, den ausgeleerten Inhalt wieder in das Kästchen, verschließt es und befördert es in die Öffnung zurück, die er mit dem halben Ziegel dicht macht. Dann verharrt er noch einige weitere Minuten reglos, bevor er den Rückzug antritt und die Stiege wieder hinabsteigen will.

Ach ja, da ist noch eine winzige Tür nahe der Stelle, wo die Stiege ausmündet. Er hätte sie beinahe übersehen. Und vergessen. Georg rüttelt daran. Sie ist zugesperrt. Dahinter war aber früher nichts weiter als der Taubenschlag seines Vaters, der ihn ziemlich vernachlässigte, als er im Laufe der Zeit zu einem der besten Gäste in seinem Lokal wurde. Von Zeit zu Zeit wurde er zudem von einer grausamen Anwandlung getrieben. Dann stattete er, immer alkoholisiert, seinen Tieren einen Besuch ab, um sie übel zu quälen. Klein-Georg hatte sich öfter da drinnen aufgehalten und gelegentlich die Tiere gefüttert, von denen das eine und andere an schönen Tagen, wenn Türen und Fenster weit geöffnet waren, zum Gaudi des Publikums schon mal in die Gaststube hineinflogen, so, als wollten sie die mangelhafte Fürsorge und die Quälerei durch den Hausherrn demonstrativ beklagen. Kopfschüttelnd wendet Georg sich ab. Dann fällt ihm aber noch ein, dass ein schönes weißes Tier im Bestand gewesen ist. Das hat er besonders gern gestreichelt. Als es eines Tages tot im Verschlag lag, ist er in Tränen ausgebrochen. Alle dachten auch sofort an den Vater.

Als er in die Gaststube zurückkommt, tritt auch Veronika aus dem Vorratsraum ein. Sie hat einen grauen Kittel übergezogen.

„Ich hatte noch zu tun. Weißt du, ich bin schon lange die Eigentümerin dieses Anwesens, seit deine Mutter, was du vermutlich gar nicht mitbekommen hast, alle Ansprüche aus dem Erbe ihres Mannes ausgeschlagen hat. Ich vermute, es war auch in deinem Sinne, dass sie wirklich alle Brücken zur Vergangenheit gekappt hat. Sie muss eine wirklich starke Frau gewesen sein, Gorgi. Dein einziges häusliches Erbe, Großer, ist nun der Traum, von dem du mir einmal erzählt hast."

Georg blickt kurz auf.

„Was hast du vor mit der Immobilie?"

„Verpachten. Die DARUSCHA ist daran interessiert. Die Verträge sind bereits ausgefertigt. Sie hat etwas übrig für derartige Objekte. Demnächst soll hier eine ihrer Spontan-Begegnungen stattfinden, mit denen sie bisweilen die Polizei ärgert und denen du meine Bekanntschaft verdankst. Ich richte dafür einiges her. Vielleicht komme ich später einmal zurück aus meinem Exil. Ein schönes Etablissement für die Befriedigung männlicher Basisbedürfnisse schwebt mir vor. An hübschen Mädels ist bei uns kein Mangel. Ich würde etwas ganz Gediegenes aufziehen."

„Also stimmt es, was gesagt wird, dass du bei der Verbrecherbande mitmischst?"

„Lass die Kirche im Dorf, Großer. Ich bin allenfalls lose verbandelt, aber meistens gut informiert. Ich arbeite selbständig. Hin und wieder eine kleine Gefälligkeit von mir im legalen Rahmen. Dafür genieße ich den unschätzbaren Vorteil des Schutzes der wehrhaften Familie, wenn das einmal notwendig sein sollte. Im Übrigen kann ich ungestört und selbstbestimmt anschaffen und gestalten. Du solltest mir dankbar sein, dass ich dich aus der Schusslinie der Organisation genommen habe, als sie auf dich aufmerksam wurde."

„Heißt das, du bist auf mich angesetzt worden?"

„Unsinn. Nimm dich nicht so wichtig, auch wenn du das als Naturwissenschaftler vielleicht bist. Ich wusste von deiner Existenz schon, bevor ich mich als erwachsen gewordene Frau auf eigene Füße stellte, was ich dir eben doch verklickerte. Ich habe mich aber niemals darum gekümmert, dich ausfindig zu machen, auch wenn mir bekannt war, dass du die Heimat im weiteren Sinn nicht verlassen hattest. Dass du bei mir aufgekreuzt bist, Dienste in Anspruch nahmst und manchmal recht lästig wurdest, ist ein launiger Zufall. Doch erst als du unter dem Eindruck einer für dich ungeheuerlichen Selbsterfahrung mit mir zu plaudern anfingst, ging mir ein Licht auf, mit wem ich es zu tun hatte. Danach habe ich begonnen, mich über dich und deine Arbeit zu informieren. Aus verwandtschaftlichem Interesse. Aber auch routinemäßig für meine Freunde. Hätte ja durchaus sein können, dass deine wissenschaftlichen Ergebnisse für uns interessant sind. Waren sie aber nicht. Zunächst jedenfalls."

„Darüber wisst ihr also auch Bescheid?"

„Nur grob, Gorgi. Wirklich nur ganz grob. Über die Forschungsarbeit an deinem Institut konnte ich nur offizielle Quellen anzapfen. Und deine persönliche Geheimniskrämerei ist nun unglaublich schwer zu knacken. Ist ja, was bei den Nachforschungen herauskam, zudem völlig weltfremdes Zeug, mit dem du dich abgibst und dabei so tust, als steckt das wirkliche Leben darin. Was mir außerdem auffällt, du werkelst so sorglos vor dich hin, als wärst du noch der kleine Junge von früher und hast keine Ahnung, dass du wegen deiner Bedeutung als Wissenschaftler eine öffentliche Person bist. Eine so naive Haltung könnte zum Problem werden. Du darfst aber beruhigt sein: Ohne den

Kristallmord wäre unsere Neugierde auch schon längst erschöpft."

„Was soll denn das nun wieder? Habt ihr etwa diese Scheußlichkeit auf dem Kerbholz?"

„Dummes Zeug. Wir rekrutieren gern pubertierende Jungen für unsere Arbeit; gewissermaßen als Investition in die Zukunft. Aber wir bringen sie nicht um. Was sollte denn dabei herausspringen? Manche unserer Informationen über dein Kommen und Gehen stammen von einem Detektiv, im Allgemeinen ein zuverlässiger Informant. Der ist nun tatsächlich auf dich angesetzt worden, aber nicht von uns, obwohl er zu uns gehört. Wenn du etwas über dessen Auftraggeber erfahren willst, musst du dich schon in deinen eigenen Kreisen umsehen. Aber als Freund unter Freunden scheinst du ja so naiv zu sein wie auch sonst im Leben."

Veronikas Informationen prasseln auf Georg nieder wie eine Serie von Peitschenhieben, deren er sich nicht erwehren kann. Hat sie Spaß, ihn zu verunsichern? Will sie ihn demütigen? Oder doch aus einem aufrichtigen Motiv heraus über Gefahren informieren, die auf ihn, den im Leben Ahnungslosen, zukommen könnten? Was sollte die Bemerkung zu den Freunden? Er schaut mit einem raschen Blick in das Gesicht dieser unheimlichen Frau.

Doch für Georg, für den es ohnehin ungleich schwieriger ist, im Gesicht eines Mitmenschen eine Gefühlsregung herauszulesen als Spaltensturz in die höchstgelegenen Gefilde seiner einsamen mathematischen Abstraktion zu folgen, ist es unmöglich, in Veronikas Mimik etwas zu entschlüsseln, noch dazu am heutigen Tag, wo sie selbst die Vorzüge ihrer sinnlichen Ausstrahlung unter einer dicken Puderschicht begraben hat.

Veronika fährt fort, als würde sie nichts von Georgs Unsicherheit bemerken:

„Dass ein Netzwerk wie die DARUSCHA auf dem Laufenden sein muss, versteht sich von selbst. Du als Physiker in deinem Elfenbeinturm kannst da eher in den Tag hineinleben, ohne nach links und rechts zu schauen. Es ist eigentlich unglaublich, Großer, dass du nicht einmal wahrhaben willst, was für ein Teufelszeug du möglicherweise entwickelt hast. Leider weiß das im Augenblick wohl noch niemand. Entspann dich! Wir sind nicht interessiert. Für unsere Zwecke, wenn wir etwas abzurechnen haben, ist immer noch eine Parabellum oder im Spezialfall eine Kalaschnikow nützlicher. Spielereien und bizarre Experimente sind nicht unsere Sache."

Georg gibt sich einen Ruck. Es verletzt ihn, seine physikalische Spitzenleistung in einem verbrecherischen Zusammenhang so diskreditiert zu sehen.

„Wenn du doch mich und meine Arbeit so genau ausgeforscht hast, dann muss dir doch klar sein, dass die Verbindung zu dem auskristallisierten Jungen absurd ist."

„Ich verstehe trotz meiner Erkundigungen nicht wirklich etwas von deiner Physik, Gorgi. Meine Freunde auch nicht. Sie wissen nur um die Ratlosigkeit der Polizei und aller Spezialisten, haben aber auch keine begründete Meinung. Weißt du ..." Veronika stockt. Sie lacht plötzlich, macht eine Handbewegung in der Luft und fügt mit beißendem Spott hinzu:

„Betrachte das mal als mein persönliches Gefühl, dass ich einen Zusammenhang vermute. Vielleicht nur, weil ich an dich glauben will, mein großer, großer genialer Bruder."
Sofort wird sie wieder ernst, als sie fortfährt:

„Wir sind im Übrigen besser als unser Ruf. Ein braver Bürger, der uns nicht in die Quere kommt, hat sich vor seinen Freunden mehr zu fürchten als vor uns. Entschuldige, wenn ich in meinem Eifer ein größeres Wir-Gefühl mit meinen Freunden zum Ausdruck bringe, als das meiner tatsächlich unabhängigen Position als freischaffender Künstlerin angemessen ist."

Georg weiß nichts zu erwidern. Es scheint nunmehr, dass ihre Unterhaltung vorläufig sich in ihrem Stoff verausgabt hat. Georg geht Veronika bei ihren Verrichtungen zur Hand. Aus ihm ist aller Groll gewichen. Eine

Leidenschaft ist zerborsten. Eine Geschwisterbeziehung hat begonnen, die in wenigen Tagen bereits wieder beendet sein würde. Mit ihm selbst, so befindet Georg, ist etwas Unwiderrufliches geschehen. Er macht den Versuch, Veronika von dem zu erzählen, was die ungebetene Erinnerung ihm in der letzten Stunde ins Bewusstsein gespült hat. Ihm tritt die Hitze ins Gesicht, als er bemerkt, wie holprig das klingt.

„Du stotterst, Gorgi," sagt Veronika überrascht. „Das tatest du auch als Kind, hat man mir erzählt, wie mir jetzt wieder einfällt. Nimm doch nicht alles so tragisch, Bruderherz."

„Warum willst du überhaupt weg, Veronika? Du lebst doch gut hier. Du könntest die Chance wahrnehmen, deine künstlerische Seite weiter auszubilden". Es ist ein Gefühl plötzlicher Anhänglichkeit, das aus ihm spricht.

„Ach, Gorgi, deine Naivität, mit der du die menschlichen Seiten des Lebens angehst, ist wie Schlagsahne. Die wird auch umso steifer, je mehr man sie schlägt. Ich sage es neidlos, Großer, ich wünschte mir als sogenannter Künstlerin nur ein Drittel deiner Begabung als Physiker. Dann würde es funktionieren. Ich sage dir sogar noch etwas, auch wenn ich mich wiederhole. Ich bin ein wenig stolz auf dich. Wenn ich mich in Zukunft mal ein wenig beschissen fühle, das kommt nämlich vor, dann werde ich für einen Augenblick an meinen großen Bruder denken. Doch nenne mich nicht länger Veronika. Das ist mein Künstlername. Ich heiße Claudia. Wir stammen schließlich aus einer Familie. Da sollten wir offener miteinander sein."

Der Ausflug mit Veronika nimmt am Ende für Georg einen versöhnlichen Ausklang. Er ist dabei, sich mit den aufwühlenden Botschaften aus einer untergegangenen Welt, die er aus sich verstoßen hatte, abzufinden; ebenso wie mit den veränderten Tatsachen seiner neuen Beziehungssituation. Sie vereinbaren noch ein Treffen, bevor Veronika in drei Tagen ihren Flieger nehmen würde. Mit ihrem schicken Sportwagen setzt sie ihn vor seinem Haus ab.

Als er endlich mit erschlafften Armen verloren im Wohnzimmer steht, nachdem die Tür hinter ihm ins Schloss gefallen ist, krümmt sich der verwaist daliegende Raum, einstmals das vertraute Gehäuse seiner Häuslichkeit, die er mit Rita teilte, und nimmt von ihm in einer heftigen Attacke Besitz. Die äußere Leere, die das tote Mobiliar nicht mehr hat ausfüllen können, wendet sich nach innen und umschlingt sein Gemüt wie eine Python den Leib ihrer Beute. Er ist allein gelassen mit einer solchen Gehässigkeit, wie er sie sein Leben lang fürchtete; allein mit einer Massigkeit, wie er sie durch eine umso größere Intensität in der Arbeit unermüdlich zu kompensieren trachtete. In einem aussichtslosen Kampf, in dem die Kräfte seiner versiegelten Natur am Ende triumphieren mussten, in diesem Kampf, das erkennt er jetzt, ist er unmerklich verschlissen worden. Ein Zurück zu den alten Zuständen kann es nicht mehr geben.

Der Raum ist nunmehr öde und leer, weil daraus die Seele entflohen ist, die ihn zuvor inspirativ ausfüllte. Rita, seine Frau; er hat in diesem Augenblick bereits vergessen, wie sie aussah. Er weiß nur, dass er ihre Seele nicht mehr spüren kann. Er hat offensichtlich die Erinnerung verloren. Statt ihrer ist ihm ein schmerzhaftes Empfinden auf seiner Haut entstanden, das wie das Feuer des Nesselfiebers brennt und immer unerträglicher wird. Der Druck der Gegenwart tritt heftig in Aktion. Um sich erinnern zu können, hätte er eine Vergangenheit haben müssen. Er hat keine Vergangenheit. Jedenfalls keine, der er sich jemals emotional gestellt hätte. Die Illusion davon ist zerplatzt.

Ein Leben lang ist er bloß auf der Flucht vor der Gegenwart gewesen, der er niemals erlaubt hat, ihm eine Vergangenheit zu stiften. Nur das in menschlicher Zeitdimension Unvergängliche erinnert sich in ihm. Deshalb, weil es von überflüssigen Erinnerungen unbelastet ist, vergaß er niemals etwas, was er in der Physik gelernt hatte. Weil das die Wahrheit ist, die ihm jetzt erbarmungslos ihren Willen aufzwingt, deshalb kann er sich an das Gesicht von Rita nicht erinnern und muss stattdessen ihren unfassbaren Verlust als entsetzliche Qual auf der Haut spüren.

Nicht oft kommt es vor, dass im Leben, das für die meisten Menschen doch überwiegend durch Routine und feste Vorgaben bestimmt ist, das Schicksal einen Blitzstrahl niederfahren lässt, mit dem die innere Architektur einer Persönlichkeit für Augenblicke grell erleuchtet wird und dabei die Schwächen in ihrer Statik schonungslos zu Tage treten. Einem Menschen, dem solches schmerzhaft widerfährt, tritt nicht selten das Außergewöhnliche der Situation als eine ganz simple Frage vor das innere Auge: *Wer bin ich?*

Eine derartige innere Begegnung hat jetzt auch Georg. Er, der in ungewöhnlicher Gradlinigkeit, von ungewöhnlicher Begabung geleitet, wie ein Besessener auf dem Drahtseil der Arbeit balancierte, muss mit seiner heroischen Haltung einer permanenten Selbstverleugnung im Dienste der Naturerkennung vor der überragenden Faszination des menschlichen Strebens nach Selbsterkenntnis kapitulieren.

Die Frage *wer bin ich eigentlich?* dringt in sein Gemüt ein wie die Klinge eines Dolches in weiches Fleisch, und sie verheert von da an wie eine Feuersbrunst sein entzündetes Bewusstsein. Doch inmitten der Hitze einer nicht mehr zu bändigenden Selbstschau spürt er, gewissermaßen als eine vorläufige Teilantwort auf die gestellte Frage, eine unerträgliche Kälte in seiner Brust hinabsinken, die jener der Teilchen, die er in die Existenzbedingungen des Bose-Einstein-Kondensats hineinzwang, gleichkommen mag.

Diese Kälte, die seinen Teilchen nichts anderes ist als eine bloße Energiearmut, die vor allem doch ihre Interaktionsmöglichkeiten mit anderen Teilchen ihresgleichen schwächt, ist auch ihm nichts anderes als Verlust an Empathie und Interaktion. Eine unbegreifliche Einsamkeit, die seine innere Welt vom Leben der anderen scheidet, haftet ihm an wie eine zweite Haut, und von ihr kann er sich ebenso wenig trennen wie von seiner ersten Haut.

Verhängnisvoller Irrtum im Buch der Genesis. Defekte Sonderanfertigung aus der Rührschüssel der Evolution. Die große Improvisateuse, Mutter Natur; in ihrem Bestreben, in solchen wie ihm Eigenschaften herauszubilden, die zu außergewöhnlichen Leistungen in der abstrakten Erkenntnisgewinnung befähigen, hat sie schlichtweg vergessen, sie auch mit den üblichen Anlagen zur Gemeinschaftsfähigkeit auszustatten.

Projektleiter geworden zu sein, ist beruflich sein Verhängnis gewesen, das aber die Katastrophe lediglich beschleunigte. Niemals hat er mit dem Team zusammenfinden können, weil die Natur in ihm nicht zulässt, dass er sich mit jemandem zusammenfindet, nicht einmal in der physikalischen Arbeit, die doch sein Leben ist. In die Randarbeitszeit hinein ist er zunächst aus Verzweiflung geflüchtet, um die nötige Kommunikation zu vermeiden. Zu außergewöhnlichen Eigenleistungen hat ihn sein Ego deshalb angespornt, um sich seine Isolation, nach der er süchtig ist, bewahren zu können. Dass er so lange durchgehalten hat, bevor seine Lebenskräfte sich aufzehrten, sollte eher erstaunen. Dass jedoch mit Rita ein Mensch mit ihm in der Vergangenheit hat zusammenfinden können und das absonderliche Dasein ertrug, an seiner Seite gerne ertrug, das war das eigentliche Wunder seines Lebens, das er wie ein Erblindeter das Rosenbeet zu seinen Füßen zerstört hat.

In dieser schweren Stunde hat Georg, wie es Rita geschah an jenem Abend, der die erste Stufe ihres ehelichen Zerwürfnisses mit sich brachte, auf einmal das Bedürfnis, vor den Spiegel zu treten, um, was er ansonsten so gut wie möglich vermeidet, sein Äußeres in Augenschein zu nehmen. Aber weit entfernt von der positiven Zuwendung, die seine Gattin damals ihrer reifen weiblichen Gestalt entgegenbrachte, sieht Georg einen Fremden, vor dem ihm graust.

Wann auch hätte er sich zum letzten Mal bewusst und mit Interesse wahrgenommen? Vielleicht ein- oder zweimal in grauer Jugendzeit. Das Äußere des alternden Mannes, der er ohne Zweifel geworden ist, ist ihm genauso ein Tabu gewesen wie die inneren Vorgänge in seinem unerkannten Gemüt. Angewidert und fasziniert zugleich verliert sich sein Blick in die niemals ihm vertraut gewordene Physiognomie.

Er ist es gewohnt Sekunden zu zählen; auch Milli-, Mikro, Femtosekunden. Keine Sekunde, in der er beruflich zu tun hat, unterscheidet sich von einer anderen, so, wie sich ein Atom nicht von einem anderen seiner stofflichen Art unterscheidet. Alle sind sie, wenn man mit dem Maßstab des menschlichen Zusammenlebens urteilt, gleichberechtigt. Doch diese Haltung ist überheblich. Die Zusammenhänge sind vertrackter. Er könnte als Beispiel eine beliebige Menge Plutonium nehmen. Seine Halbwertzeit beträgt vierundzwanzigtausendeinhundertundzehn Jahre.

Die Ausgangsthese lautete: Alle Atome sind gleichberechtigt. Von wegen! Die einen krepieren schon im nächsten Augenblick; sie *zerfallen*, wie es in der emotionslosen Sprache der Physiker heißt. Andere dürfen noch hundert, fünfhundert, tausend oder noch mehr Jahre ausharren und können so in den Genuss eines viel längeren Lebens als andere Artgenossen kommen. Niemand weiß, wann er oder sie oder es dran ist: Weder der einzelne Mensch noch das einzelne Plutoniumatom. Von wegen also gleiche Lebenschancen.

So gesehen, von seinem Schicksal her, ist nicht einmal ein Elementarteilchen wie das andere. Auch kein Augenblick ist wie der andere, wenn ein einziger davon über Wohl oder Wehe, über Lust oder Versagen die Schirmherrschaft erlangen kann. *Ungleich ist der Mensch, ungleich sind die Stunden.* Irgendwann hatte er diesen Ausspruch schon einmal gelesen, wahrscheinlich in der Schule. Das liegt schon weit jenseits seiner Vorstellungskraft zurück. Und doch hat er noch die Kraft, in seinem neuronalen Netzwerk in diesem Moment seine Leuchtkraft auszubreiten. War da nicht auch noch eine weitere Zeile gewesen, die nicht zu unterschlagen ist? Oh ja, jetzt ist die Erinnerung komplett: *Und niemand hat Gewünschtes fest in Armen.* Drei Teil-Wahrheiten! Und nur deshalb, in einem Ausnahmezustand seiner Gefühle angekommen, brennen sie ihm in der Seele, weil er die Bereitschaft gezeigt hat, den nivellierenden Blick des Physikers aufzugeben und die Furien ernst zu nehmen. Wie viel gilt die soeben erkannte Wahrheit im Leben eines einzelnen Menschen! Ein Augenblick, das ist ein schmächtiges Kerlchen auf der Zeitschiene. Doch wie gewichtig kann er sein in seiner Wirkungsleidenschaft; gleichermaßen befähigt zu höchster Beglückung wie zu jeder Schandtat. Doch auch die unspektakulären kleinen Zeiteinheiten haben ihr Gewicht, wenn sie sich zusammentun. Alle miteinander, wiewohl jede für sich wirkungsarm, vollbringen die unermesslich vielen Sekunden eines einzelnen Menschenlebens ein kolossales Zerstörungswerk. So wie die, die sein Gesicht verhärmt und verunstaltet haben, ohne dass er etwas bemerkte – bis er eben vor den Spiegel getreten ist.

Andere Menschen, das kommt ihm nun in den Sinn, suchen täglich die Begegnung mit ihrem Spiegelbild. Sie begleiten in kritischer Observation ihres virtuellen Gegenübers die eigene unerbittliche Verwandlung. Tag für Tag, in winzigen Portionen, gibt die Zeit ihnen Gelegenheit, sich an den körperlichen Verfall zu gewöhnen. Oftmals haben sie nicht einmal einen schlechten Eindruck von sich, weil sie kaum beunruhigende Anzeichen einer Veränderung bemerkten, bis auf einmal die Wahrnehmungsfalle zuschnappt. Das trägt sich in mehr oder weniger zahlreichen Etappen zu.

Als Georg den unbekannten alten Mann im Spiegel sieht, wird ihm bewusst, dass sich die Erfahrungen, die andere im Laufe einer langen Zeit machen, bei ihm in diesen wenigen letzten Minuten verdichtet haben.

Wenn er von seiner Identität als erfolgreicher Physiker absieht und auch die zeitweise wunderbare Nähe zu Rita außer Acht lässt, dann liegt Schutt hinter ihm, nur Schutt. 49 Jahre haben ihn verteilt, verstreut, klein gemahlen, der Witterung ausgesetzt und unbemerkt zu dem verbacken, was er in diesem Augenblick, nicht einmal überwältigt, nur innerlich maßlos leer, im Spiegel wahrnimmt.

Einmal nur, als er bei Veronika eintrat, hat er die Kühnheit besessen, die festgezurrten Tatsachen seines Daseins zu ignorieren. Derartiges hat ihm keiner der Augenblicke in den zurückliegenden 49 Jahren geboten. Ohne zu überlegen hat er zugegriffen, um ein einziges Mal in den Verwitterungsprozess einzugreifen und ein Gefühl von Jugend, von verlorener, nein, von nie gehabter Jugend nachzuempfinden.

Doch Jugend ist ein Rohzustand und wie alles Rohe mit Vorsicht zu genießen. Erlebnisfähigkeit im Rohzustand beruht auf Einbildung. 49 Jahre für einen wie ihn. Was zurückliegt, zählt nicht, deshalb hat er die Jahre auch nicht gezählt. Auf die nächsten 20 käme es an, hätte er vor wenigen Wochen noch im Hinblick auf seine wissenschaftlichen Pläne gesagt. Jetzt empfindet er zum ersten Mal, dass sie ihm nicht sicher, ach, nicht einmal wahrscheinlich sind.

Eine solche Einsicht ist gewöhnungsbedürftig. Was zurückliegt, zählt vielleicht nicht, doch die vergangenen Jahre sind definitiv zu zählen. Was vor einem liegt, ist zerbrechlich. Je weiter die Lebenszeit voranschreitet, desto mehr mindert sich die Wahrscheinlichkeit, dass sie erlebt wird. Nur das Vergangene hat eine Wahrscheinlichkeit von 100 Prozent. Er gewinnt die Überzeugung, so etwas vor wenigen Wochen noch als einen unerträglichen Gedanken empfunden zu haben, auch wenn er in die Diktion wissenschaftlicher Rationalität gekleidet war. Doch jetzt, hier und heute, vor diesem Spiegel, aus dem der unbekannte alte Mann zu ihm, so scheint es, sprechen will, macht ihn der Gedanke frei und leicht.

Vielleicht ist es so, dass er schon am Ende angelangt ist und nur noch einen einzigen Auftrag zu erfüllen hat, der sich notwendig von dem herleitet, was er von Veronika erfahren hat. Er ist am Ende? Nein, er ist am Anfang, weil er einsichtig geworden ist in das Unabänderliche seiner seltsamen, mit sich selbst verschränkten Existenz.

Würde seine Seele tatsächlich einmal Flügel bekommen, wäre sie arm dran. Sie mochte sich erheben, würde sich aber niemals aufschwingen können. Wie dem Adler in der Voliere, ist der Raum ihr eng begrenzt. Nach einer kurzen Illusion der Freiheit durch die erregende Bewegung in der Schwerelosigkeit würde sie an den unsichtbaren Grenzen ihres Gefängnisses abprallen und auf sich und die erbärmliche Enge, die ihr zugeteilt ist, zurückgeworfen. Denn ihr Eingesperrtsein ist ihr ein so unverrückbares wie unverdientes Schicksal.

Georg unter Generalverdacht

Am Tag nach seinem Ausflug mit Veronika bekommt Georg keine Gelegenheit, etwas zu unternehmen. Es fällt ihm ein, dass es angezeigt wäre, mal wieder in den Briefkasten zu schauen. Eine Reihe von Selbstverständlichkeiten, die in den zurückliegenden Ehejahren für ihn ein unauffälliges Dasein fristete, scheint auf einmal, seit Rita das gemeinsame Heim verlassen hat, widerborstige Eigenschaften entwickeln zu wollen und unangenehm in Erscheinung zu treten. In Haus und Garten gibt es erstaunlich viele solcher Selbstverständlichkeiten, die den in ihnen steckenden Arbeitsaufwand bislang vor ihm verborgen halten konnten. Eine davon, welche die tägliche Post betrifft, hätte ihn nun beinahe zur Verletzung einer Bürgerpflicht verleitet. Ein Schreiben nämlich trägt ihm sein heutiges Erscheinen bei der örtlichen Polizeidienststelle auf. Nebulös ist in dem amtlichen Schreiben von einer Zeugenaussage im Zusammenhang mit einer schweren Straftat die Rede, was eine beklemmende Unruhe in Georg hervorruft.

Für den heutigen frühen Nachmittag ist die Vernehmung anberaumt. Da, als Georg noch mit Gedanken darüber beschäftigt ist, was ihn wohl erwarten könnte, geht eine E-Mail von Spaltensturz bei ihm ein: *Gorgi. Es könnte sein, dass uns bei den Annahmen zum Trans-BEK ein Irrtum unterlaufen ist. In dem Fall stünden Unannehmlichkeiten zu erwarten. Ich gebe dir bald Bescheid, wann und wo wir uns treffen.*

„Na dann!", murmelt Georg und hat es nun mit einer zweifachen Unruhe zu tun. Seine Anstrengung, die Zeit bis zum Termin für seine Dokumentation der Forschung am Trans-BEK sinnvoll zu nutzen, ist nicht sehr erfolgreich. Am Nachmittag schließlich erwartet ihn, nachdem die Angelegenheit lange genug in seinem Kopf herumgegangen ist, keine ganz große Überraschung mehr, als er von demselben Beamten, der die Delegation der Polizei-Behörde bei der Beratung im Physikalischen Institut geleitet hat, empfangen wird.

Dieser begrüßt ihn mit einer gewissen Zurückhaltung, macht auch nicht viele Worte drum herum, sondern kommt gleich auf den Kristallmord zu sprechen. Er erinnere sich an Georg aus der zurückliegenden Besprechung, so beginnt er seine Ausführungen, wisse auch um seine Verdienste für die Wissenschaft und sei deshalb umso mehr verwundert, dass eine so kompetente Persönlichkeit sich in der Angelegenheit überhaupt nicht geäußert habe. Nach dieser Einleitung macht der Beamte eine Pause.

Wie schon gegenüber Klaus Heimbrecht verweist Georg darauf, dass er rein gar nichts wisse und auch keine begründete Vorstellung von den Vorgängen in dem heimgesuchten Organismus des zu Tode gekommenen Knaben habe gewinne können und von daher keine Veranlassung sah, während der Konferenz einen Wortbeitrag zu leisten.

Von Beginn an in dem Gespräch hat er Schwierigkeiten, seine Unruhe unter Kontrolle zu halten.

„Daran eben, Herr Reimers, an Ihrer völligen Ahnungslosigkeit, haben wir unsere Zweifel."

Georg fährt bei dieser Bemerkung der Schreck in die Glieder. Seine Gefühlsreaktion macht ihm jäh bewusst, dass er, vor dem Hintergrund seiner privaten Eindrücke in den letzten Tagen, eigene Zweifel und Verdachtsmomente immer gleich im Keim erstickt hat und nicht an sich heranlassen wollte. Weil ihm zugleich die E-Mail von Spaltensturz einfällt, welche die Möglichkeit eines Auftretens von unerwarteten Eigenschaften in ihrem Trans-BEK andeutet, kommt ihm seine Rolle in dem Gespräch nun überhaupt nicht mehr komfortabel vor.

Der Beamte wird später, als er in einem kleinen Kreis von Georgs Vernehmung berichtet, seiner Verwunderung darüber Ausdruck geben, welche gedankliche Fahrigkeit und äußerlich erkennbare Nervosität er bei dem Zeugen angetroffen habe. Zeitweise habe er sich des Eindrucks einer kleinen Verwirrtheit bei dem Mann, der immerhin zu den begabtesten Physikern im Lande gerechnet wird, nicht erwehren können.

Der in vielen Dienstjahren praktisch geschulte Ermittler hat mit seinem direkten Vorstoß erst einmal nichts erreicht und bloß eine Sprachlosigkeit des Vorgeladenen herbeigeführt. Nunmehr schlägt er einen anderen Weg ein:

„Ich will Ihnen aus unserer Sicht der Dinge reinen Wein einschenken, Herr Reimers. Wir sind nach Auswertung aller in irgendeiner Weise ungewöhnlichen Tötungsdelikte und nach intensiven Beratungen mit den naturwissenschaftlichen Kapazitäten in unserer Region zu dem Urteil gelangt, dass eine bis dato unbekannte Substanz bei diesem Verbrechen im Spiel ist. Ob der Täter auch der Hersteller der Substanz ist, ob er bewusst etwas ausprobieren wollte oder ob er per Zufall auf die Entdeckung einer außergewöhnlichen Wirkung gestoßen ist, entzieht sich noch unserer Kenntnis. Wir haben Einsicht genommen in alle laufenden Projekte in den hiesigen Laboren, und wir haben, soweit unsere Kompetenzen reichten, auch geheime, im Zusammenhang mit staatlichen Hoheitsaufgaben stehende Projekte einbezogen. Selbstverständlich ist nicht völlig auszuschließen, dass dabei etwas übersehen wurde. Doch diese Möglichkeit außer Acht gelassen, erscheint uns kein einziges Forschungsresultat ein geeigneterer Kandidat zu sein, abnorme Prozesse auslösen zu können, als das von Ihnen jüngst zuwege gebrachte."

Georg, in seiner Aufregung, vergisst sich darüber zu wundern und wird das erst nach der Vernehmung nachholen, wieso die Polizei von seinen Versuchen um das Trans-BEK in Kenntnis gesetzt ist. Er strengt sich an, der vorgebrachten Hypothese überzeugend zu widersprechen. Er arbeite an der Erforschung von Quantenzuständen in der Nähe des absoluten Nullpunktes. Er fabriziere keine chemischen oder biologischen Substanzen. Ja, er habe zuletzt den Kälterekord gebrochen und möglicherweise sogar einen völlig neuen Energiezustand entdeckt, der für die Physik von großer Bedeutung sein wird. Aber doch nur an atomaren und subatomaren Teilchen. Auch mit noch so viel Phantasie könne er keinen Zusammenhang mit dem auskristallisierten Körper entdecken.

Georg ist noch niemals ein guter Lügner gewesen. Während seiner Äußerungen entsteht das Bild mit den abgefüllten Fläschchen vor seinem geistigen Auge und zerstört immer wieder den Versuch, einen Eindruck von Selbstsicherheit gegenüber seinem Gesprächspartner zu erzeugen. Eine polizeiliche Vernehmung hat er außerdem noch niemals erlebt. Gegenüber staatlichen Behörden empfindet er ein tief sitzendes Misstrauen. Es ist also nicht verwunderlich, dass er alles andere als überzeugend auf den Beamten wirkt, auch wenn er in der Sache nicht gelogen, aber freilich auch nicht alles Wichtige vorgebracht hat.

Der Beamte lässt nicht erkennen, ob er zufrieden gestellt ist mit dem, was der Zeuge berichtet. Er murmelt eher nebenbei: „Damit mögen Sie Recht haben: Wo kein Stoff ist, da kann auch keine stoffliche Veränderung sein."

Dann, mit einem Ruck, wendet er sich Georg wieder zu: „Herr Reimers, Sie sind ein alteingesessener Bürger dieser Stadt. Sie haben hier Abitur gemacht, haben hier studiert, sich einen wissenschaftlich respektablen Namen erworben. Meinen Unterlagen entnehme ich, dass zu Ihrem Freundeskreis mindestens zwei Personen gehören, die vielleicht nicht unbedingt durch ihren Lebenswandel positiv auffallen, aber doch, zumindest was die weiter zurückliegende Zeit angeht, in ihren Kreisen durch eine Reihe bemerkenswerter Arbeitsergebnisse auf sich aufmerksam machten. Dass sich durch eine interdisziplinäre Zusammenarbeit Ihr entdeckter Stoff, von dem Sie auffällig geringschätzig geredet haben, vielleicht unkontrolliert verwandelt haben könnte, schließen Sie wohl aus, oder?"

Diese Wende des Gesprächs hat Georg nicht erwartet. Er ist sprachlos und wird sich zugleich darüber im Klaren, dass er verdächtig unsicher wirken muss. Der Beamte indes scheint befriedigt von der Wirkung seiner Worte. Er schlägt einen versöhnlichen Ton an und bemerkt:

„Nun, Herr Reimers, damit wollen wir es erst einmal belassen. Wir haben Sie als Zeugen geladen, nicht als Verdächtigen. Sie werden aber wissen, dass Sie, auch um persönliche Nachteile zu vermeiden, verpflichtet sind, uns nichts zu verschweigen, was der Aufklärung einer Straftat dienlich sein könnte. Denken Sie also in Ruhe noch einmal nach. Hier, für alle Fälle, haben Sie meine Karte. Sie können mich jederzeit kontaktieren, wenn Ihnen noch etwas einfallen sollte."

Damit ist das Gespräch beendet. Georg hat weiche Knie, als er das Gebäude verlässt. Verdammt noch mal, was wird hier gespielt? Was läuft an ihm vorbei? In was würde er noch hineingezogen werden, wenn die Serie seiner Misslichkeiten sich fortsetzt?

Was ist zu tun? Das ist die ganz praktische Frage. Zunächst einmal und vordringlich muss er sich seiner alten

Illusion entledigen, er habe mit all dem, was Gegenstand der Vernehmung gewesen ist, nichts zu tun; sein Trans-BEK habe damit nichts zu tun. Wenn es sich am Ende hoffentlich so erweisen wird, hätte er nichts zu befürchten. Wenn aber nicht, dann sitzt er mit seinen bisherigen Aussagen und mit seinem unkooperativen Verhalten ziemlich in der Kacke.

Also ist es geboten, sei es auch nur erst einmal provisorisch, von der Annahme auszugehen, seine Fulleren-Einschlüsse haben, auf welche Weise auch immer, den Kristallmord auf ihrem kalten Gewissen. Dann ist vordringlich das Problem zu klären, woher das Material stammt und wer es benutzte. Doch zunächst, für ihn als verantwortlichen Physiker, müsste doch irgendeine rationale Plausibilität erkennbar werden, wie sein unscheinbarer Stoff aus energielosen Teilchen am lebenden Organismus eine derart ungewöhnliche Reaktion bewirken könnte. Wenn er wenigstens wüsste, was Spaltensturz ihm zu sagen hat. Es steht aber sicher zu vermuten, dass seine neuerlichen Erkenntnisse mit dem sonderbaren Fall zu tun haben. Bis er von dieser Seite Details kennen lernt, muss er aber erst einmal auf seine alleinige Expertise bauen.

Die Energie! An diesem Punkt hat seiner Meinung nach jede Problemlösung anzusetzen. Sein Kondensat hat die Energie null. Mit einem exorbitanten Energieaufwand ist den Teilchen ihre Bewegungsenergie entzogen worden. Ein Zustand dieser Art ist im Prinzip nicht lange aufrechtzuerhalten; wären eben nicht die Sonderbedingungen, die im Inneren der molekularen Fulleren-Struktur herrschen und genau diese Stabilität gewährleisten. Oder doch nur für begrenzte Zeit gewährleisten; ist es vielleicht das, was Spaltensturz herausgefunden hat?

Dann müsste alles Trans-BEK in den Fläschchen, in denen von Gottfried sowohl als auch in denen, die sich noch in seinem eigenen Besitz befinden, ziemlich zeitgleich zerfallen. Aber wie? Woher würden die Teilchen die

Energie, die ihnen vorher entzogen worden ist, dann nehmen? Und was passiert mit den endohedralen Komplexen?

Möglicherweise ist aber alles kein Problem, solange sein Zeug bloß in einer Flasche steckt. Das mochte anders sein, wenn es in einen lebenden Organismus injiziert wird. Selbstverständlich ist das folgende Szenarium reine Spekulation: Wenn die Bedingungen in einem lebenden Organismus die Einheit von Trans-BEK und Fullerenmantel sprengen und die energielosen, gefangen gehaltenen Teilchen plötzlich ihren ganzen vormaligen Energiebedarf für sich reklamieren, dann ist die Möglichkeit gegeben, dass sich ein für die Wissenschaft noch unbekanntes Phänomen abspielt.

Fulleren-Verbindungen sind reiner Kohlenstoff. Der Grundbestand des Organismus ist, atomar gesehen, Kohlenstoff. Das Endprodukt, in dem sich der unglückliche Junge auskristallisiert und abgebildet hat, ist Kohlenstoff. Ein ungeahnter Energieschub; eine unbekannte chemisch-physikalische Reaktion; und – hochspekulativ und provisorisch kalkuliert – aus Kohle mache Diamant! Das ist verrückt. Das ist unbedingt verrückt. Aber die von ihm angestellte Überlegung hat kein Naturgesetz verletzt.

Georg versichert sich durch eine sorgsame Inspizierung, als er seine Überlegungen vorläufig abschließt, dass seine Fläschchen an ihrem Platz stehen, unversehrt sind, dass kein Material entnommen wurde und dass sich auch vom äußerlichen Augenschein her damit nichts verändert hat. Von seinem Bestand kann nach menschlichem Ermessen nichts zweckentfremdet worden sein. Also Gottfried!

Er schüttelt den Kopf. Gottfried? Als Akteur in einer so abstrusen Geschichte kann er sich Gottfried einfach nicht vorstellen. Dennoch führt kein Weg daran vorbei, sich persönlich Klarheit zu verschaffen.

Unterdessen ist Polizeiinspektor Walter Thereut nicht unzufrieden mit dem Verlauf seiner Vernehmung von Georg Reimers. Er hat einen interessanten Eindruck von der im Umgang mit den Alltagsfragen des Lebens keineswegs souveränen Persönlichkeit des Menschen bekommen. Und er hat Witterung aufnehmen können, dass in der Richtung, in der sich der Zeuge im gesellschaftlichen Kontakt bewegt, die Musik in dem ungewöhnlichen Fall gespielt wird. An eine Täterschaft seines Gesprächspartners glaubt er nicht. So einer nicht.

Nun gut, in seinem Beruf gibt es immer wieder Überraschungen. Doch oft genug stellt sich hinterher heraus, dass man vorher nicht sorgfältig genug gearbeitet hat. Letztendlich in die Abgründe eines Menschen hineinzublicken ist niemand in der Lage. Doch in seinen zurückliegenden 30 Dienstjahren hat er nur selten einen Menschen angetroffen, der so verbissen und weltabgewandt in seiner Forschung aufgeht wie dieser Georg Reimers. Ohne seine einseitige Begabung müsste der doch hoffnungslos verloren sein.

In den jüngsten Arbeitsergebnissen des Forschers, wenn er sie auch als noch so unbedeutend hinstellen wollte, liegt womöglich der Zugang zur Lösung des Falls. Dass der Mann über den begrenzten Rahmen seines Forschungsauftrags hinaus ahnungslos ist, - Walter Thereut schüttelt unwillkürlich den Kopf - von dem Persönlichkeitstypus her ist das glaubwürdig. Er wird eine sofortige Observation des Zeugen veranlassen. Der Mann wird sie sicher dahin führen, wo sein Arbeitsergebnis Interesse geweckt hat.

Walter Thereut gießt sich aus einer Flasche, die er einem Seitenfach seines Schreibtisches entnimmt, einen Schnaps ein. Er befindet sich seit über einer Stunde offiziell nicht mehr im Dienst. In der letzten Zeit passierte das häufig. Deshalb ist der Inhalt der Flasche schon ziemlich abgemagert. Während der regulären Arbeitszeit trinkt Walter Thereut niemals Alkohol.

Das Wichtigste ist, es ist Bewegung in die Sache gekommen, und die interne Lähmung in der Dienststelle um die zweckmäßige Behandlung des Falls und die Richtung der

Ermittlungen ist erst einmal überwunden. Es ist nicht leicht gewesen, mit dem alten Leiter der Sonderkommission gemeinsam die Kuh vom Eis zu bringen. Der Kollege hatte sich in seine Serientäterthese so sehr versteift, dass er die anders gearteten Umstände des neuen Falls am liebsten ignoriert hätte. Andererseits müssen die Morde an allen Jugendlichen aufgeklärt werden. Die Möglichkeit, dass trotz der Asymmetrie der Umstände in allen Fällen derselbe Täter zu Werke ging, ist keineswegs widerlegt. Es hat sogar den Anschein, als ob ein bloßer Zufall die bizarre Tötung beim letzten Fall ins Spiel gebracht hat. Zufall für wen auch immer.

Von daher ist es richtig, die kontroverse Frage nach dem Typ des Täters erst einmal auszuklammern und die Gruppe vorläufig zu teilen. Der Kollege mit seinen Mitarbeitern würde mit den alten Profilen die alte Spurenlage weiter bearbeiten. Er aber konzentriert sich mit seinen Leuten auf den neuen Fall. Und man betreibt, wenn es gut läuft, sorgfältig und ohne Eifersucht den zwingend notwendigen Datenaustausch. Er hat jetzt eine vielversprechende Spur. Das sagt ihm sein Gefühl. Doch wer mag der anonyme Informant sein?

Walter Thereut nimmt ein Schriftstück zur Hand, das der Auslöser für Georgs Vernehmung gewesen ist. Er liest es noch einmal aufmerksam durch, betrachtet es von beiden Seiten und legt es wieder weg. Er vermutet einen Insider am Physikalischen Institut dahinter. Die Informationen sind erstaunlich präzise. So viel hat er während seines Aufenthaltes bei den Physikern mitbekommen, dass der Mann, der vor ihm gesessen hat, interne Feinde hat wegen seiner selbstbezogenen Arbeitsweise. Was in dem anonymen Brief steht, klingt allerdings nicht denunziatorisch. Eher so, als will jemand, ohne Ressentiments zu äußern, eine Spur aufzeigen, auf die die Polizei von alleine nicht kommen würde. Das ist geglückt.

Walter Thereut lächelt noch einmal zufrieden, trinkt aus und verlässt seinen Arbeitsplatz. In Gedanken setzt er einen Zirkel an und beschreibt einen Kreis, in dem drei Namen, gewissermaßen als Quintessenz der Spur, auf die sie der anonyme Informant gestoßen hat, gefangen gehalten werden: Georg Reimers, Walter Krahl, Gottfried Lindner.

Klaus Heimbrecht ist sich durchaus darüber im Klaren, mit seinem anonymen Schreiben an die Polizei ein gewagtes und moralisch nicht einwandfreies Unternehmen gestartet zu haben, was, wenn es schiefgeht, ihn nachhaltig diskreditieren muss. Deshalb kann er unmöglich mit Rita darüber sprechen, obwohl erst sie ihn auf den Gedanken gebracht hat. Sie haben nämlich dann doch wieder miteinander geschlafen, und jene zweite gemeinsame Nacht hat gewissermaßen den Stein ins Rollen gebracht.

Zum Einen hat er untrüglich gespürt, dass er Georgs Frau liebt und gern mit Rita zusammenbleiben will. Dieser Umstand allein hätte eine tief verwurzelte Korrektheit in ihm nicht aushebeln und ihn schnell zu so etwas wie einen Verräter und Denunzianten am Nebenbuhler mit den älteren Rechten machen können.

Wäre da nur nicht jenes lange Gespräch gewesen, das sie nach ihrer Liebesstunde führten und das sich um manches drehte, was in der letzten aufwühlenden Zeit ihr aller Leben durcheinandergebracht hat, vor allem aber, aus dem Gemütszustand Ritas heraus, die immer noch in ihrer Emotionalität zerrissen wirkte – sich um Georg drehte.

Klaus Heimbrecht erfuhr inmitten der zärtlichen Momente manche Details, die ihm unbekannt waren oder über die er bisher nur in groben Umrissen Bescheid wusste. Von Georgs Freundeskreis zum Beispiel und von den intensiven Arbeitsbeziehungen, die sein Teamleiter seit Jugendtagen zu Walter Krahl unterhält, jenem Faktotum der Gemeinde, an dessen mathematischer Genialität auch kein ambitionierter Physiker vorbeisehen kann. Sofort ist ihm der handschriftliche Zettel mit den mathematischen Berechnungen eingefallen und hat den Gedanken geboren, dass jener Walter Krahl an Georgs letztem

Forschungsprojekt, das dieser vor jedermann zu verheimlichen suchte, maßgeblich beteiligt ist.

Mittlerweile hat Klaus Heimbrecht auch mit jedem Mitarbeiter gesprochen, hat sich ein Bild über das ungute Arbeitsklima in Georgs Team machen können und ist mit Details konfrontiert worden, die ihn stutzig machen und ihn bald seine eigenen Führungsqualitäten kritisch hinterfragen lassen.

Nicht nur von der Seite her, wie seine Herren Physiker sich untereinander beargwöhnen und selbst noch an eigentlich privaten Details aus dem Leben eines Mitstreiters interessiert sind, um daraus vielleicht einmal einen Vorteil zu ziehen. Auf diesem Weg hat er schon sehr früh von Georgs Verhältnis zu Veronika erfahren. Viel wichtiger nach der neuerlichen Entwicklung der Lage ist vielmehr, dass einer von Georgs Mitarbeitern den Chemiker Gottfried Lindner ins Gespräch brachte und eher beiläufig die Beobachtung vortrug, Georg habe Chemikalien von Gottfried erhalten und ins Institut mitgebracht. An dieser Stelle seiner Recherchen glaubt Klaus Heimbrecht kühn zwei und zwei zusammenrechnen und sich der Vorstellung stellen zu müssen, dass Georg im Rahmen eines Freundschaftsprojektes eine noch größere wissenschaftliche Sensation zustande gebracht hat, als das bisher von ihm vermutet wurde.

Dass diese wissenschaftliche Sensation in einem Zusammenhang mit dem Kristallmord steht, davon ist Klaus Heimbrecht sofort überzeugt, auch wenn er an seiner Vermutung festhält, dass Georg nicht als der Mörder des Jungen in Frage kommt. Nachdem am Ende dieser aufwühlenden und erlebnisreichen Nacht mit Rita viele Puzzleteile sich zu einem Bild zusammengefügt hatten, glaubte er nach nochmaliger reiflicher Überlegung, Maßnahmen treffen zu müssen. Die erste Maßnahme bestand alsbald in einem Brief an die Polizei. Klaus Heimbrecht glaubt, einen Anspruch auf Anonymität zu haben. Dass dadurch die

Wirksamkeit seiner Absichten geschmälert werde, damit rechnet er nicht.

Sein oberstes Anliegen ist es, weiteren Schaden vom Institut abzuwenden, indem er dazu beiträgt, dass der Fall rasch aufgeklärt wird, möglichst noch während der Zeit, in der Georg beurlaubt ist. Hat Georg etwas mit der Sache zu tun, dann kann man darauf verweisen, das Physikalische Institut habe sich rechtzeitig von seinem Mitarbeiter getrennt. Hat Georg nichts damit zu tun, dann ist er auch schneller rehabilitiert. In beiden Fällen muss sich die Situation im Hinblick auf seine Perspektive mit Rita rascher klären, so oder so.

Daran, Georg als Nebenbuhler bewusst in eine Schieflage zu bringen, um sich bei Rita Vorteile zu verschaffen, denkt Klaus Heimbrecht nicht, jedenfalls nicht bewusst. Soweit hat er seine Gefühle unter Kontrolle, dass er für die Realisierung seines erotischen Begehrens nicht zu Gemeinheiten Zuflucht nimmt. Und gut genug hat er Rita als Frau mit einem starken, aufrichtigen Charakter kennengelernt, bei der er sich sicher sein kann, mit irgendwelchen Tricks oder mit leicht durchschaubaren Intrigen sich leicht alle Möglichkeiten in seiner jungen Beziehung zu verscherzen.

Deshalb setzte er seinen Brief auch so auf, dass der Physiker Georg Reimers nicht als Täter in Verdacht geraten würde, sondern als eine Person erscheint, die durch ihre Fachkompetenz und durch ihre sozialen Kontakte unbedingt bei der Aufklärung der undurchsichtigen Angelegenheit hilfreich sein kann.

Man muss noch hinzufügen, dass Klaus Heimbrecht sich in der Rolle, in der er sich wiederfindet, ungeachtet des wunderbaren Gefühls, welches die aufgeflammte Liebe zu Rita in ihm entfacht, keineswegs wohl fühlt. Die Tatsache als solche, dass er mit der noch immer legitimen Frau eines seiner Mitarbeiter schläft, wäre ihm noch vor kurzer Zeit aus grundsätzlichen Erwägungen heraus als abwegig und gemein erschienen. Noch dazu ist das nicht irgendein

Mitarbeiter, sondern einer der fähigsten, dem gegenüber seine emotionale Bindung weitaus stärker ist als im Rahmen eines formellen Dienstverhältnisses üblich. Daran hat nach seiner Auffassung bisher weder die disziplinarische Maßnahme gegen Georg noch seine Zuneigung zu Rita etwas geändert.

Er würde alles in seiner Macht Stehende tun, um sich für Georg einzusetzen. Er ist überzeugt davon, dass eine beschleunigte Aufklärung in der Angelegenheit genau das ist, was auch den Interessen Georgs entgegenkommt. Rita ist eine lebensreife Frau; sie würde schließlich selber entscheiden, wem sie nach Überwindung ihrer emotionalen Zerrissenheit sich stärker zuwenden will. Sowohl Georg als er hätten diese Entscheidung zu akzeptieren.

Wenn er kritisch mit sich zu Rate geht, dann ist auch nicht zu übersehen, dass er keineswegs vollkommen unbeteiligt daran ist, wie sich die Dinge in seinem Institut entwickelt haben. Er hat in der Vergangenheit viel von seinen Führungseigenschaften gehalten, vor allem davon, wie er es verstanden hat, durch Vertrauen und Gewährleistung eines großen Handlungsspielraums seine Mitarbeiter zu motivieren, kreativ zu sein und ständig Höchstleistungen zu erbringen.

Zu seiner Philosophie gehört die Überzeugung, dass unter hochmotivierten Naturwissenschaftlern die im Arbeitsleben typischen eigensüchtigen Strukturen im Umgang miteinander keine Chance haben. Er würde diese Überzeugung wegen der jüngsten Vorkommnisse jetzt nicht leise weinend ad acta legen, doch die Gespräche mit den Kollegen, das genauere Hinsehen, dessen er sich in jüngster Zeit befleißigte, haben doch manche Ernüchterung in ihm hervorgerufen darüber, dass Physiker der Spitzenklasse auch nur Menschen sind. In schmerzlich empfundener Weise sind ihm die Augen dafür geöffnet worden, dass seine tatsächliche Führungsschwäche, die er bisher als persönliche Stärke angesehen hat, der Dynamik beim

Aufbau von kleinlichem Missmut- und Konkurrenzgebaren eher förderlich gewesen ist.

Er hat schließlich auch die Personalentscheidung zu verantworten, die Georg zum Teamleiter machte. Er hat damit das getan, was in derartigen Fällen gang und gäbe ist, nämlich eine außerordentliche Leistung und Strebsamkeit durch Prestige fördernde Maßnahmen zu belohnen und zu stimulieren; entgegen einem niemals völlig zur Ruhe gekommenen Misstrauen, ob im Fall von Georg mit seinen bisweilen sonderbaren isolationistischen Charaktermerkmalen diese Entscheidung wirklich für das Projekt förderlich ist und für Georg selbst befreiend wirkt.

Hatte sie wohl nicht, diese Wirkung. Das ist jetzt seine verspätete Bilanz. Es ist natürlich schwer zu beurteilen, inwieweit Georgs Verselbständigung unmittelbar darauf zurückzuführen ist; dass aber seine Personalentscheidung aus der Kausalkette nicht herauszunehmen ist, damit muss er wohl leben.

Vier Freunde, zwei Flaschen, jede Menge Mäuse

Als Georg sich zu Gottfried aufmacht, tut er das mit gemischten Gefühlen. Der Ermittlungsdruck, unter dem die Behörden in dem Kristallmordfall stehen, ist an ihn weitergegeben worden. Als Zeuge geladen, wie es offiziell hieß, fühlt er sich gleichwohl verdächtigt. Über Nacht ist er in ein Kapitalverbrechen involviert worden, dem er bis dahin kaum eine Aufmerksamkeit entgegengebracht hat. Das verstört ihn. Das verletzt und verbittert ihn. Und in einem spontanen, verkürzten, vom Sentiment gesteuerten Urteilsprozess macht er Gottfried zum Verantwortlichen für seine missliche Lage.

Während der Nacht hat er über dem Problem des hart auskristallisierten Kohlenstoffs gebrütet und keinen wissenschaftlichen Aspekt gefunden, der einer Urheberschaft des von ihm geschaffenen Quantenzustandes für die ungewöhnliche Metamorphose eines menschlichen Organismus zweifelsfrei entgegensteht.

Man weiß um die Sensibilität des Organischen. Dass Elementarteilchen heftig in Bewegung sind, zerfallen, sich umbauen, Strahlung abgeben, ist banaler physikalischer Alltag, und im universellen Maßstab sind extreme Zustände die Regel und nicht die Ausnahme. Freilich, die Bausteine des Lebens reagieren leicht verschnupft auf alle Energiezustände, die jenseits ihres unglaublich schmalen Toleranzstreifens liegen. Zu heiß, zu kalt, zu schnell, zu laut, zu radioaktiv, um es in der Alltagssprache auszudrücken, schmeckt dem Lebendigen nicht. Es ist zu weich gegenüber den harten Gegebenheiten der häufigsten und am weitesten verbreiteten physikalischen Daseinsformen in der Natur. Warum soll also ausgerechnet der zarte Körper eines Jugendlichen den Attacken des absoluten Nullpunktes, den er, Georg Reimers, zum ersten Mal dauerhaft erzeugt und unter Normalbedingungen lagerhaltungsfähig gemacht hat, schadlos widerstehen?

Doch was geht ihn die ganze Aufregung eigentlich an? Er will die physikalische Natur der Dinge erforschen und ansonsten seine Ruhe haben. Dass irgendjemand sich selbst oder einem anderen Zeitgenossen sein Trans-BEK mit Löffeln verabreicht, hat er nicht vorgesehen. Von daher auch keine Vorsorge dagegen getroffen. Wenn seine Fläschchen unversehrt sind, was er mehrfach überprüft hat, dann muss das bemerkenswerte Zerstörungswerk von dem Teil des Materials ausgegangen sein, das er Gottfried vertragsgemäß überlassen hat. Soweit so klar.

Aus diesen Überlegungen speist sich in Georg ein Groll gegenüber Gottfried, der ihn, so sein Trans-BEK für die Tötung des Jungen eingesetzt wurde, damit in die aktuellen Schwierigkeiten gebracht hat. Mit dieser Sichtweise konkurriert jedoch eine andere Wahrnehmung, die den Gedanken, Gottfried habe etwas mit dem Kristallmord zu tun, als absurd erscheinen lässt.

Zu Gottfried hat Georg gewiss nicht den ganz besonderen Draht, wie das gegenüber Spaltensturz der Fall ist. Zu wenig passen sie in ihrem Naturell auch zueinander: Er selbst, ein in sich zurückgezogenes, gegenüber den Verlockungen des Lebens gleichgültiges Arbeitstier, jedenfalls vor seiner Bekanntschaft mit Veronica. Gottfried, ein Blender, der gerne prahlerisch auf die genießerischen Ambitionen seines Lebensgefühls aufmerksam macht, sich auf ihr Management aber so wenig versteht wie auf die Lebenskunst überhaupt. Am Ende ist der verkrachte Lebenskünstler mit den Freuden, die er sich bereitet zu haben glaubt, von Weinerlichkeit und Selbstmitleid begleitet, bloß in Sucht und Abhängigkeit geraten: Von der Flasche mit jenem hochprozentigen Elixier, das so leicht die Illusion vom unangefochtenen persönlichen Heldentum hervorbringt; von Elke, dem Jugendschwarm mancher Gleichaltrigen, seiner immer noch von ihm begehrten Frau, die ihn zur Tages- und zur Nachtzeit aber schon lange nicht mehr an sich heranlässt und ihn überhaupt nicht mehr ernst nimmt.

Kopfschüttelnd und machtlos haben die Freunde in den zurückliegenden Jahren Gottfrieds persönlichen Niedergang und die skurrile Degeneration seiner Ehebeziehung mit ansehen müssen. Vielleicht hat von den Dreien Georg sich noch die wenigsten Gedanken darüber gemacht, wie tief der Wurm im Leben des Freundes steckt und wie es zu einer solchen Entwicklung überhaupt hat kommen können.

Die geschwisterliche Nähe der beiden wissenschaftlichen Disziplinen, der sie sich jeweils verbunden fühlen, ist niemals harmoniefördernd gewesen. Wir erwähnten bereits die elitäre Haltung Georgs, wenn er *seine* Physik zur Königsdisziplin unter den empirischen Naturwissenschaften stilisiert und aus dieser Einstellung heraus, ohne das ausdrücklich zu beabsichtigen, ein wenig herablassend auf den Industriechemiker blickt, dessen kreative Zeit nach allem, was er in Gottfrieds Leben wahrnimmt, abgelaufen ist.

Dieses wenig schmeichelhafte Bild von Gottfried hat durch ihre Zusammenarbeit am Fulleren Sprünge bekommen. Nicht nur dass Georg seine physikalische Arbeit ohne jenen Stoff, der doch dem präparativen Potenzial der Chemie entsprungen ist, gar nicht hätte vollenden können, was er sich durchaus eingesteht. Es kommt hinzu, das heißt, es muss für seinen Erfolg hinzukommen, dass Gottfried mit überaus großem Geschick und viel Fortune die Aufgabe meisterte, nach den strengen Vorgaben der von Spaltensturz berechneten Parameter die phantastischen molekularen Gebilde aus Kohlenstoff in der Retorte zu designen.

Georg ist nicht umhingekommen, Gottfried dafür seinen Respekt auszudrücken. Auf sein Lob hin ist er allerdings irritiert Zeuge geworden, wie Gottfried über das ganze Gesicht zu strahlen begann und mit beinahe hündischer Anhänglichkeit die Anerkennung entgegennahm. Da ist ihm aufgegangen, und ein wenig hat er sich geschämt, welche emotionale Bedeutung für den Freund in ihrer gemeinsamen Arbeit drinsteckt.

Eine solche Kooperation hat der bedauernswerte Kamerad womöglich schon lange angestrebt, wie der Umstand des vorbereiteten Vertragsentwurfs nahelegt. Bestimmt erwartet er davon auch einen Nutzen für seinen beruflichen Werdegang, mit dem es nicht zum Besten steht. Doch einen Mord zu begehen, selbst wenn das Material diese Möglichkeit, mit der von keiner Seite zu rechnen war, hergibt – das ist ein lächerlicher Gedanke. Innerlich in seinen Gefühlen tief gespalten erreicht Georg sein Ziel.

Er ist erleichtert, dass Elke nicht daheim ist. Der Türöffner wurde von Souterrain betätigt. Also begibt er sich ohne weitere Umstände die Treppe hinab. Er findet Gottfried, die Hände auf dem Rücken verschränkt, in der Mitte des kleinen Zimmers vor, wo er augenscheinlich einen Gang durch den Wohnraum gerade unterbrochen hat.

Gottfried nickt nur kurz mit dem Kopf zu dem Eingetretenen herüber, ohne ein Wort zu sagen, dann nimmt er die unterbrochene Bewegung wieder auf.

Als er die Wand erreicht hat, macht er auf dem Absatz kehrt, um in die entgegengesetzte Richtung zu marschieren, wo er alsbald an die nämliche Begrenzung stößt, die ihn wiederum zur Umkehr nötigt. Gelegentlich murmelt er einige unverständliche Worte. Georg, von dem Anblick überrascht, ist unschlüssig, wie er sich verhalten soll, da der Hausherr nicht gewillt ist, Notiz von seinem Gast zu nehmen. Ist Gottfried betrunken? Seine Bewegungen sind vollkommen beherrscht. Georg lässt seinen Blick umherschweifen. Eine einzige Schnapsflasche, beinahe noch voll, kann er ausmachen. Daneben steht ein Fläschchen mit seinem Material. *Wo ist das andere?* Die Frage schießt ihm sofort durch den Kopf.

Da hält Gottfried mit einem Ruck in seinem Lauf inne.

„Sie weiß es noch nicht, Gorgi."

Georg blickt verständnislos zu dem durch das Zimmer schlurfenden Freund, der immer noch keine Anstalten macht, Blickkontakt zu seinem Besucher aufzunehmen.

„Sie weiß es tatsächlich noch nicht."

Die Feststellung erheitert Gottfried so sehr, dass er in sich hineinkichert. Gleichzeitig zeigt er mit dem Zeigefinger nach oben.

„Wer weiß was noch nicht?", fragt Georg ungeduldig. Er überlegt krampfhaft, wie er endlich Bewegung in die Situation bringen kann. Da ist es auf einmal, als ob vor Gottfrieds Augen ein Vorhang aufgezogen wird. In seinem Gang innehaltend, starrt er Georg verständnislos an.

„Setz dich doch, Gorgi. Komm, wir wollen uns setzen. Hast du einen besonderen Grund, deinen alten Klassenkameraden zu besuchen? Ist es wegen des Materials? Wie gut wir beiden doch zusammengearbeitet haben, nicht wahr? Hier, nimm nur dein Fläschchen zurück. Ich brauche es nicht mehr. Ganz bestimmt kannst du besser was damit anfangen."

Mit der linken Hand ergreift er die Schnapsflasche. Seine Rechte schiebt das Georg wohlbekannte kleine Gefäß herüber, das dieser sofort an sich nimmt und in seiner Jackentasche verstaut.

„Wo ist das zweite Fläschchen, Gottfried?", will Georg wissen.

Der Angesprochene hat die Frage augenscheinlich überhört. Konzentriert widmet er sich der Schnapsflasche.

„Ich habe heute noch fast nichts getrunken, musst du wissen."

Gottfried hat zwei Gläschen vollgegossen. Das eine schiebt er zu Georg hin. Das andere leert er gierig mit einem Zug.

Georg rührt den Schnaps nicht an. Nervös wiederholt er seine Frage: „Wo ist das andere Fläschchen, Gottfried? Ich muss das wissen."

Gottfried blickt ihn auf einmal interessiert an. Sein Gesicht belebt sich. Die kleine Ration Schnaps scheint ihn aus einer gewissen Entrückung in die Wirklichkeit zurückgeführt zu haben.

„Du redest von unserem Material, Gorgi. Was ist damit? Das zweite Fläschchen willst du auch haben? Das ist bei Franz. Weißt du, ich habe es an Franz abgetreten. Aber warum fragst du? Ist etwas nicht in Ordnung?"

Georg ist wie vom Donner gerührt. Das Problem, das er personell eingegrenzt glaubte, hatte Metastasen gebildet. Jetzt kommt auch noch Franz ins Spiel. Ob der allerdings der letzte ist, der mit seinem Trans-BEK hantiert, ist keineswegs gewiss. Sofort fällt ihm ein, dass auch Veronika und die DARUSCHA über die Existenz des Stoffs im Bilde sind. Verdammt nochmal, er ist doch kein Polizeischnüffler, der mit solchen dämlichen Recherchen seinen Lebensunterhalt verdient!

Gottfried hat inzwischen einen zweiten Schnaps gekippt und wirkt wieder völlig normal. Er bohrt jetzt hartnäckig nach, was denn überhaupt im Busch sei. Georg bleibt nichts anderes übrig, als davon zu berichten, in welchen

Verdacht der Inhalt der vier Fläschchen geraten ist. Dabei stellt sich heraus, dass Gottfried kaum etwas über den Fall weiß, der die Gemeinde, in der er lebt, moralisch durch und durch erschüttert. Das ist keine Verstellung. Davon ist Georg sofort überzeugt. Gottfried ist tatsächlich ahnungslos. Er wirkt unter dem Eindruck der Informationen betroffen. Georg denkt zunächst, diese Betroffenheit beziehe sich auf den zu Tode gekommenen Jungen. In allen Einzelheiten lässt Gottfried sich berichten, was Georg über den Zustand der Leiche weiß.

„Und eine solche Wirkung steckt in dem Zeug, das du entwickelt hast? Gorgi, ich bewundere dich."

Georg wird wütend.

„Das ist doch bloße Spekulation, verdammt nochmal. Nichts ist erwiesen. Wenn du mich fragst, ist das überhaupt höchst unwahrscheinlich, dass mein Zeug etwas damit zu tun hat."

„Na, nun mal nicht so bescheiden, mein Freund. Ich habe immer geahnt, dass du einmal eine großartige Entdeckung machen wirst. Doch nun habe ich nichts mehr davon."

Mit der Vollendung des letzten Satzes verdüstert sich Gottfrieds Miene wieder. Er scheint sich erneut in eine Abwesenheit hineinzufinden und murmelt unverständliche Gedanken. Georg glaubt mehrfach das Wort *Franz* heraushören zu können. Sicher ist er sich aber nicht.

„Da ist doch noch etwas, Gottfried. Das spüre ich. Willst du mir nicht sagen, was dich bedrückt?"

Noch einmal gelingt es Gottfried, sich zu fassen. Unter einem Papierstoß holt er ein Blatt hervor und reicht es Georg. Und noch einmal spricht er den für Georg rätselhaften Satz aus:

„Sie weiß es noch nicht. Herrjeh! Wie wird das sein, wenn sie es erfährt?"

Georg überfliegt das Schreiben, ihm ist sofort klar, dass Elke gemeint ist. Das Blatt Papier, ein Schreiben der Firma, ist Gottfrieds Kündigung des Arbeitsverhältnisses.

Datiert vom gestrigen Tag. Georg beißt sich auf die Lippen. Er sucht nach Formulierungen, mit denen der Freund aufzumuntern wäre.

Gottfried scheint das zu ahnen. In sich zusammengesunken murmelt er:

„Sage am besten nichts, Gorgi. Du kannst nichts dafür. Am besten, du gehst jetzt. Ich muss noch ein wenig nachdenken."

Ohne eine Antwort abzuwarten, erhebt er sich und nimmt seinen unterbrochenen Gang durchs Zimmer wieder auf, während Georg, der eingesehen hat, dass ein weiteres Verbleiben bei dem Freund zwecklos ist, das Haus verlässt.

Kaum eine halbe Stunde später, als Elke gerade von ihren Besorgungen heimgekehrt ist, ordnet Hauptkommissar Thereut den Zugriff an. Als die Beamten nach über einer Stunde ergebnislos von dem kleinen Anwesen des Ehepaars Lindner abziehen, lassen sie eine fassungslose Hausfrau und einen apathisch wirkenden Ehemann in ihrem von oben bis unten durchwühlten Heim zurück.

Georg, der von diesen Vorgängen nichts mitbekommen hat, denkt noch für einen Moment daran, sogleich Franz aufzusuchen, um über das Schicksal des noch fehlenden Fläschchens Klarheit zu gewinnen. Doch schnell verwirft er diese Absicht.

Die Lage ist unübersichtlich geworden. Ein plötzlicher Kleinmut erfasst ihn angesichts der Befürchtung, dass sich der personelle Kreis, der mit seinen Arbeitsergebnissen in Verbindung steht, noch einmal erweitert haben könnte. Ein Widerwillen arbeitet gegen die Absicht, Ermittlungen durchzuführen, für die er sich nicht zuständig fühlt und die er nur begonnen hat, weil er nach seiner polizeilichen Befragung in Panik geraten war. Er hat sich außer seinem folgenschweren beruflichen Alleingang nichts vorzuwerfen. Die hysterischen Spekulationen um sein Trans-BEK sind absurd.

Verbitterung zudem steigt in ihm auf, dass Spaltensturz ihn in der schwierigen Situation so hängen lässt. Und über allem breitet sich ein Gefühl der Niedergeschlagenheit aus, die vertraute Nähe von Rita missen zu müssen. Er ist es gewesen, der sich in der Beziehung stets abgekapselt hat. Dass des ungeachtet ihr Dasein, ihre Aufmerksamkeit, ihr hilfreiches Verständnis, ihre – Liebe! zu einem unverzichtbaren Baustein seines Lebens geworden ist, das kann er jetzt, wo seine Reue zu spät kommt, erst voll ermessen.

Als Georg seine Schritte nach Hause lenkt, bezweifelt er, in der geeigneten Verfassung zu sein, um endlich mit der Niederschrift der Dokumentation weiterzukommen. Die Müdigkeit, die sich tief eingefressen hat und schier nicht enden will, hat das bisher verhindert. Dann würde er sich zumindest ausschlafen. Morgen ist auch noch ein Tag. Der würde hoffentlich besser verlaufen.

Während Georg also nach einer unerquicklichen Unterredung mit Gottfried müde und deprimiert den Heimweg angetreten hat, sitzt Franz über einen Mauskadaver gebeugt an seinem Arbeitstisch. In dieser Haltung rollt er das Tier hin und her, als will er damit spielen oder sich auch nur auf unprofessionelle Weise seines Ablebens versichern.

Nichts verstehen sie vom Leben, die anderen, die Proselyten der harten Naturwissenschaften, die sich oft genug über ihn und seine weiche Disziplin, die Biologie, mokiert haben. Nichts verstehen sie von ihrem eigenen Leben: Spaltensturz, der in einer Villa leben könnte, die ihm nichts bedeuten würde; Georg, der nie begriffen hat, dass es neben den Elementarteilchen noch ganz andere Teilchen gibt, mit denen sich so viel Vergnügliches anstellen lässt; Gottfried, der noch während des Abrutschens vom Beckenrand mit versoffener Lust die Hand küssen würde, die ihn immer wieder ins Wasser zurückstößt. Jetzt sind sie mit ihrem Latein am Ende. Haben einen Stoff erfunden, mit dem sie nichts anzufangen wissen, weil er für ihre öden Messungen an lebloser Materie nichts abwirft. Eine Maus musste kommen, um auf die verborgenen Geheimnisse aufmerksam zu machen. Seine Maus musste kommen, damit sie aufschreien, die menschlichen Stümper.

Aber nein, die Maus auf dem Tisch lebt. Als sie aus der Betäubung erwacht, injiziert Franz ihr eine farblose Flüssigkeit. Nach wenigen Sekunden bläht sich der Leib des Tieres auf, bis unter einem herzzerreißenden Quieken die Bauchdecke aufreißt und die Eingeweide herausquellen. Franz hält sich die Nase zu. „Scheiße", sagt er und erbleicht. Er hatte zu der falschen Flasche gegriffen. Nun ist es zu spät geworden.

Trotz des Missgeschicks wirkt er, als sich der Schrecken gelegt hat, zufrieden. Das hier ist doch etwas ganz anderes als die abstrakten Zahlen und der leblose, langweilige Teilchenzoo der Freunde. Dennoch glaubt er, bei der Maus für ein nicht vorgesehenes, von ihm unbeabsichtigtes, wenngleich im Dienste wissenschaftlicher Notwendigkeit entstandenes Missgeschick versöhnlich Absolution erbitten zu müssen. Die Würde jeder Kreatur, das ist seine Auffassung, verlangt danach.

Deshalb legt er das verendete Tier erst einmal vorsichtig beiseite und kehrt die Innereien mit einem Spatel zusammen. Aus einer Schublade zieht er etwas hervor, was auf den ersten Blick für ein kleines graues Säckchen durchgehen könnte, dann, bei näherem Hinsehen besser als eine Art Schlafsack aufzufassen ist, in den ein Mauskörper gut hineinpassen würde und dabei nicht einmal den Kopfteil mit einer Nachbildung der Maus-Physiognomie missen muss.

Darin, als Maus in der Maus, birgt er das im Dienste der Erkenntnis gestorbene Versuchstier mitsamt seinen verselbständigten Innereien. Er hebt das Päckchen auf, legt es vorsichtig auf seine Handfläche und tritt damit an einen kleinen Seitentisch, eine Art Sekretär, in der hinteren Ecke seines Studios heran, wo ein halbes Dutzend solcher gefüllter grauer Säckchen dicht nebeneinander wie zur letzten Ruhe aufgebahrt liegen.

Er platziert die letzte Mausleiche an die rechte Seite und schiebt die ganze Reihe der mumienähnlichen Gebilde um eine Mausbreite nach links. Auf dieser Seite entfernt er den äußersten der alle in gleicher Weise präparierten Tierkörper, so dass ihrer wieder sechs an der Zahl auf dem Tischchen liegen. Mit der auserwählten Maus geht er an eine kleine, geschlossene brennerartige Vorrichtung, in der er, von einem tiefen Seufzer begleitet, sein Päckchen verglühen lässt. Nach einer Minute des stillen Gedenkens setzt er sich wieder an seinen Arbeitstisch, räumt gründlich auf und versinkt in tiefes Nachdenken.

Der Pädagoge Franz Weinreich hält sich wieder einmal in seinem *Studio* auf. Den vollgestopften Raum, den er in seiner knapp bemessenen freien Zeit mit Vorliebe aufsucht, hat er sich unter Aufopferung und mit viel Liebe in seinem kleinen Häuschen eingerichtet. Schränke und Vitrinen, die der Aufbewahrung von allerlei Präparaten dienen, dominieren das Mobiliar. Ausgestopfte Wildtiere der kleineren Art hängen von den wenigen Freiflächen an den Wänden herab. Eine ansehnliche Schmetterlingssammlung ist sein besonderer Stolz. An Lebendgetier hält er sich nur Fische in einem Aquarium. Und eben seine Mäusezucht, die gewissermaßen die zu kurz gekommene, doch immer noch lebendige Seite des Forschers Franz gewährleisten soll.

Franz ist mit Leib und Seele Biologe. Schon als Junge hat er sich zu allem hingezogen gefühlt, was kreucht und fleucht, was bohrt, sticht, hämmert oder auch aus bloßem Eigennutz so tut, als ob es erstarrt oder überhaupt gar nicht zu dem Weltreich des Organischen dazu zu zählen sei.

Die Faszination an allem Lebendigen ist ein Wesenszug, der nicht nur seine Berufswahl bestimmt hat, sondern einstmals auch seine Neigung hinleitete zu solchen, in seiner Jugendzeit gepriesenen Eingriffen in die Anatomie der

Gesellschaft, des gewissermaßen verlängerten Leibes des einzelnen Individuums, ohne den es ein Nichts, eine auf sich selbst und seine Begrenztheit zurückgeworfene Kreatur ist, die in dieser Reduktion nicht bestehen kann, genauso wenig wie die einzelne Ameise, die einzelne Biene oder der einzelne Hering.

Im Studium der Biologie zwar hat er seine Neugierde und seinen Wissensdrang befriedigen können, doch immer strebte er nach mehr, nach höherem Sinn. Forschen, das war schön und gut. Er wollte missionieren, andere von dem begeistern und mit dem ausstatten, was sein tieferes Inneres ausfüllt, und sie auf diesem Wege daran teilhaben lassen. Und weil der Zeitgeist noch längst nicht erloschen war, als er die Weichen für sein späteres berufliches Handeln stellen musste, deshalb ergriff er den Lehrerberuf, wohingegen die Freunde zu gleicher Zeit in eine andere Kerbe der Teilhabe am beruflichen Leben schlugen.

Wir machten beiläufig darauf aufmerksam, dass der Zeitgeist sich als störrischer erwies als die Überzeugungen von Franz und seinen Gesinnungsgenossen und, wie der Esel, Gefallen daran fand, seine ganz eigenen Wege zu gehen. Da aber war Franz inmitten eines um ihn herum bereits verglimmenden Enthusiasmus als Vertreter der Lehre schon mit seinen Missionsabsichten auf sich allein gestellt und, nach einer Weile der Zögerlichkeit, die einem Bremsweg im großen Gemütsumschwung gleichkommen mochte, einer gewissen Enttäuschung anheimgefallen, die mit Momenten einer aggressiven Verbitterung durchmischt war.

Nicht nur mit seinen Ideen für eine bessere Welt wähnte er sich nach jener Übergangsphase der Ernüchterung isoliert, was er sicher verkraftet hätte, da er realistischerweise wenig Sinn darin erblickte, durch Verletzung seines Diensteides, der ihm strengste politische Mäßigung auferlegte, sich seine beruflichen Grundlagen zu verscherzen. Nein, auch im Hinblick auf seine Begeisterung für die fachliche Seite fühlte er die Gefolgschaft seiner Schüler aufgekündigt und sich mehr und mehr einer trägen, interessen- und willenlosen Klientel ausgeliefert, die allenfalls noch, wenn geschickte didaktische Erläuterungen ihre Vorstellung treffen und über Anschauungsobjekte wie Goldfisch, Graugans oder Hausschwein möglichst lebensnah hinausgehen, für das Paarungsverhalten zu begeistern sind.

Dass zudem oftmals die Umgangsgepflogenheiten seiner vergeblich zur Bildung verurteilten Geschöpfe untereinander, aber auch jedem anderen Lebewesen gegenüber, was den amtierenden Pädagogen unbedingt einbezog, eher denen von Söldnern des Dreißigjährigen Krieges ähnelten als dem zivilisatorischen Idealtypus, macht für Franz das Leben und den Berufsalltag nicht unbedingt einfacher. Wie frei, wie entspannt, wie erhaben und aller Beschmutzung durch niedriges Gebaren entzogen gestaltet sich demgegenüber jeder Aufenthalt, sei es zum Zwecke der Arbeit oder dem der Reflexion, in seinem *Studio*. Hier ist er Mensch. Hier will er so oft wie möglich sein.

Zwei Wochen liegt es nun zurück, dass Franz sich nach einem turbulenten Vormittag in der Lehranstalt in sein Studio geflüchtet hat und im Ergebnis des aufwühlenden Erkenntnisrausches, der jede Tätigkeit sinnvoller erscheinen lässt als jenes chaotische Management des Irrsinns, das Fläschchen von Gottfried hervorholte und den Inhalt einer routinemäßigen Erprobung im Reich des Lebendigen unterzog.

Oberflächenkontakt. Orale Zufuhr. Injektion in den Blutkreislauf. Wobei letztere Prozedur mit dem braunschwarzen amorphen Pulver auf allergrößte Schwierigkeiten stieß, die er schon für unüberwindbar halten wollte, als ihm einfiel, dass Gottfried in ihrem Freundeskreis einmal von der Löslichkeit seiner Fullerene in flüssigen Kohlenwasserstoffen gesprochen hatte. Der Name Toluol war gefallen, und davon hatte Franz einen kleinen Vorrat. Perfekt. Problem gelöst. Wie herrlich die experimentelle Zerstreuung von den niederschmetternden Erlebnissen des abgelaufenen Arbeitstages ablenkte! Und wie wenig er im Endergebnis alle Mühen, und wären sie auch hundertmal so groß gewesen, bereute auf sich genommen zu haben, als er endlich eine Injektion in eine Versuchsmaus einbringen konnte und unmittelbar danach etwas erlebte, was er niemals für möglich gehalten hätte.

Der Gorgi, findet Franz, ist schon eine seltene Sorte Maus, wenn man beim Bilde bleibt. Verbissen und zielstrebig nur in einer einzigen Sache. Aber phlegmatisch in allen anderen Aspekten des Lebens. Der könnte noch hundert Jahre alt werden und würde dann immer noch seine Elementarteilchen zu Spitzenleistungen anstacheln.

Der würde aber auch in hundert Jahren noch dieselbe Zahlenkombination für die Sicherung seines Aktenkoffers benutzen, die er schon in der Studentenzeit verwendet hat. Und noch in hundert Jahren würde er mit dem Kunststoff, den Gottfried in seiner glanzvollen Anfangszeit als junger Chemiker erfunden hat, sein ständiges Misstrauen bedienen, irgendjemand könnte sich bemüßigen, ohne sein Wissen in seine Intimsphäre einzudringen.

Damals, als sie vorübergehend zusammen in einer Wohngemeinschaft lebten, hat Gottfried sie verblüffen können. Ein hauchdünner, nahezu unsichtbarer Faden, außerordentlich strapazierfähig, solange er nicht einer plötzlichen Anspannung ausgesetzt wurde. Nur auf den Ruck kam es an. Nicht auf die Stärke des Rucks. Dann blieben, wenn es den Ruck gegeben hatte, von einem Gebinde nur eine kleine Anzahl unansehnlicher Knäuel zurück, hässlich oder lieblich, je nach Gusto, Exuvien der Hausspinne täuschend ähnlich.

Koffer, Schränke, Türen, alles Mögliche, hatte der von dem Material begeisterte Gorgi mit jenen Fäden umwickelt, um immerzu die Gewissheit zu haben, dass während seiner Abwesenheit seine Sachen nicht angerührt worden sind. Niemals würde er vergessen, in welchen hysterischen Gemütszustand der Gorgi geriet, als er einmal, im

Angesicht einer zerstörten Verschnürung, seinen Verdacht bestätigt glaubte.

Danach war die Wohngemeinschaft ja auch schnell zerfallen. Allesamt sind sie doch viel zu sehr Individualisten gewesen, um mit einer Lebensart des ständigen Aufeinanderhockens auf Dauer klarzukommen. Komisch, dass Rita von der Marotte ihres Gatten nichts mitbekommen hat. Nach so vielen Jahren Ehe. Umso besser. Sonst hätte sein Plan auch nicht aufgehen können. Die beiden passen doch gar nicht zusammen. Einer wie der Gorgi und so eine strahlende Erscheinung wie die Rita. Unmöglich. Was findet sie nur daran, mit einem Kerl zusammenzuleben, der ständig dieselben Klamotten auf dem Leibe trägt, die sie auch noch waschen muss? Ach ja, sie lebt jetzt ja nicht mehr mit ihm zusammen. Aber davon hat er nichts. Verdammt noch mal! Davon hat er nichts.

Franz gerät jedes Mal in Rage, wenn er, über welchen Gedankengang auch immer, daran erinnert wird, dass er in Bezug auf seine Lebensperspektive mit Rita am Ende seines Lateins angelangt ist. Umso mehr darf er sich daran erfreuen, Georgs Material ein Geheimnis entlockt zu haben, das noch niemand außer ihm in seiner ganzen Tiefe geschaut hat, nicht einmal der Erfinder des Stoffes selber.

„Der Ahnungslose!", murmelt Franz. Er bemüht sich, einen Schwall von feindseligen Gefühlen unter Kontrolle zu bekommen. Er hat nicht einmal etwas gegen den Gorgi. Es ist nur so, dass dieser als natürlicher Konkurrent durch die Entwicklung der letzten Monate in den Fokus eines inneren Grolls geraten ist. Die Sichtweise ist nicht mehr voll gerechtfertigt, bemüht er sich zu relativieren, seit sie nun alle beide, aufs Abstellgleis gestellt, die gemeinsam begehrte Frau nur mehr von weitem beobachten können.

Nein, Fränzchen, lass dem alten Freund nur Gerechtigkeit widerfahren. Sie alle haben ihm doch zugetraut, in der Wissenschaft einmal etwas Herausragendes zu leisten. Ob das mit dem seltsamen Stoff im Bereich der Physik der Fall ist, kann er nicht beurteilen. Doch die biologischen Konsequenzen seines Strebens sind atemberaubend. Und der diensthabende Gelehrte weiß nichts davon. Das ist schon für sich genommen irrsinnig, ein wenig tragisch sogar.

Franz greift in die Schublade und holt eine kleine Figur hervor, die er in die Hand nimmt, vorsichtig um alle möglichen ideellen Symmetrieachsen dreht und liebevoll betrachtet. Es ist das gediegene Modell einer Maus. Gewiss viel zu klein geraten, wenn die Abbildung von Lebensgröße beabsichtigt gewesen wäre, doch erstaunlich lebensecht, dazu filigran und detailliert in allen Konturen und Strukturen herausgearbeitet. Ein Meisterwerk der Kristall verarbeitenden Kunst. So scheint es, denn das im Lichte der Laborlampe glitzernde Petrefakt eines alltäglichen Organismus hat jedenfalls die vollkommene Begeisterung des Hobbybiologen Franz gefunden.

Lange betrachtet er das Kleinod und wird immer ernster dabei. Als er es mit Vorsicht, als könnte es zerbrechen, in die Schublade zurücklegt, hat sich seine vorhin noch zerrissene Stimmungslage geglättet.

Vielleicht ist es Bestimmung, vielleicht eine signifikante Überlagerung der Amplituden von Schicksals- und Charakterschwingung im Leben eines Individuums, dass ausgerechnet dem Gorgi dieser Streich gelungen ist. Der Typ hat als Persönlichkeit etwas Unnahbares, als müsste er durch ständige Absonderung ein eigenes Universum schützen. Wer dem Gorgi die Hand geben, ihm in die Augen schauen oder vertrauliche Körpernähe zu ihm herstellen will, der prallt zurück vor dem Ausdruck von Fassungslosigkeit, in der sich das Anliegen des Kommunikationspartners als schmerzhafte Zumutung an das Gemüt, als brutale Usurpation der Seele im Gesicht spiegelt.

Allein Gorgi, nur er verkörpert in ihrem Freundeskreis eine Reinheit der Seele, die vom Leben beim besten Willen nicht beschmutzt werden kann. Daran würde auch die Episode mit Veronika nichts ändern. Denn dem Gorgi seine Reinheit ist nicht moralischer Natur, sondern die aus dem Wesensinnern durchscheinende Physiognomie einer Entsagungshaltung, die nur ein Gebet, einen Sinn, ein Ziel kennt und diesem Ziel alle persönlichen Regungen unterordnet, ja, vielleicht gar nicht der Versuchung überhaupt ausgesetzt ist, von der Bestimmung abzuweichen, die den Weg längst vorgezeichnet und vorgebahnt hat. So wie Gorgi in der Physik, so hat er in den revolutionären Zeiten eigentlich in der Politik sein wollen. Vergeblich.

Für einen Moment erschlaffen die Gesichtsmuskeln von Franz so sehr, dass das sichtbare Gewebe eine hässliche Form und breiige Konsistenz annimmt. Doch der Augenblick währt nicht lange. Wohl hat er eine unerschütterliche Ruhe in Franz hinterlassen, eine Leidenschaftslosigkeit, die für einige wertvolle Augenblicke die Niederlagen in seinem Dasein so hervortreten lässt, als zögen sie in einem Film an ihm vorbei, den er sich anschaut, der ihn aber letzten Endes nichts angeht.

Als Mensch ist der Gorgi eine bedauernswerte Ruine, sinniert Franz weiter. Als kreative Persönlichkeit ist er trotz seiner Schmalspurigkeit von begnadeter Natur. Er hat als Krönung seines Forscherlebens ein Produkt kreiert, das ihm aus der Seele geschnitten ist. In einer impulsiven Attacke holt Franz noch einmal die Skulptur hervor, auf die er heftig einredet:

„Alles ist in dir enthalten; die Reinheit, die Durchsichtigkeit, die Kälte. Die Würde des Lebendigen ist in so kristallener Klarheit an dir haften geblieben, als hätte Gott dich heimgeholt, ohne den Opferaltar beschmutzen zu lassen. Unsterblich wirst du sein, meine Labormaus. Und unserem Gorgi werden wir zu unvergänglichem Ruhm verhelfen, der ihn so unerwartet, so stark und dazu von einer Seite her trifft, dass er ihn in seinem Wesenskern vernichten muss."

Wer Franz in diesem Augenblick sehen würde, wäre möglicherweise erschreckt von dem Maß an Hoffnungslosigkeit und Verzweiflung, das sich auf seinem Gesicht abzeichnet. Sein Unterkiefer hat zu zucken begonnen, und ein gelblicher Schimmer tritt in seine Augen, als er beginnt, eine Spritzampulle abzufüllen. Die Kristallmaus stellt er auf einem Sockel ab, der mit einer Girlande geschmückt ist und den er unvermittelt von der hinteren Ecke seines Arbeitstisches hervorzieht.

Ein Fläschchen, ganz ähnlich denen, die Georg Reimers mit den Resultaten seiner Trans-BEK-Forschung befüllt hat, tritt im Lauf des Hantierens zu Tage. Schneller und schneller und unfassbar sicher wird Franz in seinen Bewegungen. Am Ende liegen drei einsatzbereite Spritzbestecke auf dem vollkommen aufgeräumten Arbeitstisch neben dem aufgeklappten Notizbuch, das wir an anderer Stelle unseres Berichtes bereits vorstellten.

Nach der emsigen Beschäftigung, die ihn sichtlich angestrengt hat, wischt Franz sich die Schweißperlen von der Stirn und lehnt sich erschöpft zurück. Draußen ist es schon längst dunkel geworden. Sein Studio aber kann zu keiner Zeit vom Tageslicht profitieren. Irgendwann, nachdem er noch lange regungslos und stumm dagesessen hat, schaltet der Hausherr die Beleuchtung aus und schläft in seinem Sessel am Labortisch ein.

Windspiele im Siegeszug der Algorithmen

Durch alle Jahreszeiten hindurch erlebt die Gemeinde in unregelmäßigen Abständen immer wieder mal jene besonderen Tage, an denen sie von den höheren Warten des lieblich sie umfassenden Hügellandes aus jedem neugierigen Blick entzogen ist. Wenn wie ein festliches Aufgebot die südöstlichen Hänge, freundlich angestrahlt, bereits in vollem Sonnenlicht hervortreten, während die noch abgedunkelten Hänge in anderer Lage hoffnungsfroh sein dürfen, verspätet, wie zuvor das orographische Pendant, entzündet in den Tag zu gleiten, bewahrt hartnäckig die tiefer liegende Stadt noch eine Weile schamhaft ihre Intimsphäre unter einer weißen, geheimnisvoll wallenden Nebeldecke.

Den Bewohnern ist diese Bevorzugung, die sie an Tagen einer inversen Luftschichtung gern erfahren, eher ein Ärgernis. Düster, bisweilen unangenehm das Gesicht nässend wie das Gemüt belastend, zieht ein Tag herauf, dem von der allgemeinen Wettervorhersage doch nur Gutes versprochen ward. Gewiss wähnten die Menschen sich irregeleitet, wenn sie im Laufe der Zeit nicht längst verinnerlicht hätten, dass ein solches Manko die Lage ihrer Stadt nun einmal mit sich bringt, dass im Übrigen von einem wirklichen Manko doch nicht die Rede sein kann, wenn die frühmorgendliche Misslichkeit im Allgemeinen doch nur von begrenzter Dauer ist.

Denn das ist nun gleichfalls den älteren Bewohnern ein Erfahrungsschatz geworden, dass bald schon, lange vor der Mittagszeit, wenn man von der besonders zählebigen Nebelbildung an manchen spätherbstlichen Tagen absieht, der Schleier sich auflöst und im Vollzuge seiner Kapitulation die ganze Gemeinde einer überaus freundlichen Witterungslage teilhaftig werden lässt.

Lebhafte Winde, wenn sie eilfertig den Luftaustausch zwischen Berg und Tal besorgen, machen dem Schalk der Naturgewalten ein wohlverdientes Ende und gewähren endlich auch jenen Personen, die unter einer als beengend empfundenen Wetterlage zu leiden pflegen, ein befreiendes Gefühl in Brustkorb und Lunge.

Unverkennbar, Winde prägen das abwechslungsreiche Umland dieser Stadt. Gegenüber anderen atmosphärischen Kräften werden sie bevorzugt wahrgenommen, und sie sind im Herbst und im Winter nicht selten auch gefürchtet wegen der verbissenen Wucht, mit der sie zu Werke gehen. Gottlob nicht allzu oft treten solche Spitzen besonders chaotischer und zerstörerischer Luftbewegung in Erscheinung und fast immer nur dann, wenn die Einbettung in übergeordnete weiträumige Turbulenzzonen ihnen eine solche Chance gibt.

Stetiger in ihrer abgeschwächten Dynamik, zuverlässiger in ihrem Timing, mäßiger in ihrem Verhalten geben sich die kleinen harmlosen Geschwister der großen Stürme, nämlich die täglich rhythmisch aufwachsenden und abschwellenden Brisen und Böen, mal von den Bergen kommend, mal zu ihnen heraufziehend, je nach Tageszeit und den mit ihr im Einklang stehenden Temperaturverläufen.

Einem Sommerfrischler ist der allzeit rege und erfrischende Luftaustausch, wenn er denn nicht zu stark wird, meistens ein gesundheitlicher Zugewinn. Die Stadtbewohner wiederum haben sich daran gewöhnt und Frieden mit ihm und seinen gelegentlich lästigen Begleiterscheinungen geschlossen, würden an besonders heißen Tagen gar seine Vorzüge nicht missen wollen. Und für Spaltensturz sind „seine" Turbulenzen geradezu ein Segen. Was kann es für einen begnadeten Mathematiker und arbeitswütigen Rechenkünstler, der ständig nach neuen Aufgaben auf der Suche ist, auch Größeres an Herausforderung geben als die Berechnung von Turbulenzen.

Chaotischere Gebilde gibt es kaum. Was jedoch chaotisch ist, ist schwierig zu berechnen. Was schwierig zu berechnen ist, möglichst der Unmöglichkeit ganz nahe kommt, das ist das bevorzugte Feld, auf dem Spaltensturz, Formeln und Zahlen fressend, sich bewegt. Um keinen Preis der Welt wollte er seine Turbulenzen missen und damit möglicherweise einer hässlichen Problemleere entgegensehen. Der Trans-BEK-Zustand ist erschlossen. Was über das Rechnen hinausgeht, ist Georgs Sache. Dass er noch weitere derartige ganz große Herausforderungen in der Physik aufspüren würde, muss er bezweifeln. Seine Turbulenzen hingegen würden ihm für alle Zeiten gesichert sein.

Wovon niemand in der Gemeinde, Georg eingeschlossen, Kenntnis hat, das ist die Rolle, die Spaltensturz als spaßhafter *Herr der Winde* schon längst im meteorologischen Geschehen spielt; Herr nicht in dem Sinne, dass er ihren Verlauf beherrscht oder beeinflusst oder auch nur glaubt, das jemals tun zu können, sondern Herr in dem

Sinne, dass er seine Algorithmen im Laufe der Zeit derart verfeinert hat, dass ihm irgendwann nicht mehr entgehen konnte, wie sie wehen bis in die Mikrostruktur des Geländes hinein; vorausgesetzt, die Datenlage der Wetterstationen ist reichhaltig und zuverlässig, was immer öfter der Fall ist; vorausgesetzt, er wendet viel Zeit auf, um seine Studien zu betreiben.

Sicher, er ist Theoretiker. Aber doch nur aus Bequemlichkeit und nicht etwa deshalb, weil er eine gefühlsmäßige Abneigung gegenüber dem wissenschaftlichen Experiment hat. Das Trans-BEK herzustellen, wäre ihm von seinen Lebensbedingungen her niemals möglich gewesen. Musste er auch nicht. Dafür hatte er Georg. Der machte das fabelhaft in den vergangenen Monaten, so befindet Spaltensturz mehr denn je.

Mit *seinen* Turbulenzen hingegen sind ohne großen Aufwand Theorie und Praxis, Berechnung und Experiment in seiner Person zu vereinigen. Die Bewohner gerade derjenigen Bezirke, die auf der gegenüberliegenden Seite des städtischen Weichbildes den bereits erwähnten Schrebergärten abgewandt sind, wo Gottfried wohnt und auch die Schule von Franz ihren Bildungsauftrag versieht, haben sich an manche Windeffekte gewöhnt, über die sie zu Anfang noch den Kopf geschüttelt haben, weil sie ihnen einfach zu verrückt vorkamen:

Sei es, dass eine Ansammlung toter Käfer in die kleine offene Kapelle, laut Fremdenführer eine der kulturellen Attraktionen der Stadt, hineingeweht wurde und willenlos über die brennenden Kerzen des kleinen Altars herfiel, wo sie knisternd und hell aufleuchtend zahlreich verbrannten und danach einen eigenartigen Geruch in der Luft verbreiteten; sei es, dass ein Haufen Papierschnipsel, aus welchen Mülleimern auch immer sie stammten, von einem kräftigen Talwind herangetragen wurde, um hernach von einer heftigen Bö zerteilt zu werden und auf die Köpfe der Teilnehmer einer Trauungszeremonie herabzurieseln.

Rita zum Beispiel, darauf angesprochen, würde sich gewiss eines allerliebsten Vorfalls erinnern, der nun schon ein paar Jahre zurückliegt. Da ist sie an einem schönen Frühlingstag auf den Balkon ihres Büros hinausgetreten, um die wunderbare Luft für eine Viertelstunde ihrer Arbeitspause zu genießen, als es weiß und rot zu ihr herüberregnete.

Zunächst erschreckt, dann perplex und am Ende angerührt konnte sie mit ihren Blicken verfolgen, wie aus einem Blütenhaufen, von einer steifen Brise getragen, während er über dem Balkon in der Luft tanzte, alsbald, als die Luftbewegung unvermittelt abebbte, die zarten Blätter und Kelche herabrieselten und sich zu ihren Füßen auf dem Boden zu einem auf den ersten Blick amorphen Muster verteilten. Unwillkürlich ist ihr ein Vers aus den schon weit zurückliegenden Schultagen in den Sinn gekommen, den sie aber nicht weiter hat einordnen können: *Wer schüttet alle schönen Frühlingsblüten / Auf der Geliebten Pfade hin?* Sie hat pikiert gelacht und den Kopf geschüttelt. Einen derart sonderbaren Zufall im Spiel von Naturkräften hat sie nicht für möglich gehalten. Deshalb vielleicht, im romantischen Aufblähen einer gewissen Wahrnehmungssensibilität, hat sie für einen Augenblick geglaubt, die Form eines Herzens in dem Blütensediment auszumachen. Wie dem auch sei, ob bloße Einbildung oder handfeste Gegebenheit, wie hat Rita auch nur ahnen sollen, dass der Blütengruß, der ihr wie eine magische Anmache zugekommen war, ausgerechnet von Spaltensturz stammte, dessen sie allerhöchstens zwei- bis dreimal im Jahr überhaupt ansichtig wird.

Und doch war es so, dass Spaltensturz auf seine Weise Theorie und Praxis hat zusammenwirken lassen, als er das aufwändige Arrangement von Blüten besorgte und akribisch so platzierte, dass es seinen Berechnungen nach von einer demnächst einsetzenden hoch komplexen Luftbewegung bis zum Balkon von Ritas Kanzlei, deren auffällige

Fassade von seinem Standort aus unschwer auszumachen war, transportiert werden musste.

So ist das nun einmal, dass die Menschen, wenn sie wieder und wieder mit Eigentümlichkeiten und absonderlichen Zufällen, die es zumindest in der Anhäufung vom Prinzip her eigentlich nicht geben dürfte, konfrontiert werden, diesen Zustand schnell als nicht zu hinterfragende Normalität hinnehmen.

Zu dieser Form von Trägheit sei, was die Bewohner unserer Gemeinde angeht, entlastend bemerkt, dass der Kreis der Personen, denen also eine absonderliche Erscheinung inmitten des normalen meteorologischen Geschehens widerfuhr, nicht immer derselbe war. Rita, um noch einmal sie als Beispiel zu erwähnen, hat keinen weiteren Blütenzauber oder etwas dergleichen erleben dürfen. Wohl vernahm sie von anderen merkwürdigen Begebenheiten, worüber sie sich in Momenten der Kurzweil bisweilen köstlich belustigte, bis sie doch diese Geschichten und ihre eigene dazu in dem täglichen Wust der Arbeitsverpflichtungen und in den aufkommenden atmosphärischen Störungen im Zusammenleben mit Georg alsbald vergaß.

Dass Walter Krahl, dessen scherzhafte, wenngleich mathematisch absolut korrekt hergeleitete Windspiele zumeist von witziger oder auch deftiger Konstruktion sind, für Rita Reimers, geborene Becker, ein Zeichen von gewissermaßen zartester erotischer Signifikanz arrangiert hatte, sollte nicht überbewertet werden. Mit dieser emotionalen Ausdrucksfähigkeit hat den Herumtreiber Spaltensturz noch niemals jemand in Verbindung bringen können.

Das mag von den Möglichkeiten her, die seiner mathematischen Praxisorientierung an natürlichen Windkanälen innewohnen, vielleicht schade sein. Denn ob Bergwind oder Talwind, ob in die eine oder in die entgegengesetzte Richtung; seine Methode ist am Ende einer langen Lernzeit voll ausgereift.

Wenn es jemand zu Wege bringen könnte, unter geeigneten meteorologischen Voraussetzungen, die für günstige atmosphärische Verwirbelungen und einen passenden Aufwind sorgen, sich auf seinen fernen Berghang das Höschen einer Umworbenen von der Wäscheleine zu ziehen, um es einer verliebten Ungeduld zuzuführen, dann wäre es Spaltensturz. Doch wie gesagt, für diese Studienrichtung seiner Rechenkünste hat er nach übereinstimmender Auffassung nicht die Neigung.

Wir haben Spaltensturz bei der Sichtung der Ereignisse bedauerlicherweise ein wenig aus den Augen verloren. Für diesen Mangel, der durch die soeben vorgetragenen Aspekte noch nicht behoben ist, wollen wir sogleich beginnen Abhilfe zu schaffen. Wir erinnern uns: Durch sein unerquickliches Gespräch mit Franz dazu bewogen, den Ablauf der Entwicklung, soweit sie Georg betraf, erst einmal von der Seitenlinie her zu betrachten und zügig den Wanderstab zu ergreifen, ist er seither keinem der Freunde mehr zu Gesicht gekommen.

Diese kennen nur zu gut seine Gewohnheit, Jahr für Jahr die Zeit der Sommerfrische in seinem ungebundenen Leben für eine Auszeit zu nutzen. Und sie nehmen selbstverständlich keinen Anstoß daran. Sie sind im Allgemeinen auch frei von jeglicher Besorgnis um den Freund, solange sich dessen Abwesenheit nicht allzu sehr über die Sommermonate hinaus verlängert. Das genau aber ist in diesem Jahr der Fall. Spaltensturz bleibt auch dann, als die Blätter an den Bäumen sich bereits verfärben, wie vom Erdboden verschluckt.

Franz ist über diesen Umstand aufrichtig erfreut, sogar dann noch, als seine Pläne mit Rita gescheitert sind und die Gefahr, dass der ständig misstrauische Herumtreiber sich störend einmischt, bereits nicht mehr gegeben ist. Es ist nach seinem Gefühl in jenem zurückliegenden Gespräch zu Beginn der Sommerferien eine gewisse Drohung aus den Worten herauszuhören gewesen, die Spaltensturz von sich gegeben hat. Konkret ist er nicht geworden. Begründeten Anlass, sich zu fürchten, hat Franz sicherlich nicht. Trotzdem sorgt die hartnäckige Abwesenheit des

Kumpels aus alten Tagen in ihm weiterhin für Erleichterung. Vielleicht ist es nur so, dass Franz sich durch sein intrigantes Verhalten in den letzten Monaten bereits von den ehemaligen Schulkameraden spürbar entfremdet hat, sodass insbesondere gegenüber Georg und Spaltensturz Groll und Zorn sich aufbauen konnten.

Was Gottfried angeht, so ist sein Leben dermaßen in eine ablenkende Unordnung geraten, dass für Spaltensturz kein Platz im Arbeitsspeicher seines Gedächtnisses vorhanden ist. Wer allerdings schwer getroffen ist von der ziemlichen Funkstille zum Freund, das ist Georg.

Die Nackenschläge sind auf ihn niedergegangen, ohne dass er auch nur einmal in einen Gedankenaustausch mit demjenigen hätte treten können, der zumindest an einer Sache beteiligt ist, die aus dem Ruder läuft. Doch auch in der anderen Sache, dem Zerwürfnis mit seiner Frau, glaubt Georg auf einmal, Rat und Zuspruch von Spaltensturz gebrauchen zu können und bereit zu sein, sie anzunehmen. Doch bis auf zwei in ihrem kurzen Text mehr beunruhigende als erhellende E-Mails gibt es kein Lebenszeichen. Und er selbst hat sich nicht überwinden können, seine Privatwehwehchen auf dem elektronischen Weg zu kommunizieren.

Dem Eindruck der Freunde zum Trotz ist Walter Krahl keineswegs aus der Welt gefallen. Jeder von ihnen, würde er davon Kenntnis bekommen, wäre überrascht, wie kurz, in ganz wenigen Kilometern bemessen, seine körperliche Distanz zu dem Vermissten Tag und Nacht ist. Und Franz, ihm an erster Stelle, würde die Freude über das Verschwinden des einstigen Klassenprimus im Gesicht festfrieren, wäre ihm bekannt, wie sehr er, wie sehr sie alle drei unter der ständigen Beobachtung desjenigen stehen, den sie verschwunden, den sie weit weg draußen im Lande sich herumtreiben wähnen. Doch wollen wir, um eine Unübersichtlichkeit zu vermeiden, besser der Reihe nach erzählen.

Spaltensturz, der fahrende Geselle in den Sommermonaten – sein Verhalten in dieser Jahreszeit ist ganz bestimmt nicht in ein einfaches Muster zu bringen. Sicher, in zwölf der zurückliegenden zwanzig Jahre lagen die Dinge tatsächlich so unkompliziert, dass es der vollen Wahrheit entsprach, wenn jemand feststellte: „Jetzt im Juli, im August, ist der Spaltensturz doch auf Achse. Der ist unterwegs, kommt demnächst aber bestimmt zurück."

Auf den Gesamtzeitraum von zwanzig und ein paar mehr Jahren bezogen, kommt man um eine gewisse Ausdifferenzierung des Befundes allerdings nicht mehr herum; dann muss man dem Umstand Rechnung tragen, dass Spaltensturz, wenn die Gegebenheiten, mit denen er es zu tun hat, sich nach seiner Auffassung kompliziert gestalten oder auch wenn er für eine Zeitlang seine unbedingte Ruhe finden will, aus dem Blickfeld der anderen verschwindet, ohne besonders viel Mobilität dabei an den Tag zu legen.

Wenn das der Fall ist, dann hat sich Spaltensturz garantiert an seinen Zweitwohnsitz zurückgezogen, den wir bislang im Interesse einer Geradlinigkeit des Erzählstrangs noch nicht erwähnten. Dieser Zweitwohnsitz nun befindet sich, von oberhalb der Schrebergärten aus gesehen, genau auf dem Scheitelpunkt des gegenüberliegenden Hangs über der anderen Seite der Gemeinde, die etwas abseits des Neckartals gelegen ist und wie eine unvollkommene Enklave nur nach Südwesten eine offene Flanke zu den Hauptverkehrswegen des Neckartals aufweist. Dort, an Spaltensturz´ Zweitwohnsitz eben, wehen im Allgemeinen die Winde freier und ungezwungener als an Spaltensturz´ Stammsitz, weshalb Experimente mit Turbulenzen auch weitaus ergiebiger sind.

Was lag also näher für den umtriebigen Mathematiker, an dem für seine Zwecke begünstigten Platz eine Dependance seiner Datscha anzulegen; bescheiden, gleichsam nur provisorisch ausgestattet und für einen Daueraufenthalt gar nicht gedacht, doch für die weniger kalte

Jahreszeit unbedingt zuträglich und passend und schön vom wuchernden Grün verborgen. Zum alten Förster hat Spaltensturz seit den ersten Jahren seiner eigenwilligen Sesshaftigkeit einen guten Draht. Diese lockere Kameradschaft ist keineswegs gering zu schätzen, denn es wäre vielleicht misslich geworden, hätte ihm eine so wichtige und mit den Verhältnissen im Gelände so vertraute Amtsperson dauern in die Suppe gespuckt, Bauvorschriften erlassen oder die Abrissbirne bestellt, ob an dem einen oder an dem anderen Standort.

Mit der zweiten Filiale seiner Ich-AG schlägt Spaltensturz gleich mehrere Fliegen mit einer Klappe. Zum einen verfügt er über den idealen Stützpunkt, an dem auch schon mal längere Studien zu den atmosphärischen Turbulenzen einigermaßen bequem zu betreiben sind. Er kann zum anderen bei Bedarf verschwinden, ohne wirklich seinen Lebensbereich verlassen zu müssen. Zudem, auch das ist nicht überflüssig hinzuzufügen, hat er die Stadt gleichsam von den beiden Hauptzugängen her im Blickfeld, was seine Möglichkeiten zu einer gezielten personenbezogenen Beobachtung sehr erleichtert. Mit einer leistungsstarken optischen Gerätschaft, die er sich im Laufe der Zeit zugelegt und nach seinen Bedürfnissen verbessert hat, fällt es ihm leicht, wichtige Bereiche des Gemeinwesens auch aus der Ferne einzusehen.

Für geeignete Beobachtungspositionen, die ihm genügend große Sichtfreiheit gestatten, hat er schon beizeiten gesorgt. Und gesorgt hat er mit findigem Geist und handwerklichem Geschick für eine elektrische Grundausstattung und für die Möglichkeit, auch von dem vor den Freunden geheim gehaltenen Wohnsitz aus in den elektronischen Netzwerken sich aufhalten zu können.

Eine gewisse Mühe zwar bereitet es jedes Mal, einen schnellen Umzug zu bewerkstelligen, was dann, wenn ein häufiger Standortwechsel zwischen beiden Domizilen von der Sachlage her angeraten ist, schnell zu einer körperlichen Herausforderung werden kann, doch Spaltensturz hegt die feste Überzeugung, dass gerade in seinem Alter ein ordentliches Maß an Bewegung der Gesundheit nur förderlich ist. Doch freilich ist er neuerdings nicht mehr unsensibel für die Selbstbeobachtung, dass die Jahre nun doch nicht so ohne weiteres aus den Kleidern zu klopfen sind.

Damals in seinem Gespräch mit Franz hat Spaltensturz den Eindruck gewonnen, dass mit seinem Gesprächspartner etwas nicht stimmte. Das hintergründige Flackern in seinen Augen beunruhigte ihn, die unkontrollierte Körperreaktion harmonierte nicht mit dem Sinn der Worte. Es gibt nach Spaltensturz´ Überzeugung nur zwei Zustände, in denen der menschliche Organismus eine solche Erscheinung in den Augen hervorbringt: Das Fieber und die sexuelle Erregung. Beide gleichermaßen lösen in einem Menschen eine partielle Unzurechnungsfähigkeit aus. Er hat dem Kameraden auf den Kopf zugesagt, er beabsichtige, sich an Rita heranzumachen. Franz´ Reaktion, von ihm genau beobachtet, hat ihn davon überzeugt, dass er mit seiner Vermutung richtig lag.

Nach Beendigung des Gesprächs hat Spaltensturz sein Bündel gegriffen und ist erst einmal losgezogen ins Blaue hinein. Noch hielt die Überzeugung stand, im Hinblick auf Georg ein Gleichgewicht von Chance und Risiko bei der künftigen Entwicklung zu unterstellen, an dem besser nicht von außen herumzufummeln wäre. Mit wachsender Unruhe hat er damals auf seiner begonnenen Wanderschaft die Nachbargemeinde noch erreicht. Dann jedoch ist ihm klar geworden, dass in der sozialen Symmetrie des Freundeskreises und mit den Freunden überhaupt nichts mehr stimmte; weder mit Franz noch mit Georg, mit Gottfried sowieso nicht.

Vom Ausgangspunkt dieser Erkenntnis konnte er sicher sein, bestimmt keinen Sommer vor sich zu haben, der ohne Zwischenfälle bleiben würde. Das würde jetzt definitiv keine Saison werden, um sich unbeschwert davonzumachen. Für Spaltensturz lag im Gefolge solcher

Überlegungen schließlich auf der Hand, dass nach der langen Zeit einer erfolgreichen und komplikationsarmen Zusammenarbeit mit Georg der Wind des Schicksals gedreht hatte. Irgendetwas Schwerwiegendes, so befand Spaltensturz, war im Busch. Als ihm sein Verdacht stark und begründet genug war, machte er unverzüglich kehrt und traf alle nötigen Vorbereitungen für einen längeren Aufenthalt in seiner Dependance.

Dort bezog er Posten und beobachtete aufmerksam die Szene. Auch wenn er dabei kein Gespräch mitbekam, wurde das Bewegungsprofil der Akteure für ihn aufschlussreich, und aus seinen zwar nicht immer, doch häufig genug präzisen Beobachtungen, wer mit wem zusammenkam, zog Spaltensturz manche scharfsinnige Schlussfolgerung.

So zum Beispiel die, dass Rita und Georg im Krach auseinandergegangen sind; denn davon hat Georg in der E-Mail, in der er über die Gefährdung seines beruflichen Status berichtete, von sich aus nichts erwähnt. So auch die, dass Franz irgendein Ding eingefädelt hat, sodass es zu diesem Krach gekommen ist. Als Rita in das Haus von Klaus Heimbrecht einzieht, in das er leider nicht hineinsehen kann, ist Spaltensturz irritiert. Doch er zwingt sich zum Verzicht auf jedwede Spekulation.

Da erfährt er von dem Kristallmord, und verblüfft bekommt er mit, wie die Freunde in den Fokus der Ermittlungsbehörden geraten. Wenn man mit Fug und Recht behaupten kann, dass Spaltensturz seine stillen Beobachtungen bis dahin mit jenem Maß an konzentrierter Aufmerksamkeit versah, wie er sie gewöhnlich für alle seine Beschäftigungen aufwendet, so wird demgegenüber zu betonen sein, dass ihn das außergewöhnliche Verbrechen regelrecht elektrisiert.

Wie aber kann das sein, dass ausgerechnet ein Kriminalfall dem besessenen Rechner eine besondere Aufmerksamkeit abverlangt? Soweit wir wissen, hat Spaltensturz sich um derlei Abgründiges im menschlichen

Zusammenleben, auch wenn es sich in seiner Gemeinde zutrug, nicht sonderlich bekümmert. Gewiss, die Freunde sind an den Rändern des Dramas erfasst worden und in einen absurden Verdacht geraten, wenn er seine Beobachtungen richtig deutet. Der Irrtum, der dem zugrunde liegt, müsste sich aber doch bald aufklären. Das ist am Anfang seine Überzeugung.

Tatsächlich ist es auch nicht der kriminalistische Aspekt, auf den Spaltensturz neugierig ist, sondern etwas anderes. Um jenen Teil seines besonderen Interesses verständlich zu machen, ist der Umstand einzuflechten, dass Walter Krahl, als er zum ersten Mal mit Georgs dienstlichen Kalamitäten konfrontiert wird, aus einem schwer zu bestimmenden Gefühl heraus noch einmal zu seinen umfangreichen Berechnungen über das BEK greift und in einer gründlichen Durchsicht auf einige Ungereimtheiten stößt, die er im letzten Jahr noch, vielleicht unter dem Eindruck eines belebenden Erfolgsgefühls, als unerheblich und für das Gesamtergebnis und die Perspektiven ihres Experiments als irrelevant eingeordnet hatte. Als er die diffizilen mathematischen Ableitungen von einer anderen Seite her erneut entfaltet, ist er baff.

Den neuerlichen Berechnungen nach würde das im Fulleren-Komplex eingeschlossene Trans-BEK keineswegs über alle Zeiten hinweg stabil bleiben. In dem als stabil angenommenen Quantenzustand tickt eine Uhr des Zerfalls, der sich, aller Voraussicht nach, plötzlich ereignen würde. Weil Spaltensturz aber trotz aller Bemühungen nicht herausbekommt, wie lange der von Georg erzeugte Energiezustand erhalten bleibt und welche Umstände den mutmaßlichen Zerfall der gesamten Molekularkonstruktion auslösen könnten, hat er die an anderer Stelle erwähnte E-Mail an Georg, in der er auf mögliche Unannehmlichkeiten aufmerksam machte und den Mitstreiter auf ein späteres Treffen vertröstete, nur vage formuliert. Kurze Zeit später kann er immerhin den theoretischen Energieumsatz berechnen, der im Falle einer so gearteten stofflichen Reaktion auftreten würde. Das Resultat ist in seinen Augen ungeheuerlich. Auf der praktischen Ebene des Lebens wäre unbedingt mit bösen Folgen zu rechnen, je nachdem, wo und wie der kleine Big Bang in Erscheinung tritt.

Man versteht von dieser Seite her vielleicht besser, dass Spaltensturz die Bedeutung des Kristallmordes von vornherein in einem ganz anderen Licht sieht als alle anderen Zeitgenossen, soweit sie mit dem Fall direkt oder indirekt zu tun bekommen. Die offiziellen Verlautbarungen und Pressedarstellungen, die er sich besorgt, sind für ihn hanebüchen diffus und so widersprüchlich, dass er sofort überzeugt ist, es würde bewusst etwas Wichtiges verschwiegen.

Also schleust er sich in den Polizeirechner ein und ist schon bald ebenso genau und sogar noch ein wenig besser im Bilde als der Personenkreis von Wissenschaftlern, mit dem sich die Verantwortlichen der Sonderkommission beraten. Während dieser Personenkreis nebst den Polizeibeamten jedoch große Schwierigkeiten hat, sich von Tötungsmustern der geläufigen Art zu lösen und unbelastet in eine völlig andere Richtung zu denken, ohne dabei in Spekulationen um unerklärliche Vorgänge zu verfallen, liegt für Spaltensturz ein Zusammenhang zwischen der körperlichen Verformung und dem von Georg geschaffenen Material sofort auf der Hand.

Die von ihm errechnete Energiebilanz reicht vollkommen aus, um unter geeigneten Wirkungsbedingungen Kohlenstoff so zu verbacken, wie es die Natur im Erdinneren unter dem Einsatz großer Druckkräfte vorexerziert hat. Nichts spricht dagegen, dass einem lebendigen Organismus als Ganzem, der mit Nervenzellen, Blutbahnen und manchem mehr eine gewisse physikalische Einheit darstellt, eine solche Metamorphose widerfährt, wenn ein in seinem Innern ausgelöster Trans-BEK-Zerfall gewissermaßen eine Kettenreaktion molekularer Veränderung in

Gang bringt, die alle anderen Elemente außer den Kohlenstoff schlagartig in gasförmige Endprodukte überführt.

Dass die auskristallisierte Gestalt am Ende ihrer Wandlung nicht deutlicher geschrumpft ist als im internen Polizeibericht dargestellt, macht Spaltensturz zunächst stutzig, weil das von seinen Berechnungen nicht gestützt wird. Doch schnell zieht er die Möglichkeit einer Abweichung in der geometrischen Struktur des Kristallgitters in Erwägung, die eine großzügigere Raumverteilung gewährleisten könnte als beim Naturdiamanten. Diese mochte dann für eine möglicherweise eingeschränkte oder zeitlich begrenzte Stabilität in einem engen Temperaturkorridor sorgen; doch solche Implikationen wären zu gegebener Zeit am besten praktisch zu untersuchen.

Wir müssen anerkennen, dass Spaltensturz mit seiner Fähigkeit, im Hinblick auf Ursachen und Triebkräfte einer ungewöhnlichen Erscheinung stets folgerichtig zu denken, bemerkenswert weit gekommen ist, obwohl er doch vom Epizentrum des Geschehens deutlichen Abstand hat. Schneller als Georg und ohne Umschweife noch dazu hat er sich darauf eingelassen, die Resultate seiner wissenschaftlichen Arbeit mit einem sonderbaren Mordfall gedanklich zu verknüpfen, und so vermag er zu Schlussfolgerungen vorzustoßen, die denen von Georg wohl ähnlich, aber viel klarer und in ihrem Tenor eindeutiger sind. Mit derselben Unerbittlichkeit, mit der er zunächst die stofflichen Prozesse in Betracht zog, stellt er sich anschließend die Frage: *Wer ist es, der die wunderbare Entdeckung von Georg und mir auf so heimtückische Weise zweckentfremdet?*

Eine Antwort auf diese Frage, die die Dienststellen der Polizei, zweifellos ein wenig anders ausgedrückt, rund um die Uhr beschäftigt, gibt er sich prompt, als er das Bewegungsprofil der von ihm beobachteten Akteure gründlich ausgewertet hat. Zur Unterstützung seines Urteils liest er sich noch durch die biographischen Details aller Opfer der Mordserie und studiert stundenlang mit Leselupe die

Fotos von den Tatorten und den dort aufgefundenen Utensilien. Danach sind für ihn aber auch alle Zweifel ausgeräumt, und Spaltensturz macht sich daran, praktische Vorbereitungen zu treffen für das, was er unmittelbar in der nächsten Zeit erwartet.

Einem sehr regelmäßigen Besucher des prächtigen Forstes, der die sanften Hänge, zwischen denen die Gemeinde eingelagert ist, großflächig bedeckt, wäre in diesen Tagen, von denen wir berichten, vielleicht ein in seinem Äußeren abgerissen wirkender und überhaupt nicht mehr junger Mann aufgefallen, der zu verschiedenen Zeiten des Tages emsig damit beschäftigt ist, an den Bäumen, über und in der Erde allerlei Stoffwechselprodukte der freien Natur nebst mancherlei darin hausendem Klein- und Kleinstgetier zu sammeln, in einem unscheinbaren Säckchen zu verstauen und wegzutragen.

An einem geschickt versteckten Platz inmitten des Waldes angekommen, wo ein aufmerksames Auge so etwas wie einen Unterstand auszumachen geneigt sein könnte, der sich wiederum nicht weit entfernt von einer exponierten Lichtung, von der ein herrlich freier Ausblick auf das Stadtbild zu genießen ist, an das abschüssige Gelände schmiegt, möchte der Waldbesucher beobachten, wie jene Person akribisch den Befund ihres anstrengenden Sammelns sichtet: das Lebendgetier in eine Box einbringt, den toten organischen Müll in Segmenten auf einer ebenen Fläche sortiert, trennt, zerteilt, ja, einen kleinen Teil desselben, mit dem er besonders behutsam umgeht, auch wiegt und vermisst, während er einen anderen, größeren Teil, in dem der Kenner unschwer verschiedene Früchte des Waldes identifizieren könnte, eher achtlos in einem Vorratsgefäß verschwinden lässt.

Denn selbstverständlich muss Spaltensturz von irgendetwas Nahrhaftem leben. Die Zeiten, in denen er die Freunde, die Gemeinde, die Zivilisation, aus eigenem Antrieb meidet, um unerkannt in seiner Dependance zu hausen und dort ungestört zu arbeiten, sind im Hinblick auf die Ernährungsfrage für ihn besonders schwer zu überstehen. Lediglich mit Schnaps hat er sich in umsichtiger Weise, als er die diesjährige Wanderschaft abbrach, so reichlich ausgestattet, dass der Vorrat an Hochprozentigem seinem Ermessen nach bis zum November reicht.

Die Areale des Waldes, in denen ihm sauberes Quellwasser als Trunk-Ergänzung zur Verfügung steht, kennt er gut. Doch mit dem Essen hat es ein Problem. Da hilft es nichts, dass er einen noch vom Sommer vorhandenen kleinen Vorrat immer wieder streckt. Irgendwann ist der Punkt erreicht, dass er zu der ungeliebten Notlösung greifen muss, auf reine Selbstversorgung, wie sie *homo sapiens* schon vor urdenklichen Zeiten betrieb, umzustellen. Im Herbst macht das noch keine unüberwindlichen Probleme, wenn nur erst die Ekelschwelle überwunden ist.

Spaltensturz hat in der Vergangenheit allerdings schon manche Überbrückungszeit bewältigt. Auch diese würde bald vorübergehen. Jetzt aber kommt ihm die Notdurft, die ihn zur Tätigkeit des Sammelns zwingt, erst einmal anderweitig zupass, wenn er nämlich neben geeigneten Nahrungsgütern aus dem Schoße der Natur zugleich nach solchem zweckmäßigen organischen Material, tot oder lebendig, Ausschau hält, dessen er bedarf, wenn jenes Ereignis eintritt, von dem er überzeugt ist, dass es demnächst eintreten wird. *Vorausgesetzt, das Wetter spielt mit*, das ist der einzige Gedanke, der ihm gelegentlich Sorgen macht.

Pädagoge am Limit

An jenem Morgen, als Franz in seinem Studio erwacht, in dem er nach anregenden Experimenten am Abend zuvor eingeschlafen ist, erscheint er etwas verspätet zum Dienst. Noch ist nicht sehr viel Zeit seit dem ersten Schellen verstrichen, vielleicht nicht einmal zehn Minuten. Doch auf dem Flur der ersten Etage, wo insgesamt sechs Schulklassen untergebracht sind, macht sich das Fehlen eines einzelnen Pädagogen während der Weihezeit einer amtlich definierten Unterrichtsstunde meist lautstark bemerkbar.

Daran ändert sich für die Empfindlichkeit eines sensiblen Gehörs allerdings nicht auffällig viel, als Franz endlich in den Raum hineinhastet, in dem sein Lehrauftrag, wenn schon nicht von der seiner Fürsorgepflicht anvertrauten Klientel, so doch im Planungsablauf der Schule dringend nachgefragt wird. Für den Unterricht in den angrenzenden Klassenzimmern wird gleichwohl die Situation bereits dann als mäßig wohltuend empfunden, wenn der von den Fluren hereinkommende Geräuschpegel gegenüber dem im Klassenzimmer herrschenden deutlich abgesenkt erscheint.

Von dieser Warte der Urteilskraft her ist also mit dem Erscheinen von Franz schnell wieder Normalität eingekehrt. Sie wird nur einmal, etwa nachdem zwei Drittel der regulären Unterrichtszeit verstrichen sind, kurz in Frage gestellt, als Herr Hartwig, der Schulleiter, einer dienstlichen Gewohnheit nachkommt: Mit auf dem Rücken verschränkten Händen schleicht er über die Flure und nimmt mit würdigem Ernst eine amtlich autorisierte Gehörprobe der Erfüllung des Bildungsauftrags in den abgeschirmten Tiefen der einzelnen Klassenzimmer. Das gefällt Herrn Hartwig nun ganz und gar nicht, was ihm an diesem jungen Morgen an bildungsfremdem Krach aus dem Fachraum seiner geschätzten Lehrkraft Weinreich zugetragen wird.

Zweimal dreht der kleine, untersetzte Mann sich um die eigene Achse und bewegt dabei, wie um einen Flügelschlag zu beginnen, beide Arme mehrmals impulsiv von den Hüften weg, als er mit sich zu Rate geht, ob er nicht besser durch unmittelbaren Einblick in das Innere der Turbulenzzone nach dem Rechten sehen soll, unterlässt es dann aber doch, dem spontanen Wunsch nachzukommen.

Dies zum einen, weil mittlerweile mal in diesem, mal in jenem Zimmer das Volumen einer schwer einzuschätzenden Kakophonie anschwillt, zum andern, weil er befürchtet, gerade mit seinem unerwarteten Erscheinen eine wertvolle Gruppenarbeit zu beeinträchtigen, die der Kollege Weinreich gewiss gerade angebahnt hat. In einem solchen Fall des kühnen Experimentierens kann eine gewisse produktive Unruhe gar nicht ausbleiben, diese Erfahrung hat er bereits gemacht. Und deren Legitimität im erzieherischen Miteinander von Schülern und Lehrkraft ist nun ganz und gar durch neue und auf Neuerung drängende Expertisen von den Unterrichtswissenschaften her gedeckt. Schon die Referendare der letzten Jahrgänge haben den Ansatz aus ihren Seminaren mitgebracht und implementieren mit Neuerungseifer diesen pädagogischen Nachhall der Modernität im Rahmen der Reichweite ihrer frischen Lehrtätigkeit.

Des Erkenntnisschatzes eines modernen Erziehungsansatzes eingedenk, schleicht, nach kurzem Gewissenskonflikt, Schulleiter Hartwig weiter den Gang entlang, macht an seiner Stirnseite kehrt und tritt, nunmehr sichtlich befriedigt, als auch aus dem letzten Klassenzimmer die Beweise für eine gerade angebahnte Gruppenarbeit sich unüberhörbar verdichtet haben, den Rückweg an, um in seinem Büro pflichtbewusst einen Vermerk über die Beobachtungen während seines Kontrollgangs anzulegen.

Der hypersensiblen Wahrnehmung von Oberstudiendirektor Hartwig zum Trotz ist jedoch im Allgemeinen ein erster Stundenblock zu Beginn eines Schultages, der die beiden frühmorgendlichen Unterrichtseinheiten bis zur ersten großen Pause umfasst, eher unspektakulär. So müssen wir das um der Wahrheit Willen auch in der Lagebeschreibung über Franz Weinreichs Schaffensbeginn an diesem Tag vermerken, der seiner im Studio verbrachten Nacht folgt.

Noch befinden sich ein schläfrig in Erscheinung tretendes Ruhebedürfnis und der lautstark transportierte Expansionsdrang der kindlichen Seele in einem erträglichen Gleichgewicht, das dafür Sorge trägt, dass dem Verlauf einer von der Stundentafel begünstigten ersten

Unterrichtseinheit oftmals das Gepräge eines mal sanften, mal holprigen Dahinplätscherns verliehen wird, in dem die amtierenden Pädagogen noch nicht so recht zu wissen scheinen, was sie eigentlich wollen, wohingegen auf der Schülerseite kaum durchdringt, ohne dass der Mangel an Anregung jetzt schon die Kraft besäße, böse Verhaltensweisen zu provozieren, was sie eigentlich sollen.

Zwar finden auf dieser rudimentären Entwicklungsstufe des Interaktionsschemas pädagogischer Auftrag und jugendliche Bildungserwartung nicht befriedigend zusammen, doch noch beißen sie sich nicht zu der frühen Stunde, sondern ignorieren sich zu gegenseitiger Zufriedenheit in einem relativ turbulenzarmen Status quo, um den es dann allzu bald im Fortschreiten des Vormittags geschehen ist.

Ob die im Tagesverlauf regelmäßig ansteigende Konfliktfrequenz aber der Grund dafür ist, dass man Herrn Hartwig zu jenen vorgerückten Stunden auf den Fluren gewöhnlich nicht mehr antrifft, ist in dem Lehrerkollegium der Leo-Stoffel-Schule ein zweifellos strittiger Gesichtspunkt.

Nach dem ersten Block von zwei Unterrichtsstunden erscheint Franz zur Pause wie gewohnt im Lehrerzimmer. Unauffällig tritt er ein, als der größte Raum der Schule noch einigermaßen leer erscheint, schleicht sich an diesem und jenem Angehörigen der Lehrergemeinschaft vorbei, setzt sich an einen der wenigen freien Plätze in einer hinteren Fensterecke und vertieft sich sofort in die mitgebrachten Unterlagen. Wer von den Kollegen ihn etwas genauer kennt, muss den Eindruck bekommen, der Franz meide heute jeglichen Kontakt.

Dabei hat der Kollege Franz doch einen eher entspannten Tag vor sich. Der Nachmittag ist für ihn unterrichtsfrei. Es ist Wochenmitte, gewissermaßen Halbzeit im Ringen um die Verwirklichung des Bildungsauftrags. Zwei lange Tage bis zum Wochenende liegen dann allerdings noch vor ihm.

Franz ist sich niemals sicher, ob er die langen oder die kurzen Tage mehr fürchten soll. Während die langen Tage stärker an der nervlichen Substanz zehren, haben sie doch den Vorteil, dass sie keine Zeit der Besinnung aufkommen lassen und schon zeitig am Vormittag jenen Mechanismus in Kraft setzen, der die Gesamtabläufe wie von unsichtbarer fremder Hand steuert; Aktionen der Schülerseite, auf welche die persönlichen Reaktionen der Lehrerseite wie auf ein Rad geflochten sind, mit dem sie sich eng angeschmiegt schwungvoll drehen.

Dagegen reklamieren die kurzen Unterrichtstage, ohne dass er sich dagegen erfolgreich zur Wehr setzen kann, hartnäckig den selig machenden, aber illusorischen Standpunkt für sich, es sollte doch alles bald vorbei sein, was aber keineswegs der Fall ist. Im Gegenteil, die Zeit vergeht an den langen Tagen auf geheimnisvolle Weise ungleich schneller als an den kurzen.

Das jedoch kann man, aus der Sicht der Arbeitskollegen, dem Franz nun wirklich nicht ansehen, ob er gerade einen kurzen oder einen langen Tag zu bestehen hat. Im Allgemeinen ist der Kollege Weinreich an seinen kurzen und an seinen langen Tagen ein umgänglicher Geselle, der zwar nicht gerade die große Sympathie auf sich zieht, aber doch wohl eine gewisse Anhänglichkeit bei manch einem der stilleren Mitstreiter hervorruft, vor allem dann, wenn er in den dienstlichen Aussprachen couragiert den Standpunkt des Kollegiums gegenüber Schulleitung oder vorgesetzter Behörde vorträgt, was er gut macht, wie man findet, während sich manch anderer, der ansonsten immer gern seine eigene Meinung hört, sich bei solchen Gelegenheiten besser wegduckt und seine Liebe zum selbst gesprochenen Wort schamhaft versteckt. Nein, ein solcher ist der Weinreich nicht. Das kann man ihm wirklich nicht nachsagen.

Zugegeben, der in die Tage gekommene Revoluzzer wirkt bisweilen verschlossen. Doch das hält niemals lange vor. Heute ist vielleicht ein solcher Tag. Dann lässt man ihn eben besser in Ruhe, wenn es nichts Zwingendes mit ihm zu besprechen gibt. Vielleicht hat er am Vorabend zu lange gefeiert. Ein Eindruck dieser Art drängt sich auf, wenn man ihn ansieht. Gewöhnlich vermeidet er doch alle Nachlässigkeit an seinem äußeren Erscheinungsbild. Gesund sieht er auch nicht gerade aus, trotz seiner raffinierten und scheußlichen Ernährung. Diese seltsame Blässe. Nun ja, die gefürchtete Zeit der Grippe und Erkältungskrankheiten steht ihnen allen jetzt wieder bevor.

Noch vor Ende der Pause verlässt Franz wieder das Lehrerzimmer. Er hat jetzt eine Freistunde, die er mit der Pflege der Sammlung zu überbrücken gedenkt. In der kurzen Pause danach würde er den Schüler Kevin Maschke abfangen, um einen Besuch bei den Eltern zu vereinbaren, wozu der Junge ihm behilflich sein muss. Danach hätte er noch einmal Biologie zu unterrichten. Den ärgerlichen Abschluss seines Dienstauftrags für diesen Tag markiert eine Pausenaufsicht im Schulhofbereich. Doch jetzt will er sich erst einmal daranmachen, die frisch angelieferten Präparate einzuordnen und zu katalogisieren. In den nächsten fünfundvierzig Minuten sollte das zu schaffen sein.

Die Biologie-Sammlung ist bald wieder tipp-topp aufgeräumt. Zwar zählt die Betreuung der biologischen Ausstattung zu den dienstlichen Obliegenheiten, die an die Planstelle gebunden sind, doch die Zeit, die Mühen, ja, die Liebe, die Franz in diese Tätigkeit investiert, gehen weit über das hinaus, was ihm das Dienstverhältnis auferlegt.

Auch heute, wo ihm alles flott von der Hand geht, fällt es ihm am Ende schwer, den erlösenden Abschluss zu finden, gleichsam den Ausstieg aus einem hoch geschätzten Segment der beruflichen Tätigkeit zu bewerkstelligen, um den Einstieg in ein weitaus weniger geschätztes Segment nicht zu verpassen – das kann eine Unterrichtsstunde sein oder eine Pausenaufsicht an einem neuralgischen Punkt, und sowohl in der einen wie auch bei der anderen wird viel rigider als in dem ersten Segment auf Regelmäßigkeit und Pünktlichkeit geachtet. Heute ist es eben noch eine

Biologie-Stunde, die dann aber überraschend *geschmiert* verläuft.

Gegen elfuhrfünfundvierzig sehen wir Franz Weinreich seine Pausenaufsicht antreten. Widerwillig geht er auf den Ausgang zu, der zum Hof führt. Eine Horde 8-Klässler drängt sich an ihm vorbei. Fast alle Jungen überragen ihn mit ihren Körpergrößen. Als ihm von hinten ein Tritt in die Hacken verabreicht wird, will er aufbrausen, unterlässt dann aber doch jede unüberlegte Reaktion.

Auch vor ihm gibt es Gedränge, weil sie alle durch den einen offenen Türflügel wollen und keiner auf die Idee kommt, auch den zweiten zu öffnen. Eigentlich hätte er früher zur Stelle sein und den Ausgang sichern müssen. Aber das ist zeitlich unmöglich, wenn er nicht die Stunde ein wenig früher beendet, was wiederum nicht sein darf.

Endlich erreicht er die Tür und stößt den zweiten Flügel auf, nachdem er die einfache mechanische Blockierung gelöst hat. Da ist es auch schon geschehen, dass ihn die nachdrängenden Schüler gleichsam ins Freie spülen. Jetzt ist er wenigstens von dem widerlichen Geruch der pubertierenden Organismen befreit. Er hasst diese Ausdünstungen, die ihm heute besonders zusetzen, weil er es versäumt hat, auf seinen Körper die gewohnten Wässerchen und Pomaden aufzutragen, seine Geruchsoasen, die seine Nase und vor allem die Reinheit seiner Seele schützen sollen. Sie geben ihm einen Teil der Selbstsicherheit, um all die stinkenden Tölpel beiderlei Geschlechts und die chaotische Atmosphäre an dem Ort seines beruflichen Leidens zu ertragen.

Die Hofaufsicht liebt Franz nun ganz und gar nicht. Insgesamt drei Lehrkräfte bedienen den Bereich. Aber ausgerechnet er ist in diesem Schuljahr dafür zuständig, den hinteren Teil, den die Großen als Revier für sich reklamieren, zu beaufsichtigen. Hier herrscht teils latenter, teils offener Kriegszustand.

Allein das Rauchverbot durchzusetzen ist eine Sisyphusarbeit. Hat dort nicht gerade eine Kippe geglüht? Wie schwer ist das nachzuweisen, wenn ihn auf einmal eine ganze Horde umringt und die Unschuld aller beteuert! Sicher ist es schon vorgekommen, dass er einen Übeltäter dingfest gemacht hat. Was ist gewonnen, wenn er den Schüler nicht kennt? Identitätsangaben des Gestellten sind besser zu vergessen. Sofort hoch mit ihm zur Schulleitung! Dann müsste er seinen Aufsichtsplatz verlassen. Geht schon gar nicht. Abgesehen davon, dass schmerzhafte Konsequenzen für den Delinquenten gar nicht zu erwarten sind. So viel Aufregung! So viel Unannehmlichkeit! So viel vertane Zeit! Dabei hat er – Franz blickt auf die Uhr – in acht Minuten Dienstschluss.

Er nähert sich bei seinem Rundgang, auf dem er in der vergangenen Viertelstunde schon manche potenzielle Konfliktsituation nach überschlägiger Abwägung von Aufwand und Ertrag geflissentlich übersah, dem mittleren Schulhofteil, wo ein anderer Aufsichtsbereich beginnt, der von einer noch ziemlich neuen Lehrkraft kontrolliert wird.

Weil Franz die frische junge und weibliche Person gern sieht, hält er sich gewöhnlich, so auch heute, länger in diesem Teil des Schulhofs auf, als es eine gewissenhafte Verteilung seiner Aufmerksamkeit auf alle Teilbereiche nahelegen sollte. Im Übrigen sind es doch nur noch wenige Minuten bis zum erlösenden Klingelton, den er nicht unbedingt weit weg vom Hauptausgang erleben will.

Da bemerkt er, zeitgleich mit der attraktiven, zierlich gebauten Kollegin, eine Knäuelbildung in ihrem Zuständigkeitsbereich. Damit ist im privaten Sprachgebrauch von Franz eine Prügelei unter Schülern gemeint, die schon mal mit einem so innigen Körperkontakt der Kontrahenten verbunden sein kann, dass die einzelnen Individuen kaum auseinanderzuhalten sind.

Die frisch gebackene Lehrerin eilt dienstbeflissen sogleich an den Ort der erzieherischen Herausforderung. Schnell wird sie von den nicht unmittelbar am Kampf beteiligten Schülern eingekreist, die auch sofort eine unkomplizierte verbale Meinungsbildung betreiben. Unschlüssig noch harrt Franz, dem der direkte Sichtkontakt genommen ist, an seiner Stelle aus.

Der Kampfplatz macht noch nicht den Eindruck einer Deeskalation der Konfliktlage. Deutlich kann er das zarte Stimmchen der offenbar stark geforderten Kollegin ausmachen, das sich zusehends mit schrill klingenden Obertönen anreichert. Einem Reflex – als Mann, als berufserfahrener Kollege, als unter Beobachtung stehender Vertreter des Lehrkörpers – folgend, geht Franz forsch auf den Kampfplatz zu.

Resolut drängt er ein paar gaffende Schüler zur Seite, versucht seiner eigenen Stimme Kraft und Autorität zu verleihen, als er zum Kern des turbulenten Treibens vorstößt, wo die beiden Kampfhähne, offenbar aus einer der mittleren Jahrgangsstufen stammend, immer noch aufeinander einschlagen, während die in der Konfliktregelung noch ungeübte Kollegin aufgeregt hin und her läuft und allein aus physischen Gründen mit der Bereinigung der Situation überfordert ist, weil verbale Signale schon nicht mehr zur Vernunftzone der unfertigen Persönlichkeiten durchzudringen vermögen.

Die in ihrer Profession noch unerfahrene Frau, erleichtert durch das Erscheinen eines älteren versierten männlichen Kollegen, wird später keine Erklärung vorbringen können, wie es diesem Kollegen gelang, die Schläger auseinanderzubringen. Es war, nach ihrer Beobachtung, einfach so, dass die Übeltäter kurz aufschrien, dann voneinander abließen und verwirrt um sich blickten. Der größere von den beiden, als er sich gefangen hatte, fletschte die Zähne in Richtung des Pädagogen, will sie bemerkt haben. Beide Jungen suchten danach ihre Rangelei jedoch fortzusetzen. Was sich dann abspielte, habe sie befremdet, auch wenn der Streit am Ende erfolgreich unter Kontrolle geriet.

Ihr Kollege Franz Weinreich habe auf einmal derart laut und abschreckend gebrüllt, dass die Akteure erstarrten, und zugleich den kleineren von den beiden an der Schulter gepackt und an sich herangezogen. Nein, sie glaube nicht, jemals auf diese Weise mit einem Schüler umgehen zu können, selbst wenn sie kraftvoll wie ein Mann gebaut wäre. Aber ganz genau habe sie auch nicht gesehen, was sich zwischen Franz und dem Schüler, den er gepackt hielt, abspielte. Der Junge sei am Ende nur einfach weggegangen, nein, weggeschlichen wie ein geprügelter Hund. Und auch der andere habe sich unauffällig davongemacht.

Den Augenblick übersehen zu haben, der Franz in eine seltsame, unbezwingbare Seelenverwandtschaft mit dem Schüler brachte, den er an der Schulter gepackt hielt, sollte niemand der jungen engagierten Pädagogin verübeln. Für Franz Weinreich selbst entzogen sich die wenigen Momente, in denen er das Schlachtfeld von Halbwüchsigen vernichtete, so wie eine Welle eine andere auslöscht, die wie sie beschaffen, nur gegenläufig synchronisiert ist, einer präzisen Erinnerung.

Der imperiale Griff an die Schulter des Schutzbefohlenen, der momentane aggressive Körperkontakt zu einem jugendlichen pubertierenden *Kampfschwein*, überwältigte die zivile Gemütslage des gestressten und sich durch endlose Kleinarbeit gedemütigt fühlenden Pädagogen. Ein Fluidum von jenem hemmungslosen Anderen, der noch vom Kampf erregt ist, hat sich durch die Berührung auf ihn übertragen, und davon wurde er wundersam durchströmt.

Für den Bruchteil einer Sekunde haben sich die beiden von unterschiedlichen Hierarchieebenen aus in die Augen gesehen. Für den Schüler war es ein Blickkontakt, der ihn unverzüglich lähmte. Für Franz war es einer, der die zivilisatorische Kontrollinstanz in ihm zur Strecke brachte. Eine Hitzewelle durchlief seinen Körper. Als seine Arme zu zucken begannen und die Finger sich wie in einem Gichtanfall krümmten, fühlte er eine furchtbare fremde Macht in sich agieren, die ihm Kräfte verlieh, über die er normalerweise nicht verfügt. Er fasste den Jungen, der es nach objektiven Maßstäben eines Körperkraftvergleichs vielleicht schon mit ihm aufnehmen konnte, hart bei den

Schultern. Er schüttelte ihn durch und durch. Er drückte seinen Leib zusammen, dass ihm Hören und Sehen verging und ein Angstimpuls ihn in pure Panik versetzte.

Vielleicht nur zehn oder zwanzig Sekunden währte der Augenblick, in dem eine Wolke von frei schwebender Aggression das Bewusstsein des Lehrers Franz Weinreich verdunkelte. An die Einzelheiten konnte dieser sich hinterher nicht mehr erinnern, nur an das Große und Ganze seines emotional hemmungslosen Einsatzes, der ihm zuerst die Hitze, danach eine unbeschreibliche Kälte brachte. Das Schellen zum Ende der Pause tat ein Übriges dazu, dass alle mit einem beklemmenden Gefühl den Kampfplatz räumten.

Sie wisse nicht, warum, äußert sich irgendwann später gegenüber ihrem Lebenspartner die junge Lehrerin, aber sie sei dem Kollegen Franz Weinreich in den Tagen nach jenem Vorkommnis bei der Pausenaufsicht aus dem Weg gegangen, obwohl er sie doch aus einer echten Bredouille befreit hat, wofür sie ihm eigentlich zu Dank verpflichtet sei.

Als Franz nach seinem aufwühlenden Pausenerlebnis das Schulgebäude verlässt, ist er noch einmal ein Quantum blasser geworden. Die schlecht rasierten Teile seines Gesichts lassen selbst die blonden Bartstoppeln deutlich sichtbar hervorstehen. Sein Blick erscheint befremdlich starr, der ganze Gesichtsausdruck wie der von einem Beerdigungsteilnehmer umfassend freudlos.

Der Mann wirkt krank, zweifellos krank. Doch ein Fieberzustand sieht anders aus. Das Gegenteil, eine Untertemperatur, passt besser ins klinische Erscheinungsbild. Ein paarmal atmet der beanspruchte und von unzähligen unbefriedigten Dienstgeschäften ausgelaugte Pädagoge tief durch, bevor er den Kragen des Anoraks gegen die kühle Luft hochzieht und auf die Straße hinaus ins Freie tritt.

Noch einmal bleibt er gleich darauf stehen, als vertraute Laute das Ohr dieses profunden Kenners der Biotope erreichen. Er blickt gebannt zum wolkenlosen Himmel empor, wo Kraniche gleich in mehreren Formationen auf ihrer Reise nach Süden unterwegs sind. Bei ihrem Anblick erscheint sogar für einen Moment ein Lächeln auf dem Gesicht des Lehrers Franz Weinreich. Lange schaut er den *glücklichen Tieren* nach, bevor er sich, von einem kurzen Arbeitstag nunmehr erlöst, auf den Heimweg macht.

Unheil unter einer Mönchskutte

Es ist schon später Nachmittag, während die ersten Anzeichen der heraufziehenden Dämmerung sich bemerkbar zu machen beginnen, als ein Franziskanermönch in seiner langen braunen Kutte sich einer Siedlung nähert, die an ihrem Rande noch keineswegs den Eindruck macht, als sei sie im Sinne der Bebauungsplanung bereits in fertigem Zustand.

Das schmale Sträßchen, dem der Gottesmann folgt, harrt noch immer einer Asphaltdecke, deren Fehlen an diesem freundlichen, trockenen Tag einem Wandersmann indes keine wirkliche Beschwernis auferlegt. Zudem scheint die einsame Gestalt im Gehen geübt und im Gebet des Rosenkranzes so sehr vertieft, dass ihr die Beschaffenheit des Untergrundes wohl gleichgültig ist.

Zum Schutz gegen die seit Tagen schon lebhafte und kühle Luftbewegung hat der Klosterbruder die Kapuze seines Ordensgewandes nachlässig über den Kopf gezogen. Unter dieser ist das von einem langen schwarzen Bart umrahmte Gesicht zu Boden gerichtet und unterstreicht mit einer demütigen Physiognomie die Frömmigkeit des gläubigen Mannes.

Gerade hat er seinen Schritt gemäßigt. Er zaudert und blickt unschlüssig umher. Beinahe hat es den Anschein, als sei er sich des Weiterweges nicht sicher, obwohl es doch an dieser Stelle noch kaum irgendwelche Zweifel darüber geben kann. Schon bleibt er stehen. Den Rosenkranz hat er aus den Fingern gleiten lassen. Er wirft einen schnellen Blick auf seine Armbanduhr und verweilt, vielleicht sogar in ein Gebet versunken, mit vor der Brust gefalteten Händen.

Wenige Minuten lang dauert seine Rast, bis in der Ferne, da, wo die ersten Häuser der Siedlung auszumachen sind, ein Gegenstand, ein Mensch oder auch ein kleines Gefährt sich auf seine Position zubewegt. Da nimmt auch der Mönch seinen Gang wieder auf und zieht, wie von der Luftkühle während der Ruhephase dazu bewogen, die Kapuze tiefer in das Gesicht hinein.

Jenes in Bewegung geratene Etwas weit vorne wird zusehends größer. Bald zeichnet sich ab, dass es sich um einen Radfahrer handelt, der nur wenig Zeit beansprucht, um auf gleiche Höhe mit dem weit und breit einzigen Spaziergänger zu gelangen. Auf ein Zeichen des offenkundig Ortsfremden bremst der junge Radler seine Fahrt ab und kommt neben dem Fußgänger zum Stehen.

Der Junge, er mag vielleicht dreizehn Jahre zählen, wirkt ein wenig eingeschüchtert im direkten Kontakt mit dem Gottesmann. Man geht gewiss nicht fehl in der Annahme, den Bewohnern der Siedlung, denen der Ordensbruder, aus welchem Grunde auch immer, einen Besuch abzustatten sich anschickt, keine übergroßen religiösen Empfindungen und Gewohnheiten zu unterstellen. Doch auf ein Kind dieses Milieus, mag es auch unter seinesgleichen einen Rabauken-Status genießen, ganz auf sich gestellt, ohne vermittelnde Inspiration durch die eigenen Kumpane, sollte die würdige Erscheinung eines Geistlichen in seinem befremdlichen Outfit nicht ohne Eindruck bleiben.

Eilfertiger als das im Allgemeinen gegenüber Erwachsenen an den Tag gelegt wird, kommt der Junge dem Anliegen von *Hochwürden*, wie er unwillkürlich seine frische Bekanntschaft tituliert, sogleich nach, ihm, dem Ortsunkundigen, beim Auffinden einer Adresse behilflich zu sein.

So gehen sie denn schweigend nebeneinander, Vertreter zweier Generationen und Kulturgemeinschaften, von denen der wesentlich jüngere sein Fahrrad mühelos neben sich herschiebt, wohingegen der ältere, trotz der dunklen Farbe seines Bartes doch schon betagt wirkend, die Mühen, die ihm seine lange Wanderung abverlangt, bald nicht mehr zu kaschieren vermag.

Sie nähern sich, den rechten Rand des unbefestigten Sträßchens nutzend, einer Stelle, von wo aus die Häuser der Siedlung vom jahreszeitlich charakteristisch bunten Laubwerk verdeckt sind, das sich noch hartnäckig an den Bäumen hält, während nach links das freie Areal der Landschaft sich auffällig weitet und wie durch eine Schneise dem interessierten Blick die Freiheit lässt, einen Teil des die Stadt umschließenden Hügellandes zu beschauen, das noch vom herbstlichen Sonnenlicht erhellt wird und farbenfroh zu Tage tritt, derweil in der schrägen Position des Zentralgestirn auf unsere beiden Passanten bereits tageszeitübliche Schatten fallen.

Doch auf derlei Umstände achten die zwei eben erst zusammengeführten ungleichen Personen nicht. Der Alte, hustend und mit schleppendem Gang, weist mit ausgestrecktem Arm auf eine kleine Bank rechterhand, etwas abseits des Weges, wo kurz zu verweilen ihm nach Lage der Dinge ein ernst zu nehmendes Bedürfnis geworden ist. Der Junge, eine kurze Zeit unschlüssig, gibt dann doch dem fremden Wunsche nach und lehnt, bei einem ungeplanten Zwischenziel seiner gefälligen Fremdenführung angelangt, sein Fahrrad gegen die hinfällig wirkende Bank.

Hinfällig wirkt jetzt auf einmal auch der gottesfürchtige Bruder, als er, nach Atem ringend, sich in gebeugter Haltung am schäbigen Holz abstützt und schräg von unten nach oben dem hilfreichen Jungen, wie um für die lästigen Umstände um Vergebung zu bitten, ins Gesicht blickt.

Dem Knaben ist jedoch keineswegs nach dieser Art von Gemütsregung zumute. Er fühlt sich von Augenblick zu Augenblick unwohler in der Gegenwart dieses gebrechlichen Menschen, der vielleicht gleich schon notwendiger Hilfe bedarf, die zu leisten er sich überfordert fühlt. Ihm ist vielmehr danach, sich unverzüglich auf sein Fahrrad zu schwingen und davonzufahren. Jedoch durch die Aura des frommen Priesters wird er wirkungsvoll davon abgehalten.

Mehr als die Augen und den Bart seines erwachsenen Begleiters sieht er ohnehin nicht unter dessen in die Stirn fallenden Kapuze. Diesen schrecklichen, ausdruckslosen Augen entkommt er aber nicht. Sie lassen ihn nicht mehr los, nachdem sie ihn einmal fixiert haben, und er bleibt wie angewurzelt stehen. Auch die Stimme aus dem Innern der Kapuze klingt seltsam fremd, als sie ihn auffordert: „Fürchte dich nicht, mein Sohn! Es ist ein Schwächeanfall, mehr nicht. Sei so gut, mir meine Medizin aus der linken Tasche meines Gewandes zu ziehen. Ich bin dazu im Augenblick nicht in der Lage."

Ungeachtet der Bitte spürt der befangene Junge einen Nachhall im Ton, der wie ein strenger Befehl klingt, dem er sich ebenso wenig zu entziehen weiß wie der Macht des bösen Blicks. Er spürt, dass es zu spät ist, sich davonzumachen und den furchtbaren Alten, dessen Hände zittern und dessen Körper nun auch noch beginnt, unter der unförmigen Mönchskutte zu zucken, allein zu lassen. Ein Grausen erfasst den Jugendlichen, als ihm die Phantasie den Anblick eines sich am Boden wälzenden Ungetüms mit weißem Schaum vor dem Mund ins Bewusstsein spült.

Mit einer heftigen Bewegung langt eine Hand an den rauen Stoff der Kutte, findet den Eingang und greift, auf der Suche nach der rettenden Medizin, sogleich hinein. Der Junge will auf jeden Fall fündig werden und die hässliche Samariterstunde hinter sich bringen.

Als erstes ist ein kieksender, gar nicht einmal lauter, eher wie nach innen gerichteter Schrei des Jungen zu vernehmen; nach Überraschung klingt er oder so, als wollte er ein drohendes Ungemach verkünden. Die Hand, an welcher der Halbwüchsige in der Tasche des Mönchs jenen

stechenden Schmerz empfindet, der so plötzlich, so unerwartet, so seltsam und fremd zum Nervensystem vordringt, springt gleichsam aus dem Kleidungsstück heraus.
Und reflexartig umklammert der Junge sie am Gelenk mit
der anderen Hand, als wollte er verhindern, dass das mal-
trätierte Organ zu Boden fällt.

Da sind als zweites ein Paar weit aufgerissener Augen,
in denen sich für Sekunden die ganze Unfassbarkeit der
Situation spiegelt, bevor die Linsen sich eintrüben und der
eben noch lebendige Blick in den Winkeln wegbricht.

Reglos steht der Junge noch einen Augenblick da, während die Hände allmählich kraftlos voneinander lassen. Er
schwankt ein paarmal leicht in den Hüften, bevor sein Körper, wie ein fachmännisch von den Fundamenten her ge-
sprengtes Gebäude, in sich zusammenfällt.

In diesem kritischen Augenblick aber ist der Mönch sofort zur Stelle. Er nutzt den Augenblick, da der Junge noch
aufrecht steht, um die wie einer Mausefalle nachempfun-
dene Vorrichtung, die dem Jungen ein schnell wirkendes
Betäubungsmittel in die Hand trieb, geschwind in einer
Plastikhülse unterzubringen. Behände macht er nun einen
Satz hinter den strauchelnden Knaben und fängt die sin-
kende Last mit einem Griff unter die Achseln sanft auf.
Vorsichtig lässt er ihn zu Boden gleiten und schleift ihn,
äußerst umsichtig dabei zu Werke gehend, zu einem na-
hen Baum, wo er die leblose Statur auf den Hosenboden
setzt und ihren Rücken gegen den breiten Stamm lehnt,
sorgsam darauf bedacht, dass der schlaksige Körper in
dem Dämmerzustand des Bewusstseins auch ja eine
stabile Lage einnimmt.

Alle Gebrechlichkeit, die umfassende Trägheit und jeder fromme Habitus sind von dem Klosterbruder gewichen. Flink läuft er, nachdem er den Saum seiner Kutte
zusammengerafft hat, mehrmals um den Baum herum,
wobei zunächst der Eindruck von einem Tanz entsteht, der
um das Opfer herum zu rituellen Zwecken vollführt wird;
erst ein aufmerksamer Blick würde ein dünnes, kaum

sichtbares Garn erkennen, mit dem der Körper des Jungen an dem Baumstamm festgebunden und zusätzlich stabilisiert wird.

Dann kniet die Mönchsgestalt vor dem Gefesselten nieder, greift in den Innenteil der Kutte und holt zwei kleine Päckchen hervor, die er links und rechts neben sich auf den Boden legt. Mehrere Minuten kniet er da, bevor er, in der Haltung unverändert, nach links greift. Dem Päckchen entnimmt er ein paar weiße Blüten, die er, wobei er unverständliche Worte murmelt, auf den Kopf des Jungen streut. Noch einmal verharrt er, ehe er das rechts liegende Päckchen an sich nimmt und ein im medizinischen Bereich gebräuchliches Spritz-Besteck auswickelt.

Konzentriert macht er sich daran, das Gerät in einen gebrauchsfertigen Zustand zu bringen, was rasch geschieht und auf Übung hindeutet. Nur noch ein Hemdsärmel des bewusstlosen Knaben ist hochzukrempeln, dann sind die Vorbereitungen abgeschlossen, die es dem seltsamen Fremden erlauben, die augenscheinlich dem Kind zugedachte Injektion erfolgreich zu setzen.

In diesem Augenblick geschieht etwas Ungewöhnliches.

Mittlerweile hat nämlich der Wind noch einmal aufgefrischt und besorgt unspektakuläre, doch für den aufgeschlossenen Betrachter durchaus kurzweilige Naturerscheinungen, die sich auch in der Umgebung zutragen, in der ein verdächtiger Franziskanermönch sich gerade an dem leblosen Körper eines halbwüchsigen Jungen zu schaffen macht.

So werden vereinzelt immer wieder welkende Blätter von den Zweigen der Laubbäume losgerissen. Sie taumeln nieder und tänzeln meist noch eine Weile in der Luft umher, bevor sie, der Schwerkraft erliegend, zu Boden trudeln. Dort werden sie, nicht selten auch aus irgendwelchen Ecken heraus, schon mal erneut von einer lebhaften Luftströmung ergriffen und mit anderen Ihresgleichen zusammengeführt; mit solchen, die ihre angestammten Plätze an den Bäumen kürzlich erst verlassen haben, wie auch mit denjenigen, die dem Ernährungskreislauf schon vor längerer Zeit entzogen wurden und in der Luft der letzten Tage trocken geworden sind. Vielleicht zum letzten Mal in ihrem verdorrenden Leben reißt es sie aus ihrer Bestimmung, zur Bildung nährstoffreicher Humuserde beizutragen, und noch einmal werden sie hochgehoben, um zu einer letztmöglichen Art des ungebundenen pflanzlichen Lebens zu gelangen.

Unvermittelt sind sie von launischen Böen einem neckischen Reigen einverleibt worden, dem sie nicht entkommen können und in dem sie alle, die noch einigermaßen frischen wie die bereits abgestorbenen Blätter, eine turbulente rhythmische Einheit bilden, in der sie sich, obgleich unterschiedlich weit fortgeschritten im ewigen Zyklus des Vergehens, in der Unbändigkeit ihrer Bewegungen kaum voneinander unterscheiden.

Verspielten Kindern gleich suchen sie unter der Regie des Bodenwindes einander zu erhaschen, rotieren geschwind um die eigene Achse, um schon gleich darauf in quirligen Pirouetten umeinander herumzutänzeln und sich mit gelenkigem Schabernack wechselseitig zu veralbern. Mit einem vertraulichen Rascheln beim Reiben ihrer abgemagerten Körper aneinander bedanken sich die betagten Exemplare des gefallenen Laubs für ihr letztes kurzes Lebensglück - bis irgendwann die kleine Luftturbulenz, die all den organischen Frohsinn an diesem schönen Herbsttag inszeniert hat, zusammenbricht.

Dann ermattet unwiderruflich auch die Menge der im Spiel vereinten spröden Tänzer, und all die Akteure auf Abruf fallen ungeordnet am Boden übereinander her, ohne indes dort in jedem Fall schon sogleich ihre ewige Ruhe zu finden.

Diese unbedeutenden atmosphärischen Turbulenzen in Bodennähe haben keinerlei Aufmerksamkeit bei dem wenigen Publikum am Rande der noch wachsenden Siedlung gefunden. Der Mönch wirkt zwar nicht übereilt in seinen Handlungen, doch ist unverkennbar, dass er einen schnellen Abschluss dessen, was er gegen sein jugendliches Opfer im Schilde führt, unbedingt beabsichtigt. Originelle Einlagen verspielter Windchen sind ihm dabei keine Attraktionen, von denen er sich in seiner angespannten Situation ablenken lassen möchte.

Diese Aufmerksamkeitsschwäche gilt wohl auch für Erscheinungen, die in viel größerer Höhe bei weniger beschäftigten Menschen in diesen Tagen schon mal Neugierde und Interesse wecken. Hier und jetzt ist es eine kleine Schar von Kranichen, Nachzügler vielleicht, an die fünfundzwanzig Tiere, die gerade in keilförmiger Formation, in ihrem langen Ende deutlich weggekrümmt, den blanken klaren Himmel durchpflügt und ihre majestätische Bewegung mit weit reichendem heiserem Ruf begleitet, der so markant ist, dass Menschen, die damit unerwartet konfrontiert werden, ihn oftmals unwillkürlich mit einem gespannten Blick gen Himmel beantworten.

Und siehe da, der Mönch, als jene Laute erklingen, hält für einen winzigen Moment in seinem Tun inne. Um seinen Blick deutlich erkennbar zu heben, hat die Formation am Himmel nicht die Kraft; doch der Finsterling unter der Kutte murmelt, mit Überraschung in der Stimme, jene wenigen belanglosen Worte: „Schon wieder die Kraniche!" Dann aber fährt er sogleich fort in der Beendigung dessen, was er in Angriff genommen hat, und bringt sich auf diese Weise in eigener Verantwortung um die Möglichkeit, das Verhängnis, das auf ihn zugleitet, zu bemerken.

Es ist dies, vom Boden aus betrachtet, zunächst kaum mehr als eine unauffällige Lufterscheinung, die seitlich des Kranichkeils, aber mit ihm wohl nicht in Zusammenhang stehend, unschlüssig hin und her wabert, dann aber augenscheinlich rasch an Höhe verliert und in die vorhin erwähnte Schneise, die von dem Sträßchen aus den Blick zu den Höhen des Umlandes freigibt, hurtig einschwebt. Nunmehr zeigt sie deutlicher ihre physische Beschaffenheit, zunächst an einen Sack aus heller Leinwand erinnernd, der sich mal an dieser, mal an jener Stelle auffällig ausbeult. Das sensible Konstrukt erweckt damit den Eindruck zu schwanken, ja, trunken zu taumeln. Unter einem besonderen Winkel des einfallenden Sonnenlichts beobachtet scheint es sogar alle Konsistenz zu verlieren und panisch zu zerfließen.

Wie es so in seinen silbrig glänzenden Feinstrukturen von der Nachmittagssonne ausgeleuchtet wird, möchte man an einen Heringsschwarm denken, der, von Fressfeinden eingekreist, heftig attackiert wird und daraufhin unter ständigem Formwandel den Gegner geschickt in Verwirrung bringt.

Allein, ein derartiges Schauspiel trägt sich an unserem Ort nicht zu. Vielmehr hat das seltsame Flugobjekt, dem bei naher Betrachtung irgendeine textile Beschaffenheit nicht mehr abzusprechen ist, durch die Kraft der Turbulenzen mächtig an Fahrt dazugewonnen, als es durch die Schneise hindurch geradewegs auf den Mönch zusaust, während dieser zur Injektion ansetzt.

In diesem Augenblick trifft das Himmelsgebilde seinen Hinterkopf, ohne doch, wegen der hohen Elastizität seiner stofflichen Identität, eine Verletzung bei dem Attackierten hervorzurufen. Dabei gibt es einen Ruck. Es ist dies nur ein kleiner Ruck, der normalerweise keinerlei Bedeutung hätte; doch reicht die unmerkliche Erschütterung tatsächlich aus, die textile Hülle des Objekts zu sprengen. In Sekundenschnelle ist davon nichts mehr zu sehen.

Hat schon der leichte Schlag gegen seinen Hinterkopf den Mönch so sehr überrascht, dass er in seinen Verrichtungen innehält, bevor die Nadel die Haut des Jungen berührt, so machen die Folgeerscheinungen nach dem Platzen der Blase es ihm geradezu unmöglich, seinen Plan weiter zu verfolgen.

Mit der sonderbaren Auflösung der Umhüllung ist mit einem Male alles das in Freiheit gesetzt, was sich darin befand. Das rieselt nun auf den Mönch herab und überzieht seine Kutte mit einer trockenen braunen Schicht, was gewiss nicht weiter schlimm wäre, wenn er nicht hätte atmen müssen.

Ein Hustenanfall macht nun darauf aufmerksam, dass ihm etwas in die Atemwege geraten sein muss. Den Husten hat der Mönch aber schon bald unter Kontrolle. Noch ahnt er nicht wirklich etwas Böses, glaubt vielmehr, dass es an Verwirrung genug sein müsse, und macht allen Ernstes Anstalten, sich wieder seinem Opfer zuzuwenden.

In diesen Sekunden aber hat sich das lebendige Material aus dem Textilballon von seiner Überraschung erholt und sucht unverzüglich den Stress der ihm aufgezwungenen Luftreise nach der ihm gemäßen Wesensart zu verarbeiten.

Es ist nämlich, diese Bemerkung erscheint hier angebracht, nur ein Teil des Beutelinhaltes niedergegangen. Ein anderer Teil schwirrt nach der plötzlichen Ausgliederung in zahlreichen Einzelexemplaren zunächst aufgeregt und planlos umher. Diese Passagiere des Unheils hat der Mönch noch gar nicht wahrnehmen können, doch dann auf einmal findet sich das zerstreute Material zu einer kleinen Wolke zusammen, die sich, als wäre ihr ein Kommando zugetragen worden, auf den Mönch stürzt, den sie summend und brummend böse attackiert.

Im Prinzip ist der nunmehr heimgesuchte Gottesmann durch sein Ordensgewand und durch die Art und Weise, wie er sich darin eingemummt hat, nicht einmal schlecht geschützt. Doch um die kleinen Tierchen, mit denen er es unverhofft zu tun bekommt, ins Bockshorn zu jagen, reicht die Maskerade nicht aus. Schon ein oder zwei der Insekten, die das Gesicht anfliegen und die Augen finden, rollen die spontane Verteidigung des Feindes auf. Der Mönch schreit plötzlich, reißt sich die Kapuze vom Kopf und rudert wild mit den Armen durch die Luft.

Zweifellos, die Lage ist ernst für jemand, auf den es ein wütender Bienenschwarm abgesehen hat und der sich keinen ungezwungenen Umgang mit den Stichen dieser Insekten leisten kann. Panik und Aufregung schaukeln sich in vergleichbaren Situationen gegenseitig hoch und schaffen gerne eine skurrile Kampfsituation, in der der von den körperlichen Proportionen her starke Kontrahent meist erstaunlich schwach und unkoordiniert erscheint.

Schon bald ist es um alle Selbstbeherrschung des Mönchs, von dem die kleinen Viecher nicht ablassen wollen, geschehen. Gerade noch hat er die Nervenstärke, die abgelegten Päckchen an sich zu raffen und nebst dem Spritzbesteck zu verstauen, Der Heilige rennt, als hätte es der Leibhaftige auf ihn abgesehen. Doch hartnäckig verfolgen ihn die Bienen, obwohl die fortgeschrittene Jahreszeit ihrem Lebenswillen doch schon schwer zusetzt. Auf seiner Kutte, unter seiner Kutte, in Bart und Haupthaar hat sich zahlloses stachelbewehrtes Getier festgesetzt und verhält sich gerade so, wie die Natur das in ihm für derartige Fälle angelegt hat.

Der Mönch hat aber bei seiner Flucht den Weg eingeschlagen, den er gekommen ist. Irgendwann und irgendwo nach atemlosem Lauf erreicht er einen kleinen Parkplatz, auf dem ein Auto steht. Zitternd öffnet er das Gefährt, wirft die Kutte, die er sich schon während des panischen Sprints vom Leibe riss, mitsamt dem falschen Bart hinein und braust davon.

Während wir also den Mönch aus den Augen verlieren, wollen wir uns noch einmal dem Jungen zuwenden, der leblos am Baum gefesselt verblieben ist. Auch ihn haben die hochgradig erregten Bienen nicht ganz verschont. Doch kaum eine Handvoll Stiche hat er abbekommen, weil er nicht in der Verfassung war, durch unüberlegte Reaktionen die Tiere zu erzürnen.

Das ganze Spektakel ist längst beendet, als er aus seiner Betäubung erwacht und verdutzt darüber nachzusinnen beginnt, was mit ihm geschehen ist. Für einen Augenblick glaubt er sich gefesselt und macht aus lauter Panik eine ruckartige Bewegung. Das muss eine Einbildung gewesen sein, meint er gleich darauf, als er keine Beeinträchtigung seiner Bewegungsfreiheit mehr spürt.

Nein, sein Gedächtnis hat er nicht verloren. Nach und nach erinnert er sich an das Hauptsächliche seiner seltsamen Begegnung, und er beschließt, während er das Fahrrad nach Hause schiebt, weil er sich nicht fahrtüchtig fühlt, den seltsamen Vorfall am nächsten Tag bei der Polizei zu melden. Etwas angeekelt ist er von dem Dreck, der sich auf seiner Kleidung abgesetzt hat. Als ihm später seine Mutter Vorhaltungen darüber macht, weiß er tatsächlich nichts dazu zu sagen.

Es ist nun keineswegs gewiss, was man vielleicht vermuten könnte, dass dem phlegmatischen Verhalten des Jungen, die Anzeige seiner Erlebnisse bei der Polizei bis zum folgenden Nachmittag hinauszuzögern, eine aufschiebende Wirkung im Hinblick auf die Aufklärung der Verbrechen zuzuschreiben wäre. Mehr nämlich als der protokollarisch erfasste Bericht von einem höchst sonderbaren Hergang, von dem an diesem Tag nur schwer noch eine verlässliche Spur aufzufinden ist, wäre erst einmal nicht gewonnen.

Und einmal unterstellt, dass die extreme Aufmerksamkeit, mit der die ermittelnde Behörde angesichts der unaufgeklärten Mordserie zu Werke geht, sofort zu dem Verdacht geführt hätte, dass die Umstände, von denen der Junge berichtet, im Sinne eines erneuten Mordversuchs zu deuten sind, so ist damit nicht unbedingt und in jedem Fall ein Ermittlungsvorteil benannt.

Denn vor dem Hintergrund all der Merkwürdigkeiten der gescheiterten Attacke des Franziskanermönchs darf durchaus die Mutmaßung auszusprechen sein, dass die Polizei in ihrem sicher gut gemeinten Eifer bei der Spurensicherung in diesem Fall vermutlich gerade jene Erkenntnismomente zerstört hätte, die später tatsächlich den Durchbruch bei der Aufklärung des Falls herbeiführen werden.

So aber wird der verlassen daliegende Tatort schnell von der Dunkelheit verschluckt. Diese entzieht ihn zwar für eine wertvolle Zeit der polizeilichen Neugierde, beschirmt aber zugleich die überaus sonderbare und über eine Stunde sich hinziehende Umtriebigkeit eines schwer zu beschreibenden Individuums.

Allein, der Tag ist noch nicht verstrichen, als, weit außerhalb der Dienstzeit, ein von seinem Äußeren her verwahrlost wirkender Mann sich auf das Gebäude zu bewegt, in dem in diesen Tagen alle Fäden in der Kristallmordsache zusammenlaufen, in dem rund um die Uhr ein Schalter besetzt und ein Beamter erreichbar sind, um nur ja nicht den kleinsten Hinweis in der Angelegenheit der allerhöchsten Dringlichkeitsstufe zu verpassen. Die hellen runden Augen des Mannes, die dem ungepflegten Gesicht einen listigen Ausdruck verleihen, wirken überhaupt nicht müde, als er an den kleinen Nachtschalter herantritt und dem schläfrigen Diensthabenden ein Päckchen aushändigt.

„Da, für deinen Chef! Steckt alles drin, was ihr für den Kristallmord noch wissen müsst. Aber aufpassen, dass nichts verloren geht! Wurde mit viel Formelfleiß erhoben."

Der Pförtner blickt den Penner misstrauisch an. „Na, dann warte mal, Alter, ich schick dich gleich rauf zur Dienstbereitschaft." Er wendet sich kurz ab und dem Haustelefon zu. Als er den Fremden gleich darauf in die erste Etage abwimmeln will, ist dieser verschwunden. Das Päckchen, das er in der Hand hielt, liegt auf dem Schaltertisch.

„Wieder so ein Idiot oder Wichtigtuer, der für unnötige Arbeit sorgt", murmelt der subalterne Beamte, der seinen Eindruck, der Penner habe nach Schnaps gerochen, später um keinen Preis wiederholen würde. Weil er aber weiß, dass die Zeiten nicht so sind, dass er sich erlauben könnte, nachlässig zu sein, wenn *Kristallmord* auf einem Fundstück steht, sorgt er umgehend dafür, dass das Päckchen auf den Tisch des Kommissars kommt. In sieben Stunden wäre der garantiert schon wieder im Büro.

Fatale Missverständnisse

Von Georgs Vernehmung durch die Ermittlungsbehörde erfährt Rita durch ihre Freundin Melanie. Deren Bruder arbeitet im Streifendienst bei der Polizei, und der eifrige Beamte ist meist vorzüglich über interne Vorgänge unterrichtet. Eine gewisse Häme glaubt Rita schon aus den Worten der Freundin herauszuhören, obwohl diese sich in keiner Weise über den Zweck oder den Verlauf der Vernehmung äußert. Doch in dem angespannten Zustand zwingt Rita sich, keinen Gedanken und keinen Affekt auf Melanie zu verschwenden. Georg in Polizeigewahrsam! – Das ist der entzündliche Gedanke, der aus dem Gespräch heraus in ihr entsteht.

Zunächst ist sie sprachlos. Die Absurdität der Verdächtigungen, mit denen sie in der letzten Zeit zu tun bekam, möchte sie am liebsten mit einer heftigen Armbewegung wegwischen.

Dann ergreift sie eine große Anteilnahme für ihren Mann. Sie hat nicht die Spur eines Zweifels, dass ihm ein großes Unrecht widerfährt. Diese Überzeugung und die Stimmung, die diese Überzeugung hinterlässt, festigen aufs Neue das emotionale Band zu ihrem Gatten, das durch das zurückliegende Zerwürfnis nicht vollständig durchtrennt wurde.

Rita fühlt, dass sich ihr Lebenspartner in Not und in einer kritischen Verfassung befindet. In Zeiten der Not aber hält man zusammen und sorgt nicht durch gegenseitige Attacken dafür, dass die gemeinsame Not sich vergrößert. Und man lässt auch nicht zu, dass andere aus dieser Not für sich ein Kapital schlagen.

Von dem letzten Gedanken ausgehend, spürt sie deshalb auch ein heftiges Misstrauen gegenüber Klaus. Inzwischen begreift sie, dass die Interessen des Instituts ihm über alles gehen. Sie nimmt es ihm durchaus ab, wenn er betont, dass er gegenüber Georg keinen Tatverdacht, keinen Groll, vielleicht nicht einmal Eifersucht verspüre. Aber sie benötigt auch wenig Phantasie um zu begreifen, dass die quälend offene Situation bei der Klärung des Aufsehen erregenden Kriminalfalls, mit dem physikalische Forschungsergebnisse nun einmal in Verbindung gebracht werden, das Ansehen *seines* Instituts ramponiert.

Nur wenige Stunden nach ihrer Unterhaltung mit Melanie stellt sie Klaus Heimbrecht zur Rede. So muss man die Initiative denn wohl bezeichnen, die sie ergreift. Rita tritt nicht an den Mann heran, bei dem sie in den letzten Tagen ein- und ausging und zärtliche Nähe suchte, sie lächelt nicht, auch lässt sie ihrer Körpersprache kein Signal entgleiten, dem zu entnehmen wäre, dass zu dem Gesprächspartner, von dem sie hier unerbittlich aufrichtige Information einfordert, jemals eine vertrauliche Beziehung bestand.

Klaus Heimbrecht, von der plötzlichen Offensive seiner jungen Bekanntschaft überrascht, weicht zunächst den Fragen und Spekulationen aus, dann, unerbittlich bedrängt, verwickelt er sich in Widersprüche. Als er schließlich einsieht, dass er bei Rita mit seinen Beschwichtigungsversuchen nicht landen kann und sich, um Schadensbegrenzung für seine Beziehung bemüht, entschließt, den Sachverhalt der Wahrheit gemäß darzulegen, ist es zu spät. In einem kurzen Augenblick, der sie selbst verwirrt und überrascht, fühlt Rita, wie das emotionale Band ihrer Beziehung zu Klaus Heimbrecht zerreißt.

Sie lässt ihn, mit dem sie kürzlich noch eine Partnerschaft in Erwägung zog, kaum dass dieser seinen Brief an die Ermittlungsbehörde erwähnt und seine Motive für die Intervention darlegen will, wortlos stehen und macht sich auf zu ihrer alten Wohnung. Ihr Entschluss ist gefasst: Sie will Georg, der jetzt ziemlich einsam sein muss, selbstlos unterstützen; sie will ihm zeigen, dass sie in seiner schweren Stunde zu ihm steht. Sie will die unzweideutige Offerte an ihn herantragen, gemeinsam noch einmal einen Versuch zur Bereinigung ihrer Krise zu unternehmen.

Wie graue Schatten aus der Vergangenheit ihres Ehelebens steigen Erinnerungen von seltsamen Begebenheiten in Rita auf, Begebenheiten, bei denen Georg sich gegenüber gewöhnlichen Anforderungen des Lebens, vornehmlich solchen, die auf der Ebene sprachlicher Mitteilung stattfanden, verständnislos, auch wohl ungeschickt, ja, bisweilen geradezu hilflos zeigte. Zu sehr verdrängt in all den Jahren hat sie ihre Beobachtungen, weil sie nicht in ihr Bild von einem erfolgreichen, scharfsinnigen Physiker passten, vielleicht nicht einmal in ihr Bild von einem vorzeigefähigen Lebenspartner.

Viel zu viel übersehen hat sie in der Alltagsroutine ihrer Beziehung und vielleicht deshalb nie einen rationalen Zugang zu der Absonderlichkeit seines sozialen Daseins gefunden, die nicht zuletzt darin sich ausdrückt, dass er außerstande ist, sie gegenüber einem Mitmenschen transparent zu machen.

Rita empfindet die neuerliche Entschlossenheit, mit der sie in den vertrauten Grundstrom ihrer Verbundenheit mit Georg zurückzufinden scheint, als einen emotionalen Befreiungsschlag. Eine nur kurze, aber intensiv erlebte Zeitlang hat sie zwischen zwei grundverschiedenen Männern gestanden, hat sich gefangen gefühlt in ihren eigenen zerrissenen Gefühlen und gefürchtet, mit jeder Entscheidung, die sie doch einmal treffen muss, einen Menschen zu verletzen.

Eine für sie vollkommen neue Lebenserfahrung, der sie einen wertvollen Reifeschub zu verdanken hat, liegt nunmehr hinter ihr. Und in ihrem Gefolge mit beeindruckender Klarheit vermag sie zwei Männer, mit denen sie über den vertrauten Umgang hinaus auch intime körperliche Verbundenheit und Sex gehabt hat, miteinander zu vergleichen und auf ihre Art wertzuschätzen.

Mit Klaus Heimbrecht ist sie an ein Mannsbild geraten, dem sie sich, zugegeben in schwieriger Lebenssituation, nach einem kurzen inneren Kampf impulsiv ausgeliefert hat. Dieser Mann hat sie zweifellos beeindruckt. Er ist offen, weltgewandt, von tadelloser Umgänglichkeit, er weiß auf eine natürliche Weise eine Frau so zu behandeln, wie sie es tiefinnerlich ersehnt und ist dennoch alles andere als ein bloßer Verführer.

Nicht eine Spur dieser Eigenschaften findet sich in Georgs Charakter. Schweigsam ist ihr Angetrauter, verschlossen; in nahezu jeder Gefühlsangelegenheit agiert er unbeholfen und gehemmt, wirkt tapsig in seinem Auftreten unter Menschen. Und als Frau hat sie in seiner Gegenwart ständig den Eindruck, nicht wirklich wahrgenommen zu werden. Während ihrer Beziehung zu Klaus ist es ihr bisweilen wie eine Absurdität erschienen, vierundzwanzig Jahre in einer so defizitären Ehe zugebracht zu haben.

Es liegt, würde sie in einem Roman mit diesen beiden Figuren sich auseinanderzusetzen haben oder in einem soziologischen Experiment als Teilnehmerin zu einer Entscheidung genötigt, auf der Hand, dass sie dem ersteren von beiden zweifelsfrei den Vorzug geben würde. Und dennoch, das wirkliche Leben spielt bei dieser einleuchtenden Parteinahme jetzt nicht mit.

Der kürzlich noch mit Georg in Verbindung gebrachte Gedanke, in ihrem Leben etwas versäumt zu haben, schwindet dahin. Erlebnisfetzen verklären sich. Die zurückliegenden Eindrücke von intimer Nähe zu einem Mann, dem Nähe herzustellen offenbar eine schier unüberwindliche Schwierigkeit bereitet, wuchern aus zu einer unbezähmbaren Erinnerungsmacht, in die sich so etwas wie ein Pflichtgefühl untermischt, gerade jetzt nicht von der Seite desjenigen weichen zu dürfen, dem sie einmal ihr Ja-Wort gegeben hat.

Lange genug kennt sie ihn, um zu wissen, dass er eine solche Herausforderung, wie sie in diesen Tagen auf ihn zugekommen ist, weitab von seiner geliebten Wissenschaft, kaum allein bestehen kann.

Diese Gewissheit stiftet ihr so etwas wie ein Sendungsbewusstsein, für den mehr denn je als ein hohes Gut erachteten Partnerschaftserhalt eintreten zu müssen. Ihm würde sie sich, von anderen Bindungen nunmehr frei, mit missionarischem Eifer widmen. Keinen Gedanken verwendet sie auf die doch denkbare Möglichkeit, dass Georg von ihrem Einsatz vielleicht gar nichts wissen will.

Rita ist von ihrem Charaktertyp her eine mäßig zielstrebige Frau, die in Beruf und Privatleben, ohne dabei eine besondere Verbissenheit an den Tag zu legen, zumindest eine ungefähre Vorstellung davon haben muss, wo es lang geht. Ein zeitweise auch resoluter Einsatz für sinnvoll und erstrebenswert angesehene Zwecke ist ihr dabei nicht fremd. Gewöhnlich ist in einer derartigen Situation ihr Bewusstsein mit erhöhter Aufmerksamkeit angereichert, die meistens verhindert, dass sie sich zu stark und möglicherweise zu unüberlegt in der Emotionalität eines resoluten Handlungsimpulses verliert.

Mag sein, dass die ganz besondere Herzensangelegenheit, die sie am Tag nach der Unterredung mit Klaus Heimbrecht gleich nach Feierabend nach Hause treibt, sie für rationale Risikoabwägung und für erhöhte Wachsamkeit nicht so offen wie gewöhnlich sein lässt; jedenfalls ist sie in einem Gemütszustand unbedingter Entschlossenheit angelangt, als sie mit den Schlüsseln, die sie noch besitzt, die Haustür öffnet und die Wohnräume betritt.

Doch Georg ist nicht zu Hause. Das erste Manöver ihres Einsatzes ist fruchtlos. Morgen würde sie wiederkommen. Georg eine schriftliche Nachricht zu hinterlassen, hält sie nach Lage der Dinge nicht für ratsam.

Falls Rita denken sollte, ihr Wissen um Georgs Polizeikontakt sei wegen ihrer Bekanntschaft mit Melanie ein exklusives Wissen, so ist diese Annahme ein Irrtum. Die Nachricht, dass der Physiker Georg Reimers in der schrecklichen Mordsache bei der Polizei erscheinen musste, verbreitet sich schnell. Zwar weiß auch sonst niemand etwas über den Verlauf der Vernehmung, doch dass in der Angelegenheit etwas im Busch ist, legt die Hausdurchsuchung bei dem Chemiker Gottfried Lindner doch wohl nahe. Die beiden, er und der Reimers, hingen in der letzten Zeit ja dauernd zusammen. Denke nur keiner, der öffentlichen Aufmerksamkeit wäre das entgangen. Jetzt scheint endlich mal Bewegung in die schlimme Geschichte zu kommen.

Von dem, was sich hinter seinem Rücken abspielt, was geredet und gemunkelt wird, von all dem hat Georg keine Ahnung. Nicht einmal von der Polizeiaktion gegen Gottfried hat er etwas mitbekommen. In seinem Bestreben, nach den nichtsnutzigen Privatrecherchen sich auf nichts anderes als seinen Bericht zu konzentrieren, verengt sich seine Wahrnehmung, für die es ohnehin immer schwierig ist, über den Horizont der wissenschaftlichen Arbeit hinauszutreten, noch um ein Zusätzliches.

Den Bericht fertigzustellen, das ist aber leichter gedacht als getan. Den ganzen Tag, der seiner Unterredung mit Gottfried folgt, und auch noch am darauffolgenden Vormittag arbeitet er daran mit magerem Ergebnis. Nicht nur seine freudlose Gemütsverfassung und seine im Kern angegriffene Arbeitshaltung machen ihm bei jedem Ansatz einen Strich durch die Rechnung. Auch die Trennung vom Arbeitsplatz erschwert die Lage.

Insbesondere sind es einige Unterlagen, die im Institut verblieben sind, ohne die er kaum weiterkommen würde. Zwar fällt ihm der Schritt nicht leicht, doch es gibt keine Möglichkeit, ihn zu vermeiden. Er muss noch einmal zurückkehren an die Stätte seiner experimentellen Leidenschaft. Weil das gerade in der Zeit geschieht, als Rita, seine tief bewegte Frau, nach Hause zurückkehrt, können sich die beiden nicht begegnen.

Ungeachtet seines Tunnelblicks in sozialen Kommunikationsbezügen hat Georg ein außerordentlich feines Gespür für atmosphärische Schwingungen, die in seinem Umfeld auftreten und geeignet sind, ihm ein Feedback der Akzeptanz seiner Gegenwart zukommen zu lassen. Von so einem Feedback ist er in seinem Verhalten abhängiger, als ihm das bewusst ist. Die bisherige Gradlinigkeit in seinem Lebenslauf, die unbedingte Gewissheit, die ihn wie eine Aura stets umgab, mit seiner physikalischen Arbeit einer Bestimmung zu folgen und einen unverzichtbaren Beitrag zu leisten für die Etablierung des modernen Erkenntnisfortschritts, verliehen ihm bislang eine seelische Resistenz gegenüber negativer sozialer Erfahrung. In der veränderten Situation, in der er sich seit einigen Tagen befindet, kommt es zum Knacks an dieser Sollbruchstelle.

Als er das Institut betritt und der ersten Mitarbeiter ansichtig wird, meint er, in einen Eisregen hineinzulaufen. Kaum, dass er gegrüßt wird; demonstrativ oder verächtlich wendet man sich von ihm ab. Irritiert durch die Signale gehässiger Ablehnung duckt Georg sich im Inneren seines Gemüts.

Er trifft auf die ersten Mitarbeiter seines Teams. Bei ihnen fällt die abweisende Reaktion noch heftiger aus. Georg findet erst einmal nicht die Courage, überhaupt ein Gespräch zu beginnen. Umso gesprächiger geht es dagegen bald um ihn herum zu.

Nach einer Weile weichen sie ihm nicht mehr aus, sondern umkreisen ihn oder gehen in mäßigem Abstand an ihm vorbei, ohne ihn eines Blickes zu würdigen. Dabei reden sie unaufhörlich, wie Mönche im Kreuzgang eines Klosters beten. Oh ja, sein Gehör ist gut, und es schärft sich noch einmal unter der Herausforderung der bizarren Situation. Von dem Kriminalfall ist die Rede in den akustischen Haufenwölkchen, die wie Selbstgespräche getarnt sind, und davon, wie er, Georg, sich in die Verbrechen einfügt. Spott muss er sich anhören über ein sogenanntes Trans-BEK. Auch der Name Klaus Heimbrecht fällt in einem Zusammenhang, in dem es um das öffentliche Renommee des Physikalischen Institutes geht.

Georg bemerkt, wie er in die aufkommende affektive Lähmung hinein anfängt zu zittern. Wenn er noch einen Augenblick wartet, hat er keine Chance mehr auf eine Aussprache. Da nimmt er alle Energie zusammen und wendet sich an Hermann Krause, den Mitarbeiter seines Teams, mit dem er den vertrautesten Umgang hatte. Auch Hermann will sich abwenden, zögert dann und lässt sich nervös darauf ein, mit seinem ehemaligen Teamleiter zu sprechen.

Hermann ist eine ruhige Erscheinung, ein umgänglicher Typ, der sich nicht gern in fremde persönliche Angelegenheiten einmischt oder sich dafür einspannen lässt. Mit sehr gemischten Gefühlen hat er erlebt, wie die Atmosphäre umschlug und sich im Hinblick auf Georgs Ansehen vergiftete. Schon vor Bekanntwerden der Polizeigeschichte war der Boden dafür gereift, weil man sich von Georg schwer hintergangen fühlte. Und dankbar nahmen die Kollegen die Gelegenheit wahr, mit einer Begründung der scheinbar uneigennützigen Art ihre Ressentiments zu füttern.

Der Druck ist groß und ließ auch dem eher unvoreingenommenen Hermann Krause wenig individuellen Spielraum. Jetzt, von Georg zur Rede gestellt, kann er wieder Herr seiner aufrichtigen Natur werden und ist froh darüber, für den ausgegrenzten Mitarbeiter die Lage durchschaubarer zu machen.

„Sie sind einfach stinksauer auf dich", so versucht er die Situation zu beschreiben. „Und du weißt selber, dass es mindestens zweie gibt, die immer der Meinung waren, dass sie für deinen Posten besser geeignet sind. Aber davon mal abgesehen, fragen sich alle, mich mal eingeschlossen, wie es mit dir so weit kommen konnte."

Als Georg ein paar Einwendungen macht, um seinen Standpunkt zu erklären, hat Hermann bereits Überdruck abgelassen. Er versichert, dass er den geäußerten Mordverdacht für reichlich absurd halte. Inzwischen wisse auch jeder, dass Klaus Heimbrecht ihn ans Messer geliefert habe, um das Institut aus den Schlagzeilen zu bekommen.

Es tritt ein Moment des Schweigens ein. Hermann druckst etwas herum, bevor er fortfährt.

„Da ist noch etwas, Georg, was du vielleicht wissen solltest. Alle Experimente hier, das Trans-BEK nach deinen Versuchsanordnungen auch nur für einen Moment zu erzeugen, sind gescheitert. Die meisten von uns gehen von

Betrug aus. Ich selber kann dazu nichts sagen, weil ich bei den Arbeiten nicht mitgewirkt habe. Aber mach dich darauf gefasst, dass von dieser Seite bald schweres Geschütz aufgefahren wird. Wir sollten unser Gespräch jetzt besser beenden. Klaus Heimbrecht ist heute nicht im Haus, falls dich das interessiert. Ich persönlich wünsche dir alles Gute."

Georg ist wie vor den Kopf gestoßen. Er vergisst, weshalb er überhaupt hergekommen ist und verlässt auf dem direkten Weg das Institut, um schnell nach Hause zu kommen. Dort wundert er sich, dass der Esstisch aufgeräumt ist. Er glaubt nicht, ihn so hinterlassen zu haben. Doch mittlerweile, noch einmal begünstigt durch das niederschmetternde Erlebnis im Institut, traut er seiner Sinneswahrnehmung keine zuverlässige Arbeit mehr zu. Er fährt den Computer hoch und findet eine neue E-Mail vor:

Wir sollten uns so schnell wie möglich in meiner Datscha treffen. Es gibt eine Menge zu besprechen. Nimm dich unbedingt vor Franz in Acht. Der ist aus dem Ruder gelaufen. Spaltensturz.

Am Spätnachmittag des Tages, da Georg und Rita sich fürs Erste verpassen, hat Hauptkommissar Walter Thereut einen ungewöhnlichen Arbeitstag beinahe hinter sich gebracht.

Weil ihm der aktuelle Fall ohnehin keine Ruhe lässt, ist er heute früh schon um sieben ins Büro gekommen und fand ein kleines Päckchen auf seinem Schreibtisch, das in der Nacht beim Pförtner abgegeben worden war; das enthielt ein Plastiktütchen und einen Zettel. Auf jenem stand in makelloser Handschrift die Aufforderung:

Bitte gentechnisch untersuchen. Dann habt ihr euren gesuchten Mann. Aber nicht vergessen, mit den Daten des überfallenen Jungen abzugleichen.

Darunter stand unleserlich ein Namenszeichen.

Ein oberflächlicher Blick ins Tütchen ergab nichts als Schmutz und Unrat. Walter Thereut seufzte. Schon wieder so ein Kram. Ab damit zur Spurensicherung! Von einem

Überfall wusste er nichts; hätte aber unbedingt davon Kenntnis gehabt, wenn an dem Hinweis etwas dran gewesen wäre. Vorsichtshalber gab er Anweisung, ihn umgehend aufzuklären über die Beschaffenheit des Drecks in der Tüte. Sollte gentechnisch verwertbares Material dabei sein, sofort weiter analysieren. Und von dem, der das Zeug abgegeben hat, soll eine Personenbeschreibung her.

Um acht Uhr nahm man im Labor die Arbeit auf. Um acht Uhr, als die offizielle Dienstzeit für Walter Thereut begann, ließ dieser den Stand der Dinge in Sachen Kristallmord in seinem Gedächtnis Revue passieren und war drauf und dran, seine Fassung zu verlieren. Obgleich er seine Überzeugung nicht aufgegeben hat, dass über den Physiker Reimers der Fall zu lösen ist, hat ihm seine Ermittlungstaktik in dieser Richtung nichts als Enttäuschung gebracht: Die Hausdurchsuchung bei dem Chemiker ist ein vollkommener Reinfall und hat den Oberstaatsanwalt, der die Bedenken wegen der mageren Verdachtslage widerwillig zurückgestellt hatte, erbost. Und anstatt dass dieser Reimers ihn nun endlich zu dem ominösen Dritten, dem Stromer aus dem Nichtsesshaftenmilieu führt, bewegt er sich nicht mehr vom Fleck, hütet das Haus und ist mit werweißwas für Sachen beschäftigt. Von den zurückliegenden Spurenauswertungen gab es auch nichts Neues. Und überhaupt: Die Ermittlungen traten auf der Stelle. Es war zum Auswachsen.

Walter Thereut zog im weiteren Verlauf des Vormittags ernsthaft in Erwägung, einfach mal früher Dienstschluss zu machen und sich richtig auszuschlafen. Vielleicht war mit einem so einfachen Hausmittel die Erfolgsblockade zu überwinden. Im Augenblick war jedenfalls nichts zu erzwingen.

Dann der frühe Nachmittag. Routinearbeit. Auf einmal eine Abwechslung: Ein Polizeibeamter tritt ein. Der berichtet, ein Schüler habe eben Meldung gemacht, er sei gestern von einem Unbekannten überfallen worden. Ziemlich wirres Zeug, was der Junge erzählt habe. Doch sicherheitshalber wolle man den Herrn Hauptkommissar unterrichten.

Walter Thereut starrt den Überbringer der Mitteilung fassungslos an und springt aus dem Sessel. „Ja, dann aber mal nichts wie her mit dem Kerl!". Er hat Mühe, sich zu beherrschen.

Der Junge, der die Sache, die er sich aufgehalst hat, schon wieder leid ist und bereut, sich so viel Ungelegenheiten mit dem ganzen Abenteuer einzubrocken, das ihm nun noch einen weiteren Nachmittag versaut, muss gleich ein weiteres Mal von dem Vorfall berichten.

„Na, wie heißt du denn, mein Junge?" *Mit derselben dämlichen Frage wie vorhin fangen die also wieder an,* denkt er.

„Kevin Maschke", sagt Kevin wahrheitsgemäß und hofft, jetzt schneller nach Hause zu kommen. Mit dieser Annahme liegt er allerdings falsch; die Befragung scheint gar kein Ende mehr nehmen zu wollen. Dieser neue Kommissar ist unglaublich hartnäckig. Der Junge fühlt sich plötzlich müde.

Am Ende ist zwar auch Walter Thereut ein wenig erschöpft. Doch immerhin kann er sich noch im Vernehmungszimmer mit der Gewissheit aufmuntern, dass von hier und von jetzt eine ganz neue Dynamik in den Fall eintreten wird.

Es mutet abenteuerlich an, ist aber bestimmt nicht aus den Fingern gesogen, was der Junge vortrug: Dass er einen seiner Lehrer treffen wollte, um ihn in der unübersichtlichen Neubausiedlung für ein sogenanntes Elterngespräch zu seiner Mutter zu führen, stattdessen aber von einem Mönch überfallen wurde, den er noch nie zuvor in der Siedlung gesehen hat. Wieso hat der Kerl davon gewusst, der das Päckchen ablieferte?

„Mit dem Lehrer unterhalten wir uns mal", wendet sich Walter Thereut an seine Assistentin. „Kann sein, dass der was mitbekommen hat, wenn er seinen Termin wahrnahm. Hat aber Zeit bis morgen."

Nach der Vernehmung begibt er sich sofort ins Labor. Der Inhalt des Tütchens war überwiegend dem Waldboden entnommen worden. Alles sorgfältig getrocknet und pulverisiert. Darüber hinaus mehr als ein Dutzend krepierter Bienen. Solche mit Stachel. Solche, denen der Stachel aus dem Hinterleib herausgerissen war. Und – da staunt Walter Thereut nicht schlecht – Stachel ohne Leib nach Bewältigung der Attacke.

„Muss ein Mensch gewesen sein, der was abbekommen hat", meint der Laborleiter. „Das Genmaterial dürfte reichen."

Bis das Untersuchungsergebnis vorliegt, muss sich Walter Thereut gedulden. Das fällt ihm schwer. Seine Phantasie ist angeregt, darf sich aber nicht von den Tatsachen abheben. Von schmerzhaften Insektenstichen hat der Junge gesprochen. Und davon, dass nach der Wiederkehr seines Bewusstseins der Mönch verschwunden war. Wenn er, der spröde Walter Thereut, daraus jetzt eine Geschichte macht, ohne die Fakten und die Beweise auf der Hand zu haben, würde man ihn pensionieren. Also Geduld, Walter. Um Gottes Willen Geduld! Der Junge, so scheint es, hat ein verdammtes Glück gehabt. Seine Speichelprobe ist bereits im Labor. Und draußen am Tatort, da, wo er das Team hinführt, wird die Spurensicherung gleich loslegen. Er muss sich sputen.

Dieser Tag, der nach einem Durchbruch riecht, liegt also hinter ihm. Walter Thereut hat doch nicht etwas früher Schluss machen können. Die Untersuchung des Tatortes hat leider zu viele Spuren zu Tage gefördert. Allesamt sind sie belanglos, bis auf einige weiße Blüten, die auf den ersten Blick denjenigen ähnlich sehen, die man bereits im ersten und zweiten Mordfall gefunden hat. Was am schlimmsten wiegt: Es muss schon jemand dagewesen sein und ganz gezielt nach irgendetwas gesucht haben. Dadurch wurden die Spuren, die über den Tathergang etwas hätten erzählen können, zerstört. Jetzt kommt alles auf die Untersuchungsergebnisse an dem seltsamen Material von dem seltsamen Überbringer an.

Hauptkommissar Thereut sitzt an seinem Schreibtisch und versucht sich zu entspannen. Was hat er für Druck gemacht! Doch auch in der Laborarbeit lässt sich nichts erzwingen. Die Jungs arbeiten auf Hochtouren. Sie haben ihm hoch und heilig für morgen den Bericht zugesagt, so zwischen Mittag und Feierabend. Walter Thereut packt seine Sachen zusammen und macht sich fertig zum Gehen. Seine aufgeweckte Assistentin würde noch eine Weile hier die Stellung halten. Es ist klar, man würde ihn zu jeder Tages- und Nachtzeit unterrichten.

Eskalation

Es scheint dem Alltagsverstand der Menschen kein attraktives Angebot zu sein, persönliche Lebensumstände, darauf einwirkende Ereignisse und die Resultate der Betroffenheit darüber wertfrei, neutral und rein sachbezogen zu betrachten. Vielmehr sucht unsere Sichtweise beständig nach einer Ordnung im Gefüge der mehr oder weniger dynamischen Erlebniswelt. Die eingenommene Perspektive konstruiert Kausalketten, zieht Verbindungslinien und spürt Zusammenhänge auf, an denen sie sich nicht selten, zur eigenen Bestätigung, wie an Korsettstangen festklammert. Unser Bewusstsein, oh ja, es liebt so sehr Geschichten.

Schnell ist einem äußeren Vorgang ein Sinn unterlegt, leicht über eigenes und fremdes Tun ein Werturteil gefällt, gern wird eine schicksalhafte Bedeutung aus diesen und jenen Aspekten der Lebensführung herausgelesen. Es scheint eine tief verwurzelte Abneigung dagegen zu bestehen, dem bloßen Zufall in den Stürmen des persönlichen Daseins einen bedeutenden Einfluss bewilligen zu wollen.

Und doch ist dieser Zufall der vielleicht mächtigste Gestalter in der kosmischen Natur und sicherlich der größte

Nivellierer, der niemals zulässt, dass irgendein Zustand für sich das Privileg reklamieren kann, wahrhaft und für alle Zeit beständig zu sein; und kein Zustand wird sich unter seiner Herrschaft jemals sicher sein dürfen, niemals von einem anderen Zustand erfolgreich attackiert und zur Strecke gebracht zu werden.

Den Zufall als bestimmendes Moment seines persönlichen Geschicks anzuerkennen, unvoreingenommen mit ihm umzugehen, hieße doch, eine ganz wichtige, das Gemüt stabilisierende Eigenschaft des Alltagsbewusstseins auszuhebeln, die Gewissheit. Sei es die Gewissheit, eine anerkannte Position einzunehmen; oder die Gewissheit, mit einem bestimmten Aufwand ein bestimmtes Ziel zu erreichen; vor allem die Gewissheit, dass die persönlichen Lebensumstände morgen noch so sind wie heute, möglichst aber besser, und dass man in seinem Leben überhaupt alles unter Kontrolle hat.

Der Mensch scheint nicht lebens- und gestaltungsfähig ohne solche Gewissheiten. Mehr noch scheint er ganz untauglich, mit der Gewissheit klarzukommen, dass diese Gewissheiten gar nicht existieren, sondern dass jedwede Umstände des Daseins nur eine bestimmte Wahrscheinlichkeit haben, für eine nächste Zeiteinheit erhalten zu bleiben.

Derart fremd ist unserer Vorstellung, jeder nächste Schritt, jedes kommende Ereignis in unserem Leben beruhe auf den Wirkungen eines Zufallsmusters und es würden die Karten für die individuellen Lebenschancen in jedem Augenblick immer wieder neu gemischt, dass wir das Zufallsprinzip nicht einmal in solchen Bereichen anerkennen wollen, wo es unbestritten ist.

Beim Würfelspiel geht es noch an, dass man als Zuschauer einräumt, es sei natürlich reiner Zufall, welche Zahl dieser oder jener Mitspieler gerade würfelt. Doch im Stande der Selbstbeteiligung, involviert in das unterhaltsame Geschehen, womöglich interessiert an einem in Aussicht stehenden Gewinn, würde kaum jemand in Abrede

363

stellen, wenn er gerade achtmal hintereinander eine Drei gewürfelt hat, dass er beim neunten Wurf eine ungleich größere Chance habe, eine andere Zahl als die Drei zu würfeln. Zu absurd erscheint ihm nach seinen zurückliegenden Erfahrungen von acht getätigten Würfen die Vorstellung, dass auch vor seinem neunten Wurf der Zufallsgenerator wieder auf Start gestellt wird.

Der Mathematiker weiß natürlich, dass der Zufall in der schieren Größe die Gestalt einer gesetzmäßigen Erscheinung annimmt und dass in komplexen Strukturen wie der menschlichen Gesellschaft die zufallsbedingten Veränderungen so langsam ablaufen, dass unser Alltagsbewusstsein sicher nicht zu tadeln ist, wenn es im Interesse des Wohlbefindens seines Trägers so tut, als habe in seinem wohlgeordneten und souverän gestalteten Leben Genosse Zufall nun wirklich keine Chance. Weshalb Spaltensturz ungeachtet seiner intimen Kenntnisse über die Gestaltungskraft des Zufalls niemals darauf verzichten würde, sich heute schon seinen zur Neige gehenden Schnapsvorrat aufzufrischen, nur weil nach dem Zufallsprinzip morgen schon alles anders sein könnte und er vielleicht gar keinen Schnaps mehr benötigte oder dieser für alle Zeit ausgegangen wäre.

Und selbstverständlich ist Spaltensturz nicht von der Annahme ausgegangen, dass sein schnuckeliges, federleichtes, robustes, aber stoßempfindliches Sackerl - er hatte es mit Akkuratesse aus dem wunderbaren Kunststoff von Gottfried aus dessen genialer Anfangszeit als Chemiker zusammengehäkelt und mit dem Inhalt eines Bienenstocks und manchem beißenden Plunder aus dem Stoffwechsel des Waldes bestückt - vom bloßen Zufall in die Nachbargemeinde getragen würde oder auch zufällig störrisch am Boden verbliebe.

Da war er schon zuversichtlich, dass bei den bombastischen Windverhältnissen sein provisorisches Flugobjekt mit dem verderblichen Zeug darin seinen Weg nehmen würde, den er nach unzähligen Informationen und den von ihm arrangierten Startbedingungen berechnet hat, und dass es sein Ziel erreichen würde, wenn nicht – und an dieser Stelle kam auch für Spaltensturz der Zufall ins Spiel, weshalb er die ganze Aktion mit einer unglaublichen Spannung verfolgte – wenn nicht dieses Ziel im entscheidenden Augenblick doch noch seinen Kopf wegdrehte. Zugegeben, niemals zuvor hatte er für einen Algorithmus einen solchen Rechenaufwand betrieben.

Als Wissenschaftler ist Georg aus dem gleichen Holz geschnitzt wie sein Freund Walter Krahl und hätte keine Schwierigkeit eingeräumt, mit Zufall und Gesetz, mit Chaos und Ordnung erkenntnisbeflissen umzugehen. Allein doch sein sonderbarer Charakter ist von einem feinen Riss durchzogen, der den wissenschaftlichen Erkenntnissinn und den Alltagsverstand voneinander scheidet. Diese Asymmetrie, für sich genommen, ist nicht gefährlich. Sie macht den Modus Vivendi eines expandierenden, nach abstrakter Erkenntnis gierenden Geistes in der Gemengelage mit einem im sozialen Umfeld geduckten und auf sich selbst zurückgeworfenen Gemüt nicht unmöglich.

Doch sie schafft ein labiles Konstrukt. Wie ein Nischenbiotop braucht dieses ideale Wirkungsbedingungen. Wehe denn, der Zufall bringt auf einmal diese oder jene Lebenserfahrung ins Spiel und füllt damit die geordnete und überschaubare Biographie auf. Wie leicht würde dann, wie bei jedem Nischenbiotop, dessen Lebensbedingungen sich geringfügig verändern, ein vielleicht wunderbares Gleichgewicht zum Kippen gebracht.

Risse, gerade die unscheinbaren und nicht ersichtlichen, gern Haarrisse genannt, sind zumeist gefürchtete Mängel. In der Werkstoffkunde können sie in einem Bauteil lange unerkannt ein Dasein fristen, um irgendwann plötzlich, hinterhältig und mit katastrophaler Wucht ein beanspruchtes Material zum Bersten zu bringen. Beim Menschen wollen gelegentlich die mit der Erhaltung und Wiederherstellung der Gesundheit befassten Spezialisten den unerwarteten Bruch eines Knochens oder den plötzlichen Herztod nachträglich verstehen und stoßen bei ihrer deshalb eingeleiteten Nachforschung auf jene nahezu eindimensionale Spur einer inneren Unvollkommenheit zum Beispiel in der Herzwand.

Auch allerlei Schwebstoffe lagern sich mit Vorliebe in feinen Deformationsstrukturen ab und befördern entzündliche Prozesse, denen sonst zu widerstehen jeder gesunden, kompakten Stofflichkeit ein Leichtes wäre. Gern übersehen, ist auch die menschliche Psyche etwas, das von den unerwarteten Folgen solcher Mikroverletzungen in Mitleidenschaft gezogen werden kann. Dann sind tief im Verborgenen vielleicht Prozesse in Gang gesetzt worden, die früher oder später auf die Verhaltensebene des Individuums durchschlagen, wo sie, für den Beobachter oft überraschend, ja unerklärlich, die absonderlichsten Taten auslösen.

An vermaledeitem Schwebstoff aus dem Stoffwechsel des Alltagsgeschehens, der eine verschlossene Seele kontaminieren könnte, hat Georg keinen Mangel in diesen Tagen. Binnen weniger Wochen hat sich sein Leben grundlegend verändert. Unter den drei tragenden Säulen seiner persönlichen und sozialen Gewissheit sind die Fundamente ins Rutschen geraten. In seiner Ehe, in seinem Berufsleben, in seinen freundschaftlichen Beziehungen sind die Gegebenheiten nicht mehr so wie ehedem gefügt.

Sicher, bis zu dem Tag, der zuletzt in unseren Darstellungshorizont gerückt war, sind keine definitiven, unwiderruflichen Verwerfungen entstanden. Er und Rita haben sich erst bis auf weiteres getrennt. Dienstlich ist er nur vorübergehend suspendiert. Und die Freunde leben noch alle, auch wenn Gottfrieds persönlicher und beruflicher Niedergang sich unverkennbar beschleunigt hat.

Dies ist nach den Maßstäben in geläufigen Lebensverhältnissen beileibe noch keine übermächtige Intensität des biographischen Wandels. Sie scheint aber auszureichen, um Georgs persönliche Verhaltensstrategie, die er auf die Herausforderungen im Dasein hin entwickelt hat, dem

Beobachter als unzulänglich, als widersprüchlich und befremdlich erscheinen zu lassen. Sie nährt den Verdacht, dass dem begnadeten Physiker, der kleinste Teilchen des Universums mit Energie, mit kreativer Phantasie und instrumentellem Geschick unter die Botmäßigkeit seines experimentellen Willens zwingt, jedweder souveräne Habitus fehlt, um in angespannten Verhältnissen persönliche Gestaltungsmacht auch in seinen nächsten sozialen Bezügen und emotionalen Kommunikationslandschaften unter Beweis zu stellen.

An vorderster Stelle gilt unsere Mutmaßung für die auf dem Prüfstand stehende Partnerbeziehung des Ehepaars Reimers. Wie leidet Georg doch inzwischen unter der Trennung von Rita! Wie selbstquälerisch gesteht er sich seine Schuld an dem Zerwürfnis ein! Tief in sich gegangen ist er nach dem Besuch seines Elternhauses, in dem er auch noch die einzige außereheliche Abirrung seines Geschlechtslebens zurücklassen musste, um sich ungewohnten und ungeliebten seelischen Verarbeitungsprozessen zu stellen.

Tiefe Reue ist in den zurückliegenden Tagen in Georg mehrfach hochgestiegen. Versöhnungswille quoll auf und hat sich schon bald nicht mehr zurückdrängen lassen. Rita zurückholen um jeden Preis – ach ja, das ist sein Wunsch, sein Wille, seine Obsession. Doch seltsam, die ehrlich gemeinten Impulse laufen sich tot an den emotionalen Anforderungen der praktischen Tat.

Über den Tag, den er nach seiner Unterredung mit dem gebrochen wirkenden Gottfried damit zubrachte, an seinem Bericht zu arbeiten, ohne am Ende auch nur einen wesentlichen Schritt weiter gekommen zu sein, lässt er das Telefon nicht aus den Augen. Einen Anruf erwartet er unter den gegebenen Umständen nicht. Wer denn soll ihn anrufen von all den Feinden, die er plötzlich hat? Aber Rita vielleicht? Nein, natürlich nicht sie. Er hat die Bringschuld. Da, neben dem Arbeitsblatt mit all den Parametern seiner Versuchseinstellung steht auf einem kleinen Zettel eine Telefonnummer geschrieben, unter der sie zu erreichen ist. Eine fünfstellige Ziffernfolge, die emotionale Verbindung herzustellen vermag; eine Zahlenkolonne, mit der Herzen zueinander finden können; eine bürokratische Zufallsformel, die ihn dem Schrecken einer unmöglich zu überbringenden inneren Botschaft ausliefert.

Das Zittern stellt sich schon ein, wenn er auf das kalte Plastik zuzugreifen beabsichtigt. Liegt dann der Hörer in seiner Hand, folgt so etwas wie eine panisch arrangierte innere Auflösung. Eine maßlose, unbezwingbare Angst befällt ihn, dass er vor lauter Aufregung unverständlich stottern wird. Die Vertrautheit von mehr als zwanzig Ehejahren ist in einem furchtbaren Augenblick der Lähmung getilgt. Stattdessen baut sich eine unüberwindliche Mauer auf, als müsste sich hinter jener ganz aufs Neue ein schmächtiges männliches Paarungsbegehren gegenüber einer unerreichbar erscheinenden Frau bewähren. Die Drehscheibe flimmert vor seinen Augen. Nein, es geht nicht. Zurück mit dem Ding auf die Gabel! Zurück zu der wunderbaren Welt des Bose-Einstein-Kondensats. Zurück zu der unerledigten Arbeit, ach, warum will sie einfach nicht vorankommen.

Wie anders doch und vor allem um wie vieles zielstrebiger als ihr Lebensgefährte geht Rita, wie wir gesehen haben, mit derselben Absicht, Versöhnung herzustellen, um. Freilich, auch sie verzichtet darauf, eine telefonische Kontaktaufnahme zu betreiben. Sie glaubt, ihren Mann genau genug zu kennen, um ein gutes Zureden über Telefon von ihrer Seite als untaugliches Mittel zu verwerfen.

Denn zum einen ist die Möglichkeit gegeben, dass ihr Gatte gar nicht ans Telefon geht, wenn dieses läutet. Die ihm einzig und allein wichtigen Nachrichten im beruflichen Zusammenhang empfängt er meist über andere Kommunikationskanäle. Zu telefonieren vermeidet er, wo er das nur kann. Mit vergeblichen Anrufen würde sie nur sich selbst unnötig belasten.

Zum zweiten aber, und dieser Gedanke wiegt schwerer, räumt sie Georg in diesen letzten und für ihn dramatischen Tagen einen Zustand unberechenbarer Labilität ein, in dem ein Telefongespräch genau das Gegenteil als eine Gesprächsbereitschaft heraufbeschwören kann und dieser Misserfolg sie dann in ihren Bemühungen womöglich zurückwirft. Nein, sie muss ihn persönlich stellen, ihm von Angesicht zu Angesicht gegenüberstehen. Dann hätten sie eine gemeinsame Chance. Und sie könnte positiv auf die Konfliktlage einwirken.

Als sie sich das erste Mal verpassen, ist Rita noch nicht sehr beunruhigt. Es ist früher Abend geworden. Sie würde, das steht sofort für sie fest, morgen früh noch vor Arbeitsantritt, der erst um zehn Uhr ansteht, wieder vorbeikommen. Als sie ihn aber wieder nicht daheim antrifft, ist sie alarmiert.

„Ist ihre Entscheidung, nicht zu telefonieren, falsch gewesen?", fragt sie sich. Doch was nützt ein Anruf, wenn Georg nicht zuhause ist? Sein Mobiltelefon hat er seit jeher die meiste Zeit des Tages ausgeschaltet. Herrjeh, er kann sich doch nicht in Luft aufgelöst haben! Sein Arbeitsplatz im Institut ist ihm immer noch verwehrt. Es hilft nichts, sie muss erst einmal zur Arbeit. Weil sie später beginnt, würde sie entsprechend später Feierabend haben. Eine Stunde, vielleicht auch zwei, kann sie sich bestimmt früher losmachen. Dann ist sie wieder hier!

Um dieselbe Zeit, da Rita ihre letzten Handgriffe im Büro erledigt und sich gleich darauf, in großer Unruhe, zum dritten Mal auf den Weg zu Georg machen wird, hat Hauptkommissar Thereut die Untersuchungsergebnisse vorliegen.

In all dem Schmodder und den kleinen Kadavern aus dem abgelieferten Päckchen sind tatsächlich zwei verschiedene DNA-Spuren gefunden worden. Eine gehört dem Jungen. Die andere wurde mit der Datenbank abgeglichen, die noch der alte Kollege nach dem ersten Mord hat anlegen lassen. Man staunt nicht schlecht, als man einen

Treffer landet. Und was für einen! Wieso ist dieser Kerl denn nicht damals schon stärker ins Visier genommen worden?

Im Augenblick, das sieht Walter Thereut ein, bringt die Frage allerdings nicht viel. Jetzt muss nach vorn gedacht und zielstrebig gehandelt werden. Die Indizien reichen vollkommen aus, um die übliche Maschinerie in Gang zu setzen. Jetzt ist er dran! Jetzt ist der Kerl endlich dran, auf den er tatsächlich nicht gekommen ist. Thereut atmet tief durch, als er seine Assistentin ruft. Man bespricht sich und gibt danach unverzüglich die notwendigen Anweisungen.

Am Mittag hatte das Wetter endgültig umgeschlagen. Mit der tagelang anhaltenden Hochdrucklage ist es vorbei. Zuerst hat es eingetrübt, und es ist vorübergehend etwas wärmer geworden. Wenig später kommt Luftbewegung auf, zerstreut den bodennahen Dunst und bringt im Gepäck leichten Regen mit. Als Rita jetzt auf ihre alte Wohnung zueilt, ist es nasskalt und windig geworden. Sie fröstelt, als sie endlich nervlich angespannt vor der Haustür steht. Die Dämmerung hat bereits eingesetzt.

Als sie aufgeschlossen hat und die Diele betritt, hört sie ein dumpfes Geräusch. Gott sei Dank, Georg ist da. Der Gedanke verscheucht gleichwohl ihre Unruhe nicht. Sie schaltet das Licht an. Auf dem Dielenparkett erkennt sie Trittspuren offenbar ganz frischen Datums. Georg hat sich also wieder einmal nicht die Schuhe abgetreten.

Aber da und dort, in unregelmäßigen Abständen auf der ganzen Länge der Diele, nimmt sie rote Flecken wahr. Blut! Er muss sich verletzt haben. Als sie im Begriff steht, das Wohnzimmer zu betreten, hört sie, wie eine Tür zugeschlagen wird. Danach ist es still.

„Georg!", ruft Rita laut und eilt durch den Raum, bis sie vor seiner Zimmertür steht. Sie ist zu. Dahinter aber, das spürt sie in einer aufkommenden Panikwelle, hat sich ihr Gatte verschanzt.

„Georg!", ruft sie ein zweites Mal. „Mach auf! Lass uns miteinander reden!"

Anstatt einer Antwort erfolgt ein unverständliches lautes Murmeln. Danach ist wieder alles still, bis ein seltsames Rascheln einsetzt, als ob jemand mit trockenem Papier oder Laub hantiert.

Und zum dritten Mal ruft sie: „Georg!"

Sie will noch etwas hinzufügen. Da aber trifft sie mit unerwarteter Wucht der hasserfüllt herausgeschriene Satz:

„Verschwinde, du Hure! Ich will dich nicht mehr sehen! Lass mich in Frieden!"

Rita ist wie vom Donner gerührt. Sie hat wohl mancherlei Reaktion erwartet, aber doch eine solche nicht, deren Sinn sie absolut nicht begreifen kann. Nun muss sie sich erst einmal fangen. Sie lässt sich in einen Sessel niedersinken und versucht die emotionale Turbulenz in ihrem Inneren einigermaßen unter Kontrolle zu bringen. Etwas ist vorgefallen, von dem sie keine Kenntnis hat. Es hat wohl mit ihr zu tun oder wird von ihm so aufgefasst. Ihre Befürchtung, dass Georg in einen Zustand des inneren Kontrollverlustes hineingeraten könnte, ist eingetreten.

Sie muss mit ihm sprechen! Sie darf jetzt nicht aufgeben und ihn dem Schicksal einer als unaufhebbar empfundenen Ausweglosigkeit überlassen. Einem starken Impuls folgend, geht sie noch einmal auf die Tür seines Zimmers zu und drückt entschlossen die Klinke nieder. Vergeblich. Die Tür ist verschlossen. Ihre Enttäuschung über den Misserfolg ist groß. Von innen heraus dringt ein trockenes Hüsteln, dann, wie eine Verhöhnung ihres fruchtlosen Bemühens, ein helles, beinahe irre klingendes Lachen. Mein Gott, ist er verrückt geworden? Von derartigen Schicksalen auffälliger Spezialbegabungen hört oder liest man doch immer wieder.

Ihre Wohnung ist hellhörig; die Schallisolierung lässt insgesamt zu wünschen übrig. Als Rita ihr Ohr an die Tür legt, hinter der es beängstigend ruhig geworden ist, glaubt sie ein feines Knistern zu hören, das sie sich erst einmal nicht erklären kann. Aber spürt sie nicht auch Rauch in der Nase?

Sie ahnt, ihre Nerven sind derart zum Zerreißen gespannt, dass in ihrer Wahrnehmung die Grenze zwischen Wirklichkeit und Einbildung durchlässig geworden ist. Augen und Ohr sind nicht mehr in jedem Fall zu trauen. Ein feiner Rauchfaden, der durch das Schlüsselloch ins Wohnzimmer zieht, wird zuerst von Rita als eine Fata Morgana aufgefasst, bevor sie den Gedanken zulässt, dass man doch nicht mit drei verschiedenen Sinnen zugleich in die Irre gehen kann. Das löst einen weiteren Panikschub in ihr aus. Mein Gott! Georg wird doch nicht die Wohnung in Brand setzen wollen!?

In dieser Situation fällt es Rita ein, immer noch jenen Schlüssel an ihrem Bund zu tragen, der ihr vor wenigen Wochen den verhängnisvollen Zutritt zu Georgs Zimmer ermöglicht hat. Zitternd greift sie danach. Wenn jedoch Georg den seinigen von innen stecken hat, ist ihr selbst diese Möglichkeit des Eindringens vielleicht verwehrt. Ganz sicher ist sie sich nicht, weil sie sich erinnert, dass Georg seinerzeit auf den Einbau eines besonders langen Schlosszylinders in seiner Tür bestanden hatte. Es gibt keine Alternative. Sie muss es probieren.

Nach einigen unbeholfenen Anläufen, die ihr wegen des Zitterns ihrer Hände misslingen, fühlt sie den Schlüssel widerstandslos in das Metallgehäuse eindringen. Problemlos lässt er sich im Schloss drehen. Das Herz klopft ihr bis zum Hals, als die Metallzunge leise aus der Verriegelung springt und sie die Tür sofort sperrangelweit aufstößt.

Es ist selbstverständlich, dass eine Frau wie Rita Reimers sofort und zuallererst den Blickkontakt sucht. Und ihn auch findet. Und für Sekunden, die ihr wie eine Ewigkeit vorkommen, regungslos erstarrt und hinterher, viel später einmal, über diesen Augenblick sagen wird, dass von all den unfassbaren Eindrücken, die sie an jenem Spätnachmittag empfangen hat, es am ehesten dieser erste Blickkontakt zu Georg war, der ihr besser erspart geblieben worden wäre.

Mit dem makellosen Weißton einer von hinten beleuchteten Mattscheibe springt dieser Blick sie an. Es scheinen die toten Auge eines Blinden, der ihr gleich in die Arme fallen wird. Da, eine Erinnerung an ihre späte Kindheit. Sie ist abends allein zu Hause und liest in der griechischen Mythologie. Und jetzt steigen sie wie damals empor, die Phantasiegebilde. Wie die von den furchtbaren Augen des greisen Sehers Theresias. Oder die von den entsetzlichen Schattenwesen, die dem Odysseus bei seinem Besuch im Hades entgegenkommen. Ein kleines Mädchen damals, beunruhigt und bange. Eine erwachsene Frau in diesem Augenblick, in Auflösung und Panik.

Das Licht ist nicht eingeschaltet in Georgs Zimmer. Die hereingebrochene Dämmerung und der Schein eines kleinen, schon im Verglimmen befindlichen Feuers in Wohnraummitte finden sich zusammen. Die Komponenten verbünden sich mit ihren Kontrasten. Und dadurch geben sie jenen Mattscheiben ihr besonderes Gepräge, Georgs Augen! Die Weiße lebt auf einmal! Ihr wird ein fremdes, bizarres Leben gespendet. Das ganze Ausmaß an Leere und Hoffnungslosigkeit, das Rita in den Augen wahrnimmt, es wird unerträglich verstärkt.

Kaum, dass sie sich von ihrem Anfangsentsetzen gelöst hat, fällt ihr Blick auf ein Spritzbesteck von der Art, wie man es bei Heroinsüchtigen kennen will. Georg hält es in der Hand und hatte wohl vor, es an seinen linken Arm, an dem sie eine üble Verletzung wahrnimmt, anzusetzen, als sie hereinplatzte und den unfassbaren Blick aus den fremden Augen auf sich zieht.

Sie will sogleich etwas sagen, will energisch protestieren, dass Rauschgift keine Lösung für Existenzprobleme sei, die besser doch solidarisch zu besprechen seien, ist jedoch nicht in der Lage, auch nur ein einziges Wort herauszubringen. Hilflos hebt sie ihre ausgestreckten Arme bis auf Brusthöhe und macht einen kleinen Schritt auf ihren kaum wiederzuerkennenden Mann zu.

Die Geste scheint für ihn ein Signal sein. Er zieht eine hässliche Fratze und zischt seine Frau böse an. Der weiße Schmelz in seinen toten Augen löst sich auf und lässt die Pupillen wieder sichtbar werden. Für einen Moment blitzen diese Augen sogar in vertrauter Weise, so dass Rita für einen genauso kurzen Moment glaubt, Hoffnung schöpfen zu können. Da treibt er sich mit einer jähen Bewegung die Nadel ins Fleisch und lacht hysterisch auf.

Rita, noch immer befangen in der Vorstellung, Georg bei der Verabreichung einer Rauschgiftdosis überrascht zu haben, lässt resigniert ihre Arme herabsinken und stellt sich darauf ein, in der nächsten Zeit so etwas wie eine ambulante Versorgung für jemanden gewährleisten zu müssen, der den Drogenkonsum doch gar nicht gewöhnt ist. Da aber geht eine auffällige Veränderung in Georg vor sich und peitscht in wenigen Minuten den Gemütszustand der Beobachterin von Entsetzen zu Entsetzen.

Die Wandlung macht sich als erstes akustisch bemerkbar durch eine Abfolge bizarrer Klänge, die, keineswegs laut, mit einem tiefen dumpfen Grollen beginnen, wie es manchmal dem unmittelbaren zeitlichen Vorfeld eines Erdbebens nachgesagt wird und bei manchem Getier, das besser als der Mensch für den Empfang derartiger Signale ausgestattet ist, erschrecktes Fluchtverhalten auslöst.

Rita ist sich noch gar nicht bewusst, mit Schallerzeugungen einer ungewöhnlichen Art konfrontiert zu sein, weil sie gebannt auf die Veränderungen in Georgs Gesichtsausdruck starrt, die parallel zu dem symphonischen Arrangement interagierender Stoffe in seinem Organismus ablaufen.

Tief in ihrer Magengrube empfängt sie die ersten Signale; sie spürt ein feines Vibrieren, das ihr nach und nach den Atem nimmt. Doch erst als das anschwellende Klanggewebe die mittleren, für das menschliche Ohr gut auszumachenden Tonlagen erreicht, weiß sie jenen heimgesuchten Menschen, ihren Mann, als einen lebendigen Klangkörper in ihrer unmittelbaren Nähe zu identifizieren.

Sie prallt einen Schritt zurück, wird erneut angezogen durch die schreckliche Faszination der mimischen Verwerfungen und scheint von da an durch eine unheimliche Macht an ihrem Standpunkt fixiert, kaum mehr als zwei Meter von den entfesselten Naturkräften im Inneren ihres Lebensgefährten entfernt, der ihr, wie es den Anschein hat, noch ein paar Worte zurufen will.

Während der aus dem Leib hervordringende Ton noch höher wird und in der Lautstärke anschwillt, wird Ritas Aufmerksamkeit von einer weiteren Erscheinung in den Bann gezogen. Sie assoziiert damit unwillkürlich ein Elmsfeuer, das sie früher, als sie mit ihrem Vater schon mal in den Bergen unterwegs war und von einem Gewitter überrascht wurde, gelegentlich fasziniert beobachten konnte.

Das Innere von Georgs Organismus luminesziert in einem kalten bläulichen Licht von überirdischer Strahlkraft, in dem die inneren Organe und all die empfindlichen Strukturen des Blutkreislaufs wunderbar hervorgehoben werden und auffällig konturiert sind. Wie rasend, das kann sie genau sehen, schlägt Georgs Herz in der von einem ersten Energieschub vorübergehend glasierten Brust und flutet die Hauptschlagadern mit jenem besonderen Saft, der eine widernatürliche blaue Färbung angenommen hat und die Blutbahnen in heftige Schwingung versetzt. Heller und heller erstrahlt die sonderbare Innenbeleuchtung. Die vielfältigen Farben des Regenbogenspektrums erstehen, vergehen, fließen ineinander und zerrinnen, bis das hochnervös irrlichternde Gesamtbild auf einmal massiv umschlägt.

Ein zunächst mattes, dann gleißendes Weiß macht jenen menschlichen Körper für jeden weiteren forschenden Blick undurchdringlich. Die Farbstruktur körnt aus und verfällt glanzlos, während zugleich der surrende Ton so mächtig anzieht und dabei eine unerträgliche

Frequenzhöhe erreicht, dass Rita, mit Schmerz verzerrtem Gesicht, für wenige Sekunden unwillkürlich die Augen schließt.

Als sie dieselben wieder öffnet und erneut Blickkontakt zu Georg herstellen will, ist ihr Mann verschwunden, und alle Geräuschaktivität ist zusammengebrochen, während ein beißender, süßlicher Geruch im Zimmer liegt. Da krallt sich die Angst in ihrer Brust fest. Sie wirft erst hektisch den Kopf herum, lenkt dann den Blick zur Zimmerdecke und schlägt ihn endlich zum Boden nieder. Was sie dort wahrnimmt, raubt ihr allerdings die allerletzten stabilen Elemente ihrer brüchig gewordenen inneren Verfassung.

Eine Statue erhebt sich regungslos auf dem Teppich und reicht ihr nur wenig über die Knie hinaus. Der Bewohner dieses Zimmers hat sich verwandelt in ein zierliches Püppchen aus glitzerndem Tand, das ihr mit abgespreizten Fingern die mageren Arme entgegenstreckt. Wie in einem Fiebertraum erkennt sie sein vertrautes Gesicht. Rita, fassungslos, sinkt auf die Knie nieder.

Da reißt in der Seitennaht auch noch ihr schöner alter Rock auf, weil er doch wohl ein wenig spannte. Trotz der ungemütlichen Witterung hat sie darauf verzichtet, lange Hosen zu tragen, um die kleinsten Vorteile für die Wiedergewinnung seines partnerschaftlichen Vertrauens zu nutzen.

In ihrer soeben eingenommenen bodennahen Position befindet sie sich annähernd in Augenhöhe mit jenem Wesen, das einmal ihr Georg gewesen ist. Ein Grauen überkommt sie, als sie erkennt, wie perfekt sich die Strukturen seiner Körperlichkeit erhalten haben. Aber nichts mehr trägt er am Leib als hier und da einen kleinen Fetzen der Oberbekleidung. Lediglich um die „Statue" herum befindet sich ein ascheähnlicher Belag. In ihre tiefe Erschütterung hinein schluchzt Rita kurz auf, zum letzten Mal in ihrem Leben wird sie weinen können.

Indes, als sie den tiefen Frieden erkennt, den der letzte Moment eines außerordentlichen menschlichen Lebens und Sterbens in kristallklarer Beständigkeit und mit filigraner Meisterschaft festgehalten hat, da weiß sie, dass die Hässlichkeit aus den Anfangsmomenten der heutigen Begegnung getilgt ist und es auch keine Einbildung war, was sie in der lautstarken Dramatik der letzten Sekunden, bevor sie, einem übermächtigen Reflex gehorchend, die Augen schloss, noch gehört und gesehen hat; ein Gesicht, aus dem der Hass entweicht und in das die Weichheit einer souveränen Haltung von tiefem Verstehen Einlass findet, um den zitternden Mund die versöhnenden Worte sprechen zu lassen: „Rita, verzeih mir. Es ist wahr, ich habe dich geliebt."

Rita, mit äußerster Vorsicht, betastet den harten, kristallinen Leib. Dieser hat, weil die Bewölkung draußen noch einmal aufriss, im letzten Licht des vergehenden Tages wundersam zu funkeln begonnen, wie das mit einem Kleinod, zum besonderen Geschenk erkoren, jeder Frau zur höchsten Zierde gereichen würde.

Sie hockt sich auf den Boden und lehnt sich gegen den Schrank. Die Figur legt sie sich in den Schoß. In dieser Haltung verweilt Rita, bis die Dunkelheit endgültig ihren Sieg über das Licht davongetragen hat. In dem Zustand einer leichten Verwirrung, wenn jemand Schwierigkeiten hat, in einer unübersichtlichen Lage genau das Richtige zu tun, zögert sie lange, wie sie mit *ihrem Mann* weiter verfahren soll.

Hat sie vielleicht noch nicht wirklich begriffen, was sich zutrug und womit sie es überhaupt zu tun hat? Fragt sie sich insgeheim, ob nicht morgen schon diese ungeheuerliche Wandlung sich zurückgebildet haben wird, wenn sie nur nicht durch Unterlassung oder Fahrlässigkeit jetzt etwas Falsches tut und dadurch das Wunder des Ungeschehenmachens verhindert? Auf einmal hat sie eine Erleuchtung. Sie erhebt sich mit ihrem geschrumpften Gatten, der so furchtbar leicht geworden ist, geht mit ihm in die Küche und verfrachtet ihn kurzerhand in den Kühlschrank.

Dann sinkt sie ermattet auf einen Stuhl am Küchentisch nieder und schläft ein.

Als sie am nächsten Morgen erwacht, greift sie zum Telefonhörer und verständigt, ohne noch einmal einen Blick in den Kühlschrank geworfen zu haben, die Polizei.

Die Probe aufs Exempel

Warum bloß hat Rita bei ihrem zweiten Versuch, den Kontakt wiederherzustellen, ihren Mann nicht angetroffen und damit eine weitere Chance, die beschädigte Beziehung noch einmal zu heilen, aus der Hand geben müssen?

Das hängt nun aber mit der Nachricht zusammen, die Spaltensturz Georg hat zukommen lassen, oder besser gesagt, es hängt damit zusammen, wie Georg diese Nachricht auffasste und für sich auslegte.

Dass er sich vor Franz in Acht nehmen sollte, davon hat Spaltensturz geschrieben und gerade damit, mit der saloppen Mischung aus Präzision und Unbestimmtheit, eine Aufregung hervorgerufen, die keineswegs beabsichtigt, ja, von dem Absender der Nachricht auch kaum vorauszusehen war. Indes, den angerichteten Schaden kann dieser nicht wieder gutmachen. Die ebenfalls in der E-Mail enthaltene Aufforderung, dass man sich treffen müsse, drang nicht mehr in Georgs Bewusstsein vor.

Für Georg ist Franz wieder ins Spiel gebracht worden. Derjenige, den er bei seinen halbherzigen Versuchen, die ausgegebenen Fläschchen mit dem Trans-BEK wieder einzusammeln, mangels überzeugender Verdachtsmomente nicht aufsuchte, wird von Spaltensturz einer üblen Absicht bezichtigt. Und nicht anders fasst Georg Spaltensturz´ Bemerkung auf, als dass Franz doch über das noch ausstehende Fläschchen verfügt und vermutlich, wenn seine Entdeckung tatsächlich eine derartig bizarre Einwirkungsmöglichkeit auf den lebendigen Organismus möglich macht, etwas mit dem Kristallmord zu tun hat.

Bei dem großen Vertrauen, das Spaltensturz bei Georg genießt und bei der außerordentlichen Wertschätzung, die dieser dem Urteil des mathematischen Genies in mancherlei Lebensfragen entgegenbringt, steht für Georg nach Erhalt der Nachricht für keinen Augenblick im Zweifel, dass der abwesende Freund die Wahrheit sagt. Und in seinem angegriffenen Gemütszustand ist sie für ihn schlicht auf die Formel zu bringen: Franz ist ein Verräter!

Man wird in Kenntnis der zurückliegenden Vorfälle und nach den verstreuten Einblicken in die charakterliche Natur des Physikers Georg Reimers nicht zu Unrecht bei diesem das starke Gefühl vermuten, Opfer eines schmählichen Verrats geworden zu sein. Auch wenn Georg von Franz´ Intrige um Rita nichts ahnt, genügt ihm das aktuelle Ausmaß an Bedrängnis vollauf, um in der eingenommenen Opferrolle erst einmal einen inneren Halt zu finden und von diesem Zustand einer provisorischen seelischen Fixierung sich den *Verräter* vorzuknöpfen.

Ja, es stimmt: Er hat eigenmächtig gehandelt; er hat das Institut hintergangen und an den Kollegen vorbei einen Erfolg einheimsen wollen. Dass man ihn deshalb für eine Weile von den Geschäften entbindet, empfindet er als angemessen und als eine möglicherweise nicht zu vermeidende vorübergehende Sanktion.

Doch seine Entdeckung ist ein Fakt. Der wissenschaftliche Wert seiner Arbeit ist sensationell. Der bahnbrechende physikalische Fortschritt, dem seine Forschung zum Durchbruch verhelfen könnte, hätte binnen kurzer Zeit alle Widersprüche, alle Neidreaktionen und jeden disziplinarischen Tadel hinweggefegt – wenn nicht, wie es dann geschah, sein außerordentlicher Stoff zum Objekt in irgendwelchen Mord- und Totschlag-Geschichten zweckentfremdet und er selber in ehrabschneidende kriminalistische Ermittlungen einbezogen worden wäre. Aus seinem seriösen physikalischen Forschungsprojekt ist ein Kriminalfall geworden. So sehr ist seine Person dabei durch äußere Umstände in Misskredit geraten, dass man ihn im Kreise der Fachwelt zum Urheber wissenschaftlicher Fälschung stilisiert und zum Tagedieb der Forschung abstempelt, dessen Rückkehr an den Arbeitsplatz nach Lage der Dinge nun in den Sternen steht.

Doch nicht etwa ein unbedeutender Irgendwer steht hinter der dramatischen Inszenierung, auch wenn in schäbiger Weise mancher einst geschätzte Kollege jetzt liebend gern auf den in Bewegung geratenen Zug kollegialer Verunglimpfung aufgesprungen ist, nein, ein Freund aus alten Tagen hat ihn in diese ausweglose Situation hineinmanövriert und lastet ihm eine moralische Mitverantwortung an scheußlichen Untaten an; jedenfalls würde sein ehrenwerter Name als Wissenschaftler nicht mehr aus dieser Verknüpfung zu befreien sein.

An jenem Vormittag, da Rita ihren zweiten fruchtlosen Besuch unternimmt, um mit Georg wieder ins Reine zu kommen, ist dieser früh außer Haus gegangen. Zunächst hat er nur die Absicht, sich körperliche Bewegung zu verschaffen, die ihn dann aber doch nicht entspannt, weil sich seine eben angedeutete Sichtweise verfestigt und ihn alsbald in eine heillose nervliche Zerrüttung bringt.

Auf einmal steht der Entschluss fest, Franz zur Rede zu stellen. Um sich dafür zu verabreden und dem gefallenen Freund kein Entweichen zu ermöglichen, ruft Georg aus der nächstbesten Telefonzelle in dessen Schule an, weil er ihn, obwohl es nun doch schon bald Mittag ist, im Dienst wähnt, und erhält die überraschende Auskunft, Herr Weinreich habe sich krank gemeldet und sei seit zwei Tagen nicht mehr zum Unterricht erschienen. Daraufhin macht Georg sich zu Franz auf den Weg, nachdem er zuvor in einem kleinen Restaurant etwas gegessen und die ganze Angelegenheit noch ein weiteres Mal durchdacht hat.

Er findet Franz in einer üblen Verfassung vor. Allein sein Äußeres ist bemerkenswert. Das Gesicht übersät mit Beulen und Schwellungen. Das Haar verklebt und schmutzig. Franz scheint Fieber zu haben. Die Augen glänzen ungesund, der Blick wirkt müde und verstört. Er zögert, Georg überhaupt einzulassen. Dieser unterdrückt ein Mitleidsempfinden mit dem, der so zugerichtet vor ihm steht, stößt ihn beiseite, knallt mit den Hacken die Haustür hinter sich zu und kommt sofort auf sein Anliegen zu sprechen. Er sagt ihm auf den Kopf zu, er habe ihm seine physikalische Entdeckung geklaut und mache damit Menschenversuche, die den Tode brächten.

Franz schüttelt nur den Kopf. Er geht auf die Vorwürfe nicht ein, sondern sagt: „Du bist ein Genie, Gorgi. Ein kolossalerer Stoff als dieser ist niemals kreiert worden. Er kann jedes Lebewesen unsterblich machen."

In Georg kocht die Wut hoch, und er wird handgreiflich. Obgleich er an Körperkraft dem alten Schulfreund nur wenig überlegen ist, hat Franz in seinem geschwächten Zustand keine ebenbürtige Chance. Er duckt sich unter Georgs Faustschlägen und ist bald so weit, sein bislang gehütetes Geheimnis preiszugeben.

Er führt Georg ins Studio, das die Freunde wohl kennen, dem sie aber bisher nur wenig Interesse entgegengebracht haben. Franz weist auf eine Fertigspritze mit Schutzkappe. Sie liegt einsam neben einem kleinen Fläschchen, das Georg nur zu gut bekannt ist, auf dem Arbeitstisch. Franz sagt: „Da ist alles drin, was du wissen willst."

Erneut hebt Georg seine Fäuste. Diesmal reicht die bloße Drohgebärde, um Franz zu weiteren Auskünften zu bewegen. Von seiner Entdeckung an Mäusen berichtet er, denen er das Material gespritzt habe, und holt für Georg sein kristallisiertes Versuchstier aus der Schublade. Der Kristallmord ist nach Franzens Beteuerung zwar mit dem Material ausgeführt worden, doch damit will er nichts zu tun haben, so gibt er vor.

Georgs Interesse ist indes erschöpft. Mit den Beteuerungen von Franz befasst er sich gedanklich nicht mehr. Der verräterische Kumpan hat eine ordentliche Abreibung bekommen. Er ist augenscheinlich auch schon von anderer Seite mit Prügel bedacht worden. Was geht ihn das an?

Er hat sein Fläschchen zurück und ist über die widerliche Geschichte so weit im Bilde, dass seine künftige Rehabilitierung als Physiker nicht mehr so schwierig sein kann. Damit hätte Georgs Besuch zu Ende sein können.

Als er sich vom Tisch abwenden will, fällt sein Blick auf eine winzige Seitentür, die er noch nie gesehen hat. Jedenfalls hat er sie noch niemals bewusst wahrgenommen, weil sie dekorativ so mit der Wand verschmilzt, dass sie kaum auffällt. Jetzt aber ist sie leicht geöffnet. Ein schmaler Spalt weckt seine Neugierde, was sich hinter der Tür befindet. Immer noch wütend auf Franz und vor allem von Misstrauen erfüllt, macht Georg eine entschlossene Bewegung auf die Tür zu, um in die unbekannte Kammer zu gelangen.

Da streckt ihm Franz abwehrend die Arme entgegen und ruft: „Geh da nicht rein, Georg. Geh um Gottes willen da nicht hinein!"

Diese Aufforderung ist selbstverständlich nicht geeignet, den ungebetenen Gast von seinem Vorsatz abzubringen. Im Gegenteil, dessen Misstrauen und auch seine Neugierde werden noch einmal angefacht. Er betritt die winzige, vollkommen dunkle Kammer, ertastet einen Lichtschalter und betätigt ihn. Helles Neonlicht flutet den Raum und lässt kontrastreich hervortreten, was auf den schmalen Seitentischen an den Wänden ausliegt, und auch das, was an den ansonsten nackten Wänden angebracht ist, wirbt für sich und seine Zwecke.

Georg braucht eine Weile, um zu erfassen, was er da betrachtet. Als ihm die Zusammenhänge allerdings klar werden, sammelt sich das Blut in seinem Kopf. Er fängt an zu zittern und dreht sich zu Franz um. Etwas sagen kann er erst einmal nicht. Doch seine Fäuste, inzwischen vertrauter geworden mit der eigentlich ungewohnten Beschäftigung, dreschen sofort auf Franz ein.

„Wie lange schon, du elender Verbrecher?" Unzählige Male wiederholt er seine Frage. Franz krümmt sich unter seinen Schlägen und verfällt auf einmal in eine andere

Stimmung. Er lacht umso lauter, je stärker er verprügelt wird, und er ruft aus: „Oh, das geht schon lange, Herr Reimers." Auf einmal hat er ein Messer in der Hand und lässt es auf Georg niedersausen. Er streift ihn damit am Arm und verletzt seine Haut, unter der das Blut hervorquillt. Da gibt ihm Georg einen Fußtritt, der so gut trifft, dass Franz zu Boden geht und sich nicht mehr regt.

Daraufhin gerät Georg in Panik. Er ergreift, diese Geistesgegenwart bringt er noch auf, sein Fläschchen mit dem Trans-BEK und die Fertigspritze, wankt aus dem Studio und verlässt beinahe fluchtartig das Haus.

Aus der Rückschau betrachtet, kann es kaum einen Zweifel darüber geben, dass der Blick in die Kammer in Georgs Gemütszustand eine degenerative Verwandlung bewirkte. Vielleicht stellt sie nur eine konsequente Zuspitzung all der kleinen Beunruhigungen, Erschütterungen und Verzweiflungen dar, welche die Vorkommnisse weniger Wochen in sein vormals ruhig dahinfließendes Leben hineingetragen haben, als da waren: der mit Veronika gemeinsam unternommene Besuch des Elternhauses, die Trennung von Rita und die schwere Enttäuschung im beruflichen Zusammenhang. Gleichwohl, mit Georgs Gemütszustand ist etwas Schwerwiegendes passiert, nachdem er das unscheinbare Kabüffchen hinter sich gelassen hat und dem einstigen Schulfreund eine letzte Abreibung verpasst.

Er schwankt wie ein Betrunkener auf seinem Heimweg, wie Passanten später glaubhaft versichern werden, und er blutet, ohne von der Verletzung Notiz zu nehmen. Den Kopf gesenkt, den Blick unablässig gegen den Boden geheftet, macht er auf einen Beobachter den Eindruck eines Menschen, der sich seines Bewusstseins um die eigene Existenz nicht mehr sicher ist.

Ziellos irrt er umher. Vermutlich hätte er später nicht einmal sagen können, wo er die zwei Stunden, die zwischen dem Verlassen von Franzens Haus und seinem

Eintreffen bei sich zu Hause verstrichen, gewesen ist und was er getan hat.

In einer äußerst labilen Verfassung jedenfalls erreicht er sein Heim und geht in sein Zimmer, um, an seinem Schreibtisch sitzend, bloß vor sich hinzustieren, nachdem er Fläschchen und Spritze auf die Arbeitsfläche gepackt und auch noch die übrigen Fläschchen, nämlich seinen eigenen Bestand und das von Gottfried entwendete Material, hinzugesellt hat. So sitzt er eine ganze Weile, bis ein Geräusch ihn aufschreckt und aus der inneren Versenkung reißt.

Seine Sinne arbeiten noch ausgezeichnet. Er erfasst sofort, dass jemand die Haustür aufschließt und assoziiert mit diesem Vorgang den naheliegenden Fall, dass seine Frau die Wohnung betritt. In seinen Augen flackert es heftig. Angst, Hass und Verlangen ringen kurz miteinander. Mit einer tollpatschigen Bewegung wirft er verschreckt seinen kleinen Garderobenständer um. Als er, noch in einiger räumlicher Entfernung, seinen Namen rufen hört, schlägt er die Tür zu und verschließt sie von innen. Befangen in einer isolationistischen Attacke seiner Seele, fürchtet er jede Begegnung, insbesondere aber eine solche mit seiner Gattin Rita, die nach seinem Besuch bei Franz für ihn in ein völlig neues Licht gerückt ist.

Nach einer Weile, während der er sich ganz ruhig verhält, hört er, wie Rita, direkt vor seiner Tür, erneut seinen Namen ruft. Er zuckt zusammen, wird gepackt von zwei gegensätzlichen Gefühlsströmen und versucht etwas zu antworten. Es wird ein verständnisloses Stammeln. Er ist unfähig zu einer sprachlichen Kommunikation. In plötzlicher Furcht um die Dauerhaftigkeit dieses Zustandes, inmitten aufwühlender Gefühlsattacken, wie sie widersprüchlicher nicht sein können und in deren Mittelpunkt Rita, seine Frau steht, hat er plötzlich eine Vision.

Er fährt den Rechner hoch und rafft alle Papiere, die im Zusammenhang mit seiner Forschungsarbeit stehen, zusammen, dann löscht er die Festplatte und zerreißt die unfertige Dokumentation. Alles Papier wirft er in die Mitte seines Zimmers auf den Fußboden. Vom Schrank holt er ein silbernes Tablett – auf ihm präsentierte er früher die Schnapsgläschen, wenn die Freunde zu Besuch waren. Er kniet sich nieder, sammelt das Material auf dem Tablett und entzündet den Haufen mit einem Streichholz. Zum dritten Mal hört er Rita seinen Namen rufen.

Diesmal, schon ganz unter dem wahnhaften Einfluss der außerordentlichen Zielsetzung, wie sie ihn verlockend durchglüht, schüttelt ihn noch einmal ein Hassimpuls. Bilder aus der kleinen Kammer in Franzens Wohnung treten wieder vor sein inneres Auge; er schreit seine Wut heraus: „Verschwinde, du Hure! Ich will dich nicht mehr sehen! Lass mich in Frieden!" Augenblicke später wird er schon wieder von einer ganz anderen Stimmung ergriffen, und er beruhigt sich.

Teilnahmslos betrachtet er nunmehr das kleine Feuer zu seinen Füßen, das schon bald die ihm zugeführte Nahrung verzehrt haben und dann nicht mehr lebensfähig sein wird. *Alles Existierende hat seine Zeit*, denkt Georg. Es ist eine wunderbare Gabe, rechtzeitig zu begreifen, wann diese Zeit für einen abgelaufen ist.

Draußen wird die Klinke seiner Zimmertür heftig niedergedrückt. Georg zuckt wiederum kurz zusammen, lässt sich aber diesmal nicht aus seinem entrückten Zustand reißen. Der Rauch reizt seine Atemwege. Er hüstelt. Und er lacht auf bei der Vorstellung, was sie sagen und was sie tun werden, wenn er seinen Plan verwirklicht hat.

Noch ist er nicht vollkommen dazu entschlossen, die *Lackmusprobe* zu wagen. Was hat Franz von seiner Entdeckung gesagt? Der Stoff kann jedes Lebewesen unsterblich machen. Hartnäckig hat er sich gesträubt, den erzählten Unfug über das, was sein Trans-BEK angerichtet haben soll, zu glauben. Die Solidität seiner rationalen wissenschaftlichen Geisteshaltung ist bis zum Äußersten strapaziert worden.

Und nun liegt es vor ihm, das mutmaßliche Corpus Delikti. Oder ein Placebo als stoffliche Wesenheit einer groß angelegten Scharlatanerie. Eins von beiden muss es sein! Solange er nicht die Probe aufs Exempel gemacht hat, ist er ein Forscher, der sich mit den Resultaten seiner eigenen Arbeit an der Nase herumführen lässt. Was zögert er? Glaubt er wirklich an die mysteriösen Kräfte, nur weil Franz eben ziemlich anschaulich über Versuche am lebendigen Objekt zu berichten wusste, während er verprügelt wurde? Oder hat er einfach Angst vor einem großen Wagnis? Waren das denn alles Beherztere, die lange vor ihm im Dienst der Wissenschaft auch ein Wagnis mit ihrem Leben und ihrer Gesundheit eingegangen sind?

Entschlossen ergreift er die vier Fläschchen, die endlich wieder alle beisammen sind, öffnet sie und schüttet den Inhalt ins Feuer. Nichts passiert. Georg lacht. Ein Feuer ist dann doch wohl nicht das lebendige Gebilde, das sich unsterblich machen lässt. Natürlich hat er keine Angst. Jetzt nicht mehr. Eindeutiger und für das Selbst-Bewusstsein überzeugender als er kann ein Mensch doch nicht an jenen Grenzpunkt gelangt sein, nachdem Leistung und Erfüllung hinter ihm liegen und der Raum, der zu betreten ist, für alle Restlaufzeit seiner immer unfertig gebliebenen Existenz einsam, kalt und leer bleibt.

In seiner weltabgewandten Konzentration nimmt er nur ganz nebenher wahr, dass sich ein Schlüssel im Türschloss dreht. Widerwillig denkt er einen Augenblick an den langen Türschlosszylinder, auf dessen Einbau er vor vielen Jahren bestanden hat. Er nimmt die Spritze in die Hand, um sie genauer zu betrachten, als die Zimmertür aufspringt und er plötzlich in Ritas Gesicht starrt. Auf diese Begegnung ist er am allerwenigsten vorbereitet, und sie bereitet ihm von einem auf den anderen Augenblick entsetzliche seelische Qualen. Als sie, irgendetwas Unverständliches von Rauschgift redend, einen Schritt auf ihn zu macht, erstehen wieder die Bilder aus der Kammer vor seinen Augen.

Womöglich, denn mit Sicherheit wird man so etwas niemals sagen können, wird gerade in diesem kleinen Arbeitszimmer ein solcher Augenblick gestaltet, in dem im Leben eines in Bedrängnis geratenen Menschen, dem es an natürlichen Verhaltensweisen mangelt, um eine deprimierende Defensive zu wenden, all die heterogenen emotionalen Impulse auf einmal aufgeschüttet werden und zu einem bedrohlichen Gebirge anwachsen. Unüberwindlich scheint es. Ausweglos stellt sich die Lage, aus der fatalen seelischen Ummauerung zu entkommen, dar. Hoffnungsvoll allein gibt sich ein plötzlich aufsteigender Glaube, mittels einer erlösenden finalen Tat den unerträglichen Gefühlsstau aufzulösen. Ach, diese Tat ist doch schon längst gedacht, bevor sie wirklich vor den Ereignishorizont tritt!

Georg begreift in dem besagten Augenblick wohl selbst nicht so genau, warum er gerade beim Anblick von Rita die Spritze in seinen Arm treibt und die Flüssigkeit in das unempfindliche Fleisch pumpt. Ach ja, die Probe aufs Exempel. Und die wissenschaftliche Neugierde. Und überhaupt der ganze maßlose Überdruss, den er nicht mehr ertragen zu können glaubt. Er lachte noch einmal verstört auf, bevor eine wohltuende Wärme seine Aufgeregtheit beschwichtigt.

Er sieht noch, wie schön, nach so vielen Ehejahren, seine Frau ist. Gerührt stammelt er: „Rita, verzeih mir. Es ist wahr, ich habe dich geliebt." Er will noch hinzufügen: *Es tut mir unendlich leid, dass ich dir das niemals sagen und so wenig zeigen konnte. Hast du es vielleicht deshalb getan?* Doch bevor auch diese Worte den Mund verlassen können, ist Georgs Bewusstsein unter der unerträglichen Hitze-Einwirkung gewiss schon entschwunden.

Für Hauptkommissar Thereut ist der Tod des Zeugen Georg Reimers insofern misslich, als in dem Kristallmord-Fall nach dessen Aufklärung einige schwerwiegende Fragen, die mit der stofflichen Seite der Vorgänge zu tun haben, auf immer offenbleiben werden. Denn der Physiker hat alle schriftlichen Unterlagen sowie das gesamte

Material, das der dinglichen Urheberschaft an der körperlichen Pervertierung der Opfer verdächtig ist, vernichtet.

Spätere Versuche im Physikalischen Institut, etwas Vergleichbares zu rekonstruieren, verlaufen ergebnislos. Nicht einmal der von Georg in verschiedenen Gesprächen behauptete bahnbrechende Quantenzustand lässt sich experimentell verifizieren, sodass die bereits bei Georgs Besuch im Institut provokativ vorgebrachte Meinung, es liege ein Betrug vor, ihre Anhängerschaft noch vergrößert.

Allerdings kann niemand, der Georgs wissenschaftlichen Erfolg in Abrede stellt, auch nur irgendetwas zu einer Erklärung beitragen, welche Stoffe und Reaktionen denn nun die tödliche Metamorphose bei den insgesamt vier Opfern herbeiführten und das wunderliche körperliche Mysterium vollbrachten. Achselzucken. Schweigen. Weit und breit Ratlosigkeit der schlauen Köpfe.

Nur Klaus Heimbrecht, der Institutsleiter, der um seinen fähigsten Kopf im Team aufrichtig trauert und einmal in einem kurzen Experiment mit dem behaupteten Quantenzustand konfrontiert worden ist, aber von Georg nichts Schriftliches dazu ausgehändigt bekam und auch nicht darauf bestanden hat, weil er einen vollständigen Bericht erwartete, räumt ein, die Forschung sei womöglich noch nicht auf dem Wissensstand desjenigen, der jetzt tot ist, angelangt.

Und später, als er sich mit der Witwe Reimers, die den Ort mit all dem Schrecklichen, das sie erlebt hat, zu verlassen beabsichtigt, zu einem Abschiedsessen trifft, äußert er ihr gegenüber den Verdacht, die Vernichtung der wissenschaftlichen Hinterlassenschaft sei eine Rache Georgs gewesen, der damit seinen Kollegen das Schlimmste antat, was man einem Physiker antun kann, nämlich ihn vor einem offenkundig bestehenden Phänomen ratlos zu machen und ihn zu dem Offenbarungseid zu zwingen, er könne sich ein Naturgeschehen wissenschaftlich nicht erklären.

Hauptkommissar Thereut muss also die Akten schließen, ohne die umfassende Klarheit zu bekommen, die er sich gewünscht hat. Der Mörder ist gefasst, und das, so sagt der eingefleischte Kriminalist mit einem bitteren Beigeschmack, sei doch wohl die Hauptsache.

Als die Untersuchungsergebnisse am frühen Nachmittag des Tages, an dem Georg stirbt, nämlich endlich vorliegen, die Aufklärung über das Material, das jene seltsame abgerissene Gestalt, die niemals gefunden werden kann, beim Nachtschalter abgegeben hat, gehen die weiteren Ermittlungen schnell voran und sind in wenigen Worten erzählt.

Ein Einsatzkommando der Polizei dringt, nur wenige Stunden, nachdem Georg sie verlassen hat, in Franz Weinreichs Wohnung ein, dessen genetische Spur, zusammen mit der des überfallenen Jungen, isoliert worden ist. Man findet den Hauseigentümer mit schweren Verletzungen in einem kritischen körperlichen Zustand vor.

Die gesundheitlichen Probleme sind aber weniger auf die Verletzungen zurückzuführen, die ihm dadurch beigebracht wurden, dass ihn mindestens zwei verschiedene Personen im Abstand von zwei bis drei Stunden verprügelten, sondern durch zahlreiche Bienenstiche in seinem Gesicht. Es stellt sich heraus, dass der Mann mit seiner angeborenen Unverträglichkeit gegen den von den wehrhaften Tierchen abgesonderten Stoff einen allergischen Schock erlitten hat. Die Ärzte sprechen von Glück, dass er die Attacke am Ende überlebt.

Zu Anfang der Hausdurchsuchung überwiegt noch die Enttäuschung, weil man überhaupt nichts findet, was als eindeutiges Beweismittel für die Täterschaft am Kristallmord herhalten kann. Dann für Walter Thereut die Überraschung, die zugleich seinen Vorgänger rehabilitiert, dass man es zweifellos mit dem Täter für alle Kindstötungen der letzten beiden Jahre zu tun hat. In einem peinlich genau geführten Notizbuch sind die Namen von Jungen vermerkt, die *aus schwerwiegenden erzieherischen Gründen* für ihre *prinzipielle Unbeschulbarkeit* durch eine *fachlich ausgewiesene* und *moralisch legitimierte Instanz* ihrer *Erlösung* zugeführt werden müssten.

Man findet die Namen der drei getöteten Jungen nebst protokollarischen Skizzen über den *Vollstreckungsakt*. Auch der Name Kasimir Willich, hinter dem aber das Protokoll fehlt, ist vermerkt. Unter einer gesonderten Rubrik *Kandidaten* findet man zudem zwei weitere Namen von halbwüchsigen Jungen. Es stellt sich heraus, dass einer davon an der Schule von Franz in der 8. Klasse unterrichtet wird, der andere, ebenso wie das dritte Mordopfer, der klassische Kristallmordfall, aber an einer Nachbarschule untergebracht ist.

Was man damals anlässlich des Kristallmordes jedoch versäumt hat zu recherchieren, das ist der Umstand, dass beide Schulen in der Unterrichtsversorgung miteinander kooperieren, indem Lehrkräfte in den großen Pausen zwischen ihren beiden Arbeitsstätten hin und her pendeln. Franz war, das wird nunmehr ersichtlich, tatsächlich Lehrer aller getöteten und zur Tötung vorgemerkten Kinder, also auch derjenigen, die gar nicht an seiner eigenen Schule im Schülerbestand ausgewiesen sind.

Im Studio findet man weiterhin die Lilien, von denen die Blüten stammen, die man an drei Tatorten gefunden hat. Schließlich betritt man auch eine kleine, an das Studio angrenzende Dunkelkammer, in der aber nichts für die Mordfälle Verwertbares gefunden wird. Einer obszönen, auf den zweiten Blick nicht einmal strafbaren Leidenschaft hat der Pädagoge gefrönt, leicht oder gar nicht bekleidete Frauen allein oder in Umarmung mit sich abzulichten. Es sind nur drei oder vier verschiedene Frauen, eine davon ist besonders häufig und besonders aufreizend präsentiert worden.

Aus Detailversessenheit in diesem spektakulären Kriminalfall und aus dem Motiv heraus, restlos alle Zusammenhänge zu klären, geht man auch dieser Angelegenheit nach. Die meisten Frauen können als Arbeitskolleginnen des Täters identifiziert werden, die völlig ahnungslos sind von der anzüglichen Aufmerksamkeit, die ein Kollege ihnen entgegenbrachte. Die besonders häufig präsentierte Dame jedoch, von der die jüngsten Aufnahmen stammen, ist die Gattin des Physikers Georg Reimers, die nicht minder ahnungslos ist.

Man kommt allerdings nicht umhin anzuerkennen, dass Franz Weinreich ein ausgezeichneter Hobbyphotograph war, der zudem mit Phantasie und technischer Raffinesse seine motivisch unverfänglichen Porträtaufnahmen nachträglich so zu bearbeiten und mit anderen Motiven zu arrangieren wusste, dass ein Echtheitseindruck, den jede der erotisch aufgeladenen Collagen vermittelt, für einen unvoreingenommenen Betrachter außer Frage stehen muss.

Es entbehrt nicht einer gewissen Pikanterie, dass Hauptkommissar Thereut, noch befangen in seinen anfänglichen Vorstellungen, nach dem Fahndungserfolg gegen Franz Weinreich eine Mitwisserschaft des Physikers Reimers immer noch nicht ganz ausschließt und sich sogleich in seinem alten Verdacht bestätigt fühlt, als ihm zugetragen wird, dieser Zeuge sei seit gestern Nachmittag verschwunden. Er will ihn schon zur Fahndung ausschreiben lassen, als er sich dann doch noch von den beiden subalternen Beamten, die auf Ritas Anruf hin zum Haus der Reimers geschickt wurden, persönlich die Details berichten lässt.

Sie hätten bei ihrem Einsatz gleich bemerkt, so sagten sie aus, dass die Frau nicht ganz dicht sei, als sie auf den Kühlschrank wies und behauptete, da stecke ihr Mann drin, der sich gestern Abend in einen Diamanten verwandelt habe. Natürlich sei nichts drin gewesen in dem etwas schmuddeligen Innenraum außer Lebensmitteln, was die Frau wiederum zum Anlass genommen habe, hysterisch zu schreien, und sich gar nicht mehr beruhigen wollte, so dass man sich genötigt gesehen habe, den Notarzt

anzufordern. Dieser habe sie in ein Krankenhaus einge-
wiesen, weil die Frau wohl unter schwerem Schock stand.

Thereut hat genug gehört. Er besorgt sich einen Durch-
suchungsbeschluss für das Haus des Ehepaars und stellt
es in Ritas Abwesenheit, die immer noch im Krankenhaus
behandelt wird, auf den Kopf. Doch auch hier nichts Verwertbares außer jenem Kohlenstoffzeug im Kühlschrank,
das man damals ebenfalls in dem Kühlfach vorfand, in
welchem das jugendliche Kristallmordopfer bis zur Ob-
duktion gelagert worden war.

Auf Georgs Tod mit eben dem Zeug, das er selber erfunden hat, kann sich Walter Thereut keinen anderen Reim
machen, als dass der Physiker aus Zerknirschung oder Panik den Freitod gewählt hat, doch ist er immer noch misstrauisch und sucht deshalb die Wohnung des Ehepaars
Lindner auf, das schon einmal in seine Ermittlungen hineingeraten war. Man findet sie beide in demselben kristal-
lisierten Zustand wie das dritte Mordopfer. Gottfried Lindner hat wohl zuerst seiner ahnungslosen Frau und hernach sich selbst mit insgesamt zwei Spritzen, die noch auf
dem Boden liegen, das Teufelszeug zugeführt.

Als Franz später vernehmungsfähig und im Übrigen voll
geständig ist, berichtet er, er habe an dem besagten Tag
seiner Verhaftung einmal von Gottfried und später von
Georg Besuch bekommen. Beide hätten ihn so lange verprügelt, bis er jedem den heftig verlangten Stoff aushän-
digte. Gottfried habe wohl für sich mit seinem gescheiterten Berufs- und Eheleben keine Existenzperspektive mehr
gesehen.

Von den drei Spritzen, die er am Vorabend seines ver-
eitelten Mordversuchs in der Mönchsverkleidung bedarfs-
gerecht fertiggestellt hatte, seien zwei von Gottfried und
die letzte, die von dem fehlgeschlagenen Überfall stammt,
von Georg mitgenommen worden. Ihm sei das egal gewesen, weil er gespürt habe, dass man ihm nach dem letzten
Desaster dicht auf den Fersen war. Im Grunde genommen

sei er froh, dass alles endlich vorbei sei und die Qual einer unkontrollierbaren Mordlust für ihn ein Ende habe.

Jetzt klammert sich Walter Thereut an eine letzte Hoffnung; dass vielleicht in den verwendeten Spritzen noch Spuren des ominösen Stoffs nachgewiesen und identifiziert werden könnten. Es bleibt die letzte Enttäuschung für Kommissar Thereut in seinem absonderlichen Fall. Wohl findet man etwas von dem, was die Chemiker *Fulleren* nennen. Die Industrie, so wird er aufgeklärt, habe Gefallen an der vielseitigen Substanz gefunden. Und gerade in diesem Jahr sei der Entdecker dieses Stoffs für seine Leistung mit dem Chemie-Nobelpreis ausgezeichnet worden Doch damit einen Menschen in einen Diamanten verwandeln – nein, Herr Kommissar, wie soll das denn gehen?

Wenn alles vergeht, der Algorithmus wird bleiben

Es ist Mitte Januar. Der Winter hat die Landschaft unter sein strenges Regiment gezwungen und sie mit einer Schneedecke wie mit einem Leichentuch bedeckt. Nicht sehr hoch liegt die weiße Pracht. Doch stetige, bisweilen heftige Winde haben den kalten, pulverigen Niederschlag ungleichmäßig verfrachtet, haben einige Flächen nahezu kahl geweht und an anderen Stellen kleine weiße Gebirge aufgetürmt oder bizarre, eisstarre Gebilde geformt, die in der strengen winterlichen Atmosphäre im diffusen Licht der schräg stehenden Sonne zart und bläulich flimmern.

Kalt und trocken ist die Luft, in der sich ein einsamer Wanderer neben einer wenig befahrenen Landstraße mit schlurfendem Gang auf eine Ortschaft zubewegt. Der schneidende Wind treibt ihm Schneeflocken ins bartumrahmte, mit Eiszapfen gespickte Gesicht und unter die schäbige dünne Bekleidung, die am Oberkörper im Wesentlichen aus einer nicht zugeknöpften Jacke und einem ausgewaschenen Hemd besteht, dessen Kragen, wie zur Verhöhnung von Väterchen Frost, oben am Hals ausladend geöffnet ist.

Jede Bö treibt frischen Schnee in das aufreizende Dekolleté auf die darunter frei liegende Brust. Dort schmilzt er und entlockt dem Wanderer ein ausgelassenes Kichern, bis er endlich den Juckreiz leid zu sein scheint und den Hemdkragen schließt. Da hört auch das Kichern auf, und das monotone Murmeln, dem sich der Mann seit geraumer Zeit hingibt, wird nicht mehr unterbrochen, es sei denn durch einen gelegentlichen Schluck aus der Flasche, die bei Bedarf aus einer Tasche der verschlissenen Joppe hervorgeholt wird.

Während also der Schutz des Körpers vor der bitteren Kälte mit großer Nachlässigkeit betrieben wird, achtet der Mann aber darauf, dass seine Umhängetasche im Armeestil der 70er Jahre des zwanzigsten Jahrhunderts möglichst vor den Einflüssen der lebensfeindlichen Witterung geschützt bleibt.

Die kälteste Nacht dieses noch jungen Winters hat man gemessen, weiß sich der Alte zu erinnern, minus fünfzehn Grad Celsius. Verächtlich lacht er auf, obgleich der Hemdkragen inzwischen geschlossen wurde. Was wissen die von Kälte! Zweihundertachtundfünfzig Kelvin. Ein weiter Weg ist das noch von da bis Null. Er ist den Weg gegangen. Georg Reimers ist ihn gegangen. Beinahe wären sie angekommen. Vollständig würde niemals jemand dort ankommen. Weil es unmöglich ist. Doch niemals zuvor und danach ist jemand so weit gekommen wie sie beide.

Nun ist der Gorgi tot. Und Gottfried ist tot. Ihr Freundeskreis besteht nicht mehr. Die Wissenschaft hat einen furchtbaren Verlust zu beklagen. Das würde aber ihren Siegeszug nicht aufhalten.

Alle Unterlagen über ihr gemeinsames Projekt hat der Gorgi vernichtet. Gut hat er daran getan. Er, Walter Krahl, berufslos, wenngleich nicht ohne Berufung, er braucht nichts zu vernichten. Er hat alles im Kopf. Wesentliche Dinge müssen nur im Kopf sein. Da sind sie gut aufgehoben. Und können kein Unheil anrichten.

Wenn die Menschheit das Trans-BEK haben wollte, dann müsste sie es eben noch einmal entdecken. Vielleicht wird sie dann reifer dafür sein. Das ist aber keineswegs gewiss. Viel Blut, auf den ersten Blick, ist Europa erspart geblieben, weil es das Schießpulver mit großer Zeitverzögerung noch einmal nach-erfinden musste. Ein zweifelhafter Vorteil. Denn letzten Endes wurde doch alles nachgeholt, was vorher versäumt worden war.

Auch das Trans-BEK hat der Gorgi vernichtet. Das ist nicht unbedingt nötig gewesen, weil es ohnehin zerfallen wäre. Um Weihnachten herum wäre das passiert. Ein harmloser Vorgang. Seine anfänglichen Befürchtungen sind überzogen gewesen. Das haben seine abschließenden Berechnungen ergeben. Doch seine Annahme zur Strukturschwäche im Kristallgitter des sonderbaren Diamanten ist richtig gewesen. Von wegen also die Unsterblichkeit, lieber Franz. Mitten im Gerichtsprozess sind auch diese

Beweisstücke futsch. Bei Zimmertemperatur pulverisiert zu reinstem schwarzen Kohlenstoff. Die Ermittlungsbehörden sind blamiert. Doch dem Franz kann das nichts mehr nützten.

Was für Abwege auch! Dem Gorgi die Rita ausspannen zu wollen. Das war gegen die Regeln. Und dann noch zu glauben, niemand kenne die Blüten von der Züchtung seiner Madonnenlilie, auf die er immer so stolz war. Das war gegen die Vernunft.

Der einsame Wanderer nimmt einen kräftigen Schluck aus seiner Flasche. Er hat sich in Rage gemurmelt und rudert auf einmal heftig mit den Armen in der Luft herum. Dann beruhigt er sich wieder.

Es ist richtig, die Vergangenheit jetzt hinter sich zu lassen. Zu viel hat sich angehäuft. Man sammelt dies, und man sammelt das. Das meiste ist auf immer nutzlos. Anderes braucht man nur einmal in seinem Leben. Dann hat es sich vielleicht gelohnt, dass es aufbewahrt wurde. Der Infrarotstrahler zum Beispiel. Oder das schwach radioaktive Zeug, das er dem Gorgi einmal abgeluchst hat. Und natürlich der Geigerzähler. Im Leben hat er nicht damit gerechnet, diese Sachen einmal zu benötigen. Aber wie sonst hätte er in der Dunkelheit all das verstreute Kleinzeug aufspüren können, das dem Franz im Konflikt mit seinem Bienenstock um die Ohren geflogen ist? Seine Bienen würden ihm verzeihen, was er ihnen zugemutet hat.

Einmaligkeit, selbst bei der Nutzung eines Gebrauchsgutes, ist nichts Verwerfliches, sondern die Vollendung einer bescheiden aufwartenden Daseinsbestimmung. Es gibt Blumen, die nur einmal in ihrem ganzen Leben blühen. Dann geben sie aber auch wirklich alles. Für die Eintagsfliege ist ein Tag ein kostbares Gut. Jeder Mensch existiert nur einmal für ein einziges kurzes Leben. Dennoch leben die meisten Zeitgenossen so, als wäre dieses eine Mal schon überflüssig. Es ist wirklich so: Zu viel hat sich angehäuft. Wäre er dageblieben, hätte er bald über eine zweite Dependance nachdenken müssen. Das bleibt ihm, durch seinen Weggang, nun erspart.

Der Fremde, der die Stadt zum ersten Mal betritt, wendet sich in Richtung Universität. Er hat das Murmeln inzwischen eingestellt und widmet sich gedanklich dem Problem, das ihn schon länger bedrückt: Womit soll er sich demnächst beschäftigen?

Er hat keine großen Ansprüche, doch mit Zahlen muss es zu tun haben. Viele Menschen fürchten sich vor ihnen, haben vor ihnen Respekt oder sogar ein geheimes Grauen, weil sie ihre Allmacht nicht durchschauen. Vor allem, wenn die Zahlen in das rigide Korsett strenger Algorithmen geschnürt sind, in dem sie wie Gottes nackter Finger Ehrfurcht und Angst verbreiten können.

Er versteht diese Haltung nicht. Sie ist zumindest oberflächlich. Man will riechen, schmecken, will etwas zum Anfassen haben oder von dem, was Auge und Ohr wahrnehmen, erfreut werden. Dem sinnlich Gewissen messen die Zeitgenossen Bedeutung bei. Darin suchen sie nach irgendeiner Art der Wahrheit. Doch meist ist sie eine bloße Form der oberflächlichen Zerstreuung.

Auch Gottfried, Franz und Georg, trotz ihrer Verschiedenheit – jeder von ihnen wollte eine Wahrheit finden. Das war unvernünftig. Ihre Arbeitsergebnisse hielten sie für unumstößliche Gewissheiten. Das war eine Illusion.

Die einzige Wahrheit liegt in der Mathematik. Aber auch nur deshalb, weil es die Null gibt. Nur von der Null ausgehend, ist jedwede Quantifizierung möglich. Die Null wertet jede andere Größe, die intim vor ihr steht, um ein Vielfaches auf. Sie öffnet überhaupt erst die Tür zu einem Etwas. Und zu seinem Gegenteil. Doch für sich genommen ist sie der Alptraum jedes Vermögenden. Denn sie ist zugleich Alles und Nichts.

Alles ist wichtig, vielleicht; aus einer kleinlichen Perspektive heraus betrachtet. Aber alles ist nichtig; das ist unumstößlich und universal. Das Nichts ist die eigentlich bedeutsame und beständige Dimension des Existierens, während jedem Etwas auf Dauer keine Zukunft beschert ist. Machen sie sich klar, die genügsamen Apostel der sinnlichen Gewissheit, dass die Null die wichtigste Erfindung der Menschheit ist? Ohne sie keine fortgeschrittene technische Zivilisation. Ohne sie keine Metamorphose des denkenden Geistes.

Vielleicht sollte er sich der Poincaré-Vermutung zuwenden. Das wäre noch ein lohnendes Feld jenseits der Physik. Der Beweis wird bestimmt kein Unheil anrichten. Er wird das entscheiden, wenn der Aufenthalt in der Bibliothek hinter ihm liegt.

Was haben sie alles hineinlesen wollen an Geheimnisvollem in seine Entscheidung, sich dem gesellschaftlichen Leben zu entziehen. Nicht einmal der Gorgi hat ihn verstehen wollen. Manche dachten an eine Frau und eine enttäuschte Liebe. Andere an ein traumatisches Erlebnis. Manche gar, ja, ja, auch solche gab es – und dieser Gedanke bringt den einsamen Wanderer wie ein neuerlicher Juckreiz noch einmal zum Kichern – manche hielten ihn sogar für verrückt. Dabei war alles so einfach und lag auf der Hand.

Er hat einmal, als er zwanzig war, einen Vogel im Flug beobachtet, irgendeinen Vogel; und da hat er gesehen, wie der gefiederte Bote sich später trällernd auf einem Zweig niederließ, dort noch mehrmals auf und nieder hüpfte und am Ende einen Schiss heruntersausen ließ. Da ist ihm, der doch noch ein Jüngling war, bewusst geworden, dass es niemals einen Algorithmus geben würde, um so etwas, so etwas Wunderbares zu beschreiben. Da ist ihm in einer Erleuchtung die Sinnlosigkeit einer Lebensführung aufgegangen, die sich dem Regelwerk einer zivilisatorischen Zwangsvergemeinschaftung einverleiben lässt, während draußen auf dem Baum eine derart atemberaubende Freiheit möglich ist, die sich sogar der Null entziehen kann.

Von jenem Augenblick an hat er allem Überflüssigen entsagt, ohne deshalb auf die Null, ohne auf die natürlichen Zahlen, ohne auf das Abenteuer der

Algorithmenbildung zu verzichten. Wie oft haben sie ihn seither zu ködern versucht! Sie wissen ja nicht, dass er *weiß, wie man das Universum kontrolliert. Warum sollte er einer Million Dollar hinterherlaufen!*

Nun ist der Alte, tief in seinen Gedanken versunken, an seinem Ziel angekommen, der Zentralbibliothek hinter dem Campus. Nur an dem Pförtner muss er noch vorbei, der keinerlei Anstalten macht, einen solchen wie diesen hereinzulassen. Was er denn begehre? Wisse er denn nicht, dass dieses hier eine ganz berühmte Bibliothek sei? Noch etwas will der pflichtbewusste Pförtner sagen, als ihn der eindringliche Blick aus den hellen runden Augen des Fremden, den er noch niemals zuvor gesehen hat, trifft. Da vergisst er, was er noch sagen will und verstummt.

„Ich begehre nichts, ich habe alles", sagt dieser, als habe er die vorgefundene Geringschätzung nicht wahrgenommen. „Was ich hier möchte, das ist ein paar Schriften einsehen. Und einen ruhigen Platz benötige ich, wo ich ungestört online gehen kann. Das hier müsste Ihnen reichen, wenn ich mich ausweisen soll."

Damit zieht er aus seiner Jacke, daher, wo niemand eine Tasche vermuten würde, einen kleinen Ausweis hervor, den er dem Pförtner entgegenhält:

Als Ersatz dafür, dass der Inhaber dieses Dokumentes die Fields-Medaille mit der üblichen Dotation von fünfzehntausend kanadischen Dollar ausschlug, verleiht ihm die internationale Mathematische Union für außerordentliche Verdienste auf dem Gebiet der Mathematik das lebenslange Recht zum Besuch aller mathematisch-naturwissenschaftlichen Bibliotheken im Gültigkeitsbereich dieses Papiers.

Mit einer gewissen Ehrfurcht, in die seine anfängliche Geringschätzung geflissentlich umschlägt, lässt der Pförtner den seltsamen Besucher passieren. Als dieser schon die Glastür aufstoßen will, zögert er, wendet sich noch einmal um, fixiert den subalternen Angestellten des Wissenschaftsbetriebes wiederum mit seinem schwer zu ertragenden Blick und flüstert ihm zu:

„Wissen Sie, ich bin da nämlich auf eine neuerliche Ungereimtheit in der theoretischen Plasma-Physik gestoßen, vielleicht eine Anomalie oder eine unvollkommene Lösung, womöglich nichts Wichtiges, worüber ich gleichwohl jetzt unbedingt einmal Klarheit gewinnen will …"

Ende